Lisa Heven

Das Rote Gold

IN DUNKLER SCHWARZER NACHT
Band II

Seit dem Maddy auf dem Anwesen angekommen ist, ist die Vampirgemeinschaft bemüht, ihr neues Leben so unbeschwert wie möglich zu gestalten. Auch der Clan muss den Veränderungen entgegentreten und sich neu arrangieren. Dennoch bleiben Zweifel bei Maddy, ob sich dieses neue Leben sehr zu dem im Waisenhaus unterscheidet. Denn die Gefahren, die auf Maddy lauern, werden ihr deutlich vor Augen geführt, als ihre Feinde vor nichts zurückschrecken, um das zu bekommen, was sie wollen …

Impressum:
© 2014 Lisa Heven
Satz und Layout: BookDesigns, Potsdam
Cover Illustration: © Jack Moik, http://www.artofjack.com

Herstellung und Verlag: Books on Demond GmbH, Norderstedt
Printed in Germany
ISBN: 9783738606072

Das Werk, einschließlich seiner Teile, ist urheberrechtlich geschützt. Jede Verwertung ist ohne Zustimmung des Verlages und des Autors unzulässig. Dies gilt insbesondere für die elektronische oder sonstige Vervielfältigung, Übersetzung, Verbreitung und öffentliche Zugänglichmachung.

Bibliographische Information der Deutschen Nationalbibliothek:
Die Deutsche Nationalbibliothek verzeichnet diese Publikation in der Deutschen Nationalbibliographie; detaillierte bibliographische Daten sind im Internet über http//dnb.d-nb.de abrufbar.

Lisa Heven

Das Rote Gold

IN DUNKLER SCHWARZER NACHT

Band II

Roman

Die deutsche Autorin wurde 1969 geboren. Sie verschlang etliche Vampirromane, bevor sie selbst zu schreiben begann. Unter Pseudonym hat sie ihren zweiten Romantic Fantasy Roman geschrieben. Gegenwärtig lebt sie mit ihrer Familie in Berlin.

Die Romane von Lisa Heven:

Band I: DAS ROTE GOLD – Erwachen des Mysteriums
Band II: DAS ROTE GOLD – In dunkler schwarzer Nacht
Band III: DAS ROTE GOLD – Spuren des Verlangens (erscheint 2015)

Die mystische Macht,

gibt der Dunkelheit Kraft,

über den blutroten Morgen,

die Finsternis wacht.

Dieter Neiß

1. Kapitel

Maddy hatte Sophie aus dem Kaminzimmer nach oben in ihre Suite begleitet. Als sie gerade das Zimmer verließ, stieß sie fast mit Jonathan zusammen.

„Oh, ... entschuldige."

„Nichts passiert. Ist Ortischa noch da drin?"

In diesem Moment ging die Tür auf und Ortischa trat hinaus.

„Wir müssen reden!" Jonathans Worte klangen ungehalten. Ortischa musterte ihn eindringlich und folgte ihm nach unten.

Verdutzt konnte Maddy den beiden nur hinterhersehen. *Sollte schon wieder etwas passiert sein, wovon ich nichts weiß? Aber wenn die beiden unten sind, so wie die anderen auch, dann habe ich ein wenig Zeit für mich. Alleine. Und für meinen Feuermenschen* ... Neugierig sah sie sich um und schlich die Portaltreppe nach unten. In ihrer Hosentasche vibrierte ihr Handy. Auf dem Display sah sie die Nummer von Mona. Erschrocken riss sie die Augen auf.

Mona! Das Kleid! Wie konnte ich das nur vergessen? Sie biss sich auf die Unterlippe und ging dann ans Handy.

„Hey, Mona. Tut mir leid, dass ich mich so lange nicht gemeldet habe. Hier war so viel los."

Mona kicherte am anderen Ende, was Maddy erleichterte.

„Das habe ich mir schon gedacht, deshalb melde ich mich auch nur kurz. Ich sitze gerade mit Jacques zusammen und wir beratschlagen, ob wir die Hochzeit nicht verschieben sollten?" Ihre Stimme klang gefasst.

„Warum? Philippe ist auf dem Wege der Besserung und dein Kleid ... ach ja, wie passt es denn, oder kannst jetzt vor Jacques nicht reden?"

„Doch, es passt perfekt. Mrs Matthews hat sehr gute Arbeit geleistet. Wie sieht es denn mit deinem Kleid aus?", hakte Mona nach.

Maddy zögerte.

„Das Kleid ist wunderschön und passt wie angegossen, aber das mit dem Tanzen bekomme ich immer noch nicht hin."

Eine kurze Pause entstand. „Ach, das wisst ihr ja noch gar nicht. Tante Sophie und Onkel John sind bei mir auf dem Anwesen. Onkel John will mir das Tanzen beibringen." Jetzt musste Maddy kichern.

„Na, dann auf. Du hast nicht mehr lange Zeit, bis zu diesem megawichtigen Ball", erwiderte Mona mit einem ironischen Unterton in der Stimme.

„Ich weiß, deshalb muss ich mir auch Mühe geben, damit ich mich nicht zu sehr blamiere."

Nun hörte sie Jacques im Hintergrund sagen: „Erzähle Maddy, dass die Versicherung geschrieben hat!"

Mona reichte ihr Handy an Jacques weiter.

„Hey, Maddy. Die Versicherung hat geschrieben, dass sie den Schaden vollends übernehmen wird und der Wiederaufbau wahrscheinlich schon nächste Woche beginnt."

„Das sind ja gute Neuigkeiten." Maddy musste sich auf die Lippen beißen. Denn die beiden wussten nicht, dass es Jonathan war, der alles in die Wege geleitet hatte.

„Ach, wenn ich dich schon mal dran hab … wie wäre es, wenn wir eine neue Unterkunft für euch suchen würden?"

„Das wäre eine tolle Idee. Aber was würden Mama und Papa dazu sagen?", wich er aus.

Maddy sprach weiter. „Wir könnten ihnen den Vorschlag machen, etwas dichter zu mir zu ziehen. London wäre dann auch nicht so weit entfernt und wir wären alle wieder zusammen. Was haltet ihr davon?" Innerlich hoffte Maddy auf eine Zusage und schickte ein Stoßgebet in den Himmel.

Jacques war überrumpelt und berichtete Mona, was Maddy gerade vorgeschlagen hatte.

Mona nahm ihm das Handy ab. „Meine Süße, das wäre ganz wunderbar. Das einzige ist, dass ich dann einen weiteren Weg zur Arbeit hätte …"

Da unterbrach Maddy sie. „Wir werden in der Nähe etwas finden. Ich bin da sehr zuversichtlich."

Gedanklich schwebte Maddy alles schon genau vor.

„Ich glaube aber, es wäre besser, wenn wir Corinne und Philippe erst einmal nichts davon erzählen. Philippe soll sich nicht aufregen. Gebt mir ein paar Tage Zeit und dann melde ich mich. Okay?"

„So machen wir das. Grüße Sophie und John recht herzlich von uns und melde dich", antwortete Mona.

„Das mache ich." Damit beendete sie das Gespräch. Sie schaute sich um, ob irgendjemand das Telefonat verfolgt hatte. Aber dem schien nicht so. Kopfschüttelnd setzte sie ihren Weg in den blauen Salon fort. Sie schloss die Flügeltür hinter sich und rannte durch den leeren Raum, um sogleich die Bibliothek zu betreten. *Hoffentlich ist er da? Vielleicht war er aber auch nur eine Einbildung?* Dabei zog sich ihr Herz zusammen, was ein Stechen verursachte. Sie schloss die Tür zur Bibliothek und lief an der Couch vorbei direkt auf den Kamin zu, um ein Feuer darin zu entfachen. Dieses begann zu knistern und die ersten kleinen Flammen schlangen sich um das Holz.

Maddy konnte ein zuversichtliches Lächeln nicht verbergen.

„Hallo! Bist du da?" Nichts geschah.

„Hallo! Ich bin es, Maddy. Du kannst dich ruhig zeigen."

Wieder keine Antwort und das Feuer züngelte vor sich hin. Resigniert setzte sie sich auf die Couch und wartete. *Habe ich ihn das letzte Mal verärgert? Nein, nicht ich, sondern Mehit hatte ihn vertrieben.* „Bitte, zeig dich doch." Jetzt erstarb ihre Stimme. Sie strich ihr T-Shirt glatt und klemmte sich einige Strähnen hinters Ohr.

Sie wartete. *Wird er sich je wieder zeigen?* Bei dem Gedanken zog sich erneut ihre Brust zusammen. Dieses Gefühl des Schmerzes wollte sie nicht in sich aufkeimen lassen.

Sie setzte ein weiteres Mal an. „Komm schon, ... bitte." Nichts passierte, was sie nur noch mehr frustrierte. *Ich weiß noch nicht einmal, wie er heißt,* schoss es ihr durch den Kopf. *Genau, das wäre ein guter Ansatz für unser nächstes Gespräch.* Abermals ließ sie ihren Blick über das Feuer gleiten. *Bewegte sich da etwas?* Ihre Augen weiteten sich. *Nein.* Nichts passierte.

Sie kuschelte sich in die Couch und ihre Augenlider wurden schwerer, je länger sie das Feuer anstarrte. Draußen kroch die Abenddämmerung über das Anwesen und langsam sank Maddy in einen tiefen Schlaf.

Plötzlich ging ein Luftzug durch ihr Haar. Sie erschrak und sah sich hektisch um. Niemand war zu sehen und doch war ihr, als ob jemand ihr Haar gestriffen hätte. Ihr Puls raste und ihr Herz pochte wild gegen ihren Brustkorb. Ihr Körper war angespannt und sie sah sich abermals um.

„Ist da jemand?" Sie konnte ja nicht ahnen, dass Ramos sie die ganze Zeit beobachtet hatte. Maddy richtete ihren Blick auf den Kamin und musterte die Figuren an ihm eindringlich.

Ramos folgte ihrem Blick.

Maddy überlegte. *Warum sind diese Figuren am Kamin? Wo habe ich denn noch solche Figuren gesehen?* Ihr Gehirn arbeitete bis in die kleinste Faser. Dann fiel es ihr ein und sie lief zügigen Schrittes aus der Bibliothek.

Ramos wusste nicht, was Maddy vorhatte, also folgte er ihr. Sie lief bis zur Eingangshalle. Dort blieb sie stehen und sah sich um. Eine der Zofen putzte gerade die Treppe, was Maddy sehr ungelegen kam. *Das kann noch eine Weile dauern,* schoss es Maddy durch den Kopf. Trotzdem wollte sie ihr Vorhaben realisieren.

Ramos konnte Maddys Verhalten nicht deuten. Er hielt sich dicht bei ihr auf, um alles zu beobachten, was sie tat.

Sie schlenderte an der Treppe vorbei direkt auf das riesige Gemälde ihres Großvaters zu und blieb davor stehen. Aufmerksam musterte sie jede Einzelheit, die der Maler dort verewigt hatte.

Ramos gesellte sich zu ihr und betrachtete ebenfalls das Gemälde. Er atmete unbewusst stark aus, worauf sich die nähere Umgebung mit Jasminduft anreicherte. Maddys Kopf schoss herum und sichtlich verwirrt nahm sie den Duft war. *Da ... da ist wieder der Duft, der mich letztes Mal so irritiert hatte.* Als sie ihren Kopf in seine Richtung drehte, kam es Ramos so vor, als ob sie ihn direkt ansah, was ihn ein wenig zurückzucken ließ. Ihm gefiel ihr offener, leicht erregter Blick, der nun auf ihn gerichtet war. Schon loderte quälende Hitze in ihm auf.

Maddy zwang sich, wieder auf das Gemälde zu blicken. Sie fing diesmal von unten an, das Portrait zu begutachten. Ihre Augen zuckten plötzlich, als sie eine der Figuren am Kamin auf dem Gemälde wiedererkannte. Sie hätte fast mit dem Finger darauf gezeigt, hielt ihn dann aber doch zurück. Ihr entwich nur ein leises kaum hörbares „Ja, da ist eine."

Ramos folgte ihrem Blick und sah ebenfalls die Figur des Feuers. *Sollten sich die anderen Elemente auch hier finden?* Nun standen beide nebeneinander und suchten das Bild nach weiteren Hinweisen ab.

Ramos entdeckte die Figur des Wassers, konnte sie aber Maddy nicht zeigen.

Maddy unterdessen suchte neugierig jeden Zentimeter ab.

Ramos pustete ihr von hinten in die Haare und sie blickte aufgeschreckt nach oben und sah ebenfalls die Figur des Wassers.

Maddy schaute sich um, aber das einzige, was sie sah, war die Zofe, die immer noch die Treppe schrubbte. Auf einmal öffnete Maddy ihren Mund und flüsterte

„Bist du es?" Ihr Puls wurde schneller und sie achtete auf jede Kleinigkeit, die nun passierte.

Sie hatte ihn bemerkt. *Toll gemacht,* ermahnte sich Ramos. Sollte er ihr ein Zeichen von sich geben? Eigentlich widerstrebte es ihm, aber andererseits sehnte er sich so sehr nach ihr. Er wollte ihr alles geben, was sie von ihm verlangte. Bedingungslos. Er pustete ihr abermals sacht in die Haare, worauf eine Strähne nach vorne über ihre Wange flog.

Maddy bekam eine Gänsehaut. *Er ist da.* Freudig zuckte ihr Mundwinkel zu einem Lächeln.

„Bleib bei mir", hauchte sie ihm entgegen und er antwortete mit einem weiteren Pusten. Maddy hätte am liebsten Luftsprünge gemacht, aber sie zwang sich zur Ruhe, denn die Zofe sollte nichts mitbekommen.

Ramos hätte sie am liebsten in seine Arme genommen und fest an seinen Körper gedrückt. So nah bei ihr zu sein war eine Qual, aber auch ein Segen. Er hätte ihr am liebsten die Haare mit seinen Fingern zur Seite gekämmt und dann seinen Mund sachte auf ihren Hals gepresst. Dort hätte er die pulsierende Ader spüren können, die das Blut durch ihren Körper transportierte. Er hätte sich erlaubt, die Lippen zu öffnen und seine Zungenspitze über ihre Haut fahren zu lassen. Augenblicklich stand sein Körper unter vollster Anspannung.

„Komm mit mir, … bitte. Geh nicht weg." Sie drehte sich langsam um, und wenn sie gewusst hätte, dass er genau hinter ihr stand, hätte sie das sicher nicht getan.

Ramos war so erregt, dass sein Puls raste und seine Augen zu glühen begannen. Er blickte auf sie herab und wollte sie an sich ziehen.

Maddy wusste nicht, ob er ihr folgen würde, doch sie wollte jetzt keine Zeit verlieren.

„Komm", stieß sie fast tonlos hervor, als sie zur Treppe lief. Immer zwei Stufen auf einmal nahm sie auf ihrem Weg nach oben.

Die Zofe blickte nicht einmal auf, als sie an ihr vorbeischritt.

In ihrem Zimmer angekommen verriegelte sie die Tür. Sie war leicht außer Atem. Ihre Augen suchten nach einem Anhaltspunkt, dass er ihr gefolgt war. Nichts. Sie wagte kaum zu sprechen.

„Ich hoffe, du bist hier!", flehte sie.

Nichts. *Hab ich ihn jetzt in der Eingangshalle verloren?* „Verdammt! War ich zu schnell? Bitte, sei da." Ihre Stimme stockte.

Ramos gefiel, wie sie nach ihm rief. Seine Augen glühten immer noch. Er kostete den Moment aus, wie Maddy dort stand, nervös und erregt zugleich. Dann atmete er tief aus und der Jasminduft umhüllte Maddy.

Ja, er ist da.

„Endlich!" Erleichterung blitzte in ihr auf. „Ich habe schon so lange auf dich gewartet. Habe sogar ein Feuer angezündet, um dich wiederzusehen." Nun erkannte sie, dass er nicht im Feuer oder Wasser war, worin er sich ihr zeigte, sondern Luft. *War er es wirklich, oder war es jemand anderes?* Sie schreckte zurück.

Ramos konnte nicht definieren, was diese Gefühlsregung in ihr ausgelöst hatte, aber auf einmal stand sie vor ihm, als wenn sie ihn gleich töten wollen würde.

Er beobachtete sie eindringlich.

Maddy stieß die folgenden Worte weniger sanft aus. „Wer bist du?" Das war dieselbe Frage wie am Anfang ihres Gespräches in der Bibliothek.

Warum fängt sie mit dieser Frage an? Auf einmal dämmerte es ihm, dass er ihr nur signalisiert hatte, das Element Feuer und Wasser zu beherrschen und nicht die Luft. Klar, dass sie nun denken musste, er wäre jemand anderes. Er blickte in den Kamin, wo nur noch eine kleine Glut vor sich hinknisterte. Er entschloss sich, sie wieder zu entfachen und schoss in die Glut, worauf im Nu lauter Funken sprühten. Da der Kamin in Maddys Zimmer nicht so groß war, wie der in der Bibliothek, schob er einige der glühenden Reste vor den Kamin auf die feuerfesten Fliesen. Dann erhob er sich zu seiner vollen Größe.

Maddy zuckte merklich zusammen, als das Feuer auflodderte und ihren Feuermenschen freigab. Ein Adrenalinschub ging durch ihren Körper.

„Du bist es also doch!" Erleichterung trat in ihr Gesicht.

Ramos war beruhigt, als er ihr Lächeln sah und nickte zustimmend.

„Ich hatte Bedenken, dass du nie wieder auftauchen würdest." Ihr Wimpernkranz senkte sich über ihre blauen Augen. Fast beschämt trat sie auf ihn zu und blickte ihn erwartungsvoll an.

Sein Körper strotzte vor Muskeln und strahlte eine unbändige Kraft aus. Maddy reichte ihm gerade mal bis zur Schulter.

Ramos blieb ganz ruhig stehen, um sie nicht zu verletzen.

Sie trat noch etwas näher und mit ihrem festen Blick bohrte sie sich in seine glühenden Augen.

„Du bist sehr attraktiv. Hat dir das schon mal jemand gesagt?" Sinnlich kniff sie die Augen zusammen und befeuchtete ihre Lippen. *Absoluter Wahnsinn*, flammte durch ihren Kopf.

Ramos war überaus dankbar für dieses Kompliment und schüttelte den Kopf. *Könnte ich dir nur sagen, wie schön DU bist*. Ramos wollte nicht einen Millimeter von ihr weichen, so sehr genoss er ihre Nähe.

Die Hitze, die Maddy entgegenschlug rötete ihre Wangen. Fast war Maddy im Begriff ins Feuer zu greifen, als Ramos sich etwas zurückbeugte. Da bemerkte sie erst, wie dicht sie ihm schon gekommen war.

„Ich weiß, es hört sich vielleicht komisch an, aber ich würde dich gerne berühren, wissen, ob du wirklich bist." Sie klang sehnsüchtig.

Sollte er es wagen, sich noch weiter auf sie einzulassen? Sein Gehirn setzte fast vollständig aus. Er schaute sie an und legte seinen Zeigefinger auf den Mund.

„Leise sein", sagte sie, ohne zu überlegen.

Dann deutete er auf ihr Bett.

Maddy folgte seiner Bewegung und ging auf das Bett zu.

Er machte eine Bewegung, die ihr signalisierte, sie solle die Bettdecke vom Bett werfen. Sie tat es. Dann legte er seine Handflächen aufeinander und schmiegte seinen Kopf auf den Handrücken.

Sie beschloss, seinen Anweisungen zu folgen. Sie streifte ihre Schuhe von den Füßen und legte sich auf das Laken. Dann blickte sie wieder zu Ramos, der sich eine Hand über die Augen legte.

„Okay, ich schließe jetzt meine Augen, aber wehe, du tust mir weh. Dann schreie ich!" *Bin ich denn völlig übergeschnappt. Was mache ich denn da eigentlich?*

Mit einem letzten Blick schloss sie ihre Augen.

Ramos schmunzelte und entzog sich blitzartig dem Feuer und ging wieder in das Element Luft über. *Sie will mich berühren. Schlechte Idee. Gute Idee.*

Sanft glitt er unter das hauchdünne Laken.

Maddy spürte eine leichte Bewegung des Bettes, konnte aber nicht lokalisieren, was passierte. Sie lag auf dem Rücken und sie hatte die Hände auf ihren flachen Bauch gebettet. *Was passiert jetzt?* Ihr Brustkorb hob und senkte sich und ihr Atem ging unregelmäßig.

Ramos ließ seinen vollständigen Körper neben ihrem, nur vom Laken getrennt, erscheinen.

Maddy spürte, dass etwas neben ihr Form annahm und sie hoffte, dass es das war, was sie sich so sehr wünschte. Der Duft von Jasmin hüllte sie ein und instinktiv drehte sie sich in seine Richtung.

Ramos tat es ihr gleich.

Sie hob ihren Arm und ihre Finger tasteten durch die Luft, bis sie gegen das Laken stieß, welchen seinen Oberarm bedeckte. Als ihre Fingerspitzen sanft über seinen Oberarm strichen, fing er innerlich an zu glühen. *Den Moment möchte ich festhalten,* ging ihm durch den Kopf.

Ihr Atem ging schwer und sie tastete weiter, von seiner Schulter hinab zu seinem Ellenbogen, dann weiter bis zu seiner Hand. Als ihre Finger seine Finger erreichten, streckte er ihr seine Hand entgegen, so dass sie einen leichten Druck fühlte. Ein Seufzer entglitt ihr.

Er drückte intensiver gegen ihre Hand und sie nahm sie langsam zurück. Er folgte ihrer Hand, als sie diese auf ihrer Hüfte ablegte. Stoßweise ging ihr Atem und die Wärme ihres Körpers drang ihm entgegen. *Meine Maddy.* Er genoss es und schob das Laken weiter nach oben. Somit glitt seine Hand über ihre Taille hinauf zu ihrer Schulter.

Maddy genoss diese Berührungen. Sie waren das Sinnlichste, was sie je erlebt hatte. Sie zog das Laken auf der anderen Seite unter sich hervor und schlüpfte ganz unter das Laken. Ihre Augen blieben dabei geschlossen. Sie wusste nicht, ob das, was sie tat, so richtig war. Denn sie fühlte auf einmal eine große Leere, so als wäre er verschwunden. Auf einmal kam oberhalb des Lakens der Jasminduft wieder in ihre Nase. *Er ist noch da,* durchströmte es sie. Sie bemerkte, wie er seinen Körper auf ihren legte. Das Laken zeichnete jede seiner Konturen nach. Es brannte in ihr, als sich sein Brustkorb auf ihren Brüsten niederließ. Sein Bauch drückte gegen den ihren und seine Hüfte drückte gegen ihren Schoss. Anscheinend spreizte er seine Beine, damit er nicht vollends auf ihr lag. *Was für ein Mann.* Sie spürte, wie sich neben ihrem Kopf die Matratze senkte, so als ob er sich mit seinem muskulösen Arm abstützte. Leicht spannte sich das Laken über ihren Kopf, ihrer Nase und ihrem Mund. Sie hauchte durch das Laken und es kam ihr so vor, als würde auf der anderen Seite sein Mund genauso sehnsüchtig auf einen Kuss warten.

Ramos fühlte sich fantastisch. Ihren Körper unter sich zu haben, war das Aufregendste, was ihm bisher widerfahren war. *Scheiße, fühlt sich das gut an.* Sie passte sich genau seinem Körper an. Nachdem sie unter das Laken gekrochen war, hatte er sich entschlossen, oberhalb des Lakens ihren Körper zu erkunden. Nun drang ihr warmer Atem durch das Laken, ihre Lippen zeichneten sich ab und er war gewillt, seine Lippen auf die ihren zu pressen.

Maddy konnte sich nicht zurückhalten.

„Bitte!"

Woraufhin Ramos seinen Kopf senkte, bevor sie weitersprach. Nicht dass seine Standhaftigkeit noch komplett geschmolzen wäre. Denn ihre Stimme erregte ihn noch mehr und er hatte Angst, dass sich seine Fangzähne ausfahren würden und sie ihn abstoßend finden würde. Nun ließ er seine Lippen auf das Laken genau auf ihre Lippen gleiten. Sie fühlte den Druck seiner Lippen und keuchte leicht auf. Ihre Brüste drückten sich ihm entgegen und ihre Mitte empfing ihn wohlwollend. Er bemerkte die Veränderungen ihres Körpers und er wollte diesen Moment gnadenlos auskosten. Seine Seele darin baden, um sich ein wenig lebendig zu fühlen. *Zurückhaltung! Langsam!,* ermahnte er sich. Dennoch konnte er seine Erektion nicht bremsen, die sich nun hart zwischen ihre Beine drückte. Ein Stöhnen entwich ihr und sie hob ihre Hüfte ihm entgegen. Er presste sie mit seinem Becken in die Matratze. *Kontrolle! Verlier nicht die Kontrolle!,* schrie sein Inneres ihn an. Er ergriff ihre Hände und umklammerte sie. Ramos stemmte sich in die Höhe, so dass sein Oberkörper nicht mehr auf dem von Maddy ruhte, denn seine Fangzähne schossen ihm schmerzhaft aus seinem Kiefer. Seine Erektion rieb sich immer noch im gleichmäßigen Rhythmus an ihrer Mitte, was Maddy immer mehr erregte. In ihr loderte ein intensives Feuer, denn sie konnte sich genau vorstellen, wie sich sein nackter Körper an ihr rieb, wenn dieses Laken nicht wäre. *Gib mir mehr,* dachte sie sich. *Hör nicht auf,* stieß sie in Gedanken hervor. Ihrem Mund entströmte ein weiteres Stöhnen, dass so viel Begierde in sich barg, dass er ihr diese Sehnsucht mit jeden Millimeter seines Körpers austreiben wollte. Sie sollte nur noch vor Leidenschaft für ihn brennen. *Mehr, mehr, ich will viel mehr,* loderte durch seinen Kopf.

Maddy regte sich unter ihm. Sie wollte ihn unter sich haben und er folgte ihrem Wunsch. Als er nun unter ihr lag, saß sie fast auf seiner Erektion. Sie rutschte ein klein wenig höher und fing an, seinen ganzen Oberkörper mit ihren Fingern zu ertasten. Begierig fingen ihre Finger an, über seine Stirn zu gleiten. Dann zeichnete sie die Augen und die markante Nase nach. *So sanft und gefühlvoll,* hätte er ihr am liebsten entgegen gehaucht. Ihre Fingerspitzen glitten über seine ausgeprägten Wangenknochen hinab zu seinen Lippen, umrandeten diese und setzten ihren Weg zu seinem Hals fort.

Ramos war froh, dass sie seinen Mund nur kurz betastet hatte, denn lange hätte er seine Fangzähne nicht zurückziehen können. Nun schossen sie wieder aus seinem Kiefer.

Maddy streifte über seine muskulösen Arme bis zu seinen Händen, ertastete jeden einzelnen Finger und glitt dann wieder hinauf bis zu seinem Hals. Dann spreizte sie die Finger und fuhr ihm über den kräftigen Brustkorb, fühlte seine Brustwarzen und dann rutschte sie tiefer. Die Muskeln waren über seinen flachen Bauch gespannt. Ihre Finger zitterten, als sie ihren Weg zu seiner Taille weiter fortsetzte. Sie rutschte zwischen seine Beine. Nun streichelte sie weiter an seinen starken Oberschenkel entlang bis zu den Knien, an den Schienbeinen längs bis zu seinen Füßen.

Sie stellte sich vor, sie bräuchte nur das Laken zur Seite zu reißen und würde einen wundervollen Mann vor sich haben, bei dem jeder Frau das Wasser im Mund zusammenlaufen würde. *Lecker,* schoss es durch ihren Kopf. Sie tastete sich wieder hinauf bis zu seinen Oberschenkeln. Dann rutschte sie höher, spreizte ihre Beine über seine muskulösen Schenkel, bis sie sich mit ihren Händen auf seiner Brust wiederfand. Seine Hüfte hob sich und sie spreizte ihre Beine. Sie genoss die Härte, die sich ihr entgegenschob. Genau da wollte sie sie haben. *Perfekt.*

Ramos hatte jede ihrer zarten Berührungen in sich aufgesogen. *Mehr, viel mehr. Nimm mich.* Wie sie nun rittlings auf seinem Schoss auf seiner Erektion saß, war das für ihn der pure Hochgenuss. Er atmete schwer aus.

Sie knickte mit den Armen ein, als eine weitere Welle Jasminduft ihr in die Nase drang. Maddy wollte ihn auf seinen realen Lippen küssen, aber das war nicht möglich, was sie seufzen ließ. Abermals fuhr sie über seinen Bizeps und versuchte sich jede Faser seines Körpers einzuprägen. *Diese Arme sind so kraftvoll, darin könnte ich mich geborgen fühlen.* Abermals seufzte sie. Durch die immer noch geschlossenen Augen nahm sie ein Rascheln war.

Seine Hände griffen nach ihren Armen, streichelten an ihnen entlang und ihr Blut pulsierte durch ihren Körper. Sie schmolz regelrecht dahin, beugte sich tiefer, um den betörenden Duft in sich aufzunehmen.

Ramos wunderte sich, was sie dort tat. Er hätte ihr so gerne etwas ins Ohr geflüstert oder überhaupt mit ihr gesprochen. Selbst ein Stöhnen hätte er gerne von sich gegeben. Sein Körper bebte unter ihren Berührungen und er kostete es aus, nach so langer Zeit mal wieder glücklich zu sein. Er hätte noch stundenlang so weiter machen können, da nahm er im Flur ein Geräusch wahr.

Einer der Vampire war dort unterwegs und es würde nur noch Sekunden dauern, bis er die Tür erreicht hätte. Er stieß einen Fluch aus. *Warum jetzt? Verflucht noch mal!* Wütend biss er sich auf die Unterlippe.

Da war auch schon das unvermeidliche Klopfen an der Tür. Das Laken fiel in sich zusammen und Maddy klatschte in die Matratze. Zutiefst enttäuscht stieß sie wütend hervor: „Warum jetzt?" Mit den Händen drückte sie ihren Oberkörper nach oben, setzte sich auf und rutschte dann von der Bettkante.

Wartend hatte sich Ramos in die hinterste Ecke des Zimmers verzogen. Die wackeligen Beine von Maddy entlockten ihm ein Lächeln. Hatte er so auf sie gewirkt? Das machte ihn stolz und seine Brust schwoll an. Er setzte sich auf die Eckbank am Fenster, zog ein Bein nach oben und stützte seinen Arm darauf ab. Er schaute Maddy bei ihrem Weg zur Tür nach. Jeden kraftlosen Schritt, den sie machte, ließ ihren Körper in seinen Augen anmutig aussehen. Ihre Hüften bewegten sich, worauf Ramos sich gleich wieder verspannte. *Meine Maddy*, schoss es durch seine Gedanken.

Maddy entriegelte die Tür und ließ Mehit eintreten. Dieser musterte Maddy eindringlich. Sein prüfender Blick glitt durch den Raum und blieb an dem zerwühlten Bett hängen. Die Bettdecke und die Kissen lagen auf dem Fußboden.

„Ist alles in Ordnung?" fragte er neckisch.

„Ja, warum?" sagte sie sichtlich verärgert.

„Sieht so aus, als hättest du ganz schön gewütet."

Maddy beachtete ihn gar nicht, schritt an ihm vorbei und warf die Kissen und die Decke wieder aufs Bett.

„Was gibt es denn, was wir nicht auch später besprechen könnten?"

Mehit spürte ihre Erregung, konnte sie aber nicht zuordnen. „Wir haben morgen Nacht einen wichtigen Termin, wo du sicher dabei sein möchtest." Nun hatte er ihre Aufmerksamkeit.

„Was ist morgen Nacht?", fragte sie bohrend.

„Ament und Conzuela werden sich verbinden."

„Verbinden? Was meinst du damit?" Ihre Augen waren weit geöffnet.

„Ach so, bei euch heißt das heiraten."

Nun schaute Maddy ihn skeptisch an.

„Conzuela hat gerade ihre Mutter zu Grabe getragen und morgen wollen die beiden ihre Hochzeit feiern?"

„Ja, manche Sachen gehen bei uns schneller als bei euch", frotzelte Mehit.

Mit verschränkten Armen musterte sie Mehit.

„Sehr witzig, Mehit. Dann kannst du ja mal anfangen, mir zu erklären, wie so etwas bei euch abläuft. Welche Bräuche gibt es? Was trägt man bei einer Verbindung?"

Mehit winkte mit den Armen ab.

„Immer langsam. Ich erkläre es dir gerne."

2. Kapitel

Nachdem Jonathan mit Ortischa über die bevorstehenden Ereignisse gesprochen hatte, setzte sie sich auf die Couch, schlug ihre Beine übereinander und starrte ins Leere.

„Ament wird nicht wollen, dass ich Conzuela zur Seite stehe", sagte sie bedrückt. „Er hat es mir immer noch nicht verziehen, dass ich damals gegangen bin. Ich sehe es jedes Mal an seinem Blick." Dabei schlug sie ihre langen Wimpern nieder.

„Du solltest mit ihm reden." Jonathan hatte es ausgesprochen, doch er wusste selber, dass der störrische Ament keinem Gespräch zustimmen würde, wenn er das nicht wollte.

„Ich kann gerne dabei sein. Vielleicht wäre es dann leichter für dich." Er lehnte sich zurück und legte seine Hände vor sich auf den Tisch.

Ortischa sah auf.

„Danke für das Angebot, aber … ich glaube, dass sollte ich besser alleine machen. Aber ehe ich nicht mit ihm gesprochen habe, kann ich auch nicht zu Conzuela gehen, um sie …" Ihr stockte der Atem, als sie Ament im Türrahmen stehen sah. Seine Augen glühten rot.

„Was … willst … du … von … ihr!" Seine Worte waren bissig und trieften vor Entrüstung.

„Ich …" Sie zuckte merklich zurück.

Dann erhob Jonathan seine Stimme.

„Ich habe Ortischa gesagt, sie soll Conzuela auf die Verbindung vorbereiten und ihr mit dem Kleid helfen. Da wirst du doch nichts dagegen haben, oder?" Jonathan beobachtete Ament genau und spürte seine unterschwellige Wut.

„DOCH!", schoss es aus ihm hervor. „Sie muss ihr nicht helfen!" Er ballte seine Hände zu Fäusten, so dass die Knöchel weiß hervortraten.

Jonathan drehte sich zu Ament. „Nun ist Schluss mit diesem Theater, Ament! Ortischa ist damals gegangen und sie hatte ihre Gründe. Ihr seid Clankrieger! Aber ihr habt auch Gefühle, wie man sieht, und manchmal überwiegen diese." Jonathans Blick bohrte sich in Ament, der stumm die Vorwürfe entgegennahm.

„Ich will, dass ihr einen Weg findet, miteinander klarzukommen. Es ist mir egal wie, aber tut es!"

Damit ging er an Ament vorbei und ließ die beiden allein.

Ament bewegte sich keinen Millimeter. Seine Wut kochte in ihm hoch. Die Hitze fing an seinem Inneren zu zerren und er hatte Mühe, sie nicht hochwallen zu lassen.

„Ament", sagte Ortischa sanft. Dann raffte sie die Schultern, stand auf und trat einen Schritt auf ihn zu. „Ja, du hast Recht. Ich bin damals abgehauen. Habe euch im Stich gelassen. Ich habe mir die Schuld an dem Attentat gegeben. Ich fühlte mich unwürdig, noch in eurer Nähe zu sein. Ich dachte, ihr verurteilt mich für mein Versagen, und ich …"

Plötzlich stand Ament direkt vor ihr. Sein breiter Brustkorb hob und senkte sich ziemlich schnell.

„Warum?", fragte er immer noch erregt.

„Warum was?" Erstaunt schaute sie zu ihm auf.

„Warum denkst du, du hast versagt! Wir haben geschworen, unser Leben für den Clan zu opfern. Dieses Attentat konntest auch du nicht verhindern, deshalb hättest du nicht gehen müssen."

„Aber ich dachte, ihr gebt mir die Schuld daran, und das hat mich aufgefressen …"

Ament hob seine Faust, öffnete diese und zeigte mit seinem Zeigefinger auf sie, so dass Ortischa die Luft vor Erstaunen wegblieb.

„Du hast keine SCHULD!" Dabei sah er sie mit seinen rotglühenden Augen an.

In seinen Augen konnte Ortischa die Aufrichtigkeit sehen und es erfüllte ihr Herz mit neuer Kraft. Sie wusste, dass dieser wortkarge Krieger immer ehrlich war. Erleichtert sagte sie nun:

„Dann …"

„Wirst du Conzuela bei den Vorbereitungen helfen", beendete Ament den Satz und ein Zucken umspielte seinen Mundwinkel, das Ortischa so noch nie an ihm gesehen hatte.

„Klar! Du kannst dich auf mich verlassen." Damit sauste sie an ihm vorbei und ihre High Heels hämmerten den Flur entlang. Es bedeutete ihr sehr viel, dass Ament ihr verziehen hatte.

Mehit hatte ihr immer gesagt, sie sei nicht schuld gewesen. Doch Ament hingegen hatte sie mit seinem Schweigen gestraft. *Hätte ich schon früher mit ihm sprechen sollen?*, überlegte sie nun, während sie fast an Aments Quartier vorbeigelaufen wäre. Sie atmete tief ein und klopfte dann an die Tür. Sie hörte die leisen Schritte von Conzuela, die die Tür öffnete und sie erstaunt ansah.

„Hallo", sagte Conzuela freundlich.

Innerlich noch total aufgewühlt, versuchte Ortischa sich zu sammeln.

„Geht es dir gut?", fragte Conzuela, die ebenfalls ihre Zerrissenheit spüren konnte.

„Ja, es ist alles in Ordnung. Jonathan hat mich gebeten, dir bei der Verbindung zur Seite zu stehen."

Conzuela runzelte leicht ihre Stirn, während Ortischa weitersprach.

„Aments Erlaubnis habe ich auch."

Bei diesen Worten entspannte sich Conzuela sofort.

„Wie möchtest du mir helfen?", fragte Conzuela neugierig.

„Hast du ein Kleid?" Neckisch antwortete sie: „Kennst du dich mit den Bräuchen des Clans aus?"

Nun hatte sie Conzuelas volle Aufmerksamkeit.

„Ich … ähm." Conzuela hatte überhaupt nicht daran gedacht, dass das alles etwas anders sein könnte, als bei einer normalen Verbindung. Sie trat beiseite und ließ Ortischa ein.

„Wir werden in die Stadt fahren und ein Kleid für dich kaufen."

Conzuela nickte, schlüpfte in ein paar Turnschuhe und nahm ihre Handtasche.

„Moment … ich brauche noch Aments Kreditkarte, da ich alles notgedrungen im Zentrum zurückgelassen habe." Dabei rollte sie mit den Augen.

Ortischa griff in ihre Hosentasche und präsentierte ihr eine schwarze Kreditkarte.

„DIE wird wohl reichen." Verschmitzt nickte sie Conzuela zu.

Beide verließen das Quartier, und als sie an der Kommandozentrale vorbeikamen, stand Ament im Türrahmen. Er musterte seine Conzuela, wie sie neben Ortischa herlief. Ihr weich fließender Gang betörte ihn und seine Begierde nach ihr schoss durch seinen Körper. Auch Conzuela durchströmte ein heißes Gefühl, als sie ihn dort stehen sah, seine Augen auf sie fixiert und in ihnen unbändiges Verlangen.

Ament streckte seine Hand aus und schon war Conzuela in seinem Arm. Ein inniger Kuss folgte, wobei Ortischa ihren Augen nicht traute. So viel Gefühl, wie er Conzuela entgegenbrachte, überwältigte sie. Sie wandte ihren Blick ab, um ihnen etwas Privatsphäre zu gönnen.

Ament genoss den lieblichen Duft von Conzuelas Haut, ihre zarten Lippen auf seinen zu spüren. Sanft löste er sich von ihr und sah in ihre großen braunen Augen.

„Meine", hauchte er ihr entgegen.

Ortischa räusperte sich. „Wir müssen jetzt noch einmal in die Stadt, um … " Ament schnitt ihr das Wort ab. „Ja, wir können los!"

Ortischa wusste, dass es keinerlei Freiraum für Diskussionen gab. „Du darfst deine Braut nicht vorher in ihrem Kleid sehen!", sagte Ortischa forsch.

„Werde ich nicht!", antworte Ament ruhig.

Ortischa wollte sich gerade an ihm vorbeidrängen, um den Schlüssel für den Geländewagen zu holen, als Ament seinen Arm ausstreckte. Der Schlüssel baumelte bereits an seinem Finger.

Ortischa verdrehte die Augen und griff danach.

„Na, dann los!"

Die Drei machten sich auf den Weg zur Garage und bestiegen den Lexus. Ortischa fuhr und Ament hatte sich mit Conzuela auf die Rückbank verzogen. Sie verließen das Anwesen und fuhren ins Zentrum von London.

Raban saß auf seinem Bett und starrte den Fußboden an. *Sollte es wirklich so weit sein? Sollte ich wirklich ein Clankrieger werden? Sollte etwas in meinem Leben funktionieren?* Unschlüssig schüttelte er den Kopf. Die ganze Zeit hatte er darauf hingearbeitet und nun sollte es sich erfüllen. Überwältigt von seinen Gefühlen schossen auf einmal noch mehr Gedanken in seinen Kopf. *Wie werde ich zum Clankrieger? Was passiert bei der Zeremonie? Könnte ich dabei sterben?* Vertieft in seine Spekulationen, nahm er das Klopfen an seiner Tür überhaupt nicht wahr. Erst als sich die Tür öffnete, schaute er auf.

Jonathan stand im Türrahmen und über seinem Arm hing ein Kleidersack.

„Aufmerksam bist du nicht gerade", rügte ihn Jonathan spielerisch, als er die Tür hinter sich schloss.

Raban konnte ihm darauf nichts erwidern.

Jonathan legte den Kleidersack auf der Couch ab und drehte sich dann zu ihm um.

„Nimm den Spruch von vorhin nicht so ernst", sagte er mit ruhigen Worten.

„Es ist nur so, dass ich mein Leben lang darauf hingearbeitet und eigentlich nie gedacht habe, dieses Ziel auch wirklich zu erreichen." Rabans Worte waren gedämpft.

„Bist DU nicht derjenige, der die flotten Sprüche auf Lager hat? Und jetzt machst auf einmal auf sentimental?"

Nun raffte sich Raban auf.

„Du hast Recht. Dann wollen wir mal die Party steigen lassen."

„So gefällst du mir schon viel besser. In dem Kleidersack ist das Gewand für die Zeremonie." Seine Stimme wurde fast poetisch. „Du wirst deinen Körper reinigen und dann das Gewand über deinen bloßen Körper tragen, die Haare nicht gebunden. Und keinen Schmuck."

Raban nahm alles in sich auf.

„Nun benötige ich noch etwas von deinem Blut." Jonathan hielt ihm eine kleine Phiole hin.

Ohne zu zögern ergriff Raban sie und ließ seine Fangzähne ausfahren. Die Spitzen drangen in sein Handgelenk und dann hielt er die Phiole unter das Rinnsal, welches sich seinem Unterarm entlang schlängelte. Anschließend versiegelte er seine Wunde. Dann reichte er Jonathan die gefüllte Phiole.

„Morgen um Mitternacht schließen wir die Verbindung zwischen Ament und Conzuela. Danach werden wir die Zeremonie und das Gelöbnis durchführen. Für die Feier danach sollten wir genug Getränke vor Ort haben. Könntest du das erledigen?"

Raban nickte zustimmend.

„Gut, dann haben wir alles besprochen. Ament, Conzuela und Ortischa sind noch einmal in die Stadt gefahren."

Jonathan spürte, dass seine Anwesenheit jetzt nicht mehr von Nöten war. Er wandte sich von Raban ab, der auf den Kleidersack starrte.

„Gute Nacht", sagte er, als er das Quartier verließ und die Tür hinter sich schloss.

Maddy hatte unterdessen ihren gesamten Kleiderschrank auf den Kopf gestellt und Mehit saß auf ihrem Bett und musste jedes Kleid, was sie anzog, begutachten. Aber Maddy schien kein Kleid wirklich für geeignet zu halten.

Er fand, dass Maddy in der Hälfte der Kleider bezaubernd aussah, andere gefielen ihm überhaupt nicht und dann waren noch zwei dabei, die sahen so altmodisch aus, dass er sogar die Nase gerümpft hatte.

„Mehit, das ist das letzte Kleid, was mein Kleiderschrank hergibt." Ihre Stimme klang frustriert. Es raschelte und dann hörte Mehit, wie sie in ein paar Schuhe schlüpfte. Stöckelnd kam sie aus dem Ankleidezimmer.

„Wow, das sieht klasse aus."

Maddy schaute ihn mit großen Augen an.

„Das Kleid hat mir Tante Sophie geschenkt. Ich hatte es zu Jacques Geburtstagsfeier getragen."

Mehit richtete sich leicht auf. „Ja, ... du hast Recht. Es stand dir phantastisch." Er fing an, sich wieder zu erinnern.

„An dem Abend bist du mir das erste Mal aufgefallen. Sag, warst du eigentlich früher schon mal im Bistro gewesen?"

„Etliche Male", gab er zu.

„Aber ich habe es nie mitgekommen. Wie hast du ... du hast es uns immer vergessen lassen, oder?"

„Ertappt!"

Maddy trat auf ihn zu und knuffte ihn gegen die Schulter, worauf Mehit sich ein Lachen verkneifen musste.

„Lach du nur, du Vampir. Ich werde dir schon helfen." Lachend stürzte sie auf ihn zu und hämmerte mit ihren kleinen Fäusten auf ihn ein.

An Mehit prallten ihre Schläge ab, aber er tat so, als ob es wehtun würde.

„Au ... au." Er konnte sich nicht mehr zurückhalten. Schallend lachte er los, als Maddy ein Kissen zu Hilfe nahm und anfing, ihn damit zu schlagen. Dabei stolperte Maddy über ihr Kleid und fiel fast auf Mehit, der sich zur Seite rollte und so schlug sie in die Kissen.

„Na, warte!" knurrte sie ihm entgegen und griff ihn erneut an.

„Du hast keine Chance ... gib auf", neckte er sie, während er vom Bett aufsprang. Sie verfolgte ihn mit einem Kissen in der Hand und jagte ihn durchs Zimmer. Seine Schnelligkeit frustrierte sie.

„Das ist nicht komisch!" Sie sah ein, dass sie nicht die geringste Chance hatte, diese Schlacht zu gewinnen.

„Gut, ich gebe auf", sagte sie und Mehit stand genau vor ihr.

„Siehste, geht dochhhhh!!"

Maddy hatte ihren Absatz auf seinen Fuß platziert und kniff die Augen zusammen.

„So, jetzt sind wir quitt."

Er spottete nur: „Unentschieden!"

Ramos, der das Ganze aus der Ecke beobachtet hatte, kochte vor Wut. Wie vertraut die beiden miteinander umgingen! Sein Blut hämmerte durch seine Adern und er wäre am liebsten explodiert. Er schoss an beiden vorbei aus dem Zimmer.

Maddy und Mehit erstarrten, als sie beide den Jasminduft bemerkten. Mit weit aufgerissenen Augen sahen sie sich an. Maddy suchte den Raum ab und Mehit verspannte sich augenblicklich.

„Wieder dieser Duft!", sagte er grollend. „Ich habe ihn schon öfter im Anwesen wahrgenommen." Sein Blick schweifte ebenfalls durch den Raum.

Maddy schlug ihre Augen nieder, denn sie wollte ihm nichts von ihrem Unbekannten erzählen. Aber Mehit spürte ihre Nervosität und trat dicht an sie heran.

„Du hast es auch gerochen?"

Maddy konnte nur zustimmend nicken. Sie biss sich auf die Innenseite ihrer Lippen, um nichts preiszugeben.

„Wir sollten mit Jonathan darüber reden. Vielleicht hat er eine Erklärung dafür."

Zaghaft antwortete Maddy. „Ja, vielleicht sollten wir das."

Mehit fühlte, dass Maddy etwas vor ihm verbarg. Er neigte seinen Kopf und sah sie aus seinen kristallblauen Augen prüfend an.

„Maddy?"

Sie schaute zu ihm auf und er konnte in ihren blauen Augen erkennen, dass sie mehr wusste, als sie zugab. *Ich muss ihn ablenken. Sofort* schoss es ihr durch den Kopf.

„So, ... nun weiß ich immer noch nicht, was ich anziehen soll." Sie versuchte, ein Lächeln aufzusetzen, doch es sah mehr gequält als überzeugend aus. Sie lief ins Ankleidezimmer.

Mehit gefiel das nicht. Doch er wollte nicht weiter nachbohren, denn wenn es Maddy Angst machen würde, hätte sie etwas gesagt.

Nach einigen Minuten trat sie aus dem Nebenzimmer wieder heraus. „Oh, schon so spät." Sie täuschte ein Gähnen vor. „Vielleicht können wir morgen noch einmal shoppen gehen. Was hältst du davon?"

Mehit musterte sie aufmerksam und spürte ihre innerliche Unruhe „Wenn du das möchtest."

Sie wandte ihren Blick von ihm ab.

„Dann gehe ich jetzt schlafen."

Mehit stand immer noch wie eine Säule im Raum.

„Mehit? Träumst du? Oder möchtest du die Nacht hier verbringen?"

Nun löste er sich aus seiner starren Haltung. „Klar, dann bis morgen. Gute Nacht." Er lief an ihr vorbei und warf noch einen schnellen Blick über seine Schulter auf Maddy, bevor er die Tür hinter sich schloss.

Mehit lief die Treppe hinunter und sah sich noch einmal im Anwesen um. Ihn beschäftigte immer noch der Duft, den er in Maddys Zimmer gerochen hatte. Er griff nach seinem Handy und rief Jonathan an.

„Ja", sagte dieser.

„Können wir uns in der Kommandozentrale treffen? Ich muss mit dir reden." Er wartete die Antwort nicht ab, legte auf und ging nach unten.

Jonathan kam einige Minuten später durch die Tür geschritten.

„Was ist denn los?" Seine grünen Augen musterten ihn eindringlich.

Mehit strich sich über seinen Igelhaarschnitt.

„Ich habe ein komisches Gefühl. Als ich oben bei Maddy war, wurde der Raum von Jasminduft durchzogen. Ich habe diesen Duft schon mehrmals wahrgenommen. Meine Sinne sagen mir, dass da irgendetwas ist. Aber was?" Fragend sah er Jonathan an.

„Jasminduft, sagst du. Tja, den habe ich auch schon gerochen. Es ist schon einige Zeit her, da habe ich es in der Eingangshalle registriert. Habe aber nicht gedacht, dass das etwas zu bedeuten hätte." Er griff sich nachdenklich an sein Kinn.

„Ich habe das gesamte Anwesen nach diesem Duft abgesucht." Hastig drehte sich Jonathan um.

„Jasmin ... Moment mal. Das war der Duft, den Maddys Mutter immer trug ... aber das kann nicht sein." Er schüttelte merklich den Kopf.

„Da ist noch mehr", gab Mehit unsanft von sich.

„Maddy weiß etwas und versucht, es vor mir zu verbergen. Ich hätte es aus ihr herausholen können, aber ..."

„Nein!", sagte Jonathan erbost. „Maddy wird keiner Befragung unterzogen. Wenn sie es nicht selbst sagen will, dann ist es so."

„Auch wenn es eine Bedrohung darstellt?" Aufruhr spiegelte sich in Mehits Worten wider.

Jonathan sah ihn skeptisch an.

„Was sollte denn Jasminduft für eine Bedrohung sein? Nun übertreib mal nicht."

Mehit nahm sich einen Kaffee.

„Trotzdem werden wir es im Auge behalten."

Jonathan war einverstanden.

„Morgen will Maddy sich noch ein Kleid für die Verbindung kaufen gehen. Ich werde sie begleiten."

„Nicht nur du! Ament wird auch mitgehen", darauf bestand Jonathan. „Etwas Ablenkung wird ihm gut tun."

Nachdem sie eine Drogerie und einen Schuhladen hinter sich gelassen hatten, stand Ament an dem Geländewagen gelehnt mit einem Coffee-to–go-Becher in der Hand. Conzuela und Ortischa waren ausdrücklich ohne ihn in dieses Geschäft gegangen, denn dort wollten sie das Kleid für Conzuela kaufen.

Ortischa hatte der Verkäuferin eingeflößt, dass sie erst gehen würden, wenn sie das passende Kleid gefunden hätten. Somit würde sich die Öffnungszeit heute verlängern.

Ament beobachtete die Leute, die kurz vor Mitternacht an diesem Samstag unterwegs waren. Manche hetzten mit Einkaufstüten nach Hause, andere waren gestylt, als ob sie auf dem Weg zu einer Party wären. Aus dem Augenwinkel nahm er an der nächsten Straßenecke drei Limousinen wahr, die am Straßenrand hielten. Er konzentrierte seine übernatürlichen Sinne auf die Personen, die aus den Wagen stiegen. Aus der ersten und letzten Limousine kletterten vier Männer, die sofort den mittleren Wagen flankierten. Sie ließen ihre Blicke in alle Richtungen schweifen.

Ament identifizierte diese Männer allesamt als Vampire, was in ihm Anspannung erzeugte. Aus dem mittleren stieg ein Mann in einen grauen Anzug aus. Er hörte ihn sagen: „… es ging nicht anders, Mr Hamilton." Ihm folgte ein weiterer Mann in einem schwarzen Anzug. Seine Haare waren ergraut, was ihn als einen sehr alten Vampir auszeichnete. Dieser sprach nun abfällig.

„Cooper, ich habe Ihnen diesen Auftrag nicht erteilt, um mir nur schlechte Nachrichten zu übermitteln."

Ament nahm einen weiteren Schluck aus seinem Kaffeebecher, ohne die Männer aus den Augen zu lassen.

Der Mann im grauen Anzug buckelte fast vor dem anderen, als beide auf das Haus zugingen.

„Mr Hamilton, es war unmöglich, etwas dagegen zu tun."

„Nichts ist unmöglich. Wann begreifen Sie das endlich, Cooper? Wo ist die Ärztin jetzt?"

Damit betraten die beiden die geöffnete Haustür und Ament musste sich zurückhalten, nicht loszustürzen.

Haben die beide gerade über meine Conzuela gesprochen?, argwöhnte er. Er kniff die Augen zusammen und sein ganzer Körper vibrierte.

Conzuela schoss nur halb angezogen aus der Kabine, was Ortischa stutzig machte.

„Ament!", kam nur über ihre zitternden Lippen.

Da beide ihr Blut gegenseitig getrunken hatten, spürte jeder auch die Erregung des anderen.

Ortischa schoss zum Ausgang und trat vor die Tür. Als sie Ament erblickte, stockte ihr der Atem. An seinen rotglühenden Augen konnte sie seine Wut erkennen.

„Was ist los?"

Ohne sie anzuschauen, schnaubte er ihr entgegen.

„Da drüben scheint der Auftraggeber zu sein, der Conzuela aus dem Verkehr ziehen wollte."

„Beruhige dich!", fuhr sie ihn harsch an. Ihr Blick nahm nun auch die geparkten Limousinen war. Ansonsten war niemand zu sehen.

„Sind sie in diesem Haus?"

„Ja", bellte er ihr entgegen.

Ortischa zückte ihr Handy und rief im Anwesen an.

„Raban, überprüfe, wem das Haus in der Masonstreet 45 gehört. Ament ist der Meinung, dass das derjenige ist, der Conzuelas Verhaftung erteilt hat", sagte sie energisch.

„Einen Moment", antwortete Raban.

Nach ein paar Minuten kam die prompte Antwort, die sie auch gleich Ament mitteilte: „Das Gebäude gehört dem Ratsmitglied Hamilton."

Aments Blick war stur auf das Gebäude gerichtet. Dann dröhnte die Stimme von Jonathan durch den Hörer.

„Ohne Beweise werdet ihr Hamilton nicht angreifen. Habt ihr verstanden?"

Ament hielt seine Hand Ortischa entgegen und sie legte ihr Handy in seine Hand.

„Ich werde nicht ruhig bleiben, wenn er daran schuld ist, das Conzuela im Zentrum festgehalten wurde", blaffte Ament in das Handy.

„Von mir aus kannst du ihn umbringen, WENN er es war. Aber solange wir keine eindeutigen Beweise haben, lässt du die Finger von ihm!" Ohne ein weiteres Wort gab er das Handy Ortischa zurück.

„Wir haben verstanden", antwortete sie.

„Raban zapft gerade alle Computer und Telefonleitungen in diesem Gebäude an, um uns weitere Informationen zu beschaffen. Sollte sich die Vermutung bestätigen, dann werden wir uns um ihn kümmern", zischte Jonathan hervor.

„Okay. Sobald wir hier fertig sind, kommen wir zurück." Damit beendete sie das Gespräch und steckte ihr Handy wieder ein.

„Kann ich dich jetzt alleine lassen? Wir brauchen noch einen Moment."

Ament nickte nur, ohne seinen starren Blick abzuwenden.

Sie huschte wieder in den Laden, wo Conzuela mit weit aufgerissenen Augen stand.

„Was ist los?"

Ortischa wollte ihr nichts verheimlichen, daher erzählte sie ihr, was sich gerade vor der Tür abgespielt hatte.

Conzuela stockte der Atem und sie fasste sich mit ihrer Hand an den Hals.

„Ament hat sich unter Kontrolle. Wir sollten uns etwas beeilen und seinen Geduldsfaden nicht überstrapazieren."

Conzuela drehte sich ohne ein Wort um und verschwand in der Kabine, um ihr Kleid anzuprobieren. Es dauerte keine Viertelstunde und beide Frauen kamen mit einer riesigen Tüte aus dem Laden und verstauten diese im Kofferraum.

Ament löste sich aus seiner Beobachtungsposition, ergriff sofort Conzuelas Hand und zog sie an sich. „An dich kommt keiner mehr ran. Dann müsste er mich schon töten!", brummte er ihr entgegen.

Sie küsste ihn auf die Wange und dann stiegen alle in den Wagen.

Ortischa wendete, um in entgegengesetzter Richtung zum Anwesen zu fahren. Nach dem sie einige Kilometer unterwegs waren, gelang es Ament, sich wieder etwas zu entspannen.

„Hast du etwas Schönes gefunden?" Seine Worte klangen sehr gequält, was nicht seine Absicht war.

„Ja. Ich hoffe, es wird dir gefallen." Dabei strahlten ihre Augen und Aments Gesichtsausdruck signalisierte ihr, dass sie auch gar nichts tragen müsste, um ihm zu gefallen. Sie schmiegte sich an seine Schulter und Ament gab ihr einen Kuss auf die Stirn.

Als sie am Anwesen ankamen, war es schon weit nach Mitternacht. Ortischa lenkte den Lexus in die Garage und das Garagentor schloss sich hinter ihnen. Sie verließen den Wagen und nahmen die Tüten aus dem Kofferraum. Schweigend gingen sie nach unten.

Ament bog in die Kommandozentrale ein, wo sich Raban, Mehit und Jonathan über einen Laptop gebeugt hatten. Conzuela wollte ihm folgen, doch Ortischa ergriff ihren Arm.

„Komm, lassen wir die Männer allein. Wir müssen sehen, ob wir jetzt auch alles für die Nacht deines Lebens haben."

„Du hast Recht. Es wäre unentschuldbar, wenn wir etwas übersehen würden." Sie hakte sich bei ihr ein und beide liefen zu Ortischas Quartier. Als sie eintraten, legte Ortischa die großen Tüten auf der knallroten Couch ab und kickte ihre High Heels von den Füßen.

„Durst?", fragte Ortischa.

Conzuela nickte ihr zu, legte noch die letzte Tüte zu den anderen und sah sich etwas genauer um, während Ortischa zwei Blutbeutel aus dem Kühlschrank nahm. Das Quartier war in den Farben der spanischen Flagge gehalten, obwohl das rot eindeutig überwog. Die Kommode, die gegenüber stand, wurde von keinem Bilderrahmen geziert. Alles sah sehr spartanisch aus, was eigentlich nicht zu einer Frau passte, aber sie erkannte sich selbst darin. Auch ihre Wohnung im Zentrum war kahl und ungemütlich, aber sie hatte es so bevorzugt. Sie setzte sich auf die Couch und Ortischa reichte ihr den Blutbeutel. Beide schlugen ihre Fangzähne durch das Plastik und das Lebenselixier quoll aus dem Beutel in ihre Münder.

„So dann wollen wir mal", klatschte sie euphorisch in die Hände.

Ortischa trat an die Tüten heran und sagte: „Du solltest jetzt alles komplett einmal anziehen." Dabei zog sie die roten High Heels aus dem Karton. Ihre Augen fingen an zu glitzern, als sie das Paar Schuhe in ihren Händen hielt.

Conzuela musste schmunzeln.

„Mal sehen, ob ich damit auch laufen kann."

Ortischa drehte sich zu ihr um und ihre schwarze Lockenmähne schwang um ihre Schultern.

„Und ob du das kannst. Diese Schuhe sind eine Offenbarung." Ortischas Blick liebkoste das Paar Schuhe. Sie strich mit ihrem Zeigefinger darüber und stellte es dann auf den Boden.

„Wir hätten dir auch ein Paar kaufen sollen. Vielleicht holen wir das beim nächsten Einkauf nach. Was hältst du davon?" Sie wartete auf eine Antwort.

Ortischa schwieg erst einen Moment und dann stieß sie hervor: „Vielleicht können wir das Mal wieder machen." Dabei sah sie Conzuela aber nicht an.

„So, nun lass uns nicht die Zeit vertrödeln. Wir haben noch eine Menge vor." Sie zog aus der großen Tüte das in Seide gehüllte Kleid.

Conzuela entledigte sich ihrer Kleidung bis auf die Unterwäsche und schlüpfte dann in das bodenlange, blutrote Kleid.

Ortischa ging um sie herum und schloss den Reißverschluss. Dann nahm sie das Paar Schuhe, kniete sich vor Conzuela hin und hob das Kleid leicht an, damit sie in die Schuhe gleiten konnte.

„Perfekt. Die Schuhe haben die richtige Höhe", sagte Ortischa überzeugend. Sie ließ den Stoff wieder herab und der Saum des Kleides schwang bis zur Ende. Ortischa blickte auf und sie strahlte, als sie sich erhob und einen Schritt von Conzuela wegtrat. Das Kleid war atemberaubend. Die Corsage passte sich an ihren wohlgeformten Oberkörper und brachte ein herrliches Dekolleté zum Vorschein. Die angesetzten Ärmel, die ihr bis zu den Handgelenken reichten, umrandeten das Ganze. Der weiche Stoff, der sich ab der Hüfte bis zum Boden um ihre Beine schlängelte, ließ sie graziös wirken.

Ortischa deutete mit einer Handbewegung an, dass sich Conzuela umdrehen sollte. Als sie es tat, schwang der untere Teil des Kleides luftig mit und der rückenfreie Teil kam in ihr Blickfeld. Nur durch zwei mit rubinroten Steinen besetzte Bänder wurde dem Kleid Halt geboten.

„Ich glaube … ich habe mich selbst übertroffen", sagte Ortischa selbstsicher.

„Wenn wir jetzt noch die Frisur hingekommen und das Make up, bin ich die perfekte Braut", strahlte Conzuela.

„Ja, auch das werden wir …!" Sie griff noch einmal in die große Tüte.

„Verdammt, wo sind die Spangen?"

Nun blickte auch Conzuela in die Tüte, doch auch sie sah die Spangen nicht.

„Wir haben sie sicher im Geschäft vergessen." Panik stieg in ihr auf.

„Ich weiß, dass sie auf dem Tresen lagen, als die Verkäuferin das Kleid eingepackt hatte. Wir werden sie morgen holen. Das wird uns jetzt nicht mehr aufhalten." Zuversichtlich strich sie Conzuela über den Arm, die über diese Geste sichtlich erstaunt war.

„Ich bin aufgeregt und hoffe, dass ich morgen Nacht nichts falsch mache."

Ortischa öffnete den Reißverschluss und half ihr aus dem Kleid.

„Wir gehen Morgen alles in Ruhe einmal durch und du wirst mir keine Schande machen, denn wir Frauen müssen zusammenhalten." Nun grinste sie überlegen.

Sie hingen das Kleid in das Ankleidezimmer und stellten auch die Schuhe und die Wäschetüte hinzu.

Als Conzuela in ihre Jeans schlüpfte und sich das T-Shirt wieder überzog, spürte Ortischa ein Ziehen im Unterleib. Sie wollte keinen Anfall bekommen, während Conzuela noch in ihrer Nähe war. Sie riss sich zusammen, doch der Schmerz, der durch ihren Körper schoss, verlangte ihr alles ab. Heftig biss sie die Zähne aufeinander, doch der Schmerz ließ nicht nach.

Conzuela hatte ihr den Rücken zugedreht, während sie sich die Schuhe anzog.

Ortischa versuchte flach zu atmen. Ihr Puls raste und pumpte das Blut durch ihre Adern. Sie griff mit ihren Händen an ihren Bauch und zwang sich nicht ohnmächtig zu werden.

Als sich Conzuela umdrehte, hatte sie sich so weit im Griff, um die nächsten paar Minuten zu überstehen, bis Conzuela den Raum verlassen würde.

„Gut, dann sehen wir uns später." Conzuelas Blick war voller Hoffnung.

„Ja", brachte Ortischa gerade noch hervor.

Conzuela ging auf die Tür zu und öffnete diese.

„Ich danke dir Ortischa." Sie schenkte ihr ein Lächeln.

„Gern geschehen." Ortischa versuchte ihr einen freundlichen Gesichtsausdruck zu schenken, was sie fast zerriss. Conzuela schloss die Tür. Ortischa konnte sich nicht mehr halten und fiel zu Boden. Ihr Körper wurde von Krämpfen geschüttelt, während sie sich auf dem Boden krümmte. Als sie die Augen wieder öffnete, schaute sie in das besorgte Gesicht von Conzuela, die im Begriff war, sie auf ihre Arme zu nehmen. Die Schmerzen waren unerträglich und Ortischa konnte sich nicht einmal wehren. Sie spürte ihre weiche Matratze unter ihrem Rücken. Sie schloss die Augen, denn auch das bereitete ihr eine unheimliche Anstrengung. Dann verlor sie das Bewusstsein.

Conzuela überlegte, was die Krämpfe hervorrufen konnten. *Bis eben war noch alles in Ordnung. Ich brauche unbedingt meine Tasche.* Sie warf einen Blick auf Ortischa, die ganz ruhig da lag.

Conzuela verließ das Quartier und huschte in die Krankenstation, wo sie nach ihrer Tasche griff. Als sie gerade die Station verlassen wollte, fiel das mobile Sonographiegerät in ihr Sichtfeld. Sie ergriff es und schlich wieder zurück. Leise schloss sie die Tür und trat dann mit schnellen Schritten an das Bett heran. Sie nahm ihr Stethoskop und horchte Ortischas Brustkorb ab, dabei konnte sie aber keine Unregelmäßigkeiten feststellen. Anschießend schob sie das T-Shirt leicht nach oben und verteilte das Gel auf ihren Bauch. Dann griff sie nach dem Sonographiegerät und schaltete es ein. Der kleine Monitor piepte und dann wurde der Bildschirm heller und zeigte das Datum und die Uhrzeit an. Sie hielt den Sonographen auf den Bauch von Ortischa und suchte ihren Bauchraum ab. Es dauerte nicht lange, da stieß sie auf eine Veränderung. Ihr Blick bohrte sich in den kleinen Monitor. Sie konnte es nicht genau identifizieren, aber es war einwandfrei kein Tumor. *Was ist das?,* schoss es ihr durch den Kopf. Abermals ließ sie den Schallkopf über die Stelle gleiten. *Es sieht eckig aus, aber was sollte das sein?* Fragend blickte sie auf den Monitor. Dann entfernte sie das Gel und zog das T-Shirt wieder hinunter. Sie wollte Ortischa helfen. Die Anfälle und die krampfartigen Schmerzen mussten irgendwo herkommen. Sie tupfte ihre Stirn mit einem feuchten Waschlappen ab, den sie aus dem Badezimmer geholt hatte. In ihrem Kopf forschte sie nach allen möglichen Krankheitsbildern, die diese Anzeichen auslösen konnten. Doch sie fand nichts, was sie fast wahnsinnig werden ließ. Die Digitaluhr auf dem Nachttisch zeigte schon vier Uhr. *Ihre Bewusstlosigkeit hält schon fast zweieinhalb Stunden an.* Conzuela hatte sich einen Block aus ihrer Tasche genommen und alles notiert. Immer wieder überprüfte sie die Vitalzeichen und legte dann einen frischen Waschlappen auf ihre Stirn, denn der Schweiß glänzte auf ihrer Haut.

Ihre Augenlider fingen an zu vibrieren und ganz langsam schlug sie sie auf. Conzuela beugte sich sofort über sie.

„Ortischa, ... kannst du mich hören?"

Sie nickte leicht.

„Ich bin da. Ich passe auf dich auf. Du musst dir keine Gedanken machen."

Doch Ortischa gefiel das überhaupt nicht. Ihre Augen fingen an zu funkeln und schlagartig setzte sie sich auf.

„Ich brauche niemanden, der auf mich aufpasst!" zischte sie.

Conzuela zuckte zurück.

„Gut ... dann kann ich ja gehen." Entrüstet drehte sich Conzuela von ihr weg, griff nach dem Sonographiegerät und ihrer Tasche und lief zur Tür.

„Ich hole gleich noch den Rest!" Damit knallte Conzuela die Tür hinter sich zu.

Ortischa haute mit ihren Fäusten auf das Bett.

„Verdammt, das habe ich ja super hinbekommen." Dabei rollte sie mit den Augen. Sie schlug die Bettdecke beiseite, lief strauchelnd ins Bad und schloss die Tür hinter sich.

Nach einigen Minuten kam Conzuela zurück und ging ohne anzuklopfen in das Quartier. Sie holte das Kleid, die Schuhe sowie die restlichen Utensilien. Sie klemmte sich alles unter den Arm. Dann verließ sie den Raum. Die Tür knallte ins Schloss.

Conzuela war wütend und enttäuscht. Nun stand sie vor der Tür und wusste nicht, wo sie hinsollte. Ihr kullerte eine Träne über die Wange, und ehe sie sich versah, stand Ament neben ihr.

„Was ist los?" Seine Worte klangen beunruhigt.

„Es ist alles in Ordnung. Mich überwältigt gerade alles."

Doch das nahm er ihr nicht ab. Sein Blick durchbohrte sie. „Ament, was soll ich dir sagen? Ortischa und ich hatten eine Meinungsverschiedenheit. Das kommt vor." Ihr Blick war aufrichtig und er spürte ihre Ehrlichkeit. Er nahm ihr die Tüten ab und wollte gerade nach der großen Kleiderhülle greifen, als Conzuela hektisch zu ihm sagte: „Niemals!"

Ihre Augen funkelten wild und ein spöttisches Lächeln umspielte ihre Lippen.

Ament beugte sich zu ihr „Mir reicht schon deine leckere Ader." Er leckte mit seiner Zunge über ihre Halsschlagader, was ihr ein Kribbeln durch den Körper jagte.

„Ich brauche einen neuen Raum, wo ich alles unterbringen kann, ohne dass du schummelst." Sie schmiegte sich an ihn.

„Ich räume das Feld. Du nimmst unser Quartier." Daran gab es nichts zu rütteln.

„Aber, wo willst du denn schlafen?" Sie sah zu ihm auf.

„Zerbrich dir nicht deinen hübschen Kopf. Hauptsache DU fühlst dich wohl, dass ist mir das Wichtigste." Er trat einen Schritt von ihr weg und deutete in Richtung Flur. „Okay?"

Beide gingen den geschwungenen Gang entlang.

Ament legte die riesigen Tüten auf die Couch und wollte gerade nach der Kleiderhülle greifen, als ihn Conzuela spielerisch anfuhr.

„Wag ... es ... gar ... nicht!" Sie ging mit dem Kleid in sein Ankleidezimmer.

„Man kann es ja mal versuchen", sagte er fordernd, als sie wieder herauskam.

„Noch einen Kuss, bevor ich ausgesperrt werde."

Er zog Conzuela an sich und presste seinen Körper an ihren. Sein Puls beschleunigte sich, genauso wie ihrer. Er senkte seinen Kopf und ihre Lippen trafen aufeinander. Dann verschaffte er sich Einlass in ihren Mund. Ihre Lippen verschmolzen miteinander. Er umfasste ihre Taille und sie griff mit ihren Händen an seine breiten Schultern. Leidenschaft brannte in ihnen und sie genossen die Hitze des anderen zu spüren. Sinnlich liebkoste er ihre Zungenspitze und die Begierde wütete durch seinen Körper bis in seine Lenden. Sachte löste er sich von ihren Lippen und hauchte: „Ich will dich so sehr." Er küsste ihren Hals entlang, seine Fangzähne fuhren sich aus und der Speichel schoss in seinen Mund.

„Ich will dich auch", antwortete sie.

Währenddessen bohrten sich seine Fangzähne in ihr zartes Fleisch an ihren Hals. Das Blut schoss hervor und er nahm es in sich auf. Er sog einige kräftige Züge und seine Leidenschaft war kaum noch zu bremsen. Seine Hand griff an ihren wohlgeformten Hintern und hob sie ein Stück an. Ihr Blut floss seine Kehle entlang, nährte und trieb ihn in einen Strudel der Leidenschaft. Er wollte sie so sehr, doch sie schob langsam ihre Hand an seinen Mund.

„Nicht in der Nacht vor der Verbindung", säuselte sie.

Knurrend leckte er über die Einstichstellen.

„Ich bin versucht, diese zu ignorieren, wenn ich dafür von meiner Frau jeden Millimeter ihres atemberaubenden Körpers kosten könnte." Seine Augen bohrten sich in sie.

„Ament ... ab morgen Nacht haben wir unser ganzes Leben für uns und glaube mir ... das wird nicht genug sein."

Er drückte ihr noch einen innigen Kuss auf die Lippen und dann löste er sich von ihr.

„Gut, … ich gehe jetzt und komm gar nicht auf die Idee mir zu folgen." Er grinste in sich hinein während er sich von ihr abwandte.

„Warum?" Nun hatte er ihr Interesse geweckt.

„Nein, nein, sei nicht so neugierig." Seine Mundwinkel verzogen sich zu einem breiten Grinsen.

„Was führst du im Schilde?"

Er schritt auf die Tür zu und zog dabei eine kleine Box aus seiner Hosentasche. Diese hielt er drehend in seiner Hand in die Höhe.

Conzuela spurtete los. Doch er war schneller und ergriff sie aus vollem Lauf, ohne seinen Arm zu senken. Sie reckte sich an seiner Brust nach oben.

„Was ist das?" Außer sich schaute sie nach oben.

„Tja, das werden wir morgen Nacht sehen." Seine Ironie stand ihm ins Gesicht geschrieben.

„Na warte!", warf sie ihm entgegen. Sie löste sich aus seinem Griff und ging direkt auf die Couch zu. Sie griff nach der Wäschetüte und ließ diese an ihrem Zeigefinger hin- und herbaumeln.

„Gleichstand würde ich sagen." Hämisch funkelte sie ihn an.

Seine Augen glühten rot und seine Fangzähne glänzten in der Deckenbeleuchtung.

„Gib mir einen Kuss, dann gelobe ich bis morgen Nacht durchzuhalten."

Sie ließ die Tüte fallen und schoss in seine Arme. Beide küssten sich leidenschaftlich. Sie spürten ihre Verbundenheit auch ohne das Ritual.

Elisa saß im Schneidersitz auf ihrem Bett. Sie hatte vor einiger Zeit ihren Vater gehört, wie er und sein Gefolge, so nannte sie die Wachhunde um ihn herum, das Haus betreten hatten. Seit seinem letzten Auftritt in ihrem Zimmer hatte sie ihn nicht mehr zu Gesicht bekommen. Nun blickte sie auf ihr Handy. Susan hatte ihr schon etliche SMS gesendet und sich nach ihr erkundigt. Die Antworten, die sie verfasst hatte, waren pure Lügen gewesen und sie hasste sich dafür. Elisa hatte ihr mitgeteilt, dass sie sich an ihrem gemeinsamen Abend eine Erkältung eingefangen hatte. Susan wollte sie daraufhin mit Medikamenten versorgen, doch Elisa hatte das dankend abgelehnt. Sie wollte ihre menschliche Freundin nicht anlügen, doch sie hatte keine andere Wahl. Sie hatte nie eine Wahl gehabt, dafür sorgte ihr Vater. In der Klinik zu arbeiten, war allein auf ihre jahrelangen Überredungskünste zurückzuführen. Aber nun hatte er ihr das Wichtigste genommen und sie verachtete ihn abgrundtief dafür. Bei dem Gedanken überkam sie wieder eine Welle des Zorns. Sie hatte sich endlich etwas Freiraum erkämpft und sogar eine Freundin gefunden, die ganz normal war, und dann war innerhalb von Sekunden alles in sich zusammengefallen. Nun blinzelte sie ihre brennenden Tränen weg, denn der Gedanke, der sich durch ihren Kopf seinen Weg bahnte, traf sie noch viel tiefer. Sie dachte an Mehit. Diesen knallharten Krieger, mit dem sie den unglaublichsten Abend ihres Lebens verbracht hatte. Eine unbändige Kraft steckte in ihm, und trotzdem war er so sanft zu ihr gewesen. Sie schwelgte in süßer Erinnerung. Wie er sie in seinen starken Armen gehalten hatte! *Und ich habe ihn verjagt, ohne ihn überhaupt kennengelernt zu haben,* schoss ihr durch den Kopf.

Die Vampirin, die sie bewachte, lehnte an der Wand und trank einen Kaffee. Elisa seufzte und schwang ihre Beine vom Bett. Sofort straffte die Vampirin ihren Körper.

„Bleib locker … ich gehe nur ins Bad", sagte Elisa zu ihr, während sie das Bad betrat und die Tür hinter sich verschloss. *Wie lange soll das denn noch so weiter gehen? Ich kann froh sein, dass ich noch alleine ins Bad darf. Dabei schaute sie in den Spiegel. Wenn ich mich ruhig verhalte, werde ich sicher bald wieder meine Arbeit aufnehmen können. Vielleicht kann ich Mehit dann auch wiedersehen? Nach dem Telefonat wird er sicher nichts mehr von mir wissen wollen. Ich habe ihn abserviert und so ein attraktiver Clankrieger wird mir wohl kaum nachtrauern. Er kann wahrscheinlich jede haben, die er will.* Nun fing ihr Puls an zu rasen und ihre Atmung wurde heftiger. Sie schüttelte den Kopf. *Konzentrier dich,* ermahnte sie sich. *Erst einmal muss ich mein Leben zurückbekommen.* Sie entkleidete sich, stieg in die Dusche und genoss das Prasseln des Wassers auf ihrer erhitzten Haut.

In der Kommandozentrale saßen Mehit und Raban immer noch am Konferenztisch. Jonathan hatte sich zurückgezogen und wollte in seinem Quartier noch einige Akten bearbeiten, die liegen geblieben waren.

„Was hältst von dem, was Ament erzählt hat? Könnte dieses Ratsmitglied wirklich was mit Conzuelas Verhaftung zu tun haben?"

Mehit starrte vor sich hin und antwortete nicht, erst als Raban ihn am Arm anstieß.

„WAS?", fuhr er ihn an.

„Antworte mir!"

Kristallblaue Augen sahen ihn stechend an.

„Dann wäre das sein Todesurteil!" Mehits Gesichtszüge waren hart, doch seine Gedanken waren ganz woanders.

Leise sprach Raban nun.

„Denkst du, das hat was mit Elisa zu tun …?"

Mehits unnachgiebiger Blick bohrte sich in ihn.

„Ich habe dich gewarnt!" Drohend bäumte er sich auf.

„Bleib ruhig! Es ist so! Elisas Vater ist dieser Mr Hamilton, um den es hier geht. Das wollte ich aber nicht vor den anderen sagen."

Abrupt stand Mehit auf und der Stuhl flog nach hinten. Er ging auf den Schrank zu und nahm eine Flasche Whiskey heraus. Zwei Gläser rutschten über die Tischplatte und die Flasche folgte.

Raban fing alles auf und goss beiden ein.

„Das darf nicht sein!", wimmerte Mehit zähneknirschend.

„Was darf nicht sein?" Ausdruckslos stand Ament im Türrahmen.

Mehit schnappte nach Luft, drehte sich zum Schrank, um ein drittes Glas herauszunehmen.

„Willst du?", fragte Mehit ausdruckslos.

Ament nickte, doch sein Blick war hart und unnachgiebig. „Ich habe vorhin in Maddys Suite den Duft von Jasmin wahrgenommen und ich habe ein ungutes Gefühl. Dieser Duft ist nicht das erste Mal aufgetreten. Jonathan hat ihn auch schon gerochen. Er meint, ich übertreibe. Aber ich muss wissen, was dahinter steckt."

Ament runzelte die Stirn, denn er kannte Mehit zu gut. Er merkte, dass da noch mehr war.

„Und?" Fordernd sah er ihn an.

Nun schaltete sich Raban ein.

„Ich habe das gesamte Haus im Blick. Es gibt keine Unregelmäßigkeiten. Vielleicht irrst du dich wirklich?"

Ament ließ seinen Blick nicht von Mehit, der genau spürte, das Ament mit seiner Antwort nicht zufrieden war.

„Ja, vielleicht hast du Recht. Trotzdem möchte ich, dass wir es nicht außer Acht lassen." Er nahm sein Glas.

Nun trat Ament an den Tisch. Die Gläser klirrten aneinander und sie ließen den Whiskey langsam ihre Kehlen hinuntergleiten.

Ament sagte schroff:

„Ich schlafe heute bei dir!"

Das war eine objektive Feststellung und Mehit konnte nur noch zustimmend nicken. Er versuchte, sich zu beruhigen, damit Ament keinen weiteren Verdacht schöpfte.

„Ich hätte dir auch sehr gern meine Bettritze angeboten", äffte Raban.

Ament strafte ihn mit einem abwertenden Blick.

„Dann hätten wir heute Nacht etwas kuscheln können."

Ament verzog das Gesicht zu einer Grimasse.

„Schwachkopf!", keifte er hervor.

Er dachte daran, wie er Raban an seinem ersten Tag in Empfang genommen hatte. Nun würde er morgen Nacht einer von ihnen werden. Ein Clankrieger. Ein wenig stolz schwang in seinen Gefühlen mit, doch er würde dies ihm gegenüber nie zeigen. Er beobachtete, wie die beiden herumflachsten, und es wärmte sein Herz, denn es war schon Ewigkeiten her, dass sie jemanden in den Clan aufgenommen hatten. Seine Gedanken verdüsterten sich, als er an Stevo dachte, der damals aufgenommen wurde und dann auf Nimmerwiedersehen verschwand.

„Hey Ament, so schlimm wäre es nun auch nicht, eine Nacht mit mir zu verbringen." Dabei klimperte Raban mit seinen Augen.

Mehit konnte die Gefühlsregung von Ament nicht genau deuten, doch er fühlte, dass es nicht um Raban ging.

„Über was denkst du nach?", fragte Mehit.

Ament schaute ihn direkt an

„Stevo", gab er nur trocken zurück.

Raban verging das Lachen und er schaute zwischen beiden hin und her.

„Wer ist Stevo?"

Beide beachteten ihn überhaupt nicht und nun verdunkelte sich die Mimik von Mehit gleichermaßen.

„Jungs, nicht die schöne Nacht verderben. Kommt lasst uns noch einen heben, bevor morgen der Ernst des Lebens beginnt."

Er goss noch einmal nach und erhob dann sein Glas.

„Auf die morgige Nacht!"

Ament und Mehit lösten sich aus ihrer Starre und prosteten sich zu.

Conzuela tigerte nervös durch das große Quartier. Wie gern hätte sie ihre Mutter bei sich gehabt. Sie war immer diejenige gewesen, die sie beruhigen konnte. Sie erinnerte sich an die Angst, die sie vor ihrem Staatsexamen gehabt hatte, aber ihre Mutter war für sie da. Doch nun stand sie hier und war auf sich allein gestellt. Keine Mutter. Keine Freundin. Im Gegenteil. Die einzige Freundin war Ortischa, aber sie hatte sie wieder von sich gestoßen. Sie machte sich Vorwürfe, denn sie hätte nicht ohne ihr Einverständnis die Untersuchung machen sollen. Sie war selbst schuld an der Situation. Doch in ihr schlug das Herz einer Medizinerin und sie suchte nach einer Erklärung für die Anfälle und Krämpfe, mit denen Ortischa sich herumschlug. Sie legte ihre Hände an ihre Schläfen und stammelte vor sich hin.

„Einfach, wäre auch mal schön."

Es klopfte an der Tür. Sie spürte, dass das nicht Ament sein konnte, denn dann hätte ihr Blut verrückt gespielt. Behutsam öffnete sie die Tür einen Spalt und erspähte Jonathan davor.

„Oh, du … komm doch rein."

Jonathan betrat das Quartier, blieb aber sogleich stehen.

„Conzuela, ich bräuchte noch etwas von dir."

Sie sah ihn erwartungsvoll an.

Er reichte ihr eine Phiole und sagte:

„Bitte fülle sie mit deinem Blut für morgen Nacht."

Irritiert schaute sie ihn an. Solch ein Ritual kannte sie von einer Verbindung gar nicht. Aber sie schob diesen Gedanken beiseite, denn Ortischa hatte gesagt, dass die Bräuche beim Clan anders wären. Ihre Fangzähne fuhren aus ihrem Kiefer und sie biss sich in ihr Handgelenk. Als die Phiole voll war, gab sie diese an Jonathan zurück.

„Danke", sagte er und verabschiedete sich von ihr.

Conzuela schloss die Tür hinter ihm. Sie lehnte ihren Kopf an das Holz und lächelte in sich hinein. *Das hätte ich mir nicht träumen lassen, dass ich mich mal in einen meiner Patienten verlieben würde. Oh, mein Gott, ich bin so glücklich und kann es kaum erwarten, morgen Nacht offiziell mit ihm verbunden zu werden.* Sie glitt hinab und lehnte sich mit ihrem Rücken an die Tür. Sie schaute sich aus glasigen Augen in diesem weitläufigen Quartier um und fühlte sich … zu Hause.

Die hämmernden Absätze von Ortischa rissen sie aus ihrer Träumerei.

Ortischa blieb vor ihrer Tür stehen.

Conzuela verhielt sich ruhig und lauschte. Ein Moment lang überlegte sie, ob sie die Tür öffnen sollte, doch sie verwarf diesen Gedanken wieder.

Zögernd stand Ortischa vor der Tür. *Verdammt, reiß dich zusammen,* ermahnte sie sich. *Sie wollte mir nur helfen,* rief sie sich in Erinnerung. Bedächtig ließ sie ihren Zeigefinger an die Tür pochen.

Conzuela schoss nach oben und öffnete langsam die Tür. „Ja?"

Ortischa senkte ihre Hand und richtete ihren Blick auf Conzuela.

„Kann ich reinkommen?"

Wortlos trat Conzuela beiseite und lud sie mit einer einladenden Handbewegung herein.

Mit langen Schritten ging Ortischa auf die Couch zu.

„Setz dich doch", sagte Conzuela einladend.

Ortischa ließ sich auf der Couch nieder und schlug elegant ihre Beine übereinander.

Mit ihren Augen beobachtete Conzuela sie aus dem gegenüberliegenden Sessel.

„Ich bin nicht besonders gut darin, mich zu entschuldigen", fing Ortischa an, während sie an ihren Fingernägeln spielte. „Ich wollte dich vorhin nicht so anfahren, es ist nur …" Sie zögerte. „Es ist nur … schwer", presste sie heraus.

Conzuela glitt vom Sessel und setzte sich neben sie.

„Ich wollte dir nur helfen", sagte Conzuela einfühlsam, wobei ihre Stimme samtig klang.

Ortischa drehte sich zu ihr um.

„Das weiß ich doch." Nun zog sie ihr Bein auf die Couch und klemmte sich ihren Fuß unter ihren Oberschenkel. Ihre Stimme nahm einen ehrfürchtigen klang an.

„Ich bin eine Clankriegerin und beherberge das Element Erde. Mein Element konnte mir aber damals nicht helfen, als das Attentat verübt wurde."

Conzuela lauschte ihren Worten.

„Mehit und ich waren mit dem Urgroßvater von Maddy zu einem Empfang geladen. Mehit hatte nach unserer Ankunft die Umgebung gesichert, während ich mit dem Lord im Wagen blieb. Unter uns detonierte eine Bombe und der Wagen wurde regelrecht zerrissen. Ich wurde aus dem Wagen geschleudert und der Lord verlor dabei sein Leben. Ich habe damals die Schuld auf mich geladen, weil ich ihm am nächsten war. Ich habe ihn nicht beschützen können. Er starb genau neben mir. Als Clankriegerin habe ich gelobt, diese Familie vor allem Unheil zu bewahren, und ich habe versagt. Mehit sprach mich von jeglicher Schuld frei, genau wie der Großvater von Maddy. Doch ich konnte ihnen nicht glauben. Ich konnte es nicht mehr ertragen und bin zurück nach Spanien gegangen. Dort lebte ich sehr zurückgezogen. Doch sobald ich nur an die Geschehnisse dachte, drehte es mir jedes Mal den Magen um und die Krämpfe begangen von meinem Körper Besitz zu ergreifen. Im Laufe der Jahre hatte ich mich einigermaßen unter Kontrolle und die Anfälle reduzierten sich auf ein Minimum. Doch ganz verschwunden sind sie nie."

Sie schlug ihre vollen Wimpern nieder.

„Als Mehit mir mitteilte, dass sie Maddy nach Hause geholt haben, vermehrten sich die Anfälle. In mir kamen die Bilder vom Attentat wieder hoch. Ich kämpfte mit mir und mein Herz gewann, wieder zurückzukehren. Seitdem ich wieder hier bin, kommen die Anfälle in immer kürzeren Abständen. Ament hat mir einen Teil meines Lebens zurückgegeben, in dem er mir verziehen hat, dafür bin ich ihm unendlich dankbar. Doch nun treten diese Schmerzen nicht nur auf, wenn ich mich aufrege, sondern auch im Normalzustand. Den letzten hast du ja selbst miterlebt."

Conzuela legte Ortischa ihre Hand auf den Unterarm.

„Ich weiß, dass du eine starke Kriegerin bist, doch ich habe eine Vermutung, nachdem du mir die ganze Geschichte erzählt hast", sagte Conzuela mitfühlend.

Die Berührung von Conzuela war ihr unangenehm, deshalb zog sie ihren Arm unter der Hand vor.

Conzuela sprach trotzdem weiter.

"Ich habe vorhin eine Sonographie bei dir durchgeführt und dabei ist mir eine Stelle aufgefallen, die ich nicht deuten konnte. Nach deiner Schilderung habe ich eine Vermutung."

Sie musterte Ortischa, die regungslos neben ihr saß.

"Bist du damals bei der Explosion verletzt worden?" Ortischa drehte ruckartig ihren Kopf in ihre Richtung.

"Was meinst du?"

"Als das Auto in die Luft flog, bist du herausgeschleudert worden. Hast du dich dabei verletzt?"

Ortischa runzelte nachdenklich die Stirn.

"Kann sein ... aber mit Sicherheit kann ich dir das nicht mehr sagen."

Conzuela spürte die Unruhe, die sich in Ortischa breitmachte.

"Es könnte", dabei hob Conzuela beschwichtigend die Hände. "Es könnte sein, dass durch die Explosion etwas in dir zerrissen wurde, was nie richtig verheilt ist, obwohl das eigentlich unmöglich ist, da Verletzungen bei uns sofort heilen. Oder ... es befindet sich in deinem Körper etwas, was von der Explosion stammt und durch deinen schnellen Heilungsprozess eingeschlossen wurde."

Ortischa riss ihre Augen auf.

"Du meinst ... es könnte etwas in mir stecken?" Ihre Stimme klang brüchig und ihre Augen irrten durch den Raum.

"Ja, könnte sein, wir könnten Mehit fragen, ob er ..."

"NEIN! Auf keinen Fall!", unterbrach sie Conzuela. "Keiner darf davon etwas erfahren, weder von unserem Gespräch noch von der Untersuchung. Kann ich mich auf dich verlassen?", drohte sie.

Conzuela war nun ganz die Ärztin, ohne Emotionen.

"Du weißt, dass ich der Schweigepflicht unterliege."

Ortischa überlegte und ihr Puls fing an zu rasen. *Sollte Conzuela recht haben?*, schoss es ihr durch den Kopf. Ihr Kopf rollte nach hinten und landete auf der Lehne der Couch. Sie griff sich an den Bauch und ihre Atmung ging schwer.

"Ruhig ... schau mich an, Ortischa ... schau mich an."

Ortischa versuchte, ihre Augen aufzumachen, doch es gelang ihr nicht.

Energischer forderte Conzuela sie erneut auf, obwohl ihre Stimme viel zu melodisch klang.

"Schau ... mich ... an!"

Dieses Mal gelang es ihr unter stärksten Schmerzen. Die großen braunen Augen von Conzuela waren über ihr. Sie hielt ihr einen Finger vor die Augen.

"Sieh den Finger an! Konzentrier dich!"

Konzentration war die Hölle für Ortischa.

"Sieh auf meinen Finger und beruhige dich." Die Worte hallten wie eine

Sinfonie in Ortischas Ohren. Sie nahm ihre gesamte Kraft zusammen und folgte den Anweisungen von Conzuela. Der Finger verschwamm immer wieder vor ihren Augen, doch es gelang ihr immer mehr, ihre aufgewühlte Energie zu reduzieren. Ihr Atem ging wieder regelmäßiger und sie konnte sich entspannen.

„Siehste, es funktioniert", freundlich drangen Conzuelas Worte zu ihr.

Nach einigen Minuten hatte sie sich wieder im Griff. „Danke … Conzuela", kam ihr gequält über ihre Lippen.

„Wie geht es dir?"

„Besser, dieses Mal war es nicht so heftig wie sonst."

„Ich sollte dich gründlich untersuchen, damit wir Gewissheit haben, was die Schmerzen hervorruft."

Dieses Mal nickte Ortischa und Conzuela zog eine Augenbraue hoch. Damit hatte sie nicht gerechnet.

„Gut, wollen wir gleich in die Krankenstation gehen?", fragte Conzuela.

„Nein, nicht heute! Wir haben noch so viel zu erledigen. Deine Verbindung ist heute Abend. Ich muss dich noch vorbereiten, sonst reißt Ament mir den Kopf ab!" Ihr Mundwinkel zuckte.

„Dann aber danach!" Conzuela wollte jetzt nicht locker lassen.

„Okay, danach!", stimmte Ortischa widerwillig zu.

Raban hatte mit Ivan telefoniert und von ihm erfahren, dass sie morgen Nacht das Museum um ein paar Wertstücke erleichtern würden. Sie hatten den ganzen Abend genutzt, um dort sämtliche Sicherheitsvorkehrungen auszuschalten. Danach hatte Raban auf Ivans Wunsch den beiden eine Unterkunft in einer billigen Pension besorgt, die weit aus unauffälliger war, als das First Class Hotel. Angel schmeckte das zwar überhaupt nicht, aber Ivan ignorierte jeglichen Einwand. Als er alles entgegengenommen hatte, verabschiedete er sich mit den Worten: „Wenn wir es haben, melden wir uns."

Mehit und Ament hatten über den Lautsprecher das Gespräch mitverfolgt.

„Dieser Ivan scheint wirklich gut zu sein, er weiß, was er tut. Seine größte Schwierigkeit ist im Moment wohl eher Angel …" Dabei zog ein verschmitztes Lächeln über Mehits Gesicht.

„Angel scheint den Ernst der Lage noch nicht verstanden zu haben. Bisher hat sie nur allein gearbeitet und so schlecht war sie dabei gar nicht", erwiderte Raban.

Ament schwieg wie immer.

„Wo wir vor dem Haus von Conzuelas Mutter angegriffen wurden, da war sie richtig gut!", verteidigte er Angel.

„Doch ich glaube, sie ist sehr oberflächlich und hat ihre Probleme, Befehle entgegenzunehmen", entgegnete Mehit. „Was hältst du von den beiden?"

Doch Ament schwieg weiter.

Raban zog einen Mundwinkel nach oben.

„Wir werden sehen, ob sie es schaffen, das Museum zu knacken und uns das liefern, was wir wollen."

„Sie werden es nicht schaffen!", sagte Ament trocken.

„Ein bisschen mehr Zuversicht, Jungs, ansonsten dürft ihr ran!", spottete Raban nun.

„Hast du eigentlich damals genauso über mich gedacht, Kumpel?" Raban lehnte sich auf seinen Stuhl zurück und verschränkte seine Arme hinter seinem Kopf.

Wortlos starrte Ament ihn aus dem Augenwinkel finster an.

Mehit amüsierte sich über die beiden.

Der Computer piepte und das E-Mail-Programm wurde von Raban geöffnet.

„Oh, Nachrichten aus Italien. Enrico schreibt, dass Mr Angelo seinen Flug storniert hat und weiterhin in Sizilien bleibt." Fragend schaute er auf.

Mehit überlegte kurz und sagte dann:

„Schreib ihm, er soll an ihm dran bleiben. Der Clan kommt für seine Auslagen auf."

Raban hämmerte auf seiner Tastatur die Antwort.

„Wir haben eindeutig zu viele Baustellen und irgendwie kommen wir nicht ein Stück weiter", klagte Mehit mutlos.

„Ich verzieh mich. Morgen fahre ich mit Maddy noch einmal in die Stadt und du …", dabei sah er Ament an, „… begleitest mich."

Ament schaute auf.

„WARUM DAS?", knurrte er hervor.

„Weil Jonathan das so beschlossen hat." Er wusste, darauf würde Ament nichts erwidern, denn das Clanoberhaupt wurde nicht in Frage gestellt.

Mehit erhob sich und Ament folgte ihm schweigsam zu dessen Quartier.

Raban sah den beiden nach. *Ab morgen gehöre ich dazu,* dachte er stolz. Er griff sich seinen Laptop und verließ die Kommandozentrale. In seinem Quartier angekommen, glitt sein Blick auf die Robe am Kleiderschrank. Fast ehrfürchtig betrachtete er das Gewand. Dann glitt sein Blick an die Decke und er sprach leise vor sich hin:

„Ach Justine, wenn du nur dabei seien könntest, sehen könntest, dass ich es geschafft habe." Dabei traten ihm Tränen in seine Augenwinkel, die er schnell wegblinzelte. Er klappte seinen Laptop auf, startete das Suchprogramm, wie fast jeden Abend. Dann schritt er den Raum entlang zu seinem Bett und ließ sich fallen. Die Matratze federte ihn ab und er blieb mit dem Gesicht nach unten liegen. Als der Laptop piepte, schaute er auf und auf dem Bildschirm schimmerte: NEGATIV.

3. Kapitel

Ivan hatte sich auf einem Sessel, der in der Ecke des neuen Appartements stand, gesetzt. Zuvor hatte er die schweren Vorhänge zugezogen, als die Sonne sich ihren Aufstieg an diesem Morgen bahnte.

Angel meckerte immer noch über die billige Pension, in die sie vor einer Stunde gezogen waren.

„Warum mussten wir aus dem schönen Hotel ausziehen? Das verdanken wir nur dir! Hast du mal das Bett gesehen, die Matratze ist das Letzte. Da haben sicher schon Tausende Menschen drin geschlafen", zischte sie.

„Nun komm mal wieder runter!", entgegnete Ivan ihr grimmig. „Willst du dich lieber auf einem goldenen Tablett servieren?"

„Nein, natürlich nicht. Lieber verbiege ich mir den Rücken und fange mir noch irgendwelche Tierchen ein!" Sie nahm mit spitzen Fingern eine tote Fliege vom Nachttisch und präsentierte sie Ivan.

„Du wirst es überleben!" Genervt nahm er sich eine Flasche Wasser. „Lass uns lieber noch einmal alles durchgehen für heute Nacht."

Angel griff sich ebenfalls eine Flasche und ließ sich in den anderen Sessel fallen.

Ivan beugte sich zu ihr vor und sagte diplomatisch:

„Wir haben drei Rückzugsmöglichkeiten, falls etwas schief gehen sollte. Wir werden nicht die Helden spielen, denn damit ist keinem geholfen." Seine violetten Augen fixierten Angel.

Die sah sich ihre Fingernägel prüfend an.

„Angel ... wenn du keine Lust hast, für den Clan zu arbeiten, dann lass es doch einfach sein und verschwinde. Ich möchte mir nicht den Arsch umsonst aufreißen, nur weil du nicht richtig funktionierst!" Sein Gesicht war hart und ein Muskel zuckte unter seinem Auge.

Eingeschnappt blickte sie ihn an.

„Warum wollt ihr mir alle unterstellen, dass ich unfähig bin? Nur weil es mir zu blöd ist, auf dem Boden herumzukrabbeln und nach irgendwelchen Beweisen zu suchen. JA! Das ist mir eindeutig zu blöd. Ich brauche Action. Sag, geh da rein und bringe jemandem um. Dann mache ich das ohne mit der Wimper zu zucken. Ich kann aber nicht so BRAV sein, wie ihr mich gerne hättet."

Wütend stand sie auf und lief mit ihrer Wasserflasche in der Hand durch den Raum.

„Keiner verlangt von dir etwas Unmögliches. Ich habe nur nicht vor, draufzugehen, und das würden wir, wenn wir das Museum stürmen. Okay, Beweise sammeln ist nicht der Hit, aber es gehört nun mal dazu. Du hast Jonathan gehört, wenn wir uns nicht für würdig erweisen, besteht keine Möglichkeit, weiter für den Clan zu arbeiten."

„Und? Wäre das so schlimm? Bisher scheinst du ja auch gelebt zu haben!" Trotzig schaute sie ihn an, während sie einen Schluck aus der Wasserflasche nahm.

„Das schon! Aber der Clan verfügt über das Serum, womit man auch am Tage unterwegs sein kann."

„Ach, dass ist der Grund. Du willst dem Clan gefallen, damit sie dich aufnehmen. Du hattest gar nicht die Absicht, nur ein paar Aufträge an Land zu ziehen. Du willst einer von ihnen werden. Das erklärt natürlich einiges."

Aufgebracht warf sie die leere Flasche in den Müll, ging ins Bad und knallte die Tür hinter sich zu.

Ivan schwieg. Er wusste, dass sie Recht hatte, dem konnte er nichts entgegensetzen. Er wischte sich mit seiner Hand über das Gesicht, stand auf und lief auf das Bett zu. *Verflixt noch mal! Wir müssen heute Nacht erfolgreich sein, sonst wird uns Jonathan keinen weiteren Auftrag geben.* Er ballte seine Hände zu Fäusten und presste die Lippen zusammen. *Wir müssen es schaffen.* Er ließ seinen Körper in das Doppelbett gleiten.

Die Badezimmertür öffnete sich und Angel kam mit einem Handtuch um den Leib geschlungen heraus. Ihre nassen Haare klebten an ihren Schultern. Sie drehte sich zum Bett um und ließ demonstrativ ihr Handtuch fallen, was ihren perfekten Körper entblößte.

„Halt jetzt bloß die Klappe!", sagte sie barsch, während sie sich einen String und ein Top überzog.

Doch Ivan war gar nicht danach etwas zu sagen. Er schloss die Augen und vernahm ein Rascheln, als Angel es sich neben ihm bequem machte.

Aus einem wunderschönen Traum erwachte Maddy in ihrem Himmelbett. Sie reckte sich und sah die Sonnenstrahlen in ihr Zimmer scheinen. Gähnend fiel ihr Blick auf den Wecker.

„Oh Mist! Schon so spät." Sie schwang ihre Beine vom Bett, griff nach ihren Anziehsachen und hastete ins Badezimmer. Anschließend riss sie die Tür ihrer Suite auf und blieb abrupt stehen.

„Guten Morgen, Milady", sagte James.

Maddy verschlug es die Sprache.

„Die Herrschaften haben sich schon in der Küche eingefunden", fügte er hinzu, wobei seine Falten um die Augen sich unmerklich bewegten.

„Danke!" Sie drängte sich an ihm vorbei, ohne ihn aus den Augen zu lassen.

Als sie an der Portaltreppe angekommen war, löste sie ihren Blick und eilte hinunter. Ihr stieg der Duft von frischen Kaffee in die Nase und sie legte die letzten Schritte zügig zurück. Erleichtert atmete sie aus, als sie die Tür öffnete.

„Guten Morgen", sagte sie und sah Sophie, John und Mehit am Küchentisch sitzen.

Ament lehnte an der Wand mit einem Kaffeebecher in der Hand.

Jane drehte sich vom Ofen um und lächelte sie an, während sie einen Korb mit duftenden Brötchen auf den Tisch stellte.

Sophie sprang sofort auf und eilte auf sie zu.

„Guten Morgen meine Liebe. Komm setz dich und frühstücke mit uns."

„Wir werden hier von Jane gemästet", fügte John hinzu.

Maddy setzte sich neben Mehit, der ebenfalls eine Tasse Kaffee in den Händen hielt. Er schmunzelte sie an: „Na, hast du dich erholt?", fragte er, wobei seine strahlend weißen Zähne zum Vorschein kamen.

„Immer doch und denk dran, es steht unentschieden", sagte sie und zeigte ihm die Zähne.

Ament neigte leicht seinen Kopf, weil er nicht verstand, um was es bei den beiden ging.

Maddy griente ihn an:

„Das ist so ein Maddy-Mehit-Ding." Sie drehte sich zu Mehit um und knuffte ihn mit ihrer Faust auf den Oberarm. Vor kurzem hatte sie nicht einmal von der Existenz von Vampiren gewusst und nun saß sie neben einem und alberte mit ihm herum. Sie fühlte sich mit ihnen so sehr verbunden und es machte ihr keine Angst, sie zu nehmen, wie sie waren. In ihrer Gegenwart fühlte sie sich geborgen und die Geschöpfe der Nacht waren ihr gegenüber so aufrichtig und ehrlich, dass sie alles für sie tun würden.

Nachdem das Frühstück fast beendet war, betrat Jonathan den Raum. Er gesellte sich an den Tisch und verkündete: „Gute Nachrichten aus Spanien."

Alle spitzten die Ohren.

„Erzähl!", forderte Maddy.

„Philippe erholt sich prächtig und er kann in ca. zwei bis drei Wochen entlassen werden."

Sophie klatschte vor Freude in die Hände.

„Das sind ja hervorragende Neuigkeiten."

„Ich habe Corinne auch mitgeteilt, dass sich das Bistro wieder im Aufbau befindet und es mit der Versicherung keinerlei Schwierigkeiten gab. Jacques hatte mit ihr gesprochen und beide sind damit einverstanden, ein neues Zuhause zu beziehen und ein neues Bistro zu eröffnen."

Da strahlte Maddy ihn an.

„Raban ist schon auf der Suche nach geeigneten Räumlichkeiten."

„Fantastisch", sagte Maddy begeistert.

„Und dann noch eins. Ich habe mit Jacques und Mona telefoniert. Sie wollen die Hochzeit verschieben, bis Philippe wieder hier ist, aber … sie können keine Räumlichkeiten auf unbestimmte Zeit anmieten. Deshalb habe ich in deinem Namen …", dabei sah er Maddy an, „… angeboten, die Hochzeit auf dem Anwesen auszurichten. Da wären sie an keinen Termin gebunden und genug Platz haben wir hier auch."

„Du bist genial. Warum bin ich denn nicht auf die Idee gekommen." Freudestrahlend erhob sich Maddy und fiel Jonathan in die Arme, der verdutzt guckte.

„Das ist doch wunderbar." Jane faltete ihre Hände. „Endlich mal wieder ein rauschendes Fest." Ihre Augen glitzerten. Sogleich fing Sophie an, Jane in ihren Bann zu ziehen.

„Oh, Jane, wir werden alles herrichten und ein himmlisches Büffet zusammenstellen."

Sophie war in ihrem Element und Maddy ging das Herz auf. Sie ging zurück auf ihren Platz und sah in fröhliche Gesichter.

Mehit legte seine große Hand auf Maddys Handrücken.

„Schön, dich so glücklich zu sehen." Es wärmte sein Herz und er war unendlich stolz.

Maddy schaute ihn an und in ihrem Gesicht spiegelte sich pures Glück wider. Flüsternd sagte sie: „Siehste, wie schön es sein kann, wie in einer Familie zu leben, egal welcher Spezies man angehört."

Mehits kristallblaue Augen funkelten und er nickte ihr zu. Ihr Blick wanderte zu Ament, denn sie wusste, er hatte es gehört, genauso wie Jonathan.

Ament antwortete mit einem freundlichen Zucken seines Mundwinkels.

Auch Jonathan sah sie fasziniert an. Ihre Aufrichtigkeit berührte ihn tief.

„Wann wollen wir denn los?", fragte Mehit.

„Na, jetzt!", erwiderte sie freudestrahlend. Dann zögerte sie und sah Jonathan fragend an.

„Kann ich dich kurz draußen sprechen?"

Beide verließen die Küche. In der Eingangshalle sagte sie: „Jonathan … ähm, ich will doch mit Mehit und Ament in die Stadt fahren und …" Sie zögerte.

„Und du benötigst dafür Geld", beendete er den angefangenen Satz.

Sie schämte sich, ihn darum zu bitten.

„Maddy, du hast genug Geld und du brauchst nicht danach zu fragen. Es gehört dir." Er zog aus seiner Jacke ein Etui und entnahm eine schwarze Karte. „Hier, das ist deine Kreditkarte. Ich wollte sie dir schon seit Tagen geben, aber es ist bei den Ereignissen untergegangen, entschuldige."

Ihre Finger umschlossen die Karte und dann sah sie zu ihm auf.

„Es ist so ungewohnt. Ich bin nicht besonders gut in so was."

„Auch das wirst du noch lernen. Spätestens, wenn die schwarze Karte rot glüht … So, nun viel Spaß beim Shoppen!"

Hinter ihnen stand auf einmal Ortischa. Ihre schwarze Lockenmähne hatte sie zu einem Pferdeschwanz gebunden. Das schwarze T-Shirt und ihre knallroten Jeans umspielten perfekt ihre Figur.

„Wow, du siehst fantastisch aus, Ortischa", sagte Maddy anerkennend.

„Danke. Ich habe eine kleine Bitte. Als wir gestern das Kleid für Conzuela gekauft haben, sind die Haarspangen liegengeblieben. Könntet ihr diese noch abholen?"

Ament, der die Küche mit Mehit verließ, sagte:

„Geht klar!"

„Gut, dann können wir ja los. Vielleicht finde ich in dem Laden auch etwas."

Das verlieh ihr gleich etwas Zuversicht. Mehit schritt als Erster voran, gefolgt von Maddy und Ament. Sie bestiegen in der Garage den Lexus und verließen das Anwesen.

Ament lenkte den Geländewagen zu dem Geschäft, vor dem er schon den gestrigen Abend stand. Am Tage sah die Straße viel einladender aus. Die Sonne ließ die Menschen weitaus fröhlicher durch die Gegend laufen.

Ament parkte den Wagen direkt vor dem Geschäft und Mehit und Maddy stiegen aus.

„Kommst du nicht mit?", fragte Maddy neugierig.

„Nein, ich bleib hier. Geht nur."

Im Laden kam eine Verkäuferin auf die beiden zu.

„Kann ich Ihnen behilflich sein?"

„Das können Sie. Ich suche ein Kleid."

Eindringlich wurde Mehit von der Verkäuferin gemustert. Stotternd sagte sie: „Dann werden wir mal nach hinten durchgehen."

Maddy folgte ihr und Mehit wich nicht von ihrer Seite.

Die Verkäuferin bot Mehit einen Sessel an, der direkt vor den Kabinen stand.

„Danke", sagte er und ließ sich in den Sessel fallen.

Nach einigem Suchen verschwand Maddy mit vier Kleidern in einer der Kabinen.

Die Verkäuferin postierte sich vor der Kabine und schmachtete Mehit an. Sie fuhr sich mit der Zunge lasziv über ihre Lippen.

Mehit unterdrückte ein Lachen, denn er konnte aus jeder Pore dieser Frau riechen, wie erregt sie war.

Schwungvoll trat Maddy im ersten Kleid heraus und sah Mehit fordernd an.

„Und, was sagst du?"

Dieser machte sich einen Spaß aus der Situation.

„Du siehst wunderbar aus in diesem Kleid. Regelrecht zum Anbeißen, mein Schatz."

Maddy stutzte. Nun folgte sie seinem Augenspiel und konnte die nervöse Verkäuferin sehen, die ihren Blick nicht von Mehit abwenden konnte. Hüftschwingend ging sie auf ihn zu und posierte vor ihm.

„Dann fang doch an, an mir zu knabbern, Schatz", antwortete sie witzelnd.

„Bring mich nicht in Versuchung", spielte Mehit das Theater weiter.

Maddy stützte ihre Hände auf den Lehnen ab, beugte sich über ihn und flüsterte: „Du bist so gemein."

„Niemals", hauchte er ihr entgegen.

Dann drehte sich Maddy um und ging zurück in die Kabine. Die Verkäuferin nutzte die Gelegenheit, lief auf Mehit zu und beugte sich hinab.

„Wenn du mal etwas anderes erleben willst …", raunte sie und steckte ihm ihre Visitenkarte in die Außentasche seiner Lederjacke. Merklich zuckte sie zurück, als Maddy mit dem zweiten Kleid heraustrat.

Mit gerümpfter Nase sagte Maddy:

„Gibt es Probleme, Schatz?" Sie gab sich betont eifersüchtig.

„Nein, alles in Ordnung. Das Kleid sieht viel besser aus als das Erste!"

„Dann nehme ich es, es scheint dir ja den Verstand zu rauben." Zwinkernd verschwand sie in die Kabine.

Mehit spürte, wie die Verkäuferin ihn regelrecht mit ihren Blicken auffraß. Er hätte ihr am liebsten seine messerscharfen Fangzähne gezeigt, um zu sehen, ob sie dann immer noch so scharf auf ihn wäre. Doch es machte sich noch ein weiterer Gedanke in seinem Kopf Platz. Durst. Er musste sich zusammenreißen und unterdrückte seine Gier nach der pulsierenden Ader, was ihm sichtlich schwerfiel. Gefolgt von der Verkäuferin liefen beide zur Kasse und stolz zückte Maddy ihre schwarze Kreditkarte.

„Bitte sehr."

Missbilligend starrte die Verkäuferin sie an. Sie packte das Kleid in eine große Tüte und reichte sie über den Tresen.

„Ach, meine Freundinnen haben gestern hier Spangen vergessen, die …"

„Die, mit den roten Steinen?", unterbrach die Verkäuferin Maddy barsch, was Mehit überhaupt nicht gefiel.

„Ja", antwortete Maddy genauso unfreundlich.

Die Verkäuferin griff unter den Tresen und holte eine kleine Tüte hervor.

„Hier, die sind schon bezahlt", erwiderte sie ruppig.

Die Art und Weise gefiel Mehit überhaupt nicht und seine Gier übermannte ihn, als er die zarte Haut am schlanken Hals der Verkäuferin betrachtete.

„Schatz, würdest du schon vorgehen?"

Nickend griff sie nach den beiden Tüten und verließ das Geschäft.

„Ganz schön unfreundlich meine Liebe", sagte Mehit zähneknirschend. Sie lehnte sich über den Tresen.

„Wenn man so einen Leckerbissen vor sich hat, kann das schon passieren", blinzelte sie ihn provokant an.

Er nahm ihre Visitenkarte aus der Tasche und beugte sich ihr entgegen.

„Tja, man sollte schon genug Klasse haben, dann kann man sich so etwas auch erlauben." Mit diesen Worten ließ er die Karte auf den Tresen fallen.

„Du weißt ja nicht, was du verpasst" Sie klang erregt.

Blitzschnell griff er ihr in die Haare und zog ihren Kopf zur Seite, so dass sich ihr Hals entblößte. Geschwind ließ er seine Fangzähne ausfahren und bohrte diese in das zarte Fleisch der Verkäuferin. Sie zuckte und war sogleich bewegungsunfähig.

Mehit trank in tiefen Zügen, bis seine Gier gestillt war. Dann verschloss er die beiden Einstichstellen. Seine kristallblauen Augen bohrten sich in sie und im nächsten Moment hatte sie alles vergessen. Er ließ von ihr ab und schritt aus dem Laden. Vor der Tür wischte er sich den letzten Blutstropfen von der Lippe.

Das Wetter hatte sich in der Zwischenzeit verändert. Nun hingen dicke dunkle Wolken über der Stadt und ein leichter Regen hatte eingesetzt.

Begutachtend blickte Maddy in die Einkaufstüte, nach dem sie im Wagen Platz genommen hatte.

Ament, der angelehnt am Wagen stand, blickte Mehit neugierig an. Der Geruch von frischem Blut war ihm nicht entgangen.

„Na, war es lecker?"

Mehit sah ihn wütend an.

„Nein! Aber warum sollte man das Nützliche nicht mit dem Notwendigen verbinden."

Ruckartig wirbelte Aments Kopf herum.

Mehit folgte seinem Blick und sah die Limousine, die an der nächsten Straßenecke anhielt.

„DER schon wieder", zischte Ament hervor.

„Wer?"

„Das Ratsmitglied Hamilton." Wut kochte in Ament hoch.

Hamilton? Der Hamilton? Elisas Vater?, schoss es Mehit durch den Kopf.

Ament sah ihn irritiert an, als er die Unruhe spürte, die Mehit verbreitete.

„Was hast du?"

„Nichts!", gab Mehit zurück.

Beide starrten zur Limousine. Ein Mann stieg aus und eilte die Treppe nach oben.

Ament ballte bedrohlich die Fäuste und seine Gabe bahnte sich den Weg an die Oberfläche. An seinen Händen bildeten sich kleine Flammen.

„Bleib ruhig!" ermahnte ihn Mehit. „Wir haben noch keine Beweise gegen ihn."

In diesem Moment fuhr ein Kleinwagen rasant an ihnen vorbei. In Höhe der Limousine, beugte sich ein Mann aus dem Auto und warf einen Gegenstand durch die geöffnete Fensterscheibe der Limousine. Augenblicklich zerbrach dieser und eine Flüssigkeit entzündete sich, so dass der Fahrer keine Chance mehr hatte, dem Flammenmeer zu entkommen. Sekunden später stürzten hastig einige Vampire aus dem Gebäude und sondierten unmittelbar die Umgebung. Ebenso fuhren zwei Wagen aus der Querstraße heraus und nahmen die Verfolgung des Kleinwagens auf.

„Wir sollten machen, dass wir hier wegkommen", sagte Mehit gepresst.

Einer der Vampire nahm die beiden wahr und schrie den anderen zu: „DORT!" Auf der Stelle drehten sich drei von ihnen in Aments und Mehits Richtung um.

„Weg hier!", bellte Mehit hervor.

Beide sprangen in den Wagen. Bei der Kehrtwendung beschleunigte Ament, so dass die Räder auf der regennassen Fahrbahn durchdrehten.

Maddy wurde gegen Mehit gedrückt und riss verwundert die Augen auf.

„Was ist denn da los?", schrie sie.

„Schwierigkeiten!", gab er zurück und legte instinktiv seinen Arm um sie.

Ament steuerte den Wagen durch einige Querstraßen, um die Verfolger abzuhängen.

Zur gleichen Zeit war Elisa durch den Höllenlärm im Haus aufgeschreckt worden und lief auf die UV-getönten Scheiben ihres Zimmers zu. Sie schob die Gardine beiseite und blickte auf die Straße hinab. Der Wagen vor ihrem Haus stand in Flammen und die Wachhunde ihres Vaters schwärmten in alle Richtungen aus. Einer von ihnen schrie etwas und Elisa folgte mit ihrem Blick seiner Handbewegung. Sie sah die Straße hinunter und erblickte … MEHIT. Ihr stockte der Atem und ihre Augen waren weit aufgerissen. *Das kann nicht sein … doch, er war es … Warum war er hier? War er dafür verantwortlich, was gerade geschehen war?*, fragte sie sich in dem Moment, wo er gerade den Geländewagen bestieg. In rasender Geschwindigkeit verließ der Wagen in entgegengesetzter Richtung die Straße. *Er war es … so nah … und doch unerreichbar.* Ein tiefer Seufzer verließ ihren Mund.

„Alles in Ordnung?", erkundigte sich die Vampirin, die neben ihr stand und das Szenario auf der Straße neugierig beobachtete.

Schulterzuckend drehte sich Elisa vom Fenster weg und versuchte, ihre Emotionen zu verbergen.

„Ja, wieso?" Sie lief auf die Tür zu und schon stand die Vampirin vor ihr.

„Wo wollen Sie denn hin?"

Entnervt sagte Elisa nun:

„Ich will in die Küche. Das wird ja wohl noch erlaubt sein?"

„Nein!", entgegnete ihr Gegenüber.

Elisa war nicht mehr zu halten.

„Sie haben Ihren Auftrag, das ist mir klar. Aber ich werde jetzt in die Küche gehen und mir ein Glas Milch holen, verstanden!" Sie funkelte ihre Wachhündin an.

„Sie gehen nirgendwohin, verstanden!", antwortete sie und dabei klangen ihre Worte hart wie Stein.

„Gehen Sie mir aus dem Weg!" Elisa blieb stur.

„Ich habe meine Vorschriften und diese werde ich unter allen Umständen einhalten, Miss Hamilton!" Damit verschränkte sie die Arme vor ihrer Brust.

„Dann holen Sie meinen Vater hierher, sofort!", entgegnete ihr Elisa zornig.

Die Vampirin griff in ihre Hosentasche und holte ein Handy hervor. Sie wählte und nach einigen Sekunden wurde auf der anderen Seite abgenommen.

„Ihre Tochter möchte in die Küche gehen."

Sie lauschte, was ihr gesagt wurde, und antwortete knapp: „Habe verstanden." Damit beendete sie das Gespräch. „Später."

„Was heißt, später?" Trotzig stemmte sie Elisa ihre Hände in die Hüfte.

„Wenn sich die Situation auf der Straße beruhigt hat." Elisa spürte, dass ihr Widerstand zwecklos war. Diese Vampirin ließ sich nicht einfach abschütteln.

„Gut ... dann eben später." Demonstrativ setzte sie sich auf die Couch und begann ein Buch zu lesen. Aber ihre Gedanken kreisten immer noch um Mehit. *War er wegen mir hier? Ach, so ein Blödsinn. Warum sollte er hierher kommen, nachdem ich ihn so abserviert habe. Hätte ich ihn bloß nicht so behandelt ... vielleicht ... hätte er mir wirklich geholfen? Wenn er aber doch etwas mit den Vorkommnissen zu tun hatte, die sich gerade vor meinem Haus abspielten ... verdammt noch mal ... ich werde hier drinnen noch verrückt.* Sie konnte sich kaum zusammenreißen. Vor ihrem geistigen Auge flackerten die Bilder von der Bar auf, wo Mehit sie in seinen starken Armen gehalten hatte. In diesem Moment war sie glücklich gewesen. Noch nie hatte sie so ein Gefühl der Nähe gespürt, noch nie so viel Wärme gefühlt. Doch sie wusste auch, dass sie Mehit vor den Kopf gestoßen hatte, als sie ihn gebeten hatte, nie mehr bei ihr anzurufen. Hatte sie die einzige

Chance auf etwas persönliches Glück verspielt? Ihre Emotionen überrollten sie. Sie zwang sich, sich auf das Buch vor ihr zu konzentrieren, was ihr nicht gelang. Um nicht ganz den Verstand zu verlieren, nahm sie ihr Handy und rief Susan an, was ihre Bewacherin missbilligend zuließ. Das Telefonat mit Susan konnte Elisa auch nicht beruhigen, zumal sie nicht über Mehit sprechen konnte. Ihre Beschützerin lauschte jedem Wort. Sie hatte nur erfahren, dass sich zwei weitere Kolleginnen krank gemeldet hatten und die Verbliebenen nun Überstunden schieben mussten. Wie gerne wäre sie wieder in der Klinik, doch ihr Vater hatte es verboten. Dann erwähnte Susan noch, dass Dr. Rodrigues die Klinik verlassen hatte, was alle ziemlich traurig stimmte. Elisa hatte zwischendurch immer gehustet, um eine Erkältung vorzutäuschen, was ihr ein hämisches Grinsen ihrer Bewacherin einbrachte. Eifrig erzählte Susan von ihrer Verabredung mit dem Tänzer aus der Bar. Sie hatte die Freude herausgehört, die Susan mit dem nächsten Wochenende verband, und sie wäre gerne mit ihr dort hingegangen. Nachdem sie das Telefonat beendet hatte, schlug sie wieder das Buch auf. Doch ihre Gedanken waren immer noch ganz woanders.

„Hast du gesehen, ob es Isfets Leute waren?", fragte Mehit.

Ament schüttelte den Kopf.

„Läuft das jetzt immer so ab, wenn ich ein Kleid kaufen gehe? Jedes Mal werden wir gejagt. Dann bestelle ich doch in Zukunft nur noch aus dem Katalog!", rief Maddy zynisch.

„Dass eine hat mit dem anderen nichts zu tun", sagte Mehit ruhig.

„Ist doch so. Beim letzten Mal war es genauso."

„Ja, da hast du natürlich recht. Aber dieses Mal waren wir nicht das Ziel, sondern der Rat."

Fragend schaute sie zu ihm auf.

„Und warum rasen wir dann wie die Irren durch die Gegend?"

„Weil der Rat denkt, wir waren es. Sie werden aber schnell mitbekommen, dass es Isfets Leute waren, die diesen Anschlag verursacht haben", erklärte er sanft.

„Warum greifen Isfets Leute jetzt den Rat an? Vielleicht solltest du mir mal erklären, was der Rat für eine Funktion hat?"

„Wie? Hat dir Jonathan das noch nicht erklärt?"

„Ich glaube, er wollte, doch dann wurden wir angegriffen, und seitdem haben wir kein weiteres Gespräch darüber geführt."

Mehit atmete aus und erklärte Maddy die Verhältnisse. Die gesamte Rückfahrt hörte Maddy gespannt seinen Ausführungen zu und stellte fest, dass Jonathan ihr damals gerade einmal die Spitze des Eisberges erklärt hatte. Doch sie war ihm nicht böse, denn sie hätte damals gar nicht mehr aufnehmen können.

Als sie das Eingangstor passiert hatten, verstärkte sich der Regen und wurde von Blitzen und Donner begleitet. In der Garage angekommen, stiegen sie aus. Mehit nahm die Einkaufstüten und sie gingen nach unten. Ament war die ganze Zeit schweigsam gewesen. Dennoch konnte Mehit seine stechende Unruhe spüren. Er wusste nicht, ob es wegen der bevorstehenden Verbindung war oder ob ihn die Vorkommnisse in der Stadt so aufgewühlt hatten. Er unterließ es aber, ihn danach zu fragen.

„Schon wieder da?", fragte Raban, als die Drei die Kommandozentrale betraten.

„Ja, ich habe etwas Passendes zum Anziehen gefunden." Freudestrahlend deutete sie auf die Tüten, die Mehit in der Hand hielt.

Jonathan bemerkte die Ruhelosigkeit, die beide Clankrieger ausstrahlten.

„Was ist los?", fragte er in unnachgiebigem Ton.

„Es gab einen Vorfall in der Stadt", fing Mehit diplomatisch an. „Als wir den Laden verließen, ist vor dem Haus des Ratsmitglieds Hamilton ein Attentat auf einen seiner Angestellten verübt worden. Leider konnten wir nicht genau erkennen, wer es war. Wir waren anscheinend zur falschen Zeit am falschen Ort, deshalb haben wir uns aus dem Staub gemacht."

Jonathans Gehirn arbeitete auf Hochtouren. „Das war das einzig Richtige", sagte er regungslos.

„So ein Quatsch! Ich hätte mich gerne mit ihnen angelegt! Schließlich haben sie etwas mit der Verhaftung von Conzuela zu tun", zischte Ament hervor.

„Und damit hättest du Maddy in Gefahr bringen können", fuhr ihn Mehit scharf von der Seite an.

Aments Augen glühten. Einige Sekunden vergingen.

„Du hast recht", gab er klein bei, was selbst Jonathan zum Staunen brachte.

„Der Rat bleibt unangetastet, bis wir genug Beweise haben." Kurz nahmen Raban und Mehit Blickkontakt miteinander auf.

„Warum sollte jemand den Rat angreifen?", redete Jonathan weiter vor sich hin. „In der Vergangenheit gab es Entscheidungen des Rates, mit denen die Bevölkerung nicht einverstanden war. Aber Anschläge sind da eher eine Seltenheit."

Raban drehte sich auf seinem Stuhl um und ließ seine Finger über die Tasten gleiten. „Ich werde mal nach den jüngsten Ablehnungsverfahren suchen. Vielleicht gibt uns das einen Anhaltspunkt."

„Ja, mach das", sagte Jonathan grübelnd.

„Ähm, ... ich werde mal nach oben gehen", sagte Maddy zögerlich, denn sie merkte, dass die Männer anderweitig beschäftigt waren.

„Gibst du Conzuela noch die Tüte?", sagte sie zu Ament.

„Geh doch zu ihr." Fast schenkte er ihr ein kleines Lächeln.

Sie griff nach den beiden Tüten, verließ den Raum und lief den geschlungenen Gang entlang. Nach einigen Minuten stellte sie fest, dass sie gar nicht genau wusste, wo sich ihr Quartier befand.

Na super, das habe ich mal wieder toll hingekommen. Typisch. Dann fiel ihr ein, dass alle in ihrem Handy eingespeichert waren. Sie holte es heraus und wählte Conzuela an.

„Na, Maddy?", begrüßte Conzuela sie freundlich.

„Hey, ich habe die Tüte mit den Spangen und jetzt irre ich durch die Gänge und weiß gar nicht, wo du hier wohnst", sagte sie immer weiter laufend.

Es dauerte keine Sekunde und Ortischa stand vor ihr. Maddy hatte nicht einmal den Klang ihrer High Heels gehört.

„Na, dann komm mal mit."

Maddy steckte ihr Handy wieder ein und folgte ihr.

„Ortischa ist schneller als ich!" Grinsend stand Conzuela im Türrahmen, als die beiden um die Ecke bogen.

„Ich sollte mir mal von Raban einen Lageplan machen lassen, damit ich hier nicht so unkontrolliert durch die Gegend laufe!" Erleichtert betrat sie das Quartier und reichte Conzuela die kleine Tüte mit den Spangen.

„Schön, dass du daran gedacht hast." Conzuela sah Maddy glücklich an.

„Hast du denn ein Kleid gefunden?", fragte Ortischa erwartungsvoll.

„Ja, ein Wahnsinnskleid. Wollt ihr es sehen?" Schon griff sie nach der großen Tüte.

„Na, dann zeig mal her." Beide Frauen lächelten, als sie das Kleid auspackte. Maddy war so aufgeregt, dass sie sich in den Schlaufen der Tüte immer wieder verhedderte.

„Langsam, langsam", sagte Conzuela, griff beherzt nach der Tüte und half ihr.

Maddy zog den anthrazitfarbenen Stoff heraus, hielt das Kleid vor ihren Körper und schaute auf.

„Und?"

Ortischa war überrascht. „Gute Wahl. Und wo sind die Schuhe?"

Da entglitt Maddy das Gesicht.

„Schuhe? Die hab ich total vergessen."

„Bin gleich wieder da", sagte Ortischa knapp und verschwand aus der Tür.

„Das Kleid ist perfekt."

„Danke, nett von dir", gab Maddy zurück.

Einige Minuten später kam Ortischa mit einer Tüte zurück.

„Könntest du das Kleid anziehen, damit ich sehen kann, welche die Richtigen sind?"

Maddy schlüpfte in das Kleid und ehe sie sich versah, standen drei paar High Heels vor ihr.

„Soll ich mir die Füße brechen?" Lachend schob sie ihren rechten Fuß in den ersten Schuh. Dieser schmiegte sich perfekt von den Zehen bis zur Ferse an. Dann schlüpfte sie in den zweiten und stand etwas wacklig da.

Ortischa ließ ihren prüfenden Blick über Maddy gleiten.

„Der ist es!", sagte sie triumphierend.

„Nur … dass ich damit nicht laufen kann, Ortischa."

„Dann lernst du es", zwinkerte Ortischa sie an.

Beide Frauen reichten Maddy eine Hand und halfen ihr bei den ersten Gehversuchen.

Da piepte Ortischas Handy und sie verabschiedete sich von beiden.

„Na das kann ja heiter werden", lachte Maddy, als sie die zweite Runde auf ihren Stöckelschuhen absolvierte. Conzuela stützte sie.

„Ich habe es auch geschafft, schau." Sie zeigte ihre knallroten High Heels.

„Die sind ja noch höher als meine", scherzte Maddy.

Sie ließ die Hand von Conzuela los und lief ihre ersten schwankenden Schritte.

„Das schaffst du schon. Bis heute Nacht kannst du darin tanzen."

„Apropos heute Nacht. In muss noch nach oben, duschen und vor allem meine Haare hinbekommen und …", kicherte sie.

„Gibt es bei eurer Verbindung Brautjungfern? Ich könnte ansonsten auch das Blumenmädchen spielen."

Beide verfielen in schallendes Gelächter.

„Solche Bräuche gibt es bei uns nicht", sagte Conzuela.

„Wie? Auch nichts Altes, nichts Neues, nichts Blaues?"

„Nein, auch so etwas nicht."

„Mmmhh." Dabei hielt sie sich an Conzuelas Arm fest und schlüpfte aus den hohen Schuhen.

„Lass sie doch gleich an. Dann kannst du üben, bis nach oben zu laufen", sagte Conzuela aufmunternd.

„Aber ohne das Kleid", sagte Maddy. Rasch wechselte sie wieder ihre Sachen. Zum Schluss schlüpfte sie wieder in die High Heels.

„So, ich bin gewappnet. Wenn ich mir jetzt nicht auf dem Weg nach oben die Beine breche, sehen wir uns später. Wann soll ich denn wieder hier sein?"

„Komm bitte eine Stunde vor Mitternacht", antwortete Conzuela fast huldvoll.

Maddy umarmte Conzuela und sagte:

„Ich bin pünktlich." Sie schenkte ihr ein Küsschen auf die Wange und verließ dann das Quartier. Ihre Schritte hallten durch den Flur und sie kicherte vor sich hin. Als sie an der Kommandozentrale vorbeilief, richtete sie ihren Blick auf die Treppe. Sie wollte sich nicht blamieren oder stolpern, deshalb konzentrierte sie sich auf die Stufen, die vor ihr lagen. In der Eingangshalle angekommen, atmete sie erleichtert aus. *Geschafft!* Sie blieb einen Moment stehen und dann schritt sie auf die Portaltreppe zu. Als sie diese auch gemeistert hatte, wurden ihre Schritte immer sicherer. Sie trat in ihre Suite und schloss hinter sich ab. Die Schuhe zog sie jedoch nicht aus, sondern lief ins Ankleidezimmer und hängte das Kleid auf. Ruckartig drehte sie sich um und sah auf die Uhr, die den frühen Nachmittag anzeigte.

„Oh, schon so spät. Eigentlich müsste ich auch mal etwas essen." Damit verließ sie hastig ihre Suite und rannte fast in James hinein.

„Achhh … sie haben mich erschreckt."

„Entschuldigung, Milady". Dabei verbeugte er sich leicht. „Das wollte ich nicht."

Maddys Puls beschleunigte sich, als sie sich an ihm vorbeidrängen wollte.

Da sagte er zu ihr:

„Milady, hätten Sie einen Moment?" Seine Augen blickten sie eindringlich an, wobei seine Falten ihn fast schmeichelhaft wirken ließen.

„Was wollen Sie?", entgegnete ihm Maddy vorsichtig und trat noch einen Schritt zurück.

Mit einer fließenden Handbewegung deutete er auf den Ende des Flurs, wo zwei Stühle standen.

Maddy nickte ihm zu und griff vorsichtshalber in ihre Hosentasche nach ihrem Handy. Fast schleppend war sein Gang, als er vor Maddy her schritt. An den Stühlen angekommen, bot er ihr einen Stuhl an und sie setzte sich. Nun zog er den anderen Stuhl ein wenig ab und setzte sich ebenfalls.

„Milady, ich weiß, dass Sie mir nicht vertrauen, aber dieses Anwesen birgt noch viel mehr in sich, als Sie bisher wissen."

Nun hatte er ihre volle Aufmerksamkeit.

„Was meinen Sie damit?"

„Das Anwesen … lebt." Dabei studierte er ihr Gesicht.

Maddy versuchte sich nichts anmerken zu lassen. Ihr schossen sofort die Ereignisse am Eingangstor, die Begegnung mit den Frubies und die Hecke im Labyrinth durch den Kopf.

„Lebt? Das müssen Sie mir genauer erklären."

Er fasste sich mit seiner Hand an sein Kinn.

„Milady, Sie hatten doch schon Kontakt mit dem Anwesen."

„James, Sie sprechen in Rätseln", entgegnete sie ihm.

„Das Eingangstor hatte sich nur durch ihr Blut geöffnet, richtig?"

Da konnte Maddy nur nicken.

„Der Garten und das Labyrinth stehen in ihrer vollen Blüte, ohne Hand angelegt zu haben."

Auch da stimmte sie ihm zu.

„… und dann der Duft von Jasmin."

Nun schaute ihn Maddy erstaunt an.

„Jasmin?"

„Ja, Jasmin. Jetzt sagen Sie mir nicht, Sie hätten den Duft in diesem Anwesen noch nicht gerochen?"

Sie hatte ihn gerochen, mehrmals.

„Jasmin, kann sein." Schulterzuckend verzog sie ihren Mund ungläubig.

„Milady, dieser Duft ist Bestandteil dieses Anwesens. Das war aber nicht immer so. Es ist mir schon früher aufgefallen, da hatte ich auch gedacht, es wäre Einbildung. Doch nun, seitdem wir wieder hier sind, ist der Duft erneut aufgetreten. Ich wollte mit Sir Moosley sprechen, doch er hatte noch keine Zeit gefunden." Niedergeschlagenheit machte sich in seiner Stimme breit.

„James, wenn Ihnen so viel daran liegt, werde ich mit Jonathan, äh, mit Sir Moosley, sprechen", sagte Maddy ermunternd.

„Das wäre wunderbar." Nun strahlten seine Augen.

„Das war alles?"

„Ja Milady … für mich hat das eine sehr große Bedeutung." Er erhob sich.

„Eins noch … Sie sind für etwas Größeres bestimmt." Damit wendete er sich von Maddy ab und ging schleppend den Flur hinunter.

Für etwas Größeres bestimmt, für etwas Größeres bestimmt, wo habe ich, ach … das hatte damals Tante Sophie bei Jacques Geburtstagsfeier zu mir gesagt, als ich das Kleid von ihr bekommen hatte. Aber war das hier alles nicht schon etwas Größeres? Ein gigantisches lebendes Anwesen, mächtige Vampire und eine unwissende Seherin und … mein geheimnisvoller Feuermensch? Sollte wirklich noch mehr kommen? Ihr Blick glitt den Flur entlang, doch es war niemand mehr zu sehen. Sie lehnte sich zurück. *Jasmin, Jasmin, … in der Eingangshalle bei meiner Ankunft … in meiner Suite … in Sophies Zimmer, als ich das Ballkleid probiert hatte … mein Feuermensch?* Ihr blieb die Luft weg. Sollte dieser Duft mit etwas Übernatürlichen zu tun haben, wovon hier keiner etwas wusste? Sie richtete sich auf und holte tief Luft. Ihr Feuermensch trat immer gleichzeitig mit dem Duft von Jasmin auf. In ihrem Kopf schmiedete sie einen Plan, hinter dieses Geheimnis zu kommen. Sie nahm ihr Handy und wählte Mehits Nummer.

„Ja" erklang am anderen Ende.

„Ich muss dich sprechen, sofort." Damit beendete sie das Gespräch und steckte ihr Handy wieder in die Hosentasche. Innerhalb von ein paar Sekunden stand Mehit vor ihr.

„Was ist los?" Seine Augen musterten Maddy und dann die Umgebung.

„Bitte setz dich."

Er neigte seinen Kopf und ließ sich auf dem Stuhl neben ihr nieder. Seine massigen Schultern überragten die Stuhllehne und seine breiten Oberschenkel fanden nur mühsam Platz auf dem ihm viel zu kleinen Stuhl.

Maddy senkte ihren Blick und fing an:

„Ist dir im Anwesen irgendetwas komisch vorgekommen?" Mehit sah sie verwundert an.

„Was meinst du?"

„Als wir hier ankamen, hatte sich das Eingangstor nur durch mein Blut geöffnet. Das Anwesen, der Garten und das Labyrinth sahen aus, als ob ihn jemand die ganze Zeit gepflegt hätte." Sie zögerte „Und dann ... als wir das Anwesen betraten, roch es doch nach Jasmin. Kannst du dich daran erinnern?"

Mehit zog scharf die Luft ein.

„Ja ... kann ich."

Maddy sprach weiter:

„Ich habe diesen Duft danach noch mehrmals gerochen."

Das verursachte bei Mehit Nervosität und sein Blut hämmerte wild durch seine Adern.

„Das letzte Mal, als ich dich zur Kissenschlacht aufgefordert hatte, habe ich diesen Geruch ebenfalls wahrgenommen. Mehit? Könnte es sein, dass hier noch etwas Übernatürliches vorgeht, wovon ich nichts weiß?"

Nun schaute sie ihn bewusst ungläubig mit ihren großen blauen Augen an. Bevor er antworten konnte, setzte sie erneut an. „Wenn das so sein sollte, kannst du mir dann erklären, was es ist?" Ihre Stimme klang interessiert, aber nicht ängstlich.

„Maddy ... ich kann es dir nicht erklären, weil ich es selber nicht weiß. Ich habe es auch wahrgenommen und bereits mit Jonathan darüber gesprochen. Er meint, es wäre nichts." Dabei schüttelte er leicht den Kopf. „Wir sollten aber den anderen noch nicht davon sagen. Wir werden versuchen, es herauszufinden, gemeinsam."

Maddy nickte ihm zu. *Ja, es funktioniert.*

Ramos war die ganze Zeit über nur einige Meter von Maddy entfernt gewesen. Er schwebte genau über der Portaltreppe und hatte sie beobachtet: wie sie die Treppe nach oben gelaufen war, den Zusammenstoß mit James und das anschließende Gespräch mit Mehit. Von seiner Position aus konnte er das ganze Unter- und Obergeschoss im Blick behalten. Musternd sah er Mehit an, wie er mit seiner Maddy sprach. Er wusste, dass sie von ihm redeten. Einerseits amüsierte es ihn, dass sie rätselten, was den Jasminduft verursachte. Auf der anderen Seite wollte er zu ihnen schweben und sich zu erkennen geben. Ihnen zeigen, dass es ihn wirklich gab und er nicht nur aus einem Duft bestand. Hin- und hergerissen von seinen Gefühlen konzentrierte er sich wieder auf die beiden, die immer noch da saßen und sich anschwiegen. *Sollte ich mich ihnen zeigen? Aber wie? Würden sie auf mich losgehen?* Er schwebte auf das Geländer zu und setzte sich darauf. Direkt vor ihnen. *Ihr seid so dicht und trotzdem könnt ihr mich nicht wahrnehmen.* Sein Körper war vollkommen angespannt und sein Blut floss rasant durch seine Adern. Er kniff die Lippen zusammen und überlegte. *Okay, ich könnte es versuchen, aber damit würde ich meine Tarnung aufgeben. Wenn sie über mich Bescheid wissen, könnten sie mich jagen und vielleicht auch vernichten.* Nachdenklich schaute er beide an. In seinem Körper breitete sich ein Gefühl von Sicherheit aus, was ihn verunsicherte. *Sollte es auch anders kommen können? Vielleicht können sie mir helfen, in die Wirklichkeit zurückzukehren?* Dieser Gedanke gab ihm Auftrieb. *Ich werde es versuchen. Verlieren kann ich nicht viel. Mehr, als dass ich mich danach wieder verstecke, kann nicht passieren.* Eine leichte Bitterkeit schwamm in seinen Worten mit. Er richtete sich auf, holte tief Luft und atmete in Maddys Richtung kräftig aus.

Der Duft drang ihr entgegen und sie riss die Augen weit auf, als dieser ihre Nase kitzelte.

„Mehit", flüsterte sie und sah unwissentlich in die Richtung von Ramos.

Mehit ging sofort in seinen Kampfmodus über und sprang auf. Seine Muskeln spannten sich an und jede Faser seines Körpers war in Alarmbereitschaft.

„Ja … ich habe es auch bemerkt", sagte der fast knurrend. Überprüfend sah er mit seinen kristallblauen Augen die gesamte Umgebung ab.

„Ich kann nichts sehen … aber", er brach seinen Satz ab.

„Aber?", sagte Maddy nervös. *Bitte, bitte, lass ihn da sein,* flehte sie innerlich.

„Aber … ich spüre etwas … etwas Vertrautes", sagte Mehit mit leicht verzerrtem Gesicht.

Hatte er gesagt, etwas Vertrautes? Das glaube ich nicht, zischte Ramos hervor. Seine Augen fingen an, rot zu glühen, und mit Not konnte er seine Fangzähne hinter seinen Lippen zurückhalten.

Maddy stand auf und tastete mit der Hand vor ihr ins Leere.

„Was machst du da?", fragte Mehit zähnefletschend und stellte sich schützend vor sie. Ihm gefiel das Ganze nicht, vor allem da Maddy so nah war und vielleicht verletzt werden könnte. Ihre Sicherheit war oberstes Gebot. Er verdeckte einen Teil ihres Körpers mit seinem, um sie vor eventuellen Schäden zu bewahren. Jonathan würde ihn zur Rechenschaft ziehen, sollte Maddy auch nur ein Haar gekrümmt werden.

„Vielleicht kann ich etwas spüren oder fühlen?" Ihre Fingerspitzen glitten durch die Luft, doch sie konnten nichts erfassen. *So ein Mist. Wo bist du?* Ihre Augen suchten nach einem Anhaltspunkt, doch es bot sich ihr keiner. Resigniert senkte sie ihre Hände wieder.

Ramos nahm jede noch so kleine Bewegung wahr und es verwunderte ihn, dass beide so ruhig blieben.

„Warte kurz." Mehit beschwor seine Gabe herauf und formte aus seiner Handfläche eine Kugel aus Wasser. Beeindruckt von diesem Schauspiel starrte Maddy die Kugel an.

„Wow, … wie machst du das?"

Mehit blickte zu ihr.

„Das ist meine Gabe."

Auch Ramos war beeindruckt und neigte seinen Kopf.

Schlagartig ließ Mehit mehrere dieser Wasserkugeln in einem 180° Radius um sie herum zerplatzen.

Ramos, der nicht darauf gefasst war, wurde von zwei dieser Kugeln getroffen. Gleichzeitig zeichnete sich sein gesamter Körper im Wasser ab, welches an ihm herab lief.

Mehit sprang einen Schritt auf ihn zu und hielt eine weitere, enorm größere, Wasserkugel in den Händen.

„Wer bist du?" Dabei zeigte er seine Fangzähne, jedoch griff er nicht nach seinen Waffen.

Erstaunt ließ Ramos das Wasser über seinen Körper gleiten, ohne Anstalten zu machen, es wegzuwischen.

Maddy beäugte dieses Etwas, was sich vor ihr abzeichnete. Sie kniff die Augen zusammen und dann sprang sie ebenfalls auf, als sie ihn erkannte. Es war ihr Feuermensch. *JA!*, schrie sie innerlich vor Freude.

„Mehit, warte!", rief sie ihm entgegen. Sie ergriff seine Hand und zog ihn leicht zurück, was Mehit irritierte.

Ramos schaute Maddy in die Augen, diese großen blauen Seen. Er zog sich nicht zurück, sondern blieb wo er war und beobachtete sie.

„Hey … ich bin es. Maddy." Vertraut klangen ihre Worte und ihr Herz machte einen Sprung, weil sie ihn unverhofft wiedersah.

Ramos wandte sich ihr zu, ohne Mehit aus dem Blick zu lassen.

Dieser hatte fast aufgehört zu atmen, als er die Intimität zwischen den beiden bemerkte.

Das Wasser rann an Ramos herab und nach und nach verschwand er wieder.

„Mehit wird jetzt noch mehr Wasser auf dich schütten, damit wir dich sehen können. Okay?" Ihre Worte klangen fast besitzergreifend, was Mehit noch mehr erstaunte. War es das, was er das letzte Mal in ihrer Suite gespürt hatte? *Sie kennt dieses Wesen,* schoss es ihm durch den Kopf.

„Mehit!" Maddy riss ihn aus seinen Gedanken.

Er drehte sich zu Ramos um, der fast nicht mehr zu sehen war. Dieses Mal warf Mehit die Wasserkugeln so heftig in die Richtung von Ramos, das man denken konnte, er wollte ihn damit vertreiben.

Als Ramos vom Wasser getroffen wurde, verzog er amüsiert seine Mundwinkel.

„Es ist nur, damit wir dich sehen können", beteuerte Maddy, doch Ramos sah das Funkeln in Mehits Augen. Dieser spürte unterschwellig eine Energie, die er so nur von Jonathan kannte.

„Wer bist du?", fragte Mehit abermals.

Er formte etwas mit den Lippen, doch es kam kein Ton heraus. *Verdammt, so wird das nichts,* ärgerte sich Ramos.

„Er kann nicht sprechen", erklärte Maddy leise, was Mehit rasend machte. *Oh mein Gott, was geht hier vor?,* fragte er sich vorwurfsvoll. Doch er hatte keine Zeit darüber nachzudenken.

„Wäre dir ein anderes Element lieber?" Ihre Worte drangen an seine Ohren und er nickte, ohne weiter darüber nachzudenken.

Mehit erstaunte die Ruhe, die dieses Wesen ausstrahlte. Er prägte sich jede Einzelheit ein. Der Körperbau ähnelte sehr dem von ihm selbst, was ihn umso neugieriger machte.

Maddy trat einen Schritt weiter auf Ramos zu.

Mehit knurrte. „Maddy, nein ... nicht so dicht. Wir wissen nicht, was es ist." Doch Maddy schob die schützende Hand beiseite und sah Ramos in seine rotglühenden Augen.

„Kommt mit!", sagte sie fast befehlend zu beiden.

Mehit schloss sofort zu ihr auf und Ramos hielt etwas Abstand. Nach einigen Metern war das gesamte Wasser von ihm abgetropft und er war wieder im Element Luft beherbergt.

Maddy ging schnurstracks den Flur entlang, wobei Mehit sich immer wieder umsah, doch er konnte dieses Etwas nicht mehr lokalisieren.

Graziös bewegte sich Maddy die Portaltreppe nach unten und ging zügig durch den blauen Salon in die Bibliothek. Mehit hielt mit ihr Schritt und fragte: „Wenn er aber nicht mitkommt?"

„Er wird", sagte sie überzeugt.

Mehit schloss die Tür der Bibliothek hinter sich und sah Maddy erstaunt dabei zu, wie sie anfing, Feuer im Kamin zu machen.

„Kann es sein, dass du diesem Etwas schon einmal begegnet bist?", sagte er im vorwurfsvollen Ton.

Maddy schaute auf und dann kam ein zögerliches „Ja".

Er trat dicht neben sie, denn er wollte sie unter keinen Umständen einer Gefahr aussetzen. Er wusste nicht, was es war, aber so wie es schien, war es nicht feindselig.

„Ich habe ihn schon einmal gesehen, doch ... ich wusste nicht, was er ist. Ich wollte nichts sagen, denn ich dachte, ihr würdet mich für verrückt erklären und ... "

Mehit unterbrach sie.

„Maddy, unsere Welt ist schon anders, aber du kannst mit mir über alles reden. Alles!"

Ramos, der hinter ihnen schwebte, hörte wie einfühlsam Mehit mit Maddy sprach. Er spürte Aufrichtigkeit und genauso auch Unruhe.

Als Maddy das Streichholz in den Haufen warf, ging dieser in Flammen auf. Maddy rutschte ein Stück zurück und Mehit kniete sich neben sie.

Die Flammen fraßen sich durch das Geäst. Beide schoben noch einige Holzscheite hinterher und das Feuer wuchs immer weiter an. Dann traten beide etwas vom Kamin zurück und Maddy sagte sanft:

„Komm!"

Sie hätte ihn auch anschreien können, er hätte alles getan. Ramos trat in das Feuer, und innerhalb von ein paar Sekunden erschien er in voller Größe.

Mehit schluckte, denn das ganze Ausmaß seines Körpers kam nun erst zum Vorschein. Er nahm Maddy an der Taille und zog sie ein Stück weiter nach hinten.

Der Mann, der dort im Feuer stand, überragte ihn ein wenig. Sein sehr markantes Gesicht wirkte durch seine glühenden Augen noch bedrohlicher.

Maddy wandte sich aus Mehits Griff und legte noch einige Holzstücke nach.

Mehit starrte ihn an und wunderte sich, wie dieser Körper ins Nichts verschwinden konnte.

„Ist es so besser?", fragte Maddy in die Stille hinein.

Ramos nickte freundlich.

In Mehit loderte seine Gabe auf. Er würde sich kampfbereit gegen diesen Mann stellen, sollte er auch nur eine falsche Bewegung machen.

„Was bist du?"

Ramos zuckte mit den Schultern.

Na, das kann ja lustig werden, dachte Mehit.

„Du kannst in den Elementen wandern?"

Ramos nickte zustimmend.

„Bist du schon lange hier?"

Auch dies bejahte Ramos mit einem Kopfnicken.

„Bist du einer von uns?"

„Du meinst, ob er ein Vampir ist?", fragte Maddy dazwischen.

„Ja, genau das meine ich", ohne seinen Blick abzuwenden.

Ramos zeigte mit dem Zeigefinger auf Mehit und dann auf sich selber. Dann drehte er seine Hand und richtete seinen Daumen nach oben.

Maddy schnappte nach Luft.

„Moment ... das kann nicht sein. Solltest du wirklich ein Vampir sein, dann zeig mir deine Fangzähne", forderte sie energisch.

Ramos schaute zu Mehit und dieser nickte. Langsam öffnete er seine Lippen und beide sahen, wie sich messerscharfe Fänge ausfuhren, die länger waren als die von Mehit.

Gebannt starrte Maddy auf seinen Mund. *Ein Vampir.*

Mehit sagte leicht durcheinander:

„Das kann nicht sein ... wie?" Fragend schaute er Ramos an.

Dieser zog seine Fangzähne zurück, schloss seinen Mund und beobachtete beide.

„Mehit, er ist ein Vampir ... so wie du."

„Aber er kann nur in den Elementen wandern. So etwas kenne ich auch nicht." Resigniert schüttelte er den Kopf.

„Warum hast du dich uns nie gezeigt?", fragte Mehit.

Ramos verzog die Mundwinkel zu einer geraden Linie.

„Gut, fangen wir anders an. Bist du schon lange auf dem Anwesen?"

Ein Nicken folgte.

„Hast du dich sonst jemanden gezeigt?"

Kopfschütteln.

Mehit feuerte eine ganze Salve von Fragen auf ihn ab und Ramos strebte danach, sie so gut wie möglich zu beantworten. Er war dazu bereit, weil er so seiner Maddy nah sein konnte. Dies bedeutete ihm alles. Sein Blick glitt zu ihr, so dass er Mehit nur noch unwirklich wahrnahm.

„Hey! ... HEY?", zischte Mehit ihn an. Dann folgte er seinem Blick und war nicht gerade amüsiert darüber, dass er sich nicht auf ihn konzentrierte.

Ruckartig riss Ramos seinen Kopf herum und sah ihn bedrohlich an.

Mehit hob die Hände zur Besänftigung.

„Ich glaube, das reicht für heute. Maddy, wir müssen so langsam ..."

Maddy blickte mitleidig drein. „Noch eine Minute."

„Ich glaube, wir werden ihn jetzt öfter sehen, oder?"

Ein leichtes Lächeln umspielte seine Lippen.

Trotzig trat Maddy vor Mehit.

„Ich werde noch ein paar Minuten bleiben."

„Maddy", sagte Mehit leicht gedehnt. „Er wird nicht weglaufen. Er hat es die ganze Zeit nicht getan, dann wird er es auch jetzt nicht tun. Ich spüre seine Verbundenheit zu uns. Ich kann es mir zwar noch nicht erklären, aber er ist aufrichtig und …" Er zögerte.

„Und was?", wollte Maddy wissen.

„Es kommt mir so vor, als ob ein Teil von mir in ihm lebt. Ich weiß, es hört sich bizarr an, aber … du spürst es auch, oder?" Dabei sah er zu Ramos.

Das Gesicht von Ramos war emotionslos und einen Moment zögerte er, bevor er bedächtig nickte.

Da blieb Maddy der Mund offen stehen.

„Ich werde Jonathan von ihm erzählen, denn …" Bei diesen Worten schossen Flammen aus Ramos Händen und hätten um ein Haar Maddy versengt. Mehit riss sie im letzten Moment beiseite und ließ seine Gabe blitzartig hochwallen.

„Sollte ich mich doch getäuscht haben?", blaffte er ihn an.

Dieser hob entschuldigend die Hände und zog sogleich die Flammen zurück.

„Er will nicht, dass du es Jonathan erzählst!", rief Maddy hinter Mehits Rücken.

„Das ist mir egal, was er will. In erster Linie steht deine Sicherheit ganz oben."

Mehits Fangzähne waren weit ausgefahren und er hielt seine Hände abschätzend in Ramos Richtung.

Dieser fixierte ihn mit seinen Augen und geballten Fäusten, ohne sich zu bewegen. Die Spannung, die den Raum erfüllte, konnte nicht explosiver sein.

„Er hat das sicher nicht mit Absicht gemacht, oder?" Fragend schaute sie zu Ramos, der sich immer noch nicht bewegt hatte.

Er schüttelte den Kopf.

„Gut", sagte Maddy mit fester Stimme. „Mehit, wir werden Jonathan vorerst nichts sagen", presste sie hervor.

„Du weißt, dass Jonathan es merken wird. Wir können es ihm nicht verheimlichen", antwortete Mehit trocken.

„Bei dir hat es auch geklappt", sagte sie überzeugend.

„Ich bin aber auch nicht Jonathan."

Ramos lockerte seine Haltung, was Mehit positiv bewertete.

Vorsichtig trat Maddy an ihm vorbei.

„Gut, das verstehe ich. Aber vielleicht könnten wir es eine Weile … verschweigen?" Sie klimperte mit ihren langen Wimpern.

„Maddy, das kannst du nicht von mir verlangen." Er beugte sich zu ihr.

„Wenn Jonathan auch nur den Verdacht hegt, kann ich es ihm nicht verheimlichen. Wir Clankrieger haben ein Gelöbnis abgelegt und das beinhaltet, dem

Clanoberhaupt gegenüber absolut loyal zu sein. Im Grunde genommen müsste ich jetzt zu ihm gehen und ihn in Kenntnis setzen."

Maddy seufzte auf. „Was ist, wenn Jonathan ihn sehen will? Was, wenn er der Meinung ist, ihn auf der Stelle vernichten zu müssen?" Erregt schaute sie auf.

Mehit griff an Maddys Schultern, was Ramos überhaupt nicht gefiel.

„Wenn Jonathan der Meinung ist, er stellt eine Gefahr für dich und den Clan dar, wird er tun, was er für richtig hält. Das muss dir klar sein." Die Offenheit traf sie wie eine Ohrfeige. Sie drehte sich von ihm weg und sah Ramos an. Dieser stutzte leicht, als sie so dicht vor ihm stand.

„Mehit! Wenn er mir etwas tun wollte, dann hätte er es schon längst getan. Ich verstehe, dass du Jonathan verpflichtest bist, deshalb werde ich jetzt die Spielregeln festlegen."

Nun schauten beide Maddy erwartungsvoll an.

„Ich habe ihn zuerst getroffen. Wenn er damit einverstanden ist, wird er sich nur zeigen, wenn ich es möchte!" Sie ließ keine Widerworte zu.

Ramos freute sich grienend, dass sie für ihn eintrat, seine Maddy. Sie wollte ihn schützen, und das wärmte sein Herz. Fast ehrerbietig sah er sie an und verbeugte sich vor ihr.

„Maddy? Ich merke schon, da gibt es keinen Handlungsspielraum. Stimmt's?" Mehit legte auch ein Lächeln auf.

„Nein! Kein Handlungsspielraum. Nicht einen Millimeter". Energisch verteidigte sie ihr Anliegen, was Ramos umso mehr imponierte.

Mehit fühlte, dass er Maddy nicht umstimmen konnte und ebenso, dass dieser Mann ihr zugetan war. Seine gesamte Ausstrahlung unterstrich Maddys Meinung. Dieses besitzergreifende Verhalten hatte Mehit schon bei Ament zu spüren bekommen, als es um Conzuela ging.

„Gut, wir werden es so machen, wie du sagst." Es gefiel ihm zwar nicht, aber er hatte keine andere Wahl.

Damit gab sich Maddy zufrieden. Sie sah Ramos bedeutungsvoll an. Er hingegen konnte kaum seinen Blick von ihr abwenden. Ein weiches Lächeln umspielte seine Mundwinkel.

Nun drängte die Zeit und Mehit sagte:

„Wir werden jetzt gehen, denn in einer Stunde müssen wir fertig sein."

„Noch ein paar Minuten", flehte sie ihn an.

Mehit atmete tief aus.

„Ähm ... es wäre mir lieber, wenn ..." Er sah ihren schmachtenden Blick.

„Na gut, ein paar Minuten."

Er musste Maddy vertrauen, doch es fiel ihm sehr schwer. Zögerlich wandte er sich von den beiden ab.

„Es ist alles in Ordnung", versicherte sie ihm.

Dann trat Mehit aus der Bibliothek und schloss die Tür hinter sich. *Ich sollte sie nicht alleine lassen. Verflucht, wenn etwas passiert?* Unzählige Gedanken gingen ihm durch den Kopf, deshalb beschloss er, vor der Tür zu warten. Nur zur Sicherheit.

Maddy atmete tief aus, als Mehit den Raum verlassen hatte. Nicht, dass ihr seine Nähe unangenehm war, eher war sie erleichtert darüber, dass sie ihren Feuermenschen wieder ganz für sich alleine hatte.

Ramos verhielt sich ganz ruhig und beobachtete jede ihrer Bewegungen. Er versank in ihren blauen Augen. *Meine Maddy,* schoss es durch seinen Kopf.

„Schön, dass du da bist", drang an sein Ohr.

Er schaute auf sie herab.

„Ist doch ganz gut gelaufen, oder? Ich habe einfach über deinen Kopf hinweg entschieden, doch ..." Sie zögerte, als Ramos auf einmal den Daumen hob und ihr signalisierte, dass er mit ihrer Entscheidung einverstanden war.

Das rief ein verschmitztes Lächeln bei ihr hervor.

„Alle Elemente also?", sagte sie keck und legte ihren Zeigefinger an ihren sinnlichen Mund.

Er zog die Augenbrauen nach oben und presste fast verlegen die Lippen aufeinander.

„Und ein Vampir bist du auch?", frotzelte sie.

Er fragte sich, ob sie das gut fand oder nicht. Er musterte sie, doch ihrer Mimik konnte er nichts entnehmen.

„Zeig sie mir noch einmal!"

Verdutzt schaute er sie an.

„Deine Fangzähne, meine ich."

Vehement schüttelte er den Kopf. Aber als nun ein flüsterndes „Bitte" folgte, konnte er nicht anders. Langsam ließ er sie auf volle Länge ausfahren und öffnete dabei seinen Mund. Fasziniert, aber ohne Angst, sah Maddy sich dieses Schauspiel an.

„Sie sind länger, als die der anderen." Plötzlich entglitt ihr das Gesicht und Ramos zog sofort seine Fänge zurück und schaute sie interessiert an.

„Wie ... wie ... ernährst du dich?"

Zu gerne hätte er ihr erklärt, dass er fast gar nichts zu sich nahm. Zumindest kein Blut, denn das war es, was Maddy sicherlich durch den Kopf ging. Er deutete ihr an, sich von Blumen zu ernähren.

„Du ernährst dich von Pflanzen?"

Schwingend ließ er seine Hand durch die Luft gleiten und nickte. Er fühlte sich wohl in ihrer Nähe, so dass er noch stundenlang mit ihr hätte sprechen können. Es war die richtige Entscheidung gewesen, sich ihr zu zeigen und auch dem Vampir. Auch er konnte eine Verbundenheit spüren, doch im Gegensatz zu Mehit wusste er mehr darüber und er würde es ihm auch bei Gelegenheit zeigen. Doch im Moment hatte er nur Augen für Maddy. Er fühlte, wie sein Herz sich fast überschlug, als sie gehen wollte, und er bettelte nach mehr.

„Ich will das Vertrauen von Mehit nicht zu sehr überstrapazieren, deshalb werden wir uns morgen sehen." Sie schlug ihre Augen weit auf, ob er diesem Vorschlag zustimmte.

Seine Sehnsucht zerrte an ihm, doch er spürte auch ihre Unruhe, deshalb neigte er seinen Kopf.

Erleichtert trat Freude in Maddys Gesicht.

Fluchtartig verließ er das Feuer und trat in das Element Luft über.

Überrascht über seinen plötzlichen Abgang zuckte Maddy leicht zurück.

„Diese Vampire!" Sie schüttelte ihren Kopf und grinste vor sich hin. Mit beschwingtem Gang verließ sie die Bibliothek und stieß vor der Tür fast mit Mehit zusammen.

„Das habe ich mir doch gedacht, dass du auf mich gewartet hast." Ihre weißen Zähne strahlten ihm entgegen.

„Tja, was soll ich dazu sagen?", erwiderte er scherzend.

4. Kapitel

In der Kommandozentrale war immer noch das Attentat auf einen der Leibwächter vom Ratsmitglied das Gesprächsthema. Ortischa hatte sich der Diskussion angeschlossen und Ament verteidigt, obwohl er das nicht wollte. Sie hatte sich mit ihrer Argumentation auf seine Seite geschlagen. Er wusste nicht, ob sie das tat, weil sie seine Gunst wollte oder ob es ihre wirkliche Überzeugung war.

Das Gespräch wurde von einem Handyklingeln unterbrochen. Raban zückte sein Handy und sagte:

„Wer stört?" Dann lauschte er aufmerksam und beendete das Gespräch mit den Worten „Okay, dann viel Glück und macht uns keine Schande." Anschließend ließ er sein Handy auf den Tisch schlittern.

„Ivan und Angel machen sich jetzt auf den Weg ins Museum. Hoffen wir mal, dass alles glimpflich abläuft." Dabei suchte er den Blickkontakt zu Ortischa, die den Mundwinkel verzog.

„Wenn Angel sich so verhält wie beim letzten Mal, na, dann gute Nacht!"

„Wir werden sehen, Ortischa", sagte Jonathan, aber es klang nicht gerade zuversichtlich.

„Wenden wir uns nun einem anderen Ereignis zu. Es sind noch einige Vorbereitungen zu treffen. Ortischa, ich brauche dich und Mehit."

Ortischa nickte ihm zu.

In diesem Moment trat Mehit durch die Tür. Er versprühte Besorgnis, was Jonathan sofort auffiel.

„Gibt es Probleme?", fragte er ihn.

„Nein ... alles in Ordnung." Er wandte seinen Blick ab und trat zu Ament. Jonathan verfolgte ihn mit seinem Blick, denn er fühlte die innerliche Zerrissenheit, die Mehit ausstrahlte.

Auch Ament und Ortischa entging dies nicht.

Die Situation war explosiv, doch keiner sagte etwas.

Raban durchbrach dieses Schweigen.

„Dann werde ich jetzt noch einmal alles abchecken, damit wir nachher hoffentlich keine bösen Überraschungen erleben."

Ament löste sich von der Wand und verließ ohne ein Wort den Raum. Seine Schritte hallten auf dem Flur. Er betrat das Quartier von Mehit und ließ die Tür hinter sich ins Schloss fallen. Dann machte er es sich auf der Couch bequem. Aufgepeitscht griff er sich mit seinen Händen an die Schläfen. Zweifel machten sich in ihm breit und er kämpfte dagegen an. *Ist es das Richtige? Soll ich es wirklich tun? Ja, ich liebe sie und nein, ich will nie wieder ein geliebtes Wesen verlieren.* Seine Emotionen kochten hoch. Seine Haut spannte sich an und wurde ihm viel zu eng. Seine Gabe kämpfte sich den Weg aus seinem tiefsten Inneren weiter an die Oberfläche. Die Hitze stieg in ihm auf und zur Beruhigung schloss er seine Augen. Ein zaghaftes Klopfen an der Tür riss ihn aus seiner Konzentration. Mit rotglühenden Augen, voll ausgefahrenen Fangzähnen und zitternden Händen versuchte er aufzustehen, aber es gelang ihm nicht. Er knurrte nur ein „Ja" hervor. Die Tür öffnete sich und Conzuela betrat suchend den Raum. Ihr Blick ruhte auf ihn, als sie auf ihn zuging. Sie bemerkte, dass er mit all seiner Kraft gegen etwas ankämpfte. Langsam ließ sie sich vor ihm nieder und legte ihre Hände auf seine Knie. Aus ihren braunen Augen schaute sie zu ihm auf. Die Aufgewühltheit, die er verströmte, berührte Conzuela bis ins Mark. Sie wollte ihm helfen, aber sie wusste nicht wie.

Kontrolle, ich muss die Kontrolle behalten. Er zwang sich mit aller Kraft, die ihm zur Verfügung stand, und doch konnte er sich nicht beherrschen.

Beruhigend strich Conzuela ihm mit den Fingern über seinen Unterarm, doch ihre Berührung hatte keinerlei Wirkung auf ihn. Sie richtete sich auf, um ihn in seine Augen zu schauen, die er immer noch zusammenkniff.

„Ament", sagte sie sanft.

Sein Körper schien sie zu ignorieren.

„Ament!", sagte sie energischer, aber er war wie in Trance.

„AMENT!", brüllte sie nun. Ihre Hand, die sie an seine Wange gelegt hatte, glühte mittlerweile. Doch zuckte sie nicht zurück. Hektisch überlegte sie, wie sie ihn aus diesem Zustand herausreißen könnte. Kurzerhand biss sie sich in ihr Handgelenk. Das Blut quoll aus den Einstichstellen und sie hielt es vor seinen Mund.

Dieser riss erschrocken die Augen auf, als ihn der kupferige Geruch in die Nase trat. Seine rot glühenden Augen fixierten sofort die Rinnsale, die sich vor seinem Mund befanden. Ohne zu überlegen, ergriff er das Handgelenk und schlug seine Fangzähne hinein. In gierigen Schlucken trank er und fühlte, dass sich seine Hitze langsam zurückzog. Immer mehr nahm er das flüssige Lebenselixier in sich auf und konnte aus seiner Tiefe, die ihn umhüllte, allmählich wieder heraustreten. Erschrocken stellte er fest, dass es Conzuelas Handgelenk war, die schon ohnmächtig vor ihm kauerte. Rasch löste er seine Fangzähne von ihr und verschloss die Wunden. Er hob ihren schwachen Körper auf seinen Schoß und drückte ihren Mund an seinen Hals.

„Trink!", krächzte er.

Ihre Lippen blieben regungslos an seinem Hals gepresst.

„Trink!", befahl er ihr abermals, doch es passierte nichts.

„Scheiße!" Panik stieg in ihm auf. Sollte er sie jetzt auch noch verlieren, so, wie er es vorausgeahnt hatte? Hastig griff er in seine Hosentasche, holte das Handy hervor und rief Mehit an.

„Bring mir sofort Blut!", schrie er. Das Handy fiel zu Boden. Ungestüm biss er in sein Handgelenk und drückte dieses auf ihren Mund. Nichts geschah. Er verzweifelte und seine Erregung stieg ins Unermessliche.

Mehit stürzte zur Tür hinein und kniete sich neben ihn mit den Blutbeuteln in der Hand.

„Was ist passiert?", fragte er aufgebracht.

„Hab die Kontrolle verloren … wieder einmal … habe zu viel von ihr getrunken", brachte er erregt hervor.

Hektisch fragte Mehit: „Wie lange hast du von ihr getrunken?"

„Ich weiß es nicht. Verdammt, Mehit. Ich weiß es nicht!" Wut mischte sich unter seine Worte.

Mehit legte einen Blutbeutel mit der Öffnung in Conzuelas Mund und richtete ihren Kopf auf, damit sie sich nicht verschluckte. Tropfen für Tropfen ließ er das Blut in sie gleiten.

„Sie darf nicht sterben! Hast du verstanden?" Flehend und aufgebracht schaute er ihn an.

„Ja, schon gut", antwortete Mehit knapp.

„Oh, mein Gott, Mehit. Ich hab es vorhergesehen. Ich wusste, dass ich ihr nur schade."

Mehit sah ihn scharf an: „Halt jetzt die Klappe!"

Ament riss sich zusammen, so gut er konnte, dabei streichelte er ihr sanft über die Wange.

„Bleib bei mir … bleib bei mir. Hörst du? Verlass mich nicht", bettelte er.

Ein Schlucken von Conzuela riss die Männer aus ihren bangen Überlegungen.

„Sie nimmt es an."

Beide waren erleichtert.

Abermals schluckte sie und nach einigen Sekunden wieder. Die Abstände wurden kürzer und ihre Augen fingen an zu flackern.

Mehit entfernte den Blutbeutel.

Conzuela öffnete ihre Augen und sah Ament irritiert an, der sie wie eine Porzellanpuppe in den Armen hielt.

„Tsch … trink." Er legte sein Handgelenk auf ihren Mund. Ihre Fangzähne bissen in sein muskulöses Fleisch und sie saugte daran. Nach einigen kräftigen Zügen ließ sie von ihm ab und leckte sich abschließend über ihre Lippen.

Mehit legte ihm noch zwei Blutbeutel auf den Tisch, bevor er das Quartier wortlos verließ.

„Was ist passiert?" Ihre Stimme klang rau.

Finster schaute er sie an:

„Ich habe die Kontrolle verloren, es tut …"

Conzuela unterbrach ihn. „Nicht entschuldigen." Dabei legte sie ihm einen Finger auf seine Lippen, als sie weitersprach. „Ich konnte dir nicht helfen mit meinem Blut. Ich habe es versucht … und du sollst wissen, dass ich mein Leben für dich geben würde."

Ihre Ehrlichkeit und das Opfer, welches sie fast gebracht hätte, beschämte ihn zutiefst.

Conzuela riss die Augen auf, als sein starkes Blut sich seinen Weg durch ihren geschwächten Körper bahnte. Jedes Nervenende wurde stimuliert, jede Zelle wurde angereichert und versetzte sie in einen Rausch.

Die Reaktion konnte Ament mitverfolgen und es ließ ihn aufatmen. Dann wandte er seinen Blick von ihr ab. Ziellos irrten seine Augen durch den Raum.

„Was hast du?", brachte sie brüchig hervor. „Sag es mir."

Seine starken Arme umschlossen sie gefühlvoll und er zog sie dichter an sich heran, so dass ihr Brustkorb gegen seinen lehnte.

Dicht an ihrem Ohr flüsterte er:

„Ich … ich bringe dich nur in Gefahr. Ich bin eine wandelnde Katastrophe und ich werde …" Seine Stimme brach ab. Er wollte ihr nicht wehtun, doch er musste es tun. „Ich werde unserer Verbindung nicht zustimmen."

Conzuela zuckte wild in seinen Armen, doch er hielt sie fest.

„Ich werde nicht zulassen, dass dein Leben genauso chaotisch wird wie meins. Wenn ich draufgehe, dann ist das so. Aber ich werde auf keinen Fall zulassen, dass meine Existenz eine Bedrohung für dich wird."

Sie wand sich aus seinen Armen und er ließ es zu.

„Ament!" Wütend starrte sie ihn an, als sie aufgestanden war. Etwas wacklig war sie zwar noch, aber sie konnte sich aufrechthalten.

Er blickte auf den Fußboden, um ihren Blick auszuweichen. Er wusste, dass er ihre Gefühle mit Füßen getreten hatte. Doch für ihre Sicherheit würde er alles tun.

„Ament! Sieh mich an und sag mir, dass du mich nicht liebst!"

Er hielt den Kopf gesenkt. Ihre Worte zerrissen sein Herz.

Ihre Augen füllten sich mit Tränen und sie wusste, dass er ihr nicht antworten würde. Es schien, als ob Ament nicht gewillt war, mit ihr darüber zu diskutieren. Sie wollte nicht vor ihm weinen, so dass er ihre Verletzlichkeit sah, deshalb entschied sie sich, den Raum zu verlassen. Ohne ein weiteres Wort drehte sie sich um und ihre High Heels hämmerten auf dem Fußboden. Als die Tür krachend ins Schloss fiel, sah Ament auf.

„Scheiße", knurrte er hervor. Er sprang auf und brüllte aus tiefster Seele. Seine Muskeln verspannten sich und sein Körper schrie nach Erlösung. Er hatte sie von sich gestoßen und er hasste sich dafür. Aber seine innere Stimme sagte ihm, dass das die einzige Möglichkeit war, sie zu beschützen. Ziellos tigerte er durch das Wohnzimmer, wobei sein Puls durch seinen Körper raste.

Weinend stand Conzuela immer noch im Flur. Am liebsten wäre sie weggerannt. Aber wo sollte sie hin? Ihr war nichts geblieben und sie hatte Jonathan ihr Wort gegeben, dem Clan zu helfen. Zitternd stand sie da und warf einen Blick über ihre Schulter. *Ich wollte mit ihm zusammenleben.* Nun war alles anders gekommen und sie stand vor dem Nichts. Sie müsste mit Jonathan reden, ihm sagen, was vorgefallen war. Sie bekam nicht mit, dass Ortischa an ihre Seite trat.

„Was hast du?", fragte sie.

Überrascht fuhr Conzuela herum. „Oh ... ich habe dich gar nicht bemerkt. Ich war in Gedanken. Ich weiß auch nicht ... ich ... ich ... ach, Ortischa, er ... will ... mich ... nicht." Schluchzend legte sie ihre Hände vor ihr Gesicht.

„Wie meinst du das, er will nicht?" Empört stemmte Ortischa ihre Hände in die Hüfte.

„Er sagt, er wäre eine wandelnde Katastrophe und dass er unserer Verbindung nicht zustimmt. Ortischa, er will mich nicht und jetzt muss ich irgendetwas tun, sonst drehe ich durch." Sie drängte sich an ihr vorbei und lief auf Aments Quartier zu. Dort öffnete sie die Tür und Ortischa folgte ihr.

„Du musst noch einmal mit ihm reden!", wandte Ortischa ein. „Wahrscheinlich hat er Muffensausen."

„Ortischa! Er meinte es ernst so wie er es sagte. Ich werde jetzt meine Sachen packen und dann zu Jonathan gehen, um ihn zu bitten, mir eine Unterkunft zu besorgen." Hastig packte sie einige Utensilien in eine Tüte.

„Moment Mal, so einfach ist das nicht, Conzuela."

„Warum nicht?"

„Weil du gesagt hast, dass du dich dem Clan anschließt. Da kannst du nicht einfach kommen und gehen, wie du willst." Ortischa klang leicht gereizt.

„Ich würde und ich hätte auch dem Clan mein Leben verschrieben, aber wie soll ich denn hierbleiben, wenn er mich ablehnt. Ich kann ihm nicht jeden Tag begegnen und seinen Hass fühlen. Das halte ich nicht aus."

Sie zuckte zusammen, denn Jonathan stand mit verschränkten Armen mitten im Türrahmen. Seine grünen Augen bohrten sich in Conzuela.

„Tut mir leid", sagte Conzuela und lief ins Bad.

„Habe ich das gerade richtig mitbekommen?", fragte er missmutig.

Ortischa nickte. „Ament lehnt die Verbindung ab und nun will sie nur noch hier weg."

„Dieser Kerl bringt mich wirklich noch um den Verstand. Was hat er denn?" Grübelnd drehte er sich um und ging mit schnellen Schritten auf Mehits Quartier zu. Die Tür flog fast aus den Angeln.

Ament fuhr herum und sah Jonathan, dessen Erregung ihn wie eine Dampfwalze traf.

„Lass mich in Ruhe!", raunte Ament ihm entgegen.

„Erst, wenn du mir sagst, warum?"

„Ich will nicht darüber reden!"

„Ich aber!" Dies klang nach einem Befehl.

Ament wusste, dass er keine Chance gegen Jonathan hatte, wenn dieser seine Macht entfachte. Er könnte sich noch so sehr gegen ihn sträuben, er hätte keine Ausweichmöglichkeit. Frustriert setzte er sich auf die Couch.

„Verdammter Dreck!" Er hasste es, so in die Enge getrieben zu werden. „Ich bringe Conzuela nur in Gefahr und ich kann nicht damit leben, noch einmal ein geliebtes Wesen auszulöschen." Aufrichtig sah er Jonathan an.

Dieser setzte sich auf den gegenüberliegenden Sessel.

„Du liebst sie, das kann ich fühlen. Du musst ihr erzählen, was damals passiert ist."

„NEIN! NIEMALS!", entgegnete ihm Ament schroff.

„Hast du mal überlegt, ob deine innerliche Unruhe nicht daher rührt, weil du die Geschehnisse von damals nie richtig verarbeitet hast?"

Ament fixierte ihn, ohne zu Antworten.

„Du kannst Conzuela nicht verurteilen für etwas, was sie nicht verstehen kann. Du musst erst einmal mit dir selbst klarkommen und dir vor allem verzeihen. Sonst zerstört es dich irgendwann." Mit diesen Worten erhob sich Jonathan und verließ das Quartier.

Ament sah ihm nach und die Worte hallten immer noch in seinen Ohren. *Sollte ich? Nein,* und verwarf diesen Gedanken sofort. Er wollte sich nie wieder die Bilder in sein Gedächtnis zurückrufen. In die hinterste Ecke seines Gehirns hatte er sie verbannt und dort sollten sie auch bleiben.

Ortischa klopfte an die Badezimmertür, doch von drinnen kam keine Antwort.

„Conzuela?"

Das Einzige was Ortischa vernahm, war das herzzerreißende Schluchzen. Sie verzog ihren Mundwinkel. *Dieser störrische Mistkerl,* dachte sich Ortischa, doch sie wollte sich nicht einmischen, da er ihr gerade verziehen hatte und es sie im Grunde genommen auch nichts anging. Aber Conzuela tat ihr leid, was sie verwunderte. Sie half allen und nun war keiner an ihrer Seite, um ihr zu helfen. Mit ihrem Rücken ließ sie sich an der Tür bis zum Boden hinuntergleiten.

„Conzuela ... ich weiß, dass du mich hören kannst. Du sollst wissen, dass ich für dich da bin. Bei uns, oder besser gesagt beim Clan, steht man für den anderen ein. Wir teilen zwar nicht immer dieselbe Meinung, aber wir unterstützen einander. Gut, diese Situation hatten wir auch noch nicht." Sie lauschte und das Schluchzen verebbte. „Du hast bisher fantastische Arbeit geleistet, sonst hätte Jonathan nie zugelassen, dass du hierbleibst, dich verteidigt und dich sogar in den Clan aufgenommen. Das willst du doch jetzt nicht alles hinwerfen, nur wegen einem Kerl?" Nun näherten sich Schritte der Tür.

Ortischa rutschte ein Stück beiseite.

Conzuela öffnete die Tür mit glasigen Augen.

„Ortischa ich weiß, du willst mir helfen, aber ... ich habe mir euer Vertrauen erarbeitet, das ist wahr, und ich fühle mich auch immer noch dem Clan zugetan. Hier konnte ich endlich mal meine Fähigkeiten einsetzen."

„Also! Dann mach da weiter." Damit erhob sich Ortischa.

„Du hast Recht. Ich sollte jetzt nicht den Kopf hängen lassen."

„Genau." Dies zauberte Ortischa ein Lächeln ins Gesicht. „Wir lassen uns von den Männern nicht runterkriegen!" Beide traten ins Wohnzimmer und Conzuela packte noch einige Sachen zusammen.

„Wo soll ich denn jetzt hin?"

„Zu mir!", antwortete Ortischa knapp.

Fix griffen sie nach den Tüten. Nur das Kleid für die Verbindung, ließen sie auf der Couch liegen. Beide traten aus dem Quartier, wobei ihre High Heels durch den leeren Flur hallten.

Ament vernahm die Schritte. Er konnte den Gang von Conzuela genau von dem von Ortischa unterscheiden. Dann hörte er eine Tür, die ins Schloss fiel. Er fühlte sich, als ob ihm jemand die Luft zum Atmen nehmen würde. *Ich muss hier raus.* Seine Stiefel hallten dumpf auf dem Marmorfußboden, als er diesen entlangschritt. Er ging an der Kommandozentrale vorbei, wo die anderen saßen und ihn beobachteten. Mit großen Sprüngen nahm er die Treppe nach oben und trat durch die Eingangshalle zur Terrasse. Dort schob er die Tür auf und füllte mit der kalten Luft, die ihm entgegenschlug, seine Lungen. Die leicht salzige Brise erfrischte ihn und er lief den gepflasterten Weg bis zur Steilküste entlang. Das Wasser schlug gegen die Felsen und toste unter ihm. Der Mond schien hell vom Firmament herab und der Regen hatte aufgehört.

Maddy war aufgeregt, als sie einige Minuten später in ihren High Heels die Treppen hinunterlief. Unten angekommen, präsentierte sie sich stolz den Anwesenden. Alle sahen sie mit großen Augen so schockiert an, dass Maddy fragte: „Oh je, sehe ich so schlimm aus?"

Mehit trat auf sie zu. „Die Verbindung wird nicht stattfinden."

„Warum denn nicht?"

„Ament stimmt ihr nicht mehr zu."

„Wo ist er?", fragte sie. „Und wo ist Conzuela?"

„Er ist draußen und sie ist bei Ortischa."

Maddy drehte sich auf dem Absatz um und lief den Flur entlang. Außerhalb der Reichweite der anderen rief sie leise vor sich hin.

„Conzuela! Ortischa!"

Eine Tür wurde geöffnet. Sie bog um die Ecke und da stand Ortischa im Türrahmen.

„Komm rein!"

Maddy huschte an ihr vorbei und sah Conzuela auf der roten Ledercouch sitzen.

„Oh, entschuldige, ich hätte dir Bescheid sagen sollen, bevor du dich so schick machst."

„Was sagt mir Mehit gerade, Ament hat einen Rückzieher gemacht?"

„Ja, so könnte man es auch nennen."

„Du wirst doch jetzt nicht aufgeben. Du weißt, das Ament ein störrischer Kerl ist, aber er liebt dich. Also geh zu ihm und rede mit ihm."

„Das bringt nichts. Er hat mir deutlich zu verstehen gegeben, das es darüber keine Diskussion gibt", sagte sie wehmütig.

„Und das lässt du so stehen? Du bist eine stolze Frau und du wusstest, dass Ament kein einfacher Mann ist. Wenn er auch die Verbindung nicht will, ist er dir wenigstens eine Erklärung schuldig", sagte Maddy zuversichtlich.

„Pah, dafür kennst du die Vampire zu wenig. Ein Vampir, zumal ein Clankrieger, ist niemanden eine Rechenschaft schuldig, außer dem Clanoberhaupt", schaltete sich Ortischa ein.

„Auch ein Clankrieger kann sich ändern. Jonathan hat sich auch umstimmen lassen. Vielleicht hat es nur noch nie jemand probiert." Hoffnung schwang in Maddys Worten mit.

„Maddy, vielleicht hast du recht … ich kann es versuchen, aber ich glaube nicht, dass es viel bringt", fügte Conzuela hinzu.

Ortischa wandte sich ab und schüttelte den Kopf. „Ament wird ihr nicht zuhören, dafür ist er einfach zu sehr ein Krieger."

Conzuela raffte die Schultern. „Mehr, als eine weitere Abfuhr kann ich nicht bekommen." Sie zog ihre High Heels aus, schlüpfte in ihre Sportschuhe und verließ den Raum. Ihrem Blutkreislauf folgend lief sie zielstrebig den gleichen Weg, den er zuvor genommen hatte. Seine Zerrissenheit und seine unbändige Wut strahlten ihr entgegen.

Ament registrierte Conzuela und ihm war bewusst, dass es nur noch wenige Minuten dauern würde, bis sie bei ihm war. Durch tiefes Einatmen versuchte er sich zu beruhigen.

Wird er mir zuhören? Wird er mir antworten? Wird er mich überhaupt registrieren? Unzählige Fragen flackerten durch ihren Kopf. Mit jedem Schritt, den sie ihm näher kam, beruhigte sie sich, was sie verwunderte. Sie sah ihn dort stehen, unbändige Kraft vereint in diesem Mann. Seine Tätowierungen, die unter dem T-Shirt herausguckten, schimmerten im Mondlicht. Sein offenes schulterlanges braunes Haar glänzte im Mondschein. Als sie nur noch zwei Schritte von ihm entfernt war, hielt sie inne. Fieberhaft überlegte sie, wie oder was sie sagen sollte. Doch Ament nahm ihr die Entscheidung ab, indem er sich zu ihr umdrehte. Seine Augen hatte ihre normale braune Farbe angenommen. Kontrollierte Ruhe und Zuversicht strahlten sie aus, obwohl ein Orkan in ihm tobte.

„Hey." Seine Stimme drang so sanft an ihr Ohr, dass ihre Stimme versagte.

„Du willst sicher wissen, warum?" Seine Direktheit schlug ihr ins Gesicht, so dass sie nur nicken konnte. Bei seinem unnachgiebigen Blick wäre sie am liebsten im Erdboden versunken. Verwundert nahm sie wahr, wie er auf den feuchten Rasen trat und sich dort niederließ. Zögernd folgte sie ihm.

Er umspielte das Gras mit seinen Fingern.

„Es hat nichts mit dir zu tun. Es ist meine Vergangenheit." Seine Stimme klang belegt. Er versuchte, seine Unruhe zu unterdrücken.

Schweigend saß sie da und ermahnte sich, ihm Zeit zu lassen.

„Ich wurde ca. 1870 auf Hawaii in der Nähe des Mauna Loa geboren. Dieser Vulkan ist einer der größten der Erde. Meine Eltern waren mit einem Schiff dort gelandet und hatten sich in einem kleinen Dorf angesiedelt. Ich wuchs in bescheidenen Verhältnissen auf. Meine Eltern haben mir alles beigebracht, was man zum Leben brauchte. Als ich ein junger Mann war, habe ich eine Frau kennengelernt. Sie hieß Lana."

Conzuela merkte, wie schwer es ihm fiel, darüber zu reden, doch konnte sie ihm nicht helfen.

„Wir waren fast zwei Jahrzehnte zusammen. Nicht körperlich, denn meine Eltern legten großen Wert darauf, dass man dies erst nach der Verbindung tat. Wir respektierten ihre Entscheidung. Wir planten ein kleines Fest abzuhalten. Als Geschenk sollte ein hoher Würdenträger eingeladen werden. Dieser traf einen Monat später ein. Er begutachtete uns beide und dabei sah er durch Zufall, dass ich Träger eines Mals war. Er weigerte sich, die Verbindung zu vollziehen, bevor ich nicht ein Gespräch mit einem *gewissen Jonathan* geführt hätte. Ein weiterer Monat verging, bevor Jonathan in Hawaii eintraf. Nach mehreren langen Unterhaltungen bot Jonathan mir an, ein Clankrieger zu werden. Er war auf der Suche nach Kriegern für den Clan und überließ mir die Entscheidung. Eine seiner Bedingungen war, dass ich mein Dorf für einige Zeit verlassen müsste. Ich beschloss, dem Clan beizutreten und ging mit Jonathan nach England. Nach meiner Verwandlung war ich ungezügelt und schwer kontrollierbar." Bitter schmeckten seine Worte. „Nach einem halben Jahrhundert konnte ich mich beherrschen und nach Hawaii zurückkehren. Lana hatte geschworen, auf mich zu warten. Es hatte sich vieles verändert, als ich dort ankam. Mein Vater trat damals auf mich zu und umarmte mich, doch konnte ich seine Traurigkeit aus jeder Pore spüren. Er erzählte mir, was in der Zwischenzeit passiert war. Im Nachbardorf war eine neue Vampirfamilie gezogen und es hatte nicht lange gedauert, bis der Sohn auf Lana aufmerksam wurde. Er hatte sie umschwärmt wie eine Motte das Licht. Doch Lana blieb mir treu. Mein Vater sagte dann, dass dieser Vampir, Morten, sie unbedingt haben wollte. Er hatte ihnen sogar Geld geboten, was meine Eltern abgelehnt hatten, denn Lana war für sie wie eine Tochter." Verbittert verzog er das Gesicht. „Am Vorabend meiner Ankunft war Lana auf dem Rückweg von einer Freundin gewesen. Morten hatte ihr aufgelauert. Er hatte sie festgehalten, sie geschlagen, brutal vergewaltigt und zum Schluss an eine Palme festgebunden, was er meinem Vater in den frühen Morgenstunden kaltschnäuzig erzählte. Meine Eltern stürzten los und suchten nach ihr, aber sie fanden sie nicht. Der Sonnenaufgang zwang sie zur Rückkehr und so ist Lana irgendwo auf der Insel verbrannt."

Vor Entsetzen hielt sich Conzuela die Hand vor ihren Mund.

„Als ich das erfuhr, sah ich rot. Ich raste in das andere Dorf, um ihn zu töten. Er hatte mir das Liebste genommen. Es war nachts und ich konnte ihn leicht aufspüren, da noch ihr Blut an ihm klebte, welches ich nach meiner Verwandlung intensiver wahrnahm. Er hatte sich verkrochen, doch das half ihm nichts. Meine unbändige Wut über seine Tat ließ mich komplett die Kontrolle verlieren. Ich beschwor meine Gabe und sie nährte mich mit all meinen Gefühlen. Ich glühte lichterloh und formte einen gewaltigen Feuerball hervor, der das Haus sowie noch drei weitere explodieren ließ. Vampire und Menschen schrien. Sie verbrannten bei lebendigen Leibe. Doch es war mir egal. Hauptsache der Mörder von Lana starb. Nachdem ich das Inferno ausgelöst hatte, erschien mein Vater. Als er die zerstörten Häuser sah, fiel er auf die Knie und schrie mich an: ‚Wie konntest du das nur tun?'

‚Rache', antwortete ich. Mein Vater tobte und weinte zugleich. Er schrie mich an: ‚Deine Mutter, deine Mutter!' Ich verstand nicht, was er wollte, bis er mir sagte, dass sie in dem Haus gewesen war, das gerade vor unseren Augen brannte. Meine Mutter war zu dem Scheusal gegangen, um ihn zur Rede zu stellen. In diesem Moment realisierte ich, was ich getan hatte. Ich schoss auf das flackernde Haus zu. Doch als ich in den Trümmern stand, konnte ich nur noch ihre Halskette finden, denn ihr Körper war meinen Flammen zum Opfer gefallen. Verzweiflung überkam mich und ich drohte ein weiteres Mal zu explodieren. So schoss ich aus den Trümmern ins offene Meer und stürzte mich in die Fluten. Mein eigenes Feuer erlosch zwar, doch meine Seele brannte lichterloh. Ich hatte durch meine blinde Rache meine Mutter getötet." Sein Blick starrte ins Leere. Schweigsame Sekunden vergingen. „Mein Vater war mir gefolgt und wartete am Strand bis ich aus dem Wasser kam. Als die Nacht endete, wollte ich ihn nach Hause bringen, doch er wollte nicht. Er wollte ebenso den Tod finden wie meine Mutter. Als die Sonne langsam am Horizont emporkroch, sah er mir tief in die Augen. ‚Lebe in Frieden, mein Sohn‘, sagte er. Ich stellte mich schützend vor ihn, doch er schüttelte den Kopf. ‚Es wäre Zeit, meiner Mutter zu folgen‘, sagte er. Ich hätte ihn mit Gewalt daran hindern können, doch ich respektierte schweren Herzens seine Entscheidung. Die Sonne brannte sich schon drohend in meinen Rücken, doch er sah mich nur an und seine Augen strahlten vor Liebe. Ich trat beiseite und es dauerte keine Minute und sein Körper verbrannte. Die Bewohner meines Dorfes waren gespalten. Einige verteidigten mich, andere hielten mich für den Teufel. Ich verließ mein Dorf und ging zu Jonathan nach England zurück."

Conzuela kämpfte mit den Tränen. Sie wollte etwas sagen, doch die Worte blieben ihr im Hals stecken.

Ament fühlte ihre aufgewühlten Gefühle, doch er schwieg.

Langsam streckte sie ihre Fingerspitzen in seine Richtung, doch dann zog sie sie wieder zurück.

Ament ahnte, dass sie ihm Trost spenden wollte, aber das brauchte sie nicht. Er wollte nicht, dass sie sich schlecht fühlte, doch das hatte er gerade selbst verursacht.

„Tut mir leid, dass ich dich mit meiner Vergangenheit durcheinander gebracht habe. Es war der einzige Weg, dir klarzumachen, warum ich keine Verbindung eingehen kann und will. Ich will nie wieder, dass jemand wegen mir zu Schaden kommt." Er hob seinen Kopf und sah sie mit ehrlichem Blick an.

„Danke, dass du es mir erzählt hast", erwiderte sie mit brüchiger Stimme.

„Eins solltest du wissen … ich kann dich jetzt verstehen … aber ich werde dich trotzdem … lieben." Mit diesen Worten erhob sie sich und lief langsam den Weg zum Herrenhaus.

Ament war verunsichert, was bei ihm nicht häufig vorkam. Er hatte sich ihr geöffnet, ihr seine gesamte kaputte Seele dargelegt, und sie … sie sagte, sie liebt ihn. Sein Blick fiel über seine Schulter und er sah, wie sie sich immer weiter von ihm entfernte. Sein Puls hämmerte durch seine Adern. *Ich habe alles zerstört und nun … nun zerstöre ich den nächsten Menschen, den ich … liebe?* Seine Brust zog sich heftig zusammen. Immer noch sah er ihr nach. Alles an dieser Frau zog ihn magisch an und doch schob sein Verstand ihm einen Riegel davor. *Lebe in Frieden,* schoss es ihm durch den Kopf. Die letzten Worte seines Vaters. *Lebe in Frieden, wie?,* fragte er sich, *wenn meine Liebenden getötet werden.* Als er aufstand, fiel ihm das kleine Schmuckkästchen aus der Hosentasche. Er bückte sich und öffnete es. Der funkelnde Rubin strahlte ihn mit seiner ganzen Wärme an, als sich das Mondlicht in ihm brach. Er starrte auf den Stein und in diesem Moment wurde ihm klar, was er tun musste. Er hatte eine Entscheidung getroffen und sein Herz ließ eine schwere Last von sich fallen. Seine eisernen Ketten, die es umschlossen hatten, bröckelten von ihm ab. Er verschloss das Schmuckkästchen und beförderte es wieder in seine Hosentasche, atmete tief aus und stand im Nu vor Conzuela, die gerade die Terrasse überquerte.

Sie erschrak, als er vor ihr aus dem Nichts auftauchte und sah ihn mit weit aufgerissenen Augen an.

Er suchte mit seinen Augen, die leichte Funken von glühendem Rot in sich bargen, in ihrem Gesicht nach etwas, was ihn abhielt, dass zu tun, wozu er sich gerade entschieden hatte. Doch ihr Gesicht strahlte nur reine Liebe aus. Es erinnerte ihn an seinen Vater, kurz vor seinem Tod. Auch er hatte diese unbändige Liebe zu seiner Mutter ausgestrahlt.

„Ich … ich" Seine Stimme war kratzig und er zitterte am ganzen Körper.

Beruhigend legte sie ihm ihre Hand an die Wange, jedoch ohne ein Wort zu sagen. Nur ihre großen braunen Augen verschlangen ihn.

„Willst du … mich immer noch?" Viel zu barsch kamen ihm diese Worte über die Lippen, doch er konnte nicht anders. Sie ließ ihre Hand von der Wange, um seinen Hals gleiten und zog ihn zu sich herunter.

„Ja, natürlich", hauchte sie an seine Lippen.

Sein Herz sprang ihm fast aus der Brust und beflügelte ihn. Er berührte ihre samtigen Lippen ganz zart und dabei zersprang er fast.

Ihre Münder verschmolzen in einen innigen Kuss. Er kostete ihren Mund, wie süß er schmeckte. Ertrank in ihren sinnlichen Duft, und als ihre Zunge in seinen Mund vorstieß, liebkoste er sie und gab ihr genauso viel Intensität, wie sie ihm schenkte.

Conzuela wurde durch seinen Kuss aus ihrem tiefen Abgrund herauskatapultiert. Sie konnte ihr Glück kaum fassen, dass sie in seinen Armen lag, die sich fester um sie schlossen. Die Leidenschaft, die zwischen ihnen loderte, ließ sie aufatmen. Ihr Herz wurde von einer zentnerschweren Last befreit. Ihre Sinne fühlten nur noch Aments Herzschlag, seine Hände, die ihren Körper hielten und seine Wärme, in der sie ertrinken wollte. Langsam lösten sie sich voneinander und Aments Blick bohrte sich in ihre Augen. Er umschloss ihre Taille, hob sie hoch und wirbelte sie herum.

Conzuela lachte entzückt. Dann stellte er sie wieder auf der Erde ab.

„Du willst mich wirklich?", fragte er immer noch unsicher.

„Ja."

„Aber?"

„Kein aber mehr!", unterbrach sie ihn. „Jetzt ist Schluss damit, hast du verstanden?" Ihre Augen funkelten ihn an. Über ihre Entschlossenheit zog er eine Augenbraue nach oben und sein Mundwinkel wurde von einem Lächeln umspielt.

„Dein Wunsch ist mir Befehl", dabei verneigte er sich.

Sie boxte ihm mit ihrer Faust spielerisch auf seine breite Brust.

„Ament, das ist nicht witzig! Ich …" Doch weiter kam sie nicht, da hatte er seinen Mund erneut auf ihren gesenkt und genoss es, in ihn einzudringen. Fordernd nahm ihre Zunge ihn auf und hüllte ihn in einen Strudel der Leidenschaft, der nie enden sollte.

Auf der gegenüberliegenden Straßenseite vom Museum stand der silberfarbene Ford, den sich Ivan und Angel geliehen hatten. Sie beobachteten schon seit einer knappen halben Stunde die Wachablösung.

„Die sollten schon längst fertig sein", knurrte Ivan hinter dem Steuer, wobei seine Finger das Lenkrad hart umfassten.

Angel hingegen betrachtete die Situation auf der anderen Straßenseite weitaus lässiger.

„Auf eine halbe Stunde mehr oder weniger kommt es doch nicht an." Dabei riss sie leicht genervt ihre Augen auf.

„Das bringt unseren ganzen Plan durcheinander." Seine Gereiztheit spiegelte sich in seiner Stimme wider.

„Wir können sofort los, wenn du willst." Angel zückte ihre Waffen und war bereit, auszusteigen.

„Bleib hier!", fuhr Ivan sie an, wobei seine violetten Augen sie böse anfunkelten.

„Was denn nun? Wie lange willst du denn noch warten", sagte Angel kritisch.

„Bis es an der Zeit ist. Wenn wir versagen, kommen wir da nicht mehr lebend raus. Das ist dir wohl klar. Der Rat lagert in diesem Museum den größten Teil seiner Schätze, abgesehen mal von Calabria, wo der Rest sich befindet. Sie werden nicht begeistert sein, wenn wir da reinmarschieren und ihnen etwas davon wegnehmen." Seine Stimme klang sehr konzentriert.

„Tja, sie rechnen aber auch nicht mit uns." Ihre weißen Zähne blitzen auf.

„Kann ich mit dir rechnen?"

„Ja, kannst du!", erwiderte sie mit eisernem Blick.

Ivan sendete ein Stoßgebet in den Himmel dann nickte er ihr zu. Beide stiegen aus. Sie hielten sich im Schatten der Wohnhäuser auf, bis das Licht im Museum erloschen war. Eine dezente Außenbeleuchtung präsentierte sich ihnen. Das Gebäude lag so friedlich und unantastbar vor ihnen. Die Säulen, die den Eingangsbereich säumten, erhoben sich majestätisch.

Ivan und Angel schossen durch die Nacht auf die andere Straßenseite und begaben sich direkt an einen Seiteneingang. Ivan zückte sein Spezialwerkzeug. Innerhalb von Sekunden öffnete sich die Tür und beide huschten hinein. Der Flur, der vor ihnen lang, war unbeleuchtet. Doch sie konnten im Dunkeln hervorragend sehen. Lautlos liefen sie den Flur entlang, bis sie die Treppe mit der Aufschrift H fanden. Ivan wollte checken, ob die Tür mit einem Alarm gekoppelt war. Dazu nahm er ein weiteres kleines Gerät aus seiner Hosentasche heraus. Der streichholzschachtelgroße Gegenstand, den Ivan an die Tür legte, zeigte ein grünes Lämpchen an. Er nickte Angel zu. Beide schlichen die Treppe nach oben und knieten sich an der letzten Stufe hin. Der Ausstellungsbereich des Museums war so ruhig, man hätte eine Stecknadel fallen hören können.

Nun griff Ivan abermals in seine Hosentasche und förderte zwei golfballgroße Kugeln hervor, die er in entgegengesetzten Richtungen durch den Raum rollen ließ. Während die Kugeln sich ihren Weg durch den Raum bahnten, verbreitete sich ein feiner Nebel, der Infrarotstrahlen sichtbar machte. Der vordere Teil des Raums war frei. Der hintere hingegen war komplett vernetzt, doch fraß sich der Nebel durch die Infrarotstrahlen und gab den Weg frei zu den gesicherten Glaskästen.

Erstaunt sah Angel ihn an. Sie hatte nicht damit gerechnet, dass er sich so gut mit dieser Technik auskannte. Das beeindruckte sie.

Ivan erhob sich und betrat den freigelegten Weg zu den ersten drei Vitrinen. Diese beherbergten ein Amulett, einen Armreif und eine Sandale. Er entschloss sich für das Amulett und holte aus seiner Brusttasche ein kleines Fläschchen mit einer grünlichen Flüssigkeit heraus. Diese schüttete er vorsichtig am oberen Rand der Vitrine entlang. Das Silikon löste sich rauchend auf und die Abdeckung erhob sich leicht.

Ivan griff zu und entnahm die obere Glasplatte. Dann ließ er seinen Arm hinabgleiten und umfasste das Amulett. Als er es anheben wollte, atmete Angel scharf aus.

Er schaute genauer hin und sah den Sensor, der unterhalb des Amuletts lag. Sobald er das Amulett anhob, würde ein Alarm ausgelöst werden.

Angel zückte ihr Prepaidhandy und schob es in die Vitrine. Sie legte es auf den Sensor, als Ivan vorsichtig das Amulett herausnahm.

Beide atmeten erleichtert auf.

Ivan schob das Amulett in seine Hosentasche und legte dann die Glasplatte versetzt auf die Vitrine.

Dann gingen sie durch den Raum genauso zurück, wie sie gekommen waren und die Treppe hinunter. Dort bogen sie wieder ab in den dunklen Flur.

Nach einigen Schritten ging die Deckenbeleuchtung an, was beide innehalten ließ. Die Neonröhren leuchteten den gesamten Flur aus und gaben die Sicht auf vier Vampire frei, die sich vor dem Ausgang postiert hatten.

Angel fuhr herum und sah auf der anderen Seite des Flurs zusätzlich drei Vampire, die sich unaufhaltsam näherten.

Ivan fletschte die Zähne:

„Keine Gnade!"

Angel zückte ihre Waffen und spreizte ihre Beine, sank in einen Spagat und schoss auf die drei Vampire, die sich von hinten näherten. Sie erwischte zwei auf Anhieb, die tot zu Boden fielen. Der dritte sprang hoch, damit er nicht von den Kugeln getroffen wurde.

Ivan zog gleichzeitig seine Waffen und schoss auf die vier Gegner vor ihm. Auch er konnte zwei von ihnen mit gezielten Herzschüssen töten. Durch das Silbernitrat lösten sie sich augenblicklich in Rauch auf.

Eine Kugel traf ihn in den Oberschenkel und er fluchte verbissen. Dennoch kämpfte er weiter. Er rollte sich auf dem Fußboden und kniend schoss er dann auf die beiden anderen.

Angel sprang wieder auf, holte Schwung, machte zwei Flickflacks und stand direkt vor dem Vampir, um ihn blitzschnell einen silbernen Dolch in sein Herz zu rammen. Mit weit aufgerissenen Augen starrte er sie an und sank dann tot zu Boden.

Ivan hatte einen weiteren Vampir mit einer Kugel getroffen, der nun an der Wand entlang auf den Boden fiel. Der letzte erkannte seine ausweglose Situation. Er floh.

Beide schossen ihm hinterher. Als sie die Tür erreichten, trat Ivan dagegen, ohne zu wissen, ob vor ihr noch weitere Gefahren lauerten. Doch dem war nicht so. Draußen sondierten sie kurz die Gegend. Angel entdeckte als Erstes den fliehenden Vampir.

„Hol das Auto!", schrie sie ihm entgegen.

Gleichzeitig ertönte ein grelles Signal. Das gesamte Museum wurde von Halogenscheinwerfern schlagartig angeleuchtet.

Sogleich machte sich Ivan auf den Weg zum Auto und Angel setzte zum Sprint an.

„Du entkommst mir nicht!" Mit gefletschten Zähnen jagte sie ihm hinterher.

Ivan beeilte sich, zum Auto zu kommen, doch seine Wunde am Oberschenkel behinderte ihn. Blut rann ihm das Bein entlang und durchnässte seine Hose. Aus mehreren Richtungen ertönten Sirenen, die sich ihren Weg in seine Richtung bahnten.

„So eine Scheiße", brüllte er, als sein Körper auf dem Fahrersitz glitt. Er startete den Wagen und fuhr in die Richtung, in die Angel abgetaucht war.

Der Duft der Angst, den der fliehende Vampir vor ihr hinterließ, war wie eine Spur, die er hinter sich herzog.

Angel witterte ihn, obwohl er im Zickzack unterwegs war. Ihre blauen Augen nahmen jede kleine Bewegung wahr und nach zwei weiteren Straßenzügen hatte sie ihn vor sich. Sie mobilisierte ihre Reserven und beschleunigte ihre langen Beine.

Ängstlich sah der Vampir über seine Schulter. Dann sprang ihn Angel von hinten an und brachte ihn zu Fall. Er strampelte unter ihr und versuchte sich aus ihrem Griff zu winden. Sein Ellenbogen traf sie heftig an den Rippen, so dass sie von ihm runterrutschte. Heftig schlug er ihr anschließend ins Gesicht. Seine Faust explodierte an ihrem Kinn. Mit unbändiger Wut rammte sie ihm ihr Knie in seine Weichteile, womit er nicht gerechnet hatte. Er krümmte sich vor Schmerzen und Angel setzte zum nächsten Schlag mit der Faust an. Beide prügelten wild aufeinander ein und rollten auf dem harten Asphalt entlang, bis schließlich Angel auf ihm kniete. Sie zog ein Messer aus ihrem Gürtel, das im Laternenlicht glitzerte. Angel stach es ihm direkt ins Herz und ließ es dort stecken. Blut quoll hervor und breitete sich auf seiner Kleidung aus.

Er wimmerte noch kurz auf, bevor der Zersetzungsprozess einsetzte. Qualmend und übelriechend ging er in Rauch auf. Nur das Messer blieb zurück.

Angel stand auf und nahm das Messer von der Straße. Sie hörte den jaulenden Motor des Fords, den Ivan bis an seine Grenzen fuhr. Mit quietschenden Reifen blieb er neben ihr stehen.

Sie ging auf die Fahrseite und lehnte sich an das geöffnete Fenster.

„Rutsch rüber, ich fahre!"

Mit einem wilden Knurren beugte er sich ihrem Befehl. Seine Wunde schmerzte unaufhaltsam und seine Sinne waren leicht vernebelt.

Angel setzte sich auf den Fahrersitz und fuhr ruhig die Straße entlang.

„Gib mir dein Handy", sagte sie knapp.

Unkontrolliert hantierte er an seiner Jacke. Ungewöhnlich lange dauerte es, bis er es ihr gab.

Sie konnte seine Schmerzen spüren.

„Was ist los?", fragte sie besorgt.

„Alles ... okay", quälte er hervor.

Sie rief Raban an, der sofort abhob.

„Angel hier, Auftrag erledigt. Du musst mein Handy löschen, denn es ist im Museum geblieben." Sie hörte, wie Raban im Hintergrund schon auf seiner Tastatur hämmerte. Sie steuerte den Wagen an den Straßenrand und blieb stehen. „Erledigt!", gab er zurück.

Zur gleichen Zeit explodierte das Handy im Museum. Die Handys waren, ohne dass Angel und Ivan davon wussten, mit Minisprengkapseln ausgestattet worden. Die Glasvitrine zerbarst in tausend Teile.

Dann zögerte Angel einen Moment, als sie Ivan ansah, der die Augen verdrehte und am ganzen Körper zitterte.

„Raban?" Ihre Stimme klang nervös.

„Ja?" Raban spürte die Unruhe. „Was ist noch?", hakte er nach.

„Ivan wurde angeschossen und ... er ist wie weggetreten."

Raban horchte auf.

„Beschreib die Symptome", befahl er ihr.

„Keine Ahnung! Ich bin doch kein Arzt. Er zittert am ganzen Körper und verdreht die Augen vor Schmerzen. Wo ist das nächste Krankenhaus?", keifte sie ins Handy.

Raban sah auf. „Warte einen Moment."

„Ja, lass dir ruhig Zeit!", grollte sie.

Raban schaute zu Jonathan, der sich zusammen mit Mehit, Ortischa und Maddy in der Kommandozentrale versammelt hatte. „Ivan ist verletzt worden und zeigt ähnliche Symptome wie Ament nach dem Angriff auf das Anwesen. Sollen sie zu Dr. Anderson fahren?"

Jonathan überlegte kurz und antwortete dann:

„Nein ... lass sie herkommen."

Erstaunt wurde er von den Anwesenden angestarrt.

Raban schickte Angel die Koordinaten direkt auf das Navigationssystem des Handys. Angel klemmte es in die Halterung, lauschte den Anweisungen und fuhr gesittet los.

„Warum sollen sie herkommen?", fragte Mehit entgeistert.

„Sie haben ihren Auftrag erledigt und sind im Besitz eines Gegenstandes, mit dem sie nicht durch halb London kurven sollten. Wenn Ivans Verletzungen denen von Ament ähneln, haben uns vielleicht gar nicht Isfets Leute, sondern der Rat angegriffen." Seine grünen Augen leuchteten auf, als er diese Aussage in den Raum stellte. Diese Erkenntnis traf die Drei hart. Sie zogen gleichzeitig scharf die Luft ein.

„Wenn du damit Recht hättest, würde sich eine ganz neue Sicht der Dinge ergeben. Dann würden wir also nicht nur gegen Isfets Leute, sondern auch gegen den Rat kämpfen", krächzte Mehit hervor, wobei sein Gesicht zu einer tödlichen Maske erstarrte.

„Das kann uns nur Conzuela sagen, wenn sie ihn untersucht hat", erklärte Jonathan ruhig.

„Ich glaube nicht, dass Conzuela jetzt danach ist, sich um einen Verwundeten zu kümmern", sagte Maddy beiläufig.

Jonathan drehte sich zu ihr um.

„Es geht hier nicht nur um einen Verwundeten. Beide haben einen Auftrag von mir bekommen und bei seiner Ausführung ist Ivan verletzt worden."

Beleidigt verschränkte Maddy die Arme vor der Brust:

„Schön, dass ich das auch schon erfahre!"

Mehit konnte sich ein Grinsen nicht verkneifen.

„Wir werden uns bessern", sagte er.

„Das will ich auch hoffen!", stieß sie fast arrogant hervor.

„Wie lange wird es dauern, bis sie eintreffen?", fragte Jonathan an Raban gerichtet.

„Ich schätze mal zwanzig Minuten."

Ivans Atmung wurde immer flacher und die Augen schlug er gar nicht mehr auf.

Angel beschleunigte den Wagen, denn es war ihr zunehmend unheimlich, warum eine einzige Kugel ihn so aus der Bahn werfen konnte. Das Navigationssystem zeigte ihr, dass sie nur noch wenige Kilometer von ihrem Ziel entfernt waren. Als sie dann nach endlos langen Minuten am Zugangstor ankam, öffnete es sich auch schon. *Endlich!*, schoss es ihr durch Kopf. Sie fuhr die gepflasterte Straße entlang und war erleichtert, als das Waldstück den Blick auf das Anwesen freigab. Erlöst atmete sie aus und fuhr zügig auf das offene Garagentor zu. Langsam fuhr sie hinein und sah dort Jonathan und Mehit stehen. Sie stoppte den Wagen und sprang heraus.

„Was ist das für eine Scheiße? Eine Kugel und das nockt Ivan komplett aus, das kann doch nicht sein?" Ihre Stimme war erregt und gleichzeitig mitfühlend.

Mehit machte sich sofort daran, den verletzten Ivan aus dem Wagen zu heben. Er trug ihn nach unten.

Jonathan hielt Angel am Arm fest, als sie ihm folgen wollte.

„WAS!", knurrte sie ihn an.

„Du wirst dich benehmen! Hast du mich verstanden?" Sein durchdringender Blick bohrte sich in sie.

Verhalten nickte sie ihm zu und schritt dann neben ihm her nach unten.

Ament und Conzuela lösten sich aus einem weiteren innigen Kuss, als sie das Geräusch eines ankommenden Wagens vernahmen. Beide horchten auf und waren sofort angespannt. Sein sinnlicher Blick wich dem Ausdruck der Härte und er presste die Zähne aufeinander. Sie gingen durch die Eingangshalle und traten dann die Treppe hinunter. Gleichzeitig trafen sie auf Mehit, der Ivan auf seinen Armen trug.

Conzuela sah den Verwundeten und kommandierte Mehit zur Krankenstation. Mit zügigen Schritten liefen die Drei den Flur entlang. Als sie dort ankamen, ging Conzuela sofort an einen Schrank und holte ein Operationsbesteck heraus.

Mehit legte den angeschossenen Ivan auf den Metalltisch und stellte sich an das Kopfende.

Ament, der flüchtig die fließenden und hochkonzentrierten Bewegungen seiner zukünftigen Frau bestaunte, wandte sich dann an Mehit.

„Was ist passiert?"

„Beide haben ihren Auftrag im Museum erledigt und dabei wurde Ivan angeschossen. Angel teilte uns mit, dass Symptome auftraten, die denen ähnelten, die nach dem Angriff auch bei dir zu beobachten waren."

Conzuela sah auf, denn diese Informationen halfen ihr bei ihrer Begutachtung.

„Ament? Kannst du ihm die Hose aufschneiden, damit ich mir die Wunde besser ansehen kann?" Achtsam zog sie die chirurgischen Gummihandschuhe über.

Ament tat wie ihm gesagt wurde, doch es gefiel ihm überhaupt nicht, als Assistent zu fungieren. Aber er wollte sie auf keinen Fall mit Ivan alleine in einem Raum lassen. Er zerriss die Hose an der Leiste und zog das abgetrennte Hosenbein über seinen Stiefel. Der Oberschenkel war blutverschmiert, wobei sich schon Krusten gebildet hatten. Die Wunde war schon im Begriff, sich zu schließen.

Conzuela drehte sich um und säuberte mit mehreren Tupfern die Einschussstelle.

Ivan war komplett abgetreten und seine Atmung ging sehr schwach.

Grimmig, aber stolz betrachtete Ament die Arbeit seiner Zukünftigen. Wie geschickt ihre Finger waren, als sie mit einer Pinzette in die Einschussstelle fuhr. Mit der anderen Hand zog sie die Wunde leicht auseinander. Dann förderte sie die zerstörte Kugel aus dem Oberschenkel und ließ sie in eine Metallschale fallen. Nochmals vollzog sie eine Blutstillung der Wunde. Anschließend legte sie einen Verband an und atmete erleichtert auf.

„So, den Teil hätten wir geschafft."

Beide rührten sich nicht.

„Ihr könnt euch entspannen. Die Operation hat er überlebt. Ich hoffe nur, dass es nicht der gleiche Inhaltsstoff ist, wie in den Kugeln, die in dir gesteckt haben." Nun nahm sie die Schale mit der Kugel und sagte: „Ihr habt ihn unter Kontrolle. Ich gehe ins Labor und untersuche die Kugel."

Beide nickten ihr zu.

Conzuela lief den Flur entlang und ging direkt zur Kommandozentrale, wo Raban, Angel und Jonathan auf sie warteten. Nach ihrem Bericht verabschiedete sie sich ins Labor.

Jonathan schenkte Angel einen Kaffee ein. Nach einiger Zeit des Schweigens sagte diese leise:

„Das Amulett. Ivan hat es in seine Hosentasche gesteckt." Dabei sah sie nicht einmal auf.

Jonathan nickte kurz Raban zu und deutete ihm an, das Amulett zu holen.

„Nun erzähl mir genau, was passiert ist."

In allen Einzelheiten legte Angel dar, was sich seit ihrer Ankunft vor dem Museum zugetragen hatte.

Jonathan lauschte ihren Ausführungen und war sichtlich begeistert, dass sie es geschafft hatten, etwas zu entwenden.

Raban trat durch die Tür und übergab das Amulett in Jonathans Hände, der es sogleich mit seinen Fingern umklammerte. Er schloss seine Augen, um seine gigantische Macht zu aktivieren. Gewaltige Wellen durchstießen den Raum, so dass Angel verdutzt aufsah.

„Es ist echt", sagte er gelöst und zog seine Macht schlagartig zurück.

„Bring es Conzuela und untersucht es!"

Sogleich übernahm Raban das Amulett und schritt zum Labor.

Angel fühlte sich elendig. Trotz ihres Erfolges und der gewonnenen Kämpfe sollte es ihr eigentlich fantastisch gehen, doch das tat es nicht. Wenn sie Aufträge plante, war sie auch bereit, ihr Leben zu lassen. Aber in diesem Fall hatten sie als Team gearbeitet und auf einmal drang in ihr Bewusstsein ein Gefühl von Gemeinsamkeit. *War das etwa das Gefühl, von dem Ivan gesprochen hatte? Sich für etwas einsetzen zu wollen?* Sie zögerte, diesen Gedanken weiter zu verfolgen.

Jonathan konnte ihre Unruhe fühlen.

„Alles in Ordnung?", fragte er sie ruhig.

„Mmmh", brachte sie nur hervor. Sie wusste, dass Jonathan ungeheure Macht besaß und jeder Zeit in ihr Bewusstsein eindringen konnte. Dies wollte sie auf keinen Fall provozieren.

Vorab waren Ortischa und Maddy in ihre Suite gegangen. Maddy saß schweigend auf ihrem Bett und Ortischa stand am Fenster und blickte in den Nachthimmel.

„Ortischa?"

„Ja?"

„Wer sind die beiden?", fragte Maddy.

„Sie sind Söldner. Sie haben den Anschlag auf das Bistro und das Haus von Conzuelas Mutter untersucht. Ihr letzter Auftrag war die Entwendung eines Gegenstands aus einem Museum, welches dem Rat gehört. Ivan hat dabei eine Kugel abbekommen. Anscheinend war sie mit einer ähnlichen Substanz gefüllt, die auch Ament ausnockte."

Maddy lauschte erregt ihren Worten.

„Was, wenn nur mein Blut ihn wieder heilen kann?"

„Dazu wird es nicht kommen! Dein Blut ist nicht für Söldner bestimmt", sagte sie abwertend.

„Aber, wenn er es braucht ..."

Ortischa unterbrach sie.

„NEIN!" Ihre braunen Augen funkelten feurig.

„Warum bist du so gereizt?"

In Ortischa schien sich gerade ein neuer Anfall anzubahnen. Auf keinen Fall wollte sie vor Maddy zusammenbrechen. Sie musste schleunigst den Raum verlassen. Doch ein heftiges Ziehen in der Magengegend zwang sie in die Knie. Ihr Oberkörper beugte sich nach vorn über und sie hielt sich den Bauch.

„Was hast du?" Maddy sprang vom Bett und lief auf sie zu.

„Ach ... es ist nichts ... habe wohl zu viel Kaffee getrunken." Sie hoffte, mit dieser Notlüge würde Maddy keine weiteren Fragen stellen.

Maddy legte ihren Arm um Ortischas Hüfte und führte sie zum Bett.

„Leg dich hin und ruh dich aus."

Ortischa wollte protestieren, ihr Körper versagte ihr jegliche Bewegung. Sie ließ sich auf das Himmelbett fallen und krümmte sich zusammen.

Maddy nahm ihr Handy aus der Tasche.

„Conzuela?"

„Ja?"

„Ähm, was machst du gerade? Ich wollte dich und Ament nicht stören, aber ..."

„Du störst nicht." Ihre Stimme klang wesentlich fröhlicher. „Ament und ich haben alles geklärt. Ich bin so erleichtert, dass ich zu ihm gegangen bin. Maddy, es wird alles gut."

„Das heißt, die Verbindung findet statt?"

„Ja, aber ... nicht mehr heute Nacht. Aber sag, weswegen hast du angerufen?"

Maddy blickte zu Ortischa, die sich immer noch vor Schmerzen krümmte.

„Kannst du hochkommen? Jetzt?"

Conzuela zögerte kurz.

„Ja, gib mir einen Moment."

Ein paar Minuten später klopfte es an Maddys Tür.

„Komm rein!", rief Maddy ihr entgegen.

Conzuela trat ein und nahm sogleich Ortischa wahr, die sich im Bett vor Schmerzen wandte. Mit zügigen Schritten bewegte sie sich zum Bett.

„Maddy hol mir bitte einen nassen Waschlappen", sagte Conzuela, ohne sie dabei anzusehen.

„Ortischa, ich bin da. Bleib ruhig. Tsch, … ruhig."

Maddy legte Ortischa den Waschlappen auf die schweißnasse Stirn und hockte sich dann neben sie.

„Was ist mit ihr?", flüsterte Maddy.

„Krämpfe, die …" Conzuela besann sich auf ihren Eid.

„Sie sagte, sie hätte zu viel Kaffee getrunken. Ich glaube ihr aber nicht, denn so etwas schlägt euch Vampiren doch nicht auf den Magen, oder?" Argwöhnisch musterte sie Conzuela.

„Manchmal haut uns auch so etwas um."

Sanft redete sie wieder auf Ortischa ein.

„Es ist alles in Ordnung … kein Grund zur Sorge … beruhige dich." Sie strich ihr über den Unterarm.

Maddy bemerkte, dass sich Ortischa beruhigte und das Zittern langsam verebbte. Ihr Körper entspannte sich, desto mehr Conzuela auf sie einsprach. Fasziniert starrte Maddy abwechselnd die beiden Frauen an.

„Sie wird sicher eine Weile schlafen, bleibst du bei ihr?", fragte Conzuela.

„Selbstverständlich", beteuerte Maddy leise.

„Ich muss wieder nach unten. Ich sehe später noch einmal nach ihr. Ach, eins noch, bitte sag niemanden etwas davon. Die anderen würden sie als schwach ansehen und das würde Ortischa nicht gefallen."

„Kein Wort!", schwor Maddy und hob dabei ihre Hand.

Conzuela verließ das Zimmer und begab sich wieder nach unten ins Labor. Sie war immer noch aufgewühlt, dass Ortischa schon wieder einen Anfall hatte. Sie nahm sich vor, sie unbedingt genauer zu untersuchen, und wenn es nötig wäre, sogar eine Operation durchzuführen. Eine Erklärung dafür, was die Schmerzen hervorrief, hatte sie immer noch nicht. In Gedanken versunken ging sie wieder an den Metalltisch, wo Raban immer noch über seinen Laptop gebeugt saß.

„Wo warst du?", fragte dieser interessiert.

„Ach, kurz bei Maddy. Sie wollte wissen, was hier unten los ist", log sie. „Wir sollten schleunigst die Kugel untersuchen!", lenkte sie schnell das Gespräch in eine andere Richtung.

Raban nickte ihr zu.

Ortischa schlug nach einer knappen Stunde die Augen schlagartig auf. Ihre braunen Augen sondierten ihre Umgebung und sie wunderte sich, dass sie in Maddys Himmelbett lag. Als sie sich aufrichtete, schaute sie Maddy direkt in die Augen.

„Geht es dir besser?" Gefühlvoll betrachte sie Ortischa.

„Mmmhh", brachte Ortischa nur knirschend hervor. *Was soll ich jetzt Maddy erzählen? Was, wenn sie den anderen davon erzählt?*

„Conzuela hat mir gesagt, dass es euch auch mal umhauen kann. Das behalten wir aber besser für uns, nicht wahr?" Sie legte ein charmantes Lächeln auf.

Ortischa traute ihren Ohren nicht. Maddy beschützte sie. Anscheinend hatte sie mit Conzuela telefoniert oder sie war sogar hier gewesen, dass beschämte sie. Beide Frauen hielten zu ihr und Maddy sogar, obwohl sie angelogen wurde. In ihrem Hals bildete sich ein Kloß. Sie schwang ihre Beine vom Bett und stellte sich auf ihre High Heels.

„Klar halten wir Frauen zusammen!", zwang sie sich zu sagen, doch innerlich war ihr zum Fluchen zu Mute. Sie griff nach ihrem Handy und tippte eine SMS an Conzuela mit nur einem Wort:

„Danke."

5. Kapitel

Als Elisa wieder in ihrem Zimmer angekommen war, war sie stolz auf ihren kleinen Erfolg. Sie hatte es schon bis in die Küche geschafft und durfte sogar eine Zeit lang mit der Küchendame Klara sprechen. Sie atmete befriedigt aus. Ihr Vater hatte ihr Ausgang aus ihrem Zimmer gestattet. Ein kleiner Lichtblick.

Sie trat ans Fenster. *Wenn ich meinen Vater doch nur überzeugen könnte, die Fesseln noch weiter zu lockern!* Betrübt schweiften ihre Gedanken ab, als sie draußen plötzlich ein Pärchen auf dem gegenüberliegenden Gehweg laufen sah.

Beide hielten sich eng umschlungen und gaben sich einen flüchtigen Kuss. Sie fixierte die beiden. *Welches Glück sie miteinander teilten! Sie konnten sich frei bewegen. Sie konnten sich in der Öffentlichkeit küssen, ohne dass jemand etwas dagegen hatte. Ich würde auch gerne so frei leben und einen Mann …* Sogleich bildete sich vor ihrem geistigen Auge das Bild von Mehit. Ihrem Mehit. Dieser vollendete Kerl hatte sich in ihr Herz gebrannt und es fühlte sich gut an. Doch es gab keine Zukunft für sie. Diese Erkenntnis traf sie tief. Sie schlug ihre Augen nieder und wandte den Blick vom Fenster ab.

Ihre ganze Freude, die sie noch bis eben empfunden hatte, war verschwunden. Sie schmiss sich mit ihrem Handy aufs Bett und tippte eine weitere Nachricht an ihre Freundin Susan. Ihre einzige menschliche Freundin, die sie je hatte.

Mit einem Mal flog die Tür zu ihrem Zimmer auf. Elisa schrak auf.

Ihr Vater, gefolgt von vier Wachhunden, trat in ihr Zimmer.

„Hallo Papsch", sagte sie freundlich und schlug ihre Augen weit auf. „Was gibt es?"

Die markanten Gesichtszüge ihres Vaters spiegelten keine frohe Kunde wider. Elisa fiel auf, wie die Vampirin, die sie beschütze, einen glasigen Blick bei seinem Anblick bekam. *Sie himmelt meinen Vater an.* Angewidert rümpfte Elisa die Nase.

Die tiefe Stimme ihres Vaters drang durch den Raum.

„Ich möchte, dass du in einer Stunde unten im Salon bist." Damit drehte er sich wieder um und verließ ohne ihre Antwort abzuwarten das Zimmer.

„Selbstverständlich", sagte sie leise.

Das Glitzern auf dem Gesicht der Vampirin hielt immer noch an.

„Nun fangen Sie mal nicht gleich an zu sabbern", sagte Elisa ironisch.

Böse funkelte die Vampirin sie an.

„Und?", fragte Mehit in die Stille hinein. „Erzähl schon", forderte er Ament auf. Doch dieser schwieg, wie immer. „Okay, dann gehe ich mal davon aus, dass ihr euch zumindest ausgesprochen habt?"

Ament zuckte nicht einmal mit der Wimper.

„Ach, noch besser, es wird doch eine Verbindung geben?" Ament konnte sich kaum noch unter Kontrolle halten.

„Sei ruhig!" Dabei sah er verdammt wütend aus.

„Dann sag es mir", funkelte Mehit ihn hämisch an.

„Du Nervensäge! Ja, wir haben uns ausgesprochen."

„Na, siehste, geht doch", sagte Mehit gefühlvoll. „Sie ist eine kluge und gebildete Frau."

„Und hartnäckig", fügte Ament trocken hinzu.

Ivan zuckte ein wenig, was beide sofort wieder in Alarmbereitschaft versetzte.

Gleichzeitig betraten Conzuela, Raban, Angel und Jonathan die Krankenstation.

Ohne Umschweife erklärte Conzuela, was sie herausgefunden hatte.

„Die Kugel war ebenfalls mit der Essenz einer Giftpflanze gefüllt. Dieses Mal war es aber nicht der blaue Eisenhut, sondern Engelstrompeten. Sie zählt auch zu den Nachtschattengewächsen. Die Pflanzenteile bergen einen hohen Anteil an Alkaloiden und sind hochgiftig. Das Krankheitsbild macht sich in Bewusstseinsstörungen und Störungen des zentralen Nervensystems bemerkbar und es kann zum Tod durch Herzversagen führen."

Alle Anwesenden blickten auf den regungslosen Ivan. Alle, bis auf Angel, wussten, dass Maddys Blut wahrscheinlich der Schlüssel dazu wäre, Ivan wieder ins Leben zurückzuholen. Doch keiner von ihnen sprach es aus. Denn die Quelle ist unantastbar. Das war das oberste Gebot des Clans und sie würden es nicht brechen für einen, der nicht einmal zum Clan gehörte.

Angel war die Erste, die etwas sagte.

„Das heißt also, Ivan wird es nicht schaffen." Verzweiflung schwang in ihren Worten mit.

„Ja, das heißt es", antwortete Conzuela.

„Es gibt keine andere Möglichkeit?"

„Nein. Ich kann nur probieren, es ihm einfacher zu machen", sagte Conzuela entschlossen, wofür sie anerkennende Blicke der Männer entgegennahm.

Jonathan war stolz auf Conzuela, dass sie die zweite Variante nicht erwähnte.

Als Ortischa und Maddy in die Krankenstation einbogen, zog Jonathan vor Entsetzen seine Augenbrauen böse zusammen.

Er fluchte zähnefletschend: „Was soll das, Ortischa!"

Maddy schob sich vor Ortischa und sagte:

„Ich wollte es, denn DU hast mir ja nicht alles erzählt." Sie stemmte aufgebracht ihre Hände in die Hüfte.

„Kann denn hier keiner mehr auf mich hören!" Nun war Jonathan richtig sauer. Wütend stampfte er an allen vorbei und keiner der Anwesenden versuchte, ihn aufzuhalten.

„ORTISCHA!", brüllte Jonathan durch den Flur und sofort folgte sie ihm. Maddy sah sich fragend um und folgte den beiden.

„Nicht!", rief Mehit ihr hinterher, doch sie ließ sich nicht aufhalten.

In der Kommandozentrale fand sie beide. Er saß am Konferenztisch und starrte die Wand an, während Ortischa auf der gegenüberliegenden Seite stand.

„WAS FÄLLT DIR EIN!" Jonathan kochte vor Wut „Ich habe gesagt, Maddy sollte nichts von Ivan und Angel erfahren. Wenn du dich nicht an meine Befehle hältst, kann ich dich hier nicht gebrauchen!"

Ortischa nahm die Vorwürfe ohne Gegenworte entgegen. Sie wusste, dass sie gegen seinen Befehl verstoßen hatte.

„Hallo", kam zögerlich von Maddy, als sie den Raum betrat. Doch keiner antwortete ihr.

„Jonathan, es tut mir leid. Ortischa kann nichts dafür. Sollte sie mich anlügen?" Jonathan sah sie an.

„Maddy, dass eine hat mit dem anderen nichts zu tun. Wenn ich Ortischa einen Befehl erteile, dann muss ich mich darauf verlassen können, dass dieser auch ausgeführt wird."

„Jonathan ... ich bin zwar noch nicht lange hier, aber du kannst dir sicher sein, alle hier verehren dich als Clanoberhaupt und täten nie etwas, was dem Clan schaden würde. Es war mein Fehler, weil ich mich in all eure Belange einmische. Wenn du jemanden für sein Verhalten verurteilen willst, dann musst du mich verurteilen!"

„Maddy ... ich", Jonathan zögerte.

Wütend zischte sie ihn an:

„Sag nichts! Ich werde mich aus deinen Belangen in Zukunft heraushalten. Ich dachte, ich kann mich hier wie in einer Familie fühlen, doch gerade hast du mir wieder einmal die Tür vor der Nase zugeschlagen und ... da bist du als Vampir auch nicht besser als die Menschen." Tränen brannten in ihren Augen, als sie zornig den Raum verließ.

Jonathan wollte etwas sagen, doch es blieb ihm im Hals stecken. *Sie fühlte sich wie in einer Familie und ich habe sie weggestoßen. Wie konnte es so weit kommen, dass sie sich uns, den Vampiren, zugehörig fühlte? So etwas hatte es noch nie vorher gegeben. Wir, die Untoten, sollten nur zu ihrem Schutz da sein und nicht ihre Familie ersetzen. Sie war so weit in unsere Reihen getreten und daran bin ich Schuld.*

Ich habe versagt. Es hätte nie so weit kommen dürfen. Er senkte seinen Blick. *Ich habe sie zutiefst verletzt.* Er schämte sich vor sich selbst. *Aber sie ist anders als der Rest ihrer Familie.* Seine Gedanken wirbelten durcheinander. *Sie hatte Ament ihr Blut gegeben, um ihn zu retten, ohne über die Folgen nachzudenken. Sie setzte sich für Conzuela ein und es war richtig gewesen, sie zu behalten. Und was mache ich? Ich verurteile sie, weil sie Informationen bekommen hat, die ICH zurückgehalten habe.* Er strich sich mit der Hand über sein Gesicht.

Ortischa stand immer noch da starrte ihn an.

„Geh", sagte er zu ihr ruhig.

Augenblicklich verschwand Ortischa aus seinem Sichtfeld. Jonathan ballte seine Hand zu einer Faust. Er überlegte, ob er Maddy folgen sollte, doch er entschied sich dagegen. Die Gemüter waren erhitzt und er wollte nicht mit Worten, die sie vielleicht falsch verstand, einen noch größeren Abstand zwischen ihnen schaffen. Seine Macht loderte an die Oberfläche. Gewaltige Wellen schossen durch den Raum und das Inventar fing an zu wackeln.

„Jonathan?", drang eine weibliche Stimme an sein Ohr, doch er war in seiner monströsen Macht gefangen.

„Jonathan? Jonathan! Beruhige dich." Conzuelas Worte drangen kaum zu ihm durch. Sie waren eher wie ein leises Surren.

„Jonathan! Ruhig ... komm zu mir zurück. Es ist alles in Ordnung ... komm." Mitten in einem Strudel saß er und um ihn herum tobten seine Emotionen. Dennoch versuchte er dieser lieblichen Stimme zu folgen.

„Jonathan komm zu mir zurück. Wir brauchen dich ... komm." Dabei legte Conzuela ihm ihre Fingerspitzen auf den Unterarm. Durch den Hautkontakt intensivierte sich der Kontakt zu der Stimme. Sie erschien ihm nun klarer und durchdrang den Nebel. Die Stimme zog ihn regelrecht an und er war wie hypnotisiert.

„Komm ... zurück ... komm." Conzuela gab nicht auf und sie konnte fühlen, wie die Wellen langsam verebbten. Als Jonathan seine Augen aufschlug, sah er in die braunen Augen von Conzuela, die vor ihn kniete. Schockiert starrte er sie an, ohne ein Wort zu sagen.

„Alles wieder in Ordnung? Du warst gerade sehr weit weg."

„Danke", quälte er hervor. „Wie ... wie hast du das gemacht?", fragte er mit nicht mehr ganz so rauer Stimme.

„Was meinst du? Gemacht?" Sie stand auf.

„Na, deine Stimme. Ich habe sie gehört. Sie ist zu mir durchgedrungen und hat mich ... aus dem Strudel gerissen."

„Ich habe nur auf dich eingeredet. Mehr nicht." Sie zuckte mit den Schultern.

„Vielleicht mag dein Unterbewusstsein meine Stimme." Ein Lächeln umspielte ihre Mundwinkel. „Ich bin eigentlich wegen Ivan gekommen. Es geht ihm zusehends schlechter. Ich gebe ihm maximal noch zwei Nächte, dann wird er von uns gehen. Ich habe keine Medikation, die gegen das Gift ankämpfen könnte. Seine einzige Überlebenschance wäre Maddys Blut, was aber außer Frage steht. Ich könnte es Ivan einfacher machen, wenn du das möchtest." Ihr konzentrierter Blick wartete auf seine Antwort.

„Wir warten noch eine Nacht!"

Conzuela nickte, verließ den Raum und Jonathan sah ihr nach. *Maddys Blut auf keinen Fall. Das kann und werde ich nicht zulassen. Sie ist doch keine Zapfstelle. Sie ist die Quelle, die Trägerin des starken Blutes. Nachdem ich sie enttäuscht und ihr Vertrauen missbraucht habe, werde ich erst einmal versuchen, die Wogen wieder zu glätten. Aber, was war das eben mit Conzuela? Ihre Stimme war so sanft gewesen und hat mich aus diesen Tiefen zurückgeholt.* Seine Nervenenden explodierten förmlich bei den Überlegungen, die ihn durchfluteten. *Sollte sie die magische Stimme haben? Bei diesen Gedanken zuckte er zusammen. Nein, das kann nicht sein, niemals. Die magische Stimme ist seit fast dreihundert Jahren nicht mehr aufgetreten. Erik hatte mir damals gesagt, dass sie auf einem Schlachtfeld von einer Seherin vernichtet wurde. MOMENT, ist das der Grund, warum der Rat hinter ihr her ist?* Er wollte den Gedanken gar nicht weiter verfolgen. Doch er musste sie beobachten, ob es sich bewahrheitete. Seine Augen sondierten hektisch den Raum. Solch einen Anfall hatte er noch nie gehabt und das verunsicherte ihn. *Erik hatte mich doch auf alle Möglichkeiten vorbereitet.* Er entschloss sich, Erik anzurufen und ihm zu erzählen, was hier vorging. *Vielleicht benötige ich seine Hilfe.* Sein weiteres Anliegen war Maddy. Er musste mit ihr sprechen und das Vertrauen zurückgewinnen, unbedingt! Er lief zu seinem Quartier.

Maddy war nicht in ihr Zimmer gegangen, sondern direkt in die Bibliothek. Sie trat auf die Couch zu, setzte sich und zog dann die Beine an ihre Brust. Ihr Blick war starr auf die Regale vor ihr gerichtet. *Er hat mich ausgeschlossen wie ein kleines Kind. Soll er doch machen, was er will. Verfluchtes Haus und alles, was dazu gehört. Ich werde nie ein richtiges Zuhause haben, denn ich gehöre zu niemandem, und niemand gehört zu mir. Und denen, die ich liebgewonnen habe, bringe ich nur Unglück.* Sie dachte an Philippe und Corinne, die ihre gesamte Existenz verloren hatten. Eine Welle der Hilflosigkeit überrollte sie. Diesen Zustand hasste sie, denn es erinnerte sie an das Waisenhaus. Dort war sie auch hilflos gewesen. Die Schwestern waren immer sehr nett zu ihr gewesen, doch die anderen Kinder nicht. Die Größeren klauten den Kleineren jedes Mal die Schokolade, die nur ein einziges Mal in der Woche verteilt wurde. Die kleine Maddy ging immer leer aus. Und genauso war es jetzt auch wieder. Wieder wurde ihr etwas weggenommen, was sie gerade so sehr mochte. Sie schüttelte den Kopf, als diese Erinnerungen in ihr aufflammten. *Ich sollte einfach gehen, festhalten können sie mich nicht.* Der Gedanke gefiel ihr. Sie rutschte von der Couch und ihr Blick fiel auf den mannshohen Kamin. Nachdenklich beäugte sie diesen. *Ob ich ihn so einfach rufen kann? Dann könnte ich mich wenigstens von ihm verabschieden.* Sie ging auf den Kamin zu und entfachte das Feuer. Es breitete sich rasant aus und die Flammen fraßen sich durch das angerichtete Holz.

„Bist du da?", fragte sie mit zitternder Stimme.

„Hallo?" Das war schon energischer. „Verdammt!" Nun war sie sauer. „Warum kann nicht auch mal etwas funktionieren!" Wütend riss sie ihre Arme nach oben und stampfte durch die Bibliothek, als ihr der Duft von Jasmin in die Nase kroch. Sie drehte sich zum Kamin um und eine Sekunde später trat Ramos ins Feuer. Er war in seiner ganzen Größe erschienen und schaute auf sie herab. Mit seinem durchdringenden Blick musterte er sie aufmerksam, denn er konnte ihre Aufregung fühlen.

„Da bist du ja!" Die Worte klangen härter, als sie es gewollt hatte. „Entschuldige, ich bin total sauer, enttäuscht, mies drauf und wütend und …" Sie sah zu ihm auf und sein Blick verschlug ihr die Stimme. Sein Gesicht strahlte unendliche Wärme aus, aber nicht nur das. Sie versank in seinen Augen, und wenn sie gekonnt hätte, hätte sie ihre Arme um ihn geschlungen. *Warum?* Diese Frage kreiste ihr durch den Kopf. Dann formten ihre Lippen das Wort „Warum?"

Ramos sah sie an und beugte seinen Kopf zu ihr. *Warum was?*, fragte er sich innerlich.

Entschlossen sagte Maddy: „Ich werde das Anwesen verlassen."

Ramos verlor fast die Fassung. Er zog den Atem tief ein, wodurch sein Brustkorb noch breiter wirkte. Seine Muskeln an seinen Armen zuckten vor Anspannung und er konnte seine Fangzähne nicht mehr zurückhalten. Sie fuhren aus, weil seine Emotionen ihn gerade an den Rand des Wahnsinns trieben. *Sie kann nicht gehen, sie kann einfach nicht!*

Sie schaute ihn mit ihren großen blauen Augen ruhig an.

In dem Moment flog die Tür zur Bibliothek auf und Mehit trat ein. Ein paar Schritte vor ihr blieb er stehen und sagte aufgebracht:

„Was treibst du hier?"

„Lass mich in Ruhe, Mehit!" Ihre Worte waren eiskalt. „Ich soll mich hier wie zu Hause fühlen, werde aber von allem ausgeschlossen. Ich soll funktionieren, die Lady geben, mich so benehmen, so wie eine aussehen und tanzen können. Aber was hier Drumherum vor sich geht, darf mich nichts angehen! Nein, so läuft das nicht! Ich bin mein ganzes Leben ausgeschlossen worden und das passiert mir nicht mehr!" Sie kochte vor Wut.

„Jonathan will dich nur beschützen!", erwiderte Mehit seufzend.

„Beschützen? Pah, dass ich nicht lache. Seitdem ich hier bin …", sie breitete ihre Arme aus, „… läuft alles aus dem Ruder und wahrscheinlich kenne ich nicht mal alle Hintergründe."

„Er, besser gesagt, wir alle wollen dich nicht in den Krieg mit Isfets Leuten oder dem Rat hineinziehen. Wir wollen zu deinem Schutz da sein. Das ist unser einziges Anliegen", sagte Mehit etwas ruhiger.

„So ein Quatsch! Ihr wollt nur mein Blut beschützen, aber nicht mich als Person. Ich bin euch vollkommen egal, Hauptsache mein Blut pulsiert durch meine Adern", gab sie giftig zurück.

„Nein, so ist das nicht und das weißt du auch. Beruhige dich, wir werden alles klären", sagte er einfühlsamer.

„Nein, Mehit! Ich werde das Anwesen verlassen und ihr werdet mich nicht aufhalten!" Sie blieb stur.

„Das geht nicht! Du kannst das Anwesen nicht verlassen!" Dabei trat er noch einen Schritt auf Maddy zu.

„Willst … du … mich … aufhalten?" Verächtlich sah sie ihn an.

„Wenn es sein muss … ja!" Entschieden trat er näher.

„Mehit, … lass es. Ich kann in dieses Feuer treten und dann habt ihr mal eine Quelle gehabt!", schrie sie ihn an.

Mehit zuckte merklich zusammen, als Maddy einen Schritt nach hinten trat und sich Ramos bis auf einige Zentimeter näherte.

Dieser riss die Augen auf und zog sich sogleich weiter in die Flammen zurück, wobei er vehement den Kopf schüttelte.

„ER will es auch nicht!", sagte Mehit, als er die Reaktion von Ramos sah und hoffte, sie würde darauf reagieren.

„Tja, ich will auch so vieles nicht. Und? Wer hört auf mich? NIEMAND!" Ihre Stimme überschlug sich fast.

Ramos deutete Mehit an, dass er das Feuer verlassen würde, damit er löschen könnte.

Mit einem kleinen Nicken bestätigte Mehit sein Vorhaben.

Ramos trat aus dem Feuer in das Element Luft über, während Mehit eine Wasserfontäne in den Kamin jagte, der aber auch Maddy traf. Klitschnass stand sie nun da und brüllte ihn an.

„GANZ TOLL!" Sie wischte sich ihre nassen Haare aus dem Gesicht. „Siehste, genau das meine ich. Ihr wollt immer die Entscheidungen für mich treffen, so wie es jeder seit meiner Geburt getan hat. Aber jetzt ist Schluss damit! Ein für alle Mal!"

„ER wollte es!"

„Niemals!", raunte sie Mehit an und plötzlich erstarb ihre Stimme, als der Duft von Jasmin ihr ins Gesicht blies. *Sollte Mehit Recht haben? Wollte ER das gerade?*

Ramos hatte sich vor sie gestellt und ihr kräftig ins Gesicht gepustet.

Im nächsten Moment trat Mehit auf sie zu und umschloss sie mit seinen starken Armen.

Bitterlich fing sie an zu weinen. Frust und Verzweiflung machten sich in ihr breit.

„Ist schon gut. Keiner will dir etwas Böses, nicht einmal ER." Mehit führte sie zur Couch, holte eine Decke, die er um sie legte.

Sie schlotterte, doch nicht vor Kälte, sondern vor Erschöpfung.

Mehit zog einen Sessel dicht an die Couch und sagte in den Raum:

„Ich weiß nicht, wie ich dich ansprechen soll. Ich nenne dich jetzt mal Element, weil mir gerade nichts Besseres einfällt. Setz dich zu uns. Vielleicht am besten zu Maddy."

Ramos und Maddy glaubten, ihren Ohren nicht zu trauen. Was hatte Mehit da gerade gesagt?

Ramos glitt an der Couch entlang und setzte sich neben Maddy. Die sah in alle Richtungen, konnte ihn jedoch nicht wahrnehmen.

„Gib ihm einen Moment." Sein Blick ruhte auf ihr und ihrer Umgebung. Nach ein paar Sekunden bewegte sich die Decke, die Mehit ihr umgeschlungen hatte. Es bildete sich eine Hand ab, die ihren Arm berührte.

„Siehste, Maddy. Er ist da. Er sitzt genau neben dir."

Maddy blickte auf ihren rechten Arm und sah ebenfalls die große Hand, die dort ruhte.

„Er ist es". Zögerlich fragte sie: „Wolltest du, das Mehit das Feuer löscht?"

Der Zeigefinger hob und senkte sich. „Ich deute das mal als ein Ja."

Maddy blickte ins Leere.

„Mehit, hol doch mal bitte das große Seidentuch, welches auf dem Flügel im Kaminzimmer liegt. Damit könnten wir ihn noch sichtbarer machen."

Mehit sauste aus dem Raum und nach einigen Sekunden war er mit dem Tuch zurück.

„So Kumpel, dann werden wir dich etwas transparenter machen." Mehit breitete das Seidentuch über Ramos aus und ließ es fallen. Der hauchdünne Stoff legte sich um den Körper von Ramos und Maddy hielt fast die Luft an, als dieser große muskulöse Vampir neben ihr Gestalt annahm.

Mehit überlegte, wie er es anstellen sollte, sie zum Bleiben zu überreden. *Wir hätten ihr von Anfang an reinen Wein einschenken sollen. Diese Geheimnisse haben nichts als Ärger nach sich gezogen. Ich müsste mit Jonathan sprechen, doch will ich*

Maddy in dieser Situation nicht alleine lassen. Also sagte er: „Würdest du bleiben, wenn wir dir alles erzählen, dich in alles einweihen und an allem teilhaben lassen?" Er wusste, dass er sich damit weit aus dem Fenster lehnte, doch es war die einzige Möglichkeit, ihr Vertrauen wiederzugewinnen.

„Ich weiß nicht. Momentan weiß ich gar nichts mehr." Ein Gähnen entwich ihrem Mund. „Ich bin kaputt und müde." Sie sank zur Seite in das weiche Leder. Nach ein paar Minuten war sie, dank der leichten Trance, eingeschlafen.

Ramos richtete seinen Kopf in die Richtung von Mehit.

„Ich werde sie nach oben tragen." Er wartete keine Antwort ab, sondern lud den schlafenden Körper auf seine starken Arme.

„Kommst du mit?"

Ramos nickte ihm zu.

Als sie in Maddys Suite angekommen waren, zog Mehit ihr die nassen Klamotten vom Körper und legte sie, nur in ihrer Unterwäsche, ins Bett und deckte sie zu.

Ramos beobachtete jede Bewegung, die Mehit an Maddy vollzog. Wie sanft er mit ihr umging! Das wärmte sein Herz. Dann trat Mehit von ihrem Bett weg und lief auf die Fenster zu, wo sich die Morgendämmerung ihren Weg bahnte. Er zog die schweren Vorhänge zu und der Raum verdunkelte sich sogleich. Dann setzte er sich auf einen Sessel und deutete mit einer einladenden Handbewegung auf den anderen Sessel.

„Nimm Platz", sagte Mehit fast flüsternd. Er wartete einen Augenblick und dann warf er das Seidentuch über den Sessel und Ramos erschien.

Bin mal gespannt, wie das weitergeht, fragte sich Ramos.

Zurückgelehnt sprach Mehit sehr leise.

„Genau weiß ich nicht, wie ich anfangen soll. Ich merke, du bist Maddy sehr zugetan. Du magst sie."

Ramos nickte zustimmend.

„Dachte ich mir. Du sollst wissen, warum wir Maddy beschützen."

Ramos hörte bedächtig zu, als Mehit ihm von der Entstehungsgeschichte der Vampire erzählte, der Suche nach dem starken Blut und dem Bündnis der Vampire mit der Familie de Winter.

Ramos nahm alles wie ein Schwamm in sich auf. Es freute ihn, dass jemand so mit ihm sprach, als ob er real vorhanden sei.

„Ich verstehe nicht, wie du bisher existieren konntest? Von einem Vampir, der in den Elementen lebt, davon habe ich noch nie gehört oder gelesen. Du bist einzigartig." Das klang keinesfalls abwertend.

Ramos starrte Mehit an. *Wie soll ich dir denn antworten?* Er deutete unter dem Seidentuch auf Mehit und anschließend auf sich. Dann nahm er das Tuch zwischen seine Finger und verhakte diese miteinander. *Hoffentlich versteht er mich?*

„Du willst mir sagen … wir sind verbunden?", fragte Mehit und Ramos nickte.

„Ich habe dich das letzte Mal gefragt, ob du schon lange auf dem Anwesen lebst. Wie lange schon?"

Ramos reckte seine Finger in Höhe und formte eine Zahl.

„30 Jahre?"

Ramos nickte.

Mehit überlegte kurz und dann bohrten sich seine Augen in Ramos.

„Dann warst du schon hier, als Maddy geboren wurde?"

Ramos nickte.

„Du hast das Attentat auf ihre Eltern miterlebt?"

Es folgte wieder ein Nicken.

Mehit glaubte das alles nicht. Das wäre der Wahnsinn! *Vielleicht konnte er uns helfen, das Attentat und seine Hintermänner endlich zu entlarven.*

„Warst du dabei? Wo warst du damals?"

Ramos überlegte, wie er Mehit das darstellen sollte. Er formte mit seiner einen Hand eine Bettelhand und mit der anderen deutete er ein Herabrieseln an.

Mehit überlegte.

„Es kam etwas von oben?"

Ramos verneinte.

„Es regnete?"

Auch das lehnte Ramos mit einem Kopfschütteln ab. Fieberhaft überlegte er. Er probierte es erneut. Abermals formte er die Bettelhand und mit der anderen machte er eine wellenförmige Bewegung.

„Wasser?"

Dieses Mal nickte Ramos. Dann deutete er auf die Bettelhand und richtete die Hand wieder über diese.

„Ein Kelch und Wasser?" Mehits Sinne arbeiteten auf Hochtouren. „Kelch und Wasser. Wasser kommt aber nicht von oben … mmhhh." Mehit schaute Ramos direkt an und es blieb ihm der Mund offen stehen, als sich ein Gedanke in seinem Kopf formte.

„Nein, das kann nicht sein? Du willst mir nicht etwa sagen, das du mit dieser Darstellung den … Springbrunnen meinst, oder?"

Ramos fiel ein Stein vom Herzen und er klatschte in die Hände, ohne einen Ton zu erzeugen.

Mehit sprang auf und fasste sich an die Stirn. „Der … Springbrunnen, der hinten im Garten steht, wo damals der Sohn von Jane hineingefallen ist, als er …"

Nun stockte Mehit der Atem.
Ramos nickte.
„Bei den Göttern."
Ramos zuckte mit den Schultern. Er hatte seine Identität preisgegeben und es fühlte sich … gut an.
Mehit war außer sich.
„Ach, du meine Güte, wir dachten, du bist tot! Entschuldige … du bist nicht tot, aber leben tust du auch nicht richtig. Du hattest damals das Blut von uns Vampiren mit den Elementen bekommen, sonst hättest du den Unfall im Stall nicht überlebt. Dein Organismus hat unser Blut gut vertragen, doch hattest du keine Veränderungen. Du warst zu diesem Zeitpunkt kein Vampir. Was ist passiert?"
Tolle Frage, Mehit, echt toll. Wenn ich das wüsste, wäre ich auch schlauer.
Ramos zuckte mit den Schultern.
„Irgendetwas muss an dem Abend, als das Attentat geschah, mit dir passiert sein. Du wurdest verletzt … angeschossen, soweit wir wissen, und dann sollst du kopfüber in den Springbrunnen gefallen sein. Als nach dir gesucht wurde, konnte keine Leiche gefunden werden. Keiner hatte dafür eine Erklärung … wie auch? Wenn das wirklich wahr ist, dann kenne ich jemanden, der sich sehr freuen wird, dass es dich doch noch gibt." Mehit legte ein kleines Lächeln auf.
„Deine Mutter!"
Ramos verneinte vehement mit einem Kopfschütteln und hob abwertend die Hände.
„Warum nicht? Kannst du dir eigentlich vorstellen, wie sehr sie seit damals leidet?"
Ramos nickte und senkte seinen Kopf auf seine Brust.
„Und trotzdem willst du ihr nicht zeigen, dass es dich doch noch gibt?"
Wieder schüttelte Ramos den Kopf.
„Warum?", hakte Mehit nach.
Ramos breitete seine Arme aus und wedelte das Seidentuch durch die Gegend wie ein Gespenst.
„Okay, ich verstehe. Du willst ihr nicht als Geist gegenübertreten."
Das fand Ramos' Zustimmung.
„Wir werden eine Lösung finden, sicher nicht gleich, aber ich verspreche dir, dass ich alles daran setzen werde, dich wieder ins reale Leben zurückzuholen." Dabei legte Mehit seine Hand auf sein Herz. „Jetzt kann ich dich auch mit deinem Namen ansprechen …, René."
Ramos richtete sich auf, denn seinen Namen zu hören, machte ihn stolz.
Dann fuhr Mehit fort: „Du weißt aber auch, dass du einen weiteren Namen trägst, oder? Seit dem Tage, an dem Jonathan dir das Blut von uns verabreicht

hatte, wurde ein Bund geschlossen." Fast brüderlich sah Mehit ihn an. „Ramos!"
Nun funkelten Mehits kristallblaue Augen. „Der Name setzt sich folgendermaßen zusammen. Das R stammt von René. Das A von Ament, dem Träger des Feuers. Das M von mir, Mehit, Träger des Wassers. Das O von Ortischa, Trägerin der Erde und das S von Stevo, dem Träger der Luft.

Ramos staunte über diese Erklärung und sein Kopf schwirrte.

„Ramos", wiederholte Mehit überwältigt. „Wer hätte das gedacht. Wenn ich könnte, würde ich dich jetzt umarmen", da musste Ramos schmunzeln. „Im Grunde genommen bist du einer vom Clan, denn du hast alle vier Elemente in dir und deshalb habe ich wahrscheinlich auch diese Verbundenheit zwischen uns gefühlt." Mehits Gefühle überschlugen sich und Ramos empfand Freude über die Klarheit, die nun zwischen ihnen beiden herrschte.

„Okay, wir werden mit Jonathan sprechen müssen. Nur er wird uns helfen können, dich aus diesem Zustand zu befreien."

Befreien, das klang in seinen Ohren wie eine lang anhaltende Prophezeiung, die sich nun zu erfüllen schien. Er deutete auf die schlafende Maddy.

„Ich werde es ihr erklären, versprochen. Du kannst dich auf mich verlassen."

Ramos nickte ihm zu. *Sollte es wirklich eine Möglichkeit geben, dass ich wieder in das normale Leben zurückkehren kann? Wieder etwas berühren und sogar ... meine Mutter wieder in meine Arme schließen kann? Meine Maddy ...* Er malte sich aus, wie es sein könnte. Dieser Gedanke ließ sein Herz höher schlagen.

Als Maddy am späten Vormittag aus ihrem Schlaf erwachte, saßen beide nachdenklich in ihren Sesseln. Sie rieb sich die Augen und streckte ihre müden Glieder. Als sie den Kopf hochhob, sah sie Mehit und ... das Seidentuch vor sich. Beide drehten ihren Kopf in ihre Richtung.

„Guten Morgen!" Dabei schob sie sich die Decke unter ihr Kinn.

„Hast du gut geschlafen?"

„Ja schon ... aber ich bin doch in der Bibliothek eingeschlafen, oder?", fragte sie irritiert.

„Ja, bist du. Ich habe dich nach oben getragen und ... Ramos war die ganze Zeit ebenfalls anwesend.

Bei der Erwähnung seines Namens schwoll seine Brust an.

„Ramos?", fragte Maddy gähnend.

Mehit deutete auf das Seidentuch. „Das ist Ramos."

Maddy setzte sich auf: „Wie jetzt? Du hast ihm einen Namen gegeben, ohne ihn mit mir abzusprechen?" Wieder funkelte sie ihn böse an.

Mehit hob die Hände zur Entschuldigung.

„Nein, so ist es nicht. Ramos und ich haben die Zeit genutzt und uns unterhalten. Dabei ist Erstaunliches herausgekommen. Ramos ist der Sohn von Jane."

Maddy verstand gar nichts.

„Damals bei dem Attentat auf deine Eltern wurde der Sohn von Jane, René, erschossen und seine Leiche wurde nie gefunden."

Maddy nickte zwar, verstand aber immer noch nicht.

„René hatte damals einen Unfall im Stall, wobei er fast gestorben wäre. Jonathan hatte ihm damals das Blut der Elemente gegeben und so konnte er überleben. Er bekam dann von uns den Namen Ramos, der sich aus R wie René, A wie Ament, M wie Mehit, O wie Ortischa und S wie Stevo zusammensetzt."

Sie klebte förmlich an Mehits Lippen.

„Wie und warum er jetzt in diesem Zustand ist, kann ich dir noch nicht beantworten. Ich habe Ramos gesagt, dass wir alles daran setzen werden, ihn wieder in ein normales Leben zurückzuholen. Doch bis dahin möchte er nicht, dass Jane etwas von ihm erfährt."

Maddy klappte der Mund auf.

„Das ist verständlich. Ich freue mich so sehr für dich ... Ramos." Als sie seinen Namen so aussprach, überkam ihn eine Gänsehaut. Es kribbelte durch seinen gesamten Körper und Mehit nahm diese Reaktion war, behielt aber seinen Kommentar für sich.

„Vielleicht benötigt Ramos mein Blut dazu?", fragte Maddy in die Stille hinein.

Mehit verkrampfte sich:

„Moment ... immer langsam. Erst einmal müssen wir mit Jonathan sprechen und ... wenn ich mich richtig entsinne, wolltest DU uns verlassen und nichts mehr mit UNS zu tun haben." Jetzt griente er sie an.

„Aber da ... ich wusste doch nicht", stammelte sie vor sich hin. „Ach, Mehit. Ihr könnt doch gar nicht ohne mich ... oder? Und ehrlich gesagt, ich kann auch irgendwie nicht ohne euch." Die Wärme strahlte aus ihren blauen Augen.

Ramos nickte ebenfalls, denn er war nun nicht mehr der Unsichtbare. Er hatte einen Namen, eigentlich zwei Namen und so etwas wie einen Bruder. Es fühlte sich wunderbar an nach langer Zeit der Einsamkeit.

„Ich werde gleich mit Jonathan sprechen. Er ist noch mit Ivan beschäftigt", sagte Mehit etwas verhalten.

„Was meinst du damit?" Maddy war sogleich auf ihn fixiert.

„Jonathan wird heute entscheiden, ob Conzuela ihm etwas gibt, was es ihm leichter machen wird, zu gehen."

„Wo soll er denn hingehen? Mehit sprich nicht in Rätseln", forderte Maddy.

Er wollte es nicht verheimlichen: „Er ... wird sterben."

„WAS? Und warum sagt mir das keiner. Ach, ja, ich bin ja nicht ..."

„Maddyyyy", sagte Mehit gedehnt.

„Ja, ja, ist ja schon gut." Maddy schwang ihre Beine vom Bett und hüllte sich in ihre Decke. „Hat er dasselbe wie damals Ament?" fragte sie nun.

„Ähnlich, Conzuela hat mir vorhin eine SMS geschrieben. Es ist wieder ein Gift, und da Ivan kein Clankrieger ist, wird er es nicht schaffen."

Bedrückt schaute Maddy auf.

„Aber ich ... ich könnte doch helfen, oder? Ich konnte Ament doch auch helfen", sagte sie aufforderungsvoll.

Mitfühlend antwortete er ihr.

„Nein, Maddy. Er ist kein Clankrieger. Er hat nicht die Konsistenz, das zu schaffen. Conzuela kann ihm nur helfen, indem sie ihn von seinem Leiden erlöst."

„Wir könnten es aber versuchen!", sagte sie bissig.

„Jonathan wird nie zulassen, dass dein Blut einen Söldner retten wird. Dafür ist es zu kostbar und ..."

Barsch unterbrach sie ihn.

„Mehit! Das ist mein Blut! Meins ganz allein! Und ich kann entscheiden, wem und wann ich es geben möchte!"

„Da hast du natürlich Recht. Ich möchte nur, dass du bedenkst, was dein Blut auslösen kann!" Mehit hoffte, sie in ihrer Euphorie zu stoppen.

„Ja, ich weiß ... ich habe den Tornado unter den Blutgruppen." Sie lief mit ihrer Bettdecke ins Badezimmer. Am Türrahmen blieb sie stehen.

„Mehit ... könntest du Jonathan fragen, ob er in einer Stunde Zeit für mich hätte? Allein!" Ohne seine Antwort abzuwarten, schloss sie die Tür.

Mehit zückte sein Handy und tippte eine SMS an Jonathan. Dann sah er zu Ramos.

„Ich werde ihm von dir erzählen. Ich werde dich mitnehmen, aber zuerst wirst du dich nicht zeigen, okay?"

Zuversichtlich nickte Ramos.

Conzuela überprüfte erneut die Vitalzeichen von Ivan, doch es zeigten sich keine Veränderungen. Immer noch bewusstlos lag er da und seine Atmung war flach. Das Einzige, was verheilte, war die Wunde an seinem Oberschenkel.

Ament war nicht von seiner Seite gewichen, dass lag natürlich auch daran, dass seine zukünftige Frau die ganze Zeit in der Krankenstation war.

Schweigsam saß Angel schon seit Stunden auf einem Stuhl in der Ecke. Sie starrte auf Ivan, der mit dem Tod kämpfte. Genauso hatte damals ihr Bruder seinen Kampf verloren. Er war der Anführer ihrer Gang gewesen. Ihr Vorbild, zu dem sie aufgesehen hatte. Doch nach seinem Tod, war alles anders. Die Gang brach auseinander. So wurde sie zu einer Einzelkämpferin. Immer eiferte sie ihrem Bruder nach, doch dies stellte ein unerreichbares Ziel für sie dar.

Jonathan betrat den Raum.

„Und?", fragte er regungslos.

„Keine Veränderungen", gab Conzuela zurück.

„Ich will euch in ein paar Minuten alle in der Kommandozentrale sehen!" Damit drehte er sich um und wollte gerade aus dem Raum treten, als Ament entschieden sagte:

„Ich bleibe hier!"

Jonathan war froh, ihn wieder kontrolliert zu sehen. „Raban wird euch über den Laptop zuschalten."

Er sah Angel fordernd an:

„DU … kommst mit!"

Sie stand auf und folgte ihm wortlos.

In der Kommandozentrale saßen Raban und Ortischa, die aufsahen, als beide eintraten.

„Kannst du unsere Unterhaltung in die Krankenstation übertragen?"

Raban nickte zustimmend, drehte sich um und ließ seine Finger über seine Tastatur gleiten, um die Verbindung herzustellen.

Nun trat auch Mehit dazu und setzte sich an den großen Konferenztisch. Er war unruhig, denn das, was er Jonathan sagen wollte, würde nicht nur ihn, sondern auch alle anderen in Erstaunen versetzen.

Ramos war ihm gefolgt.

Jonathans grüne Augen schweiften kontrolliert durch den Raum. Unterschwellig spürte er eine Energie, doch er schob es auf die Nachwehen seines Anfalls.

„Wir werden Entscheidungen treffen müssen. Als Erstes geht es um Ivan. Sein Leben wird nicht …"

Er verstummte, als plötzlich Maddy die Treppe hinunterstieg und in die Kommandozentrale trat.

„Jonathan? Es war nicht richtig, dich zu beschuldigen. Aber ich werde entweder in alles eingeweiht, oder ich werde mich komplett zurückziehen." Auffordernd suchte sie seinen Blick.

„Maddy, es war nie unser Anliegen, dein Vertrauen zu missbrauchen. Es gibt Angelegenheiten, die den Clan betreffen und die zu deinem Schutz getroffen werden müssen. Ich weiß, dass dir das nicht gefällt. Dein Schutz geht vor, denn so haben es deine Vorfahren in ihrem Pakt vereinbart." Er klang ruhig und besonnen.

„Tja, da aber von meinen Vorfahren keiner mehr existiert, muss der Pakt erneuert werden." Die Worte trafen Jonathan wie eine Ohrfeige.

„DU willst mit mir verhandeln?" Er zog seine Augenbrauen zusammen.

„JA, genau das will ich!" Ihr Blick wurde hart.

„Lasst uns allein!", raunte Jonathan und alle verließen blitzartig den Raum. Nur Ramos blieb, wo er war.

„So einfach, wie du es dir vorstellst, ist das nicht", fing er vorsichtig an.

„Warum nicht?"

„Weil du nicht einmal annähernd die ganze Geschichte, die Hintergründe unserer Kultur, den unendlichen Kampf gegen Isfets Leute und die Opfer, die der Clan seit seinem Pakt mit den de Winters durchlebt hat, kennst", fuhr er fort.

„Dann musst du mich aufklären. Mir alles erzählen, was ich noch nicht weiß. Lass mich ein Teil des Ganzen werden. Gib mir doch deine Zustimmung, zu etwas dazuzugehören. Das habe ich in meinem Leben bisher nur bei Philippe und Corinne erlebt. Warum ist das so schwierig?"

„Weil es gefährlich ist und wir alle hier dein gesamtes Leben, jeden Tag, jede Stunde, jede Minute auf dich aufgepasst haben, damit dir nichts passiert." Er ging auf sie zu und griff nach ihren Händen.

„Damals hast du einfach gehandelt. Du bist zu Ament gegangen, hast dir den Arm aufgeschlitzt und ihm dein Blut gegeben, ohne über die Konsequenzen Bescheid zu wissen. Es hätte ihn, aber auch dich, töten können. Deshalb haben wir immer die de Winters aus allem herausgehalten." Sein Blick war mitfühlend.

„Aber ... Ament hat überlebt und zwar wegen MIR."

„Ja, das schon. Aber hättest du es gemacht und keiner von uns wäre da gewesen, hätte dich Ament wahrscheinlich getötet. Zwar nicht mit Absicht, aber er hätte es getan. Verstehst du, was ich dir damit sagen will? Es will dich keiner ausschließen, doch es gibt Dinge, die du einfach nicht verstehen kannst, weil du sie nicht weißt, und deshalb wollen wir dich beschützen und ..."

„Dann musst du mir die Dinge erklären und mich lehren, was ich alles kann und was nicht. Ich werde nicht daneben stehen und mich ausschließen lassen. Aber jetzt gibt es ja anscheinend nur noch mich und somit werden wir den Pakt erneuern, denn ich möchte alles, wirklich alles erfahren. Bitte Jonathan ... lass mich dazugehören!" Sie sah ihn bohrend an.

Jonathan trat zwei Schritte zurück.

„Du weißt nicht, was du da von mir verlangst. Die Quelle, in dem Falle DU, muss und wird von uns mit allen Mitteln beschützt. Sie war noch nie ein Teil des Clans. Die Linien waren immer getrennt zwischen den Menschen und den Vampiren. Nur der Pakt verband uns. Für deine Familie waren wir nur ..." Seine Stimme brach ab.

„Was wart ihr?" Neugier brannte auf Maddys Lippen.

Er zögerte einen Moment.

„Wir waren nur Mittel zum Zweck. Dein Urgroßvater hatte uns zwar das Tagesserum gebracht, aber dass deswegen mehr als vier Dutzend Vampire sterben mussten, hatte ihn nicht interessiert. Er war nur auf seine Forschungen bedacht. Ob einer mehr oder weniger draufging, war ihm egal. Für ihn zählte nur das Endergebnis. Ich wollte nicht schlecht von deinem Urgroßvater sprechen, aber es ist die Wahrheit. Dein Großvater führte die Arbeit weiter und hat viele Versuche an uns durchgeführt. Er wollte den Meistervampir erschaffen um ihn zu seinem persönlichen Leibwächter zu machen. Für ihn waren wir nur Versuchsobjekte und Killer, mehr nicht." Er wandte den Blick ab.

Maddy trat einen Schritt auf ihn zu und sprach sanft.

„Genau das meine ich. Ich kenne die Hintergründe nicht. Was meinst du mit Killern?"

„Dies solltest du auch nie erfahren." Bestürzt schüttelte er den Kopf.

„Sag es mir", bettelte Maddy.

„Das alles hier, das Anwesen und das gesamte Vermögen, ist nicht nur auf normale Arbeit zurückzuführen. Dein Urgroßvater hatte ein sehr großes Unternehmen, was wirklich sehr lukrativ war. Als er starb und dein Großvater alles übernahm, waren seine Geschäfte längst nicht mehr so gewinnbringend. Er hat uns gezwungen, seine Geschäftspartner einzuschüchtern, und wenn das nicht half, mussten wir sie töten, um anderen dann zu zeigen, welche Macht er besaß. Wir waren über Jahrzehnte hinweg seine Privatarmee, die jeden aus dem Weg räumte, den er loswerden wollte."

Maddy blieb der Mund offen stehen, als Jonathan von dem Mann erzählte, der so freundlich von seinem Bild in der Eingangshalle herabsah.

Gequält sprach er weiter.

„Er hatte uns damals gedroht, das gesamte Serum zu vernichten, um uns wieder in die Nacht zu verbannen."

„Was war mit meinen Eltern? Waren sie ..."

„Nein, sie waren nicht so. Aber dein Großvater verbot ihnen, mit uns in Kontakt zu treten. Sie wurden von einer Truppe von menschlichen Leibwächtern betreut. Wir mussten uns im Verborgenen halten. Wir trafen nur einige Male auf deine Eltern."

„Mit anderen Worten: Wenn ihr vielleicht damals an ihrer Seite gewesen wärt, dann hätten sie meine Schwester nicht entführen können und beide hätten das Attentat ... überlebt?" Nun war sie aufgeregt.

„Ich kann es nicht beschwören, aber ... ja, ich bin der Meinung, es wäre anders gelaufen und sie wären unter unserem Schutz nicht gestorben." Dabei senkte Jonathan seinen Blick.

„Aber das verstehe ich nicht. Wenn ihr auf dem Anwesen gewesen seid und ... ihr seid viel schneller und stärker, warum hat denn mein Großvater auf menschliche Leibwächter zurückgegriffen?" Nachdenklich runzelte sie die Stirn.

Jonathan zuckte nur mit den Achseln.

„Das … könnte dir nur dein Großvater beantworten."

„Aber um meinen Schutz durftet ihr euch kümmern?", fragte sie.

„Ja. Er sah wohl ein, dass DU die letzte eurer Familie warst. Ab dem Tag, wo das Attentat auf deine Eltern verübt wurde, hat er uns befohlen … dich zu beschützen."

„Jonathan, das hört sich fast so an, als ob ihm das Leben meiner Eltern unwichtig war?" Nervös spielte sie an ihren Fingern.

„Ja, da könntest du recht haben. Es ging ihm nur um seine Forschung. Familienleben war für ihn ein Fremdwort. Dein Schutz war für ihn nur eine Fortführung seiner Macht, sonst nichts."

„Und genau darum sollten wir das ändern." Maddy sah ihn auffordernd an. Sichtlich unruhig schaute er zu ihr. Er überlegte und kam zu einem Urteil, wie er es oft in seinen Prozessen musste.

„Du hast Recht. Du bist die Einzige, die von deiner Familie übrig geblieben ist und somit kannst DU auch den Pakt erneuern."

Zerrissenheit durchschoss ihren Körper.

„Ich möchte euch helfen und … ich fühle mich irgendwie mit euch verbunden. Ich will keine unzähligen Opfer für irgendeine Versuchsreihe. Ich möchte einen gemeinsamen Weg finden, der für uns alle akzeptabel ist. Ob nun Mensch, Vampir oder Seherin, egal welche Spezies. Bitte … lass es uns versuchen!" Sie reichte ihm ihre Hand entgegen und hielt seinem brodelnden Blick stand.

Sie fühlte, wie seine Macht in ihre Gedanken drang und nach einer von ihr ausgehenden möglichen Gefahr durchforstete, doch er fand nichts und zog sich zurück. Er ergriff ihre Hand mit den Worten: „Okay … lass es uns versuchen." Durch ihren Handschlag wurde der neue Pakt besiegelt.

Maddys Augen strahlten, als sie sich nun ansahen.

„Ich danke dir."

Ein Lächeln umspielte Jonathans Mundwinkel.

„Weißt du, dass du ganz schon hartnäckig sein kannst?"

Sie zwinkerte ihm zu. „Ja, das weiß ich. Was ist meine erste Aufgabe?"

„Als Erstes werden wir die anderen rufen." Er griff nach seinem Handy.

In Sekundenschnelle betraten Mehit, Ortischa, Raban und Angel die Kommandozentrale und setzten sich an den Konferenztisch, wo auch Maddy Platz genommen hatte. Nachdem Jonathan nun alle, auch Conzuela und Ament auf der Krankenstation, über die neue Situation in Kenntnis gesetzt hatte, stützte er seine Hände auf der Tischplatte ab. Seine Augen funkelten wie Smaragde.

„Nun gilt es, eine Entscheidung zu treffen, wie wir bei Ivan vorgehen", und schaute dabei in die Runde.

Angel, die am Ende des Tisches saß, zitterten die Knie. Sie fühlte eine unerklärliche Verbundenheit, die das Clanoberhaupt ausstrahlte. Es erinnerte sie schmerzhaft an ihren Bruder. Er hatte ähnliche Wesenszüge und sie musste sich zusammennehmen, nicht loszuheulen. Innerlich wurde sie von einer Welle von Emotionen überrollt.

Jonathan registrierte die Regungen, die von Angel ausgingen. Genauso drehten Mehit und Ortischa ihre Köpfe in Angels Richtung.

„Alles in Ordnung?", fragte Jonathan.

„Ja, ja, alles okay. Ich würde gerne zu Ivan gehen, wenn du nichts dagegen hast." In ihren blauen Augen glitzerten Tränen, die sie mit aller Macht versuchte, zurückzuhalten.

„Geh ruhig zu ihm." Jonathan neigte seinen Kopf in Richtung Ausgang, ohne jedoch seine Gesichtszüge zu verändern.

Angel schob den Stuhl zurück und verließ wortlos den Raum.

Als sie aus dem Sichtfeld der anderen verschwunden war, richtete sich Jonathan wieder auf und verschränkte die Arme vor der Brust.

„Ähm, vielleicht kann ich helfen?" Zaghaft sprach Maddy diese Worte aus und beobachtete alle Anwesenden.

Ruckartig fixierten sie acht Augenpaare.

Sie verzog den Mundwinkel.

„Wir könnten es mit meinem Blut versuchen. Bei Ament hatte es doch auch geklappt."

Sie hörte wie alle vier tief einatmeten, was nicht gerade zur Entspannung diente.

Mehit sprach als Erster.

„Aber Ament ist auch ein Clankrieger. Er ist von der Konstitution der von Ivan weit überlegen. Dein Blut könnte auch das Gegenteil erzeugen und ihn in einen Rausch versetzen, welcher ihn genauso töten könnte." Er griff nach Maddys Handgelenk und strich mit seinem Daumen über ihren Handrücken.

Ihre Stimme zitterte:

„Also könnten wir es probieren und wenn nicht, wird er sowieso sterben." Ihre Gefühle überschlugen sich bei dem Gedanken, dass sie hier gerade über ein Leben sprachen wie über eine neue Handtasche. Sie wollte unbedingt helfen, doch so, wie Mehit die Situation geschildert hatte, gab es keine hohen Erfolgschancen.

„Gut ... wenn du es probieren möchtest, werden wir es tun. Eine Bedingung gibt es aber, er wird nicht von deiner Vene trinken, sondern wir werden ihm dein Blut über eine Transfusion geben."

Erstaunt sahen alle auf.

Maddy schnappte nach Luft, denn sie hatte nicht damit gerechnet, dass Jonathan sich auf ihren Vorschlag einließ. Genauso ging es den anderen, die nun das Clanoberhaupt fassungslos ansahen. Aber sie sagten nichts, denn wenn Jonathan etwas entschied, gab es daran nichts zu rütteln.

„Dann lass uns zu Conzuela gehen." Mit einer einladenden Handbewegung deutete Jonathan in Richtung Tür.

Fast gleichzeitig erhoben sich alle und folgten ihnen.

In der Krankenstation angekommen, stand Ament empört am Türrahmen und in seinen Augen blitzten Funken.

„Das ist nicht euer Ernst!"

Maddy trat vor die anderen.

„Doch, ist es!", sagte sie entschlossen.

Ament trat beiseite und er zuckte nur ratlos mit den Schultern, als er zu Conzuela sah.

„Willst du das wirklich durchziehen?", fragte Conzuela.

Ohne nachzudenken, glitt Maddy an die Seite von Conzuela. „Ja, das möchte ich. Können wir gleich beginnen?"

„Ja, wenn …", sie drehte sich zu den anderen „… wenn die anderen in der Zwischenzeit die Krankenstation verlassen. Denn nicht jeder Vampir hat sich unter Kontrolle."

„Los! Alle raus!" Aments Stimme durchstieß die Stille.

Nach ein paar Minuten hatte Conzuela einige Röhrchen mit Maddys Blut gefüllt. Sie zog die Nadel aus ihrer Vene und gab ihr eine Kompresse, mit der sie die kleine Öffnung zudrücken sollte.

„Stört dich denn nicht der Anblick von Blut?", fragte Maddy, als sie Conzuela beobachtete, wie behutsam sie die Röhrchen in einen Ständer stellte.

„Nein, nicht mehr. Im Laufe der Jahre habe ich so viel Blut in der Klinik gesehen, dass es mir nichts ausmacht … solange ich satt bin." Sie lachte scherzhaft.

„Aber dein Blut ist kein normales menschliches Blut. Es ist viel kraftvoller, als du dir das wahrscheinlich vorstellen kannst."

„Ja, ich weiß." Verschmitzt verzog sie die Mundwinkel.

Conzuela wollte gerade die Einstichstelle mit einem Pflaster verschließen, als Maddy fragte:

„Kannst du das nicht versiegeln?"

Verblüfft sah Conzuela sie an.

„Ja, wenn du das möchtest?"

Maddy nickte ihr zu und reichte Conzuela ihren Arm. „Perfekt, das machen wir jetzt immer so." Schelmisch sah Maddy die sprachlose Conzuela an.

„Du verwunderst mich."

„Wenn du wüsstest, was mich so alles in den letzten Wochen verwundert hat." Sie zog ihr T-Shirt gerade.

Sogleich betraten die anderen den Raum und postierten sich um das Krankenbett von Ivan. Außer Angel, sie blieb am Eingang stehen. Ihre Augen irrten durch die Gegend.

Unruhe machte sich unter den Anwesenden breit.

Behutsam nahm Conzuela die Röhrchen und legte diese auf ein Tablett.

Jonathan hatte sich am Kopfende des Bettes platziert und wurde von Mehit und Ament, die an den beiden Seiten standen, flankiert. Raban und Ortischa standen am Fußende.

„Ich kann nicht versprechen, dass das funktioniert", sagte Jonathan leicht resigniert, wobei seine Gesichtszüge keine Regungen zuließen. Er sah Maddy an und holte tief Luft. Mehit und Ament sahen ihn abwartend an. Keiner von beiden wollte etwas vorantreiben, wozu das Clanoberhaupt nicht bereit war.

Auch Conzuela harrte mit der aufgezogenen Spritze aus.

„Wenn du dir nicht sicher bist, dann müssen wir es lassen", warf Maddys zittrig ein. Sie wollte Ivan helfen, aber nicht um jeden Preis.

Jonathan nickte ihr zu und dann hob er seine Arme an und der Raum wurde von seinen gigantischen Machtwellen durchzogen.

Maddy wusste nicht, was sie bewirken, doch sie wusste, dass Jonathan alles tun würde, um alle im Raum zu beschützen.

Ramos war vor die Krankenstation geglitten und blickte durch die Scheibe. Die Wellen der Macht, die Jonathan ausstrahlte, drangen bis auf den Flur. Es drängte sich ihm ein Gedanke auf, dass auch Jonathan ihn vielleicht wahrnehmen könnte. Doch so wie es schien, war er momentan zu sehr abgelenkt.

„Conzuela … gib ihm die erste Infusion", befahl Jonathan.

Alle verspannten sich und zogen scharf die Luft ein.

Conzuela trat zwischen Jonathan und Ament, legte eine Manschette an und kurz danach zeigte sich auch schon eine Vene, die für die Infusion geeignet war. Sie ließ die Spitze durch die Haut dringen und dann schob sie den Kolben langsam hinunter. Maddys Blut drang in seine Vene. Conzuela löste die Manschette, trat einen Schritt zurück und stellte sich schützend vor Maddy.

Alle Augenpaare fixierten Ivan, der immer noch regungslos im Bett lag. Das Schweigen, das sich über den Raum gelegt hatte, war bedrückend und quälend.

Maddy kam es so vor, als ob alle die Luft anhalten würden, um kein Geräusch zu verursachen. Mit einem Mal schnellten alle Köpfe in eine Richtung. Ivan hatte zwei Finger bewegt und Ament ergriff sogleich seinen Arm und hielt diesen fest. Seine Augen waren rotglühend.

Dann ging alles höllisch schnell.

Ivans Körper bäumte sich auf und fing heftig an zu zittern. Seine Augen flackerten und seine Hände verkrampften sich.

Ruckartig griffen alle beherzt ein und hielten seinen bebenden Körper auf dem Bett fest. Sein Körper wurde nun von noch heftigeren Schüben durchzogen. Seine Fangzähne fuhren sich aus und rissen ihm die Unterlippe auf, so dass ihm sein Blut am Kinn entlang lief. Teilweise öffneten sich seine Augen und das violette Leuchten war von noch kräftiger Intensität als vorher. Ein Knurren entrang seiner Kehle und dann erschlaffte sein Körper. Doch lange hielt dieser Zustand nicht an. Ruckartig schnellte sein Körper abermals in die Höhe, zitterte heftig und alle hatten Mühe, ihn auf dem Bett zu halten. Er warf seinen Kopf nach hinten und verdrehte die Augen, so dass nur noch das Weiße zu sehen war. Seine Knöchel an den Handgelenken traten hell hervor, als er seine Fäuste ballte. Der ganze Körper vibrierte bis in die kleinste Pore. Dann sank er in sich zusammen.

Conzuela griff nach ihrem Stethoskop und hörte ihn ab.

„Die Atmung ist normal", sagte sie konzentriert, während sie ihn ansprach.

„Ivan? Kannst du mich hören?"

Im Zeitlupentempo öffneten sich seine Augen. Er probierte Worte zu formen, doch es schien, als ob er Probleme mit seiner Stimme hatte.

„Wenn du mich hören kannst, dann zwinker zweimal."

Er tat es.

„Gut, ich bin die Ärztin des Clans und mein Name ist Conzuela. Mach dir keine Sorgen. Du befindest dich jetzt auf einer Krankenstation. Deine Atmung ist normal, dein Herz schlägt regelmäßig. Deine Wunde am Oberschenkel ist gut verheilt. Doch die Kugel, die dich getroffen hatte, war ein Hohlmantelgeschoss. Sie war mit einem Pflanzengift gefüllt, welches dich fast das Leben gekostet hätte."

Ivan lauschte angespannt ihren Worten.

„Ich habe dir eine Blutinfusion gegeben, die dich wieder ins Leben zurückgeholt hat."

Nun riss Ivan seine Augen weit auf, als er die anderen Vampire um sein Bett stehen sah, die ihn festhielten. Wieder versuchte er etwas zu sagen, seine Lippen formten zwar die Worte, aber es kam kein Laut heraus.

Jonathans Druck auf Ivans Schultern ließ nach und dann löste er ganz seine Hände. „Ivan, es gibt noch mehr, was wir dir sagen müssen."

Neugierig suchten Ivans Augen nach Anhaltspunkten, doch er konnte keine ausmachen.

„Die Infusion, die du erhalten hast, hat dich unfreiwillig zum Fast-Clankrieger gemacht", sagte Jonathan ruhig.

Wie? Fast-Clankrieger? Ich?, dachte er sich.

„Das Blut, was du bekommen hast, ist von der Quelle. Ansonsten wärst du an dem Gift gestorben." Langsam zog Jonathan seine Macht zurück und gleichzeitig lösten die anderen ihre Hände von Ivans Körper.

„Leider war es uns nicht möglich, dich vorher zu fragen, ob du das überhaupt willst. Es gibt jetzt nur eine Frage, die du mit einem Ja oder Nein beantworten musst ... ach, ohne Stimme geht das schlecht. Dann mit einem Nicken oder Kopfschütteln."

Jonathan trat an die Seite von Mehit.

„Ivan, willst du ein Clankrieger werden?" Jonathans Stimme klang fast pathetisch.

Ohne lange zu überlegen, nickte Ivan Jonathan zu.

„Gut, denn wenn du jetzt verneint hättest, hätten wir dich getötet", Jonathans Blick blieb eisern auf ihn gerichtet.

In diesem Moment kam aus dem hinteren Teil des Raumes Angels Stimme zum Vorschein.

„Er wollte ein Clankrieger werden. Er hatte es mir im Hotel erzählt."

Jonathan wandte seinen Blick nicht von ihm ab.

„Gut, wenn du sowieso einer werden wolltest, dann werden wir noch das Gelöbnis und die Zeremonie durchführen, damit du ..." Er verzog den Mundwinkel. „Wie soll er das Gelöbnis abgeben, wenn er nicht sprechen kann?" Nachdenklich schritt er durch den Raum.

„Es kann eine vorübergehende Lähmung der Stimmbänder sein, die das Gift verursacht hat. Leider kann ich dir nicht sagen, wie lange es dauern wird, bis sie sich regeneriert, oder ob die Lähmung anhält." Die professionelle Aussage war Ivan lieber, als irgendein Geheuchel.

„Er kann kein Clankrieger werden, wenn er nicht das Gelöbnis wiederholen kann!" Genervt von der Situation trat Jonathan wieder an das Bett. „Vor allem ist der komplette Verwandlungsprozess noch nicht abgeschlossen!" Er strich sich eine Strähne aus dem Gesicht.

„Mehit und Ament werden dir erklären, wie sich dein Körper verändern wird. Ach, Raban, du kannst gleich dabei bleiben, denn das wird dich auch erwarten. Ortischa und Angel? Kommt bitte mit mir." Er ging auf die Tür zu. Wortlos folgten die beiden ihm. Conzuela nahm die vier Ampullen mit dem Blut von Maddy und lief Jonathan hinterher.

In der Kommandozentrale setzten sich Jonathan und Ortischa an den Konferenztisch. Angel nahm sich einen Kaffee und gesellte sich zu ihnen.

„Jonathan! Nimmst du sie an dich?" Conzuela streckte ihre Hand aus, in der sich die Ampullen befanden.

„Selbstverständlich, entschuldige, ich hätte sie gleich mitnehmen sollen." Er stand auf und nahm sie ihr bedächtig ab. „Habt ihr beide, Ament und du, einen Weg gefunden?", fragte er leise.

„Ja ... wir haben uns ausgesprochen. Er hat mir alles erzählt, was damals passiert ist. Ich konnte ja nicht wissen, was er Schreckliches erlebt hat. Nun kann ich verstehen, warum er unserer Verbindung ausgewichen ist. Doch nun ist alles in Ordnung." Dabei legte sie ein verschmitztes Lächeln auf.

„Endlich! Ich dachte, er würde daran irgendwann zerbrechen. Aber so wie es scheint, hast du die Mauer, die er um sich gebaut hat, eingerissen. Was die Liebe nicht alles bewirken kann. Werdet ihr die Verbindung eingehen?"

„Das werden wir, aber ich überlasse ihm den Zeitpunkt." Der Glanz in ihren Augen war überwältigend.

Jonathan nickte ihr zu und war froh, dass Ament sich ihr geöffnet hatte.

6. Kapitel

In einer Stunde sollte ich im Salon sein und jetzt ... jetzt sind es schon drei Stunden. Als Elisa sich zum Fenster bewegte, kündigten die Sonnenstrahlen den neuen Tag an.

Reglos stand die Vampirin, die zu ihrem Schutz abgestellt war, an der Wand gelehnt. Beide verspannten sich, als sie Geräusche auf dem Flur wahrnahmen. Dann wurde die Flügeltür geöffnet und vier Vampire betraten den Salon, gefolgt von ihrem Vater. In seinem Designeranzug strahlte Mr Hamilton Unnahbarkeit aus, was von ihm auch so gewollt war. Seine Augen huschten durch den Raum, bis er seine Tochter erblickte.

„Elisa!"

„Ja."

Ohne Umschweife sagte er: „Die Situation kann so nicht weitergehen. Seit deinem letzten Fehltritt benimmst du dich ausgesprochen gut. Aber ich traue dir nicht!" Sein Gesicht war hart wie eine Maske. Kein Muskel zuckte. Er nagelte sie mit seinem ernsten Blick fest.

„Ich habe im Moment wichtigere Sachen zu tun, als mich um dich zu kümmern, deshalb wirst du zu deiner Tante Theresia ins Kloster gebracht, wo du die nächsten Monate bleiben wirst!" Er verschränkte seine Arme vor der Brust, um seine Entscheidung zu unterstreichen.

Elisas Stimme erbebte: „Papsch ... das kannst du nicht machen. Nicht zu Tante Theresia. Bitte ... lass mich hier." Tränen rannen ihr über die Wangen.

„NEIN! Ich werde nicht mit dir darüber diskutieren! Meine Entscheidung steht fest. In drei Tagen ist alles bereit für deine Abreise!"

Dann wandte er sich von beiden ab und verließ ohne ein weiteres Wort den Salon. Sogleich folgten ihm seine Leibwächter. Der Letzte schloss die Tür.

Elisa sank auf ihre Knie und hielt sich die Hände vor das Gesicht. *Ausgerechnet zu Tante Theresia.* Sie war die gläubigste Vampirin, die es wohl auf der Welt gab. Sie führte ein strenges Regiment und nun sollte Elisa für Monate bei ihr eingesperrt werden. Ihr Kloster war von hohen Mauern umringt, die aber keinen Vampir aufhalten würden. Die Besonderheit war, dass es von einem Magier bewohnt wurde, der auf das gesamte Gemäuer einen ungebrochenen Zauber gelegt hatte. Auf dem Klostergelände war auch ein Trakt, der ein Gefängnis beherbergte. In diesem Gefängnis saßen Vampire, die noch auf ihre Verhandlung vor dem Rat warteten oder ihre Strafe absaßen. *Schlimmer konnte es nicht mehr werden. Warum? Warum gerade zu Tante Theresia? Und dann auch noch mehrere Monate? Vielleicht auch noch länger? Das kann er nicht machen. Ich muss hier weg, und zwar so schnell wie möglich.* Die Gedanken überschlugen sich und es schnürte ihr den Hals zu. Ihre hektischen Blicke entgingen nicht der Vampirin, die sie genau beobachtete.

„Mrs Hamilton, kommen Sie jetzt nicht auf dumme Gedanken", sagte sie zynisch, wobei ihre Augen funkelten.

„SIE haben mir gar nichts zu sagen!" Mit diesen Worten verließ sie den Salon.

Kopfschüttelnd folgte ihr die Vampirin.

In ihrem Zimmer angekommen, schlug sie der Vampirin die Tür vor der Nase zu.

„Ich will alleine sein! Von mir aus bleiben Sie vor der Tür stehen! Aber lassen Sie mich in Ruhe", brüllte Elisa ihr entgegen. In ihren Gedanken schmiedete sie schon einen Plan. Einen Plan, der ihren Vater zur Weißglut bringen würde, doch das war ihr egal. Aufgeregt suchte Elisa ihr Handy und fand es auf der Couch liegend. So schnell sie konnte tippte sie an Susan eine Nachricht. Nach ein paar Minuten vibrierte ihr Handy und sie nahm den Anruf entgegen.

„Was sollst du denn in einem Kloster?" fragte Susan.

„Ich soll mich um meine Tante kümmern. Sie ist schon sehr alt und benötigt meine Hilfe." Elisa konnte ihr nicht die Wahrheit sagen, denn die Bewacherin vor der Tür konnte alles verstehen, was noch ein zusätzliches Problem war.

„Wie lange sollst du denn bei ihr bleiben?", hakte Susan nach.

„Für einige Monate", antwortete Elisa niedergeschlagen.

„Wie, einige Monate? Ich habe doch in zwei Wochen meine runde Geburtstagsfeier."

„Ich weiß, es tut mir auch leid. Aber es ist nicht zu ändern. In drei Tagen geht es los." *So den Zeitraum habe ich ihr mitgeteilt.* Nervös biss sie auf ihre Unterlippe.

„Schon? Drei Tage nur noch? Können wir uns nicht noch einmal sehen, bevor zu fährst?"

„Das wird nicht klappen. Aber wir bleiben in Kontakt, das verspreche ich dir. Ein paar Monate gehen schnell vorbei. Ehe du dich versiehst, bin ich schon wieder da. Sag, gehst du bald wieder mal tanzen?" Diese Frage stellte Elisa nicht ohne Grund und sie hoffte inständig, dass Susan bald wieder unterwegs wäre.

„Ja, heute Abend. Willst du nicht mitkommen?"

Bingo, das ist perfekt. „Ich würde gerne mitkommen, aber es geht nicht." Nun versuchte sie, resigniert zu klingen, denn sie wusste, dass diese Absage von ihrem Wachhund vor der Tür registriert wurde. Schnell wollte Elisa das Thema wechseln, um keine Aufmerksamkeit zu erregen.

„Vielleicht ist dein Verehrer da. Wäre das nicht ein Anreiz, doch vorbeizukommen?", fragte Susan provokant.

„DOCH, das wäre es, aber ich kann nicht. Leider. Ich wünsche dir viel Spaß und genieße den Abend. In Gedanken bin ich bei dir", sagte Elisa.

„Gut, ich muss zum Dienst. Wir bleiben in Kontakt, meine Liebe." Nun war ein hektischer Ton in Susans Stimme zu hören.

„Ja, das machen wir." Damit beendeten sie ihr Gespräch. *Würden die Informationen ausreichen, die ich Susan gegeben habe? Würde es überhaupt eine Möglichkeit geben, dass Mehit an diese Informationen gelang? Wie sollte denn Susan an Mehit herankommen? An einen Clankrieger, das war doch unmöglich. Verdammt, ich werde wahnsinnig. Susan ist meine einzige Möglichkeit, Kontakt aufzunehmen. Doch die Erfolgschancen sind gleich Null. Wenn mir nicht noch ein anderer Weg einfällt, ist alles verloren.* Sie sank in sich zusammen und starrte ihr Handy an. *Hätte ich doch nur nicht gesagt, dass er mich nicht mehr anrufen sollte. Ich hätte mit ihm ihn Kontakt bleiben sollen, aber nein. Ich musste ihn verjagen und jetzt bekomme ich die Quittung dafür. Ich bin doch selbst schuld.*

Die Sonne bahnte sich ihren Aufstieg am Horizont und tauchte den Himmel in weiches Gelb und Orange. Die Temperaturen am Morgen waren zwar noch frisch, doch das änderte sich im Laufe des Tages.

Ament und Mehit bekamen davon nicht viel mit, denn sie waren immer noch bei Ivan auf der Krankenstation. Conzuela hatte in den frühen Morgenstunden einige Untersuchungen durchgeführt, die alle positiv ausgefallen waren. Nun kam sie mit dem letzten Ergebnis gerade aus dem Labor zurück, als sie mit Ament vor der Tür zusammenstieß.

„Nicht so schnell, meine Schöne." Er legte seinen Kopf zur Seite und verzog leicht den Mundwinkel.

„Oh, entschuldige ... dein Blut hat meine Geschwindigkeit verändert, daran muss ich mich erst noch gewöhnen." Dabei ließ sie ihre Arme über seine Taille gleiten. „Müde bin ich auch nicht mehr." Sie suchte in seinem Gesicht nach einer Antwort.

„Das und noch vieles mehr sind Nebenerscheinungen. Manche wirst du lieben, andere verfluchen." Er umschlang mit seinen Armen ihren Oberkörper und zog sie in eine innige Umarmung. Dann versenkte er seine weichen Lippen in den ihren und genoss die Hitze, die ihn durchfloss.

Auch Conzuela schmiegte sich an ihn und fühlte ihre tiefe Verbundenheit.

Nur schwer konnte sich Ament wieder von ihr lösen.

„MEINE!", hauchte er, was bei Conzuela ein Kribbeln in der Magengegend verursachte.

„Ich möchte, dass wir unsere Verbindung vollziehen", sagte er mit gedämpfter Stimme.

„Ich auch."

Er versank im Braun ihrer Augen.

„Heute noch!", sagte Ament triumphierend, hob Conzuela hoch und küsste sie leidenschaftlich. An seinen Lippen schmolz sie dahin. Dann setzte er sie wieder ab, als sie ein Geräusch von zerbrechendem Porzellan wahrnahmen. Beide betraten eilig die Krankenstation.

Ivan hatte sich im Bett aufgesetzt, nachdem er seine Tasse mit frischen Blut gerade zerbrochen hatte und die Reste die gesamte Bettdecke übersäten. Seine neue Energie verunsicherte ihn trotz der Gespräche, die hauptsächlich Mehit mit ihm geführt hatte. Er schlug die Bettdecke beiseite und deutete mit seinen Händen an, dass er aufstehen wollte.

„Du kannst es versuchen, aber bedenke, dass du ganz schön gelitten hast. Also stelle deinem Körper keine Aufgaben, die er noch nicht bewältigen kann, verstanden?" Die weiche Stimme von Conzuela beruhigte ihn zusehends. Er nickte, schob langsam seine Beine vom Bett und setzte sich an die Bettkante.

Conzuela trat beherzt auf ihn zu.

„Auch der letzte Test ist gut ausgefallen. Ich gehe davon aus, dass die Lähmung deiner Stimmbänder nur eine vorübergehende Erscheinung sein wird. Wir werden einen Plan erstellen, mit dem du jeden Tag üben wirst!"

Ivan starrte Conzuela unentwegt an. Ament ließ Ivan keine Sekunde aus den Augen. Ihm gefiel das überhaupt nicht.

Mehit sah seine Reaktion und schaltete sich ein, damit die Situation nicht eskalierte.

„Ivan? Wir könnten versuchen, langsam eine Runde über den Flur zu drehen. Was hältst du davon?"

Erfreut nickte Ivan Mehit zu.

Im gleichen Moment entspannte sich Ament etwas und sah Mehit an. *Danke, Kumpel,* formte er in seinen Gedanken.

Mehit trat an die Seite von Ivan und stützte ihm am Arm, als dieser versuchte, sich auf seinen wackligen Beinen zu halten. Beherzt griff er nach Mehits Arm und hielt sich aufrecht. Er atmete erleichtert auf, als er diesen kleinen Schritt geschafft hatte.

Conzuela reichte ihm einen Morgenmantel und dann schlich Ivan neben Mehit langsam von der Krankenstation. Kaum waren die beiden verschwunden, wurde Conzuela von Ament von hinten in die Arme geschlossen und er küsste ihren Hals.

„Du bist so lecker", säuselte er unterhalb ihres Ohrs.

„Ament, die beiden können jeden Moment zurückkommen."

„Ist mir egal", wobei seine Hand zu ihrem Busen glitt und diesen gefühlvoll streichelte. Ein leichtes Stöhnen entglitt ihrer Kehle, als seine andere Hand an ihrem Oberschenkel entlang strich und sich den Weg zwischen ihre Beine bahnte. Begierde schoss in ihren Schoß.

Auch Ament konnte seine Lust kaum zügeln. Seine Fangzähne fuhren sich aus und er schabte über ihren flatternden Puls. Es erregte ihn und seine Männlichkeit drückte durch seine Hose an ihren wohlgeformten Hintern. Sein Atem wurde schwerer und er ließ seine Fangzähne durch ihre samtweiche Haut gleiten. Er nahm einige tiefe Züge und der kupferne Geruch ihres Blutes drang in seine Nase. Er zog sie dichter an sich und dann verschloss er die beiden Einstichstellen. Ihr Blut glitt seine Kehle hinunter. Dieses Gefühl machte ihn stolz und sein Element hielt sich in der hintersten Ecke verborgen, was ihn leicht irritierte.

Conzuela spürte seine Erregung und auch seine Zweifel, als sie sich umdrehte.

„Was beschäftigt dich?", fragte sie leise, während sie ihre Hand an sein Kinn legte. Er griff an ihren Po und zog sie dicht an sich.

„Du überwältigst mich und … mein Element hält sich verborgen." Seine Zweifel standen ihm ins Gesicht geschrieben.

„Dann halt es weiter im Zaum." Sie reckte sich zu ihm und zog ihn gleichzeitig mit ihrer Hand hinunter, um dann ebenfalls ihre Fangzähne in seinen Hals zu bohren.

Ament streichelte sanft mit seiner Hand an ihrer Wirbelsäule entlang.

„Wirst du süchtig?", flötete er.

„Das bin ich schon."

Sie versiegelte die Wunde an Aments Hals und drehte seinen Kopf so, dass sie ihn wieder küssen konnte. Ihre Hände wanderten seinen Rücken entlang und ergriffen nun seinen knackigen Po. Kräftig griff sie zu und Ament zuckte leicht. Denn ihre Kraft hatte etwas zugenommen und das konnte er jetzt am eigenen Leib fühlen.

„Wow, ich merke schon, dass du mein Blut wirksam einsetzt." Es gefiel ihm und nun grinste er sie sogar an.

„So stark wie du werde ich nie werden und das möchte ich auch nicht. Es reicht, wenn du diesen Part übernimmst. Ich will nur eine gute Medizinerin sein. Lieber habe ich einen starken Mann an meiner Seite, als mit ihm Kräfte zu messen", sagte sie mit einem bedeutsamen Ton in der Stimme.

„Genau so soll es sein", erwiderte Ament stolz.

Ivan klammerte sich an den Arm von Mehit. Es beschämte ihn, dass er so hilflos war. Sie schlichen den Flur entlang. *Verdammt, wie soll ich mich denn verständigen?*, dachte er.

Mehit konnte seine Unruhe aus jeder Pore spüren.

„Ist schon Scheiße mit deiner Stimme. Aber wenn Conzuela sagt, das könnte sich wieder ändern, wirst du alles daran setzen, damit es auch funktioniert, oder?"

Ivan antwortete ihm mit einem Nicken.

Sie vernahmen Schritte. Raban kam den Gang entlang und seine dunklen Augen musterten beide streng.

„So, nun bist du ein halbes Clanmitglied und bekommst als Begrüßungsgeschenk ein eigenes Handy. Du sollst ja nicht leben wie ein Hund." Er streckte seine Hand aus und reichte Ivan das glänzende schwarze Gerät.

Redet der immer so geschwollen? Na das kann ja lustig werden, überlegte Ivan, als Raban wieder davonschlenderte.

Ivan ließ das Handy in seine Manteltasche gleiten, um es gleich wieder herauszunehmen. Er tippte eine Nachricht an Mehits Nummer und sendete diese.

Mehits Handy piepte und er zog es aus seiner Hosentasche.

„Du willst wissen, wie du dich bei der Quelle und Jonathan bedanken kannst?", interpretierte er die Worte. „Du wirst noch Gelegenheit bekommen, nur nicht jetzt!" Mehit gefiel es nicht, dass Ivan in die Nähe von Maddy kommen wollte, doch er war nun, durch ihr Blut, ein halbes Clanmitglied, obwohl sie ihn nicht geprüft hatten. Aber das würden sie nachholen, sobald es Ivan besser ging.

„Erst einmal musst du gesund und stabil werden, dann können wir zu deinem Eignungstest übergehen. Wenn du diesen gut bestehst, wird es keine Einwände geben, dich zum Clankrieger zu machen. Bis dahin, wirst du dieses Gelände nicht verlassen! Du wirst unseren Anweisungen Folge leisten!"

Ivans violette Augen funkelten aufgeregt und hastig tippte er eine Nachricht.

„Du bist damit einverstanden. Das ist gut, denn etwas anderes hätten wir auch nicht geduldet." Er drängte ihn weiter den Flur entlang und zeigte ihm den weiträumigen Trainingsraum mit dem imposanten Schießstand, was Ivan mächtig beeindruckte.

Mehit konnte Ivan noch nicht richtig einordnen, denn er hatte ihn nur einmal getroffen. Bei dem damaligen Treffen im Büro von Jonathan war er Angel zugeteilt worden. Er konnte sich noch kein Bild von dem Russen machen und blieb skeptisch. An Raban hatte er sich mittlerweile gewöhnt und ihn auch als einen von ihnen anerkannt. Aber bei Ivan war das etwas anderes. Dieser mäßige Kerl hatte dem Clan zwar aus dem Museum das Amulett besorgt und Ortischa hatte gesagt, dass er sich bei der Suche im Haus von Conzuelas Mutter gut angestellt hatte. Trotzdem hatte die Situation einen bitteren Beigeschmack.

Als sie an der Kapelle ankamen, deutete Ivan fragend auf die große Holztür.

„Dieser Raum beherbergt unsere Kapelle. Wir sind nämlich nicht die Ehrlosen, für die uns alle halten."

Die violetten Augen senkten sich. Er nahm das Handy und tippte erneut.

„Du hast es also auch gehört, dass wir die gefährlichsten und tödlichsten Krieger unserer Spezies sind. Tja, und jetzt bist du auch einer von uns. Gewöhne dich schon mal daran." Nach einigen Schritten blieb Ivan stehen und deutete auf den Marmorfußboden.

„Das ist das Muster der Meet. Es wurde uns so überliefert und da wir ihre Nachkommen sind, verehren wir sie."

Beide gingen weiter und kamen nach einer Abzweigung zu einer großen blauen Tür.

„Dahinter ist unser Pool. Willst du ihn sehen?"

Ivan nickte ihm zu.

Mehit ließ seinen Arm los und öffnete die Tür. Er griff an die Seite und betätigte den Lichtschalter. Im Nu erhellte sich der Raum und gab einen riesigen Pool frei. Selbst die Beleuchtung im Pool sprang an und färbte das Wasser türkisgrün.

Ivans Lippen formten ein *Wow*.

„Beeindruckend, oder? Im hinteren Bereich haben wir noch einen Whirlpool."

Auf einmal fing Ivans Hand an zu zittern. Ivan wollte etwas sagen, doch es kam kein Ton heraus.

Mehit schaute auf die Hand und sagte:

„Ruhig … ganz ruhig. Das können Nachwirkungen vom Gift sein. Wir sollten zurückgehen."

Sie verließen den Raum und Ivan stützte sich wieder auf Mehit. Das Zittern wurde heftiger und durchzog seinen gesamten Körper. Ivan verlangsamte seine Schritte und fing heftig an zu keuchen.

Mehit brüllte den Flur entlang:

„CONZUELA!" Er wuchtete Ivan auf seine starken Arme und sauste in Sekundenschnelle zur Krankenstation zurück.

Dort angekommen legten sie ihn wieder ins Bett. Er fing an, sich heftig zu schütteln wie bei einem epileptischen Anfall.

Konzentriert schloss Conzuela alle Geräte wieder an. „Mehit, ruf Jonathan an. Er muss kommen!"

Mehit tat, wie ihm gesagt wurde. Nach einigen Sekunden stand Jonathan in der Tür.

„Was ist los?", raunte er durch den Raum.

Mehit berichte, was sich ereignet hatte.

Jonathan überlegte kurz und zückte dann eine weitere Ampulle aus seiner Jackentasche, die Maddys Blut enthielt.

„Hier!", sagte er zu ihr, während er sich mit seinen messerscharfen Fangzähnen in sein Handgelenk biss.

„Nimm eine Ampulle von mir und mische das Blut", befahl er.

Sie reagierte sofort, griff nach der Ampulle und fing das Blut auf, welches sich an seinem Handgelenk entlangschlängelte. Dann versiegelte Jonathan seine Wunde und Conzuela mischte die beiden Ampullen. Sie zog eine Spitze auf und Mehit presste mit seinen Händen den Arm so weit zusammen, dass die Vene heraustrat. Mit einem prüfenden Blick zu Jonathan, der ihr zunickte, trat Conzuela an Ivan heran und jagte ihm die Spitze in die Vene. Sie drückte den Kolben hinunter und der Inhalt entleerte sich in sein Gefäßsystem.

Mehit schaute zu Conzuela.

„Langsam lösen."

Mehit tat es, stellte sich an das Kopfende und hielt Ivans Schultern fest.

Ament stand über ihn gebeugt und drückte beide Arme auf das Bett, während Jonathan sich am Fußende postierte. Als das Blut durch seine Venen pumpte, zuckte sein Körper abermals heftig auf. Dabei keuchte er. Dann war schlagartig alles vorbei. Reglos lag er da.

Conzuela schaute Ament nervös an.

„Das Schlimmste ist vorbei."

Sie entspannte sich ein wenig bei diesen Worten. Dann lösten alle gleichzeitig ihre Hände von Ivan.

„Ivan ist nun ein vollständiger Clankrieger, denn nur durch das Blut der Quelle und meinem eigenen Blut entsteht diese Verbindung. Er wird einige Stunden in diesem Zustand verweilen und dann werden wir sehen, ob er über den Berg ist."

Mehit wollte diese Zeit nutzen, um mit Jonathan über Ramos zu sprechen. Nachdenklich fragte er sich, wo er abgeblieben war. Doch bei all diesen Ereignissen war es schwer, auch noch auf einen Geist aufzupassen.

Maddy schleppte sich verschlafen in die Küche, wo Jane und John sie begrüßten.

„Da bist du ja. Wir haben uns schon Sorgen gemacht. Wo warst du denn gestern?", fragte Sophie neugierig, wobei ihre Augen nach einem Anhaltspunkt suchten.

„Ich hatte gestern viel zu tun." Sie versuchte es beiläufig klingen zu lassen.

„Ich hätte euch Bescheid sagen sollen", antwortete sie mit einem Gähnen.

John reichte das Brotkörbchen zu Sophie, während er Maddy eindringlich musterte. Sein Gesicht sah abgespannt aus, so als hätte er auch die halbe Nacht durchgemacht.

Sophie griff nach einem Sesambrötchen und legte es auf den Teller.

„Wir sollten bald mit dem Tanztraining beginnen, denn so viel Zeit haben wir nicht mehr bis zum Ball." Johns Worte hatten für Maddy einen seltsamen Unterton. Es kam ihr so vor, als ob er etwas vor ihr verbarg. *Sehe ich jetzt schon in jedem einen potenziellen Feind?*

„Ach, ja, genau ... da war ja noch etwas." Was allen, bis auf John, ein Schmunzeln ins Gesicht trieb.

„Kaffee, meine Liebe?"

„Sehr gerne, am besten eine ganze Kanne", antwortete Maddy ihr liebevoll. Als sie Jane ansah, überkam Maddy ein schwermütiges Gefühl. Niedergeschlagen senkte sie ihren Blick und starrte auf die Tischplatte. Auf einmal verschwamm alles um sie herum. Ihre Augen brannten und die Stimmen um sie herum drangen nur noch dumpf an ihr Ohr. Sie rang mit ihrer Fassung und schallte sich. *Verflucht, Maddy, reiß dich zusammen!* Ihr Puls fing an zu rasen, als sie wieder aufblickte. Hektisch ging ihr Blick durch die Küche und blieb dann am starren Blick von John hängen. Seine Augen flößten ihr Unbehagen ein. Ihr Körper reagierte mit einem lähmenden Gefühl.

„Was?", fragte sie leicht überzogen.

Seine Gesichtszüge waren emotionslos und sein kalter Blick ließ Maddy das Blut in den Adern gefrieren. Gleichzeitig verspannte sich Ament auf der Krankenstation, so dass Mehit ihn eindringlich musterte.

„Irgendetwas ist mit Maddy", gab er gequält von sich. Im selben Moment verließ er den Raum und sauste nach oben. Mit einem fragenden Blick blieb Mehit bei Ivan zurück.

In atemberaubender Geschwindigkeit stand Ament in der Küche und ließ die Situation auf sich wirken. Er konnte nichts Ungewöhnliches feststellen. *Sollte mich mein Blut getäuscht haben?* Es verwirrte ihn, denn offensichtlich gab es keine Bedrohung, die er gerade in seinen Adern gefühlt hatte. Er lief auf Maddy zu und setzte sich dann neben sie.

„Morgen, Ament", kam etwas abwertend von Sophie, wobei John ihn ebenfalls nur mit einem Nicken bedachte.

Maddy fühlte auf einmal eine Kälte, die durch den Raum zog und wusste, dass diese nicht von Ament ausging. Ihre Hand, die bislang auf ihrem Oberschenkel gelegen hatte, suchte nach der starken Hand von Ament.

Er nahm ihre Hand in seine. Seine braunen Augen richteten sich eindringlich auf Maddy, die wie angewurzelt dasaß. Ihre zierliche Hand fühlte sich eiskalt an und das ließ ihn unruhig werden. *Was verursacht diese Kälte?*, fragte er sich, während er eine kleine Welle seiner Hitze in seine Hand schickte. Ihm kam es so vor, als wenn Maddy geistig abwesend war. Sein Beschützerinstinkt erwachte und zeigte sich in einer Ausstrahlung, die ihn wie versteinert wirken ließ.

Maddy bekam von alledem kaum etwas mit. Sie fühlte die Wärme, die Aments Hand ausstrahlte, und doch drängte sich dieser Schleier vor ihr geistiges Auge. Orientierungslos blickte sie sich in der Küche um und war eingehüllt in diesem Hauch. Es kam ihr so vor, als ob sie den Raum von einer anderen Perspektive betrachtete und dieser spiegelte ihr die zwei Welten wider, zwischen denen sie sich bewegte. Es reflektierte ihr die menschliche Welt. Normalität. Im Gegensatz dazu tat sich der Boden auf und sie konnte die untere Etage sehen, in der die gnadenlosen Vampire lebten, die ihre eigene Welt organisierten und sie beschützten. Dann drehte sich die Perspektive vor ihren Augen und Maddy konnte ihr eigenes Spiegelbild sehen. Dort bildete sie das Schlüsselstück zwischen ihnen. Als ihr die ganze Tragweite bewusst wurde, überrollten sie große Emotionen. Ganz in Gedanken bekam sie nicht einmal mit, dass Jane eine Tasse Kaffee vor ihr auf den Tisch gestellt hatte. Als sie von Sophie angesprochen wurde, riss diese sie aus ihrer Traumwelt. Maddy stieß die Tasse um, und der gesamte Kaffee verteilte sich auf der Tischplatte.

„Oh, Mist!"

„Ist nicht schlimm", sagte Jane, die mit einem Tuch auf den Tisch zulief.

„Bist heute aber schreckhaft", sagte Sophie sanft, wobei sie sich Marmelade auf ihr Brötchen strich.

Nun stellte Maddy erst fest, wie heftig sie Aments Hand gedrückt hatte. Ein Mensch hätte sich wahrscheinlich beschwert, wie sich ihre Fingernägel in seine Hand bohrten, doch nicht Ament. Dieser starrte sie nur stumm an, und sie war froh, ihn an ihrer Seite zu haben. Er gab ihr Zuversicht und Geborgenheit, sie wusste, dass ihr in seiner Nähe nichts passieren konnte. Optimistisch erwiderte sie: „Tja, das ist halt so, wenn man bis tief in die Nacht lernt."

„Was lernst du denn?", hinterfragte John kritisch.

Sie griff nach der ihr angebotenen neuen Tasse Kaffee und trank einen Schluck.

„Na, so ein Anwesen führt sich ja nicht von alleine, oder? Ich muss nicht nur Etikette und Tanz lernen, sondern auch den Verwaltungskram begreifen." Sie runzelte die Stirn. „Und deshalb werde ich jetzt auch weitermachen. Kommst du, Ament? Du musst mir noch ein wenig über den Fuhrpark erklären." Sie zwinkerte ihm zu und beide liefen an den verdutzt guckenden Gesichtern vorbei aus der Küche. Vor der Tür atmete sie tief aus und schloss kurz ihre Augen.

„Bist du in Ordnung?" Irritiert blickte er zu ihr.

Sie lehnte sich an seinen Arm und flüsterte:

„Bring mich schnell nach unten."

Er griff nach ihr und setzte sie einige Sekunden später vor der Kommandozentrale wieder ab.

Ihr Atem ging schwer.

Ament war ratlos, denn er wusste nicht, was er tun sollte. Er schob sie einfach vor sich her, als Raban von seiner Tastatur aufsah.

„Na meine Liebe, gut geschlafen?"

Maddy nickte ihm zu.

„Wenn du möchtest, erzähle ich dir den neusten Tratsch aus der Welt der Untoten. Ich werde kein Detail auslassen und stell dir vor, du musst nicht mal etwas dafür bezahlen." Er beugte sich über den Tisch und zwinkerte ihr zu.

Sie lächelte ihn an.

Ament verzog die Mundwinkel und schüttelte ablehnend den Kopf. *Dieser verrückte Kerl. Aber seine Art heitert sie auf, wenigstens etwas,* dachte er sich.

„Ach wenn wir schon dabei sind, der russischen Matrjoschka, geht es so weit gut", flachste Raban.

„Matrjoschka? Du meinst diese Puppen, die man ineinander stellt? Heißen die nicht Babuschka, oder Mamuschka?", fragte Maddy interessiert.

Raban lehnte sich auf seinem Stuhl zurück und zitierte:

„Babuschka oder Mamuschka werden die Püppchen fälschlicherweise genannt. Es bedeutet so viel wie Großmutter oder Mama, hat aber nichts mit den eigentlichen Puppen zu tun. Es ist eher eine Verniedlichung."

„Ist er nicht ein schlaues Kerlchen?", neckte Ament.

„Davon kannst du dir eine Scheibe abschneiden, wo, teile ich dir dann noch bei Gelegenheit mit." Ein verschmitztes Lächeln umspielte seine Lippen.

Ament raffte die Schultern und verließ den Raum.

Vorsichtig formulierte Raban seinen nächsten Satz. „Beschäftigt dich etwas?"

„Du kannst mir auch nicht helfen." Sie wollte es beiläufig klingen lassen, doch Raban richtete sich auf und bohrte seinen Blick in sie.

„Ich … ich bin verunsichert. Menschen, Vampire und Seherin. Was kommt als Nächstes? Ich komme mir vor, als ob ich zwischen zwei Welten hin- und hergerissen bin. Und trotzdem fühle ich mich zu beiden Seiten hingezogen. Meine menschliche Familie bedeutet mir sehr viel, aber ihr, ihr alle hier, bedeutet mir genauso viel, und das nach so kurzer Zeit. Wenn mir vor ein paar Monaten einer erzählt hätte, es gibt Vampire, ich hätte ihn ausgelacht. Aber nun, da ich weiß, dass ihr wirklich existiert und ein ähnliches Leben führt wie wir, kann ich nicht verstehen, wie ihr euch so bedeckt halten könnt?"

„Maddy, wenn wir uns zeigen würden, würden uns die Menschen jagen. Solch eine Hetzjagd ist in den Jahrtausenden, die es uns gibt, schon oft vorgekommen. Einige von uns waren der Meinung, sie müssten die Menschen beherrschen. Doch der größte Teil von uns will nur in Ruhe leben, neben euch Menschen. Unter den Menschen gibt es Ausnahmefälle, Männer und Frauen, die Kriege anzetteln, Regime stürzen, nur um sich dann selbst auf einen Thron oder an die Regierungsspitze zu setzen." Genau nach dem gleichen Prinzip agieren auch einige aus der Vampirbevölkerung. In diesem Punkt sind sich der Clan und der Rat ausnahmsweise einig. Die Menschen sollten nichts von unserer Existenz wissen."

„Theoretisch könntet ihr doch die Menschen unterjochen, oder? Ihr seid viel stärker und ihr lebt viel länger als wir."

„Theoretisch schon. Isfets Leute sind an solch einer Idee sehr interessiert. Denn wenn sie den Meistervampir auferstehen lassen könnten, würden sie mit ihn einen Krieg anzetteln, den wir alle nicht gewinnen könnten."

„Dieser Meistervampir, was kann er?" Ihre Neugier war geweckt.

„Ortischa zum Beispiel ist Trägerin des Elements Erde. Wohl gemerkt ein Element. Der Meistervampir würde alle vier Elemente in sich bergen. Nimm dazu noch die Flora und die Fauna. Durch das Blut des Clanoberhauptes würde seine Macht alles überschreiten, was wir bisher kannten."

„Was ist denn an Jonathans Blut so anders?"

„Im alten Reich wäre Jonathan der oberste Beamte gewesen, der nach dem Pharao der zweite Mann im Staat war. Dieser Titel kommt einem Wesir gleich. Diese Position ist die höchste juristische Instanz in unserer Bevölkerung. Warum sein Blut verändert ist, dass kann ich dir leider nicht sagen. Dazu müssten wir ihn schon selbst fragen." Leicht resigniert irrte sein Blick durch den Raum.

„Wie? Du weißt etwas nicht?", stichelte sie. „Das kann nicht sein. Nicht der schlaue Raban."

„Sehr witzig, mein Fräulein. Aber hinter dieses Geheimnis werde ich noch kommen, glaube mir." Sogleich speicherte er dieses Vorgehen auf seiner To-do-Liste ab.

„Ich verstehe von Tag zu Tag mehr. Jonathan hatte mir auch einiges erzählt, aber da war ich noch gar nicht aufnahmebereit für die Dimensionen, die das Ganze in sich birgt. Außerdem wurden wir dann angegriffen und die Unterhaltung haben wir seitdem nicht mehr fortgesetzt."

Über den Lautsprecher ertönte ein Piepen.

„Raban? Könntest du ins Labor kommen? Ich benötige deine Hilfe für einen Moment", sagte Conzuela.

Fragend schaute er zu Maddy, die ihm zunickte.

Er drückte den Knopf für die Gegensprechanlage.

„Bin gleich da!" Dann wandte er sich an Maddy. „Kann ich dich einen Moment alleine lassen, oder soll ich jemanden holen?"

„Nein, geh ruhig. Ich warte hier."

Er sauste aus der Kommandozentrale.

Ihre Gedanken rotierten. *Wo war eigentlich Ramos?* Auf einmal wurde ihr bewusst, was sie durcheinander gebracht hatte. Sie griff sich mit ihrer Hand an den Mund. *Oh, mein Gott. Ramos! Er birgt alle vier Elemente in sich. Mehit hatte gesagt, sie haben ihm nach dem Unfall im Stall alle ihr Blut gegeben. Das würde also heißen, dass Ramos … oh, mein Gott. Jetzt fehlt ihm vielleicht nur noch das Blut von Jonathan und er könnte seinen nicht vorhandenen Körper wieder erlangen. Wäre das wirklich möglich? Aber Raban sagte auch noch etwas von der Flora und Fauna. Aber dann haben meine Vampire also auch probiert, einen Meistervampir zu erschaffen? Wollten sie auch die Herrschaft erlangen? Konzentrier dich!*, ermahnte sie sich. Sie zog ihr Handy aus der Tasche und tippte eine Nachricht an Mehit.

Dieser stand nach zwei Sekunden neben ihr und musterte sie.

„Was ist los? Deine Nachricht klang dringend." Er kniff leicht die Augen zusammen.

„Können wir hier reden?" Sie deutete auf die hochtechnische Anlage.

„Lass uns in den Trainingsraum gehen." Er wusste, dass sie darauf anspielte, dass dieser Raum vielleicht abgehört werden konnte. Beide liefen den Flur entlang, bis sie an der Tür zum Trainingsraum ankamen. Sie traten ein und Mehit verschloss hinter ihnen die Tür.

„Gibt es Neuigkeiten bezüglich … Ramos?" Das letzte Wort sprach er so leise aus, dass Maddy Schwierigkeiten hatte es zu verstehen. Doch an seinen Lippen konnte sie den Namen ablesen.

„Ja und nein. Weißt du, wo er ist? Ich nämlich nicht."

„Das kann ich dir auch nicht beantworten, leider. Zumal ich auch noch keine Möglichkeit hatte, mit Jonathan zu sprechen." Er senkte seinen Blick.

Nun fing Maddy an:

„Ich hatte mit Raban ein intensives Gespräch. Er erklärte mir, warum ihr Vampire euch nicht zu erkennen gebt. Dann einiges von der Entstehung, welche Stellung zum Beispiel Jonathan innehat, und dann noch über die Schöpfung des Meistervampirs." Forschend richtete sie ihren Blick auf ihn.

„Du hattest mir gesagt, dass Ramos damals von euch vier Elementen jeweils Blut bekommen hatte."

Mehit nickte zustimmend.

„Wolltet ihr einen Meistervampir erschaffen?"

Nun klappte ihm die Kinnlade runter.

„Nein … wollten wir nicht. Wie kommst du auf so etwas? Wir wollten ihm das Leben retten." Seine Augen irrten durch den spärlich beleuchteten Raum und sein Puls hämmerte durch seine Adern.

„Dann sag mir, ob wir Ramos mit dem Blut von Jonathan wieder in seinen normalen Körper zurückholen könnten."

Einen Moment überlegte Mehit.

„Das kann ich dir nicht beantworten. Ich weiß nicht, ob das eine Möglichkeit wäre. Wie? Im luftartigen Zustand wäre das sicher unmöglich, im Wasser und Feuer auch nicht - aber vielleicht in der Erde?" Er griff sich mit seiner großen Hand an sein markantes Kinn.

„Dazu müssen wir mit Jonathan sprechen, was wir sowieso tun sollten."

„Das werden wir auch. Doch im Augenblick hat er andere Dinge um die Ohren. Das mit Ivan wird sich in den nächsten Stunden entscheiden und dann steht noch die Verbindung an."

Aufgebracht sagte sie:

„Wie? Heute? Warum sagt mir das denn keiner! Ich erfahre wieder mal alles als Letzte", wobei sie die Augen verdrehte.

„Nein, die beiden haben das eben erst entschieden und dieses Mal soll es wirklich stattfinden", bestätigte er überzeugend.

Maddy sah zu ihm.

„Dann drücken wir mal die Daumen. Nicht dass Ament wieder einen Rückzieher macht. Er liebt Conzuela. Man sieht es ihm an."

„Ich bin zuversichtlich, dass das heute Nacht klappt. Ebenso soll Raban heute in den Clan aufgenommen werden."

„Dann wird das wieder eine turbulente Nacht."

Er nahm sie in den Arm und drückte sie.

„Ja."

Ihr Puls schlug schnell und Mehit genoss diesen Moment, indem Maddy ihm so nah war. Er hatte sie schon in sein Herz geschlossen, was ihn selbst überwältigte.

Auch Maddy fühlte sich bei Mehit geborgen. Sie hörte sein Herz in dieser breiten Brust schlagen und das erfüllte sie mit Zuversicht. Sie würde an seiner Seite alles schaffen können. Er versprühte eine so große Gelassenheit und Sicherheit. Diese beiden Komponenten spiegelten sein ganzes Wesen wider.

Er löste sich aus der Umarmung:

„Gehen wir zurück?"

„Ja, lass uns gehen. Vielleicht sollten wir mal bei Ivan vorbeisehen?"

„Wenn du das möchtest."

„Ja, ich will sehen, ob er es geschafft hat."

Nebeneinander liefen sie den Flur entlang und trafen auf Ortischa. Sie trug ihre schwarze Lockenmähne offen und ihr Körper strotzte vor Eleganz in den dunklen Klamotten und ihren High Heels. Hinter ihr kam eine eher zerzaust wirkende Angel zum Vorschein. Ihre Haare hingen platt an ihrem Kopf herunter. Ihr Gesicht war fahl und das Leuchten in ihren blauen Augen war eingetrübt. Sie trug immer noch dieselben Anziehsachen und hielt sich bedeckt hinter Ortischa.

„Wir wollen zu Ivan, kommt ihr mit?" Mehits tiefe Stimme drang durch den Flur.

Beide Frauen nickten und folgten ihm und Maddy zur Krankenstation. Als die Vier durch die Tür der Krankenstation traten, wandte Ament seinen Kopf in ihre Richtung und rollte mit den Augen.

„Gibt es schon Neuigkeiten?", fragte Mehit.

Die anderen postierten sich im Raum und starrten auf Ivan, der immer noch regungslos im Bett lag.

Ament schüttelte den Kopf und raffte die Schultern. Er musterte Angel, die sich in die hinterste Ecke auf einen Stuhl verzogen hatte und von dort auf Ivan blickte. Er deutete mit einer Kopfbedeckung auf Angel und Mehit verstand, was er ihm damit sagen wollte.

Mehit ging zum Kühlschrank und nahm einen Blutbeutel heraus.

„Das ist zwecklos! Madame möchte sich nicht nähren!", sagte Ortischa schnippisch. „Das habe ich auch schon probiert. Sie will erst wieder etwas zu sich nehmen, wenn Ivan über den Berg ist!" Sie warf Angel einen schneidenden Blick zu.

Mehit hielt in seiner Bewegung inne und sah Ortischa strafend an.

Maddy drängte sich an Ortischa vorbei und trat dicht an Mehit heran. Sie streckte ihre Hand nach dem Blutbeutel aus. Er runzelte seine Stirn, als sie ihm den Beutel aus der Hand nahm. Wortlos ging sie auf Angel zu, die leicht zurückzuckte.

Ament, Mehit und Ortischa zogen gleichzeitig die Luft scharf ein, als sich Maddy vor sie kniete.

„Du musst dich nähren, denn du brauchst Kraft."

Angel drängte sich weiter nach hinten und ihr Blick ruhte auf Maddy wie eine Schlange, die ihr Opfer ins Visier nahm.

„Geh ... bitte ... weg!", knurrte sie hervor.

Mehit stand im Nu neben ihr und Ortischa postierte sich auf der anderen Seite.

Doch Maddy ließ sich davon nicht beirren.

„Angel, das ist dein Name? Mein Name ist Maddy. Ich weiß, die Situation ist nicht einfach für dich. Aber du solltest dich nähren, denn wenn du HIER außer Kontrolle gerätst, werden dich die anderen wegsperren oder Schlimmeres. Das verspreche ich dir!"

Angel sah auf und ihre trüben, blauen Augen spiegelten Argwohn wider.

Maddy hielt ihr den Blutbeutel vor das Gesicht und Angel schluckte angestrengt. Hektisch sah Angel zu Mehit und Ortischa, die in Alarmbereitschaft waren. *Sollte ich Maddy auch nur ein Haar krümmen, würden diese Clankrieger mich in der Luft zerfetzen.* Ihr Hunger zerrte an ihr wie ein Tiger an seiner Beute. Das Lebenselixier in den Händen von Maddy betrachtend, kämpfte sie gegen ihn an und verlor. Ihre Fangzähne bohrten sich an ihrer Unterlippe vorbei an die Oberfläche und strahlten im Licht der Neonröhren. Vorsichtig streckte sie ihre Hand nach dem Beutel aus, wobei Mehit und Ortischa aus tiefster Kehle knurrten.

Beherzt reichte Maddy ihr den Beutel und im selben Moment bohrten sich auch schon ihre Fangzähne durch das Plastik. Sie trank in tiefen Schlucken den Beutel leer. Sie fühlte, wie es sich ihre Kehle hinunterschlängelte und sie mit neuem Lebensgeist erfüllte. Ihr getrübter Blick wurde schnell wieder klarer. Dann wischte sie sich mit dem Handrücken über die Lippen.

„Siehste, geht doch", drang an Angels Ohr. Diese gefühlvollen Worte kamen von Maddy, die immer noch vor ihr kniete.

Quälend kam ein „Danke" über ihre Lippen. Sie war zutiefst beschämt, dass sie sich erst von Maddy überreden lassen musste, etwas zu sich zu nehmen.

Maddy gesellte sich zu Ament, der wie aus Stein gemeißelt dastand.

„Wie geht es ihm?", fragte sie in die Stille hinein.

„Alles okay", erwiderte er.

Da er immer noch ihre Nervosität fühlen konnte, die ihr aus jeder Pore kroch, wollte er sich von ihr nichts vormachen lassen.

„Willst du mich zu Conzuela ins Labor begleiten?"

Maddy sah zu ihm auf und wusste, dass Ament kein Nein akzeptieren würde. Sie nickte.

Ament trug heute seine schulterlangen Haare offen, die sich über sein schwarzes T-Shirt ausbreiteten, dessen Ende er in eine schwarze Hose gestopft hatte. Seinen Schritt hatte er dem von Maddy angepasst. Er sprach kein Wort, aber das war sie gewöhnt. *Wenn ich ihm jetzt sage, dass ich bei John vorhin in der Küche ein komisches Gefühl hatte, wird er ihn gleich unter die Lupe nehmen. Verständlicherweise. Aber wenn ich mir das nur eingebildet habe, setze ich John einer Prozedur aus, die er nicht verdient hat. Anlügen brauche ich ihn auch erst gar nicht, denn diese Vampire haben einen Sensor für so etwas. Was mache ich denn nun?*, fragte sich Maddy, als sie an der Kommandozentrale vorbeiliefen.

Raban hatte dort wieder an seinem Schreibtisch Platz genommen und sah interessiert den beiden nach, als sie zum Labor abbogen.

Aus der Reichweite von Raban blieb Ament stehen und lehnte sich mit der Schulter an die Wand.

Maddy wandte sich, bis sie ihn ansah:

„Ament, es ist nichts." Sie versuchte, so ruhig wie möglich zu bleiben.

In seinem Gesicht bewegte sich kein Muskel, als er auf sie herabstarrte. Der störrische Krieger nahm sie ins Visier und es war ihr unangenehm.

„Maddy?", argwöhnte er mit gedämpfter Stimme.

„Es ist wirklich nichts. Ich hatte in der Küche ein komisches Gefühl. Ich weiß, ich war aufgebracht. Aber es bestand keine Bedrohung."

So wie sie das Wort Bedrohung aussprach, konnte Ament erkennen, dass mehr dahinter steckte.

Nervös kaute Maddy auf ihrer Unterlippe herum, was Ament nur noch mehr bestätigte.

„Mach mir nichts vor!"

Mit rollenden Augen sah sie ihn wieder an und seufzte:

„Ich hatte ein komisches … Gefühl. Es fühlte sich … kalt an. Als wenn der ganze Raum auf einmal einen Temperatursturz erlebt hatte." *Das war zumindest nicht gelogen.*

Ament gab sich damit nicht zufrieden und drückte seinen Unmut damit aus, dass seine braunen Augen anfingen zu leuchten.

„Nun noch bitte den Rest", kam von ihm.

„Okay, okay, ich gebe mich geschlagen."

Er zog eine Augenbraue erfreut nach oben.

„Dieses Gefühl kam bei John hoch." *Jetzt war es raus.*

Er stieß sich von der Wand ab und atmete tief ein, so dass sein Brustkorb anschwoll. Das T-Shirt spannte sich über seine harten Muskeln, die sich verkrampften, weil er die Hände zu Fäusten geballt hatte.

„John also?" Bei ihm klang das nach einer Kampfansage.

„Da ist nichts. John kann doch nichts wegen meiner Gefühlsregung." Sie winkte mit ihrer Hand ab. „Er ist doch keine Bedrohung?" Sie schlug ihre Augen auf wie ein scheues Reh.

„Werden wir sehen!" Überzeugend klang das nicht.

Als sie ihren Weg zum Labor fortsetzten, griff Maddy nach seiner Hand. Dieser blieb abrupt stehen und fixierte sie.

„Da wäre noch etwas." Nun richtete sich seine volle Aufmerksamkeit auf sie.

„Du solltest mit Mehit sprechen."

„Warum?"

„Da gibt es noch etwas. Ach warte." Sie griff in ihre Hosentasche, zog ihr Handy heraus und tippte eine SMS.

Nach einigen Sekunden stand Mehit vor ihnen und seine kristallblauen Augen leuchteten.

„Wir müssen es Ament sagen."

Ament verstand kein Wort und wollte Klarheit.

„Um was geht es hier?" Die Unwissenheit zermürbte ihn.

Mehit sagte:

„Wir wollten erst mit Jonathan sprechen! Du erinnerst dich?"

Dass Maddy ihn in diese Zwickmühle gebracht hatte, erzürnte ihn. Entschlossen drehte er sich zu Ament.

„Wir sagen es dir, sobald wir grünes Licht haben. Einverstanden?", sagte er gedrungen.

Dieser riss seine Augen weit auf und sogleich bildete sich ein roter Schimmer in ihnen.

„Okay", brachte er nur hervor und setzte dann seinen Weg zum Labor allein fort.

Mehit lehnte sich mit seinem Rücken gegen die Wand und ließ seinen Kopf dagegen gleiten.

„Es gefällt mir auch nicht, mit dieser Information zu warten. Wir sollten Jonathan jetzt gleich aufsuchen und ihm alles erzählen."

Maddy griff nach seinem Arm.

„Nicht heute. Heute ist die Verbindung von Ament und Conzuela. Wir dürfen ihnen diese Nacht nicht kaputtmachen, weil Jonathan abgelenkt ist. Bitte Mehit, lass uns morgen mit ihm reden!"

„Okay!"

7. Kapitel

Die Kirchturmuhr schlug sechs Mal. Darauf hatte Elisa nur gewartet. Genau zu dieser Zeit war der Schichtwechsel im Hause ihres Vaters. Sie stand am Fenster und hielt ihr Handy in der Hand. Sie hatte eine Nachricht an Susan vorbereitet und fieberte seit Stunden diesem Augenblick entgegen. *SUCHE BITTE M.* hatte sie geschrieben und drückte nun auf Senden. Sie ließ den Sendebalken nicht aus den Augen, bis ihr das Handy anzeigte: *NACHRICHT GESENDET.* Sie schloss kurz ihre Augen und atmete erleichtert durch. *Die Nachricht ist durchgegangen, Gott sei dank.* Ihre Anspannung wich aus ihrem Körper. Sie steckte das Handy in ihre Hosentasche und blickte auf die Straße, wo die Menschen mit Einkaufstüten entlanghetzten oder in Cafés saßen und die Abendsonne genossen. *Ich wäre gerne so frei wie die Menschen. Aber nein, ich sitze hier in diesem goldenen Käfig und muss obendrein in drei Tagen in ein Kloster. Ich will da nicht hin. Es muss einen anderen Weg geben. Ich hoffe nur, dass Susan es schafft, Mehit zu finden. Wenn sie ihm von meiner Situation erzählt, vielleicht hilft er mir dann. Aber ... vielleicht ist es ihm auch egal. Ich erwarte viel zu viel. Warum sollte sich ein Clankrieger, den ich gerade mal ein paar Stunden kenne, gegen den Rat stellen und sich in Gefahr bringen? Es ist eine aussichtslose Situation. Ich werde mir wohl einen Plan B überlegen müssen.*

Unterdessen hatte Maddy ihre erste Tanzstunde mit John im Blauen Salon abgehalten. Er war mit ihren Vorkenntnissen sehr zufrieden und hatte ihr gesagt, dass sie nur noch etwas am Feinschliff arbeiten müsste.

Maddy war froh, dass sie sich zur Tanzstunde durchgerungen hatte, denn sonst wäre ihr der Verdacht gegen John weiter im Kopf herumgespukt. Keinerlei Anzeichen waren aufgetreten und das beruhigte sie.

„Dann ist mein Auftritt jetzt akzeptabel genug und wir müssen nicht mehr viel daran ändern, oder?"

„Nein, nicht mehr viel. Ich muss Edward mein Kompliment aussprechen. Er hat wirklich gute Arbeit geleistet und den Rest bekommen wir auch noch hin."

„Gut, dann machen wir für heute Schluss. Wir könnten einen schönen Spaziergang im Park machen. Möchtest du nicht mitkommen?"

Sophie erhob sich von der Couch.

„Nein, ich hab noch einiges zu tun."

John trat an Sophies Seite und beide verließen Hand in Hand den Salon. An der geöffneten Tür drehte sich John noch einmal um und fragte:

„Dann bis später zum Abendessen?"

„Ja, bis später, viel Spaß", erwiderte Maddy freundlich. Damit schloss John die Salontür.

Mit langsamen Schritten ging sie auf Mehit zu, der noch auf der Couch verweilte. Sie sah ihm an, dass es ihn immer noch beschäftigte, nicht mit Jonathan gesprochen zu haben. Sein Stirnrunzeln war ihr während ihres Tanzunterrichtes aufgefallen. Sie wollte nicht, dass er sich schlecht fühlte.

„Ruf Jonathan an und sag ihm, wir treffen uns in der Bibliothek." Ihre Stimme klang ruhig und sachlich. „Ich möchte nicht, dass es dich zermürbt. Sag auch Ament und Ortischa Bescheid, denn dann sollten alle informiert werden, oder?"

Erleichterung spiegelte sich in seinem Gesicht wider. Er holte sein Handy hervor und tippte die Kurzwahlnummern. Es dauerte keine Minute, da ging die Flügeltür auf und Jonathan trat ein, gefolgt von Ament und Ortischa, die alle neugierig in ihre Richtung blickten.

Ortischas High Heels hämmerten auf dem Parkettboden, als sie sich neben Mehit setzte.

Mit etwas Abstand blieb Ament stehen und verschränkte seine muskulösen Arme vor seiner Brust.

Der einzige, der dicht an Maddy herantrat, war Jonathan. Er und alle Anwesenden spürten die Nervosität, die Maddy quälte. Aus jeder ihrer Poren kroch die pure Angst. Trotz der Schwingungen verhielten sich alle ruhig und warteten ab.

„Wer passt auf Ivan auf?", durchbrach Jonathan die erdrückende Stille.

„Raban, Conzuela und … na ja, Angel", beim letztgenannten Namen verzog Ortischa die Mundwinkel.

Alle konzentrierten ihre Blicke auf Maddy, die einen Schritt von Jonathan wegtrat. Ihre weit aufgerissenen Augen starrten Mehit an und er nickte ihr aufmunternd zu.

„Ich muss euch etwas sagen", fing sie an und Jonathan überlegte, ob sie wieder auf ihren Pakt zu sprechen kam.

„Ich habe jemanden kennengelernt." Nur zögerlich kamen ihr die Worte über die Lippen. Alle schauten verwundert. „Ihr kennt ihn! Ihr habt ihm … vor langer Zeit das Leben gerettet." Ihre Emotionen kochten über, so dass ihr vor Aufregung die Hände zitterten.

Die Augenbrauen von Jonathan zogen sich leicht zusammen. Als Maddy weitersprach, klappte sein Kiefer nach unten.

„Es ist … René, oder, wie ihr ihn nennt, Ramos."

Diese Neuigkeit übertraf alles, was Jonathan in den letzten Jahrhunderten erlebt hatte.

Ortischa riss die Augen auf und war sprachlos.

Ament verkrampfte sich bei diesem Namen. Er biss die Zähne so fest aufeinander, dass es schon schmerzte.

„Das kann nicht sein!", knurrte Jonathan verblüfft.

„Doch ... es kann! Mehit kann es euch bestätigen." Sie deutete mit ihrer Hand in seine Richtung.

Schlagartig drehten sich Jonathan und Ortischa zu Mehit um. Den brodelnden Ament konnte Mehit in seinem Rücken spüren.

„Bist du dir sicher?" Jonathans Stimme klang, als wenn sie jeden Moment brechen würde.

„Einhundertprozentig", war seine Antwort. „Er ist schon die ganze Zeit hier. Wir konnten ihn nicht wahrnehmen, da er in den Elementen unterwegs ist. Ich wollte es zuerst auch nicht glauben, doch ich habe ihn gesehen und mich mit ihm unterhalten. Eine Unterhaltung wäre zu viel gesagt. Er kann sich in den Elementen nicht verständigen, deshalb habe ich die Fragen gestellt und er hat mit einem Nicken oder Kopfschütteln geantwortet."

Jonathan lauschte seinen Worten und versuchte zu realisieren, wie das möglich war.

Alle dachten, er wäre damals bei dem Attentat gestorben. Dass seine Leiche nie gefunden wurde, war jedoch ein Rätsel geblieben. Anscheinend hatte er überlebt, was alles in ein gänzlich anderes Licht rückte.

Ortischa rang immer noch mit ihrer Fassung und zupfte nervös an einer Locke herum.

„Wo ist er?", zischte Ament wütend hervor.

„Ich kann ihn rufen, wenn ihr das wollt", rief Maddy. „Doch eins möchte ich noch sagen. ICH habe ihn gefunden und somit steht er unter meinem persönlichen Schutz."

Verwundert über diese heftige Reaktion überlegte Jonathan. *Warum beschützt sie ihn?* Seine grünen Augen funkelten. „Es wird nichts geschehen, was wir nicht vorher mit dir abgesprochen haben. Maddy, wir sind ein Team, schon vergessen?"

Maddy nickte, trat an den Kamin und machte eine einladende Handbewegung in Aments Richtung.

„Könntest du ... bitte", kam zuversichtlich über ihre Lippen.

Ihm war das gerade recht, so konnte er wenigstens etwas von seiner aufbrausenden Energie abbauen. Er streckte den rechten Arm aus und ließ sein Element emporschießen. Der Feuerstrahl kam kontrolliert im Kamin an und entfachte dort die Holzscheide. Im Nu stand das trockene Holz in lodernden Flammen. Es knisterte und kleine Funken sprühten. Es gefiel ihm, dass Maddy das Element Feuer für diese Probe aufs Exempel gewählt hatte. So konnte er jeder Zeit dem

Feuer die gesamte Energie entziehen, wenn die Situation entgleisen sollte. Zufrieden senkte er seinen Arm.

Den verwirrten Blick von Jonathan durchbrachen Mehits Worte.

„Er kann sich nur in den Elementen zeigen", erklärte er.

Beobachtend sah Maddy das Feuer an.

„Ramos?", flüsterte sie, während sie das Feuer weiter fixierte. Doch es geschah nichts. „Ramos!" Nun etwas kräftiger. Keine Reaktion.

„RAMOS! Du kannst dich zeigen! Jonathan wird dir glauben, er hat dich doch erschaffen."

Jonathan war irritiert, dass Maddy so viel darüber wusste, aber als er Mehit ansah, wusste er, woher ihre detaillierten Informationen stammten.

Die Flammen fraßen sich durch das Holz, doch es zeigte sich kein Ramos.

Dieser stand an dem bodenlangen Fenster und hatte das Geschehen aus sicherer Entfernung beobachtet. So nah allen zu sein, war für ihn eine ungewohnte Situation. Er hielt sich immer im Verborgenen und nun sollte er in die Flammen treten und sich zeigen? War er dazu bereit? Er hatte sich zwar Mehit offenbart, aber würden die anderen auch so reagieren? *Soll ich ihnen entgegentreten? Sie haben mich erschaffen. Sie haben mich als Mensch nicht sterben lassen. Dann werden sie es jetzt auch nicht tun. Oder?* Er blickte zu Maddy, die von ihm abgewandt vor dem Kamin stand. *DU glaubst an mich, das weiß ich.* Dabei legte sich ein Lächeln auf seine Lippen. *Wenn du dort alleine stehen würdest, wäre ich dir schon erschienen. Aber ...* er schüttelte den Kopf.

„RAMOS!" Abermals drang Maddys Stimme durch die Bibliothek. Ihre Stimme drohte zu ersticken. Er musste sich entscheiden.

„Ramos, zeig ... dich, bitte. Sonst glauben sie mir nicht." Eindeutig war ein Schluchzen zu hören. Selbstzweifel überkamen ihn. Es war das, was er sich all die Jahre gewünscht hatte. Einen Weg aus diesem jämmerlichen Dasein zu finden. Nun war der Moment gekommen und er zögerte.

Maddy sank auf ihre Knie. *Zeig dich bitte. Zeig dich doch endlich,* flehte sie innerlich.

Bei den anderen machte sich Unruhe breit.

Schwebend trat Ramos neben Maddy und blickte auf sie herab. Er griff mit Händen an seinen Kopf und stöhnte vor sich hin.

Maddys Kopf schoss in die Höhe und sie schnupperte.

„Du bist hier", flüsterte sie. „Der Duft ... du musst es sein." Sie gewann ihre Zuversicht zurück.

Mehit und die anderen suchten den Raum ab, konnten ihn aber nicht wahrnehmen. Der Duft von Jasmin stieg ihnen genauso in die Nasen.

Nun gesellte sich Mehit zu Maddy.

„Ramos? Wir wissen, dass du hier bist." Seine Stimme war ruhig wie ein See. „Du willst doch nicht, dass alle hier glauben, dass Maddy und ich uns das nur eingebildet haben?" Seine Augen suchten akribisch nach einem Anhaltspunkt, den es nicht gab. Es verstrichen einige Minuten, doch nichts geschah.

„Gut, wenn du nicht willst, dann können wir ja wieder gehen. Schade, wirklich schade, ich hätte dir mehr zugetraut. Du solltest dir mal ein Beispiel an ihr nehmen." Dabei deutete er auf Maddy. „Sie ist mutiger als DU!", provozierte er ihn absichtlich.

Der Duft verstärkte sich und Mehit wusste, dass er auf dem richtigen Weg war. „Komm." Dabei nahm er ihre Hand und wollte sie mit sich ziehen. „Wir können ihn nicht zwingen. Du hast alles versucht. Mach dir keine Vorwürfe. Wenn er so ein Weichei ist, dann soll er bleiben, wo er ist."

Maddys Kopf hob sich, und als er ihre Hand leicht drückte, verstand sie, was er ihr damit signalisierte.

„Du hast Recht, Mehit. Wir haben weiß Gott andere Sachen um die Ohren, als uns mit einem Phantom abzugeben."

Shit. Nun kochte Ramos' Wut über. Seine Maddy wandte sich von ihm ab, das konnte er nicht zulassen. In dem Bruchteil einer Sekunde schoss er ins Feuer und richtete zu seiner vollen Größe auf.

Erschrocken sahen die anderen dem Schauspiel zu, während Mehit und Maddy sich zugrinsten, denn ihr Plan hatte funktioniert.

Seine gewaltige Statur verschlug den Anwesenden die Sprache. Er überragte Mehit ein kleines Stück, wo er nun aufrechtstand. Sein ganzer Körper glühte wie flüssige Lava und seine rot glühenden Augen leuchteten lichterloh.

Maddy löste ihre Hand von Mehits und trat auf den Kamin zu, was Ament, Jonathan und Ortischa gar nicht gefiel. Ihre Reaktion auf das, was vor dem Kamin gerade passierte, war eher blankes Entsetzen.

„Bleib zurück!", knurrte ihr Jonathan mit ausgefahrenen Fangzähnen entgegen. Er konnte sich kaum konzentrieren, denn seine unbändige Macht war in die hinterste Ecke gekrochen und verhielt sich so, als ob sie eingeschüchtert wäre, was ihn verunsicherte.

„DAS ist Ramos." Stolz lag in ihrer Stimme.

Nun durchschaute auch Ramos ihren Plan. Seine Mimik spiegelte die Erkenntnis wider. *Sie haben mich reingelegt. Na wartet. Wahrscheinlich hätte ich mich wirklich wie ein Waschlappen wieder verzogen. Das war eine reife Leistung.*

„Siehste war doch gar nicht so schlimm, oder?", flachste Mehit. Sogleich hielt er sich die Rippe, denn Maddy hatte ihn heftig den Ellenbogen hineingerammt.

„Lass das. Er soll nicht gleich wieder gehen." Sie schenkte ihm ein liebevolles Lächeln und er versank in ihren großen blauen Augen.

Es erfüllte ihn mit tiefer Sehnsucht, als sie auf ihn zutrat. Er hätte sie am liebsten in seine Arme geschlossen und sich bei ihr bedankt, doch das war nicht möglich, außer er würde riskieren, sie zu verbrennen. Sein Blick war felsenfest auf sie gerichtet. Trotzdem war er auf der Hut vor den anderen Vampiren, die ihn eindringlich musterten.

Jonathan löste sich als Erster aus seiner Starre. Seine Augen erglühten, als er sprach.

„Ramos." So wie er seinen Namen aussprach, hallte pure Poesie durch den Raum. „Du hast dich ... weiterentwickelt." Dabei nahm er seine kräftige Statur in Augenschein.

Ramos drehte seinen Kopf in seine Richtung und nickte ihm zu.

„Dass du dich in den Elementen bewegst, wussten wir nicht." Immer noch traute Jonathan seinen Augen kaum. „Wir werden einen Weg finden, dir zu helfen, wieder in eine menschliche Form zurückzukehren." Nachdenklich glitt seine Hand an sein Kinn.

Ramos formte mit seinen Lippen ein DANKE.

„Moment mal! Wer sagt euch denn, dass er wirklich die Elemente beherrscht?" Diese zynische Aussage kam im rollenden spanischen Akzent von Ortischa. „Das soll er doch erst einmal beweisen!" Fordernd hob sie ihre Hände und beschwor ihr Element herauf. Die Erdfontäne, die sie unweit vom Kamin platzierte, wuchs bis auf einen Meter Höhe an. Erst dann senkte sie die Arme mit den Worten. „So, dann zeig mal, was du drauf hast!" Ihre braunen Augen glühten wie Rauchquarze.

Ramos kniff seine Augen zusammen. *Kaum zeigt man sich, schon soll ich ...* Weiter kam er mit seinen Gedanken nicht, denn Maddy antwortete für ihn.

„Das wird keine Schwierigkeit für ihn sein!", und forderte Ramos mit einer fließenden Handbewegung auf, es allen zu demonstrieren.

Er glitt mühelos aus dem Kaminfeuer in den luftartigen Zustand über, um sogleich in den Sandberg zu tauchen. Mit gesenktem Kopf erhob er sich aus dem Sand und die Körner hingen an ihm wie Magnete. Als er sich zu seiner vollen Größe aufgerichtet hatte, hob er langsam den Kopf und blickte Ortischa ernst an.

Diese konnte vor Erstaunen nur ihre Hand vor den Mund halten und stammelte an ihrer Handinnenfläche etwas auf Spanisch.

Nun war es Ament, der sich aus dem Hintergrund äußerte. „Den Test hat er bestanden!" Das war eine Feststellung.

Als Ramos seine Arme vor der breiten Brust verschränkte, rieselten einzelne Sandkörner auf den Boden.

„Okay, okay ... er hat bewiesen, dass er es kann. Trotzdem müssen wir herausfinden, wie du in diesen Zustand gekommen bist. Wir sollten jede Sekunde von damals durchgehen, damit wir Anhaltspunkte haben." In Jonathans Kopf sprudelten die Fragen, die er ihm alle stellen wollte. „Da haben wir eine Menge vor uns."

Gedankenverloren tigerte Jonathan durch den Raum. Sein Blick schweifte zwischendurch immer wieder zu Ramos und dann zu den anderen. *Sollte ich damals einen Fehler gemacht haben. Ich habe ihm von allen Vieren Blut gegeben, um ihn am Leben zu erhalten. Das hatte funktioniert, doch habe ich nicht gedacht, dass er nach dem Attentat überhaupt noch lebt. Seine Leiche wurde nie gefunden und nun erschließt sich auch der Grund dafür.* Sein Blick glitt wieder zu ihm. *Die Körpermasse gleicht sehr der von Ament, Mehit und ... Stevo. Sollte das ...*

Ament war gerade im Begriff, etwas zu sagen, als alle Handys gleichzeitig summten. Sogleich schossen Jonathan, Ament und Ortischa aus der Bibliothek ins Untergeschoss.

„Was ist los?", fragte Maddy irritiert.

Mehit sah ihnen nach und antwortete ruhig.

„Ivan wird wach."

„Sollten wir nicht auch runtergehen?"

„Wenn du das möchtest?" Er blickte sie mit seinen kristallblauen Augen an.

„Ja, ... nur, was ist mit Ramos?" Suchend glitt ihr Blick durch den Raum.

Ramos schwebte keinen Schritt entfernt von Maddy. Ihn hatte die Situation überwältigt.

„Ramos? Bist du noch da? Bitte zeig dich." Ihr Blick wanderte zwischen dem Sandhaufen und dem Feuer hin und her.

Im Sekundenbruchteil schoss er wieder in den Sandhaufen.

Erschrocken trat Maddy einen Schritt zurück.

„Ihr Vampire habt etwas für spektakuläre Auftritte übrig. Daran werde ich mich noch gewöhnen müssen. Kommst du mit nach unten?"

Aber Ramos schüttelte den Kopf und deutete mit seiner Hand in Richtung Tür.

„Du meinst, wir sollen alleine gehen?" erklärte Mehit.

Es folgte ein Nicken.

„Und was machst du?" Sie wollte ihn nicht alleine lassen, aber sie wollte auch sehen, wie es Ivan geht. Dieser Zwiespalt nagte an ihr, so dass sie auf ihrer Unterlippe herumkaute.

Er richtete seinen Zeigefinger auf sich und dann in Richtung Decke, wobei seine Mundwinkel ein Lächeln andeuteten.

„Dann sehen wir uns später?" Die Zusicherung wollte sie wenigstens von ihm haben. Auch das bestätigte er.

„Gut, ... dann bis später", verabschiedete sie sich.

„Wir sehen uns, Kumpel", fügte Mehit hinzu. Die Art, wie er es sagte, berührte sein Herz. Daraufhin hob Ramos den Daumen und verzog die Lippen zu einer geraden Linie.

Mehit musterte ihn eindringlich. *Sollte Ramos mehr sein, als er wusste.* Damit wandte er sich ab und folgte Maddy aus der Bibliothek.

Er sah beiden nach, bis die Tür geschlossen wurde. *Wow, das war ja eine interessante Begegnung. Die Gesichter hätte man fotografieren müssen, vor allem das von Ortischa sah sehr blass aus.* Er feixte in sich hinein und wich aus dem Sand in das luftartige Element. *Wie geht es nun weiter? Werden sie mir helfen? Oder haben sie das nur vor Maddy gesagt, um sie zu beruhigen. Ich traue ihnen noch nicht. Okay, Mehit scheint ganz in Ordnung zu sein. Bei ihm fühle ich eine gewisse Verbundenheit. Aber bei den anderen ... warten wir es mal ab. Dieser Ament scheint ein ganz harter Knochen zu sein und Ortischa ist ein bissiges Frauenzimmer. Selbst Jonathan verheimlicht etwas vor mir, ich konnte es genau an seiner Reaktion sehen, als ihm bewusst wurde, dass ich noch lebe. Der Muskel in seiner Wange hatte merklich gezuckt und kaum hörbar hatte er ein paar Worte gemurmelt, die anscheinend nur ich verstanden habe. Aber das würde ja heißen, dass mein Gehör noch besser ist, als das der anderen.* Dabei legte er seinen Zeigefinger an seine Lippen. Er schwebte durch den Raum bis zum Fenster und ließ den Abend auf sich wirken. Die letzten Sonnenstrahlen kämpften gegen ihren Untergang. *Vielleicht besitze ich noch mehr Fähigkeiten, als ich bisher ausprobiert habe.* Sogleich schoss ihm ein Gedanke durch den Kopf. *Wenn Jonathan mir wieder einen normalen Körper geben kann, werde ich meine Maddy selbst beschützen können.* Seine breite Brust schwoll dabei an. Er malte sich aus, wie es sein würde, wenn er an ihrer Seite stehen würde. Diese Aussicht beflügelte ihn. *Endlich sollte es eine Möglichkeit geben, diesem Fiasko zu entfliehen. Sollte ich wirklich mein Leben zurückbekommen? Sollte die Zeit des Wartens sich doch gelohnt haben? Sollte ich von diesem wertlosen Monster zu etwas Besserem mutieren?* Sein Kopf schwirrte. *Werde ich meine Mutter wieder in die Arme schließen können? Oh, mein Gott.* Doch dann trat noch ein ganz anderer Gedanke in ihm auf. *Was, wenn es nicht funktioniert? Wenn bei dem Versuch, mich zu verwandeln, etwas schiefgeht und ich ganz vernichtet werde?* Sein Puls beschleunigte sich und seine Fänge fuhren sich aus. Er knurrte in sich hinein und ballte seine Hände zu Fäusten. *Verdammt!* Mit einem Fluch schoss er durch die Decke bis hoch in den Dachboden.

Unterdessen hatten sich alle in der Krankenstation eingefunden. Ivan lag zwar immer noch ruhig im Bett, aber er hatte seine Augen einen Spalt geöffnet. Der violette Glanz seiner Augen war nicht mehr getrübt. Im Gegenteil, ein Funkeln war in ihnen zu sehen. Conzuela hatte ihn untersucht und Ament stand an ihrer Seite. Seine hünenhafte Gestalt überragte sie beschützend, doch ließ sie sich bei ihrer Arbeit nicht beirren.

Ament war so stolz auf sie. Sie konnte Leben retten, während er mehr für das Töten zuständig war. Diese Gegensätze zwischen ihnen faszinierten ihn. Sein Blick glitt zu Ivan, der leicht seinen Kopf anheben wollte.

„Wie fühlst du dich?", stieß Jonathan düster hervor, der sich am Bettende postiert hatte.

Ivan hob leicht den Kopf und sah zu Jonathan auf.

„Ggguuuttt", stammelte er. Es freute ihn, dass überhaupt ein Laut aus seinem Mund gekommen war. Nun drehte er seinen Kopf in Conzuelas Richtung und sah sie mit fragenden Augen an.

„Ich werde noch eine Stimmbanduntersuchung durchführen müssen. Danach kann ich dir sagen, ob alles in Ordnung ist." Die Aussage beruhigte ihn zwar, ließ jedoch noch ein kleines ABER hinterher schwingen. In seinem Kopf drehte sich alles. Er kam sich vor, als wenn er in einem Karussell sitzen würde, wo jemand auf Dauerbetrieb gestellt hatte. Seine Augenlider waren schwer wie Blei und so entschloss er sich, sie wieder zu schließen. Sein Körper war ausgelaugt und er konnte jeden einzelnen seiner Knochen spüren. Das Gefühl, das seinen Körper durchzog, war vergleichbar einer Armee, die jeden Knochen zerschlug und anschließend wieder zusammensetzte. Seine Nerven waren hochsensibel und seine Wahrnehmung schien beeinträchtigt.

„Er braucht noch etwas Zeit. Lasst uns in die Kommandozentrale gehen. Wir haben noch einige Sachen wegen heute Nacht vorzubereiten und zu besprechen." Damit wandte sich Jonathan vom Bett ab und verließ die Krankenstation in würdevoller Arroganz.

Ihm folgten Maddy, Raban und Ortischa.

Auf dem Weg dorthin verabschiedete sich Maddy und ging nach oben. Sie wollte sich noch zwei Stunden hinlegen, um für die Nacht fit zu sein.

Angel saß immer noch auf einem Stuhl in der Ecke mit dem Kopf an die Wand gelehnt. Ihre langen blonden Haare hingen platt an ihren Kopf. Sie hatte immer noch tiefe Augenringe und ihre Lippen sahen ausgetrocknet aus. Ihr gesamtes Erscheinungsbild glich einem menschlichen Drogenopfer.

„Komm, Angel, lass uns gehen. Wir können hier momentan sowieso nichts ausrichten. Ament und Conzuela werden sich melden, sobald es Neuigkeiten gibt." Dabei sah Mehit Ament direkt an, der ihm mit einem emotionslosen Ausdruck zunickte.

Doch die Worte kamen nicht bei Angel an. Sie hatte sich in sich zurückgezogen und starrte nur ins Leere.

„Angel?", rief Mehit nun. Erschrocken richtete Angel sich auf.

„Was ist?", brachte sie mit kratzender Stimme heraus.

„Ich sagte, lass uns gehen! Momentan können wir sowieso nichts ausrichten. Ament und Conzuela melden sich, sobald es Neuigkeiten gibt", wiederholte Mehit ruhig.

Sogleich erhob sich Angel und trat an das Krankenbett. Sie streichelte sanft mit ihren Fingerspitzen über Ivans Hand und dann suchten ihre Augen Mehits Blick.

„Ja."

Auf dem Flur wandte Angel sich an Mehit: „Könnte ich mich vielleicht irgendwo frisch machen? Ich fühle mich total ausgelaugt."

„Komm!"

Mehit ging voran zu einem der Gästezimmer. Er öffnete die Tür und ließ Angel eintreten.

„Hatte dir Ortischa nicht ein Zimmer zugewiesen?", fragte er.

„Nein", antwortete sie knapp.

„Du willst mir also erzählen, dass du seit deiner Ankunft weder geschlafen oder geduscht hast?" Seine Augenbrauen schnellten bei dieser Frage in die Höhe.

Es kam keine Antwort, was Mehit als ein Nein deutete. Er schüttelte den Kopf und nahm sich vor, mit Ortischa zu sprechen. Dass sie Angel nicht leiden konnte, hatte er schon mitbekommen, aber deshalb musste sie hier nicht wie ein Tier gehalten werden.

„Dort im Kühlschrank ist Nahrung. Das Bad findest du links. Ruh dich aus. Ich hole dich in zwei Stunden wieder ab, okay?"

Angel sah ihn über ihre Schulter mit einem trostlosen Ausdruck in den Augen an. „Ich danke dir."

Hätte Mehit nicht so ein gutes Gehör, wären ihre leise gesprochenen Worte nicht zu verstehen gewesen.

Er nickte ihr zu und schloss die Tür hinter sich. *Vermaledeit nochmal, Ortischa,* dachte sich Mehit, als er den Flur entlangschritt. *Als wenn wir es gebrauchen könnten, dass noch einer hier ausrastet.* Er bog noch einmal zur Krankenstation ab.

Conzuela sah auf, als Mehit wieder vor ihnen stand.

Ament legte seinen Kopf schief, als er den wilden und zugleich enttäuschten Blick von Mehit sah.

„Conzuela, ... ich müsste dich um etwas bitten."

„Was brauchst du?"

„Wenn du es entbehren könntest, ein T-Shirt, Unterwäsche und vielleicht eine Jeans?"

Erstaunt blickte Conzuela ihn an.

Ament runzelte die Stirn.

Ohne zu zögern antwortete sie:

„Kleinen Moment" und sauste zu ihrem Quartier.

„Für wen?", fragte Ament.

„Für Angel!"

Dieser kurz gehaltenen Antwort entnahm Ament, dass es Probleme gab. Doch es interessierte ihn nicht wirklich, was mit Angel los war, deshalb ging er nicht weiter auf das Thema ein.

Mit einer Tüte kam Conzuela wieder durch die Tür und reichte sie Mehit, der ihr mit einem kurzen Nicken dankte.

Als Mehit vor der Tür des Gästezimmers stand, war er immer noch wütend über Ortischa. Er klopfte und sogleich öffnete Angel die Tür. Sie ließ ihn eintreten und er sah, wie sie gerade einen leeren Blutbeutel in den Müll warf.

„Hier sind frische Sachen. Ich habe sie von Conzuela."

Er reichte ihr die Tüte entgegen.

Angel schaute ihn mit ihren blauen faden Augen an.

„Danke."

Dieses Wort kam von Herzen, das fühlte Mehit.

„Dann werde ich jetzt mal." Damit wandte sie sich ab, ging ins Badezimmer und schloss die Tür hinter sich.

Er verließ das Zimmer und auf dem Flur zog er sein Handy aus der Tasche.

„Raban, ich fahre in die Stadt, hole die Sachen von Angel und Ivan ab und werde das Hotelzimmer auflösen." Ohne eine Antwort abzuwarten, legte er auf und steckte das Handy wieder ein. Er schritt an seinem Quartier vorbei und griff nach seiner Lederjacke. In der Garage klopfte er sie nach seinem Schlüssel ab. Klimpernd machte er sich bemerkbar. Mehit griff beherzt in die Tasche und als er sie zu fassen bekam, hatte er plötzlich auch den kleinen Anhänger von Maddy in seiner Hand. *Den habe ich ja noch,* überkam es ihn. Er nahm ihn zwischen Daumen und Zeigefinger und hielt ihn hoch ins Neonlicht der Deckenbeleuchtung. Er glitzerte wie ein Brillant, obwohl keine Edelsteine in ihm verarbeitet waren. Sorgfältig steckte er ihn wieder ein und schloss den Reißverschluss an der Brusttasche. Dann bestieg er seinen Mustang. Langsam rollte er aus der Garage und beschleunigte erst, als er die Hauptstraße erreicht hatte.

Reges Treiben herrschte in der Kommandozentrale.

Raban hämmerte auf seiner Tastatur, nachdem er das Telefonat mit Mehit beendet hatte.

„Hat Mehit gesagt, wann er wiederkommt?", fragte Jonathan.

„Nein, hat er nicht", antwortete Raban.

„Es sind nur noch knappe drei Stunden bis Mitternacht. Ist alles in der Kapelle vorbereitet?", fragte Jonathan in Ortischas Richtung.

Diese besah sich ihre Fingernägel und schaute bei ihrer Antwort nicht einmal auf.

„Alles fertig." Ihre Stimme klang ziemlich abfällig, denn sie war der Meinung, dass diese Verbindung viel zu schnell getroffen wurde.

„Anschließend werden wir dann die Zeremonie und das Gelöbnis in der Gruft abhalten." Beiläufig schielte er zu Raban, doch dieser schaute hochkonzentriert auf seinen Bildschirm.

„Scheiße!" Hastig griff Raban zu seinem Handy und wählte. „Vergiss die Pension. Dort ist gerade ein Trupp des Rates und filzt das gesamte Gebäude."

Kurze Ruhe. „Okay, mach das. Aber denk daran, in ein paar Stunden haben wir was vor." Mit einem Grinsen legte Raban auf. Als er sich auf seinem Stuhl herumwirbelte, wurde er von zwei Augenpaaren regelrecht fixiert.

„Ich weiß nicht, wie der Rat dahintergekommen ist. Ich hatte Ivan einen Sensor und eine Kamera in die Pension liefern lassen, die er im Zimmer installiert hatte. Der Sensor hat vor einigen Sekunden angeschlagen und die Kamera hat mir die entsprechenden Bilder geliefert. Der Rat muss seine Spitzel überall haben."

Jonathans Handy piepte.

„Und soeben transportieren sie den Mercedes von Ivan vor meinem Büro ab!", fügte Jonathan hinzu. „Mein Butler hat mich gerade informiert."

„So langsam gehen die mir richtig auf den Sack. Es wird Zeit, dass wir mal dahinter kommen, warum der Clan auf einmal so interessant für den Rat ist. Ich werde mal sehen, ob ich mich nicht in das Computersystem von diesem Mr Hamilton hacken kann. Der scheint mir hier in irgendeiner Form der Drahtzieher zu sein." Ohne beide anzuschauen, wandte er sich ab und fing wie wild an, an drei Computern gleichzeitig zu arbeiten.

Keiner der beiden wollte ihn stören und so zogen sie es vor, sich ruhig zu verhalten. Sie setzen sich und warteten. Mehrmals fluchte Raban vor sich hin, als auf den Monitoren immer dieselben Warnungen in roter Schrift auftauchten.

KEINE BERECHTIGUNG, ZUGRIFF VERWEIGERT.

„Verdammter Mist ... nicht ... mit ... mir." Wieder flogen seine Finger über die Tastatur. Wieder ein Piepen. KEINE BERECHTIGUNG.

Nach zwei Dutzend weiteren Versuchen ohne Erfolg schmiss Raban seine schnurlose Tastatur einige Zentimeter nach vorne.

„Bullshit!", brüllte er. „Das kann doch nicht wahr sein. So ein verdammter Dreck. Welcher Mistkerl hat diese Sicherung eingebaut?" Er griff sich mit den Händen an die Schläfen und murmelte vor sich.

„Denk nach, Denk nachhhh ... verflucht ... das kann doch nicht so schwer sein." Er faltete seine Finger ineinander und drehte die Handinnenflächen in Richtung der Monitore. „Denk verdammt noch mal nach. Wer kann so viele Sackgassen einbauen? Wer kann das System so aufbauen wie ein Kartenhaus, welches bei der kleinsten Erschütterung in sich zusammenfällt und sofort auf einen anderen Server umgeleitet wird, wo sich sofort ein neues Kartenhaus erstellt. Denk nach, Raban." Er ermahnte sich abermals.

Jonathan und Ortischa wechselten hektische Blicke, wagten jedoch nicht einmal zu atmen. Dann flog der Stuhl nach hinten und Raban sprang auf. Zielstrebig ging er zum Kaffeeautomaten und befüllte einen Becher. Als er auf dem Rückweg war, nahm er nicht wahr, wie neugierig die beiden anderen im Raum ihn musterten. Er setzte sich wieder auf seinen Stuhl und überlegte.

Jonathan nickte Ortischa zu und deutete mit einer Kopfbewegung Richtung Flur. Sie verstand und beide verließen lautlos den Raum. Als sie einige Schritte entfernt waren, blieb Jonathan stehen und sagte:

„Die Situation wird immer undurchsichtiger." Diese Bemerkung hing in der Luft wie der Lärm von einer Salve Pistolenschüssen. Schweigsam gingen sie weiter.

„Wie ist die Lage?", fragte Jonathan, als beide die Krankenstation betraten.

Conzuela drehte sich um. „Seine Vitalzeichen sind so weit in Ordnung. Ament hat mir einige Dinge erklärt, was durch die Gabe von Maddys und deinem Blut mit Ivan passiert ist. Somit kann ich sagen, dass alles im Normbereich ist."

Nun schlug Ivan die Augen auf. Seine Sicht war dieses Mal klar und ... viel schärfer als vorher. Er versuchte, sich leicht aufzusetzen, was ihm auch problemlos gelang. Er musterte alle im Raum und wollte etwas sagen. Zögerte dann, weil er sich nicht sicher war, ob ihm seine Stimme gehorchte. Seine Lippen zuckten leicht. *Ich muss mich zusammenreißen,* schallte er sich. „Ich ... fühle ... mich gut", kam zögerlich aus seinem Mund. *Meine Stimme funktioniert wieder, Gott sei Dank.*

Jonathan legte seine Hände auf den Metallrahmen des Bettes.

„Gut. Dann können wir nachher die Zeremonie und das Gelöbnis durchführen. Du wirst dich noch umziehen müssen. Ortischa? Bring ihn in eines der Gästezimmer und unterweise ihn!"

„Kann ich schon ... aufstehen?" Fragend bohrten sich seine violetten Augen in Conzuela.

Doch Jonathan antworte ihm barsch:

„Ivan! Du bist jetzt ein Clankrieger, also verhalte dich auch wie einer!" Ein düsterer Schatten glitt über seine feinen Gesichtszüge, bevor er sich wütend abwandte.

Ortischa trat an das Bett heran und fauchte.

„Können wir!"

Conzuela schaltete sich dazwischen.

„Moment, Ortischa! Du kannst ihn gleich haben, wenn ich MEINEM Patienten gestatte, zu gehen!"

„Willst du mir jetzt sagen, dass du dich gegen das Wort von Jonathan stellst?" Ihre Augenbrauen zogen sich nach oben.

„Ich will mich gegen nichts stellen, ABER du wirst noch einem Moment warten müssen, oder soll er mit noch liegender Infusion losrennen?"

Ament amüsierte sich, obwohl er nach außen keinerlei Regung zeigte.

Knurrend drehte sich Ortischa um und lief aus der Krankenstation mit den Worten: „Ich warte draußen!"

Conzuela legte ihre Hand auf den Arm von Ivan. Sie verschloss den Zulauf der Infusion und zog behutsam die Nadel aus seiner Vene. Dann drückte sie kurz auf die Einstichstelle und binnen einer Sekunde war die Wunde geschlossen.

„So, jetzt kannst du aufstehen", sagte sie freundlich. Ament stand hinter ihr wie eine Mauer, die jeder Zeit explodieren könnte.

„Ich danke dir für alles, was du für mich getan hast, Conzuela. Du bist eine sehr gute Ärztin und der Clan kann sich glücklich schätzen, dich bei sich zu haben."

Conzuela nahm das Lob mit einem Nicken entgegen, während Ament sagte: „Als du nicht sprechen könntest, hast du mir besser gefallen."

Ivan schwang seine Beine aus dem Bett und sein Körper reagierte intensiver, als er es gewohnt war. Er konnte besser riechen, besser sehen und sein gesamter Körper fühlte sich an, als ob er definitiv mehr Kraft besaß. Dies zauberte ein Lächeln auf seine Lippen. Als seine Füße den kalten Fliesenboden berührten, genoss er das Gefühl, wieder lebendig zu sein. Er stemmte seine Füße in den Boden und stellte sich auf. Als er an sich herabsah, musste er feststellen, dass er nur mit einer Shorts bekleidet war. Er warf einen Blick über seine Schulter zu Ament.

„Soll ich halb nackt über den Flur laufen?" Sein russischer Akzent gab den Worten einen herben Klang.

Mit einer ruckartigen Bewegung warf Ament ihm einen Kittel über das Bett, ohne sich dazu zu äußern.

„Danke ... sehr freundlich." Er streifte sich den Kittel über seine breiten Schultern und drückte seinen Rücken durch, als er die Krankenstation verließ.

Ortischa lehnte an der Wand und strafte ihn mit Nichtachtung.

„Wir können!", sagte er trocken.

Sie stieß sich von der Wand ab und lief los. Ihre High Heels hämmerten durch den langen Flur und er folgte ihr.

Nachdem Conzuela alle Utensilien aufgeräumt hatte, stieß sie einen Seufzer aus. Sogleich stand Ament neben ihr. „Was ist?" Seine Augen suchten nach Anzeichen, die diesen Seufzer ausgelöst hatten.

„Alles in Ordnung. Ich bin froh, dass es Ivan wieder gut geht. Diese Kugeln, die damals auch dich getroffen hatten, waren mit solch einer Präzision gefertigt worden, ich frage mich immer noch, ob es nicht möglich wäre, den Hersteller ausfindig zu machen. Wenn dir Maddy damals nicht ihr Blut gegeben hätte, mein Gott, ich hätte dich verloren. Ament. ICH hätte nichts tun können." Sie sank an seine Brust und er schlang seine Arme um sie. „Ivan bedankt sich bei mir, obwohl ich nicht viel getan habe." Sie drückte ihre Stirn an seine Brust.

„Meinst du, Jonathan kann mir noch mehr über die Zusammensetzungen erklären ..."

Ament unterbrach ihren Redefluss, indem er seine Hand unter ihr Kinn legte und es anhob.

„Du bist für mich der Wahnsinn und alles andere ist indiskutabel."

Dann senkte er seinen Kopf und zielsicher trafen seine Lippen die ihren. Ihre Münder verschmolzen miteinander und seine Arme glitten über ihren Rücken. Ihre Körper erbebten und wurden von einem Kribbeln durchzogen. Schwerlich lösten sich beide voneinander und Conzuela rang nach Luft. Ihre Hände strichen von seinem Schlüsselbein hinunter über seine mächtige Brust und blieben dort liegen, als sie flüsterte:

„Ament so gut wie bei dir habe ich mich noch nie gefühlt."

Voller Aufrichtigkeit drangen ihre Worte an seine Ohren. Er senkte seine Lippen auf ihren Haaransatz und sagte: „So soll es sein."

Conzuela spürte, wie stolz er war, und das machte sie glücklich.

„Ich werde jetzt in unser Quartier gehen. Wir haben bald einen wichtigen Termin." Ihr gesamtes Gesicht erstrahlte.

„Mach das, denn wenn ich dich jetzt nicht gehen lasse, wirst du definitiv zu spät zu diesem Termin kommen!" Er schaute sie lüstern an. „Dafür ...", betonte sie „... werden wir sicher viel Zeit finden nach unserem Termin." Nun glitzerten auch ihre Augen und sie leckte sich nervös mit ihrer Zunge über die Lippen.

Ament beobachtete, wie ihre Zungenspitze die Lippen benetzte, und er musste sich zusammenreißen, nicht über sie herzufallen.

„Besser, du gehst jetzt."

Sie tauchte unter seinen Armen hindurch und schenkte ihm noch ein herzergreifendes Lächeln, bevor sie aus seinem Sichtfeld verschwand.

Ament holte tief Luft und begab sich dann in entgegengesetzter Richtung zum Quartier von Mehit.

In seinem Quartier war alles sehr gradlinig, ordentlich und doch fand Jonathan, dass hier ein heilloses Chaos herrschte. Er setzte sich an seinen großen Schreibtisch, nahm aus einer Schublade eine Flasche Whiskey und goss sich ein Glas ein. Die bernsteinfarbene Flüssigkeit schimmerte ihm entgegen. Er nahm einen großen Schluck und lehnte sich zurück. Schwungvoll legte er seine Beine auf die Schreibtischplatte. Sein Atem ging regelmäßig und seine Augen suchten den Raum ab. *Nur nicht die Kontrolle verlieren*, ermahnte er sich. *So kann es nicht weitergehen. Als Erstes werde ich die Verbindung zwischen Conzuela und Ament schließen. Die beiden haben ihr Glück verdient.* Er nickte sich selber zu. *Dann werde ich Ivan und Raban zu Clankriegern erheben sowie auch Conzuela. Bin gespannt, was Ament sagen wird. Ament? Sagen? Gar nichts wird er sagen, wie immer.* Er lachte auf. Dann schweiften seine Gedanke wieder zu den anderen. *Raban hatte es sich wirklich verdient, bei dem Einsatz, den er hier leistet. Ich bin so froh, dass ich ihn damals zu uns gerufen habe. Das war eine der besten Entscheidungen seit langem. Und Ivan? Er hat das Amulett aus dem Museum geholt und es fast mit seinem Leben bezahlt.* Er hielt das Glas mit beiden Händen an seine Lippen und überlegte, wobei sich seine Stirn in Falten legte. *Sie sind beide würdig, doch bin ich mir bei Ivan nicht sicher, ob er es wirklich ernst mit dem Clan meint. Das Amulett muss von Conzuela und Raban noch untersucht und mit dem goldenen Dreieck verglichen werden.* Nun kippte er den restlichen Whiskey hinunter. *Ich verstehe auch nicht, warum sich Eric nicht zurückmeldet. Es ist schon ein paar Tage her, seitdem ich ihm die Nachricht auf der Mailbox hinterlassen habe. Das wird, nein, das muss der nächste Schritt sein und ... dann ist da noch Ramos.* Nun schloss er die Augen und konzentrierte sich. *Ramos, Ramos ... wie konnte das passieren? Er wurde damals erschossen und fiel in den Springbrunnen. So wurde es überliefert. Normalerweise hätten ihn die Kugeln nicht töten können. Ihn schwächen, ja, aber nicht töten. Nein, getötet haben sie ihn auch nicht, sondern aufgelöst. Es gab nur fünf Personen, die wussten, dass er verwandelt wurde. Die vier Elemente und ich. Vielleicht wussten die Angreifer auch gar nicht, zu was wir ihn verwandelt hatten. Damals sind wir davon ausgegangen, dass die Attentäter dachten, René wäre das Enkelkind vom Earl. Von seiner Verwandlung in einen Vampir, der alle vier Elemente in sich birgt, konnte keiner wissen.* Nun presste er seine Lippen zu einer geraden Linie zusammen. *Ich muss unbedingt mit Ramos sprechen. Ach, verdammt das geht ja auch nicht. Ich muss einen Weg finden, mit ihm zu kommunizieren. Ich muss wissen, was damals passiert ist, vor, während und danach.* Er goss sich ein weiteres Glas ein und nahm einen Schluck. Er zog sein Handy aus der Tasche und das Display zeigte keine neuen Nachrichten. Er wählte die Nummer von Eric und sprach erneut auf die sich meldende Mailbox. Knurrend warf er das Handy auf den Schreibtisch.

„Mist", presste er hervor, obwohl ihm noch ganz andere Worte auf der Zunge lagen. Er sah auf seine Armbanduhr, die ihm anzeigte, dass es nur noch eine Stunde bis Mitternacht war. Er atmete tief durch, stellte das Glas ab und erhob sich.

Die Straßen von London wurden von der Dunkelheit verschlungen. Die Beleuchtungen der Cafés und Restaurants strahlten gegen dieses tiefe Schwarz an und teilweise gewannen sie den Kampf auch.

Das Taxi hielt vor der Bar und Susan bezahlte den Fahrer, der sie die ganze Fahrt über mit neuesten Nachrichten aus der Politik versorgt hatte.

Mit rollenden Augen stieg sie aus. Zielstrebig lief sie auf die Eingangstür zu. Zögerlich betrat sie das Etablissement, denn allein war sie noch nie in eine Bar gegangen. Sogleich drang ihr die südamerikanische Musik in die Ohren. Beschwingter ging sie weiter und ihre Augen suchten neugierig den Raum nach Ricky ab. Er hatte sie schon wahrgenommen, als sie aus dem Taxi gestiegen war. Dennoch wollte er ihr etwas Freiraum lassen und nicht gleich auf sie zustürzen. Als sie ihn erblickte, hob sie die Hand und winkte ihm zu.

Er schritt die wenigen Meter zu ihr und begrüßte sie mit einem freundlichen Lächeln, welche seine weißen Zähne zum Vorschein brachte.

„Susan, schön dass du es geschafft hast." Seine fast schwarzen Augen nahmen jede kleine Bewegung wahr.

„Hey, Ricky. Schön dich wiederzusehen."

„Komm, lass uns etwas trinken." Er griff sanft nach ihrer Hand und führte sie zwischen anderen Gästen hindurch zu einem der leeren Tische.

Jetzt konnte sich Susan erst einmal Ricky genauer betrachten.

Er trug ein weißes Hemd mit Fledermausärmeln, welches seinen leicht muskulösen Oberkörper umspielte. Dazu trug er eine schwarze Bundfaltenhose, die seinen knackigen Hintern ins perfekte Licht setzte. Schwarze Lackschuhe rundeten sein Outfit ab. Sein Gang war pure Sinnlichkeit. Seine schulterlangen Haare trug er zu einem Zopf gebunden und dies erinnerte Susan an den legendären Zorro. Er überragte sie um einen Kopf trotz ihrer Absatzschuhe, die sie sich extra neu gekauft hatte.

Ricky winkte der Kellnerin, die dann ihre Bestellung aufnahm.

„Du siehst bezaubernd aus", säuselte er. Er musste sich zurückhalten, nicht gleich über den Tisch zu springen, um über sie herzufallen. Ihr Ausschnitt lud ihn geradezu dazu ein, einen Blick zu riskieren.

„Danke schön." Sie schlug ihre Augen nieder, wobei ihre langen Wimpern einen Schatten warfen. „Du hast dich aber auch sehr herausgeputzt", gab sie zurück.

Die Kellnerin unterbrach das vertraute Miteinander und servierte die Cocktails.

Beide nahmen ihre Gläser, die mit Cocktailkirschen, Melone und Schirmchen dekorativ hergerichtet waren. Sie sahen sich beim Anstoßen tief in die Augen. Die Cocktails kühlten ihre erhitzten Gemüter etwas ab. Ohne weitere Worte stand Ricky auf und reichte Susan die Hand. Sie erhob sich und legte ihre Hand in seine. Ihr Puls fing an zu flattern und Ricky konnte seinen Durst gut unterdrücken, denn er hatte sich zuvor an zwei Menschen genährt. Er führte sie auf die Tanzfläche und umschloss mit seiner Hand sogleich ihre Taille.

„Das rote Kleid steht dir hervorragend. Wie das rote Tuch eines Toreros." Sein spanischer Akzent unterstrich diese Worte animalisch. Er zog sie an seine Brust und begann sich zu den rhythmischen Klängen zu bewegen.

Sie vergaß alles. Sie fühlte sich, als ob sie sich fallen lassen konnte. Ihre ganze Anspannung wich aus ihrem Körper.

Auch Ricky genoss, wie sich Susan an ihn schmiegte. Er schloss kurz die Augen und ließ den ersten Augenblick, als sie sich kennengelernt hatten, Revue passieren. Zuerst hatte er die Menschenfrau gar nicht beachtet. Doch als damals Mehit ihm zugenickt und er Susan aufgefordert hatte, war er in ihren Bann geraten. Mit einem kurzen Blick hatte er ihre Kurven inspiziert und schon nach den ersten Tanzschritten mit ihr wusste er, dass diese Frau mehr zu bieten hatte. Ihr Körper war willig zu lernen. Er fand es jedoch ein wenig sonderbar, dass sie in Begleitung von zwei Vampiren gekommen war.

Susan atmete schwer aus, was ihn aus seinen Gedanken riss.

„Was hast du?", flüsterte er.

Susan sah zu ihm auf und er versank in ihren Augen. Diese Bernsteinfarbe glänzte mit einer solchen Intensität, dass er dachte, er würde sich darin verlieren.

„Nichts, … ich fühle mich einfach fantastisch."

Während sie das sagte, beobachtete Ricky, wie sich ihre Lippen bewegten.

„Ein solches Kompliment geht runter wie Öl."

Sie schmiegte sich wieder an seine Brust, was bei ihm ein Gefühl auslöste, dass er so noch nicht kannte. Er war zwar schon immer bei Frauen sehr beliebt gewesen, doch nie hatte ihn eine so fasziniert wie Susan. Sie hatte etwas an sich, das ihn magisch anzog. Seit ihrem letzten Treffen hatten sie gerade zwei Mal telefoniert. Sie warf sich nicht gleich an seinen Hals so wie all die anderen. Sie war zurückhaltend, eher etwas schüchtern und dies heizte ihn umso mehr an.

Plötzlich griff ihm jemand an die Schulter und er fuhr herum, ohne Susan loszulassen. Er blickte in große schwarze Augen.

„Wie wäre es mit Partnerwechsel, Ricky?" Provokant stand eine Frau in einem knappen Oberteil und einen weichfließenden knielangen Rock vor ihnen und forderte Susan mit einer Handbewegung auf, zur Seite zu treten. Etwas abseits stand ein Mann in einem T-Shirt und Jeans. Dieser zuckte mit den Schultern.

Ricky visierte die Frau an und sagte barsch: „Wir sind nicht interessiert, Ronda!" Nachdrücklich zog er Susan noch dichter an sich. Er wollte sie auf keinen Fall eintauschen, da hätte er sich lieber die Hände abgehackt. Diese Reaktion, die in ihm brodelte, verwunderte ihn.

Nun schaltete sich Susan in die Situation ein, als sie merkte, dass beide sich kannten.

„Ach, kein Problem. Tanz ruhig mit ihr. Ich wollte sowieso gerade mal die Toilette aufsuchen."

Pure Ehrlichkeit klang in ihren Worten mit. Keine Eifersucht. Keine Feindseligkeit. Es verwirrte ihn.

Sie löste sich aus seiner Umarmung.

„Bis gleich", sagte sie und schenkte ihm ein verheißungsvolles Lächeln. Dann schritt sie in den hinteren Bereich der Bar und verschwand um die Ecke.

Sogleich trat die Vampirin auf ihn zu und in diesem Moment legte der Diskjockey eine heiße Rumba auf.

Sie warf sich in seine Arme und verschlang ihn mit ihren gierigen Blicken.

„Na, hast du dir dein Abendmahl schon organisiert", fragte sie lasziv, während ihre Hände an seiner Brust und seinem Hintern wie Honig klebten.

Mit einer eleganten Drehung drehte sie sich in seine Arme.

„Halt dich da raus! Kümmere dich um deinen Menschen", zischte er sie leise an.

Beide bewegten sich exakt zum Takt und ihre harmonischen Schritte verrieten, dass sie schon oft miteinander getanzt hatten.

Ronda war eine der Frauen seiner Spezies, die nicht die Finger von ihm lassen konnten.

„Wir sind heute aber gereizt. Lässt die Mieze dich nicht ran?", reizte sie ihn, wobei sie mit ihrer Zunge über ihre Lippen strich. Er hingegen drehte sie abermals, so dass sie sich nur noch an den Fingerspitzen berührten. Bei der nächsten Bewegung stand sie wieder vor ihm.

„Sie hat mehr Stil, als du je haben wirst!", knurrte er, bevor er sie abermals drehte. Nun löste sich seine Hand und er schubste sie sanft direkt in die Arme des Menschen. Dieser fing sie auf und Ronda warf ihm einen giftigen Blick über die Schulter zu.

Ricky versuchte, sie zu ignorieren und fixierte den Gang zu den Toiletten. Er holte tief Luft und konnte schon Susans Parfüm riechen, als sie eine Sekunde später um die Ecke bog. Ihr Gang betörte seine Augen. Das rote Kleid umspielte ihren Körper und das Dekolleté tat sein Übriges. Er konnte seine Augen nicht von ihr abwenden. Susan trat auf ihn zu und erlöste ihn aus seiner Starre.

„Wollen wir uns einen Moment setzen?"

„Wie du möchtest", antwortete er ihr und geleitete sie zu ihrem Tisch.

Nun breitete sich eine tödliche Stille aus.

Ricky wusste nicht, warum Susan auf einmal so ruhig war. Er fragte sich, ob es was mit der kleinen Einlage von Ronda zu tun haben könnte.

Sie nahm den Strohhalm in den Mund und saugte die rote Flüssigkeit hindurch. Als sie wieder aufsah, war ihr Blick verwirrt.

Er fragte: „Denkst du über etwas nach?"

Sie spielte mit ihrer Serviette, die sich unter ihrem Glas befand.

„Ja, ich sollte eigentlich nicht. Ich sollte den Abend mit dir genießen. Schließlich habe ich mich schon so darauf gefreut. Doch nun …", sie zögerte, bevor sie zu ihm aufsah. „Im Grunde genommen ist es so ein Mädchending."

Nun zog Ricky die Augenbrauen nach oben, denn er verstand nicht, um was es ging.

„Du kannst dich doch noch sicher an meine Freundin Elisa erinnern, mit der ich das letzte Mal hier war?"

Sicher konnte er das.

„Nun, ich glaube, sie hat beim letzten Mal ziemlichen Ärger bekommen. Sie sagte zwar, sie sei krank, doch in nehme ihr das nicht ab. Seit wir in der Klinik zusammen gearbeitet haben, war Elisa noch nie krank."

Ricky lauschte ihren Worten.

„Und jetzt … und jetzt soll sie zu ihrer Tante, und das für einige Monate."

Ricky streichelte über ihren Handrücken. Er überlegte, was Elisa dazu veranlasste, sich so viele Gedanken über ihre menschliche Freundin zu machen. Die Vampire gingen den Menschen eigentlich aus dem Weg, deshalb wunderte es ihn, dass die beiden anscheinend eng befreundet waren. Vielleicht wusste Susan ja nicht, dass Elisa eine Vampirin war.

„Aber da ist noch etwas", hakte Ricky nach.

„Bist du Hellseher?" Nun zuckten ihre Mundwinkel. „Ja, da ist auch noch etwas und ich verstehe es nicht."

„Sag es mir", drängte er. Mit Sicherheit konnte er ihr erklären, dass Vampire nicht gerade die besten Freunde des Menschen wären und sie nur Nahrungsaufnahme brauchten, aber damit hielt er sich zurück.

Susan nahm ihren Mut zusammen und sagte fast flüsternd: „Sie hat mir vorhin eine SMS geschickt, in der stand: Bitte suche M." Jetzt starrte sie ihn.

Ricky verstand erst nicht.

„Ich soll Mehit für sie suchen. Den Mann, der mir das Leben gerettet hat. Ach, ja, du kennst die Vorgeschichte ja nicht. Elisa und ich waren erst in einem

Club und dann haben wir uns einen Kaffee geholt. Als wir dann die Straße langliefen, bin ich gestolpert und auf die Straße gefallen. Mehit hat geistesgegenwärtig reagiert und gebremst, sonst hätte er mich überfahren. Anschließend sind wir dann in ein Restaurant gegangen und danach sind wir hier gelandet." Rickys Gehirn arbeitete auf Hochtouren. *Mehit hatte also die beiden erst kurz vorher kennengelernt. Elisa hatte etwas nervös gewirkt und als dann diese Eliteeinheit auftauchte und Elisa mitnehmen wollte, war Mehit verschwunden. Entweder wollte er keinen Stress mit dem Rat, denn er wäre spielend mit ihnen fertig geworden.*

Susan blickte ihn aufmerksam mit ihren großen grünen Augen an und sagte: „Du siehst so aus, als ob du nicht anwesend wärst."

„Doch, bin ich!" Er versuchte sich wieder auf Susan zu konzentrieren. „Jetzt denkst du, ich könnte dir helfen?"

Sie nickte ihm angeregt zu.

„Ja, das hoffe ich. Kennst du ihn näher? Kommt er oft hierher? Hast du eine Handynummer von ihm?" Die Fragen flogen ihm nur so um die Ohren, so dass er seine Hände hob und eine beruhigende Bewegung machte.

„Immer langsam, Susan. Ich muss dich leider enttäuschen. Ich kenne ihn nicht näher und ich habe ihn hier auch zum ersten Mal gesehen, als er mit euch unterwegs war."

Er sah, wie die Euphorie in Susans Blick verschwand.

„Eine Handynummer habe ich auch nicht, aber … ich könnte jemanden anrufen, der vielleicht helfen könnte."

Er wusste nicht, ob er sich damit zu weit aus dem Fenster gelehnt hatte. Doch die leuchtenden Augen von Susan spornten ihn an, alles daran zu setzen, Mehit ausfindig zu machen, damit er Susan wieder glücklich machen konnte.

„Das wäre wunderbar." Vor Freude klatschte sie in die Hände.

„Und … willst du den restlichen Abend auf deinem Stuhl festkleben? Ich würde gerne eine weitere Runde mit dir über das Parkett fliegen." Sie schob den Stuhl zurück, stand auf und reichte ihm die Hand.

Ricky zögerte nicht einen Moment, stand sogleich neben ihr und umfasste ihre Taille.

„Dann lass mich dir den Kopf verdrehen." Seine Lippen trafen sanft ihre Wange und Susan errötete, was sie noch verführerischer aussehen ließ. Gemeinsam betraten sie Tanzfläche und ihre Körper schmiegten sich aneinander.

8. Kapitel

Hektisch stieg Maddy aus der Dusche und rubbelte sich mit einem großen flauschigen Handtuch ab. Ihre nassen Haare klebten an ihrem Oberkörper, so dass sie nach einem weiteren Handtuch griff und sich dieses um die Haare schlang. Sie schlüpfte in einen Slip und schlang einen BH über ihre Brüste. Sie sah sich neugierig um, ob sie auch wirklich alleine war. Sicher konnte sie sich nicht sein, denn wenn Ramos in der Nähe wäre, hätte sie ihn nicht einmal bemerkt. *Würde er das tun? Mich heimlich beobachten?* Unbehagen durchzuckte sie, als sie sich daran erinnerte, dass unter der letzten Dusche eine Hand nach ihr gegriffen hatte. *Sollte er das gewesen sein? Oh, mein Gott. Wenn er es war, dann hat er mich nackt gesehen.* Panik stieg in ihr auf. *Ich muss ihn unbedingt fragen, ob ..., na klar, ich werde ihn fragen, ob er mich nackt gesehen hat und er wird ehrlich antworten.* Sie schüttelte den Kopf. *Das würde er nie zugeben, wenn es so wäre.* Sie griff nach dem Fön und schaltete diesen an. Nachdem sie ihre Haare gestylt und sich geschminkt hatte, ging sie ins Nebenzimmer, wo ihr neues Kleid auf ihrem Himmelbett lag. Sie nahm den weichen Stoff und schlüpfte hinein. Das Kleid saß perfekt. Dann zog sie ihre High Heels an und stöckelte zum Spiegel.

„Ja ... so kann ich gehen", rief sie aus. Dabei drehte sie ihre Hüfte von der einen zur anderen Seite.

Plötzlich klopfte es an der Tür. Maddy öffnete.

„Na, wie weit bist du?", fragte Jonathan neugierig. Er trug eine rote Robe, die bis zu seinen Füßen reichte.

„Ich würde mal sagen, ich bin bereit."

Jonathan zog seine Hand hinter seinem Rücken hervor und hielt ihr eine Schatulle hin.

„Dies hier wird das Ganze komplett machen. Es gehörte deiner Mutter. Sie hätte sicher gern gehabt, dass du es trägst." Damit ließ er den kleinen Verschluss aufschnappen und hob den Deckel an. Auf samtigen Untergrund lag ein Kollier mit Saphiren, die mit dem Licht um die Wette glänzten.

Maddy blieb der Mund offen stehen.

„Das ist atemberaubend", stieß sie hervor.

„Nicht so sehr wie ihre Trägerin." Seine Augen funkelten.

Zaghaft griff sie nach dem Kollier und hielt es an ihren Hals.

„Dreh dich um. Ich lege es dir an." Jonathan nahm beide Enden und hakte den Verschluss ein.

Schwungvoll trat Maddy noch einmal auf den Spiegel zu und betrachtete sich.

„Wahnsinn", kam ihr begeistert über die Lippen.

Nun reichte ihr Jonathan den Arm und sagte:

„Wollen wir, Milady?"

Maddy antwortete ihm: „Sehr gerne." Dabei neigte sie leicht ihren Kopf und trat an seine Seite.

Er geleitete sie den Flur entlang. An der Portaltreppe blieb er stehen.

„Wir wollen doch Ramos nicht vergessen. Würdest du ihn rufen?"

Maddys Augen fingen an zu leuchten und sogleich rief sie seinen Namen. Hektisch suchte sie nach einem Anhaltspunkt, doch es bot sich keiner. Kein Jasminduft. Nichts.

„Ramos! Was, wenn er mich nicht hören kann?"

„Das kann er, glaube mir."

Die Minuten, die folgten, kamen Maddy wie Stunden vor. Wie festgenagelt stand sie am Treppenabsatz.

Plötzlich drang ihr der lang ersehnte Duft in die Nase.

Hastig sagte sie: „Er ist da." Ihr Herz pochte kräftig in ihrer Brust.

„Siehste, ich habe es dir doch gesagt. Er kann dich hören."

„Ja, und nun? Ich kann ihn aber nicht sehen und die anderen auch nicht. Vor allem wie werden die anderen auf ihn reagieren und …"

Nun unterbrach Jonathan ihren Redefluß.

„Er wird uns begleiten. Die anderen sollten noch nichts von seiner Anwesenheit erfahren. Erst einmal müssen wir ihn ins Leben zurückholen und bis dahin müssen die anderen von seiner Existenz nichts wissen. Sie können ihm nichts tun, aber wir sollten mit seiner Offenbarung noch etwas warten."

Maddy war einverstanden und nickte. Nun flüsterte sie:

„Bleib in meiner Nähe!", was Jonathan ein wenig amüsierte, denn er wusste, dass Ramos keinen Zentimeter von ihrer Seite weichen würde.

Ramos glitt neben Maddy her und nickte ihr zu. Sie konnte ihn zwar nicht sehen konnte, wusste aber, dass er da war, und nur das zählte für ihn.

Als die Drei in der Kapelle ankamen, standen Raban und Mehit am Altar und richteten noch zwei Kelche her, die sie mittig platzierten.

Ortischa und Ivan saßen auf der ersten Bank.

Ivan war in eine schwarze Robe gehüllt, ähnlich der, die Maddy schon bei der Trauerfeier von Conzuelas Mutter gesehen hatte.

Das atemberaubende Kleid, das Ortischa trug, verschlug Maddy fast die Sprache. Der bordeauxfarbene Stoff schmiegte sich an ihren Körper und reichte bis zum Boden. Die schwarze Lockenmähne hatte sie in eine kunstvolle Hochsteckfrisur gebracht und passende Blüten im Haar eingearbeitet.

Als sie Maddy erblickte, erhob sie sich und trat auf sie zu.

„Perfekt. Das Kleid steht dir hervorragend", sagte sie freudig und entblößte dabei ihre weißen Zähne. „Und die passenden Schuhe trägst du auch", lobte sie.

„Etwas wacklig bin ich schon noch darauf, aber ich habe ja eine gute Stütze." Sie schielte zu Jonathan, der nur die Mundwinkel verzog.

Ortischa hob leicht das Kleid an, um die High Heels darunter hervorblitzen zu lassen. Sie passten genau zum Farbton des Kleides. „Die habe ich in letzter Minute bekommen, sonst wäre meine Laune sicher nicht so gut." Sie lachte.

Ivan hingegen sah angespannt aus. Sein Blick war rastlos und beobachtete jede Bewegung.

Auch Angel betrat nun die Kapelle, ging zielstrebig zu Ivan und setzte sich neben ihn. Sie hatte von Mehit eine Robe überreicht bekommen. Ihre blonden Locken hatten wieder ihren vollen Glanz und umspielten ihre Schultern. Doch ihr Blick war weiterhin glasig und abwesend.

Ortischa nahm Maddy an der Hand, führte sie auf die andere Seite der Sitzbänke und ließ sich dort mit ihr nieder.

Von dort musterte sie den schwarzen Designeranzug von Mehit. Er erinnerte sie an den Abend, als sie ihn darin das erste Mal gesehen hatte, auf Jacques Geburtstagsfeier. Wehmütig sah sie an und sogleich kam eine Erinnerung in ihr hoch. *Damals wusste ich nichts von der Existenz der Untoten und nun ... nehme ich an einer Vampirhochzeit teil. Wenn ich das Lizzy erzählen würde, die würde glatt umfallen.* In diesem Moment wurde ihr klar, dass sie seit diesem Zeitpunkt keinen Kontakt mehr zu ihr gehabt hatte. Maddy kam zu dem Entschluss, sich gleich morgen bei ihr zu melden. Ihre eigene Welt hatte sich so rasant verändert, dass ihre Freundin dabei auf der Strecke geblieben war. Nun schämte sie sich, als sie realisierte, wie schäbig das von ihr war. Doch im Moment war sie hier und würde Zeugin einer ganz besonderen Zeremonie werden, die die Menschen so nicht kannten. Dies lenkte sie schnell wieder ab.

Nun setzte sich Mehit auf die andere Seite von Maddy und sah sie mit seinen kristallblauen Augen an.

„Du siehst phantastisch aus, Maddy. Soll mal einer sagen, dass wir beide das nicht gut ausgesucht haben." Stolz schwang in seinen Worten mit.

Sie drückte wohlwollend seine Hand.

Die Flammen der roten Kerzen, die die Kapelle erleuchteten, waren so zahlreich, dass Maddy Mühe hatte zu erkennen, wie viele es waren. Dann richtete sie ihren Blick auf Jonathan, der an den Altar getreten war und die beiden Kelche betrachtete. Es folgte ein suchender Blick ins Mehits Richtung.

Dieser flüsterte ihr zu.

„In diesem Kelch werden Conzuela und Ament ihr Blut offiziell vereinigen.

Dann werden sie eine Art Ehegelöbnis sprechen und diese Kelche leeren. Bei uns ist das wesentlich unspektakulärer, als bei euch."

Maddy war dankbar für die Erklärung und wollte gerade eine Frage stellen, als alle verstummten.

Ramos betrachtete die Situation. Auch er war noch nie bei einer Vampirhochzeit, geschweige denn bei einer normalen Hochzeit gewesen. Für ihn war das alles Neuland, aber es gefiel ihm, konnte er doch all die anderen auf dem Anwesen befindlichen Vampire mal beisammen sehen. Aber das höchste Gut war, das er bei seiner Maddy sein konnte. Er hatte sich in der Reihe hinter ihr postiert und ließ sie keinen Moment aus den Augen. Es erfreute ihn, dass er nun jeder Zeit bei ihr sein konnte, ohne Angst zu haben. Dies war eine große Erleichterung, und doch haderte er mit sich. Jonathan hatte ihn zwar vorhin dazugerufen, aber er war sich immer noch nicht sicher, ob er das allein für Maddy oder auch für sich selbst getan hatte. Er hatte immer noch seine Zweifel und die würden auch nicht so schnell verschwinden.

„Sie kommen", sagte Mehit leise.

Maddy und die anderen schauten über ihre Schultern hinter sich. Mit leisen Schritten kamen Conzuela und Ament durch die Tür der Kapelle geschritten. Das rote bodenlange Kleid sah prächtig an Conzuela aus. Die roten Spangen in ihren Haaren funkelten wie Rubine und unterstrichen den warmen Farbton ihrer Haare. Sie trug wenig Make up, nur ihre Augen waren durch Mascara geschwärzt. Auf ihre Lippen hatte sie einen dezenten Rotton aufgetragen, der diese voller aussehen ließ.

„Sie sieht wunderschön aus", kam es Maddy über die Lippen und Mehit nickte zustimmend.

Ament war ebenfalls in einen schwarzen Designeranzug gehüllt und trug eine knallrote Krawatte. Seine Haare hatte er zu einem Zopf gebunden und sein Gesichtsausdruck war wie in Stein gemeißelt. Seine Augen verrieten seine Anspannung, denn ihr tiefes Braun hatte einen rötlichen Schimmer angenommen. So fixierte er nun einen nach dem anderen eingehend. Die massigen Schultern waren gespannt wie Drahtseile und man konnte eine Machtwelle spüren, als das Paar den Gang entlangschritt. Die Luft in der Kapelle war wie elektrisiert.

Bedächtig, aber zielsicher geleitete Ament seine Conzuela zum Altar. Nach ein paar einführenden Worten reichte Jonathan Conzuela einen Dolch, mit dem sie sich einen Schnitt in den Unterarm setzte. Das Blut wurde in einem der Kelche aufgefangen. Dann übergab Conzuela den Dolch an Ament, der es ihr gleich tat. Conzuelas Schnitt verlief fachmännisch gerade, Aments Schnitt hingegen ging wesentlich tiefer und war auch nicht so schön anzusehen. Aber er war ja auch kein Arzt, sondern ein Krieger. Als die Kelche leicht gefüllt waren, nahm

Jonathan sie und hielt beide in die Höhe und sprach Sätze in Altägyptisch, die die Gottheit Re und seine Tochter um ihren Segen anriefen.

Dann verneigte er sich vor Conzuela und Ament:
„Wollt ihr euch beide vor Re und seiner Tochter, der Maat, vereinigen, so sprecht mir nach:

„Ich teile mit dir mein Leben,
süchtig nach dir - aber nie eifersüchtig,
stolz auf dich - ohne arrogant zu erscheinen.
Dich möchte ich ein Leben lang – ohne an mich zu denken,
dich achten und dir bedingungslos vertrauen,
dir treu sein und für dich sorgen,
so soll es sein – solange ich lebe."

Beide wiederholten die Sätze huldvoll und im Einklang, so dass Maddy eine Gänsehaut überkam.

Dann reichte Jonathan beiden überkreuz die Kelche. Beide tranken diese bedächtig aus. Danach gaben sie sich einen Kuss und Jonathan sagte abschließend:
„Conzuela und Ament, eure Verbindung ist geschlossen."
Erleichtert lächelten sich beide an.
Anschließend reichte Jonathan Conzuela die Hand, zog sie an sich und küsste sie auf die Stirn.
„Willkommen in unseren Reihen." Vor Stolz schwoll ihm bei diesen Worten die Brust an.
„Danke", erwiderte Conzuela, wobei ihr Blick immer wieder den von Ament suchte.
Meine, hauchte er ihr wortlos entgegen.
Jonathan trat beiseite, damit die anderen ebenfalls gratulieren konnten. Bei den Vampiren war es der Brauch, dass man nur der Frau gratulierte. Denn einen Vampir durch eine Verbindung an sich zu binden, war Sache der Frau, und deshalb zollte man ihr auch den Tribut. Nachdem Ortischa, Maddy, Raban und Mehit an der Reihe waren, trat Ivan an Conzuela heran, was Ament kaum aushielt.
Er reichte ihr die Hand und sagte mit stark russischem Akzent:
„Ich gratuliere dir und ich möchte dir danken, dass du mein Leben gerettet hat." Er meinte es ehrlich.
Mit einem Blick bedankte sich Conzuela bei ihm. Als Angel auf sie zukam, sagte sie mit abwesender Stimme: „Ich möchte dir gratulieren und mich für deine Freundlichkeit bedanken, die du mir entgegenbringst."

„Gerne. Du bist immer willkommen, Angel."

Den letzten Satz hätte Ament lieber nicht gehört, doch nun konnte er jederzeit auf seine Frau aufpassen, dass beruhigte ihn ein wenig.

„Dann lasst uns mal anstoßen."

Auf einem Tablett balancierte Raban mit Champagner gefüllte Gläser vor sich her. Jeder ergriff eines und dann wurden mehrere Glückwünsche in die Höhe gejagt, bevor die Gläser aneinander klirrten und die prickelnde Flüssigkeit die Kehlen hinunterlief.

Mit einem Glas in der Hand bahnte sich Ivan seinen Weg zu Jonathan, der dicht bei Maddy stand.

„Jonathan! Maddy! Auch bei euch möchte ich mich bedanken. Ohne euch wäre ich nicht mehr am Leben. Ich weiß, ihr hättet es nicht tun müssen." Sein Blick ruhte auf beiden.

Maddy hob ihm ihr Glas entgegen.

„Ivan, ich bin froh, dass du es geschafft hast. Ich bin mir sicher, dass du dich dieser Aufgabe würdig erweisen wirst."

Über die Worte war selbst Jonathan erstaunt, denn besser hätte er es nicht ausdrücken können.

In seinen violetten Augen lag unendliche Dankbarkeit.

Jonathan sagte:

„Dann werden wir uns der zweiten wichtigen Sache der Nacht widmen", wobei er alle Beteiligten eindringlich ansah.

Anspannung kochte in Raban hoch. Nun sollte der Moment gekommen sein, dass er ein Clankrieger werden würde. Solange hatte er auf diesen Augenblick gewartet, er konnte seine Nervosität kaum noch bändigen.

„Na, nervös?", stichelte Mehit von der Seite.

„Lass mich in Ruhe", schnaubte dieser nur zurück.

Alle verließen die Kapelle.

Am Labor angekommen, befahl Jonathan:

„Geht schon mal vor!" Er trat ein und schloss die Tür hinter sich.

Mehit deutete auf einen weiteren Gang, an dessen Ende eine schwere Eisentür zum Vorschein kam. Diese öffnete er mental. Sie gab einen krachenden Laut von sich, als er sie anschließend nach innen aufzog.

Die Luft, die ihnen entgegenströmte, roch nach Erdreich und Nässe.

Entgeistert blickte Maddy in den tiefen dunklen Gang, der sich vor ihr offenbarte.

„Ament, könntest du vorangehen?", sagte Mehit trocken.

Mit seinen breiten Schultern bahnte er sich den Weg durch die anderen hindurch, ohne Conzuelas Hand loszulassen. Er trat vor und hob seine linke Hand nach oben. Sein Element loderte auf und ein Feuerball erleuchtete die ersten Meter des Ganges.

Sichtlich erleichtert trat Maddy dicht hinter Ament, gefolgt von den anderen. Innerlich musste sie sich gut zureden, auch wirklich einen Schritt vor den anderen zu setzen. Doch eines gab ihr Zuversicht. Ramos befand sich auch in diesem Gang. Dennoch verbreitete jede ihrer Poren pure Unsicherheit, so dass Mehit nach ihrer Hand griff und sie führte. Dankbar blickte sie zu ihm auf.

Der Gang war breit genug, dass bequem zwei Clankrieger nebeneinander laufen konnten. Auch die Höhe reichte aus, so dass sich keiner bücken musste. Die Wände, an denen sie entlangliefen, bestanden nur aus Erdreich, wo auch der Geruch herkam. Nach einigen Metern stiegen sie eine Steintreppe hinab. Auch der daran anschließende Gang ähnelte dem bisherigen. Sie nahmen mehrere Abzweigungen und Maddy versuchte, sich den Weg einzuprägen, doch es gelang ihr nicht. Nach kürzester Zeit hatte sie jegliche Orientierung verloren. Als sie kurz über ihre Schulter blickte, konnte sie in den Gesichtern von Raban, Ivan und Angel den gleichen Gesichtsausdruck erkennen, der sich auch auf ihrem widerspiegelte. Ihre Augen leuchteten in der Dunkelheit extremer, was sie noch bedrohlicher aussehen ließ. Auch sie wussten nicht mehr wirklich, wo sie gerade waren. Aber dies war auch beabsichtigt.

Ramos, der in Maddys Nähe schwebte, war fasziniert von dem unterirdischen Tunnelsystem. Er liebte solche Gänge, das hatte er schon als Kind getan. Damals war er immer wieder ins Labyrinth gegangen und hatte sich die Gänge eingeprägt, was ihm nun half, denn er erkannte das Muster wieder. Dieses Tunnelsystem schien exakt dem Labyrinth auf der Oberfläche zu gleichen, was ihm ein verschmitztes Lächeln ins Gesicht trieb.

Als sie einige Zeit umhergewandert waren, kamen sie an eine große Steinwand, die mit Mustern versehen war.

Mehit ließ die Hand von Maddy los und trat dicht an die Steinwand. Seine großen Hände packten den Stein und schoben ihn mit Leichtigkeit beiseite. Das schabende Geräusch, das dabei entstand, dröhnte Maddy in den Ohren.

Als Erster betrat Ament den Raum. Nun folgten ihm die anderen. Es bot sich ein Bild wie aus einer anderen Welt. Im Schimmer von Aments Feuermacht zeichneten sich ringsum Hieroglyphen an den Wänden ab.

Schlagartig jagte Ament seine Feuerkugel in die eine Ecke. Sogleich ging dort das in einer Eisenschale gestapelte Holz in Flammen auf. Er drehte sich um und schickte einen weiteren Feuerball in die gegenüberliegende Ecke, wo eine weitere Eisenschale stand. Der Raum erhellte sich und Raban, Maddy, Ivan und Angel sahen sich erstaunt um.

„Wo sind wir?", kam es Maddy als Erste über die Lippen.

Emotionslos antwortete Ament. „In der Gruft!"

Maddy hielt erschrocken die Luft an.

„Und was machen wir hier?"

Diese Frage lag auch den anderen auf der Seele.

Eindringlich sah Mehit sie an und sagte mit rauchiger Stimme: „Hier ... werden wir die Zeremonie und das Gelöbnis durchführen."

Maddy schaute nach unten und ihr Kleid sowie ihre High Heels waren ganz staubig, denn der Boden bestand aus Sand, so dass sie kaum Halt fand mit ihren Absätzen.

„Ist ja eine tolle Idee gewesen." Leicht verärgert schaute sie in die Runde.

„Ich kann dich zurücktragen, wenn du das möchtest." Auf Mehits hämisches Grinsen hin zog Maddy eine Grimasse.

Nun stakste sie durch den Sand auf eine der Wände zu. Ihre Fingerspitzen glitten sanft über die Einkerbungen und ihre Augen konnten einige der Zeichen wiedererkennen. *Die gleichen sind am Kamin in der Bibliothek.*

„Das sind ägyptische Zeichen, oder?" Sie wand ihren Blick nicht ab.

„Ja", sagte Mehit.

Als sie Schritte vernahm, wandte sie sich von der Wand ab.

Jonathan trat durch den Eingang und hielt einen kleinen Beutel in der Hand.

„Dann können wir beginnen." Er lief tiefer in den Raum hinein. Wortlos folgten ihm alle durch eine Tür in einen größeren Raum.

Wieder entfachte Ament Feuer in den Eisenschalen, die sich in allen vier Ecken befanden. Dieser Raum wirkte auf sie ähnlich wie die Kapelle. Nur hier standen Steinbänke an den Wänden und in der Mitte prangte ein kahler rechteckiger Felsblock von immenser Größe.

Mehit führte Maddy an die Seite und deutete ihr an, sich auf die Bank zu setzen.

Neben ihr nahm Angel Platz, die ihre Augen durch den Raum wandern ließ. Conzuela kam ebenfalls dazu und setzte sich auf die andere Seite von Maddy. Sie konnte die Unruhe von Maddy fühlen und legte sanft ihre Hand auf die von Maddy.

„Es ist alles in Ordnung", versicherte Conzuela ihr.

Doch Maddy sah ihr an, dass auch sie sich gerade gut zuredete.

„Bist du dir sicher? Ich fühle mich gerade wie in einer Zeitreise in die Vergangenheit. Oder wie bei einem Museumsbesuch, außer dass hier die Audioguides fehlen, die man sich um den Hals hängt." Sie rollte nervös mit ihren Augen.

„Du hast Recht. Ich weiß auch nicht, wo wir sind, geschweige denn, was jetzt passieren wird. Aber solange SIE auch hier sind, ist alles in Ordnung." Sie deutete mit ihrem Kopf auf die Clankrieger, die sich im Raum postiert hatten.

Auch dieser Raum war von Steinwänden mit Hieroglyphen übersät. Es ähnelte einer Pyramide, zumindest stellte sich Maddy so eine Pyramide vor, denn sie hatte noch keine von innen gesehen. Die Ecken des Raumes wurden von Säulen geziert, genauso wie die Tür, durch die sie gekommen waren.

Jonathan schritt auf den Felsblock zu und hob seine Arme. Seine unbändige Macht strömte aus ihm heraus und die Kerzen, die aufgestellt waren, entzündeten sich. Gewaltige Wellen durchfluteten den Raum, so dass Angel es mit der Angst bekam und sich weiter mit ihren Rücken an die Wand presste.

Jonathans Augen leuchteten wild und seine Stimme wurde tiefer und rauer. Er sprach einige Sätze in einer Sprache, die Maddy nicht kannte. Ehrfürchtig senkten die Clankrieger ihre Köpfe, als wenn sie sich vor etwas verneigen würden.

„Raban, kommst du bitte zu mir?" Ohne ein Wort zu sagen, ging er auf Jonathan zu.

„Ich frage dich im Hier und Jetzt: Möchtest du ein Clankrieger werden?"

„Ja." Seine Stimme war klar und deutlich.

„Gut, dann beginnen wir."

Nun traten Ortischa, Ament und Mehit an den Felsblock und deuteten Raban an, sich darauf zu legen.

Er kletterte hinauf und streckte seinen Körper auf dem harten Stein aus.

Jonathan zog aus dem kleinen Beutel eine Amphore und öffnete diese.

„Re ist der König über die Lebenden auf der Erde. Sein Urteil ist oberstes Gebot, Befriedigung der Götter, Unterstützung der Maat und Vernichtung von Isfet. Opfer der Götter und Tod der Toten. Ehre den Namen des Re."

Jonathan öffnete die Amphore und drückte seinen Zeigefingerspitze gegen die Öffnung. Das Blut benetzte seine Fingerkuppe und mit dieser zeichnete er ein kleines Symbol auf die Stirn von Raban.

„Nun sprich das Gelöbnis", forderte Jonathan ihn auf.

„Ich will ein Diener der Maat sein, solange ich auf Erden weile. Sie soll in mir leben. Ich werde mit meinem Herzen richten und sie ehren bis in den Tod. Ich verneige mich in Demut für meine Göttin in beide Richtungen, des Nachts sowie am Tage."

Damit reichte Jonathan Raban die Amphore und dieser hob seinen Kopf, führte die Amphore an seine Lippen und trank sie aus. Das Blut bahnte sich sofort seinen Weg durch Rabans Körper. Es kam ihm so vor, als ob sein Körper in kleine Teile zerlegt würde. Jeder einzelne Knochen brach und setzte sich in Sekundenschnelle wieder zusammen. Seine Venen und Arterien pumpten heftig unter dem Ansturm der sich aufbauenden Kraft, die hindurch wollte. Er spürte am Rande, dass er von sechs Händen auf dem Felsblock festgehalten wurde, während sein Körper sich mit aller Macht unter ihnen wandte. Seine

Fänge schossen hervor und seine Sicht war vernebelt. Er konnte keinen klaren Gedanken fassen, bis sich auf einmal alles beruhigte und er augenblicklich in Ohnmacht fiel.

Erschrocken sah Maddy zu, wie Rabans Körper erschlaffte. Sie riss ihre Hand unter der von Conzuela hervor und hielt sie sich an den Mund, um einen Aufschrei zu vermeiden.

„Es ist, als ob man zerbrochen und dann wieder zusammengesetzt wird. Der Körper nimmt einem jegliche Empfindung ab und dann verfällt man in eine Art Trance, bis der Vorgang komplett abgeschlossen ist", sagte Ivan leise. Er hatte sich neben Angel gestellt und das Szenario mit angesehen. Da er es gerade erst am eigenen Körper erlebt hatte, wusste er, was Raban gerade durchmacht.

Maddys Kopf schnellte zu Ivan.

„Tat es weh?", flüsterte sie.

Er antwortete ihr mit einem Kopfschütteln.

Ihre Augen irrten hektisch durch den Raum, und als ein feiner Jasminduft ihr in die Nase stieg, wusste sie, dass Ramos bei ihr war. Beruhigt atmete sie aus.

Irritiert sah Conzuela Maddy an.

„Was ist das für ein Duft?", fragte sie verwundert.

Doch Maddy tat so, als ob sie sie gar nicht gehört hätte. Auch Ramos hatte gebannt auf die Verwandlung gestarrt und die Erklärung half auch ihm, einige Puzzleteile von damals zu verstehen. Soweit er sich erinnern konnte, hatte er das Blut der vier Elemente bekommen. Doch hatte es sich nicht so angefühlt, als ob der Körper zerbrechen würde, eher, als ob er sich extrem stärken würde. Hatte dies etwas damit zu tun, das er ein Mensch gewesen war? Darüber wollte er sich jetzt nicht weiter den Kopf zerbrechen.

Nun ließen die Clankrieger Raban los. Sein Kopf war zur Seite geneigt und er sah aus, als ob er schliefe.

Mehit nahm den reglosen Körper und trug ihn zu einer der leeren Steinbänke.

„Ivan, du bist der Nächste!", befahl Jonathan.

Ivan stieß sich von der Wand ab und lief auf den Felsblock zu.

Das gleiche Ritual wie zuvor wurde auch Ivan zuteil. Er legte sich auf den Stein, nachdem er die Frage ebenfalls mit einem Ja beantwortet hatte.

Jonathan malte ein Symbol auf die Stirn von Ivan und ließ ihn dann das Gelöbnis aufsagen.

Als Ivan sich wieder erheben wollte, schossen starke Schmerzen in seine Glieder, was ihn ebenfalls in eine Trance versetzte. Sein Körper war zwar schon gewandelt, aber erst eine Ladung Energie, die Jonathan durch seinen Körper jagte, brachte die Vollendung. Ament trug den regungslosen Körper von Ivan ebenso auf eine der Bänke und legte ihn dort ab.

„Nun du!", sagte Jonathan und sah Conzuela einladend an. Conzuela riss die Augen weit auf.

„Ich?" Ihr Puls pochte durch ihre Adern und Ament schaute Jonathan mit zugekniffenen Augen an.

„Jonathan?" Irritiert sah er ihn an.

Ein schelmisches Lächeln stand in Jonathans Gesicht.

„Deine Frau hat sich genauso würdig erwiesen, eine Clankriegerin zu werden, wie die anderen. Oder bist du da anderer Meinung?" Musternd sah er Ament an. Er konnte den gefährlichsten seiner Krieger sprachlos machen und ihn trotzdem ehren.

Ament zeigte nach außen keine Regung, doch innerlich war er so stolz, dass er fast geplatzt wäre.

Jonathan hatte ihn wirklich überrascht, und das gelang selten jemandem.

„Komm", sagte Jonathan und deutete mit einer Handbewegung in ihre Richtung.

Nach einem kurzen prüfenden Blick zu Ament, der ihr zunickte, erhob sich Conzuela von der Bank und trat auf Jonathan zu.

„Es wäre doch sonst keine Überraschung geworden", sagte er zu ihr, als sie bei ihm ankam.

„Conzuela, nun frage ich auch dich. Möchtest du eine Clankriegerin werden?"

In ihren Augen bildeten sich Freudentränen und ihre Lippen bebten.

„Ja, sehr gerne." Ihre Hände zitterten, als sie dicht an den Felsblock trat. In Sekundenschnelle stand Ament neben ihr, hob sie auf seine kräftigen Arme und legte sie vorsichtig auf dem Felsblock ab.

Als Jonathan die Zeremonie begann, glitzerten in ihren Augen immer noch Tränen.

Jonathan zog eine weitere Amphore aus dem Beutel und öffnete auch diese. Er malte ein Symbol auf ihre Stirn und reichte ihr dann einen Zettel, worauf das Gelöbnis stand. Als sie die Sätze sprach, musste Jonathan sich an seine Macht klammern. Er fühlte unterschwellig etwas, dass durch ihre Stimme ausgelöst wurde. Sanft aber nachhaltig. Als sie geendet hatte, reichte er ihr die Amphore, was ihm einen schrägen Blick von Ament einbrachte.

Dieser fragte sich, wo er das Blut von ihr herhatte, was Jonathan wahrnahm.

„Ich habe auch meine Tricks", sagte er zu ihm und zog die Mundwinkel nach oben.

Ament schüttelte nur leicht den Kopf. Jeden anderen hätte er den Kopf abgerissen, doch als er sah, wie Conzuela den Kopf hob und die Amphore leerte, freute er sich innerlich sehr. Ihr Kopf sank langsam zurück auf den Felsblock. Doch ein Zucken und Aufbäumen ihres Körpers blieb aus. Seelenruhig lag sie auf dem Stein. Dennoch fühlte sie sich zwar genauso wie Ivan es zuvor beschrieben hatte. Doch alles erschien ihr, als ob sie in Watte gehüllt wäre.

Flüsternd kam von Maddy: „Ist bei ihr alles in Ordnung?"

Jonathan wandte sich zu ihr und sagte: „Ja, ist es. Mach dir bitte keine Sorgen. Sie trägt Aments Blut in sich, daher ist ihr Verhandlungsprozess gedämpfter als bei den anderen." Logisch klang das für Jonathan noch lange nicht. Aber er wollte jetzt auf keinen Fall eine Hysterie auslösen.

Das beruhigte Maddy, doch Angel rutschte nervös neben ihr auf der Steinbank hin und her. Hektisch irrten ihre Blicke durch den Raum. Dann sprang sie auf und lief in eine der Ecken und drückte sich dort an die Wand.

Ament schob sanft seine Arme unter Conzuelas Rücken und Beine und hob sie an. Ihr Kopf rollte in den Nacken und fast leblos hing sie in seinen Armen. Er ging mit ihr auf die letzte freie Steinbank zu, als Maddy ihm zurief:

„Ament, bring sie doch bitte zu mir."

Im Gehen wandte er sich in ihre Richtung und trat auf sie zu.

Maddy rutschte an das Kopfende der Bank.

Ament legte Conzuela vorsichtig ab und bettete ihren Kopf auf Maddys Oberschenkel.

„So hat sie es etwas bequemer." Diese Geste wärmte Aments Herz. Nach so unendlich vielen Jahren, oder besser Jahrzehnten, fühlte er ein Gefühl des Glücks in sich, was seinen Puls stark in Wallung brachte. Wortlos kniete er neben der Bank.

Zaghaft strich Maddy Conzuela über die Wange und fragte leise: „Wie lange dauert es, bis sie aufwacht?"

Den Blick auf Conzuela gerichtet, antwortete Ament viel zu hart.

„Unterschiedlich." Als er zu ihr aufsah, bohrten sich seine rot glühenden Augen in sie.

Maddy schmunzelte.

„Entschuldige … es kann bis zu drei Stunden dauern."

„Danke", sagte Maddy und ließ ihre Hand auf seine Schulter gleiten. Ihr Feingefühl rührte Ament sehr. Er beschloss für sich, Conzuela von diesem bewegenden Moment zu erzählen, später, wenn sie beide alleine sein würden.

Ruckartig ging ein Stoß durch Ivans Körper. Er riss die Augen auf und holte gleichzeitig tief Luft. Seine Lungen fühlten sich an, als ob sie seit Tagen keinen Atemzug getan hätten. Sie schmerzten so sehr, dass er Mühe hatte, nicht laut loszubrüllen. Er wagte nicht, seinen restlichen Körper zu bewegen. Er überlegte kurz, ob er seinen Kopf drehen sollte, denn er nahm ein leises Stimmengewirr in der Nähe war. Doch schon bei dem Gedanken tat ihm jeder Muskel weh. Dann erschien ein bekanntes Gesicht in seinem Blickfeld.

Ortischa beugte sich über ihn. Ihr Gesicht erschien ihm viel feiner definiert. Ihre braunen Augen funkelten und aus ihrer kunstvollen Hochsteckfrisur hatte sich eine lange Strähne gelöst, die fast seinen Oberkörper berührte. So schnell wie sie ihm erschienen war, war sie auch wieder verschwunden. Dann vernahm er noch: „Er ist wach", was gleichgültiger nicht klingen konnte.

Er zog eine Grimasse und schoss seine Augen, denn die Muskeln, die er dabei in seinem Gesicht angestrengt hatte, zahlten es ihm sogleich mit einer Welle von Schmerzen zurück. Fieberhaft überlegte er, was Jonathan mit seiner Macht angestellt hatte, dass es ihm so dreckig ging. *Sollte ich mich jetzt nicht gut fühlen? Ich habe das Blut eines Klankriegers und komme mir so vor, als ob ich von einer Dampfwalze überrollt wäre. Wenn das das Endergebnis sein sollte, dann wäre ich lieber krepiert.* Unmut breitete sich in ihm aus. Nun atmete er flach ein und langsam wieder aus. Er wollte etwas sagen, doch erschütterte ein weiterer Gedanke sein schon strapaziertes Gehirn. *Werde ich sprechen können? Vor der Zeremonie kamen wenigstens schon ganze Sätze heraus, aber jetzt?* Er zermarterte sich den Kopf, wie er dieser Misere wieder entfliehen könnte. Er zwang sich zur Ruhe und versuchte die Funktionen seines Körpers durchzuchecken. Leicht bewegte er die Zehen. Seine Nervenenden reagierten blitzartig, was ihn zunächst beunruhigte. Doch der erwartete Schmerz blieb aus. Dies ließ ihn aufatmen. Dann hob er langsam seinen Kopf und verspürte … keinen Schmerz. *Sollte es vorüber sein?,* fragte er sich. Währenddessen richtete er sich im Zeitlupentempo auf und ließ dabei seine Beine von der Steinbank gleiten. Seine Hände fanden an der rauen Oberfläche Halt und stützten seinen Körper wie zwei Pfeiler. Als er den festen Boden unter seinen Füßen spürte, gab es ihm neuen Auftrieb. Dass die Schmerzen ausblieben, empfand Ivan als ein gutes Zeichen. Sein Kinn hob er langsam von seiner Brust und sein Blick traf den Felsblock, der mitten im Raum prangte. Die kleinsten Einkerbungen an diesem Fels konnten seine Augen ausmachen. Er drehte seinen Kopf und blickte auf eine der Wände mit den altägyptischen Zeichnungen. Die Wandbilder erschienen ihm dreidimensional. Als er sie weiter betrachtete, kam es ihm so vor, als ob sich die Figuren bewegen würden und dass in Stein gemeißelte zum Leben erweckt wurde. Irritiert schüttelte er leicht seinen Kopf. *Halluziniere ich jetzt schon?*

An dieser Wand stand ebenfalls eine Bank, auf der Raban ausgestreckt lag. Mehit hatte sich daneben postiert und die Arme verschränkt. Sein Blick ruhte auf ihm mit einer Ruhe, die nur er ausstrahlen konnte.

„Wie fühlst du dich?", wurde seine Wahrnehmung von der tiefen Stimme von Jonathan unterbrochen.

Er schluckte mehrmals und zögerte zu antworten, denn er traute seiner Stimme immer noch nicht.

„Probiere es", forderte Jonathan ihn auf.

Er wollte sich nicht vor allen blamieren und zwang sich zu antworten.

„Es geht mir … gut." Seine Stimme war rauer als vorher. Seine Zunge fühlte sich an, als ob sie mit Schmirgelpapier behandelt worden war. Abermals schluckte er und biss sich leicht auf die Unterlippe. Allmählich gewöhnten sich seine Augen an die Umgebung.

Jonathan hatte seine Hände vor dem Becken gefaltet. Er musterte ihn eindringlich und war nicht überzeugt von der Aussage, die Ivan gerade gemacht hatte.

„Kannst du aufstehen?", fragte er. Doch dies klang nicht nach einer Frage, sondern eher nach einem Befehl.

Nickend antwortete Ivan. Er nahm seinen Mut zusammen, drückte sich mit den Händen von der Bank ab und richtete seinen Körper auf. Dies gelang ihm, ohne dabei Schmerzen zu empfinden. Er reckte seinen Kopf, um seine Nackenmuskeln zu mobilisieren. Nun spannte er seinen gesamten Körper an und die Sehnen und Muskeln stählerten sich, als ob die Haut nur noch dazu da war, diese Kraft in Zaum zu halten. Die Energie, die durch seinen Leib floss, stärkte ihn und er dachte, er könnte jeden Wettkampf gewinnen.

Anerkennend nickte ihm Jonathan zu.

„Der Vorgang ist abgeschlossen. Du wirst gravierende Veränderungen feststellen. Deine Sinnesorgane reagieren viel empfindlicher. Deine Muskelkraft hat sich verdoppelt, ebenso deine Geschwindigkeit bei der Fortbewegung. Du wirst in den nächsten Tagen mit den anderen trainieren, um deinen neugewonnenen Körper kennenzulernen, und ihn bis an seine Grenzen bringen." Damit wandte er sich ab und ging zu Raban hinüber.

Das sind ja rosige Aussichten, dachte sich Ivan, hielt aber den Blick weiterhin ruhig auf Jonathan gerichtet. Aus dem Augenwinkel sah er Ortischa, die mit ihrem harten Gesichtsausdruck einer Statue hätte ähneln können. Doch er bemerkte, dass dies nicht ihm galt, sondern Angel, die immer noch mit dem Rücken an die Wand gedrängt dastand und die Ereignisse beobachtete. Er konnte die pure Angst in Angels Augen sehen und es wunderte ihn, dass sie so verletzlich schien. Er setzte einen Fuß vor den anderen und ging an Ortischa vorbei zu Angel. Diese zuckte merklich zusammen, als er vor ihr stand.

„Alles in Ordnung?" Er versuchte, es sanft klingen zu lassen, doch seine Stimme klang grob und rau. Er fixierte sie mit seinen violetten Augen.

„Geht schon." Hektisch glitt ihr Blick immer wieder durch den kargen Raum.

Ivan streckte seine Hand nach ihr aus und berührte sie am Arm.

Schlagartig riss Angel die Augen noch weiter auf und ihre Angst stach ihr fast aus den Augen.

„Hey, ich bin's, Ivan", flüsterte er schon fast, so dass es die anderen nicht unmittelbar mitbekamen.

Sie ergriff seine Hand und drückte sie fest, fast flehentlich. Ihr Körper zitterte und ihr Puls hämmerte wild.

„Ich will hier raus." Dabei bewegte sie nur ihre Lippen. Sein Beschützerinstinkt bohrte sich durch seine Eingeweide und vorsichtig legte er seinen muskulösen Arm um ihre Schulter. Er neigte seinen Kopf und flüsterte: „Wir werden uns noch ein wenig gedulden müssen."

Angel kuschelte sich an seine breite Brust.

Leicht irritiert legte er auch den anderen Arm um sie. Nach einigen Minuten ging ihr Puls ruhiger und das Zittern verebbte zusehend.

Ivan legte sein Kinn auf ihren Scheitel und hielt sie fest, als wenn das seine wichtigste Aufgabe wäre.

Über so viel Sentimentalität konnte Ortischa nur die Stirn runzeln und die Mundwinkel verziehen.

Mehit, der die Situation verfolgt hatte, konnte die Abneigung, die Ortischa Angel entgegenbrachte, fast mit Händen fassen. Sie hasste sie abgrundtief und diesen Graben würde sie auch noch weiter ausweiten. Denn dass sie bei der Zeremonie und dem Gelöbnis dabei gewesen war, gefiel Ortischa keineswegs. Er konnte in ihren Augen sehen, dass sie darauf brannte, ihr das Gehirn zu löschen und sie zurück in die Vereinigten Staaten zu schicken.

Jonathan folgte dem Blick von Mehit und bemerkte die Eiseskälte, die zwischen den beiden Frauen herrschte.

Überzogen sagte Jonathan:

„Das kann noch lustig werden mit den beiden."

„Lustig? Du meinst wohl eher explosiv", antwortete Mehit ihm.

„Ortischa wird sich schon wieder beruhigen." Damit wandte er sich wieder Raban zu.

Dem Clanoberhaupt zu widersprechen stand nicht zur Debatte. Er wusste, dass Ortischa immer einen Sonderbonus bei Jonathan hatte, denn sie hatten vor Jahrzehnten mal eine Affäre gehabt, die aber nicht lange andauerte. Das Jonathan nach all dieser Zeit ihr gegenüber immer noch Zugeständnisse machte, konnte nur bedeuten, dass er sie immer noch sehr mochte oder sogar mehr. Darüber wollte sich Mehit im Moment aber keine Gedanken machen. Er schaute zu dem bewegungslosen Raban auf der Steinbank.

„Das dauert aber lange bei ihm", äußerte Jonathan kritisch.

Maddy studierte die Bilder auf der gegenüberliegenden Wand. Mit einem prüfenden Blick wandte sie sich Ament zu.

„Die Frau dort … ist das Meet?"

„Ja, das ist sie."

„Sie war eine mächtige Göttin, oder?" Maddy wusste nicht, ob das die richtige Bezeichnung für sie war.

„Meet war mehr als das. Ihr Vater, der Sonnengott Re, war einer der wichtigsten Gottheiten zu seiner Zeit. Es gab regelrechte Sonnenkulte in den vielen Dynastien." Nun deutete Ament auf eine männliche Figur, die ebenfalls auf der Wand zu sehen war.

„Der Mann mit dem Falkenkopf und der Sonnenscheibe darüber ist die Darstellung von Re."

Maddy folgte seiner Handbewegung und konnte die beschriebene Zeichnung wiederfinden.

„Im alten Ägypten durfte er am Tage bei seinem Namen angesprochen werden. In der Nacht war dies verboten. Der mächtige Pharao, der uns erschuf, war mit Meet und ihrer Schwester Isfet verbunden. Während seiner Herrschaft hatte er sich die Abstammung seiner Frauen zunutze gemacht und viel Leid über das ägyptische Volk gebracht. Er war machthungrig und hatte durch alte Schriften vom Leben nach dem Tod gehört. Er wollte im Totenreich genauso herrschen, wie er es zu Lebzeiten getan hatte. Sein teuflischer Plan hat uns erschaffen, sonst würden wir heute nicht existieren." Dabei fiel sein Blick auf Conzuela. „Dieses wunderbare Wesen wäre nie geboren worden und ich hätte sie nie lieben dürfen." Fast ehrfürchtig sah er auf sie.

„Ach … ich finde das gar nicht schlimm, dass es euch gibt", sagte Maddy schmunzelnd. „Im Gegenteil, ich kann mir mittlerweile ein Leben ohne euch gar nicht mehr vorstellen." Überrascht war Maddy, dass gerade Ament ihr so viele Informationen gab. Der sonst so wortkarge Krieger schien dies aber im Wesentlichen zu tun, wenn es um Conzuela ging. Dann schoss ihr ein weiterer Gedanke durch den Kopf.

„Ament … du hast vorhin gesagt, das wäre eine Gruft."

Ament nickte.

„Wenn dem so wäre, dann müsste hier jemand beerdigt sein. Da ihr, wenn ihr aus dem Leben scheidet, der Sonne übergeben werdet, würde ich schon gerne wissen, wessen Gruft das ist?"

Irritiert riss Ament seine Augen auf.

„Wie? Du weißt nicht, unter wessen Gruft wir hier sind?", wobei sein hektischer Blick den von Jonathan suchte. Doch dieser war mit Mehit in ein Gespräch vertieft. Er knurrte einen Fluch und sagte dann mit gesenktem Blick:

„Über uns … ist die Gruft deiner Familie."

Merklich zuckte Maddy zusammen und starrte die Decke an. Einige Minuten sagte sie nichts.

Aments Augen suchten in ihrem Gesicht nach einer Reaktion, doch es bot sich keine.

Sie flüsterte: „Wenn wir hier fertig sind, kannst du sie mir dann zeigen?"

„Ja!" Er konnte die Aufregung in Maddys Körper spüren. In ihren kühnsten Träumen hatte sie kaum zu hoffen gewagt, jemals ihre leibliche Familie zu finden. Nun war sie ihnen so dicht und hatte es nicht einmal gewusst. Dieses Gefühl überwältigte sie.

Der stille Raum wurde von Jonathans Stimme zerrissen.

„Ortischa! Geh bitte mit Ivan und Angel zurück."

Sie warf ihm einen widerspenstigen Blick zu und folgte dennoch seiner Aufforderung. Ihr Gang war aufrecht und graziös, doch ihr Blick war hart wie Stein.

Ivan hielt Angel immer noch im Arm, als sie hinter ihr den Raum verließen.

Langsam tauchte Conzuela aus dem tiefen Nebel hervor. Ihr Körper durchlebte dieselben Symptome wie bei Ivan. Doch statt sich dem Schmerz hinzugeben, versuchte sie diesen zu analysieren. Sie wollte ihr medizinisches Fachwissen so weit ausbauen, dass sie die Veränderungen für sich selber später noch einmal durchgehen konnte. Sie wollte lernen, was mit ihr passierte. Doch der Nebel, der sie umschlang, ließ ihr nicht viele Möglichkeiten, ihre Gier zu stillen. Dies verärgerte sie zutiefst. Sie hatte gedacht, viel mehr Erkenntnisse aus dem Verwandlungsvorgang ziehen zu können. Ihr Gehör vernahm eine Stille, die ihr Angst machte. War sie allein? Ihre Unruhe trieb sie aus dem Nebel und sie zwang sich, ihre Augen zu öffnen. Ihre Lider waren schwer wie Blei, und dennoch kämpfte sie dagegen an. Sie erblickte Maddy, die über sie gebeugt war.

„Sie wird wach", hauchte Maddy, und sogleich trat Ament in ihr Sichtfeld, was sie beruhigte.

Mein Ament, ich bin doch nicht allein. Eine zentnerschwere Last fiel von ihr ab, als sie seine rotbraunen Augen erblickte. Ihre glasigen Augen riefen bei Ament sofort einen besorgten Gesichtsausdruck hervor. Er kniete sich neben sie und nahm gefühlvoll ihre Hand.

„Es ist alles gut. Hast du Schmerzen?"

Sie nickte, ohne den Blick von ihm abzuwenden, obwohl sie das eine Menge Kraft kostete.

Ament drückte ihre Hand und sagte:

„Es dauert noch ein paar Minuten, dann hast du es überstanden. Dein Körper erwacht zu neuem Leben, gebe dich ihm hin, dann hast du weniger Schmerzen. Ich bin bei dir!"

Sie wusste, dass er nicht von ihrer Seite weichen würde, dennoch hatte sie noch vor einigen Minuten daran gezweifelt. Sie schloss die Augen, ließ die Hand von Ament jedoch nicht los. Ihre Fingernägel gruben sich in seine Haut, doch diesen Schmerz nahm er gerne für sie in Kauf. Er hätte ihr am liebsten alle Schmerzen abgenommen. Ein flüchtiges Zucken ging durch ihren Körper und ihr Atem wurde kurzweilig schwerer. Sie schlug die Augen auf und der Glanz, der sich Ament bot, zeigte, dass die Verwandlung abgeschlossen war. Ihre braunen Augen hatten eine Brillanz, in der er zu versinken drohte.

Maddy und Ament halfen ihr, sich aufzurichten.

„Danke, dass du dabei warst", sagte Conzuela lobend.

Jonathan trat auf sie zu.

„Conzuela, wie fühlst du dich?" Seine Worte waren einfühlsamer als bei Ivan.

„Gut. Ich hätte gerne mehr von dem Verwandlungsprozess mitbekommen."

Jonathan grinste, denn kaum war ihre Verwandlung abgeschlossen, brach die Ärztin wieder bei ihr durch. Aber ihren Ehrgeiz schätzte er sehr.

„Darauf habe ich schon gewartet, dass du unzufrieden bist mit der Ausbeute deiner Erinnerung. Aber … als Clankriegerin werde ich dich in den Verwandlungsprozess einweihen, wenn wir etwas mehr Zeit haben."

Diese Aussicht erfreute Conzuela und ein zufriedenes Lächeln trat auf ihre Lippen.

Nun zog Ament sie auf die Beine und seine starken Arme hielten sie. Sie schmiegte sich an ihn und die Wärme, die sie ausstrahlte, durchflutete Ament. Seine Hände glitten über ihren Rücken und zielsicher senkte er seine Lippen. Ein inniger Kuss folgte. Doch genauso schnell löste sich Ament von ihr, als Raban losschrie.

Im Bruchteil einer Sekunde standen Ament und Jonathan neben Raban. Dieser brüllte, als ob es ihn zerreißen würde. Sein Körper bäumte sich auf und zitterte wie Espenlaub. Seine Augen waren geschlossen, doch dahinter flackerte es wild.

„Was ist mit ihm?", fragte Mehit fieberhaft.

Jonathan überlegte, was diese heftige Reaktion hervorrief.

„Raban! Kannst du mich hören?", fragte er herausfordernd.

Doch dieser reagierte nicht.

Unterstützend wollte Jonathan seine Macht hochwallen lassen, damit er in eine Trance über ihn legen konnte, als Conzuela rief:

„Nicht in Trance versetzen. Sonst können wir die Symptome nicht ausmachen." Sie hatte Maddy hinter sich hergezogen und gar nicht bemerkt, wie schnell sie dabei war.

Maddy strauchelte.

Sogleich zog Conzuela ihm ein Augenlid nach oben. Seine Augen waren … weiß. Das Zittern seines Körpers erinnerte sie an einen Krampfanfall. Sie fühlte seinen Puls, der so schnell ging, dass sie ihn nicht mehr messen konnte.

Jonathan beobachtete die Situation, denn solch ein Szenario hatte er bei einer Verwandlung auch noch nicht erlebt.

Mehit, der am Fußende stand, war ebenfalls beunruhigt.

Zum Äußersten bereit stand Ament am Kopfende. Denn wenn die Verwandlung schiefgehen würde, müssten sie ihn sofort töten. Seine Argusaugen fixierten jede Bewegung, die seine Frau an Raban vollzog.

Dieser versuchte etwas zu sagen, doch durch das Beben kamen nur Wortfetzen heraus.

„Mmmee … mmeeii … Bbbeeii", stammelte er.

Hilfesuchend sah Conzuela zu Jonathan.

„Was meint er?", fuhr sie ihn barsch an. „Sag mir, was mit ihm geschieht!"

„Ich weiß es nicht", antwortete er, wobei sein Blick auf den sich windenden Vampir gerichtet war.

„Hhheee … ffft", brachte Raban mühsam hervor. „Bbbeeii." Keiner konnte etwas damit anfangen.

„Vielleicht meint er sein Bein", schaltete sich Maddy ein, als dieses übernatürlich heftig zuckte.

Blitzartig hatte Conzuela die Robe von seinen muskulösen Beinen bis zu seiner Hüfte nach oben gerissen. Was sich ihr bot, brachte sie an den Rand ihrer Fähigkeiten.

Vom Knöchel her bahnte sich etwas Grünes den Weg zu seinem Knie. Es sah aus, als ob jemand ihm mit einem Filzstift das Bein bemalen würde. Nur das dieser Stift ein Zentimeter tief in der Haut war. Verschlungene Konturen zierten seinen gesamten Unterschenkel. Die Linien setzten ihren Weg über das Knie dem Oberschenkel entgegen. Die Haut, die von der grünen Substanz getroffen wurde, sah aus, als ob sie pulsieren würde, was anscheinend auch die Schmerzen verursachte. Beherzt griff Conzuela nach den Knöchel und betastete diesen.

„Er ist heiß und es pumpt sich von hier unten am Bein empor." Ohne den Kopf abzuwenden tastete sie entlang des Unterschenkels.

Jonathan trat neben sie und begutachtete die grüne Substanz. Ihm verschlug es die Sprache. Seine Hand wanderte an seinen Mund und er holte tief Luft.

„Jonathan, sag mir was das ist?", forderte Conzuela das Clanoberhaupt energisch auf.

Sein Blick glitt zu Ament und Mehit und dann sagte er mit gebrochener Stimme: „Er verwandelt sich!"

„Das wissen wir, Jonathan! Ich brauche mehr Informationen!" Professionell überprüfte sie seine Vitalzeichen. „Jonathan!", schrie sie ihn an.

Ament hob sie mit einem Ruck bei Seite und blickte ihr in die hektischen Augen, die ihn nun trafen.

„Er … wird einer wie ich! Bleibt beide hier stehen!", befahl Ament.

Die grüne Substanz kroch weiter nach oben und erreichte nun die Hüfte von Raban, der sich vor Schmerzen auf der Steinbank wand.

„Heellfftt mmrr!"

Jonathan sagte:

„Raban, hör mir zu. Du verwandelst dich in einen Clankrieger, aber … es gibt eine kleine Planänderung. Du trägst ein Element in dir und dieses wird nun von deinem Körper Besitz ergreifen. Es frisst sich gerade durch dein Bein nach oben. Ich kann dir dabei nicht helfen."

„Eeeeelllleeemmmm", stammelte Raban hervor.

„Wir sind hier und stehen dir bei!"

Nun legte Ament seine Hände auf Rabans Schultern und versuchte, die Hitze in sich aufzunehmen. Unterdessen umschloss Mehit mit seinen Händen die Knöchel. Als der glühende Hauch auf Mehits Haut traf, ließ dieser aus seinen Fingerspitzen kleine Wasserrinnsale über die Knöchel laufen.

Jonathan trat an Rabans Mitte und zerriss die restliche Robe. Die grüne Substanz war schon über seine enganliegenden Shorts hinweg und bahnte sich ihren Weg zu der kleinen Vertiefung, in dem der Bauchnabel eingebettet war.

Faszinierend starrten beide Frauen auf das, was sich vor ihren Augen abspielte.

„Raban? Es ist bald vorbei", versuchte Jonathan ihn zu beruhigen.

„Mmmhhh", kam stotternd über seine zitternden Lippen.

Nun glitt die breiige Flüssigkeit zu seiner rechten Brusthälfte und zeichnete dort eine Art Ornament genau um seine Brustwarze. Schmerzhaft verzog er das Gesicht. Seine Augen waren immer noch weiß und seine Fangzähne hatten seine Unterlippe aufgerissen. Blut lief ihm am Kinn entlang. Langsam erschien auf seiner Brust eine Blumenranke mit vielen Verzweigungen. Zum Abschluss bildete sich die Blüte einer Orchidee aus, die bis auf die linke Brustseite reichte. Eine weitere Blüte folgte, die sich an seinem Oberschenkel darbot.

Allmählich erstarb das Beben und seine Augen schlossen sich.

Wortlos standen alle da und beobachteten ihn.

Nach einigen Minuten flackerten seine Augenlider und dann öffnete er sie. Seine braunen Augen waren von grünen Sprenkeln durchzogen, die wie Smaragde glitzerten. Sie glänzten wieder, und somit war die Verwandlung abgeschlossen.

Seine rechte Körperhälfte schmerzte sehr, wie nach einem Zusammenstoß mit einem Güterzug. Er spürte starke Hände auf seinen Schultern liegen und blickte nach oben. Der Anblick von Ament, der sich über ihn beugte, entrang ihm ein kleines Muskelzucken ab. Er hätte nicht gedacht, sich über den Anblick des tödlichsten Krieger zu freuen. Doch er tat es.

Ament löste seinen Griff.

Mehit tat es ihm gleich und zwang sein Element zurück.

Einen Schritt trat auch Jonathan zurück.

Langsam erhob sich Raban. Er griff sich an den Kopf.

„Hab ich es geschafft?", wobei seine Stimme wieder ihren normalen Klang angenommen hatte und auch das Zittern verschwunden war.

„Ja … das hast du", antwortete Jonathan.

Rabans Hand glitt zu seiner schmerzenden Brust und er blickte nach unten. Der tastete die Orchidee entlang, die seine rechte Brust zierte. Die Haut fühlte sich unter seinen Fingerspitzen wie Samt und leicht erhaben an. Er schaute die Ranke entlang, die sich daran anschloss und die zweite Blüte an seinem Oberschenkel freigab. Nun streckte er das Bein aus und seine Augen folgten der Ranke bis zu seinem Knöchel.

„Was bedeutet das?", fragte er in die Stille hinein, wobei seine Stimme nicht besorgt, sondern eher neugierig klang.

Jonathan antwortete ihm geradlinig:

„Das bedeutet, dass du durch die Verwandlung nicht nur zu einem Clankrieger geworden bist. Du bist auch der Träger eines Elements."

Die Stimmung war äußerst angespannt, der Blick blieb starr auf Raban gerichtet.

„Ich hatte doch keines der vier Symbole auf meinem Körper?", fragte Raban zögerlich.

„Nein, das hattest du auch nicht! Du bist der Träger des Elements der Flora. Dieses Element ist seit unserer Entstehung nur ein Mal aufgezeichnet worden. Ich hätte deinen Körper vorher anschauen sollen, vielleicht wäre es mir dann aufgefallen." Jonathans Stimme klang resigniert und fasziniert.

„Du willst damit sagen, dass ich auch ein Element in mir trage, so wie Ament, Mehit und Ortischa?" Sein neugieriger Blick irrte zwischen den Clankriegern und Jonathan hin und her.

„Genau so! Nur, dass das Element der Flora nicht dokumentiert ist. Ich weiß also nicht, was dich erwarten wird." Seine Resignation war spürbar.

„Du meinst, ich könnte gefährlich sein?" Dieser Gedanke gefiel Raban überhaupt nicht.

„Könnte sein. Wir sollten mal versuchen, was passiert, wenn du dein Element anwendest", sagte Jonathan.

Energisch sagte Mehit: „Conzuela und Maddy sollten aber nicht dabei sein!"

Dem stimmte Ament zu.

Die beiden Frauen sahen sich verstohlen an.

„Wir könnten in den Nebenraum gehen." Conzuela deutete auf den Raum, aus dem sie vorhin gekommen waren.

Ament nickte ihr zu. Sie nahm Maddy an die Hand und lief mit ihr dorthin. Beide postierten sich dicht am Ausgang, sollte die Situation eskalieren, würde sie mit ihr in den tiefen dunklen Gang rennen.

Maddy war froh, dass Conzuela an ihrer Seite war und atmete tief durch, als sie sich an die Steinwand lehnte.

9. Kapitel

„Was soll ich machen?" Ratlos legte Raban seine Hände in den Schoß. Er sah aus wie ein kleiner Junge, der sich zum ersten Mal die Schuhe alleine binden sollte. Irritiert und überwältigt konnte er keinen klaren Gedanken fassen.

Nun war es Mehit, der vor ihn trat. Seine gewaltige Erscheinung ließ Raban noch unsicherer werden, obwohl er den Krieger gut kannte.

„Du musst lernen, dein Element zu beherrschen. Als ich verwandelt wurde, hatte ich mein Element kein bisschen unter Kontrolle."

Er streckte seine Hand aus und ließ ein kleines Rinnsal von seinen Fingerspitzen tropfen. Dann drehte er die Hand um und auf seiner Handinnenfläche bildete sich eine Wasserkugel, die die Größe einer Walnuss hatte. Fasziniert blickte Raban auf das Schauspiel, das sich ihm bot.

„Heute kann ich einen Tropfen oder einen ganzen Schwall hervorrufen."

Die Wasserkugel schwoll auf die Größe eines Fußballs an.

Diesen schleuderte er auf die links von ihm liegende Wand. Die Kugel löste sich von seiner Handinnenfläche, traf auf dem harten Stein und dem staubigen Boden auf. Das Wasser klatschte auf den Sand und verwandelte diesen sogleich in Matsch.

„Es dauert eine Zeit lang, bis du es vollständig im Griff hast. Es kann mehrere Jahrzehnte dauern."

Da zog Raban die Augenbrauen erschrocken hoch.

„Jahrzehnte?", wiederholte er.

Mehit nickte ihm zu.

Jonathan postierte sich im Türrahmen, um bei einer Ausartung die beiden Frauen schützen zu können.

„Stell dich hin und strecke einen Arm aus. Versuche, in deinem Körper nach etwas zu suchen, was du bisher nicht gefühlt hast. Gefühle sind sehr wichtig, denn sie können dein Element explosionsartig aus dir herausbefördern."

Raban erhob sich, stellte sich neben Mehit und streckte den rechten Arm aus. Dann schloss er die Augen und forschte in seinem Innern nach. Aber ... da war nichts. Nach einer Minute öffnete er die Augen und sah Mehit frustriert an.

„Da ist nichts."

„Es ist da ... glaube mir. Gut, wenn es auf diese Art nicht geht, müssen wir die harte Tour anschlagen", forderte er ihn heraus.

Raban warf ihm einen kritischen Blick zu. Doch bevor er sich versah, traf ihn eine Feuerkugel von Ament am Bein.

Wutentbrannt drehte sich Raban zu Ament um, der ihn hämisch angrinste. Aus seinem Arm schoss eine weitere Kugel auf Raban zu, als dieser seine Arme schützend vor den Oberkörper postierte. Im Bruchteil einer Sekunde wuchs aus Rabans Händen etwas Grünes, was sich schützend um seinen Körper legte. Die Feuerkugel schoss auf Raban zu und prallte auf eine ... Kakteenwand.

„Sehr gut." Mehit applaudierte. „Jetzt hast du dein Element das erste Mal in Aktion gesehen."

„Und du hast mördermäßig einen an der Waffel", brüllte er Ament an, der sich ein gehässiges Schmunzeln nicht verkneifen konnte.

„Bleib locker. Wenn Ament dich nicht angegriffen hätte, hättest du nicht einmal die geringste Ahnung davon, was DU auf einmal kannst", kam spöttisch von Mehit.

„Wie ziehe ich das Element wieder zurück, ihr Neunmalklugen?" Wie ein Panzer hing das Kakteenschild an ihm.

„Konzentriere dich und sauge das Element in dich auf", erklärte Mehit.

Mit einem prüfenden Blick über seine Schulter auf Ament drang er tiefer und erkannte plötzlich etwas nie vorher Dagewesenes in sich: einen Kern voll unbändiger Kraft. Er versuchte nun, seine Gedanken auf diesen Kern zu lenken. Anfangs tat sich gar nichts und der Panzer aus Kakteenhaut blieb, wo er war. Als er schon fast verzweifelte, brach der Panzer auf und die Teile fielen auf die Erde.

„Das war anscheinend nicht die richtige Variante, schätze ich?" Fragend sah er die anderen an.

„Üben, üben, üben, heißt jetzt die Devise. Bisher ist noch kein Meister vom Himmel gefallen."

Mehit klopfte ihm auf die Schulter.

„Wir werden eine Menge trainieren müssen, aber ich glaube, du wirst ein gelehriger Schüler sein."

Raban malte sich aus, was die beiden alles mit ihm anstellen würden, damit er richtig leiden würde. Aber er sah auch Hoffnung darin, denn wenn er sein Element unter Kontrolle hätte, würde er den beiden Clankriegern in nichts nachstehen. Das war ein Ziel, wofür es sich lohnte, zu kämpfen.

Ament kam auf ihn zu und Raban zuckte unmerklich zurück. Er reichte ihm wortlos die Hand und Raban ergriff sie. Die Anerkennung, die sich in Aments Augen widerspiegelte, war mehr, als tausend Worte hätten ausdrücken können. Als Raban bewusst wurde, dass er zwischen zwei Clankriegern stand und selbst auch einer dieser Auserwählten war, schickte er in Gedanken ein kurzes Stoßgebet in die Höhe.

Damit hatte keiner von ihnen gerechnet, dass er ein Element in sich trägt und dazu auch noch das einzigartige der Flora.

Jonathan überlegte fieberhaft, wie er dies übersehen konnte. *Warum gerade Raban? Okay, das Schlechteste ist es ja nicht gerade. Aber ich war nicht darauf vorbereitet. Wieder einmal nicht.* Äußerlich blieb er gefasst. Er erhob seine Stimme, die von den kahlen Wänden warm widerhallte:

„Nun, jetzt können wir ja alle zurückgehen und …"

Da wurde er von Maddy unterbrochen, die hinter ihn stand.

„Ich habe noch etwas mit Ament zu erledigen!" Ihre Stimme war fest und er entnahm ihr, dass sie ein Nein nicht akzeptierte.

„Ihr könnt schon vorgehen, wir kommen nach!"

Jonathan wandte sich um und sein eiskalter Blick traf Ament. „Was wollt ihr denn noch hier unten machen?"

„Wir wollen uns noch etwas anschauen. Wird auch nicht lange dauern. Conzuela wird uns kurz begleiten."

Jonathan winkte erschöpft ab und sagte:

„Gut, dann sehen wir uns später. Mehit, Raban, wir gehen. Ach, lasst uns nicht zu lange warten, wir wollen noch feiern." Seine grünen Augen funkelten.

Maddy nickte ihm zu.

„Was habt ihr vor?", fragte Conzuela neugierig.

„Ament hat mir vorhin erzählt, dass sich direkt über uns die Gruft meiner Familie befindet. Ich würde sie gern einmal sehen und …"

Conzuela legte Maddy ihre Hand auf die Schulter.

„Selbstverständlich, … du brauchst nicht weiterzusprechen. Komm, lass uns gehen", sagte sie sanft, denn sie fühlte ihre Anspannung.

Ament ging voran und die beiden Frauen folgten ihm durch eine weitere Tür. Dann standen sie vor einer Steinmauer. Ament trat an den großen Fels und schob einen rechteckigen Quader beiseite. Dahinter erstreckte sich ein kurzer Gang, der sämtliches Licht verschluckte. Er hob seinen Arm und eine kleine Flamme leuchtete den Gang aus. Nach einigen Schritten standen sie vor einer weiteren Felswand. Kurzzeitig erlosch die Flamme und ein schabendes Geräusch war zu hören. Danach entzündete er wieder ein Licht. Sie bogen links ab und vor ihnen offenbarte sich eine schmale Treppe. Gemeinsam stiegen sie hinauf. Sie umrundeten eine Säule, die den Treppengang verdeckte.

Der Raum, den sie betraten, war stickig und roch nach vermodertem Holz, so dass Maddy sich heftig ihre Nase rieb. Doch sie ließ sich davon nicht beirren und setzte ihren Weg tiefer in den Raum fort.

Ament durchbrach die Stille: „Wir sind da!"

Was mache ich hier? Warum musste ich mir das antun? Hab ich nicht schon genug die letzte Zeit erlebt? Sie sah auf ihre Füße, die sich keinen Millimeter bewegten, obwohl sie wegrennen wollte.

„Lass uns weitergehen." Die weiche Stimme von Conzuela gab ihr Mut und zögerlich setzte sie einen Fuß vor den anderen. Hinter den Säulen standen sechs Sarkophage aus Stein.

Bedächtig lief Maddy auf einen von ihnen zu. Sie kniete sich nieder und las den ersten Namen: „Lord Archer of Menderson." Dann wandte sie sich dem nächsten zu.

„Lady Charlotte of Menderson." Dann sah sie zu Ament.

„Deine Urgroßmutter", sagte dieser.

Conzuela hatte sich dicht an ihn gedrängt und ihr Gesicht spiegelte Wehmut wider.

„Sie liegen alle hier?"

„Ja."

Maddy ging zum nächsten Sarkophag und las: „Lady Margarete of Menderson. Wisst ihr was, ich weiß zwar, wie mein Urgroßvater und Großvater ums Leben kamen, aber keiner hat mir gesagt, wie die Frauen gestorben sind."

Erschrocken riss Ament seine Augen auf.

Conzuela ließ beruhigend ihre Hand auf seine Brust gleiten.

„Deine Urgroßmutter ist im Kindbett gestorben, bei der Geburt deines Onkels. Deine Großmutter hat sich das Leben genommen, als deine Eltern entführt wurden. Sie litt an Depressionen."

„Warum habe ich im Anwesen kein einziges Bild von ihnen gesehen", fragte sie nachdenklich.

„Weil dein Großvater alle Bilder von ihr verbrennen ließ. Er war damals der Auffassung, sie sei zu schwach, die Familie zusammenzuhalten, und …" Da stockte er auf einmal.

„Und was?"

„Er hat sie für das Verschwinden deiner Eltern verantwortlich gemacht. Sie war ein labiler Mensch und sie kam mit dieser Schuldzuweisung nicht zurecht. Sie hat sich auf dem Dachboden des Anwesens erhängt."

„Das ist ja schrecklich, wie konnte mein Großvater …" Nun kamen ihr die Worte von Jonathan wieder ins Gedächtnis. Dass er immer egoistisch gewesen sei und auch den Clan nur zu seinem eigenen Vorteil missbraucht hätte.

Als sie zu den beiden letzten Sarkophagen ging, setzte alles bei ihr aus.

„Lady Marissa und Lord Sebastian of Menderson. "

Sie zögerte.

„Hey, … ihr beiden. So hatte ich mir das eigentlich nicht vorgestellt, euch zu treffen." Ihr Kopf sank auf ihre Brust und einige Tränen kullerten. *Warum? Warum? Warum?*, hallte es ihr durch den Kopf. Ihre Hand tastete die rauen Kanten ab.

„Wir alle zusammen werden die Mörder finden und dann werden sie ihrer gerechten Strafe zugeführt", flüsterte sie entschlossen und erhob sich.

„Wir können." Conzuela legte ihren Arm um sie und zog sie dicht an sich heran. Ohne Worte standen sie für einen Moment lang so da. Dann murmelte Maddy: „Danke, dass es euch gibt."

Normalerweise war Ament für solche Sentimentalitäten nicht zu haben, doch er fühlte eine Verbundenheit, die er vorher nur bei seinen Eltern gespürt hatte. Er trat an beide heran und umarmte seine Frau und Maddy. Ihm war, als würde ein dicker, eiserner Panzer aufbrechen. Er senkte seinen Mund und gab Conzuela einen Kuss auf die Wange.

Dann machten sie sich wieder auf den Weg in die unterirdischen Gänge zurück zum Anwesen.

Ament trat als Erster durch die schwere Eisentür, die das Tunnelsystem verschloss. Sie bogen in den breiten Flur ab und liefen am Labor vorbei.

Conzuela und Maddy sahen sich verwundert an. Sie fragte sich, wo Ament sie hinführte. Als er durch eine offen stehende Tür trat, nahmen sie beide die Stimmen von Jonathan und Raban war. Ein großzügiger Raum offenbarte sich. Er erinnerte eher an ein Wohnzimmer. In der einen Ecke stand eine Couch, die gut ein Dutzend Plätze bot. Der riesige rustikale Holztisch war aus einem Stück gefertigt. Gegenüber hing ein überdimensionaler Fernseher an der Wand. Auf der anderen Seite stand ein Billardtisch und dahinter hingen die Cues an der Wand. Eine Bar mit einem riesigen Sortiment an Getränken befand sich in der gegenüberliegenden Ecke. Etliche Gläser zierten das Regal dahinter. Im vorderen Bereich des Raumes waren ein paar bequeme Sessel platziert. In der Mitte des Raumes konnten gut und gerne zehn Personen Walzer tanzen, ohne sich zu berühren.

Maddy staunte, denn diesen Raum hatte sie vorher noch nicht gesehen. Genauso ging es auch Conzuela. Sie war erschlagen, doch es blieb ihr keine Zeit, darüber nachzudenken, denn Ament kam ihr mit drei Gläsern Champagner entgegen. Maddy fühlte sich abermals zurückversetzt an den Geburtstag von Jacques. An diesem Abend wusste sie nichts von dieser zweiten Welt, die neben ihrer existierte. An dem Abend hatte sie ganz andere Gedanken gehabt. Die bevorstehende Verlobung war zwar aufwühlend, aber das war auch der Tag, an dem der Brief von Jonathan ankam. In Gedanken versunken bekam sie kaum mit, dass Jonathan an sie herantrat.

„Na, alles erledigt?"

„Ja, irgendwie schon, aber … es sind noch sehr viele Fragen offen. Ich würde gerne mehr erfahren." Sie musterte ihn und er nickte ihr wohlwollend zu.

„Wann immer du willst."

„Nun lasst uns anstoßen auf das Paar der Nacht und alle anderen Zwischenfälle auch." Damit hob Raban sein Glas und grinste verschmitzt.

Ament warf ihm einen gelangweilten Blick zu und wäre viel lieber mit seiner Conzuela alleine gewesen.

Nun gesellten sich auch die anderen zu ihnen. Das gläserne Kristall klirrte aneinander und erfüllte den Raum mit einem besonderen Klang.

Mental ließ Mehit die Stereoanlage angehen, die sogleich den Raum erfüllte. Angel hielt sich krampfhaft an ihrem Glas fest. Sie fühlte sich unwohl.

Ivan, der dicht bei ihr stand, beobachtete alle argwöhnisch mit seinen violetten Augen. Er war irritiert, das alles um ihn herum so gestochen scharf war. Als sein Blick auf den Holztisch fiel, konnte er jeden noch so kleinen Spalt erkennen. Selbst bei der großen Ledercouch waren die Einkerbungen sichtbar. *Soll das so sein?*, fragte er sich. Er kippte den Champagner hinunter, denn dieses Frauengetränk schmeckte ihm gar nicht, doch wollte er nicht unhöflich sein. Dann trat er mit großen Schritten an die Bar, wo Ortischa stand und sich einen Cocktail mixte.

„Habt ihr auch Wodka?"

Ohne zu antworten, reichte Ortischa ihm eine geschlossene Flasche.

Hier sieht es aus wie auf einer Party, die noch nicht in Schwung gekommen ist, grübelte Maddy. Grüppchenbildung. Der einzige Unterschied war, das nicht alle in der Küche standen, wo das Essen serviert wurde, denn das benötigte diese Spezies nicht. Doch Maddy hätte gerne etwas zu sich genommen, denn ihr Magen hatte schon zweimal geknurrt, als sie durch das unterirdische Labyrinth gegangen waren.

Raban machte sich am Kühlschrank zu schaffen und holte ein kleines Tablett heraus, welches er zu Maddy balancierte.

„Guck mal, was ich für dich habe!"

Ihre Augen fixierten das Tablett, welches mit Leckereien bestückt war. Kleine Häppchen, garniert mit Gurken und Tomaten, waren darauf geschichtet.

„Fantastisch, hab ich einen Hunger!" Sie nahm ein Stück und schob es sich in den Mund. „Kannst du Gedanken lesen?", fragte sie, ohne den Kopf zu heben.

„Glaube, das war nicht im Preis mit inbegriffen? Wie wäre es noch mit etwas Flüssigem?"

Maddy schielte ihn an.

„Nicht das, was du jetzt gerade denkst. Wir haben alles da, was das Herz begehrt. Du kannst frei wählen." Dabei verbeugte er sich wie ein Diener.

„Dann nehme ich … einen Cocktail, mit wenig Alkohol."

„Zu deinen Diensten." Damit wandte er sich ab und ging hinter die Bar, wo er Ortischa bat, einen Cocktail für Maddy zu mixen.

Ortischa ließ Crash Eis in ein Glas gleiten und balancierte zwei Flaschen gleichzeitig mit ihrer Hand. Die orangegelbe Farbe färbte das Eis und mit wenigen Handgriffen stand ein professionell gemixter Cocktail vor ihm.

„Danke, meine Schöne." Schnell wandte er sich ab, denn er wusste, dass Ortischa ihn mit rollenden Augen nachsah. Den beißenden Blick konnte er in seinem Rücken fühlen. Er überreichte Maddy ihren Cocktail und gesellte sich dann zu Mehit.

Ivan hatte neben Angel auf der großen Couch Platz genommen und hielt ihr ein kleines Glas mit der durchsichtigen Flüssigkeit hin.

„Hier ... trink das. Dann geht es dir besser." Er wählte leise Worte. Ohne ihn anzuschauen, nahm sie das Glas entgegen.

„Seit wann können wir uns denn betrinken? Das wäre ja mal ganz was Neues." Fast gelangweilt klang Angel.

Er lehnte sich in das weiche Leder zurück und kreuzte seine Beine an den Knöcheln.

„Wenn du genug davon trinkst, erlebst du eine Art Rausch. Das ist hochprozentiger als Cocktails, glaube mir, ich spreche aus Erfahrung."

Sie hob das Glas an ihre Lippen kippte den Wodka hinunter. Ein minimales Brennen kratzte ihre Kehle entlang.

„Scharf, aber nicht stark!" Sie forderte ihn auf, ihr nachzuschenken.

Ament atmete tief durch. Er war gelangweilt und es zerrte an ihm, dass er nicht mit seiner Frau alleine sein konnte. Er überlegte, wann er ihr das kleine Schmuckkästchen geben sollte, welches er seit Tagen bei sich trug. Er drehte seinen Kopf in ihre Richtung und sah, wie sie sich mit Maddy zusammen über etwas amüsierte. Das Lachen der beiden Frauen ließ ihn ein wenig entspannen. Conzuela fühlte sich wohl, das war das Wichtigste. *Ich hab ihr in den letzten Tagen genug Anstoß gegeben, sich wegen mir schlecht zu fühlen. Sie soll diesen Abend unbeschwert genießen, denn von nun an ... habe ich sie für immer in meinem Leben.* Stolz schwelte in seiner breiten Brust und seine Tätowierungen pulsierten auf seiner Haut.

Als Conzuela zu ihm aufsah, konnte sie den Hunger in seinen Augen sehen, und dies brachte sie fast um den Verstand. Denn sie konnte sich nicht an ihm sattsehen. Auch sie wurde unruhig und spielte mit ihren Fingern an ihrem Champagnerglas herum.

„Ihr seid mir nicht böse, wenn ich mich nach oben verziehe? War eine anstrengende Nacht. Wie spät ist es eigentlich?" Maddy hielt ihre Hand vor den Mund, um ihr Gähnen zu verbergen.

Conzuela hatte Mühe, ihren Blick von Ament abzuwenden.

„Nein, geh ruhig zu Bett. Ich glaube, es ist fünf Uhr morgens."

„Was, schon so spät? Oder früh, je nachdem wie man es sieht." Ihre Augenlider wurden schwerer, was aber nicht an der Cocktailmischung lag, sondern an ihrem ausgelaugten Körper.

Mehit trat an ihre Seite: „Was ist?"

„Ich gehe jetzt hoch. Feiert noch schön. Ihr habt mehr Durchhaltevermögen als ich." Sie schenkte ihnen ein Lächeln.

„Ich bring dich hoch!", sagte Ament, was Maddy aufhorchen ließ.

„Nein, bleib ruhig hier, Mehit könnte …" Als sie den Blick von Ament sah, verstummte sie. „Okay, lass uns gehen."

Sie schleppte sich nur noch mühsam den Gang entlang und musste sich zusammenreißen, nicht auf der Stelle einzuschlafen. Als sie in der Eingangshalle des Anwesens angekommen waren, blieb Ament stehen.

Maddy wäre fast in ihn hineingelaufen. Ihre High Heels zahlten ihr nun jeden Schritt mit Schmerzen heim.

„Was ist?"

Seine Augen leuchteten rötlich in der Dunkelheit.

„Ich … ich wollte mich bedanken. Du ehrst mich, weil du Conzuela von Anfang an verteidigt hast. Ich konnte diese Gefühle nicht an mich heranlassen. Nun … ist es anders."

Da raffte sich Maddy noch einmal auf. So redselig war Ament sonst nie und vor allem war der tödliche Krieger nicht gerade für Sentimentalitäten bekannt. Maddy zögerte und zog es dann vor, nicht zu antworten. Sie schaute ihm offen in die Augen und er erwiderte ihren Blick.

Als sie die Portaltreppe nach oben stiegen und an der Tür zu Maddys Suite angekommen waren, sagte sie:

„Danke, dass du mich begleitet hast und … ich mag Conzuela sehr. Sie ist eine wundervolle Frau und mir eine gute Freundin." Sie öffnete die Tür und trat ein. „Gute Nacht."

„Gute Nacht", erwiderte er charmant.

Als Ament wieder im Untergeschoss ankam, hörte er eine heftige Auseinandersetzung. Er schoss um die Ecke und es bot sich ein Bild wie vor einem Kampf. Ivan stand schützend vor Angel, die Arme weit ausgebreitet. Er wusste, dass er im Ernstfall nichts gegen sie ausrichten konnte. Durch seine Verwandlung war er zwar doppelt so stark geworden, doch gegen eine Clankriegerin würde er niemals ankommen. Dies frustrierte ihn und trotzdem stellte er sich ihr eisern in den Weg.

Zwischen den Streithähnen hatte sich auch Jonathan postiert. Mehit und Raban hatten alle Hände voll zu tun, Ortischa an den Armen festzuhalten. Ihre

Augen waren weit aufgerissen und ihre Fänge voll ausgefahren. Wutentbrannt schrie sie Jonathan an:

„Das ist nicht richtig!", wobei sie sich wie eine Schlange wandte, um sich aus den Griffen der beiden zu befreien.

„Das entscheide ich und nicht DU!", erwiderte er ihr. Seine Mimik war wie versteinert.

Ament prüfte die Lage und entschied, sich da lieber herauszuhalten. Doch blieb er aufmerksam, falls es eskalieren sollte.

„Angel muss gehen! Sie ist schon viel zu lange hier!", kreischte Ortischa.

„Und DU … lass mich los!", grollte sie Mehit an, wobei ihre Fangzähne im Licht gefährlich glitzerten. Ihr Körper zitterte und spiegelte ihre Wut wider.

„Wenn du dich wieder eingekriegt hast, lassen wir dich los!", zischte ihr Mehit bitter entgegen. Sein Griff war hart und demonstrierte ihr seine Stärke.

„Reiß dich zusammen! Sie tut keinem was, also lass sie in Ruhe!", brüllte Ivan.

„Siehst du hier irgendjemanden, den DEINE Befindlichkeiten interessieren?", keifte sie zurück.

Nun dröhnte Jonathans Stimme durch den Raum:

„Jetzt ist Schluss damit! Angel wird hierbleiben, und zwar solange, wie ICH das für richtig erachte, verstanden! Wenn JEMAND ihr das Gedächtnis löscht, bekommt derjenige es mit mir zu tun." Seine grünen Augen funkelten böse.

„Lass mich los, Mehit!", blaffte sie ihn erneut an.

Nach dem Jonathan nickte, ließ er sie los, und Raban tat es ihm gleich.

„Ihr könnt mich alle mal!" Sie riss ihre Arme in die Höhe und sogleich waren alle in absoluter Alarmbereitschaft. Sie dachten, Ortischa würde ihr Element zu Tage fördern, doch dies bestätigte sich nicht. Mit einem Schnauben und einem abwertenden Blick verließ sie den Raum. Dann vernahmen alle nur noch das Hämmern ihrer Absätze auf dem Marmorboden des Flurs.

Nun entspannten sich alle, doch Angel blieb wie gelähmt.

Ivan drehte sich zu ihr, legte seinen muskulösen Arm um sie und führte sie zurück zur Couch. Er kochte vor unbändiger Wut, dass er sich in solch eine Lage gebracht hatte. Gerade war er zum Clankrieger verwandelt worden und schon hatte er Schwierigkeiten, sich einzuordnen. Diesen Konflikt mit Ortischa hatte er nicht gewollt und doch war er davon überzeugt, dass er mit seiner Meinung Recht hatte. Mit diesen zwiespältigen Gefühlen setzte er sich neben Angel und griff nach der Wodkaflasche.

Ament konnte Ortischa verstehen. Er hatte zwar nicht das ganze Gespräch mitbekommen, doch war auch er davon überzeugt, dass es besser wäre, Angel fortzuschicken. Ihr Verhalten war indiskutabel, doch sie hatte Ivan das Leben gerettet. Dieser war nun ein weiteres Familienmitglied. Wer ihm half oder ihn angriff, konnte sich der Zuneigung oder der Rache des Clans gewiss sein. Ament wollte sich in dieser Nacht nicht mit solchen Dingen beschäftigen und ließ seinen Blick zu seiner Frau gleiten. Sie erhob sich aus dem Sessel und trat dich an ihn heran.

„Wir gehen!", raunte er ihr entgegen und sie nickte ihm zu. Beide verließen den Raum, ohne den anderen noch weiter Aufmerksamkeit zu schenken. Schweigsam liefen sie nebeneinander her.

„Du", sagte Conzuela vorsichtig. „Ich kann Ortischa verstehen, aber ich … ich habe da ein neues merkwürdiges Gefühl in mir, das den Clan über alles andere stellt. Ist das normal?"

Ament blieb stehen und wandte sich ihr zu.

„Ja, das ist normal. Durch deine Verwandlung bist du nun ein Teil des Clans. Dein Ziel ist es, dem Clan zu dienen, und das bringt dich ab jetzt immer wieder in Gewissenskonflikte. Es ist ein Punkt, mit dem du dich immer wieder erneut auseinandersetzen musst. Abwägen und entscheiden. Abwägen und entscheiden. Dies kann dir auch kein anderer abnehmen. Du bist eigenverantwortlich als Clankriegerin."

„Verstehe."

Mit zwei Fingern hob er ihr Kinn an.

„Du bist eine intelligente Frau, du wirst immer die richtige Entscheidung treffen! Dies hast du früher auch getan. Du hast entschieden, wann ein Patient operiert werden musste. Nichts anderes ist das hier." Sein fester Blick traf den ihren.

Sie ergriff seine Hand und er konnte ihre neugewonnene Stärke fühlen. Diese zu beherrschen, musste sie noch lernen. Innerlich freute er sich schon darauf, ihr dabei zu helfen.

Conzuela war froh, einen so starken Mann an ihrer Seite zu haben. Dass er der tödlichste von allen Clankriegern war, störte sie dabei nicht. Im Gegenteil, sie sah achtungsvoll zu ihm auf. Ihre Blutsverbindung spiegelte auch seine Emotionen wider. Er hatte Recht. Als Ärztin hatte sie viele Entscheidungen treffen müssen, ob und wann ein Patient eine Operation erhielt. Dieser Vergleich war für sie verständlich. Sie müsste die Konflikte nur wie einen Patienten behandeln, dann fiel es ihr leichter.

„Alles in Ordnung?", fragte Jonathan, der an Angel herangetreten war.

„Ja, ist schon gut. Sie hat ja Recht. Ich habe mich dem Clan gegenüber nicht perfekt verhalten. Wenn du zustimmst, würde ich morgen Nacht zurück nach Amerika fliegen wollen." Ihre Augen waren glasig.

Neugierig musterte Ivan sie:
„Willst du das wirklich?"
„Ja, ich will keine Schwierigkeiten machen. Vielleicht könnte Raban mir einen Flug buchen?"
Dieser nickte zustimmend und verließ den Raum.
Jonathan gefiel das nicht. Doch er wusste, dass es die richtige Entscheidung war.
„Du weißt, ich muss vorher ..."
Angel unterbrach ihn:
„Ja, ich weiß!", antwortete sie ihm mit fester Stimme.
„Gut, dann musst du mir sagen, ob du deinen Lohn überwiesen oder in bar haben möchtest."
„Nur Bares ist Wahres", sagte Angel.
Jonathan antwortete. „Ich werde alles vorbereiten."
Mehit hatte sich an die Bar zurückgezogen und schenkte sich einen Whiskey ein. Mit einem skeptischen Blick beobachtete er die anderen. Den Ausraster von Ortischa hätte er spüren müssen, doch er war abgelenkt gewesen. Drei auf einmal verwandelte Clankrieger hatte es auch noch nicht gegeben. In seiner gesamten Laufbahn wurden gerade mal zwei Krieger verwandelt. Ortischa war im gleichen Jahr wie er von Jonathan verwandelt worden. Dann kam Ament und zum Schluss Stevo. Stevo war derjenige, der das Element Luft in sich trug. Mehit war damals sehr an dessen Verwandlung interessiert gewesen, denn seine eigene hatte er ja nicht beobachten können. Jonathan hatte ihm damals zur Seite gestanden und ihn anschließend in sein neues Leben begleitet. Nachdem Mehit bei der Verwandlung von Ament beiwohnen konnte, wurde sein Respekt in kürzester Zeit in eine Freundschaft verwandelt. Ortischa hingegen war schon immer ablehnend Neuen gegenüber, deshalb hatte ihre Akzeptanz auch länger gedauert. Aber als er sich ihr Vertrauen verdient hatte, nahm sie ihn als gleichwertigen Krieger an. Ivan wird es sehr schwer haben, sich einzuordnen. Mehit blickte auf, als Raban den Raum betrat. „So, der Flug ist für morgen Abend gebucht", sagte er knapp und begab an die Bar.
„Wir müssen reden", flüsterte er.
Mehit zog eine Augenbraue nach oben und musterte Raban mit seinen kristallblauen Augen.
„Nicht jetzt und nicht hier", fügte Raban leise hinzu.
Neugierig sah er Raban an, der sich ein Glas Whiskey eingoss. Er setzte das Glas an seine Lippen und leerte es. Anschließend griff er zur Flasche und schenkte sich nach. Nach dem vierten Glas hielt Mehit ihn am Handgelenk fest.
„Immer mit der Ruhe, oder willst du ein Besäufnis veranstalten?", fragte er ruhig.

„Was los ist? Ortischa ist auch nicht gut auf mich zu sprechen. Wird sie mich auch angreifen, sobald sie die Möglichkeit dazu hat? Ament ist einfach weggegangen, wie ist das zu bewerten, und …"

„Nun mach dich mal locker. All deine Sinne spielen verrückt. Du musst dich erst daran gewöhnen. Du wirst die nächste Zeit alle Emotionen neu durchleben. Du wirst heulen wie ein kleines Baby, schreien wie eine hysterische Furie und zornig sein wie ein wild gewordener Stier. Das sind nur einige der Veränderungen, die dir bevorstehen."

„Das kann ja lustig werden." Der sonst immer zu einem Witz aufgelegte Raban war sichtlich mitgenommen.

„Das war es, was du mit mir besprechen wolltest?"

„Nein!" antwortete er knapp.

„Die Party hier ist sowieso vorbei, lass uns nach vorne gehen."

Ohne zu antworten trabte er Mehit hinterher. Dieser hob nur noch kurz die Hand und signalisierte Jonathan, dass sie gingen.

Als beide in der Kommandozentrale angekommen waren, setzte sich Mehit und legte seine Kampfstiefel auf den Tisch. Sein Kopf fiel in den Nacken und er atmete tief aus.

Raban, der die Flasche Whiskey mitgenommen hatte, schüttete beiden ein.

„Hier!" Damit schob er Mehit ein gefülltes Glas über den Tisch, welches dieser ohne hinzusehen, auffing.

„Was gibt es denn noch?"

„Ach … wir haben einen Anruf erhalten über eine der vielen Leitungen, die ich zwischen unsere Hauptleitung geschaltet habe. Die meisten Anrufe sind von Menschen, die sich verwählt haben oder auch irgendwelche Callcenter, die für einen Müsliriegel werben."

Mehit wusste nicht, worauf er hinaus wollte und rollte gelangweilt die Augen.

„Doch vor einer knappen Stunde kam ein Anruf rein von einem gewissen Mamba. Sagt dir das etwas?"

Mehit schoss aus seinem Stuhl, ließ seine Stiefel hart auf dem Boden aufkommen und schlug mit seinen Händen auf den Tisch.

„JAAAA!", knurrte er gedehnt hervor. „Was will er?"

„Beruhige dich, ich wusste nicht, dass du gemeint warst. Aber du bist der Einzige, der in letzter Zeit unterwegs war. Wenn ich mich recht entsinne, hast du einen Club erwähnt. Er hat eine Nachricht übermittelt. Ich wusste nur nicht, für wen."

Nun hatte Raban seine gesamte Aufmerksamkeit.

„Ich habe mich gleich mal nach diesem Mamba erkundigt und festgestellt, dass er kein unbeschriebenes Blatt in unserer und der Menschenwelt ist."

„Was will er?", drängte Mehit.

„Hör es dir selber an, schlau werde ich daraus nicht und das will schon etwas heißen." Er wandte sich zu seinem Computer und tippte einige Male auf der Tastatur. Dann erklang eine tiefe Stimme aus den Lautsprechern.

„Hey, Clankrieger. Acht Uhr bei mir. Mamba." Schon verstummte die Aufnahme.

„Er weiß anscheinend gut über die Nachverfolgung von Telefonaten Bescheid. Denn nach zehn Sekunden hätte ich ihn schon gehabt, aber so …"

„Ich weiß, wo ich ihn finde!", gab Mehit entschlossen zurück. Er sah auf seine Armbanduhr und entschied:

„Wir gehen!"

Als Mehit die Garage mit seinem Mustang entlangrollte, saß Raban auf dem Beifahrersitz. Das große Garagentor war geöffnet und die morgendlichen Sonnenstrahlen bahnten sich ihren Weg.

Für Raban war es so, als ob sie nach ihm greifen würden. Er krallte seine Finger in das Leder, so dass Mehit nur argwöhnisch die Augen zusammenkniff und ihn anfauchte. „Lass meine Sitze ganz!"

„Entschuldige, das ist das erste Mal, dass ich ins Sonnenlicht trete. Da kann mir doch der Hintern auf Grundeis gehen, oder?" Wild flackerten seine Augen durch die Gegend. Er hypnotisierte die Motorhaube, die immer weiter ins Freie trat.

„Du hast das Serum intus, dir kann nichts passieren!", bestätigte Mehit ihm nun schon zum fünften Mal, seitdem sie das Labor verlassen hatten.

„Ist ja schön und gut, aber es ist ein Scheißgefühl." Er zog die Beine dichter an sich, obwohl das keinerlei Veränderung brachte. Er presste sich in den Sitz, als das Auto bis zur Windschutzscheibe schon im Freien war.

„Du hast sonst so eine große Klappe. Jetzt beweis mal, was in dir steckt!", spornte Mehit ihn an.

„Das sagst du so einfach." Schweißperlen bildeten sich auf seiner Stirn.

Ein genüsslicher Ausdruck breitete sich auf Mehits Gesicht aus. Er musste an sein erstes Mal denken, als Jonathan ihn unsanft in die Sonne befördert hatte. Im Vergleich dazu war er human mit Raban. Der Wagen stoppte und Mehit ließ das Fenster runterfahren. Dann streckte er seinen Arm nach draußen.

„Sieh her! Jetzt du!" Mehit drückte den Fensterheber.

Zaghaft griff Raban mit seinen Fingerspitzen durch das geöffnete Fenster. Die Sonnenstrahlen kitzelten seine Haut und er zuckte zurück. Doch als er nicht den Geruch von verbranntem Fleisch wahrnahm, versuchte er es erneut. Erst die Fingerspitzen, dann die Hand und ein Stück des Oberarms.

Freude breitete sich auf seinem Gesicht aus.

„Schau dir das an! Ich kann in die Sonne, wow, ist das geil! Das ist der pure Wahnsinn, besser als Sex. Wow!"

„Dann können wir ja los, oder?"

„Ja, sicher fahr in die Sonne, lass sie mich fühlen, ich bin der glücklichste Vampir auf Erden."

„Jetzt kannst du auch wieder die Klappe halten. Es reicht." Sanft trat er aufs Gas, denn er wollte Maddy nicht mit einem aufheulenden Motor aus dem Schlaf reißen. Als sie das Eingangstor passiert hatten, beschleunigte er mit aller Kraft, so dass es sie in die Sitze drückte.

Nach einer halben Stunde bog Mehit in einer der Nebenstraßen ein und parkte den Wagen.

„DU hältst dich zurück! Verstanden! Keine blöden Sprüche! DU lernst!"

„Aye-Aye, Captain!" Dazu salutierte Raban.

„Dir ist einfach nicht zu helfen", sagte Mehit, als er kopfschüttelnd aus dem Wagen stieg. Raban folgte ihm.

Beide liefen nebeneinander den Gehweg entlang. Rabans Augen hatten sich zwar schnell an das Tageslicht gewöhnt, doch war es für ihn, als wenn ihn jemand die ganze Zeit mit einer Taschenlampe bestrahlen würde. Er versuchte, eine ähnlich lässige, aber bedrohliche Haltung wie Mehit an den Tag zu legen, doch es sah eher gewollt als gekonnt aus. Das gesamte schwarze Outfit flößte schon Unbehagen ein. Raban dagegen hatte zu einer Jeans und Kampfstiefeln gegriffen. Er trug ebenfalls eine schwarze Lederjacke und ein T-Shirt darunter. Auch er hatte sich mit einigen Waffen bestückt.

An der Straßenecke befand sich ein Etablissement, welches einem Club ähnelte. Die Leuchtreklame war ausgeschaltet und die schwere Metalltür geschlossen.

Als Mehit mit seiner Faust dagegen hämmerte, wurde sie geöffnet. Dahinter verbarg sich tiefe Dunkelheit. Beide traten ein und die Tür wurde hinter ihnen verriegelt. Dann flackerten einige Lampen auf, die den Blick in den leeren Club freigaben.

Mehit erkannte sofort den Türsteher vom letzten Mal, der links von ihnen stand und beide eindringlich musterte.

„Mamba erwartet Dich!" Dabei fiel sein Blick auf Raban, der Mehit keinen Millimeter von der Seite wich.

„Wir warten an der Bar!", entgegnete Mehit ihm hart, der es anscheinend nicht gewohnt war, Widerworte zu hören. Mit großen Schritten lief Mehit auf den langen Tresen zu und zog einen der Barhocker ab, um sich zu setzen. Raban folgte ihm und setzte sich wortlos neben ihm. Sogleich postierten sich zwei Vampire auf der Empore.

„Kaffee wäre gut! Wenn wir schon um diese unchristliche Zeit hier antanzen müssen", forderte Mehit den Türsteher auf.

„Sally! Zwei Kaffee!", brüllte er und eine müde Frau trat aus einem der Nebenräume.

„John, brüll nicht so. Ich bin nicht schwerhörig und vor allem habe ich seit einer Stunde Feierabend." Nun erblickte sie Mehit und Raban auf den Barhockern. Sie verzog das Gesicht und sagte gequält: „Wenn du dir schon Kumpels einladen musst, dann bitte während der Öffnungszeiten."

Mit einem bösen Blick strafte sie den Türsteher und trat hinter die Bar. Nach einigen Minuten servierte sie den beiden einen frischen Kaffee mit den Worten: „So ... ich hoffe, dass war alles für heute. Ich gehe jetzt nach Hause. Gute Nacht!" Sie schaute John vernichtend an und drängte sich dann an ihm vorbei.

„Netter Umgangston, den ihr hier pflegt", spottete Mehit, als er nach dem Kaffeebecher griff.

Doch der Türsteher erwiderte nichts. Er hielt Abstand und verschränkte seine Arme vor der muskulösen Brust.

Aus dem Dunkel traten vier weitere Vampire, die sich im Raum verteilten, was bei Mehit nur ein müdes Lächeln hervorrief.

„Wird das hier jetzt ein Massenauflauf?", fragte er mit einem Grinsen im Gesicht. Er lehnte sich zurück und stützte sich mit seinen Ellenbogen auf dem Tresen ab.

Raban fixierte die Vampire, die sich im Raum postiert hatten. Er war nervös.

Dann wurde ihre Aufmerksamkeit auf einen großen Vampir gelenkt, der durch den hinteren Gang eintrat. Seine schwarzen langen Haare hingen ihm bis zu den Schultern. Er trug einen maßgeschneiderten Anzug und seine Lackschuhe glänzten in der spärlichen Beleuchtung, als er sich ihnen näherte. Merklich zuckte er zurück, als er bemerkte, dass sich zwei Clankrieger in seinem Club befanden. Die Macht, die beide ausstrahlten, ließ ihn hart schlucken.

„Clankrieger!", begrüßte Mamba die beiden eisig. „Hast du dir Verstärkung mitgebracht?" Seine weißen Zähne strahlten wie nach einem Bleeching.

„Mamba, was ist jetzt? Willst du quatschen, oder zur Sache kommen?" Nun richtete sich Mehit bedrohlich auf. „Ach ... und noch eins vorweg. Das ist das erste und letzte Mal, dass du einem Clankrieger etwas vorschreibst! Haben wir uns verstanden?" Nun funkelten Mehits Augen böse in Mambas Richtung.

Mamba nickte nur, ohne auch nur eine Sekunde die beiden aus den Augen zu lassen.

„Ich habe dir gesagt, ich will keinen Ärger mit dem Clan und dazu stehe ich auch!"

„Gut! Was willst DU?" Dabei sah Mehit verdammt wütend aus.

Mamba blickte kurz zur Seite, nickte seinen Vampiren zu und diese verließen alle den Raum. Als Letzter trat der Türsteher durch den Nebengang.

„Als du letztes Mal mein Etablissement betreten hast, hat sich das wie ein Lauffeuer herumgesprochen. Einerseits kommen jetzt vermehrt jüngere Vampire, um einen Blick auf einen vom Clan zu erhaschen, andererseits wurde mir vom Rat gedroht."

„Und?" hakte Mehit gelangweilt nach.

„Sie haben gesagt, wenn ich dir kein Hausverbot erteile, werden sie meinen Laden schließen! Oder ich soll dich auskundschaften, dafür würden sie mich entlohnen." Mambas Mimik war ruhig und ausgeglichen. „Aber das ist nicht das Problem."

„Sondern?" Langsam ging Mehit die Geduld aus.

„Mit dem Rat komme ich schon alleine klar! Aber ... es kamen vor einigen Tagen drei von Isfets Leuten hier vorbei!"

Nun verspannten sich Mehit und Raban gleichermaßen.

„Erst haben sie sich ruhig verhalten, doch nach einiger Zeit fing einer von ihnen an, Fragen zu stellen. Ob es schon oft vorgekommen wäre, dass ein Clankrieger hier gewesen sei. Danach haben sie den gesamten Club inspiziert und sind wieder gegangen. An den darauffolgenden Tagen kamen zwei von ihnen wieder, setzten sich immer auf die Empore und warteten. Meine Bedienung Mina hatte ein Gespräch mitbekommen, in dem es um dich ging. Der eine, so ein Beach-Boy-Typ, konnte dich sehr gut beschreiben."

Da gingen bei Mehit die Alarmglocken an. *MIKE!*

Mamba hob sachte die Hände.

„Ich will keinen Stress mit euch, ehrlich. Ihr könnt gerne weiterhin herkommen, aber ... haltet mir Isfets Leute vom Hals. Diese Ausgeburten versauen mir das Geschäft. Ich habe zwar eigene Leute, doch würde ich mich besser fühlen, wenn ich eure Rückendeckung hätte." Erregung spiegelte sich in seinen Worten wider und seine Fangzähne fuhren sich dabei aus.

Mehit verzog seinen Mund zu einer harten Linie.

„Raban, gib ihm unsere Nummer", wies er ihn an.

Raban zückte eine Visitenkarte, auf der die Geheimnummer des Clans vermerkt war. Er erhob sich, trat auf Mamba zu und reichte ihm die Karte.

Dieser ergriff diese und steckte sie in seine Hosentasche.

„Wenn einer von Isfets Leuten auftauchen sollte, rufst du uns an!" Mehits Blick war hart und unnachgiebig.

Mamba nickte zustimmend und wirkte fast ein wenig erleichtert.

Als beide den Club verlassen hatten und die Straße entlangliefen, sagte keiner ein Wort. Sie bestiegen Mehits Wagen und ließen sich in die Sitze fallen.

„Als Mamba von dem Beach-Boy-Typen gesprochen hat, ist dir jemand eingefallen, auf den diese Beschreibung passt, stimmt's?", vermutete Raban.

„Ja, Mike!", grollte dieser zwischen den zusammengebissenen Zähnen hervor.

„Der Mike? Der, der für die Explosion des Bistros von Philippe und Corinne verantwortlich ist?"

„Genau der!" Bei dem bloßen Gedanken an Mike sträubten sich bei ihm alle Nackenhaare.

„Verdammt! Wir hätten weiter nach ihm suchen sollen. So wie es aussieht, hat er sich Isfets Leuten angeschlossen, aus welchem Grund auch immer."

Wut spiegelte sich in seinem Gesicht wider und er schlug mit seiner flachen Hand auf das Lenkrad.

„Verdammt noch mal!"

So gereizt hatte Raban Mehit noch nicht erlebt. Er hielt es für besser, zu schweigen.

„Informiere Jonathan über unsere Unterhaltung mit Mamba und sage ihm, dass wir uns noch etwas umsehen werden."

Raban nickte und griff nach seinem Handy.

„Wir sollten mal bei der neuen Unterkunft von Philippe und Corinne vorbeischauen, nicht, dass wir dort auch noch böse Überraschungen erleben", sagte Raban, nachdem er Jonathan eine SMS geschrieben hatte.

„Ja, das sollten wir tun!"

Langsam entspannten sich seine Gesichtsmuskeln. Er steckte den Schlüssel ins Zündschloss und startete den Wagen.

Unterdessen kuschelte sich Conzuela an Aments breite Brust, nachdem sie sich ausgiebig geliebt hatten. Sie war immer noch von ihren neuen Empfindungen überwältigt, die ihren Körper zu dieser Spitzenleistung getrieben hatten. Normalerweise hätte sie ausgelaugt sein müssen, doch ihr Puls raste immer noch auf Hochtouren und so wie es aussah, konnte Ament es fühlen, denn auf seinen Lippen breitete sich ein laszi12es Lächeln aus.

„Das ist nicht fair!", protestierte sie mit einer koketten Schnute.

„Was?", bettelte er fast.

„Du weißt genau, was ich fühle, wie sensibel meine Haut ist, du kennst den Grad meiner körperlichen Verausgabung, und doch ist mein Körper so voller Energie und Kraft, dass ich …"

Ament drehte sich zu ihr um und küsste sie. Dabei drückte er sie sanft ins Kissen und ließ seinen muskulösen Oberschenkel zwischen ihre Beine gleiten.

Ihre weiche Haut streichelte ihn, erregte ihn und ließ seine Fangzähne ausfahren. Geschickt umschlängelte sie seine Fänge und nahm seine Zunge in ihren Mund auf. Begierig drängte sie ihren Körper ihm entgegen und er griff mit seiner Hand unter ihren Rücken und zog sie leicht nach oben. Dann löste er sich von ihren Lippen und seine Zunge bahnte sich ihren Weg entlang ihres Schlüsselbeins hinab zu ihren Brüsten, die sich ihm entgegenreckten. Er küsste sie sanft auf die zarte Haut dazwischen und schabte leicht mit seinen Fängen an ihnen entlang.

„Ich habe noch etwas für dich", stöhnte er ihr entgegen.

„Was?" Mehr brachte sie nicht hervor, denn es kam ihr vor, als wenn ihr Körper zerspringen wollte.

„Augen zu!", forderte er unnachgiebig.

Er griff hinter sich auf den Nachttisch, und als ein kleiner fester Gegenstand auf ihren Bauch aufkam, zuckte sie ernüchtert zusammen. Nachdem seine sanfte Zunge ihre empfindliche Haut gestreichelt hatte, kam ihr nun dieses ungewöhnliche Etwas auf ihrem Bauch sehr kühl vor.

„Konzentriere dich", befahl er. „Lass deinen Geist durch deinen Körper fließen. Fühle es!"

Conzuela versuchte, sich zu konzentrieren, was ihr schwerfiel, weil Aments gewaltiger Körper sich über sie beugte. Sie wollte sich lieber mit ihm vereinigen, Ekstase fühlen und sich nicht ablenken lassen.

„Können wir das nicht später ausprobieren?"

„NEIN!", drang unnachgiebig an ihr Ohr. Enttäuscht stieß sie einen Seufzer aus.

„Conzuela, du musst lernen deinen Körper zu kontrollieren. Je eher, desto besser." Seine Worte waren nicht mehr weich, sondern strahlten eisige Kälte aus.

Sie wusste, dass er es ernst meinte und sie konnte ihn auch verstehen. Er wollte, dass sie die Verwandlung zur Clankriegerin schnell erlernte. Sie sollte sich kontrollieren können. Dies tat er, um sie zu schützen, doch das entsprach nicht gerade ihren Wünschen.

Ament konnte durch ihre Blutsverbindung den innerlichen Kampf spüren, den Conzuela mit sich selber austrug. Ihre Haut war wie elektrisiert und ihre Muskeln spannten sich an. Doch auf keinen Fall würde er nachgeben. In seinen Augen musste sie lernen, und zwar schnell. Sie sollte sich gegen andere Vampire zur Wehr setzen können, aber dazu war sie nur in der Lage, wenn sie ihren neuen Körper verstehen konnte.

Fast beleidigt sagte sie zu ihm.

„Okay … ich probiere es." Sie atmete tief durch und versuchte sich zu entspannen. Um den Grad ihrer Erregung zu senken, dachte sie an einen nüchternen

Operationssaal. Kalte Fliesen, grelles Licht und Sterilität. Sie horchte in ihren Körper hinein, tastete nach dem Gebilde, der sich auf ihrem Bauch befand. Ihr kam der Gedanke, dass dies das Schmuckkästchen war, welches ihr Ament vor kurzem gezeigt hatte. Gerade wollte sie ansetzen, ihre Vermutung zu äußern, da kam ihr etwas unstimmig vor. Sie komprimierte ihre Sinne und nahm eine drehende Bewegung im Innern des Gegenstandes wahr. Dann fixierte sie dieses Geräusch und es offenbarte sich vor ihrem Auge das Innenleben einer Taschenuhr. Als sie den Sekundenzeiger ausmachen konnte, war sie sich ganz sicher und sagte mit der Inbrunst der Überzeugung:

„Es ist eine Taschenuhr!". Und dann lauschte sie in die Stille hinein.

„Gut, wirklich gut", raunte er ihr entgegen.

Sie öffnete die Augen und sah ihn argwöhnisch an.

„Also hab ich den Test bestanden?"

„Den Test schon, aber … du warst zu langsam", neckte er sie.

Sie richtete ihren Oberkörper auf und Ament wich leicht zurück. Auf ihrem Bauch lag eine goldene Taschenuhr. Ihre Finger griffen nach dem Schmuckstück. Den Deckel zierte eine kunstvoll gestaltete Gravur, die vor Jahrhunderten ausgearbeitet worden sein musste.

Mit Adlersaugen beobachtete er jede ihrer Bewegungen. Seine Atmung ging flach und kitzelte sie leicht an der Schulter.

Sie drückte an der Seite einen kleinen Knopf und der Deckel sprang auf. Auf der Innenseite des Deckels kam ein Bild von einer atemberaubenden schönen Frau zum Vorschein. Ihre mandelförmigen Augen stachen von dem Bild hervor, als wenn sie lebendig wären. Ihre Haare trug sie zu einem Pferdeschwanz, der sich an ihrer Schulter entlangschlängelte. Das Glas oberhalb des Ziffernblattes hatte mehrere Sprünge.

Conzuela konnte nur erahnen, wem diese Uhr einst gehört hatte.

„Sie ist von deinem Vater." Dies war keine Frage, Conzuela wusste es. Bedächtig nickte er.

„Und das … ist deine Mutter?"

„Das war … meine Mutter", korrigierte er sie. „Das Glas ist gesprungen, als er …" Nun brach seine Stimme ab.

Beschützend legte sie ihre Hand an sein Gesicht.

„Deine Mutter … war eine wunderschöne Frau."

„Ja, das war sie." Er griff unter sein Kopfkissen, holte das kleine Schmuckkästchen hervor und reichte es ihr, ohne etwas zu sagen.

Conzuela riss die Augen auf und schaute ihn fragend an. „Für mich?"

„Ja, … es ist ein Erbstück." Sein ausdrucksloses Gesicht fixierte das Kästchen. Mit einem klackenden Geräusch öffnete Conzuela die Schatulle und es verschlug ihr den Atem. Etwas kleiner als eine Walnuss funkelte ihr ein Rubin entgegen. Dieser war eingefasst in goldene Fäden, die sich um ihn schlangen. Die feste, aber filigran gearbeitete Kette war mit ihm verbunden. Zögerlich griff sie nach dem Stein und fühlte sein Gewicht. Die Kette glitt an ihren Fingern entlang wie eine Schlange.

Zaghaft kam ihr über die Lippen.

„Sie ... ist wunderschön."

„Meine Mutter hatte sie getragen ... und ich würde ... trägst du sie?" Seine Worte waren abgehackt, denn seine Emotionen übermannten ihn.

„Ja, ... das würde ich sehr gerne."

„Ähm, eine Sache ... wenn ich sie dir umlege, trennt erst der Tod euch beide wieder. Das solltest du vorher wissen." Seine Augen bohrten sich in sie und er fühlte seine Hitze in sich aufsteigen, als er ihre Antwort erwartete.

„Es wäre mir eine Ehre, wenn ich sie tragen dürfte."

Diese Worte ließen ihn schwer ausatmen. Es kam ihm so vor, als ob eine zentnerschwere Last von ihm abfiel.

„Würdest du sie mir anlegen?" Ihre Finger reichten ihm nun das Geschmeide und Ament nahm es in seine zitternden Hände.

Conzuela sah die Reaktion, doch sie schwieg. Sie hob ihre braunen Haare mit ihrer Hand nach oben und er legte ihr vorsichtig die Kette um den Hals. Als er die beiden Enden aneinanderhielt, schlängelten sich aus jedem Ende goldene Fäden, die sich mit dem anderen Ende verbanden, bis kein Anfang und keine Ende mehr zu erkennen war. Der Kreis der Kette war geschlossen. Der schwere Rubin hing oberhalb ihres Brustbeins und strahlte einen solchen Glanz aus, dass Conzuela sich zu Ament umdrehte und ihm einen liebevollen sanften Kuss schenkte.

10. Kapitel

Aufgewühlt wälzte sich Elisa in ihrem Bett. Immer wieder nahm sie das Handy in die Hand, doch das Display zeigte ihr nicht, was sie sehen wollte. *Hat Susan diesen Ricky nicht getroffen?* Diese Frage hatte sie sich seit gestern Abend mindestens hundert Mal gestellt. *Oder hat sie ihn gar nicht nach ihm gefragt?* Auch diese Frage war ihr dutzende Male durch den Kopf gegangen. *Bitte, bitte, helft mir doch.* Ihre Lippen fingen leicht an zu beben und Tränen nahmen ihr die Sicht. Sie vergrub ihr Gesicht im Kissen und schluchzte. *Morgen Abend werden sie mich wegbringen und dann? Verflixt noch mal. Es muss noch einen anderen Weg geben? Reiß dich zusammen,* zwang sie sich nun. *Denk nach, denk nach,* doch es wollte ihr nichts Brauchbares einfallen. *Wenn alle Stricke reißen, dann täusche ich Selbstmord vor oder noch besser ich bringe meine Bewacherin um.* Das ließ sie endlich mal wieder die Mundwinkel zu einem Schmunzeln verziehen. *Moment mal, der Gedanke wäre gar nicht mal so abwegig, doch ist es sicher schwierig, diesen Rottweiler mit Lipgloss so einfach zu beseitigen.* Sie setzte sich auf biss leicht auf ihrer Unterlippe herum und überlegte fieberhaft. Dann schielte sie zu ihrem Nachtschränkchen hinüber. Als sie die Lade öffnete, fanden sich dort einige Arzneien, die sie aus dem Krankenhaus mitgenommen hatte, um sie zu testen. *Wenn ich ihr aus diesen Mittelchen einen Cocktail mixe, könnte mir das vielleicht ein paar Minuten einbringen. Verflixt und zugenäht, das reicht niemals. Ich würde es nicht mal in den Eingangsbereich schaffen.* Mit einem Ruck knallte sie die Lade wieder zu, sprang aus dem Bett und griff sich mit ihren Händen an den Kopf. *Also doch Selbstmord.* Durch ein Geräusch auf dem Flur wurde sie aus ihren Gedanken gerissen. Es hörte sich nach Emilia an, die für diese Etage zuständig war. Als Haushaltsdame unterlagen ihr die Privatgemächer der Hamiltons. Solange Elisa denken konnte, war sie im Dienste ihrer Eltern gewesen. Nun klopfte es an ihrer Tür und Elisa bat sie hinein. Ihre Bewacherin wollte ebenfalls den Raum betreten, doch Elisa wies sie mit einigen Worten zurück.

Emilia schaute irritiert zu Elisa.

„Alles in Ordnung Miss Hamilton?", fragte sie leise.

„Ja und nein. Morgen soll ich zu Tante Theresia", antwortete Elisa genauso leise.

Emilia sah erschrocken aus, wagte aber nichts zu entgegnen. Ihre Rolle in diesem Haushalt war untergeordnet. Dass sie mit Elisa sprach, war schon mehr, als ihr zustand. Das Personal hatte strikte Anweisungen von Mr. Hamilton, die besagten, dass sie weder mit den Familienangehörigen sprechen durften, noch

sich außerhalb des Gebäudes über die Familie zu äußern. Doch Emilia und Elisa hatten schon öfter heimlich miteinander geredet. In diesem Moment fiel es Elisa wie Schuppen von den Augen. *Ja, das ist es. Ich werde Emilia bitten, eine Nachricht an Susan weiterzureichen.* Schlagartig drehte sie sich um und lief zu ihrem Schreibtisch. Hastig kramte sie einen Zettel und Stift hervor. Dann schrieb sie eine kurze Nachricht und faltete diese. Als sie sich umdrehte, sah sie in Emilias Gesicht Ratlosigkeit. Sie ging dicht auf sie zu und flüsterte:
„Kannst du diesen Zettel meiner Freundin Susan geben, bitte?", flehte sie.

Doch Emilia trat eilig einige Schritte zurück und schüttelte heftig den Kopf. Dann formten ihre Lippen ein NEIN.

Elisa entglitt das Gesicht, all ihre Hoffnung löste sich in Luft auf.

„Warum nicht?", fragte sie mit zittriger Stimme.

Abermals schüttelte Emilia traurig den Kopf.

Irritiert schaute Elisa sie an und breitete ihre Arme fragend aus.

Emilia schob den Ärmel ihrer Bluse nach oben. An ihrem Handgelenk prangte ein technisches Armband mit einem grünen Lämpchen.

Wortlos öffnete sich Elisas Mund.

Emilia ging an ihr vorbei und griff nach dem Stift und schrieb eine Nachricht auf den Block.

Sogleich stand Elisa neben ihr und als ihre Augen das Wort wahrnahmen, lief ihr ein kalter Schauer über den Rücken.

HAUSVERBOT

Elisa warf ihren Kopf in den Nacken. *Das darf doch wohl nicht wahr sein. Dreht mein Vater jetzt vollkommen durch?* Sie atmete tief durch und legte ihre Hand sanft auf die Schulter von Emilia.

Mit besorgtem Blick schaute Emilia zu ihr und streichelte sanft die Wange von Elisa. Dann deutete Emilia mit ihren Zeigefinger auf sich und dann zur Tür. Sie musste gehen, sonst würde es Fragen aufwerfen, dass sie so lange in Elisas Zimmer war.

Elisa brachte sie zur Tür, und als sie diese öffnete, sagte sie:
„Danke, Emilia, dass du mir beim Suchen geholfen hast. Ich werde sie wohl irgendwo verlegt haben. Vielleicht kannst du die anderen Mal fragen, ob sie meine Ohrringe gefunden haben?"

Emilia antwortete mit einem Nicken und trat wieder aus dem Zimmer.

Als ihre Bewacherin eintreten wollte, knallte Elisa ihr die Tür vor der Nase zu. Ihr Gehirn arbeitete auf Hochtouren, doch nichts von ihren Einfällen hatte bisher zu einem Erfolg geführt. Sie ging zu ihrer Garderobe und griff nach ihrer Handtasche, die offen war. Dort glänzte die Chipkarte der Videothek. *Bingo.* In ihr regte sich ein Hoffnungsschimmer. Vielleicht der letzte, den sie hatte. Ihre

Finger umschlossen die Chipkarte und sie ging zur Tür. All ihren Mut raffte sie zusammen und trat hinaus.

Als sie am Arbeitszimmer ihres Vaters angekommen war, vernahm sie eine Unterhaltung. Ihr Vater unterhielt sich mit einem seiner Mitarbeiter.

„… ich habe Ihnen gesagt, ich will Ergebnisse und keine Ausflüchte! Wann verstehen Sie das endlich!", ertönte der tiefe Bariton ihres Vaters.

„Was soll ich denn machen. Sie ist auf dem Grundstück und da könnte nicht mal eine Maus hinein, ohne dass es jemand mitbekommen würde", klagte sein Gegenüber verunsichert.

„Es ist mir egal wie, aber ich will sie haben!" Er knallte seine Faust auf den Schreibtisch.

„Wir brauchen mehr Männer und …"

Schlagartig war die Unterhaltung beendet und fünf Augenpaare starrten Elisa ernst an, als sie anklopfte und die angelehnte Tür aufschob.

Ihr Vater warf ihr einen grimmigen Blick zu.

„Was willst du?" Vorwurfsvoller konnte es nicht klingen.

Elisa trat einen Schritt weiter in das Arbeitszimmer.

„Ich hätte dich gerne kurz gesprochen. Nur zwei Minuten, länger wird es nicht dauern." Sie legte einen wehleidigen Blick an den Tag, doch ihr Vater würdigte sie keines Blickes.

„Zwei Minuten, mehr nicht!", befahl er knapp. Mit einer ruckartigen Handbewegung dirigierte er die anderen aus dem Zimmer.

„Also? Die Zeit läuft!"

„Du hast mir beigebracht, dass man sich kein Fehlverhalten leisten kann. Da ich Morgen zu Tante Theresia fahre, würde ich gerne der Klinik ordnungsgemäß kündigen, damit sich die anderen nicht über mich beklagen können. Ich will nur vorschriftsmäßig meinen Arbeitsplatz verlassen."

„Schreib einen Brief oder eine E-Mail!", entgegnete er genervt.

„Das geht leider nicht, denn wenn man die Klinik verlässt, muss man bei Dr. Anderson persönlich seine Chipkarte abgeben, da diese die Eingangskodierung zur Klinik beinhaltet sowie zu den Medikamentenschränken und den Betäubungsmitteln und …"

„Okay, okay … hör auf. Dann wirst du heute Abend deine Chipkarte in der Klinik abgeben."

„Gut", antwortete sie ruhig. Dann verließ sie ohne ein weiteres Wort das Arbeitszimmer. Sie musste ihren Puls bezwingen, damit ihr Vater oder auch die anderen vor der Tür nichts bemerkten. Es war klar, dass alle die Unterhaltung mit angehört hatten. Somit musste sie nur noch abwarten, bis diese Elitetruppe ihr Bescheid sagte. Sie schritt den Flur entlang und ihre Bewacherin folgte ihr.

Als sie nicht die Treppe nach oben ging, rief diese: „Mrs Hamilton!" Doch der argwöhnische Unterton hinter ihr konnte sie nicht aus der Fassung bringen.

„Was?", entgegnete sie ihr.

„Wo wollen Sie hin?" Der Klang ihrer Stimme war fordernd.

Elisa drehte sich zu ihr um und stemmte ihre Hände in die Hüften.

„Wenn ich morgen aufbreche, werde ich wohl einen Koffer brauchen, um meine Sachen einzupacken, oder?" Dabei zog sie ihre Augenbrauen nach oben.

„Das kann das Personal machen!", erwiderte die Vampirin mit einem harten Gesichtsausdruck.

„Es ist doch wohl nichts dabei, wenn ich meinen Koffer selber hole!" Mit zügigen Schritten setzte sie ihren Weg in den Keller fort. Nach einigem Suchen fand sie ihr Kofferset und wuchtete es aus der Ecke. Dann stapfte sie an der Vampirin vorbei wieder nach oben bis in ihr Zimmer. Demonstrativ riss sie dort ihren Kleiderschrank auf und zog einige Kleidungsstücke von den Bügeln. Ihre Bewacherin beobachtete jeden Handgriff, den Elisa tat. Anscheinend konnte sie nichts Beunruhigendes daran feststellen. Sie ging vor die Tür und schloss diese hinter sich.

Geschafft. Hoffentlich geht mein Plan auch auf! Eifrig packte sie weiter, bis der Koffer aus allen Nähten platzte. Dann trug sie den Kosmetikkoffer ins Bad und stellte ihn neben das Waschbecken. Als sie auf die Uhr schaute, zeigte diese fast Mittag. *So, jetzt werde ich mich ein wenig hinlegen, denn ich muss morgen alle Reserven hinreichend mobilisieren können.* Zufrieden mit sich selbst verließ sie das Bad und kroch in ihr Bett. Sie zog die Bettdecke bis unter die Nase und schloss die Augen.

Die Seidenbettwäsche, die Ivans Haut berührte, fühlte sich angenehm kühl an. Nachdem er von Jonathan sein eigenes Quartier zugewiesen bekommen hatte, sah er sich genau darin um. Er war von der Größe und der Einrichtung überwältigt. Der Wohnbereich war elegant in Schwarz und Beige eingerichtet, was ihm sehr gefiel. Das Ankleidezimmer verschlug ihm den Atem. Damit hatte er nicht gerechnet und er war sichtlich beeindruckt. Als er seinen Rundgang beendet hatte, wollte er sich etwas ausruhen.

Angel hatte ihn in sein Quartier begleitet, nach dem Ivan darauf bestanden hatte, sie bei sich übernachten zu lassen.

Jonathan hatte dem ohne besondere Einwände zugestimmt.

Angel lag neben ihm und schlief schon tief und fest. Sie war sehr wortkarg gewesen, seit sie das Quartier betreten hatten. Als sie aus dem Bad gekommen war, hatte sie ihn nur um ein T-Shirt gebeten, was er ihr aus seinem Ankleidezimmer geholt hatte.

Als er ihr Profil von der Seite studierte, fühlte er sich für sie verantwortlich. So wie sie vorhin von Ortischa angegriffen wurde, hatte er ihre ganze Aufmerksamkeit. Eigentlich hatte er nichts mit ihr zu tun, und doch regte sich bei ihm der Beschützerinstinkt. Vielleicht lag es daran, dass er früher auch immer auf seine kleine Schwester aufgepasst hatte. Doch der Unterschied war, dass Angel kein kleines Mädchen war, sondern eine erwachsende Frau, die gut auf sich alleine aufpassen konnte. Sie war, genau wie er, eine Söldnerin, die sich durchs Leben kämpfte. Nun versuchte er, diese Gedanken beiseite zu schieben. Er verschränkte seinen rechten Arm hinter dem Kopf und seine violetten Augen schweiften durch den Raum. *Hier kann man es sich gut gehen lassen. Endlich bin ich wirklich da, wo ich immer hinwollte. Ich habe es wirklich geschafft. Ich bin ein Clankrieger. Aber ... wenn Angel nicht gewesen wäre, dann könnte ich diesen Augenblick nicht genießen.* Leicht presste er die Lippen aufeinander. Er zwang sich, die Augen zu schließen, um sich etwas auszuruhen. Er wusste nicht, was ihn beim Training erwartete. Seine neu gewonnenen Kräfte jagten durch seinen Körper. Er wollte ausgeruht sein, denn die anderen würden ihn hart rannehmen. Nach ein paar Minuten wurde seine Atmung ruhiger, und als er sanft in das Land der Träume entschwinden wollte, zuckte er zusammen.

Angel hatte sich umgedreht und ihren Arm über seinen flachen Bauch gelegt. Ihre weiche Haut fühlte sich angenehm an. Er wusste, dass das nichts zu bedeuten hatte. Wenn sie jetzt wach werden würde, wäre sie über sich selber erschrocken. Doch in gewisser Hinsicht genoss er das Gefühl der Nähe. Es war lange her, dass er neben einer Frau gelegen hatte, die ihm etwas bedeutete. Die Frauen, die es in sein Bett getrieben hatte, waren meistens auf eine längere Beziehung aus. Doch er wollte sich nicht binden, liebte die Freiheit, die Ungebundenheit. Dennoch konnte er auch nicht ohne sie. Sein Beuteschema war ein besonderer Frauentyp. Er mochte keine Bohnenstangen, an denen er sich Splitter einriss. „Nur Hunde spielen mit Knochen" lautete sein Motto. Er brauchte etwas zum Anfassen. Üppige Brüste, schmale Taille und kräftige Oberschenkel ließen seinen Puls in Wallung kommen. Die Haarfarbe oder -länge spielte dabei keine Rolle. Viele der Frauen haben ihn immer wieder wegen seiner außergewöhnlichen Augenfarbe umschwärmt, doch das lief ihm zuwider. Denn ihre seltene Farbe hatte, seit er laufen konnte, innerhalb der Vampirgemeinschaft größtes Unbehagen ausgelöst. Seine Eltern wurden oft genug aufgefordert, das Dorf zu verlassen, damit sich das Böse nicht ausbreiten, geschweige denn vermehren konnte. Andere Kinder wurden auf Abstand gehalten und eine Schule durfte er auch nicht besuchen. Er sei nicht erwünscht, hieß es dann immer. Daher war er mit seinen Eltern immer wieder umgezogen. Als er im Teenageralter war, kam seine Schwester zur Welt. Sie hatte „seine Augen" und er nun jemanden um sich, der das gleiche Schicksal mit ihm teilte. Wenn sie ihr an den langen schwarzen Haaren gezogen oder ihr die Jacke vom Körper gerissen hatten, war er es, der sie beschützte. Als Darja volljährig wurde, hatte sie beschlossen, nicht mehr in die Öffentlichkeit zu gehen. Sie verbarrikadierte sich in ihrem Zimmer und ging nur noch zur Nahrungsaufnahme nach draußen. Freunde hatte sie keine. Sie widmete sich ganz ihrem Hobby, welches sie dann zu ihrem Beruf machte. Sie wurde Designerin. In ihrem Atelier, welches sie im Haus ihrer Eltern eingerichtet hatte, empfing sie ihre Kunden nur mit Kontaktlinsen oder getönten Brillen, damit ihre Augen nicht abstoßend auf die Kundschaft wirkten. Als sich das Internet entwickelte, konnte sie viele ihrer Aufträge gleich ganz online abwickeln. Zum hiesigen Zeitpunkt lebte sie in Sankt Petersburg, immer noch im Untergrund, und war eine gefeierte Designerin ohne Gesicht. Er hingegen hatte im Kraftraum seiner Eltern wie ein Wahnsinniger trainiert, bis auch er sein Zuhause verließ, um nicht sein Leben lang von seinen Eltern abhängig zu sein. Er ging in den Untergrund, lernte sich durchzusetzen und bald war er Anführer einer fünfköpfigen Gang. Diese zog durch die Stadt und erledigte Aufträge jeglicher Art. Nach einer Weile hatte er sich einen Namen in der Szene gemacht. Alle nannten ihn Chelovek v ochkakh (der Mann mit der Brille) und seine Aufträge wurden immer delikater. In dieser Zeit hörte er das erste Mal vom Clan. Ihn faszinierten die Krieger, die solche Macht besaßen und von allen gefürchtet wurden. Er sehnte sich danach, ebenfalls so ein Krieger zu werden. Endlich anerkannt und gefürchtet zugleich zu sein, war das Nonplusultra für ihn. Es hatte sich jedoch keine Möglichkeit ergeben an den Clan heranzukommen, so dass er den Gedanken wieder verwarf. Nach einem Machtkampf in seinen Reihen, wobei zwei seiner Mitglieder starben, löste sich die Gang auf. Von da an arbeitete er nur noch im Alleingang. Bald war er der gefährlichste Auftragskiller in ganz Russland. Als dann noch internationale Aufträge hinzukamen dachte er, er wäre am Ziel angelangt. Bis der Clan in sein Leben trat und alles veränderte.

Jonathans Gang war schleppend, als er den Flur entlanglief. Vergeblich hatte er versucht, dass Ortischa ihm die Tür öffnete, doch sie tat es nicht. Etliche Male hatte er schon auf ihre Mailbox gesprochen, doch sie antwortete nicht. Er hätte einfach ihr Quartier betreten können, doch er hielt sich zurück. Er respektierte ihre Privatsphäre und dennoch war er verärgert über ihr Verhalten. Nicht nur dass sie Ament und Conzuela die Party geschmissen hatte, sondern auch über ihre Boshaftigkeit Angel gegenüber. Bisher war er nicht sonderlich begeistert von Angel gewesen, doch hatte sie Ivan das Leben gerettet, als er angegriffen worden war. Sie hätte ihn genauso gut sterben lassen können, aber da hatte sie den Teamgeist bewiesen, dessen Mangel ihr von den anderen vorgehalten wurde.

Sie war anders, lockerer von ihrer Art und wäre sicher nach einiger Zeit ein guter Zuwachs für den Clan geworden. Aber nun verließ sie den Clan auf eigenen Wunsch und Jonathan musste das Unvermeidliche tun: ihre Erinnerungen der letzten Zeit löschen. Ortischa hingegen war an Feindseligkeit ihr gegenüber nicht zu übertreffen. Ein richtiger Zickenterror tobte. Er wusste nicht, warum Ortischa sie so ablehnte. So aufgebracht hatte er sie lange nicht erlebt. Aber das war ja auch kein Wunder, da sie die letzten Jahrzehnte nicht in seiner Nähe gewesen war. Sie hatte sich verändert seit damals. Anfangs hatte er sich eingeredet, es hätte an ihm gelegen, da er mit ihr eine Affäre angefangen hatte. Doch diesen Gedanken konnte er sehr schnell wieder verwerfen, da sie ihm eindeutig klar gemacht hatte, dass sie keine Verbindung wollte. Kurze Zeit später geschah das Attentat und sie floh regelrecht vom Anwesen. Er hatte alles versucht, sie aufzuhalten, doch er kam nicht an sie heran. Es verband sie nichts mehr, was ihn bis heute verfolgte. Er hatte nie aufgehört, etwas für sie zu empfinden. Doch wusste er auch, dass das ein Fehler war, der ihn immer wieder in ein tiefes Loch riss. Er bog in die Kommandozentrale ein, wo er zielstrebig auf den Kaffeeautomaten zusteuerte. Er setzte sich an den Konferenztisch und nahm erneut sein Handy zur Hand. Dieses Mal rief er aber nicht Ortischa an, sondern versuchte zum x-ten Mal seinen Vorgänger Erik zu erreichen. Als dort wieder die Mailbox ansprang, beendete er das Telefonat und legte das Handy auf den Tisch. In ihm wuchs eine böse Vorahnung. *Sollte das Verschwinden von Erik auch etwas mit den Vorkommnissen der letzten Zeit zu haben? Verschwunden?* Nun stellte er mit Erschrecken fest, dass er einer Vermutung nachhing. *Vielleicht stimmt die Nummer auch nicht mehr, oder ...* Doch je mehr er darüber nachdachte, desto mehr verhärtete sich sein Verdacht. Die Stille wurde von der ankommenden SMS zerrissen. Er öffnete die Nachricht, die von Raban kam.

„Auch das noch." Er rollte mit den Augen. „Mamba, der hat mir gerade noch gefehlt."

Er kannte Mamba schon seit Jahrzehnten und er war froh, dass er wenig mit ihm zu tun hatte. Er war einer der Vampire, mit denen man sich nicht einließ. Bei den Gedanken an ihn verengten sich seine Augen. „Hören denn die Katastrophen gar nicht mehr auf?" Er war froh, dass er alleine war, denn solch eine Äußerung vor den Kriegern, hätte wahrscheinlich seine Autorität als Clanoberhaupt in Frage gestellt. Er trank von seinem Kaffee und starrte vor sich hin. Die Ereignisse der letzten Zeit hatten an Intensität zugenommen und bisher war er froh, dass keiner ums Leben gekommen war.

Ramos glitt durch das Anwesen. Die letzte Nacht hatte ihn sehr aufgewühlt. Der unterirdische Gang, der dem Labyrinth ähnelte, dann die Gruft, die seine volle

Aufmerksamkeit hatte. Nun war er schon so lange auf dem Anwesen und hatte nichts davon gewusst. Seine Neugierde war so groß gewesen, dass er, nachdem alle auf das Anwesen zurückgekehrt waren, noch einmal zurückgeschwebt war. Er hatte die Gruft regelrecht inspiziert und seine Wahrnehmungen prägten sich jede Kleinigkeit ein. Anfangs hatte er überlegt, ob das der Raum gewesen war, wo Jonathan ihn damals die Blutkonserven verabreicht hatte. Diesen Gedanken musste er aber schnell wieder verwerfen, denn daran hätte er sich erinnern können. Als er sich in der Gruft die in Stein gemeißelten Reliefs ansah, konnte er einiges deuten, doch andere Bilder erschlossen sich ihm nicht. Die Steinbänke auf denen Conzuela, Ivan und Raban gelegen hatten, gaben keinen Aufschluss auf irgendetwas. Doch der riesige Steinquader, der die Mitte des Raumes zierte, ließ ihn nicht los. Er spürte Energie von ihm ausgehen.

Dieses graue Gestein war plump in seiner Ausstrahlung und dennoch war irgendetwas komisch. Wenn er eine menschliche Gestalt gehabt hätte, hätte er ihn berühren können, doch das war ihm nicht vergönnt. Anschließend war er in die obere Gruft geschwebt. Diese kannte er, hatte die Sarkophage etliche Male angesehen. Als er nun zum Eingang kam, blickte er sich einmal von der einen Seite zur anderen um. Doch nichts fand seine Aufmerksamkeit. Selbst der Boden war weitestgehend unspektakulär. Sein Blick wanderte die Säulen nach oben. Die Abschlüsse der Säulen waren Rundungen, die dann die Decke stützten.

Eine Weile verharrte er dort, sank auf den Boden, stützte seinen Kopf auf seiner Hand ab und ließ sich von der Stille einfangen. Als ihn dann die Sonnenstrahlen durch die bunten Fenster trafen, drehte er sich in ihre Richtung. Er konnte im Gegensatz zu den Vampiren der Sonne entgegentreten, ohne dass er etwas verspürte. Als er sich anschließend wieder abwandte und in den Raum hineinsah, riss er die Augen weit auf. Die Sonnenstrahlen, die sich im bunten Glas brachen, erzeugten an der Rückseite der Gruft zwischen den Säulen etwas, was ihn veranlasste, aufzustehen, um sich das genauer anzuschauen. Doch sobald er an die Säulen trat, verschwand das Lichtspiel.

Er war irritiert und glitt zurück zum Eingang. Von dort zeigte sich das Farbenspiel wieder in voller Pracht. Seine Augen fixierten die Wand, wo sich etwas zeigte, was ihm den Atem raubte. Erst dachte er, seine Augen würden ihn täuschen, doch nach dem er einige Male geblinzelt hatte, versuchte er sich das Bild einzuprägen, was sich ihm bot. Die Farben schillerten fast golden und projizierten eine Art Pyramide an die Wand. Er traute sich nicht sich zu bewegen, denn er wollte so viel wie möglich in sich aufnehmen, von dem was er dort sah. Doch die Sonnenstrahlen machten ihm einen Strich durch die Rechnung und das Bild verblasste. Dann verlagerte er seine Position etwas weiter nach rechts und zuckte zusammen, als sich plötzlich ein ganz neues Bild zeigte, was eine

Sonne widerspiegelte. Er rutschte noch weiter nach rechts und abermals veränderte sich das Bild. Die Wand wurde in ein grünes Licht getaucht, was ihm etwas Unbegreifliches andeutete. An der Wand zeigte sich der Garten des Anwesens von oben, wobei zwei Stellen hellrot markiert waren. Sein Gehirn arbeitete auf Hochtouren. Er verlagerte seinen schwebenden Zustand noch weiter nach rechts und … da war nichts. Nur die kahle Steinwand. Er schwebte sogleich nach links, doch es zeigten sich keine Bilder, egal in welchem Winkel er nun auf die Wand starrte. Dann drehte er sich zur Sonne um. Sie stieg immer höher und dadurch hatte sich der Winkel auf das Glas verändert. *Das ist nicht real, oder? Aber was ist hier schon real? Vor allem, wie soll ich den anderen erklären, was ich gesehen habe? Die halten mich doch für verrückt. Ich sollte es Maddy zeigen. Sie war und ist die Einzige, der ich vertraue und …*

Bei dem Gedanken an sie, kamen ihm die Bilder von der vergangenen Nacht wieder in den Sinn. Ihr trauriges Gesicht, als sie erfuhr, dass die Gruft ihrer Eltern sich hier befand. Die zarte Berührung des kalten harten Steins in dem die sterblichen Überreste ihrer Familie lagen. Wie gerne hätte er sie in seine kräftigen Arme geschlossen, sie getröstet und ihr in diesen schweren Minuten beigestanden. Er hatte ihr angesehen, wie sie mit ihrer Trauer kämpfte, die dann schließlich die Oberhand gewonnen hatte. Er konnte ihr nachempfinden, denn als sein Leben so plötzlich geendet hatte, hatte er tagelang geweint, geschrien und wieder geweint. Er sah seine Mutter, die ihren Sohn suchte, obwohl dieser genau vor ihr gestanden hatte. Sie war einfach durch ihn hindurchgegangen. Bis er gelernt hatte, sich von ihr und den anderen zurückzuhalten. Der innere Schmerz brannte sich tief in seine Seele und nun konnte er Maddys Empfindungen sehr viel besser verstehen. Er beschloss wieder zurückzuschweben, um nach ihr zu sehen.

Als er sich auf den Weg machte und durch die untere Gruft glitt, fiel seinen Augen der Sand auf dem Fußboden auf. Er tauchte in das Element Erde und erhob sich. Er bewegte fächerartig seine Finger, die mit Millionen keiner Sandkörner bedeckt waren, wie sein restlicher Körper. Zielstrebig ging er auf den Steinquader zu und legte seine Fingerspitzen an die obere Kante. Das, hätte er besser unterlassen. In Sekundenschnelle wurde er von einem Energiestrahl gegen die Wand geschleudert. Seine Sandhaut fiel zur Erde, als ob jemand einen Eimer Wasser über ihn geschüttet hätte. Er sprang in das Element Luft und hielt schützend seine Arme vor seinen Körper, was ihm im Nachhinein albern erschien. Erbost über diese Attacke richtete er sich auf und trat erneut auf den Quader zu. Im luftartigen Zustand ließ er seine Fingerspitzen auf den Quader nieder. Abermals wurde er durch den Raum geschleudert, wie ein Squashball, der von einer Wand abgeprallt war. Ihn wunderte auch, dass er nicht durch das Gestein hindurchschwebte, doch anscheinend bestanden diese Reliefwände aus mehr als nur Gestein. Er rappelte sich hoch und schüttelte heftig den Kopf. *So etwas ist mir in den ganzen Jahren noch nicht vorgekommen!* Verbittert trat er wieder dicht an den Felsklotz. Er griff sich mit seiner Hand ans Kinn und überlegte. Er fühlte … Schmerzen, was eine ganz neue Erfahrung für ihn war. *Irgendetwas läuft hier komplett aus dem Ruder. Alle drei haben vorhin bei ihrer Verwandlung auf diesem Quader gelegen. Ich habe es selbst gesehen. Ihnen ist nichts passiert. Vielleicht hat Jonathan diesen Quader mit seiner Macht belegt, damit niemand ihn verwenden konnte. Aber Hallo! Ich bin ein Geist und Geister können bekanntlich nichts anfassen oder von irgendetwas getroffen werden.* Er versuchte es erneut. Der Energiestrom zischte durch seinen luftartigen Körper und schleuderte ihn durch die Gegend. Wieder Schmerzen! Aber dadurch fühlte sich Ramos lebendig, was ihn selbst verwunderte. Er erhob sich, doch nun spürte er noch etwas anderes. Sein luftartiger Körper zeigte auf einmal Schwächen. Fast taumelnd schwebte er erneut auf den Quader zu und wurde ein weiteres Mal gegen die Wand geschleudert, doch dieses Mal gingen bei ihm die Lichter aus.

Das Klingeln ihres Handys riss Maddy aus ihrem Schlaf. Sie tastete nach dem Handy, welches auf ihrem Nachttisch lag. „Ja", sagte sie verschlafen.
„Hi, ich bin es, Mona. Wie geht es dir?", zwitscherte sie fröhlich in den Apparat.
Maddy gähnte.
„Gut."
„Hast du noch geschlafen? Es ist schon kurz nach eins."
„Mmmhhh."
„Hast wohl gestern lange gefeiert? Soll ich später noch einmal anrufen?"
„Nein … was ist denn los?" Sie zog sich die Decke wieder bis unter die Nase.
„Heute habe ich mit Corinne telefoniert und sie sagt, dass Philippe in einer Woche aus dem Krankenhaus entlassen werden kann. Sie kommen zurück."
Beschwingt klang Mona.
„Das ist ja wunderbar … ich bin froh, dass Philippe sich so gut erholt hat", sagte Maddy.
Dann entstand eine Pause am anderen Ende.
„Was ist los?"
„Na ja, … du hast dich nicht gemeldet und wir wissen nun nicht, wie es weitergehen soll."
„Tut mir leid, aber hier war in letzter Zeit so viel los. Ich hätte mich melden sollen, Asche auf mein Haupt. Ich werde gleich noch einmal mit meinem Anwalt sprechen und dann melde ich mich bei dir zurück, versprochen!"

„Okay, mich wundert es nur, weil Tante Sophie sich auch nicht meldet. Seitdem du auf diesem Anwesen bist, ist es so, als ob du in einer anderen Welt lebst."

Wie Recht du hast, dachte sich Maddy.

„Tante Sophie hat einmal angerufen und seitdem geht nur ihre Mailbox ran. Ich weiß auch nicht, ob die Hochzeit nun stattfindet, vor allem wann? Ach, Maddy, ich bin enttäuscht. Jacques und ich wir kommen uns so vor, als wenn wir von allen verlassen worden sind. Jeden Tag sehe ich mir mein traumhaftes Kleid an und dann werde ich immer trauriger, denn ich glaube, unsere Hochzeit steht unter keinem guten Stern."

„So ein Quatsch, meine Süße. Es wird eine wundervolle Hochzeit, glaube mir. Wenn Philippe und Corinne zurück sind, werden wir das schönste Fest feiern", versicherte Maddy ihr.

„Ich würde dir gerne glauben, aber ..." Mona zögerte.

„Was ist noch?", hakte Maddy ungeduldig nach.

Maddy hörte wie Mona am anderen Ende tief ausatmete. Sie konnte sie vor sich sehen, wie sie nervös an ihrer Lippe knabberte und an ihren Haaren herumspielte.

„Mona, rede mit mir!"

„Wir ... wir haben einen Brief erhalten", flüsterte sie ins Handy.

„Und?"

„Darin steht, dass du das Anwesen unrechtmäßig bekommen hast. Das ein Verfahren gegen dich eingeleitet werden soll und wenn alles zutrifft, dann droht dir eine Gefängnisstrafe. Maddy! Was ist da bei dir los?"

Entsetzt setzte sie sich ruckartig auf.

„Wow, mal was ganz Neues. Sag mir, von wem der Brief ist."

„Er ist unterschrieben von Lady of Senteberry. Aber, das ist nicht alles. Mike war bei uns und sagte, du bist in einen Strudel geraten, aus dem du nicht mehr alleine herausgelangen kannst. Maddy, ich weiß nicht, was ich davon halten soll. Keiner redet mit uns und wir bekommen immer nur negative Informationen über dich. Jacques sagt, dass wir zu dir halten, aber die Leute, sogar jetzt schon meine Eltern, reden über dich. Wir werden schief angesehen und von unseren Freunden gemieden. Ich weiß nicht, was zur Hölle bei dir los ist, aber ich habe Angst."

„Tz ... Mona, es wird sich alles aufklären, glaube mir, bitte!" Sie sprang aus dem Bett und riss im Gehen ihren Kleiderschrank auf. „Ich melde mich in einer knappen Stunde bei dir, versprochen!"

„Okay", sagte Mona bedrückt und legte auf.

„Verdammte Scheiße, was bildet sich Mike eigentlich ein?" Wütend schlüpfte sie in ihre Jeans und zog sich ein T-Shirt über. Die Flip Flops, die neben der Tür standen, kamen ihr gerade gelegen. Ihr Puls raste, als sie ihre Suite verließ und den Flur entlang hastete. Eilig stieg sie die Portaltreppe hinab, durchschritt die Eingangshalle und rannte die Treppe nach unten. Als sie in die Kommandozentrale bog, schaute Jonathan zu ihr auf.

„Was ist passiert?"

Maddy wiederholte entsetzt das gerade geführte Gespräch, wobei ihre Körpersprache ihre Unruhe ausdrückte.

Gefasst vernahm Jonathan alles, was Maddy von sich gab. Innerlich überlegte er, wie er diesen Mike am besten töten könnte. *Dieser Kerl entwickelt sich wirklich zu einer Plage.* Nach der SMS von Raban und den jetzigen Informationen gab es für Jonathan keinen anderen Ausweg. Dieser Mike musste ausgeschaltet werden, so schnell wie möglich.

Maddy sank auf einen der Stühle und verbarg den Kopf in ihren Händen.

„Maddy, du weißt, dass das alles erstunken und erlogen ist. Mehit und Raban überprüfen gerade die neue Unterkunft von Corinne und Philippe. Dort ist auch genug Platz für Jacques und Mona. Die beiden brauchen sich keine Gedanken zu machen ..."

„Das sagst du so! Mona ist traurig und verzweifelt, wie soll sie denn mit dieser Situation umgehen?"

„Beruhige dich ... wir haben Leute, die auf die beiden seit geraumer Zeit aufpassen", sagte Jonathan sanft.

„Aha ... und wie kann es sein, dass Mike zu ihnen geht und ihnen solchen Mist erzählt? Das hätten die Leute dir melden müssen, oder nicht?" Finster starrte sie ihn an.

Er nickte.

„Du hast Recht." Fieberhaft überlegte er, wie Mike an den Leuten, die die beiden observierten, vorbeigekommen war.

„Ruf Mona an. Sag ihr, dass wir sie und Jacques in zwei Stunden abholen werden. Sie sollen nur ihre persönlichen Sachen ... nein, das ist keine gute Idee." Er griff nach seinem Handy und rief Raban an.

„Ja", antwortete dieser.

„Wie weit seid ihr?"

„Hier ist alles in bester Ordnung. Die Räume sind hergerichtet, das Bistro sieht fantastisch aus und die Sicherung des Gebäudes ist tadellos. Wir wollten gerade zurückkommen."

„Bleibt, wo ihr seid. Ihr werdet euch in einer Stunde mit Ivan und Ament bei Monas Elternhaus treffen."

„Verstanden", antwortete Raban. Dann piepte er Ament und Ivan an, die nach einigen Minuten in der Kommandozentrale erschienen.

„Fahrt zu Monas Elternhaus und holt die beiden da raus. Ihre persönlichen Sachen können sie mitnehmen. Nehmt den Geländewagen. Raban und Mehit treffen euch dort!"

Beide nickten ihm zu und verließen den Raum. Es dauerte nicht lange, da liefen sie in voller Kampfmontur in Richtung Labor und anschließend zur Garage. Beide trugen schwarze Kleidung mit einem Ledermantel darüber. Ihre Hosen steckten in Kampfstiefeln und beide strotzen nur so vor Waffen. Ihr Blick war bedrohlich und tödlich zugleich. Als beide aus dem Sichtfeld verschwanden, war Jonathan überzeugt, bezüglich Ivan die richtige Wahl getroffen zu haben.

Ivan kribbelte immer noch das Serum durch seine Adern. Er hatte genau beobachtet, wie Ament sich die Dosis verabreicht hatte und hatte es ihm gleich getan. Schweigsam traten sie in die Garage und liefen zügig auf den Geländewagen zu. Nun drehte sich Ament zu ihm um.

„Du fährst!" Er warf ihm den Autoschlüssel entgegen und Ivan fing ihn mit seiner rechten Hand auf. Dies war ein Befehl. Ivan gehorchte und stieg auf der Fahrerseite ein. Ament setzte sich auf den Beifahrersitz und stellte das Navi ein.

Ivan startete den Wagen und fuhr aus der Garage. Als die Sonnenstrahlen ihn trafen, zuckte er merklich zurück, doch er wollte sich seine Angst nicht anmerken lassen.

Ament grinste unterdessen innerlich, denn er konnte die Nervosität von Ivan aus jeder seiner Poren riechen und es amüsierte ihn. Doch nach außen hin konnte man ihm das nicht ansehen.

Nachdem er nicht in Flammen aufgegangen war, entspannte er sich und genoss den Augenblick, den Sonnenstrahlen strotzen zu können. Es war für ihn ein erhebendes Gefühl, diese Macht nun zu besitzen.

In der Küche roch es nach einem Braten, den Monas Mutter im Ofen hatte. Sie stand an der Arbeitsplatte und schnitt Salat.

„Kann ich dir helfen?", fragte Mona, als sie die Küche betrat.

„Nein!" Ihre Mutter drehte sich nicht einmal zu ihr um. Mona konnte die blanke Ablehnung spüren, die sie ihr entgegenbrachte.

„Ich könnte den Tisch decken, wenn ..."

„Nein! Ich will nicht, dass du mir hilfst." Dann ließ sie das Messer auf die Arbeitsplatte fallen und wischte sich die Hände an ihrer Schürze ab.

„Mona, die Leute reden, sie meiden unseren Laden. Wenn das so weitergeht, müssen wir ihn schließen. Ich habe es dir schon oft genug gesagt, dass es besser wäre, wenn du dich von Jacques trennen würdest", keifte ihre Mutter.

„Niemals! Er hat nichts getan und er kann nichts dafür, dass das passiert ist."

Wütend verschränkte Mona ihre Arme.

"Du willst es nicht verstehen, gut ... dann werde ich dir sagen, was dein Vater und ich entschieden haben. Jacques muss ausziehen, heute noch!" Ihre Stimme war eisern und unnachgiebig.

"Das könnt ihr nicht tun!" Monas Stimme brach.

"Und ob wir das können. Es geht hier um unsere Zukunft, die wir uns nicht zerstören lassen. Ende der Diskussion." Sie wandte sich von ihr ab, nahm das Messer wieder in die Hand und schnitt den Salat weiter.

Mit Tränen in den Augen verließ Mona die Küche. Am liebsten hätte die Jacques angerufen, doch sie wusste, dass er gerade in einer Vorlesung war und sein Handy auf lautlos geschaltet hatte. Also musste das warten. Als sie gerade in ihr Zimmer zurückgehen wollte, klingelte es an der Tür.

Ihre Mutter trat zur Tür und öffnete. In diesem Moment vernahm Mona einen unterdrückten Schrei ihrer Mutter. Ein dumpfer Aufschlag folgte. Dann hörte sie dumpfe Schritte von mehreren Personen, die sich ihren Weg in die Wohnung bahnten.

Mona schielte den Flur entlang und als plötzlich ein hünenhafter Mann um die Ecke kam, erschrak sie. Panik stieg in ihr auf. Ihre Augen weiteten sich, als ein weiterer folgte, der genauso düster gekleidet war, wie der erste. Ihr blieb fast das Herz stehen, mit welcher Entschlossenheit sie eintraten. Ohne eine Gefühlsregung in ihren Gesichtern gingen diese Männer weiter den Flur entlang. Sie fixierten Mona mit ihren harten grauen Augen. Der eine zog eine Waffe aus dem Holster und richtete diese auf Mona.

"Stehenbleiben!", knurrte er regelrecht.

Mona drückte sich vom Türrahmen ab und rannte los, so schnell ihre Beine sie tragen konnten. Augenblicklich hörte sie, wie die beiden sich ebenfalls in Bewegung setzten. Ihre harten Stiefel hämmerten den Flur entlang.

So schnell sie konnte bahnte sie sich ihren Weg zum Hinterausgang der Wohnung. Dabei stieß sie schmerzhaft gegen eine Kommode, rappelte sich auf und warf einen Stuhl um, um damit ihren Verfolgern den Weg zu versperren. Sie riss die Hintertür auf und knallte mit einem weiteren riesigen Mann zusammen. Ruckartig wollte sie sich von ihm abwenden, doch er hatte sie schon an der Hand und ihren Haaren gepackt und sein unnachgiebiger Griff ließ ihr keine Chance, zu entkommen. Sie wollte schreien, doch ihre Stimme versagte, als sie zu ihm aufsah. Sein breites Grinsen entblößte glänzende Fangzähne, von dessen Enden Speichel tropfte. Sie glaubte, ihren Augen nicht zu trauen und hörte hinter sich die beiden anderen Männer, wie sie an sie herantraten.

"Ich sagte doch ... stehenbleiben", zischte der eine wütend hervor.

Mona war wie gelähmt und ihr Angreifer schleifte sie die Hintertreppe hinunter. Die beiden anderen folgten ihnen ohne ein Wort. Als sie an der Glasfront des Geschäfts ihrer Eltern vorbeiliefen, konnte Mona ihren Vater auf dem Boden liegen sehen und es zerriss ihr das Herz. Sie konnte nicht sehen, ob er noch lebte. Unbändige Wut machte sich in ihr breit und sie stemmte sich gegen ihren Angreifer. Doch der Kerl zog sie einfach weiter, als wäre sie ein lästiges Bündel. Stolpernd lief sie mit.

Zur gleichen Zeit trafen der Geländewagen sowie der Mustang vor Monas Elternhaus ein. Alle vier stiegen gleichzeitig aus und traten auf den Gehweg. Mehit fiel der Geländewagen auf, der neben dem Haus geparkt stand. Rasch blickte er über seine Schulter und sah keinen der menschlichen Diener, auf seinen Posten. Seine Unruhe übertrug sich sogleich auf die anderen, die sich nervös ansahen.

„Was ist los?", knurrte Ament hervor.

„Hier stimmt etwas nicht!", antwortete Mehit.

In diesem Moment heulte der Motor des Geländewagens auf und Türen wurden aufgerissen.

Entfernt nahmen sie eine Frau wahr. „Lassen Sie mich los!", schrie diese.

Kampfbereit schossen alle Vier auf den Geländewagen zu.

Mit Händen und Füßen versuchte sich Mona gegen ihre Angreifer zu wehren, die sie unsanft in den Geländewagen befördern wollten.

„Scheiße, wir bekommen Besuch!", brüllte einer.

„Los, macht schon!", rief ein anderer.

Mona trat zu, so gut sie konnte, biss, kratzte und schlug um sich.

Entfernt vernahm sie Schritte, die sich auf sie zubewegten. Ihr Angreifer wurde ruckartig von ihr weggerissen und sie fiel zu Boden. Er flog in einem hohen Bogen gegen die Häuserwand. Dann bekam er von einem ebenso hünenhaften Mann mit langen braunen Haaren heftige Schläge ins Gesicht und in die Rippen. Er wand sich unter ihm und versetzte ihm einen Kinnhaken. Daraufhin zog der obere einen Dolch aus seiner Jacke und schlitzte den Angreifer der Länge nach auf, so dass das Blut in alle Richtungen spritzte. Den Blick abgewendet, rappelte sich Mona auf und bewegte sich auf die Auffahrt zu.

Was sie dort sah, verschlug ihr den Atem. Zwei weitere muskulöse Typen hatten sich auf ihre Angreifer gestürzt. Wieder blitzten Messer auf und erstickende Schreie erfüllten die Auffahrt. Was sich ihr dort bot, glich einem Gemetzel. So etwas hatte sie bisher nur in Filmen gesehen.

Einer mit einem Flathaarschnitt zog eine Pistole heraus und erschoss hinterrücks einen der Angreifer, als dieser gerade über den Hinterhof fliehen wollte.

Einem anderen wurde die Kehle aufgeschlitzt und das Blut quoll auf die Pflastersteine. Mona wollte sich gerade an dem Geländewagen vorbeischlängeln, als ein kräftiger Arm sich um ihre Taille schloss. Wieder fing sie an sich zu winden und zu treten, doch als sie kalten Stahl an ihrer Kehle spürte, hörte sie schlagartig damit auf.

„Eine Bewegung und sie ist tot", hallte es von der Hauswand wieder.

Schlagartig drehte sich der mit dem Flathaarschnitt um und zielte mit seiner Pistole in ihre Richtung. Seine violetten Augen, waren das Einzige, was Mona in dem Moment sah. Über ihren Kopf verspürte sie einen Windhauch und als sie nach oben sah, konnte sie eine Klinge sehen, die über sie hinwegglitt. Dann fiel der Kopf ihres Angreifers zu ihren Füßen. Die Hand mit dem Messer an ihrem Hals löste sich und der erschlaffte Körper sank auf das Pflaster. Bei dem Anblick des abgeschnittenen Kopfes und des Rumpfes wurde Mona speiübel. Sie wagte sich nicht zu bewegen.

„Es ist vorbei, Mona."

Langsam richtete sie ihren Blick in die Richtung, aus der die Stimme zu ihr gesprochen hatte.

„Meeehit", brachte sie nur hervor, bis ihr schwarz vor Augen wurde und sie das Bewusstsein verlor.

Er fing sie auf und wies die anderen an, nach den Eltern zu sehen und schleunigst aufzuräumen. Er trug Mona zum Lexus, legte sie auf den Rücksitz und strich ihr eine ihrer Strähnen aus dem Gesicht. Dann versetzte er sie zusätzlich in eine leichte Trance, damit sie erst einmal zur Ruhe kommen konnte. Danach unterrichtete er Jonathan, was gerade passiert war.

Nach zehn Minuten trat Ament an die geöffnete Tür des Lexus.

„Das war knapp", sagte er und Mehit stimmte ihm zu.

„Drinnen alles in Ordnung?", fragte er Ament.

„Die Eltern wurden niedergeschlagen, aber sie leben. Ihre Gehirne habe ich gelöscht. Raban und Ivan säubern die Auffahrt."

„Gut, das hätte auch anders ausgehen können. Wir müssen herausfinden, was mit den menschlichen Dienern passiert ist."

„Das könnte ich erledigen", sagte Ivan, als er auf den Lexus zulief.

Mehit nickte ihm zu und griff in seine Hosentasche.

„Hier ... und wehe ich habe eine Schramme drin." Damit warf er Ivan seinen Autoschlüssel zu. Dieser fing ihn auf und verabschiedete sich von den anderen.

„Entsorge den Geländewagen, nachdem du ihn gefilzt hast. Raban und ich fahren zur Universität. Dort treffen wir uns."

„Einverstanden", erwiderte Ament und ging zu dem Geländewagen.

Raban sah besorgt aus, als er einen Blick auf Mona warf.

„Ist sie okay?"

„Soweit ich das beurteilen kann, hat sie nur ein paar Schrammen abbekommen. Ihren seelischen Zustand wage ich nicht einzuschätzen, nach alledem, was sie gerade mit ansehen musste." Bei diesem Gedanken überlegte er, ob er ihr gleich eine Gehirnwäsche verabreichen sollte.

„Gibt es in unseren Reihen Verletzte?"

„Nur kleinere Blessuren, nichts von Bedeutung", erwiderte Raban, als er sich hinters Steuer setzte.

„Dann sollten wir jetzt Jacques holen", knurrte Mehit.

„Sind schon unterwegs." Damit setzte sich der Lexus in Bewegung.

Jonathan lief nervös durch die Kommandozentrale und versuchte Maddy auszuweichen. Er hatte ihr gesagt, was vorgefallen war, und seitdem verfolgte sie ihn mit ihren Blicken.

„Geht es Mona gut?"

„Ja, sie lebt und ihre Eltern leben auch."

„Das wäre vielleicht nicht so, wenn sie mich vorhin nicht angerufen hätte." Ihre Schuldgefühle breiteten sich wie Schwaden im Raum aus.

Jonathan nickte. „Damit könntest du Recht haben."

Mona war um Haaresbreite einer Entführung entgangen, und als Maddy sich immer wieder ausmalte, was alles hätte passieren können, schnürte es ihr die Kehle zu. Ihr Magen machte sich ebenfalls bemerkbar.

„Ich geh zu Jane etwas essen. Sophie und John werden sich sicher wundern, warum ich mich so rar mache", sagte sie teilnahmslos. Dann schob sie ihren Stuhl beiseite und schritt an Jonathan vorbei.

Er sah ihr nach, als sie die Treppe hinaufstieg, und atmete tief durch. Dann verließ er die Kommandozentrale und ging den Flur entlang bis zum Quartier von Ortischa. Er hämmerte an ihre Tür, doch es kam keine Reaktion.

„Ortischa!", rief er.

Nichts.

„ORTISCHA!"

Nichts.

„Wenn du jetzt nicht gleich die Tür aufmachst, komme ich rein. Hast du verstanden?"

Nichts.

Mental entriegelte er das Schloss und die Tür sprang auf. Dunkelheit schoss ihm entgegen, als er eintrat.

„Ortischa!", rief er abermals. *Sollte sie das Anwesen verlassen haben? Das kann nicht sein, das hätten wir mitbekommen*, versuchte er sich einzureden. Er lief an der roten Ledercouch vorbei und schielte ins Schlafzimmer. Nun konnte er ihren Körper im Bett ausmachen, aber ... sie bewegte sich nicht. Er schoss zu ihr und schob die Decke beiseite. Sie atmete nicht.

„Ortischa, was ist los? Sag etwas!" Panik stieg in ihm auf. Der Puls war kaum noch zu spüren und ihr Atem hatte ganz ausgesetzt. Sie zeigte keine Reaktion, als er an ihr herumfuchtelte. Er griff nach seinem Handy und rief Conzuela an. „Komm zur Krankenstation, JETZT!" Damit ließ er sein Handy in die Tasche gleiten und hievte den reglosen Körper von Ortischa auf seine Arme. Mit überdimensionaler Geschwindigkeit sauste er in die Krankenstation. Dort angekommen, wies ihm Conzuela ein Bett zu. Hier legte er Ortischa sachte ab.

Mit einem Stethoskop horchte Conzuela sie ab und überprüfte ihre Vitalfunktionen. Sie sah Jonathan besorgt an und sagte:

„Ihr Körper befindet sich in einer Art Sparmodus. Sie lebt, aber hat alle Funktionen ihres Körpers auf ein Minimum heruntergeschraubt."

„Hol sie da wieder raus!", fuhr Jonathan sie barsch an.

„Das kann ich nicht. Das kann sie nur alleine." Ihre braunen Augen ruhten sanft auf ihm. „Ich werde sie gründlich untersuchen und sie mit Blut versorgen." Als sie ihn nun fragend ansah, bemerkte Jonathan, dass er immer noch Ortischas Hand hielt. Wie ertappt, legte er sie sanft auf das Laken, drehte sich um und sagte beim Gehen.

„Sag Bescheid, wenn du etwas herausgefunden hast oder du Hilfe brauchst." Er konnte Conzuela dabei nicht in die Augen sehen.

„Ja, mache ich", antwortete sie.

Mit gemischten Gefühlen betrat Maddy die Küche. Doch als Jane mit einem Lächeln auf sie zutrat, schmolz ihre Besorgtheit dahin.

„Maddy ... du kommst gerade richtig. Das Essen ist in zwei Minuten fertig. Setz dich schon mal." Hastig ging sie zum Herd zurück.

Maddy ließ sich auf einen der Stühle nieder und goss sich ein Glas Wasser aus der Karaffe ein.

„Wo sind die anderen?"

„Du meinst Sophie und John? Sie haben nur einen Salat gegessen. Sie sind draußen am Pool und genießen den schönen Tag. Du solltest auch mal ein wenig Sonne tanken. Es ist herrlich, nicht zu heiß ..."

Maddy hörte Jane gar nicht mehr zu. Sie hatte ihren Kopf auf ihren Unterarm gelegt und starrte vor sich hin.

„Maddy? Maddy? Träumst du? Wo bist du gerade?", fragte Jane besorgt.

„Ich weiß es nicht. Im Moment weiß ich gar nichts mehr. Ich hatte nicht gedacht, dass das alles so schwierig ist. Ich fühle mich hilflos." Ihr suchender Blick traf den von Jane.

Sie setzte sich zu ihr und streichelte ihr sanft über ihren Handrücken.

„Du schaffst das. Ich glaube fest an dich."

„Das ist lieb von dir, aber … ich bin mir da nicht mehr so sicher." Resignation spiegelte sich auf Maddys Gesicht wider.

„Lass dich nicht trüben, dann wirst du erkennen, was dein Glück ist, denn bald ist die Zeit für etwas Größeres bereit", sagte Jane.

Maddy riss die Augen weit auf. Sie kannte diesen Satz, aber nicht von Jane, sondern von Sophie. An Jacques Geburtstag hatte sie ihn zum ersten Mal gehört.

„Jane?" Maddy fixierte sie. „Wie kommst du auf diesen Satz?" Gespannt wartete sie auf die Antwort.

„Nun … diesen Satz pflegte deine Großmutter immer zu sagen."

„Meine Großmutter? Die, … die sich im Dachboden erhängt hatte?"

Jane schrak auf.

„Woher weißt du das? Wer hat dir davon erzählt?", entgegnete sie schroff.

„Mittlerweile weiß ich so einiges über meine saubere Familie", erwiderte Maddy abwertend.

Jane war sichtlich durcheinander und die kleinen Falten um ihre Augen vergrößerten sich, als sie die Augen zusammenkniff.

„Das kann dir nur einer der Vampire erzählt haben. Wir, das Personal, mussten alle ein Schweigegelöbnis ablegen vor deinem Großvater. Ich wusste nicht, … ach, es tut mir leid."

„Braucht es nicht. Ich habe schon festgestellt, dass nicht alles Gold ist, was glänzt. Nur verwundert mich, dass noch jemand anderes diesen Satz kennt, den du mir gerade gesagt hast."

„Den kann nur einer vom Personal kennen, der mit deiner Großmutter in Kontakt war. Es gab drei Personen, die deine Großmutter bedienen durften. James, Edward und ich. Sonst hatte keiner Zutritt zu ihren Gemächern und dein Großvater, wie du dann sicher auch weißt, verbannte sie in das Gebäude, oberhalb der Stallungen …"

Maddy schaute sie wissensdurstig an.

„Nein, … das wusste ich noch nicht. Ich komme mir vor, als wenn ich jeden Tag ein neues Puzzleteil bekomme."

Jane stand auf und holte einen Teller aus dem Schrank. Sie richtete das Essen auf dem Teller an und servierte ihn Maddy. Dann wischte sie sich die Finger an ihrer Schürze ab und setzte sich neben sie.

„Iss erst einmal", sagte Jane. „Ich werde dir erzählen, was du wissen willst."

Maddy griff nach der Gabel und schob sich den ersten Bissen in den Mund.

„Dein Großvater hatte sie in den Wahnsinn getrieben. Er hatte sie für alles verantwortlich gemacht, was auf dem Anwesen passiert war. Es ging so weit, das sie halluzinierte. An manchen Tag war sie ganz klar im Kopf und an anderen dachte ich, sie würde Drogen nehmen. Aber sie erwähnte mehrere solcher Sätze.

Wir konnten uns darunter nichts vorstellen und vor allem stand es uns auch nicht zu, die Milady zu analysieren. Als sie dann in den Anbau über den Stallungen umziehen sollte, dachten wir uns nichts dabei. Wir waren der Meinung, sie wollte ihre Ruhe haben vor ihrem Mann. Ach, da fällt mir ein, es gab noch eine weitere Person. Die Krankenschwester, die jeden zweiten Tag kam. Sie kannte die Sätze sicher auch, denn sie murmelte manchmal zehn Mal hintereinander denselben Satz." Irritiert überlegte Jane einen Moment lang. „Bis heute weiß auch keiner, wie sie auf den Dachboden gelangt ist. Denn alleine hätte sie das in ihrer körperlichen Verfassung nicht geschafft."

„Willst du damit andeuten, dass ... sie jemand umgebracht hat und es danach wie ein Selbstmord aussehen sollte?", hakte Maddy nach.

„Ich kann dir nur sagen, entweder sie hat ihre letzte Kraft aufgebracht, um sich dort hinzuschleppen ... Denn dein Großvater hätte sich die Finger nicht schmutzig gemacht. Das kann ich dir versichern. Für ihn war sie bereits seit Jahren gestorben." Mit einer abwertenden Handbewegung verdeutlichte sie ihre Abneigung.

„Hätte von ihrem Tod jemand einen Vorteil gehabt?"

„Nein. Sie wäre sowieso bald gestorben, denn ... sie war ein gebrochener Mensch und wollte nicht mehr leben. Man fand sie erhängt vor. Ihr Tod wurde vertuscht. Es hieß, sie sei die Treppe hinuntergestürzt und hätte sich dabei das Genick gebrochen. Keiner stellte Fragen. Alles wurde unter den Teppich gekehrt." Janes Stimme wurde immer brüchiger.

„Du hast sie gemocht?"

„Ja, sie war eine sehr ehrenhafte Dame. Eine intelligente und in der Gesellschaft angesehene Frau, die sich um Bedürftige kümmerte. Sie war herzensgut und hatte immer ein nettes Wort auf den Lippen. Bis ... bis das mit deiner Schwester geschah. Seitdem hatte sie sich verändert. Man konnte ihren Zerfall quasi mit ansehen."

Maddy legte die Gabel auf den Teller und lehnte sich zurück.

„Weißt du, Jane, ich habe mir immer eine Familie gewünscht, in der man sich geborgen und geliebt fühlt, aber das, was ich jetzt über meine Familie so alles nach und nach erfahre, lässt mich zu dem bitteren Entschluss kommen, dass ich alleine besser dran war."

Jane hatte den Kopf gesenkt und zog den Saum ihrer Schürze glatt.

„Ich hätte dir nicht davon erzählen dürfen, dann hättest du ..."

„Dann hätte ich weiterhin geglaubt, was für eine supertolle Familie das hier war? Nein Jane, so etwas lässt sich nicht auf Dauer vertuschen." Sie nahm einen großen Schluck aus ihrem Glas. „Ein Gutes hat das Ganze doch ... wir haben uns kennengelernt und manchmal bedeuten Freunde mehr als Familie."

Jane strahlte sie mit einem liebreizenden Lächeln an.
„Ja, mein Liebe. Ich war damals für dich da und bin es immer noch."
„Ich weiß!"
Beide nahmen sich in die Arme.

11. Kapitel

Der Geländewagen rollte langsam den Campusparkplatz entlang. Einige Studenten eilten durch die Gegend, um ihre nächste Vorlesung nicht zu verpassen. Andere hatten sich ein schattiges Plätzchen unter einem der Bäume gesucht und waren in ihre Bücher vertieft.

Raban manövrierte den Lexus in eine Parklücke, ließ aber den Motor laufen, was ihn sogleich böse Blicke von einigen Studenten einbrachte.

„Du bleibst bei Mona, während ich Jacques hole", sagte Mehit bestimmend, glitt aus der Tür und verschwand augenblicklich hinter einem Gebäude.

„Hey, du! Noch nie etwas von Umweltverschmutzung gehört? Mach den verdammten Motor aus!", brüllte ihm ein aufgebrachter Student durch die geöffnete Fensterscheibe entgegen.

„Hey, du! Schon mal was von Anstand gegenüber Erwachsenen gehört?", antwortete Raban knurrend.

Der Student zeigte ihm scheinbar ungerührt den gestreckten Mittelfinger und fügte hinzu: „Du kannst mich mal!"

Raban wäre zu gerne ausgestiegen und hätte ihm Manieren beigebracht, aber sein Auftrag lautete, Mona nicht aus den Augen zu lassen. Was er gerade sehr bedauerte. Er musterte Mona, die zusammengekauert auf dem Rücksitz lag. Ihr Atem ging ruhig, doch ihre Augenlider flackerten. Zu gerne hätte er ihr das Szenario von vorhin erspart. Doch sie waren einige Minuten zu spät gekommen. Isfets Leute waren ihnen einen Schachzug voraus gewesen, doch ein Segen war, dass Mona und ihren Eltern nichts Schlimmeres passiert war. Doch würde er den Blick von Mona, als der Vampir ihr das Messer an den Hals gehalten hatte, nicht so schnell vergessen. Pure Angst hatte in ihren Augen gestanden. Todesangst. Er wandte seinen Blick von Mona ab und sondierte die Umgebung.

Als Mehit mit schnellen Schritten auf ihn zukam, bedeutete das keine guten Neuigkeiten.

„Er ist nicht in seiner Vorlesung. Er muss irgendwo auf dem Campusgelände sein. Kannst du sein Handy orten?", fragte Mehit, wobei sein Blick suchend über das Gelände schweifte.

„Sehr witzig, Kumpel! Hab ich hier einen Computer? Ich kann ihn hier nicht orten", antwortete Raban und zog das Gesicht zu einer Grimasse.

„Dann müssen wir eben nach der guten alten Methode vorgehen und ihn ... hab ihn!" Wie eingefroren blickte Mehits in eine bestimmte Richtung.

Als Raban dieser folgte, sah er warum. Jacques lief in Begleitung von Mike auf einen dunklen Wagen zu. Sein Blick war starr und ängstlich zugleich. Das

Wiedersehen war anscheinend nur für Mike erfreulich. Dieser lief unverschämt dicht an Jacques' Seite und dann sah Mehit die Pistole aufblitzen, die er ihm in den Rücken presste. Der Wagen, auf den sie zusteuerten, war nur einige Meter von Mehit und Raban entfernt. Raban verspannte sich und wartete auf Anweisung von Mehit. Doch dieser sagte keinen Ton und beobachtete eindringlich die Situation. Die hintere Wagentür sprang auf. Jacques sah sich suchend um und traf den Blick von Mehit. Er riss die Augen auf und formte mit den Lippen: *Hilf mir.* Dann wurde er unsanft auf den Rücksitz befördert. Bevor Mike in den Wagen stieg, sah er über das Dach des Wagens hinweg zu Mehit und Raban, die beide wie versteinert dastanden. Er grinste sie hämisch an und rief ihnen zu: „Zu spät, meine Herren. Einen schönen Tag noch." Dann tauchte er ebenfalls in den Wagen ein und schlug die Tür zu. Langsam rollte er an ihnen vorbei, doch durch die getönten Scheiben konnten Mehit und Raban nichts erkennen. Er nahm die Ausfahrt und bog auf die Hauptstraße ab. Mehit fluchte.

„So eine Scheiße!" Er hätte ihn vielleicht da rausholen können, aber das Leben von Jacques war im Moment wichtiger.

„Verfolgen wir sie?" fragte Raban ausdruckslos.

„Nein!"

„Wir hätten ihn doch befreien können."

„Das vielleicht schon, aber … zu welchem Preis? Eine Leiche würde Mona auch nicht helfen!"

Raban stimmte ihm zu.

„Ich informiere Jonathan", erklärte Raban.

„Tu das", antwortete Mehit, während er sich auf den Rücksitz neben Mona setzte.

Einige Sekunden später trat Ament an den Lexus heran.

„Was ist passiert?" Er spürte die Unruhe, die die beiden ausstrahlten.

Mit ein paar knappen Sätzen fasste Mehit die Situation zusammen.

Äußerlich ruhig nahm Ament das Geschehene zur Kenntnis. Innerlich tobte er am Rande Wahnsinns. *MIKE, dieser Hurensohn. Hätte ich ihn damals nicht aus den Augen gelassen, hätte er diese Aktion nicht durchführen können. Verdammt noch mal. Wenn ich den in die Finger bekomme, dann röste ich ihn wie ein Spanferkel am Spieß. Darauf kann er sich verlassen.*

„Komm runter Ament!", schallte ihn Mehit, der die Unruhe fühlen konnte.

Auch Raban warf ihm nervöse Blicke zu.

„Wir fahren jetzt zurück zum Anwesen und versorgen erst einmal Mona."

Ament setzte sich auf den Beifahrersitz. Raban startete den Wagen und fuhr los. Als sie das Campusgelände verlassen hatten und auf belebten Straßen fuhren, stellte Raban einige Fragen.

„Nur zum besseren Verständnis: Warum haben sie Jacques entführt? Was spielt er für eine Rolle? Er ist doch kein Blutsverwandter von Maddy. Und dieser Mike. Ich dachte, das ist der Briefträger und nun ist er ein potenzielles Mitglied von Isfets Leuten?" Seine Finger krallten sich um das Lenkrad.

„Jacques dient einzig und allein zur Erpressung und Mike ..."

„DER GEHÖRT MIR!", beendete Ament den Satz mit zusammengebissenen Zähnen.

Die restliche Fahrt über schwiegen alle. Doch es war zu spüren, wie angespannt sie waren. Das Versagen zerrte an ihren Nerven und grub sich tief in ihr Gehirn ein. Dort kettete es sich fest und lachte sie aus.

Als sie das große Eingangstor passierten, zuckte Mona leicht zusammen.

Mehit führte seine Hand zu ihrer Stirn und verstärkte die Trance noch etwas mehr. Der Geländewagen rollte in die geöffnete Garage und ziemlich weit hinten hielt er an.

Mehit nahm Mona auf seine Arme und trug sie nach unten, wobei sein Blick einmal durch die Garage ging und er nach seinem Wagen Ausschau hielt. Doch er konnte ihn nicht entdecken.

Als ihre Stiefel den Marmorflur entlanghallten, trat Conzuela vor die Krankenstation. Durch ihre Verbindung zu Ament hatte sie ihn bereits gespürt, als sie kurz vor dem Herrenhaus waren. Sie schenkte ihm ein kurzes Lächeln und dann konzentrierte sie sich auf Mona, die wie leblos in Mehits Armen hing.

„Status?", fragte sie trocken.

„Keine äußerlichen Verletzungen, ein paar Schürfwunden und ein Schock", antwortete Raban zügig.

„Ich habe hier noch eine Patientin: Ortischa!" Dabei beobachtete sie genau die Reaktion der Drei, die schon fast bei ihr waren.

Ament zog scharf die Luft ein.

Mehit blieb kühl und Raban ließ sich zurückfallen mit den Worten: „Ich bin mal in der Kommandozentrale!" Dann lief er in entgegengesetzter Richtung davon.

Unbeirrt setzte Mehit einen Schritt vor den anderen und betrat die Krankenstation. Er warf einen Blick auf Ortischa, die regungslos im Bett lag. Behutsam legte er Mona in das andere Bett und Conzuela trat auf sie zu.

Ament blieb am Türrahmen stehen und lehnte sich mit der Schulter dagegen.

„Ich habe sie in Trance versetzt. Sie sollte entführt werden und hat mitansehen müssen, wie wir einige von Isfets Leuten niedergemetzelt haben", erklärte Mehit unberührt.

„Ich werde sie gründlich untersuchen." Sogleich ergriff sie ihr Stethoskop und hörte sie ab. Dann zog sie einen Rollwagen an ihre Seite und schob das T-Shirt von Mona nach oben.

„Ihr könnt draußen warten!", forderte Conzuela beide auf.

Mehit wandte sich um und trat zu Ament.

Ohne sie weiter zu beachten, schloss Conzuela sie an einen Pulsmesser an und kontrollierte ihre Vitalzeichen. Dann nahm sie eine Tube und drückte eine gelartige Substanz auf den Bauch von Mona. Mit dem Sonographiegerät verteilte sie die Masse und starrte dabei auf den kleinen Monitor. Nach einigen Sekunden wischte sie mit einem Tuch das Gel von Monas Bauch.

„So wie es aussieht, hat sie keine inneren Verletzungen und die Vitalzeichen sind auch in Ordnung. Ich desinfiziere noch die Halswunde." Dabei drehte sie leicht den Kopf von Mona zur Seite und tupfte eine Flüssigkeit auf den feinen Schnitt an ihrem Hals. Anschließend legte sie ihr die Hand auf die Stirn.

„Sie ist sehr aufgewühlt. Vielleicht sollten wir sie noch etwas in der Trance belassen." Aus dem Augenwinkel konnte sie das leichte Nicken von Mehit wahrnehmen. Sie griff nach einer Decke und bedeckte Mona.

„Wir sollten ihr ein paar Stunden geben", sagte sie bestimmt.

Ament hatte die ganze Zeit über seine Conzuela beobachtet, wie sie ihre Arbeit in fließenden Bewegungen kontrolliert durchgeführt hatte. Fast demütig sah er sie an. Doch als sein Blick auf Ortischa fiel, rebellierte etwas in ihm.

„Was ist mit IHR?", fragte er.

„Jonathan hat sie so in ihrem Quartier gefunden. Sie hat ihren Körper in einen Sparmodus versetzt. Ich versorge sie mit ausreichend Blut über einen Zugang. Mehr kann ich im Moment nicht tun. Aus diesem Zustand kann sie nur allein wieder zurückkommen."

„So etwas geht?", fragte Mehit interessiert.

„Ja, unsere Körper können eine ganze Menge." Nun glitt ihr Augenmerk auf Ament, der ziemlich unentspannt am Türrahmen lehnte.

„Ament? Wärst du so lieb und holst mir einen Kaffee?" Ihre braunen Augen strahlten solch eine Herzlichkeit aus, dass er ihr zunickte und sich auf den Weg machte.

Mehit sah ihm nach und sagte dann leise:

„Jacques ist von Mike entführt worden und Ament gibt sich jetzt sicher die Schuld daran. Er hatte damals Mike nicht im Auge behalten können, weil er gegen zwei von Isfets Leuten kämpfen musste."

„Wer ist Mike? Einer von uns? Ein Vampir, meine ich."

Fast hämisch lachte Mehit auf.

„Nein, ... er ist der Briefträger aus Maddys Heimatort. Sie haben ihn als menschlichen Lakaien in ihren Reihen."

Auch Mehit war die Anspannung anzumerken, die die Ereignisse der letzten Stunden mit sich gebracht hatten.

„Vielleicht solltest du dir auch eine kleine Pause gönnen." Ihre Worte klangen so sanft in seinen Ohren, dass er wie betäubt davon war.

„Du hast recht ... das wäre sicher eine gute Idee. Du kommst hier alleine klar?"

„Sicher."

Mit seinen Fingern flog Raban über die Tasten seiner Tastatur. Er checkte E-Mails und eingegangene Telefonate. Einiges notierte er auf einem Block und kaute zwischendurch auf seinem Stift herum. Fast unbemerkt lief Ament an ihm vorbei zum Kaffeeautomaten. Erst durch das Rappeln der Maschine wurde Raban auf ihn aufmerksam.

„Weißt du, wo Jonathan ist? Seit wir zurückgekommen sind, geht er nicht mehr an sein Handy", sagte Raban, ohne den Blick von seinem Monitor zu wenden.

„Keine Ahnung", grollte Ament.

„Sag ... hätten wir sie aufhalten können?" Er blickte ihn aus dem Augenwinkel an. „Es lässt mir keine Ruhe, dass wir so untätig waren."

„Vielleicht ...?", entgegnete Ament mit versteinertem Gesicht.

„Werden sie ihn töten?", hörte sich Raban nun fragen.

Mit einem durchdringenden Blick sah Ament ihn an.

„Nein!"

„Wie kannst du dir da so sicher sein?"

„Dann wäre er schon tot!"

Raban merkte, dass er nicht weiter nachzubohren brauchte, denn Ament wandte sich ab und wollte gerade die Kommandozentrale verlassen, als Mehit ihm entgegenkam.

„Was hältst du DAVON?" Mit einer Kopfbewegung deutete er in die Richtung der Krankenstation.

Ament zuckte mit seinen massigen Schultern, trat an ihm vorbei und brachte Conzuela ihren Kaffee. Anschließend ging er zurück zu den anderen, nachdem er sich noch einen innigen Kuss bei ihr abgeholt hatte.

„Wo ist Jonathan?", fragte Mehit in den Raum hinein.

„Das wüsste ich auch gerne", gab Raban zurück. „Ach ... und wann sagen wir Maddy, dass Mona hier und Jacques entführt worden ist?"

Betretendes Schweigen breitete sich aus.

Diese Stille wurde durch ein Handyklingeln zerrissen.

„Ja, wo bist du denn?", fragte Raban aufgeregt. Er griff sich mit seiner Hand in die Haare, wobei einige Strähnen in sein Gesicht fielen. „Wie? ... Und wann kommst du wieder?"

Pause.

„Aha."
Pause.
„Gut, werden wir machen." Damit beendete er sein Gespräch und wurde mit bohrenden Augen angestarrt.
„Jonathan sagt, er ist in London unterwegs. Er kann nicht sagen, wie lange es dauert. Er will, dass wir uns um alles kümmern."
„Das ist alles?" Mehits Blick war entsetzt.
Ament hielt sich zurück und fixierte ihn nur.
„Ja, das ist alles."
Mehit griff zu seinem Handy und wählte die Nummer von Jonathan. Doch gleich nach dem ersten Freizeichen ging die Mailbox ran.
„Kannst du ihn orten?", keifte Mehit, während er durch den Raum tigerte.
„Nein, kann ich nicht, da er den Mikrochip entfernt hat. Das habe ich vorhin schon versucht." Resigniert sah er die beiden Clankrieger an.
Mehit fuhr sich mit der Hand übers Gesicht und seine Augen gingen hektisch hin und her. Dann schaute er zu Ament, der ihm zunickte. Die beiden verstanden sich ohne Worte, deshalb wusste Raban auch nicht, zu was Ament gerade seine Zustimmung gegeben hatte.
Mehit hob seine Stimme.
„Punkt eins: Wir müssen uns zusammensetzen und besprechen, wie wir weiter vorgehen wollen. Punkt zwei: Ruf Ivan an und sag ihm, er soll nach Hause kommen. Punkt drei: …"
Ein Schrei hallte durch das Untergeschoss und alle Drei schossen in Sekundenschnelle den Flur entlang. Als sie in der Krankenstation ankamen bot, sich ihnen ein entsetzlicher Anblick.
Ortischa stand neben dem Bett mit weit ausgefahrenen Fangzähnen und war im Begriff, sich auf Conzuela zu stürzen, die sich schützend über Mona postiert hatte.
Mehit ergriff Ortischa am Arm und riss sie zu Boden, während Ament sich vor Conzuela warf.
Raban hatte sich über Mona gebeugt und seine Arme über sie ausgebreitet.
„ORTISCHA!", schrie Mehit. „Verdammt noch mal, hast du den Verstand verloren?" Sein unnachgiebiger Griff hielt sie in Schach. Sie wand sich unter ihm und schnappte nach seinem Arm.
„Lass mich los! Hau ab!", krächzte sie.
Doch Mehit gab keinen Zentimeter nach. Ohne sie anzuschauen, fragte er knurrend: „Conzuela? Alles in Ordnung?"
„Mmhhh", antwortete sie sichtlich geschockt. „Ich habe mich nur so sehr erschrocken, als sie aus dem Bett sprang und …" Ihr stockte der Atem, denn

Ament sah sie mit einem Blick an, als wolle er Ortischa töten. Sie griff nach seinem Arm und streichelte ihn sanft. „Sie hat mir nichts getan", flüsterte sie ihm entgegen, der mit seiner Beherrschung kämpfen musste. Durch ihre Blutsverbindung fühlte sie seine Erregtheit. „Es ist alles in Ordnung, glaube mir." Seine Hände waren zu Fäusten geballt und in seinen Augen tanzten rote Funken. Dann blickte er auf den massigen Körper von Mehit, der über Ortischa kauerte.

„Beruhigt euch! Es hat doch keinen Sinn, dass wir uns alle gegenseitig an die Gurgel gehen", sagte Raban mit fester Stimme.

„Raban hat Recht. Wir haben andere Probleme", erwiderte Mehit. Er merkte, dass Ortischa sich langsam entspannte. „Kann ich dich jetzt loslassen, ohne dass du Amok läufst?"

„Ja ... geh endlich runter von mir", ächzte sie hervor.

Langsam löste Mehit seinen Griff und beide rappelten sich hoch. Mehit stand dicht vor ihr und sah ihr tief in die Augen, wobei sein Atem ihr Gesicht striff.

„Ich kann solch eine Scheiße jetzt nicht gebrauchen. Hast du mich verstanden?" Sie nickte demütig.

„Mona ist zu Hause überfallen worden und sollte entführt werden, was wir gerade so verhindert haben. Bei Jacques waren wir weniger erfolgreich. Isfets Leute haben ihn und obendrein ist Jonathan untergetaucht. Also reiß dich jetzt zusammen, wir brauchen jeden Kämpfer und nicht irgendwelche durchgedrehten Psychopathen."

Ortischas Augen weiteten sich, als sie den Ernst der Lage begriff. Sie hielt sich den Arm, den Mehit so unsanft angepackt hatte.

„Tut mir leid", gab sie kleinlaut von sich. „Ich weiß nicht, warum ich so reagiert habe. Ich kam aus meinen Tiefen zurück und dann nahm ich einen Menschen wahr, seinen Herzschlag und das Fließen des Blutes durch seinen Körper. In dem Moment habe ich solchen Hunger bekommen, dass es mich regelrecht aus dem Delirium gerissen hat. Als ich dann Mona dort liegen sah, war ich erschrocken und dennoch hungrig und ..."

„Ist schon gut", unterbrach Mehit sie.

„Ich hätte ihr nichts getan, dass musst du mir glauben Mehit." Ihre Augen suchten nach Vergebung. Dann schielte sie an Mehit vorbei und sagte: „Conzuela, entschuldige, wenn ich dich erschreckt habe."

„Ist ja nichts passiert", antwortete sie, als sie nach der Hand von Ament suchte und diese leicht drückte.

„So. Wenn sich dann alle wieder einbekommen haben, werden wir zurückgehen!" Dies klang wie ein Befehl. Keiner der Anwesenden widersprach ihm.

Conzuela blieb bei Mona. Die anderen liefen den Flur entlang und trafen an der Tür auf Ivan, der in wartender Haltung dort verharrte.

„Lebt mein Wagen noch?", fragte Mehit im Vorbeigehen.

„Er steht wohlbehalten in der Garage."

Alle setzten sich, selbst Ament hatte auf einem der Stühle Platz genommen, was für ihn außergewöhnlich war. Nachdem Mehit alle auf den gleichen Stand gebracht hatte, legte sich eine trügerische Stille über den Raum.

Im Quartier von Ivan lief Angel auf und ab. Ihre wenigen Habseligkeiten hatte sie in eine Sporttasche geworfen, die sie aus dem Ankleidezimmer genommen hatte. Musternd hatte sie das Zimmer in Augenschein genommen. Fasziniert war sie vom Waffenarsenal, welches sich ihr in einem der Schränke bot. Sie war mit den Fingerspitzen über das Metallgehäuse einer Pistole geglitten, hatte Messer in die Hand genommen und sie auf ihrem Finger ausbalanciert. Am meisten hatten es ihr aber die beiden Dolche angetan, die an der Türinnenseite hingen. Kunstvoll waren ihre Griffe und die Klinge war mit einem Plastik überzogen. Einige Minuten hatte sie ihren Blick nicht von ihnen lösen können. Sie schloss den Schrank mit gesenktem Kopf und lehnte ihre Stirn gegen die Tür. Danach ging sie wieder ins Wohnzimmer und setzte ihre Runden durch das Quartier fort. Sie zweifelte an sich. Ihr ganzes Vorhaben hatte sich um hundertachtzig Grad gewendet. Sie wollte sich auf diesem Kontinent ein neues Leben aufbauen und nun war sie gescheitert. *Alles läuft schief. So habe ich mir das nicht vorgestellt. Shit, shit, shit. Ich wollte es doch hier besser machen als zu Hause.* Ihre Hände glitten an ihren Schläfen vorbei in ihre Haare. Dann stützte sie ihre Ellenbogen auf ihre Oberschenkel und legte ihren Kopf darauf. Nachdenklich glitt ihr Blick auf den Couchtisch, auf dem eine Karaffe mit Wasser stand. Dies erinnerte sie an das Penthouse, in dem sie mit ihrem Bruder gewohnt hatte. Auch er war immer derjenige gewesen, der das klassische Ambiente liebte. Als ihr nun die Sicht verschwamm, stellte sie fest, dass sich ihre Augen mit Tränen gefüllt hatten. Sie war am gleichen Punkt angekommen, an dem sie ihr zu Hause verlassen hatte. Als sie den Entschluss gefasst hatte, nach England zu fliegen, sollte dies ein neues Kapitel in ihrer Karriere bedeuten. Dies war gründlich in die Hose gegangen. Heute Abend ging ihr Flug zurück. Doch sie fühlte sich, als ob sie ihre neue Heimat verließ. Obwohl sie hier solche Schwierigkeiten hatte, fiel ihr der Abschied sichtlich schwer.

„Vielleicht sollte ich noch einmal mit Jonathan reden und ihn fragen, ob … so ein Quatsch, jetzt brauche ich auch nicht mehr zu Kreuze zu kriechen", redete sie vor sich hin. „Ortischa hat schon Recht. Ich habe mich wirklich beschissen verhalten, als es darauf ankam. Aber das ist jetzt nicht mehr zu ändern. Vor allem habe ich keine Lust, mich ständig vor ihr zu rechtfertigen. Mein Verhalten ist Schuld an der dieser Lage. Also werde ich zurückfliegen und wer weiß, was sich in der Zwischenzeit für Aufträge angesammelt haben." Schon etwas zuversichtlicher ging sie ins Badezimmer. Sie zog das T-Shirt aus und ließ ihren BH darauf fallen, glitt aus ihrer Jeans und dem Slip und trat unter die Dusche. Das heiße Wasser lief an ihrem Körper entlang und der Wasserdampf ließ die Glasscheibe beschlagen. Sie bückte sich nach der Seife, die am Duschrand lag, und schäumte diese leicht auf. Der Duft, der sich verbreitete, ließ sie tief einatmen. *Kokosnuss, lecker,* dachte sie sich, als sie die Seife auf ihren Armen verteilte. Dann folgten ihre Oberschenkel bis hin zu den Füßen. Sie nahm erneut die Seife und fing an, diese über ihre üppigen Brüste zu schieben. Dann folgte ihr flacher Bauch. Sie genoss den Duft, der sie an einen Urlaub in der Karibik erinnerte. Der Seifenschaum rann an ihrem Körper hinab und wurde gurgelt vom Abfluss aufgenommen. Sie wusch sich ihre lange Mähne. Dann drehte sie ihren Rücken in den Wasserstrahl und spülte sich den Schaum aus den Haaren. Wie nun das Wasser über ihren Körper sich seine Bahnen suchte, reckte sie ihren Kopf weiter nach hinten und ließ das Wasser über ihr Gesicht laufen. Es prasselte auf ihren Haaransatz und auf ihre Schultern. Ihre Hände glitten durch ihre Haare, dann über ihre Schultern hinab zu ihren Brüsten, den Bauch entlang und dann ihre langen Beine hinab. Triefend nass trat sie aus der Dusche und griff nach einem der orangefarbenen Handtücher, die gegenüber der Dusche in einem Schrank gestapelt lagen. Sie hüllte ihren Körper in das große Handtuch, und als sie so dastand, kam es ihr vor, als wenn ein Panzer über sie hinweggerollt war. Sie wischte mit ihrem Handrücken ein wenig von dem beschlagenen Spiegel frei und ihre Augen waren ... stumpf. Kein Leuchten, kein strahlendes Blau. Ihren Blick gesenkt, rubbelte sie sich mit einem weiteren Handtuch die Haare trocken und schlang es um sie zu einem Turban. Dann öffnete sie den Wandschrank oberhalb des Waschbeckens. Nach einigem Suchen fand sie eine passende Lotion. Sie ließ das Handtuch zu Boden fallen und stellte ihren Fuß auf dem Klodeckel ab. Dann tupfte sie mit der Lotion Punkte auf ihr Schienbein und weiter hinauf bis zu ihrem Oberschenkel. Sie verteilte die Lotion auf ihrem gesamten Bein. Nachdem sie ihren gesamten Körper eingecremt hatte, wollte sie nackt aus dem Badezimmer treten, doch sie hielt an der Tür inne. Sie wusste nicht, ob Ivan schon von seinem Einsatz zurück war. Sie griff nach dem Handtuch am Boden und wickelte sich darin ein. Ihre Sachen hob sie ebenfalls auf und trat dann aus dem Raum. Schnell schaute sie sich um und konnte feststellen, dass sie alleine war. Als sie bei ihrer Reisetasche angekommen war, nahm sie frische Sachen heraus und stopfte die alten hinein. Rasch zog sie die neuen Sachen über und setzte sich auf die Couch. Sie griff nach der Fernbedienung und schaltete den Fernseher an.

Unterdessen piepte der Computer von Raban und riss alle aus ihrer Lethargie. Sofort wandte sich Raban dem Bildschirm zu und tippte einige Male auf seiner Tastatur.

„Oh, wir haben Post." Eine kleine Pause folgte. „Enrico hat geschrieben. Sein Auftrag, Mr Angelo zu beschatten, hat sich gerade erledigt. Mr Angelo ist heute bei einem Verkehrsunfall ums Leben gekommen. Er war auf einem Fahrrad unterwegs, wurde von einem LKW erfasst und überrollt. Er starb noch an der Unfallstelle." Die Worte hallten durch den Raum, als ob er alleine wäre. Keiner der Anwesenden sagte etwas. „Er fragt, ob wir trotzdem noch Verwendung für ihn hätten?" Nun drehte sich Raban zu Mehit um.

„Und? Haben wir?"

„Schreib ihm, dass wir uns wieder melden und überweise ihm sein Honorar", sagte Mehit ruhig. „Komischer Zufall … dass er gerade JETZT bei einen Verkehrsunfall umkommt." Mehit hatte das ausgesprochen, was die anderen dachten.

„Anscheinend lassen unsere Gegner nichts außer Acht." Seine Faust landete hart auf der Tischplatte.

Wieder ein Piepen.

„Heute sind wir aber gefragt", freute sich Raban unmerklich. „Chang hat auch geschrieben. Sein Auftrag hatte doch etwas länger gedauert. Er könnte übermorgen hier sein. Soll ich das bestätigen?", fragte Raban.

„Schreib ihm dasselbe wie Enrico. Diese Entscheidung muss das Clanoberhaupt entscheiden und nicht ICH." Entrüstet erhob sich Mehit von seinem Stuhl.

„Wir müssen uns einen Plan zurechtlegen. Philippe und Corinne kommen am Freitag aus Spanien zurück. Für ihre Sicherheit muss gesorgt sein. Der Ball, an dem Maddy teilnimmt, ist am Samstag. Wenn Jonathan bis Dienstag nicht zurück ist, müssen wir uns einen Schlachtplan für das Wochenende ausdenken." Inbrünstig hoffte er, dass dies nicht eintreten würde und Jonathan diese Entscheidungen wieder selbst treffen würde. „Wenn alle Stricke reißen, muss ich als Maddys Begleiter auf den Ball gehen und Ivan, du wirst mich begleiten."

Ivan nickte ihm zu.

„Du", dabei sah er Ortischa an, „… wirst ebenfalls mitkommen", sagte er bestimmt.

Ament verschränkte die Arme hinter seinem Kopf und fixierte Mehit mit seinen braunen Augen.

„Ament, du bleibst hier und passt mit Conzuela und Raban zusammen auf Mona, Sophie und John auf. Auch werden wir in der Zeit Corinne und Philippe auf das Anwesen holen. Hat jemand Einwände?" Er schaute in die Runde und sah, dass sie mit seinen Vorschlägen konform gingen. „Gut, genaueres werden wir noch die Woche organisieren."

Nun räusperte sich Ivan. „Ich werde heute Abend Angel zum Flughafen fahren." Dies war keine Frage, sondern stand für ihn fest.

Mehit atmete tief ein und machte sich auf die Boshaftigkeit gefasst, die ihm gleich entgegen schlagen würde.

„Angel ... bleibt hier!" Doch die erwarteten wütenden Blicke und Äußerungen blieben aus.

Ivans Gesicht löste sich aus der eisernen Maske und seine Mundwinkel zogen sich leicht nach oben.

„Sie wird euch hier auf dem Anwesen unterstützen." Dabei blickte er zu Ament, der leicht die Augenbraue hochzog. „Zu viert sind wir besser ... wir wissen nicht, was auf uns zukommt, und wenn Jonathan bis dahin nicht zurück ist ..."

Hart wurde er von Ament unterbrochen:

„MEHIT, es ist in Ordnung!" Er verlieh seinen Worten so viel Kraft, das keiner wagte, auch nur zu atmen.

Mehit kniff seine Lippen zusammen und nickte zustimmend.

„Raban, informiere Angel."

„Hast du eigentlich auch mal daran gedacht, dass Angel vielleicht nein sagen könnte?", konterte Raban.

Mehit starrte ihn über seine Schulter hinweg an.

„Sie wird ... nicht nein sagen." Er hoffte, dass er damit Recht behielt.

„Okay, wenn du meinst. Ich rufe sie an."

„Mehit!" Nun erhob Ivan seine Stimme. „Um noch einmal auf den Vorfall von heute Mittag zurückzukommen. Keiner der menschlichen Diener hatte etwas mitbekommen. Mike muss sich wie ein Geist bewegt haben."

Präzise hatte er seinen Auftrag erledigt, doch Mehit war mit seinen Gedanken ganz woanders. Er fragte sich: *Warum ist Jonathan gegangen, ohne mit ihm oder einem der anderen zu reden? Was hatte ihn dazu bewegt?* Gedankenvertieft bekam er das Gespräch am Tisch überhaupt nicht mehr mit.

„Mehit? Mehit!", riss Ament ihn aus seinen Gedanken.

„Ja, was ist?"

„Wir gehen trainieren", sagte Ortischa und erhob sich. Alle bis auf Raban folgten ihr.

„Ich komme gleich nach", rief Raban ihnen hinterher. Als sie aus dem Sichtfeld verschwunden waren, wandte er sich an Mehit.

„Du ... da sind noch zwei Sachen, die ich kurz mit dir besprechen müsste."

„Leg los, schlimmer kann es nicht mehr werden." Er lehnte sich zurück und ließ seinen Kopf in den Nacken fallen.

„Was ist mit Sophie? Nur Jonathan konnte sie bezwingen, wenn etwas passieren würde. Aufgrund ihrer Fähigkeiten kann sie immensen Schaden anrichten und es ist keiner von uns in der Lage …" Flatterig war seine Stimme und Mehit spürte, wie sehr ihn das belastete.

„Sie hat uns bis jetzt nichts getan. Wir müssen darauf vertrauen, dass das so bleibt. Ich glaube auch nicht, dass sie überhaupt weiß, was sie anrichten könnte. Das was wirklich bei ihr wirkt, ist die Trance, damit können wir sie für einige Zeit außer Gefecht setzen. Aber mal den Teufel nicht an die Wand, wir haben weiß Gott genug andere Baustellen." Mehit klopfte ihm auf die Schulter und sagte dann:

„Und das Zweite?"

Raban tippte kurz auf der Tastatur. „Ich habe einen komischen Anruf erhalten."

„Schon wieder!" Mehit verdrehte die Augen. „Wieder von Mamba?"

„Nein, dieses Mal nicht. Am besten du hörst dir das an." Er drückte eine Taste und dann erklang eine Frauenstimme.

„Hey, hier spricht Ronda. Ich suche einen Kerl namens Mehit. Er soll mich anrufen." Dann folgte eine Telefonnummer.

„Kennst du sie?" Dabei sah Raban zu ihm auf.

„Nein! Dafür habe ich jetzt auch keine Nerven. Wir sollten jetzt trainieren gehen. Du musst fit sein für das Wochenende."

Damit begaben sich beide zum Trainingsraum. Im Flur begegnete ihnen Angel, die gerade aus Ivans Quartier trat.

„Sorry, ich hatte mein Handy im Badezimmer vergessen. Was gibt es denn?" Ihre Augen waren immer noch matt. Die blonde Lockenmähne schwang an ihren Schultern entlang und sie roch nach Kokosnuss.

Mehit wies Raban mit einer Kopfbewegung an, weiterzugehen. Dieser nickte und trabte davon.

Ohne Umschweife kam Mehit zur Sache.

„Hör zu, die Situation hat sich verändert. Wir brauchen dich jetzt hier." Seine Stimme war fest und unnachgiebig.

„Warum?" Trotzig schielte sie ihn an. „Ihr wart doch alle froh, dass ich heute Abend die Heimreise antrete."

„Wie gesagt, die Situation hat sich geändert. Ich will jetzt nicht mit dir diskutieren. Bleibst du, ja oder nein?" Sein Gesicht verhärtete sich und seine Anspannung breitete sich im Flur aus.

Angel senkte ihren Blick und überlegte.

„Heute noch!", drängte er.

„Ihr solltet mal wissen, was ihr wollt!", blaffte sie ihn an. „Dieses Hin und Her strahlt nicht gerade viel Entschlossenheit aus."

Mehits Geduld war am Ende. Er griff nach ihrem Arm.

„JA oder NEIN, entscheide dich JETZT!", knurrte er. „Ich kann jetzt keinen Zickenterror gebrauchen. Ich brauche Leute, die einhundertprozentig funktionieren, wenn du das nicht kannst, wird Ivan dich zum Flughafen bringen."

Sie blickte ihm direkt in die Augen. Ihre Körper waren dicht aneinander gedrängt und die Luft zwischen ihnen war hoch explosiv.

„Okay, okay … aber nur unter einer Bedingung. Madame soll mich in Ruhe lassen!"

Mehit wusste, dass damit Ortischa gemeint war.

„Sie wird dich in Ruhe lassen! Du hast mein Wort."

„Gut, dann bleibe ich noch. Was soll ich tun?" Innerlich sprang ihr Herz vor Freude in die Luft. Sie bekam noch eine weitere Chance!

„Du wirst jetzt mit uns trainieren und am Wochenende mit Ament, Conzuela und Raban das Anwesen beschützen", sagte Mehit nun wesentlich ruhiger. Er ließ ihren Arm los und trat einen Schritt zurück.

„Mehr nicht?" Sie runzelte die Stirn und besann sich dann, etwas anderes zu sagen. „Äh … klar … verstanden. Das Anwesen beschützen. Geht in Ordnung."

Er zeigte keine Reaktion nach außen, doch innerlich musste er über ihre Antwort schmunzeln.

„Gut … dann ab zum Training."

Draußen am Pool hatten es sich Sophie und John auf den Sonnenliegen gemütlich gemacht. Die späte Nachmittagssonne bahnte sich ihren Weg am Horizont. Vereinzelt war eine weiße Wolke am azurblauen Himmel zu sehen. Das Wasser vom Pool glitzerte. Sophie hatte sich ein Buch aus der Bibliothek geholt und war darin tief versunken. John hatte sich einen Sonnenschirm herangezogen und hielt ein Nickerchen.

Maddy trat durch die große Glastür und lief über die Terrasse zum Pool. Nervös schaute sie nach oben, ob von dort Gefahr drohte, doch sie konnte nichts entdecken. Mit einem mulmigen Gefühl ließ sie sich auf einem der Stühle in der Nähe des Pools nieder.

„Ach … da bist du ja", flüsterte Sophie. „Wir haben uns schon gefragt, ob du dich verlaufen hast?" Ihre Falten vermehrten sich, als sie anfing zu lächeln.

Maddy winkte ab.

„Nein, habe ich nicht", gab sie leise zurück.

„Es sind noch einige Vorbereitungen zu treffen, was den Ball betrifft und dann muss ich ja auch noch so viel über das hier lernen." Dabei hob sie ihre Arme leicht an.

Sophie neigte leicht ihren Kopf.

„Das kann ich verstehen. Es prasselt sicher eine ganze Menge auf dich ein, aber … das schaffst du schon."

„Kann ich dich etwas fragen?"

„Du kannst mich alles fragen. Was hast du auf dem Herzen, Maddy?"

„Du … hast damals bei Jacques' Geburtstagsfeier etwas zu mir gesagt. Ich soll mich nicht trüben lassen, denn bald ist die Zeit für etwas Größeres bereit. Kannst du dich daran erinnern?" Nun richtete Maddy ihren Blick forschend auf Sophie.

„Selbstverständlich kann ich mich daran erinnern. Ich bin zwar schon etwas älter, aber der hier", dabei tippte sie sich an den Kopf „… funktioniert noch ganz gut."

„Woher stammt dieser Satz?", hakte Maddy nach.

Sophie überlegte einen Moment.

„So genau kann ich dir das gar nicht sagen." Sie legte das Buch beiseite und schwang ihre Beine übereinander. „Vielleicht sollten wir einen kleinen Spaziergang machen?" Mit großen Augen fixierte Sophie sie nun.

Maddy nickte und beide liefen auf dem gepflasterten Weg auf die Steilklippe zu. Als sie die Hälfte des Weges hinter sich gelassen hatten, nahm Sophie ihre Hand.

„Ich kann und will vor John nicht darüber sprechen. Ich hoffe, du verstehst das?"

Maddy nickte, wobei ihre Augen die Gegend unruhig absuchten.

„Ich schätze mal, Jonathan hat mit dir über mich gesprochen?"

„Ja, hat er", erwiderte Maddy.

„In einer meiner Visionen habe ich diesen Satz aufgeschnappt und …"

„Was war das für eine Vision?", unterbrach Maddy sie.

Kurz überlegte Sophie und tippte sich mit dem Finger gegen ihr Kinn.

„Es war eine Vision, die schon sehr lange zurückliegt. Damals wusste ich noch nicht genau, wohin mich meine Visionen führen. Es ging um eine Frau, die ich aber nicht erkennen konnte. Sie hatte immer diesen Satz wiederholt."

„Was war mit dieser Frau?"

„Das kann ich dir nicht sagen. Sie saß auf einem Stuhl am Fenster und wiederholte immer diesen Satz. Ich hatte mehrmals diese Vision von ihr, doch nie … konnte ich sie richtig sehen. Ich wusste nicht, wer sie ist und was sie mit dir zu tun hat."

„Aber warum hast du es dann zu mir gesagt, wenn kein Zusammenhang bestand?"

„Weil … sie hielt ein Bild von dir in den Händen." Sophie klang traurig.

„Ein Bild? Wie alt war ich auf diesem Bild?", fragte Maddy.

Sophie drehte sich zu ihr und sagte. „So ungefähr achtzehn, würde ich mal schätzen." Nachdenklich schaute Sophie auf die Steinbank, auf die sie zuliefen. „Achtzehn? Das passt überhaupt nicht zusammen."
Maddy schüttelte ihren Kopf und setzte sich mit Sophie auf die Bank. Fast verlegen griff Sophie nach Maddys Hand. „Was meinst du? Was passt nicht zusammen?"
„Ach, nichts. Lass uns besser zurückgehen. Die Sonne knallt noch ganz schön. Sonst holen wir uns noch einen Sonnenbrand."
Mit einem Lächeln versuchte Maddy die Situation zu überspielen. Beide begaben sich zurück zum Pool.

Als die Dämmerung eingesetzt hatte, saß Elisa in der Limousine ihres Vaters. Der Fahrer lenkte den Wagen geschickt durch den Verkehr und sprach während der Fahrt kein einziges Wort. Ihre Wachhündin hatte neben ihr auf der Rücksitzbank Platz genommen und beobachtete eifrig jede noch so kleine Bewegung, die Elisa machte. Zusätzlich hatte ihr Vater noch zwei weitere Männer zu ihrer Begleitung mitgeschickt. Diese saßen ihr gegenüber. Mit ihren schwarzen Anzügen und weißen Hemden sahen sie eher wie Vertreter aus und nicht wie Elitekämpfer. Elisa wusste, dass sie nur diese einzige Chance besaß, aus ihrer misslichen Lage herauszukommen. Gefühlte tausend Male hatte sie auf ihr Handy gestarrt, doch bisher war keine Nachricht von Susan eingegangen. Zwischenzeitlich hatte sie sogar überlegt, ob ihr Handy gestört wurde. Mittlerweile traute sie ihrem Vater alles zu.

Krampfhaft hielt sie die Chipkarte in der Hand. Das einzige Telefonat, das die geführt hatte, war mit der Stationsschwester gewesen, um zu fragen, ob der Chefarzt, Dr. Anderson, auch heute Abend im Dienst war. Die Schwester hatte ihr versichert, dass er gegen neun in der Klinik sein wollte.

Nun bog der Fahrer zum Klinikgelände ein. Der Pförtner ließ den Wagen passieren, der auf den mit Bäumen gesäumten Parkplatz zu stehen kam. Er war fast leer, denn viele der Besucher hatten bereits das Gelände verlassen, da die Besuchszeit schon vor einer Stunde geendet hatte.

Elisa zog ihre Bluse zurecht und griff nach ihrer Handtasche.

„Moment!", knurrte die Vampirin sie an und hielt ihren Arm fest. „Wir gehen zusammen! Ich möchte nicht, dass Sie auf falsche Gedanken kommen, Mrs Hamilton." Ihre wachsamen Augen waren leicht zusammengekniffen.

Elisa rollte entnervt mit ihren Augen und verzog die Mundwinkel.

Die Vampirin nickte den beiden anderen zu, die sich sogleich daran machten auszusteigen. Sie sondierten die Umgebung und dann durfte Elisa aussteigen. Sie wurde bei jedem Schritt flankiert. Sie traten alle zusammen durch die

Eingangstür der Klinik, die sich automatisch öffnete. Ein älterer Mann, der am Schalter direkt neben der Tür saß, warf Elisa ein Lächeln zu.

„Mrs Hamilton, schön Sie zu sehen."

„Guten Abend, Mr Baker. Geht es Ihnen gut?", fragte Elisa freundlich.

„Danke, danke, alles bestens", antwortete er.

Elisa durchquerte das Foyer, gefolgt von den drei Vampiren. Sie konnten sogleich in einen leeren Fahrstuhl einsteigen, der nach oben fuhr. Auf ihrer Station angekommen, genoss Elisa die Atmosphäre. Das hektische Treiben der Ärzte und Schwestern. Patienten, die mit einigen Ableitungen über den Flur schlichen. Die weißen Wände, die ihr überall entgegenschlugen, und der Geruch von Desinfektionsmitteln – all das hatte ihr in den vergangenen Tagen sehr gefehlt. Mit zügigen Schritten lief sie auf das Büro von Dr. Anderson zu. Kurz davor blieb sie stehen und wandte sich an ihre Begleiter.

„Dort ... werde ich alleine hineingehen."

Alle verspannten sich sofort. „Bevor Sie jetzt etwas sagen: Ich bin kein kleines Kind mehr und ich übergebe hier nur dem Chefarzt meine Chipkarte. Das ... bekomme ich ohne Sie hin. Sie können gerne vor der Tür warten!" Energisch setzte sie ihren Weg fort und ... die Drei blieben wirklich zurück. Ihr Herz sprang fast in die Luft. Dass sie es bis hierher geschafft hatte! Nun atmete sie tief durch und klopfte sanft an die Tür. Die tiefe Stimme von Dr. Anderson drang durch die Tür.

„Herein!"

Sie betrat das Büro und schloss sogleich die Tür. Als sie auf den großen Schreibtisch zuging, sagte sie: „Guten Abend, Dr. Anderson."

„Elisa! Na, wieder gesund? Wir können wirklich momentan jeden gebrauchen, da wir viele Ausfälle haben und ..."

Elisa unterbrach ihn.

„Dr. Anderson, ich kündige." Ihre Stimme klang brüchig und sie senkte ihren Blick.

„Wie bitte? Kündigen? Das kommt überhaupt nicht in Frage. Warum?" Er beugte sich leicht über seinen mit Akten überhäuften Schreibtisch.

Elisa wusste, dass die Vampire vor der Tür jedes Wort mit anhörten, deshalb musste sie überzeugend sein.

„Meiner Tante geht es nicht gut ... sie braucht mich für einige Zeit ... es geht leider nicht anders." Sie hoffte, genug Wehleidigkeit in ihre Worte gepackt zu haben.

Dr. Anderson griff sich an sein Kinn und runzelte die Stirn.

„Deshalb müssen Sie nicht gleich kündigen ... ich kann Sie beurlauben", entgegnete er.

„Ich kann nicht sagen, wie lange es dauern wird. Aber … es ist schön zu wissen, dass ich vielleicht nach dieser Zeit wieder hier arbeiten könnte." Nun streckte sie ihre Hand aus und sah ihn mit weit aufgerissenen Augen forschend an, als sie zu ihm sagte:

„Hier … ist meine Chipkarte!" Schnell drückte sie ihm die Karte in seine Handinnenfläche. Er blickte sie erstaunt an. Dann fügte sie energisch hinzu: „Dazu bin ich ja verpflichtet, wenn ich kündige."

Dr. Anderson spürte nicht nur eine Chipkarte in seiner Hand. Er konnte ihre Nervosität fühlen, die ihm entgegenschlug.

„Mmmh … das ist richtig", quälte er hervor, obwohl er nicht wusste, was hier gerade gespielt wurde. Erleichterung machte sich in Elisas Gesicht breit. Sie erhob sich rasch vom Stuhl und warf ihm noch einen flehenden Blick zu, bevor sie sich mit einem knappen

„Auf Wiedersehen!" verabschiedete und demonstrativ lange die Tür offenstehen ließ, damit er einen Blick auf die Eskorte vor der Tür werfen konnte.

Michael Anderson wusste, das Elisa die Tochter des Ratsmitgliedes Hamilton war und schon immer gegen ihren Vater rebellierte. Ihre Ausbildung zur Krankenschwester hatte sie schwer bei ihm erkämpft, denn er wollte nicht, dass seine Tochter so öffentlich arbeitete. Mr Hamilton hatte ihm sogar damals gedroht: Wenn seiner Tochter hier in der Klinik etwas passierte, würde er dafür sorgen, dass nicht ein Patient mehr diese Klinik betrat. Michael hatte damals nur gelacht, denn er würde sich nicht vom Rat und schon gar nicht von einem Mr Hamilton einschüchtern lassen.

Als Elisa aus seinem Sichtfeld verschwunden und die Tür geschlossen war, öffnete er seine Hand. Darin befand sich die Chipkarte einer Videothek. Er hob sie an und da entdeckte er auf der Rückseite einen kleinen Zettel. Er faltete diesen auseinander und las ihn aufmerksam.

Helfen Sie mir. Mein Vater schickt mich morgen Abend nach Calabria.

Er lehnte sich zurück und behielt den Zettel fest in der Hand.

„Calabria!", knurrte er bitterböse hervor.

Er wusste genau, was das für ein Ort war. Der Rat hatte dort vor Jahrhunderten ein Kloster gekauft und dieses beherbergte verlorene Seelen. Aber nicht nur diese, sondern auch die vergessenen Seelen wurden dort in einem Gefängnistrakt untergebracht, wo sie auf ihre Hinrichtung warteten, was manchmal bis zu einem Jahrhundert dauerte. Fieberhaft überlegte er, warum Elisa ihm diesen Hilferuf zukommen ließ. Er stand auf, wobei sein Lederstuhl leicht nach hinten rollte. Dann trat er ans Fenster und blickte durch die leicht schräg gestellten

Lamellen seiner Jalousien auf den Parkplatz hinab. Dort sah er Elisa mit ihrer Eskorte zu einem wartenden Wagen laufen. Sie stiegen ein, der Wagen setzte sich in Bewegung und verschwand in der Dunkelheit. Hilflos sah er sich das Schauspiel an. Während seiner Visite ließ ihn Elisas Hilferuf jedoch nicht mehr los. Immer wieder ertappte er sich dabei, wie er den Zettel in seiner Kitteltasche berührte, als ob er kontrollierte, ihn nicht verloren zu haben. Sein Assistenzarzt informierte ihn über die Neuzugänge, Entlassungen und die anstehenden Operationen, was er nur am Rande mitbekam.

Anschließend lief er zu seinem Büro und schmiss die Tür hinter sich zu. Er steuerte geradewegs auf seinen Schreibtisch und ließ wutentbrannt eine Faust auf die Tischplatte knallen.

„Dieser verdammte Hamilton. Jetzt kann er nicht mal seine eigene Tochter in Ruhe lassen."

Hamilton war ihm schon lange ein Dorn im Auge. Doch bisher hatte er ihn in Ruhe gelassen, da seine Familie eine der mächtigsten in England war. Aber dass Elisa so unter ihrem Vater litt, ließ ihn nachdenklich werden. Ihre Mutter hatte vor langer Zeit auch als Krankenschwester auf dieser Station gearbeitet. Sie war eine gut aussehende Frau gewesen, war kompetent und aufopferungsvoll zu ihren Patienten. Er hatte sie sehr geschätzt und sie waren sich auch näher gekommen. Mehr als eine Affäre war daraus nicht geworden und dann hatte sie Hamilton bei einem Kongress kennengelernt. Er umgarnte sie und nach kurzer Zeit hatte sie ihre Anstellung in der Klinik gekündigt. Michael hatte dann erfahren, dass sie Hamilton geheiratet hatte. Er selbst hatte sich nie offiziell gebunden, obwohl es genug Anwärterinnen gegeben hatte. Plötzlich fühlte er eine Leere in sich hochkommen, die er bis zu diesem Zeitpunkt noch nie gespürt hatte. Er setzte sich auf seinen Lederstuhl, legte die Fingerspitzen aneinander und kniff leicht seine Lippen zusammen. *Ich könnte Jonathan fragen, ob er ...* Verneinend schüttelte er seinen Kopf. *Das ist Blödsinn. Die Clankrieger haben weitaus Besseres zu tun, als sich um eine Krankenschwester zu kümmern,* dachte Michael und verzog seinen Mundwinkel verächtlich. Er überlegte, ob er zu den Hamiltons fahren und ein Gespräch mit diesem aufgeplusterten Ratsmitglied führen sollte. Doch diesen Gedanken verwarf er sogleich, denn er wusste, dass mit Hamilton kein vernünftiges Gespräch zu führen wäre. Abermals griff er in seine Kitteltasche und tastete nach dem Zettel. Er nahm ihn heraus und las ihn, wieder und wieder und wieder.

Um den großen Tisch in der Küche des Anwesens saßen Sophie, John und Maddy und aßen zu Abend. Jane hatte sich wieder einmal übertroffen. Der reich gedeckte Tisch ließ keinen Wunsch offen.

„Wir sollten Morgen noch einmal eine Tanzstunde einlegen. Nicht, das du alles bis zum Wochenende wieder verlernt hast", sagte John freundlich in Maddys Richtung.

„Von mir aus", gab sie gleichgültig zurück.

„Wenn du möchtest, dann begleite ich dich auf den Ball." Dabei drückte er leicht die Hand von Sophie, die ihm zunickte.

„Danke für das Angebot."

„John kann dich auf dem Parkett vor allen tanzwütigen Männern beschützen", scherzte Sophie.

Maddy hingegen lächelte gequält. Als sie Jane beobachtete, musste sie unweigerlich an Ramos denken. Sie hatte ihn seit dem Abend, an dem Conzuela und Ament sich verbunden hatten, nicht mehr gespürt, was ihr zu denken gab. Ihre Augen wanderten durch die Küche und sie fühlte ich unwohl. *Ich muss hier raus.* Schnell nahm sie sich noch zwei Cocktailtomaten und stopfte sich diese in den Mund. Als sie sich gerade erheben wollte, glitt ihr Blick zu John, der sie eindringlich musterte.

„Ich wollte mich noch mal mit Jonathan über die Finanzen unterhalten", erklärte sie sich und lief zur Tür.

„Ich wünsche euch noch einen schönen Abend."

Die Drei sahen ihr wortlos hinterher.

Als sie in der Eingangshalle angekommen war, sah sie sich um, ob jemand in ihrer Nähe war. *Menschenleer und auch vampirleer,* dachte sie sich und dabei hellte sich ihre Laune etwas auf. Sie schritt auf das große Gemälde zu, welches ihren Großvater zeigte. Mit einem gewissen Abstand blieb sie davor stehen und betrachtete es. *Welche Geheimnisse hast du noch gehabt? Warum waren die Vampire für dich nur ...* Ihr fiel nichts ein, was diesen Ausdruck der Verachtung beschreiben konnte. *Ich würde dir gerne sagen, dass ich deinen Pakt erneuert habe. Sie sind weitaus mehr Wert, als du dachtest.* Sie blickte trotzig in die gemalten Augen und konnte darin nur Kälte erkennen. Dem Maler war es wirklich gut gelungen, diesen eiskalten Blick festzuhalten. Ihr Blick wanderte über seine gesamte Statur. Er wirkte fast majestätisch. Nur noch die Krone und das Zepter fehlten, dann hätte er sich in die Ahnenreihe der Königshäuser Europas einreihen können. Als sie die kleine Pyramide in der Ecke des Gemäldes ausmachte, musste sie unweigerlich an ihre erste Begegnung mit Ramos denken. Sie ertappte sich dabei, wie sie an seine Auferstehung aus dem Feuer dachte und fing an zu träumen. Sie legte ihren Kopf leicht in den Nacken und glitt mit ihren Gedanken zurück zu diesem Moment. Als ihre Augen eine Unregelmäßigkeit im Bild wahrnahmen, stutzte sie plötzlich. An der linken oberen Ecke sah es fast so aus, als ob das Bild kaputt wäre. Sie trat zwei Schritte zurück, doch aus dieser Position war nichts zu sehen. Ihre Füße bewegten sich wieder nach vorne, doch nun hatte sie einen anderen Winkel und die Unebenheit blieb ihren Augen verborgen. *Das habe ich mir sicher nur eingebildet.* Dann schnellte ihr Kopf zur Seite, als eine Tür unweit von ihr geöffnet wurde. Durch die schwache Beleuchtung konnte Maddy nicht erkennen, wer dort aus der Tür trat. Sie blieb wie festgewurzelt stehen, wobei ihr Atem sich fast überschlug. Ihr Puls fing an zu rasen und hämmerte durch ihren Körper.

„Milady?", drang durch die Stille und dann wurde eine Silhouette sichtbar. Schlank und graziös trat Miss Kottendraw hervor.

Die Anspannung, die noch gerade durch ihren Körper raste, fiel von Maddy ab.

„Miss Kottendraw …?"

„Ich hoffe, ich habe Sie nicht erschreckt? Eine der Zofen ist heute nicht zum Dienst erschienen, deshalb habe ich ihren Platz eingenommen." Ihre spitze Nase reckte sie leicht nach oben und sah durch ihre Brille auf Maddy herab.

„Nein, haben Sie nicht."

„Dann bin ich beruhigt. Ich wünsche Ihnen eine angenehme Nacht."

Maddy antwortete ihr freundlich und sah ihr nach, als sie im Kaminzimmer verschwand. *Klar, sie hat meinen rasenden Puls mitbekommen. Diesen Vampiren kann man auch nichts vormachen,* überlegte Maddy. Mit schnellen Schritten begab sie sich nach oben in ihre Suite. Als sie ihre Tür geschlossen hatte, lief sie in die Mitte des Zimmers. „Ramos?", rief sie.

Keine Reaktion.

„RAMOS?"

Wieder nichts.

„RAMOS!"

Nicht einmal ein Hauch. Nichts. Totenstille.

Wo steckst du? Warum meldest du dich nicht? Sie grübelte einige Zeit über ihn nach, bis ihre Lider schwer wurden. Ihr Körper gewann und mit einem gleichmäßigen Atem sank sie in das Meer der Träume.

12. Kapitel

Nachdem sie die ganze Nacht schweißtreibend trainiert hatten, waren alle erschöpft in ihre Quartiere gegangen. Mehit stand unter seiner Dusche. Die Seife, mit der er seinen Körper bearbeitet hatte, spülte den gesamten Schweiß gurgelnd in den Ausguss. Lange hatte er nicht mehr so intensiv trainiert. Er fühlte sich wohl, obwohl seine Arme und Beine von der Anstrengung schmerzten. Er dachte an die Neuzugänge. Raban war von Ament in die Mangel genommen worden. Zuerst hatten die beiden eher verhalten miteinander gekämpft, denn Ament wusste nicht, wann die Gabe aus Raban herausbrechen würde. Dann hatten sie mit den grundlegenden Übungen angefangen und steigerten diese immer weiter, intensiv und zielstrebig. Zwischenzeitlich war ein kehliges Lachen zu hören gewesen, als Raban sich aus seiner Gabe nicht mehr befreien konnte. Nach einigen Stunden hatte er seine Macht ein wenig kontrollieren können, was ihm Zuversicht gab. Seine Reflexe waren eindeutig schneller als vorher und die Kraft, die er nun besaß, ließ ihn geradezu aufleben. Der schweigsame Ament und er kamen gut miteinander klar, so dass sie nach einigen Proben zu harten Nahkämpfen übergegangen waren. Durch seine Geschicklichkeit war Raban dazu in der Lage, den Attacken von Ament auszuweichen. Er ließ sich auch nicht von dem tödlichsten der hier versammelten Krieger einschüchtern. Im Gegenteil. Er kämpfte verbissen und taktisch klug.

Ortischa war Ivan zugeteilt worden. Hinterlistig und gleichzeitig graziös hatte sie ihn mit Tritten und Schlägen bearbeitet, die in seinem Gesicht explodierten. Anfangs hatte Ivan eine ganze Menge einstecken müssen. Er knallte an Wände und schlug mehrmals heftig auf dem Boden auf. Jedes Mal hatte er sich fluchend wieder erhoben, seine Fäuste geballt und war zum nächsten Angriff übergegangen. Doch Ortischa kannte keine Gnade mit ihm. Immer wieder hatte sie ihn durch die Gegend geschleudert oder sich unter seinen Schlägen hindurchgewunden wie eine Schlange. Bei Ivan schürte das nur seinen Tatendrang. Doch auch er wurde von Stunde zu Stunde besser. Er lernte schnell und als Ortischa unter seinen Schlägen und Tritten weggetaucht war, hatte er sie am Arm erwischt und sie unsanft über den Boden geworfen. Dies hatte eine geballte Ladung von Ortischas hochwallender Macht zur Folge, mit der sie ihm Sand ins Gesicht schleuderte. Kurze Zeit war er so gut wie blind, doch er verließ sich auf sein geschärftes Gehör und nahm das Klackern ihrer High Heels wahr, die sich auf ihn zubewegten. Erbittert hatten beide mit ausgefahrenen Fangzähnen und wütendem Gesichtsausdruck weitergekämpft. Ivan hatte ihre Angriffe pariert und man konnte fast meinen, dass sie langsam ebenbürtig wurden.

Mehit selbst hatte sich Angel zugeteilt. Er wusste, dass das die beste Wahl war. Sie war als normale Vampirin im Nachteil. Dennoch war Mehit von ihren Reflexen recht überrascht gewesen, denn mit einer solchen Schnelligkeit hatte er nicht gerechnet. Verbissen hatte sie sich in den Kampf geworfen, ihn hinterhältig angesprungen und mit den Waffen einer Frau bekämpft. Sie hatte ihn gebissen, fest und unnachgiebig. Ihre Fingernägel in sein Fleisch gebohrt und ihn fast mit dem Knie in seiner Männlichkeit getroffen, wenn er nicht noch rechtzeitig zur Seite gesprungen wäre. Er hatte ihr gezeigt, wie sie noch besser treffen würde, und sie hatte jeden seiner Hinweise in sich aufgenommen und in der nächsten Übung angewendet. Nach einiger Zeit verbesserten sich ihre Angriffstechniken und Mehit war zufrieden. Dann hatte er beschlossen, mit ihr noch zum Schießstand zu gehen. Dort ließ er sie mit Pistolen und Maschinengewehren auf die Papierscheiben schießen und war über ihre Treffsicherheit sichtlich erfreut. Auch als er sie angriffen hatte, während sie gerade schießen wollte, hatte sie gut reagiert, war ihm ausgewichen und hatte aus einem uneinsehbaren Winkel heraus trotzdem noch die Scheibe getroffen. Rügend hatte sie ihn angesehen, doch er nickte nur anerkennend. Alles in allem fand er den Trainingsverlauf sehr gelungen.

Als er den Wasserhahn zudrehte und sich ein Handtuch um die nassen Hüften schwang, leuchtete seine Tätowierung in Azurblau, ein Zeichen für vollkommene Zufriedenheit. Er sah an seiner Brust hinab und strich sich dann mit der Hand über die gebogenen Schnörkel, die seine Brust zierten und sich bis zum Oberschenkel fortsetzten. Er schnaubte leicht, als seine Muskeln anfingen, ihren Tribut zu fordern. Nach einem Blutbeutel, den er in einem Zug austrank, leckte er genussvoll den letzten Tropfen von seiner Lippe. Dann ließ er seinen massigen Körper auf das Bett fallen. Die Seidenbettwäsche kühlte seine Haut. Er schloss die Augen und schenkte seinem Körper nun die nötige Ruhe.

Unterdessen hatte Ament ebenfalls geduscht. Er lehnte am Türrahmen zur Krankenstation. Von dort betrachte er seine Conzuela, die auf einem Stuhl neben Monas Bett saß und eingeschlafen war. Sie hielt noch ein Tableau in der Hand und ihr Kopf hatte sich auf ihre Brust gesenkt. Regungslos stand er eine ganze Weile da und beobachtete sie. Ihr Brustkorb hob und senkte sich bei ihrem gleichmäßigen Atem, so dass sich der Rubin um ihren Hals immer wieder verlagerte und in einer anderen Facette leuchtete. Dieses Farbspiel faszinierte ihn und er hätte noch Stunden dort stehen können. Doch die Haltung, die Conzuela eingenommen hatte, gefiel ihm nicht. Lautlos trat er an sie heran, wandte kurzerhand eine Trance an und nahm sie auf seine starken Arme. Die Berührung ihrer Haut verursachte ein Kribbeln, welches durch seinen Körper jagte. Er sehnte sich danach, ihre weiche Haut mit seinen Händen zu berühren.

Ihr flüchtige Küsse auf ihrer Brust zu verteilen, die ihre Atmung zum Stocken brachte. Er wollte, dass ihr Körper unter ihm zu zittern begann und ihre braunen Augen ihn verschlangen. Zügellosigkeit schoss durch seinen bereits erhitzen Körper. Rasch lief er in ihr Quartier und legte sie auf ihr gemeinsames Bett. Beim Anblick ihres entspannten Körpers reagierte seine Männlichkeit und drückte heftig gegen seine Hose. Er wollte sie verwöhnen, lieben und sie bis zur Ekstase auskosten. Seine Haut spannte, und als er seine Lippen mit seiner Zunge benetzte, wurde sein Drang unbeherrschbar. *Ruhig, ruhig, du hast sie. Sie ist mein,* redete er auf sich ein. *Meine, meine ganz allein für alle Ewigkeit. Doch das wird nie genug sein, diese Frau glücklich zu machen.* Heftig atmete er einige Male aus und löste die Trance.

Conzuela schlug ihre wunderschönen Augen auf.

„Was ist?", fragte sie noch halb verschlafen.

„Alles ist gut. Schlaf ein wenig. Ich passe auf Mona auf", sagte er ruhig.

Sie sah ihn nervös an. „Aber … ?"

„Nichts aber. Schlaf … wenn etwas ist, rufe ich dich an. Versprochen."

Damit erhob er sich.

Sie wusste, dass es keine gute Idee war, ihm zu widersprechen, deshalb sagte sie nur „Danke".

Er warf ihr noch einen innigen Blick über die Schulter zu, bevor er die Tür hinter sich schloss. In Sekundenschnelle war er wieder auf der Krankenstation. Er nahm einen Stuhl, zog diesen bis zur Wand, setzte sich und schlug am Boden die Knöchel übereinander. Er war froh, dem sinnlichen Anblick seiner Frau entkommen zu sein. Keine Sekunde länger hätte er es in ihrer Nähe ausgehalten. Jetzt noch schlug sein Puls heftig und er war der Meinung, dass sie es gemerkt haben musste. Durch ihre Blutsverbindung konnte sie seine Reaktionen fühlen und er war dankbar, dass sie ihn nicht animiert hatte, zu bleiben. Denn er hätte nichts lieber getan.

Das gleichmäßige Piepen der Geräte erinnerte ihn daran, wie er hier gelegen hatte. Langsam kam er zur Ruhe und konzentrierte sich auf Mona, die ruhig atmete. Er wollte gar nicht darüber nachdenken, wie sie reagieren würde, wenn sie ihr erklärten, dass Jacques entführt worden war. Ein Glück würde er nicht derjenige sein, der diesen Part übernehmen musste. Dafür war er sehr dankbar. Er lehnte den Kopf an die Wand. Die Kämpfe mit Raban hatten ihm gutgetan. Seine Muskeln bebten immer noch. Das frische Blut in seinen Adern versorgte ihn mit neuer Energie und sein Körper schrie fast nach einer weiteren Runde. Oder einer Runde mit seiner Frau, wobei ihm dieser Gedanke wesentlich besser gefiel.

Einige Türen weiter hatten sich Ivan und Angel auf der Ledercouch niedergelassen. Angel war ziemlich ausgelaugt und Ivan sah an seinen Armen hinab, wo sich etliche blaue Flecken bildeten.

„Ich geh ins Bad", sagte Angel abgeschlagen.

Als die Tür geschlossen war, zog Ivan sein T-Shirt von seinem Oberkörper. Rote breite Striemen, blaue Flecken und auch Kratzer zierten seine muskulöse Brust. Er schaute an sich herab und inspizierte sein großes Tattoo, welches sich von seiner Brust bis zum Bauchnabel erstreckte. Das Training hatte so gut wie keinen Schaden bei dem Schriftzug hinterlassen, was ihn beruhigte. Er hatte sich damals den Namen seiner Schwester in die Haut stechen lassen. Doch nur er konnte in den verschlungen Bögen und Linien den Namen erkennen, denn er hatte ihn so tätowieren lassen, dass er seitenverkehrt und von unten nach oben geschrieben wurde, so dass man ihn nur aus seiner Sicht, oder wenn man ihm über die Schulter sah, lesen konnte. Seine Schwester war die Einzige, die ihn immer verstanden und akzeptiert hatte, was er tat und womit er sein Geld verdiente. Stolz war er damals zu ihr gegangen und sie hatte vor Freude geweint, als sie die Zeichnung sah. Er ehrte sie damit und sie hatte ihn so liebevoll in ihre Arme geschlossen, wie es sonst keiner vermochte.

„Träumst du?", fragte Angel und neigte ihren Kopf zur Seite. Ihre nassen langen Haare schwangen triefend an ihrer Schulter entlang.

Ivan hatte gar nicht mitbekommen, dass Angel aus dem Bad gekommen war und dicht bei ihm stand.

„Was? Nein! Bist du fertig?", fragte er leicht knurrend, weil sie ihn wirklich in einem Moment der Unaufmerksamkeit ertappt hatte. Verwundert blickte er zu ihr auf und zog seine Augenbrauen nach oben. Sie lief ausnahmsweise einmal nicht splitternackt durch den Raum, sondern war mit einem Handtuch bedeckt.

„Ja, bin ich."

Er sprang auf, lief mit schnellen Schritten ins Bad und verriegelte die Tür.

Ausgepowert, aber zufrieden, ließ sich Angel auf der Couch nieder. Das Training mit Mehit hatte ihr gut gefallen. Ihre Angriffstechniken waren besser geworden und sie fühlte sich, als ob ihr Körper mehr aushalten konnte als vorher. Dies war sicher ein Trugschluss, doch es fühlte sich gut an. Hastig zog sie sich eines der langen T-Shirts von Ivan an und kroch unter die Bettdecke.

Als Ivan vor dem Bett stand, dämmte er mental das Licht und zog die Bettdecke beiseite.

Angel kam nicht umhin, sich seinen wohlgeformten Körper anzusehen. Die breiten Schultern mit den muskulösen Armen, der flache Bauch und den knackigen Hintern, der in einer eng anliegenden Shorts steckte. Die gut gebauten Beine, die diesen makellosen Körper trugen. Seine violetten Augen leuchteten in der Dunkelheit, und als er sich neben ihr auf der Matratze niederließ, strahlte er solch eine Erotik aus, dass ihr Puls sich beschleunigte.

Sein Kopf drehte sich in ihre Richtung und die violetten Augen fixierten sie.

„Was hast du?", fragte er sanft in die Stille hinein.

„Alles okay. Ich bin so aufgewühlt vom Training", antwortete sie ihm hastig.

„Ja, das war schon sehr heftig." Seine raue Stimme mit dem russischen Akzent verursachte bei Angel auf einmal eine Gänsehaut, welche sich auf ihrem Körper ausbreitete. Ruhelos versuchte sie, die Situation zu überspielen.

„Trainieren wir morgen wieder?", fragte sie, wobei ihre Stimme zitterte.

Ihm war ihr musternder Blick nicht entgangen.

„Das kann gut möglich sein." Er verschränkte seinen Arm hinter seinem Kopf, so dass Angel die harten Muskeln sehen konnte, die sich über seine Brust zogen. Sie war versucht, ihre Hand nach ihm auszustrecken, biss sich aber lieber auf die Unterlippe.

„Danke", hauchte sie ihm entgegen.

„Für was?"

„Dass ich hierbleiben konnte."

„Das habe nicht ich entschieden, sondern Mehit. Bei ihm solltest du dich bedanken."

„Werde ich", gab sie entschlossen zurück. Sie wunderte sich über ihr plötzliches Interesse an Ivan. *Sollte das etwas mit seiner Verwandlung zum Clankrieger zu tun haben?*, fragte sie sich.

„Ruh dich aus, damit du morgen fit bist", sagte er und löschte das Licht.

Als Erster war Raban wieder auf den Beinen. Er stand in seinem Quartier und machte einige Übungen, die Ament ihm gestern gezeigt hatte. Verwundert sah er auf seine Hände, aus denen wieder eine Schlingpflanze heraustrat. Er beugte und hob die Arme und die Schlingpflanze vollführte exakt seine Bewegungen. Nun konzentrierte er sich und zwang seine Gabe zurück. Es funktionierte. Als sie komplett verschwunden war, atmete er tief aus. Stolz durchströmte seinen Körper. Er ballte seine Hand zur Faust und stieß einen kleinen Freudenschrei aus. Sein Kopf schnellte zur Seite, als sein Handy piepte. Schnell las er die Nachricht auf seinem Display.

Sie lautete: „Neue Nachrichten auf deinem Computer."

Hastig steckte er sein Handy in die Hosentasche und machte sich auf den Weg in die Kommandozentrale. Dort angekommen setzte er sich vor seinen Computer. Er berührte seine Tastatur und im Nu sprangen mehrere Dateien auf, die er überprüfte. Nachrichten von Enrico und Chang waren in seinem E-Mail-Programm eingegangen. Beide versicherten ihre Absicht, den Clan zu unterstützen, und waren dankbar für die großzügige Überweisung, die sie erhalten hatten. Anschließend kontrollierte er die Anrufe, die in der vergangenen Nacht eingegangen waren. Er runzelte leicht die Stirn, als abermals ein Anruf von Ronda auf dem Band zu hören war. Dieses Mal klang sie wesentlich bissiger als beim ersten Anruf. Er tippte sich mit dem Zeigefinger auf die Lippen, dann entschloss er sich, Ronda durch seine Datenbanken zu jagen. Er wollte wissen, wer dieses Frauenzimmer war, das so dringend nach Mehit verlangte.

Nach einigen Minuten erschien ihr Bild auf seinem Monitor. Dunkle, fast schwarze faszinierende Augen starrten ihn an. Ihre dunkelroten, schulterlangen Haare umrahmten ihr schlankes Gesicht. Markante Wangenknochen waren mit Rouge betont und ein wohlgeformtes Kinn rundete das fast elfengleiche Erscheinungsbild ab. Als er ihre Daten aufrief, stellten sich jedoch seine Nackenhaare auf. Ihre Einträge glichen keinesfalls einem Engel, sondern eher dem eines Teufels. Das Einzige, was auf dieser Liste noch fehlte, war kaltblütiger Mord. Doch ein weiterer Eintrag ließ Raban fast den Stift in seiner Hand zerbrechen. Sie war die Cousine von Mamba, dem Clubbesitzer. Er hatte fast so eine Ahnung gehabt, als er diese Augen gesehen hatte. Sein Gefühl hatte ihn nicht getrübt. Er lehnte sich zurück und zog die Lippen zu einer geraden Linie. *Ich muss unbedingt noch einmal mit Mehit darüber sprechen,* dachte er sich. Als sämtliche Systeme aktualisiert waren, verließ er den Raum und ging trainieren. Er wollte die Übungen wiederholen, die ihm Ament in der vergangenen Nacht beigebracht hatte. Als die Neonröhren im Trainingsraum aufflackerten und den Raum in ein grelles Licht tauchten, fühlte er sich leer. Er schritt über die Matten, die am Boden lagen, und lief in den hinteren Teil des Raums und stellte sich vor einen Sandsack, winkelte seine Arme an und ballte die Hände zu Fäusten.

„Ich habe genug Boxkämpfe mitverfolgt, also dürfte es keine Schwierigkeit sein, dies jetzt hier umzusetzen. Ging, ging", ahmte er einen Gong nach. Zielsicher traf die Faust den Boxsack. Tänzelnd federte er auf den Zehenspitzen vor ihm hin und her. Er duckte sich und ließ wieder eine Salve in das Leder einschlagen. „Ging, ging ... ja, der Kämpfer hat die erste Runde gut überstanden. Doch seine Deckung ist miserabel. Er sollte sehr viel mehr Beinarbeit leisten", schallte er sich selber. Da schnellte sein Kopf herum und suchte den Raum nach etwas Nützlichem ab. Seine übernatürliche Sehkraft fand nach ein paar Sekunden, was er suchte. Er rannte los. Durch seine neue Schnelligkeit kam er nicht rechtzeitig zum Stehen und schlug heftig in die Wand ein, wobei etwas Putz auf den Boden rieselte. „Verdammte Scheiße. Der Kandidat hat hundert Punkte", fluchte er und rappelte sich wieder hoch. „Ich komme mir vor wie ein Kleinkind, dem man das Laufen beibringt." Dann nahm er den Gegenstand aus dem Regal, den er gesucht hatte. Ein Springseil. *So, reiß dich mal zusammen. Es wird ja wohl nicht so schwer sein, diesen Körper unter Kontrolle zu bringen.* Er nahm jeweils ein Ende des Springseils in die Hände und fing an, mit Tippelschritten über das Seil zu hüpfen. Selbst dabei verhaspelte er sich und knallte der Länge nach auf den Fußboden. Knurrend entwirrte er das Seil von seinen Füßen, sprang wieder auf und versuchte es erneut. Beim zweiten Anlauf lief es nicht viel besser.

„Hab ich Magnete in den Schuhen oder warum bekomme ich das nicht auf die Reihe? Das schafft doch jedes kleine Mädchen!" Grimmig erhob er sich und setzte seine Übung fort. Er trat vor das Seil und fing an, es zu schwingen. Sein Fuß glitt über das Seil und der zweite folgte. Eine weitere Runde verlief ebenfalls gut. Das machte Raban schon zuversichtlicher. Nach drei weiteren Runden war er langsam mit sich zufrieden. „Geht doch", spornte er sich an. Nachdem er eine halbe Stunde damit zugebracht hatte, versuchte er, mit geschlossen Füßen über das Seil zu bringen. „Das kann doch nicht so schwer sein, konzentrier dich", ermahnte er sich erneut. Als das Seil das vierte Mal um seinen Körper kreiste, wand es sich wie eine Schlange um seine Füße und er landete hart auf dem Boden. Sein Gesicht zeigte schon Rötungen vom Parkettboden, den er nun mehrere Male geküsst hatte. Wieder setzte er das Seil in Bewegung. Nach weiteren unbeholfenen Anläufen gelangen ihm endlich ein Dutzend Sprünge. Wieder und wieder setzte er seine Seilübung fort und nach einer weiteren knappen Stunde waren seine Sprünge fehlerfrei. Aber damit nicht genug, er wollte auch die Doppelsprünge schaffen. Auch diese absolvierte er nach einiger Zeit tadellos. Zufrieden und schon überzeugter warf er das Springseil zurück in das Regal. „Yes!" Er erfreute sich an seinen Fortschritten. Dann lief er quer durch den Raum. Mit zwei Hanteln legte er sich mit dem Rücken auf eine Holzbank. Er streckte seine Arme aus und führte sie über seinen Kopf zusammen. Diese Übung vollzog er solange, bis seine Muskeln anfingen, zu zittern.

„Hey", hauchte Conzuela Ament entgegen, als sie die Krankenstation nach einigen Stunden betrat.

Sogleich nahm Ament ihre erregende Haltung in sich auf. Ihr Duft drang in seine Nase und er spürte, wie es sich zwischen seinen Beinen regte.

„Hey", gab er ruhig zurück, wobei er den Schwung ihrer Hüften nicht aus den Augen ließ, als sie geschmeidig vorwärts glitt.

Conzuela sah seinen hungrigen Blick und auch ihr wäre nach einem heißen Liebesakt zu Mute gewesen, doch ihre Patientin Mona lag in Trance in ihrem Krankenbett. Scharf zog sie die Luft ein und rügte sich für ihre Gefühle, die gerade durch ihren Körper schossen.

„Wenn mich nachher jemand ablöst, würde ich gerne meinem Mann noch etwas zeigen."

„WAS denn?" Schon stand er so dicht vor ihr, dass sein Atem ihr Gesicht traf.

„Lass dich überraschen." Lasziv schaute sie ihn über die Schulter an, als sie sich abwandte.

„DAS ist nicht fair", zischte er zwischen den Zähnen hervor.

„Wer sagt denn, dass ich fair bin?"

Ein tiefes Brummen erfüllte den Raum und sie konnte seine auflodernde Erregung förmlich spüren. Sie neckte ihn weiter.

„Weißt du eigentlich, wie allein ich mich in unserem großen Bett gefühlt habe?" Ihre Hände strichen an ihrer Taille entlang.

Er ergriff ihren Arm und sie prallte an seine breite Brust, wobei im selben Moment seine Hände an ihren wohlgeformten Hintern griffen. Er versenkte seine Lippen heißblütig auf ihren und raubte ihr damit fast den Verstand. Seine Zunge stieß zwischen ihren Lippen hindurch, nahm ihrem Mund vollkommen in Beschlag. Sie gab sich diesem innigen Kuss hin und schlang ihre Arme um seinen Hals.

„Entschuldigt."

Beide fuhren herum und sahen Maddy am Eingang. Ihr Blick verriet, dass es ihr unangenehm war, die beiden in diesen intimen Moment zu stören.

Conzuela sagte mit weicher Stimme: „Du brauchst dich nicht zu entschuldigen. Wir sollten das tun." Die leichte Röte, die Conzuela ins Gesicht zog, ließ ihr Gesicht erstrahlen.

Ament dagegen war weniger entspannt. Es gefiel ihm gar nicht, dass er so unaufmerksam gewesen war und nicht bemerkt hatte, dass Maddy nahte. Sie wusste doch noch nicht, dass Mona hier lag. Er postierte sich rasch vor dem Bett, so dass sie keinen Blick auf die Patientin werfen konnte. Sein Gesicht erstarrte zu einer leblosen Hülle, als Maddy sich anschickte, weiter in den Raum zu treten. Er war ratlos, doch Conzuela rettete ihn.

„Wollen wir einen Tee trinken gehen?" Dabei hakte sich Conzuela bei Maddy ein und zog sie auf den Flur hinaus. „Ament, wir sind gleich wieder da!", rief sie ihm zu.

Erleichtert atmete dieser aus.

Die beiden Frauen nahmen auf der Couch in der Kommandozentrale Platz und nippten an ihrem Tee.

„Sag ... was hast du heute Schönes gemacht?" Conzuela lächelte Maddy an.

Diese verzog ihre Mundwinkel grimmig.

„John quält mich mit dem Tanzen und Edward hat gesagt, ich müsste heute noch einmal alle Benimmregeln mit ihm durchgehen."

Begeisterung sieht anders aus, dachte sich Conzuela. Zudem überlegte sie, wie sie ihr die Situation mit Mona beibringen sollte. Sie nippte abermals an ihrem Tee und öffnete leicht ihren Mund.

Musternde Blicke trafen sie.

„Was ist? Bedrückt dich etwas?" Sanft legte Maddy ihre Hand auf die von Conzuela. „Sag ruhig ... ich sehe dir an, dass etwas nicht stimmt."

„Du bist ja schon einiges gewöhnt und nun bin ich es, die dir eine schlechte Nachricht überbringen muss." Die weiche Stimme, die an Maddys Ohr drang, half ihr, sich gegen das zu wappnen, was jetzt kommen mochte.

„Es gab einen Zusammenstoß zwischen Isfets Leuten und dem Clan. Bis Jonathan beschlossen hatte, Mona zu holen, war es schon zu spät - Isfets Leute kamen uns zuvor."

Maddys Brust zog sich zusammen.

„Sie sind in Monas Elternhaus eingedrungen und wollten sie entführen."

Maddy fing an zu zittern, was Conzuela nicht entging.

„Sie hatten sie bereits in ihrer Gewalt, als unsere Krieger eingriffen. Monas Eltern ist nichts geschehen."

Je länger Conzuela mit einer Engelsstimme auf Maddy einredete, desto ruhiger wurde sie.

„Nach einem blutigen Kampf konnte Mehit sie aus der Gewalt ihres Angreifers befreien. Er hat sie dann in Trance versetzt, damit sie das Gemetzel nicht weiter mit ansehen musste." Conzuelas Stimme nahm Maddy jegliche Angst, die unglaublichen Neuigkeiten in sich aufzunehmen.

„Mona ist auf unserer Krankenstation und es geht ihr körperlich gut. Wenn wir die Trance lösen, gibt es zwei Möglichkeiten. Entweder wir löschen ihre Erinnerung an das Geschehende oder wir konfrontieren sie mit der Wahrheit."

Die Worte trafen Maddy wie Wattebällchen. Ruhig antwortete sie:

„Ich bin froh, dass es Mona gut geht. Wir sollten ihr die Wahrheit sagen, wenn Jonathan dem zustimmt."

Sie war verwundert über die Sachlichkeit, wie sie die Ereignisse betrachtete. Ihre Emotionen waren wie ausgeblendet.

„Darin liegt das nächste Problem. Jonathan ist auf unbestimmte Zeit in London unterwegs und auch telefonisch nicht erreichbar."

„Und nun? Wir können sie ja wohl kaum Wochen in Trance liegen lassen, zumal auch Jacques ..."

Maddy konnte im Gesicht von Conzuela Unruhe sehen.

„Was ist mit Jacques?", hinterfragte sie mit einem irritierten Gesichtsausdruck.

„Bei Mona konnten die Krieger gerade noch rechtzeitig eingreifen. Leider ist ihnen das bei Jacques nicht geglückt. Isfets Leute hatten ihn bereits entführt, als Mehit und Raban auf dem Campusgelände eingetroffen waren."

Langsam wanderten Maddys blaue Augen durch den Raum, suchend nach Halt.

„Oh, mein … Gott. Werden sie ihn töten?" Ihre Stimme brach ab. Verneinend schüttelte Conzuela den Kopf.

„Sie werden ihm nichts tun, da sind wir uns sicher. Sie werden ihn als Druckmittel einsetzen, wenn sie ihre Forderungen stellen. Das Schlimme ist, dass ihnen ein Mensch hilft. Dieser Mensch ist kein Unbekannter für dich." Eine kleine Pause entstand. „Es ist Mike."

„MIKE? Der Mike, der unsere Post austrägt?"

„Genau der."

„Du musst dich irren!" Abwehrend fuchtelte sie mit ihren Händen in der Luft.

„Nein … wir irren uns nicht. Mehit war dabei und hat gesehen, wie er Jacques mit einer Waffe bedroht und ihn in den Wagen gezwungen hat. Er ist kein Verwandelter, er ist immer noch ein Mensch."

„Wie kann er uns das antun … ich verstehe das nicht … er war immer so freundlich gewesen."

„Menschen ändern sich, sobald man ihnen genug Geld anbietet", antwortete Conzuela ernst.

Nun hatte sie nicht nur Kummer über Philippe und Corinne gebracht, nein, jetzt mussten auch noch diese beiden hineingezogen werden! Maddy sank an die Schulter von Conzuela, die mit ihrer Hand sanft über ihren Rücken streichelte.

Einige Minuten schwiegen beide.

„Und nun?", fragte Maddy leise.

„Du kennst Mona besser. Meinst du, sie kommt mit der Situation klar? Glaubst du, sie könnte unsere Welt verstehen?"

„Kann ich dir nicht sagen. Aber … ich glaube, wenn es um Jacques geht, würde sie alles tun. Sie liebt ihn aufrichtig von ganzem Herzen."

„Wenn du damit einverstanden bist, lösen wir die Trance und sagen ihr die Wahrheit. Sollte sie es nicht verkraften, dann können wir ihr immer noch die Erinnerung nehmen. Einverstanden?"

Maddy nickte.

Die Dämmerung kroch über London hinweg und die Stadt wurde in ihrer ganzen Pracht verschlungen. Die abendlichen Temperaturen waren immer noch einladend und viele Menschen genossen dies bei einem gepflegten Glas Wein in einem der vielen Straßencafés. Kurze Röcke und Kleider schwirrten vorbei, Männer schauten den Frauen nach, die an ihnen in hochhackigen Schuhen auf dem Gehweg vorbeistolzierten.

Nur Elisa stand am Fenster ihres Zimmers mit verschränkten Armen und starrte auf die Straße hinab. Viel zu oft hatte sie die Menschen in ihrer Ungezwungenheit beobachtet. Sie war neidisch, dass sie sowohl am Tage als auch in der Nacht unterwegs sein konnten. Doch sie hatte sich als Vampirin damit arrangiert, nur nach Sonnenuntergang draußen leben zu dürfen. Abermals schaute sie auf ihre Uhr. Die Zeit verstrich wie im Flug und sie hasste den Zeiger, der ihr unbarmherzig jede Sekunde stahl. Ihr Handy war genauso grausam zu ihr. Es waren keine Nachrichten eingegangen. Ihre gepackten Koffer standen nahe bei der Tür und sie wusste genau, dass es nicht mehr lange dauern würde, bis ihre Wachhündin an genau diese Tür klopfte, um sie abzuholen. Dann gab es kein Zurück mehr, keinen Ausweg, keine Hoffnung. Traurig senkte sie ihren Blick und ging zu ihrem Nachttischschrank, hob den Bilderrahmen an, der das Bildnis ihrer Mutter zeigte. Sie war eine so bezaubernd schöne Frau gewesen, doch leider hatte Elisa sie nie kennenlernen dürfen. Sachte strich sie mit dem Zeigefinger über den Holzrahmen. *Ach, Mom. Wenn du hier sein würdest, du hättest das nie zugelassen.* Sie hob den Rahmen an ihre Brust. *Wahrscheinlich ist Papa so geworden, weil du ihn bei meiner Geburt verlassen hast. Ich kann es immer noch nicht verstehen, wie es passieren konnte.* Sie trat auf ihre Handtasche zu und legte den Bilderrahmen hinein. Bedächtig schlang sie ihre Arme um ihren Körper und flehte den Himmel an. *Bitte helft mir doch ... irgendeiner ...* In diesem Moment klopfte es an ihrer Tür.

Mehit betrat in seiner schwarzen Kampfmontur im Beisein von Ivan die Kommandozentrale. Er hatte schon von weitem den Geruch von Maddy wahrgenommen. Er wappnete sich gegen die Vorwürfe, die sie ihm gleich an den Kopf werfen würde. Sein Blick wanderte zu den zwei Frauen auf der Couch. Maddy lehnte an Conzuelas Schulter und schreckte auf, als die beiden lautlos in ihr Sichtfeld traten.

„Mehit!"

Maddy sprang auf und rannte auf ihn zu. Sie presste sich an seine breite Brust und schlang ihre Arme um seine Taille.

„Hört denn dieser Wahnsinn niemals auf?", schluchzte sie.

Beruhigend legte er seine muskulösen Arme um sie und drückte sie sanft. Er beugte seinen Kopf zu ihr herab und flüsterte an ihrem Ohr:

„Es wird alles wieder gut. Wir werden alles in unserer Macht Stehende dafür tun." Sein Blick wanderte zu Conzuela, die ihm zunickte, daher wusste er, dass sie die ganze Geschichte wusste.

„Wir werden Jacques zurückholen", sagte er ernst. Sie drückte ihren Körper noch enger an ihn.

„Ich habe solche Angst. Wir müssen Mona aufwecken. Wir müssen ihr erklären, was passiert ist und ..." Sie zögerte einen Moment. „Da Jonathan nicht da ist, entscheiden wir das alleine." Sie sah fragend zu ihm auf. „Bist du damit einverstanden?"

Mehit nickte entschlossen.

„Dann lass uns gehen." Sie reichte ihm ihre zierliche Hand. Die beiden anderen folgten ihnen. Als sie nacheinander durch die Tür traten, zog sich Ament an die gegenüberliegende Wand zurück und Conzuela nickte ihm zuversichtlich zu.

Ivan blieb am Türrahmen stehen. Seine violetten Augen gingen prüfend durch den Raum und blieben an Maddy hängen.

Sie war diejenige gewesen, die ihm das Blut gegeben hatte. Das Blut, welches ihn geheilt hatte. Nun stand er ihr gegenüber und wollte sich abermals bei ihr bedanken, doch dafür war jetzt keine Zeit. Seine Sinne spielten plötzlich verrückt. Zwei Menschenfrauen mit pulsierenden Adern in einem Raum voller Vampire, das erschien ihm grotesk. Als er den durchdringenden Blick von Ament auf sich spürte, entschied er, noch etwas trainieren zu gehen.

Ament sah ihm kurz nach und richtete dann sein gesamtes Augenmerk auf Mona, die noch seelenruhig im Bett lag. Maddy war dicht herangetreten und Conzuela hatte sich auf der anderen Seite postiert.

„Wollen wir?", fragte Conzuela zuversichtlich.

Zustimmend nickten alle.

Mehit richtete seine kristallblauen Augen auf Mona und zog die Trance langsam zurück.

Die Augen von Mona fingen an zu blinzeln. Langsam hoben sich ihre Wimpern und sie zuckte innerlich zusammen, als sie die Neonröhre über ihr hingen sah.

„Mona, Süße, es ist alles in Ordnung. Du bist in Sicherheit", sagte Maddy einfühlsam und nahm dabei ihre Hand.

Ruckartig schnellte der Kopf von Mona in ihre Richtung. Tränen traten ihr in die Augen und kullerten über ihre Wangen.

„Maddy ... um Gottes Willen. Was ist passiert?"

„Es wird alles wieder gut. Du bist bei mir auf dem Anwesen. Deinen Eltern geht es auch gut."

Mona umklammerte Maddys Hand. Dann sah sie Conzuela in ihrem weißen Kittel nah an ihrem Bett stehen.

„Was fehlt mir?", kam brüchig hervor.

Conzuela beugte sich zu ihr.

„Ihnen fehlt nichts. Sie waren in einer Art Schockzustand, ähnlich einer Bewusstlosigkeit. Sie sollten sich von den Ereignissen erholen."

Als Monas Blick dann zu ihrem Fußende glitt, konnte sie Mehit erkennen, und hinter ihm stand Ament.

„Ich bin so froh, euch zu sehen. Ihr könnt euch gar nicht vorstellen, welche Angst ich hatte. Die Männer, die uns überfallen haben, waren furchteinflößend und gewalttätig. Maddy, stell dir vor, die hatten sich solche Halloween-Gebisse in den Mund gesteckt und Vampire imitiert. Ist das nicht krank?" Suchend sah sie zu Maddy.

Diese schüttelte leicht den Kopf.

Mona runzelte die Stirn.

„Findest du das nicht sonderbar?"

Wieder verneinte Maddy mit einem Kopfschütteln.

„Mona, du musst jetzt sehr tapfer sein, ... versprich es mir." Immer noch hielt sie ihre Hand.

„Was ist denn los?" Heftig blinzelte sie mit ihren Augen.

„Die Männer, die euch überfallen und dich entführen wollten, waren keine normalen Menschen."

„Da sagst du mir nichts Neues. Das waren Ausgeburten der Hölle."

„Es waren wirklich ... Vampire."

„Erzähl mir doch keine Märchen." Sie winkte mit ihrer Hand ab.

„Es sind keine Märchen. Sie existieren wirklich ... unter uns ... schon seit Jahrtausenden." Maddy wunderte sich, wie überzeugend sie über die andere Welt sprach.

„Sie treten selten in unserer Welt in Erscheinung. Doch du bist Zeugin eines solchen Angriffs geworden. Es tut mir unendlich leid, dass du da mit hineingezogen worden bist. Sie hatten es nicht auf dich abgesehen, denn ihnen ist nur daran gelegen, mir zu schaden." Dabei senkte Maddy ihren Kopf.

Mona richtete ihren Oberkörper auf.

„Du willst mir also sagen, dass du davon wusstest? Vampire? Maddy? Hörst du dir selber zu, weißt du, was du da sagst? Geht es dir gut? Hast du irgendwelche Drogen zu dir genommen?"

Beschwichtigend sah Maddy sie an.

„Mona, du musst tapfer sein. Du hast es mir versprochen!" Hilfesuchend wandte sie ihren Kopf in Mehits Richtung, der mit einem Nicken ihrem geplanten Vorhaben zustimmte.

„In diesem Raum gibt es auch Vampire."

Mona atmete hektisch ein und aus und dann sah sie Mehit an.

„Ach, lasst das doch. Ich habe sicher durch den Überfall einen Schock erlitten. Ihr braucht mir jetzt keine Geschichten aufzutischen, um mich bei Laune zu halten. Ich komme schon damit klar. Mir ist doch nichts passiert." Nervös spielte sie mit ihrer Bettdecke, während sie Mehit nicht aus den Augen ließ.

„Mehit", sagte Maddy ohne ihn anzuschauen.

Seine Hände lehnten auf dem Metallrahmen des Bettes und sein Blick war auf Mona gerichtet. Dann teilten sich seine Lippen und er entblößte seine messerscharfen Fangzähne, die sich immer weiter ausfuhren.

Mona zog scharf die Luft ein und schlug sich mit ihrer Hand gegen ihren Mund.

„Oh, mein Gott, nein … nein." Sie wurde leichenblass.

„Du kennst Mehit. Er ist ein Vampir und er würde dir nie wehtun. Im Gegenteil, er hat dich mit den anderen gerettet." Monas Blick war immer noch auf Mehit und die schneeweißen Fänge gerichtet.

„Den anderen … jetzt sag mir nicht, es waren auch …" Ihr Blick schweifte zu Ament.

„Ament? Du auch?"

Ein kurzes Nicken bestätigte ihren bitteren Verdacht.

Nun sah sie die letzte Person im Raum an.

„Conzuela auch. Keiner von ihnen würde dir etwas tun. Sie gehören alle zum Clan, der mich beschützt", erklärte Maddy.

„Wenn ich es nicht mit eigenen Augen sehen würde, würde ich denken, du gehörst in die Klapsmühle. Das kann doch nicht wahr sein. So etwas gibt es doch nicht im realen Leben. Maddy, du weißt, wovon sie sich ernähren? Von Menschenblut, oder sind es Vegetarier?" Mona probierte ihre Unsicherheit zu überspielen. „Wie viel Blut habt ihr mir schon abgezapft?" Hektisch ging ihr Blick zwischen den drei Vampiren hin und her.

„Mona! Beruhige dich! Sie tun dir nichts!" Sie wandte sich an die Drei. „Könntet ihr uns einen Moment alleine lassen." Sogleich verließen sie die Krankenstation und schlossen die Tür hinter sich.

„Bist du von allen guten Geistern verlassen? Lass uns sofort von hier verschwinden, bevor sie uns aussaugen." Mona schwang ihre Beine über die Bettkante und wollte gerade aufstehen, als Maddy sie an den Schultern festhielt.

„Ich kann dir versichern, sie tun uns nichts, glaube mir … vertraue mir."

„Wie soll ich das anstellen?" Sie wollte sich aus dem Griff von Maddy lösen, als diese ihr leicht aggressiv antwortete:

„Weil sie dir dein Leben gerettet haben und das deiner Eltern auch! Sie haben dafür gesorgt, dass Philippe nach seinem Unfall in eine Spezialklinik in Spanien gekommen ist und dort die bestmögliche Behandlung bekommen hat. Was denkst du, wer ihn dort die ganze Zeit beschützt hat?"

Maddy kniff ihre Augen zusammen. „Du weißt so vieles nicht. Als wir damals die Kleider bei Mrs Matthews anprobiert haben, wurden wir danach genau von DIESEN angegriffen und dank Mehit und Ortischa haben wir alle überlebt."

Ungläubig sah Mona zu ihr auf.

„Du halluzinierst … nach der Anprobe sind wir nach Hause gefahren."

„Ja, so kennst du die Geschichte. Ich kenne die Wahrheit. Ortischa hat euch beiden einer Gehirnwäsche unterzogen, damit ihr von dem Vorfall nichts mehr wisst." Schnaubend ließ Maddy sie los.

„Moment ... deshalb warst du damals so verstört im Auto?"

„Ja!" Maddy fuhr sich mit einer Hand durch ihre langen schwarzen Haare. „Ihr solltet nichts davon mitbekommen, deshalb habe ich beschlossen, sie sollten euch diese Minuten aus euren Köpfen löschen. Aber ..." Nun drehte sie sich zu ihr um. „Wir können das sicher auch rückgängig machen, vielleicht glaubst du mir dann?"

Mona saß an der Bettkante und überlegte.

„Bist du dazu bereit, diese Erinnerung wiederzubekommen, mit allen Einzelheiten. Mit jeder grausamen Einzelheit?" Provozierend stand Maddy vor Mona und war irritiert über ihre Wut.

Das Schweigen zwischen ihnen breitete sich wie ein Hefeteig aus. Langsam und quälend.

Mona versuchte, sich an die Situation im Auto zu erinnern. Damals hatte Maddy so ausgesehen, als ob ihr eine schlimme Nachricht überbracht worden war oder als ob sie kurz vor einem Kreislaufzusammenbruch stand. Diese Bilder formten sich in Monas Kopf. Nach einigen Minuten hob sie den Kopf und sagte leise: „Ich glaube dir."

Erleichtert setzte sich Maddy neben sie auf die Bettkante. „Ich habe es auch erst nicht glauben wollen. Als ich auf das Anwesen kam, wusste ich nichts von ihrer Existenz. Jonathan hat mir dann in einem Gespräch die Geschichte von ihnen erzählt. Zuerst dachte ich, ich drehe durch. Doch nach und nach habe ich immer mehr von ihnen erfahren. Wie sie leben, wie sie neben uns existieren. Sie haben ihre eigene Welt, wo auch nicht alles Friede Freude Eierkuchen ist. Sie bekämpfen sich gegenseitig, genau wie wir Menschen."

„Aber wie kannst du mit ihnen zusammenleben?", fragte Mona zögerlich.

„Du meinst, weil sie sich von Blut ernähren?"

Mona nickte.

„Daran habe ich mich gewöhnt. Vor allem nehmen sie ihre Nahrung durch Blutbeutel zu sich. Komisch ... aber darüber habe ich mir am wenigstens Gedanken gemacht."

Einen Moment lang zögerte Maddy, denn was sie ihr nun sagen musste, würde Mona wahrscheinlich den letzten Nerv rauben. Sie nahm all ihren Mut zusammen.

„Ich will ehrlich zu dir sein, wenn du mir nicht vertrauen kannst, wirst du alles, was ich dir gerade erzählt habe, vergessen. Besser gesagt, SIE werden es dich vergessen lassen." Ihr Blick musterte Mona eindringlich.

Mona nickte und erwiderte leise:
„Ich verstehe." Dabei zitterte ihre Stimme.

Maddy konnte in ihren Augen lesen, dass sie langsam verstand, um was es hier ging.

„Es hört sich alles so realistisch an, obwohl ich es noch nicht ganz verarbeiten kann. Es wird einem ja auch nicht jeden Tag gesagt, dass die Vampirgeschichten wahr sind."

„Ich weiß. Leider ist das nicht alles, was ich dir sagen muss. Das Schlimmste kommt noch."

„Wie ... noch schlimmer? Du hast mir gerade eröffnet, dass ich mich in einem Raum mit Vampiren befunden habe, die mir jeder Zeit das Gehirn löschen können. Das alleine finde ich schon sehr befremdlich. Was kommt denn noch?"

Maddy suchte nach den richtigen Worten, aber sie wollten ihr nicht einfallen. Sie musste sich überwinden, um ihr auch den Rest zu erzählen. Innerlich kämpfte sie dagegen an und wusste, dass sie den Kampf verloren hatte, obwohl er nicht einmal angefangen hatte. Hilfesuchend sah sie sich nach Conzuela um, bevor sie fortfuhr.

„Nachdem sie dich in Sicherheit gebracht hatten, sind sie zum Campus gefahren ... aber ... aber ..." Nun brach Maddy die Stimme und Tränen bildeten sich in ihren Augen. Sie spürte, dass Mona ruhig ein- und ausatmete, obwohl sie nicht weitersprach.

Conzuela betrat leise den Raum und postierte sich dicht an der Tür. Dankbar schaute Maddy auf. Ihr fehlten die Worte, die die Situation beschreiben konnten.

In diesem Moment übernahm Conzuela die Führung.

„Als sie auf dem Campus ankamen, waren die anderen Vampire schneller. Sie hatten Jacques bereits in ihrer Gewalt. Sie haben ihn mit einer Waffe bedroht, deshalb konnten unsere Krieger nicht eingreifen. Sie wollten auf keinen Fall das Leben von Jacques gefährden. Das Schlimmste an der Sache ist, dass sein Entführer kein Unbekannter ist." Sie zögerte. „Sie kennen ihn. Es ist Mike. Er ist kein Vampir sondern ein Mensch, der aber für sie arbeitet. So konnte er auch ungehindert an ihn heran. Sie werden ihm nichts tun. Er dient ihnen als Druckmittel. Bisher haben sie keine Forderungen gestellt, doch Sie können sicher sein, das wir alles in unserer Macht Stehende tun, um ihn lebendig zurückzubringen."

Als Conzuela mit ihrer weichen Stimme die Situation geschildert hatte, waren beide ganz ruhig geblieben. Obwohl es für jeden unter normalen Umständen zu einem Nervenzusammenbruch geführt hätte, saßen sie da und lauschten ihren Ausführungen.

Sie selber konnte gut nachempfinden, wie sich Mona fühlte. Wenn ihr jemand Ament wegnehmen würde, könnte sie auch keinen klaren Gedanken fassen.

Mona war nach außen hin tapfer, doch Conzuela konnte sehen, wie es unter der Oberfläche bröckelte. Sie riss sich zusammen, doch die Entführung von Jacques traf sie tief.

„Warum fühle ich mich so ruhig. Ich sollte …" Monas Blick glitt erst zu Maddy, dann zu Conzuela.

„Mona, wir werden Ihnen Jacques zurückbringen", sagte Conzuela einfühlsam, wobei ihre Stimme wie ein lieblicher Hauch durch die Krankenstation schwang.

Als sich die Blicke der beiden trafen, konnte Mona die Zuversicht und die Hoffnung in ihren Augen erkennen.

„Gut … dann bringt ihn mir wieder", antwortete Mona emotionslos.

Die versammelten Krieger saßen in der Kommandozentrale beisammen. Keiner von ihnen hatte ein Wort gesagt. Auf ihnen lasteten die Ereignisse der letzten Stunden. Jeder hing seinen eigenen Gedanken nach. Die Stille wurde nur von Rabans Fingergeräuschen auf der Tastatur durchbrochen.

„Jungs … ich will ja nicht stören. Aber sollten wir nicht langsam einen Plan ausarbeiten, wie wir am Wochenende vorgehen wollen?" Er wandte seinen Blick nicht von seinen Monitoren. „Wir können natürlich auch wie die Mauerblümchen hier rumsitzen."

„Halt die Klappe!", fuhr Mehit ihn giftig an. „Wenn Jonathan kommt, wird er sagen, wie es läuft, und bis dahin werden wir warten."

„Blödsinn!", knurrte Ament hervor. „Du weißt genau, dass Raban Recht hat!"

Über diese unerwartete Äußerung des sonst so stillen Aments waren die anderen sichtlich erstaunt. Selbst Mehit blieb der Mund offen stehen.

„Hey, keinen Stress Mädels. So etwas können wir jetzt gar nicht gebrauchen. Ich werde mal die Gegebenheiten aus der Luft überprüfen, das kann ja nicht schaden. Es wäre auch sicher gut, wenn wir uns ein genaues Bild vor Ort machen könnten. Zwei von uns sollten die Lage und Räumlichkeiten checken, bevor Maddy einen Fuß auf dieses Anwesen setzt."

Unsanft landete eine große Hand auf Rabans Schulter.

„Du hast Recht. Ich werde mich mit Ivan dort umschauen. Angel nehmen wir auch mit."

Raban neigte seinen Kopf in Mehits Richtung.

„Ach … und für mich bleibt nur der magere Rest. Spielverderber. Dann kannst du mir wenigstens einen Milchshake mitbringen, wenn es keine Umstände macht. Vanillegeschmack hätte ich gerne", sagte Raban grinsend.

Ament verzog die Mundwinkel und rollte mit den Augen.

„Wer hat eigentlich dieser Nervensäge hier Zutritt verschafft?" Dabei schüttelte Mehit sanft den Kopf. „Ich glaube, ihr könntet ohne mich gar nicht mehr leben." Raban griff sich mit seinen Händen an sein Herz und verzog flehend das Gesicht wie bei einer Theateraufführung.

„Jetzt dreht er vollkommen durch." Mehit winkte ab und sah zu Ivan. „Hol Angel und dann machen wir uns auf den Weg." Ivan nickte und rauschte hinaus.

„Wenn ihr in die Stadt fahrt, kannst du gleich noch etwas anderes erledigen. Da ist immer noch dieser Anruf, von dem ich dir erzählt habe. Mittlerweile habe ich herausgefunden, dass diese Ronda nicht nur ein höllisch heißer Feger ist, sondern auch die Cousine von Mamba. Vielleicht hat sie interessante Informationen für uns oder will über dich an den gut aussehenden Raban herankommen. Wer weiß, wer weiß." Er rückte den Kragen seines Polohemdes zurecht und schielte über die Schulter.

„Mambas Cousine?", fragte Mehit noch einmal nach.

„Sagte ich bereits, oder brauchst du Tropfen, die die Merkfähigkeit steigern", frotzelte Raban.

Mit einer genervten Handbewegung forderte Mehit Raban auf. „Gut, stell eine Verbindung her. Dann werden wir ja hören, was sie will."

Raban ließ seine Finger über die Tastatur gleiten und nach einigen Sekunden erklang ein Klingeln.

„Ja?" Eine sinnliche Stimme erklang über die Lautsprecher.

„Hier ist Mehit. Du wolltest mich sprechen?", erwiderte er trocken.

Ein Schlucken folgte, bevor sie antwortete:

„Ja, das ist richtig. Ich soll dir von Ricky eine Nachricht übermitteln. Du wüsstest dann schon, was gemeint wäre." Nun klang ihre Stimme sehr provokant.

Beharrend antwortete er. „Dann schieß mal los."

„Du wirst von einer Elisa gesucht", sagte sie.

„Und weiter?"

„Mehr hat Ricky nicht gesagt. Wenn du willst, gebe ich dir seine Handynummer. Ich sollte nur den Kontakt herstellen, mehr nicht. Also ... willst du die Nummer, oder nicht? Ich habe noch etwas Besseres zu tun." Streitsüchtig klang sie nun.

„Ja, gib sie mir", zischte Mehit hervor.

Ein ungutes Gefühl loderte in ihm auf. Warum sollte Elisa nach *ihm* suchen, wenn sie ihm doch so überdeutlich gemacht hatte, dass er sich aus ihrem Leben heraushalten sollte. *Warum? Warum jetzt?*, schoss es durch seinen Kopf.

Raban notierte unterdessen die Handynummer und dann beendeten sie das Gespräch.

„Die hat ja Haare auf den Zähnen. Das ist sicher ein liebreizendes Schätzchen", gab Raban von sich.

Immer noch an der Wand gelehnt verfolgte Ament das Geschehen. Er spürte die Unruhe, die Mehit ausstrahlte, als der Name Elisa gefallen war. Es wunderte ihn, dass eine Frau solch eine Reaktion bei Mehit auslöste, da er sonst so ruhig wie ein See war.

„Verbinde mich mit Elisa!", bellte Mehit.

Rabans Kopf schnellte herum. „Die Elisa?"

„Ja, Mann."

„Eine Sekunde." Wieder flogen seine Finger über die Tastatur und stellten eine sichere Leitung her. Doch anstatt eines Klingeln, ertönte nur:

„*Der Teilnehmer ist im Moment nicht erreichbar.*"

„Also, das Handy ist an, aber …"

Raban konnte die Nervosität in seinem Rücken fühlen.

„Ich schätze mal …" Wieder sausten seine Finger über die Tastatur. „Hab ich es mir doch gedacht. Das Handy ist blockiert. Ein Sicherheitssystem ist dazwischen geschaltet. Das könnte eine Weile dauern, bis ich das geknackt habe."

Aufgebracht sagte Mehit:

„Das dauert zu lange. Verbinde mich mit Ricky."

Nach einigen Sekunden stand die Verbindung.

„Ja, hallo?", drang eine männliche Stimme durch den Raum.

„Hier ist Mehit. Was ist los?" Man konnte seiner Stimme die Neugierde entnehmen.

Eine Sekunde lang herrschte am anderen Ende großes Schweigen.

„Können wir uns treffen? Ich möchte das nicht am Telefon besprechen. Kannst du in einer halben Stunde in der Bar sein?" Auch Ricky klang verstört und gehetzt.

„Abgemacht!"

Damit endete das Gespräch und Mehit trat am Ament vorbei, der ihn mit großen Augen musterte.

„Sag nichts!", fluchte Mehit vor sich hin.

Er trat auf den Flur und wollte gerade nach Ivan brüllen, als dieser mit Angel den Flur hinunterkam.

„Fertig?"

Beide nickten und schlossen zügig zu ihm auf.

Als der Duft seiner Conzuela ihm in die Nase kroch, musste Ament sich beherrschen. Doch als er ihren Gesichtsausdruck sah, als sie in die Kommandozentrale einbog, vergingen ihm seine Gelüste.

Conzuela hob beschwichtigend die Hand.

„Alles in Ordnung, soweit man das sagen kann." Mona weiß über alles Bescheid und sie ist zuversichtlich, dass wir Jacques wieder zurückholen. Maddy ist noch bei ihr. Vielleicht sollten wir etwas zu essen für die beiden besorgen."

Raban sprang auf.

„Bin schon unterwegs." Er lief an beiden vorbei und sprang mit großen Schritten die Treppe nach oben.

Conzuela schmiegte sich an Aments breite Brust und seufzte. Er beugte sich zu ihr und strich ihr eine Strähne aus dem Gesicht.

„Mona ist am Boden zerstört. Ich kann es ihr gut nachempfinden. Wenn mir jemand dich wegnehmen würde, könnte ich auch zur Furie werden."

Seine Arme umschlangen ihren schlanken Körper.

„Ich muss mich etwas ablenken. Ich werde mal ins Labor gehen und mir das Amulett ansehen, welches Angel und Ivan aus dem Museum entwendet haben. Oder hat sich darum schon jemand gekümmert?"

Ament zuckte mit den Achseln und berührte zart ihre Stirn mit seinem Mund.

„Möchtest du mich begleiten?" Ihr Lächeln gab seinem Herz positive Energie. Er nahm ihre Hand und führte sie galant zu seinem Mund.

„Das ist nicht meine Welt. Mikroskope, Plättchen und Reagenzgläser. Nein, danke." Sie entzog ihm die Hand, stellte sich auf die Zehenspitzen und entlockte ihm einen innigen Kuss.

„Dann sehen wir uns später. Solltest du dennoch Sehnsucht nach mir haben, weißt du, wo du mich findest", sagte sie und nahm den Schlüssel aus der Lade neben Rabans Computer. Beim Verlassen der Kommandozentrale knurrte er sie fast an.

„Du machst mich wahnsinnig."

„Ich weiß", sagte sie lasziv und strich mit ihren Fingerspitzen über ihre sinnlichen Lippen.

Ein markerschütterndes Geheul drang aus seinem Inneren.

Raban hatte von Jane ein großes Tablett mit Leckereien bekommen und stieg die Treppe wieder hinunter.

Ament stand immer noch wie angewurzelt in der Kommandozentrale, wobei sein Puls alles andere als normal war. Seine innige Liebe zu Conzuela brachte sein Gefühlsleben durcheinander. Er suhlte sich in diesem benommenen Chaos, doch sein Verstand rebellierte dagegen. Seine Unachtsamkeit in der Krankenstation zeigte ihm, wie sehr er von seinen Emotionen geleitet wurde. Er wusste, dass er diesen Zustand ändern musste, und zwar schnell. Sehr schnell. Denn solch ein Verhalten könnte in einer feindlichen Situation, fatale Ausmaße annehmen.

„Wie? Hat dich deine Frau schon wieder verlassen. Tztztz, da solltest du aber mal über deine Technik nachdenken."

Schon steuerte Aments geballte Faust in Richtung Rabans Kopf, der sich kurz vor dem Einschlag noch ducken konnte.

„Bleib mal locker. Das war ein Spaß. Warum bist du denn so gereizt?"

Doch er erhielt keine Antwort. Das Einzige, was Ament tat, war, einen Schritt zurückzutreten.

Musternd stand Raban da.

„Soll ich das Essen zur Krankenstation bringen, oder willst du das tun? Mona ... kennt mich ja nicht. Ich will nicht, dass sie gleich von meiner einmaligen Schönheit geblendet wird." Dabei klimperte er mit seinen Augen.

„Mehit hat Recht. Du bist und bleibst eine Nervensäge", sagte Ament trocken. „Gib her."

Er nahm ihm das Tablett ab und sagte:

„Conzuela ist im Labor. Vielleicht kannst du dich dort nützlich machen."

Dann drehte Ament sich um und lief den Flur entlang.

Währenddessen griff sich Raban sein Laptop und steuerte zum Labor. Er klopfte an die Tür und trat an.

Dicht an einem der Arbeitstische stand Conzuela, die sich über Notizen beugte, auf denen ein glitzernder Gegenstand lag.

„Hey ... ähm, Ament hat gesagt, du könntest vielleicht meine Hilfe gebrauchen?"

„Ja, das könnte ich wirklich. Weißt du, wo Jonathan das Dreieck hat? Ich habe schon alles abgesucht. Aber so wie es aussieht, hat er es an einem anderen Ort verwahrt. Das Amulett habe ich im Schrank gefunden. Aber so ... komme ich nicht weiter." Enttäuscht nahm sie ihre Hände von den Notizen.

Raban legte seinen Laptop ab und tippte kurz darauf herum. Er blickte hoch und runzelte die Stirn.

„Ich weiß leider auch nicht, wo er es hat."

„Na, das ist ja toll."

„Warte", rief er ihr zu. Mit schnellen Schritten lief er zu einem Schrank und holte eine Kiste und einen Koffer hervor. Er öffnete den Karton und entnahm mehrere kleine Plastikbeutel. Dann noch etwa ein Dutzend Papiertütchen, die alle beschriftet waren, und trat dann an ihre Seite. Er breitete mit seinen Händen alles auf der Arbeitsplatte aus, was ihm den verdutzen Blick von Conzuela einbrachte. Anschließend hob er den Koffer auf den Tisch und ließ die Verschlüsse aufschnappen. Darin befanden sich weitere kleine Plastikbehälter.

„Was ist das?", fragte sie mit großen Augen.

Raban atmete tief durch.

„Das … sind alles Beweise, die wir im Haus … deiner Mutter gefunden haben."

Er beobachtete genau ihre Reaktion.

Sie strich sich eine lose hängende Strähne hinters Ohr und schloss kurz die Augen.

„Wenn du das nicht kannst … mache ich es. Du musst dich nicht quälen, denn …"

Er wurde von ihr unterbrochen.

„Nein, … es ist okay."

„Conzuela, … wie gesagt, du musst das nicht tun. Ich dachte nur, bevor wir unnütz hier rumsitzen … ach, es war ein Fehler, entschuldige."

„Raban, lass gut sein. Es ist wirklich in Ordnung. Zeig mir, was wir haben."

Nun konnte er seinen Ausrutscher nicht mehr rückgängig machen. Hastig schob er ihr mit zittrigen Fingern einige der Tütchen herüber.

„Das sind Haare, Hautschüppchen, Blut, Fusseln, Stofffasern usw.", gab er zur Antwort.

„Die alle in dem Haus meiner Mutter waren?", fragte Conzuela interessiert nach.

„Ja … und dann haben wir noch einen …" Hektisch suchten seine Finger zwischen den Tütchen umher.

„Ah, da ist es ja. Einen Moment lang dachte ich, es wäre nicht dabei." Er hielt ihr das Papiertütchen hin, welches keine Aufschrift trug.

Conzuela nahm ihm das Tütchen ab, öffnete es und ließ den Inhalt auf die Arbeitsplatte rutschen. Zum Vorschein kam ein silberner Ring, fein gearbeitet mit einer Erhebung in der Mitte. Er war mit getrocknetem Blut besudelt, welches ihm den gesamten Glanz nahm.

Erstarrt schaute Conzuela auf den Ring.

„Das … ist ein Ring meiner Mutter."

„Wir haben diesen Ring nach langem Suchen unter einem Schrank gefunden." Mehr Einzelheiten von ihrer Hausdurchsuchung wollte er ihr nicht preisgeben.

Ihre Hände griffen nach ein paar Latexhandschuhen, die sie über ihre schlanken Finger gleiten ließ.

„Dann lass uns mal an die Arbeit gehen", sagte sie zielstrebig.

13. Kapitel

Der Geländewagen bahnte sich seinen Weg durch die Straßen von London. Hinter dem Steuer saß Mehit, der seinen Blick eisern auf den Verkehr richtete. Er hatte Ivan und Angel kurze Instruktionen gegeben, wie sie vorgehen sollten. Beide hatten schweigend seine Befehle entgegengenommen.

Ivan musterte die Straßenzüge, um sich die Umgebung seiner neuen Heimat besser einzuprägen. London erschien ihm im Vergleich zu Moskau wie Tag und Nacht. Ihm gefiel das pulsierende Leben dieser Stadt, von der er bisher nicht viel gesehen hatte. Als sie an der St. Pauls Kathedrale vorbeifuhren, erinnerte ihn diese an die Basilius Kathedrale, die sich unweit des Roten Platzes in Moskau befand. Durch seine Sonnenbrille studierte er das kirchliche Gebäude, doch er befand, dass sie längst nicht an das bekannte Meisterwerk herankam. Die Farbenpracht der Basilius Kathedrale mit ihren neun Kuppeln war einzigartig. Wehmütig ließ er seinen Blick wieder nach vorne gleiten.

„Na, ... Heimweh?", fragte Mehit, ohne ihn anzusehen.

„Mmmh", brummte Ivan hervor. „Aber woher weißt du?"

„Deine Gefühle haben dich verraten. Emotionen spiegeln sich in vielen Wahrnehmungen wider. Da du jetzt ein Clankrieger bist, werden wir noch daran arbeiten müssen, dass du diese vor anderen unter Kontrolle halten kannst", sagte Mehit mit ironischem Unterton in der Stimme. „Sonst ... könnte das zum Beispiel vor Ortischa noch zur Lachnummer werden."

Zerknirscht verzog Ivan den Mundwinkel.

„Wir sind gleich da." Mehit bog in die nächste Querstraße ein und parkte den Wagen ganz vorne in der Straße. Alle Drei verließen den Wagen und liefen den Gehweg entlang.

Lateinamerikanische Musik drang von dem Straßencafé nach außen. Dieses war, wie das Restaurant daneben, etwas von der Straße zurückgelagert, so dass mehrere kleine Tische auf dem doppelt so breiten Bürgersteig Platz hatten. An ihnen saßen einige Menschen, aber auch Vampire, die sich angeregt unterhielten.

Sobald die Drei auf den Eingang zuliefen, verstummten fast alle. Eine weibliche Vampirin warf ihrem männlichen Begleiter hektische Blicke zu, denn sie konnte die Macht, die Mehit ausstrahlte, spüren, und dies schien ihr große Angst zu machen. Eine andere bedeutete ihrer Freundin mit einer Kopfbewegung, in die Richtung zu sehen. Durch ihre Wahrnehmungen reagierten beide Spezies unterschiedlich. Die Vampire begegneten ihnen mit Respekt. Die Menschen hingegen waren eher von der geballten Kraft, die beide ausstrahlten, fasziniert. Zwischen Mehit und Ivan wirkte Angel fast klein und zerbrechlich. Dennoch waren Angel die neidischen Blicke der Frauen sicher, denn bei dem Anblick einer solchen Hollywoodschönheit verblasste so manches Lächeln. Beidseitig flankiert von diesen Muskelprotzen, die in Lederjacken gehüllt waren, steuerten sie auf die Tür zu.

In diesem Moment trat ein Mann in einem weißen Hemd und einer schwarzen Bundfaltenhose vor die Tür. Er atmete schwer ein, als das Trio bei ihm ankam.

„Hey", begrüßte er die Ankömmlinge zurückhaltend und zeigte mit einer Handbewegung auf den letzten freien Tisch zur linken Seite.

Mehit nickte ihm zu, ohne etwas zu sagen.

Dort angekommen rückte Ricky einen Stuhl vom Tisch ab und bot diesen Angel an, die mit einem Kopfnicken dankte und sich setzte. Mehit und Ricky nahmen ebenfalls Platz. Ivan bevorzugte es, die Gegend etwas abzuchecken und wandte sich ab.

„Danke, dass du, äh, ihr gekommen seid." Dabei griff er sich unruhig mit der Hand an seinen Pferdeschwanz.

Nun steuerte eine der Bedienungen auf ihren Tisch zu. Sie trug ihre blau schillernden Haare zu einem kurzen Bob geschnitten. An ihrer Lippe funkelte ein silberner Ring, als sie die Drei ansprach:

„Na, schon gewählt ihr Hübschen?" Ihr Blick fiel auf Angel, wobei sie genüsslich mit ihrer Zunge an ihrem Lippenpiercing spielte.

Ricky sagte: „Jenny? Bring uns zwei Corona und …" Er sah Angel fragend an.

„Einen Plunters Punch", beendete Angel den Satz.

Lasziv spitzte Jenny ihre Lippen.

„Sehr gerne", antwortete sie, drehte sich um und lief hüftschwingend davon.

„Du hast eine Verehrerin", schmunzelte Ricky und sah Angel an, die seine Meinung gar nicht zu teilen schien. Ihr Gesicht war so ausdruckslos wie das einer Porzellanpuppe.

„Entschuldigung", gab Ricky kleinlaut von sich.

Mehit lehnte sich mit seinem Ellenbogen auf den Tisch und seine kristallblauen Augen bohrten sich in Ricky.

„Also? Was wolltest du mir erzählen?" Seine Stimmung war schon so tief gesunken, da konnte es nicht mehr viel schlimmer werden.

Ricky beugte sich etwas dichter an den Tisch heran.

„Am letzten Samstag habe ich mich mit Susan getroffen. Sie erzählte mir, dass ihre Freundin Elisa anscheinend ziemlichen Ärger beim letzten Mal bekommen hat, als sie ihren gemeinsamen Abend hatten. Sie hatte sich anschließend krank gemeldet, doch das hat ihr Susan nicht abgenommen. Und nun soll sie für einige Monate zu ihrer Tante."

Die Blicke von Angel gingen zwischen den beiden Männern ungläubig hin und her. Doch sie schwieg.

Auf einen Tablett balancierte Jenny die Getränke herbei. Sie ließ Angel keine Sekunde aus den Augen, als sie die Bierflaschen auf dem Tisch abstellte. Die Serviette, die sie unter das Cocktailglas legte, war mit einer Telefonnummer beschrieben.

Angel blickte auf und ihre blauen Augen trafen den Blick von Jenny.

„Danke", sagte sie sanft, was Jenny ein Lächeln ins Gesicht zauberte.

„Und weiter?", drängte Mehit.

Ricky schob die Limette in den Flaschenhals und nahm einen großen Schluck.

„Susan hat mir gesagt, dass sie eine SMS von Elisa erhalten hat, in der stand: Bitte suche M."

Ricky lehnte sich zurück. „Dann habe ich versucht, dich zu erreichen. Die einzige Kontaktperson, die ich kenne, war Ronda, die dich letztendlich ausfindig gemacht hat. Aber … ich schätze, es ist zu spät."

„Warum?", krächzte Mehit hervor.

„Weil sie heute Abend zu ihrer Tante gebracht werden soll."

„HEUTE?" Mehits Blut kochte in seinen Adern.

Ricky stimmte dem nur nickend zu.

„WIR GEHEN!" Als Angel sich erhob, piepte sein Handy. Auf dem Display stand: „ANGRIFF".

Gleichzeitig kam der Geländewagen mit Ivan am Steuer vor der Bar mit quietschenden Reifen zum Stehen. Einen Bruchteil einer Sekunde später krachte ein anderer Geländewagen, der aus der gegenüberliegenden Straße angeschossen kam, direkt in die Front des Lexus hinein. Das Heck hob sich an und der Wagen wurde über den Lexus geschleudert. Der Kofferraum landete auf dem Gehweg und Glas splitterte in alle Richtungen. Mit voller Wucht kippte der Wagen zur Seite und überschlug sich ein weiteres Mal. Nun rutschte er geradewegs auf die Menschen und Vampire zu, die schreiend durcheinander rannten.

Mehit ergriff Angels und Rickys Handgelenke und zog sie in seiner übermenschlichen Geschwindigkeit aus dem Gefahrenbereich an die Häuserwand. Er stemmte seine Hände vor sich an die Wand und Angel und Ricky standen dicht gepresst vor seinem Brustkorb.

Der Geländewagen schlug in die Front der Bar ein und begrub alles unter sich, was sich ihm in den Weg stellte. Stühle und Tische flogen durch die Gegend. Glas splitterte. Aus dem total demolierten Geländewagen, der auf dem Dach lag, krabbelten zwei Vampire mit üblen Schnittwunden heraus. Schreiend warf sich eine Frau auf den Boden und zog an dem Arm ihres Mannes, der unter dem Geländewagen lag und sich nicht mehr bewegte.

Angel lugte unter Mehits Arm hindurch und konnte aus sicherer Entfernung erkennen, dass auch Jennys blauer Haarschopf unter dem Wagen begraben worden war, was sie seufzen ließ, denn eine riesige Blutlache bildete sich um sie herum.

Mehit löste sich von der Wand und betrachtete sich die Folgen des Ereignisses. Wie versteinert stand Ricky da.

Mehit sah sich suchend nach Ivan um, der unversehrt aus dem zerstörten Lexus stieg.

„Pass auf Ricky auf!", wies Mehit Angel an, die sofort ihre Kampfhaltung einnahm, um ihn zu beschützen.

Er selbst stürmte auf die beiden Vampire zu, die sich mittlerweile gesammelt hatten und wieder auf den Beinen standen.

Ivan gesellte sich an seine Seite und zog eine Waffe.

„Nicht hier!", schrie einer der Vampire und hob abwehrend die Hände.

„WIESO?", fluchte Mehit hervor und zog seine Dolche aus seiner Lederjacke.

Immer noch hielt der Vampir die Hände in die Höhe.

„Weil … wir uns zurückziehen!", schrie er ihm zu.

Eine große Hand legte sich auf Mehits Arm und er wusste, dass Ivan ihn davon abhalten wollte, die beiden zu töten.

„Da kommen noch mehr", zischte er zwischen seinen Zähnen leise hervor.

Nur diese Aussage hielt Mehit von einem Angriff ab. Sie konnten beide erkennen, dass es keine von Isfets Leuten waren. Ihre Augen hatten normale Farben und auch ihre Kleidung schien hochwertig zu sein. Abschätzend starrte Mehit die beiden verwundeten Vampire an. Er konnte ihre Nervosität riechen, die ihnen aus jeder einzelnen Pore kroch. Sie wussten, dass sie unterlegen waren, nur deshalb hatten sie den Rückzug angetreten. Denn ihr Befehl war ein anderer gewesen, das konnte Mehit in den Augen erkennen. Beide traten langsam rückwärts, unter ihren Schuhen knirschten die überall herumliegenden Glassplitter. Als sie einige Meter entfernt waren, rannten sie los.

„Wir machen lieber, dass wir hier wegkommen, bevor die Verstärkung anrückt", rief Ivan. „Der Lexus ist noch fahrtüchtig … also los."

Mehits Gedanken überschlugen sich. Er wurde leicht unsanft am Arm gepackt und zum Auto gezerrt. Angel kam mit Ricky im Schlepptau ebenfalls beim Wagen an.

„Was ist mit ihm?", fragte sie.

„Wir nehmen ihn mit, sonst kommt er hier noch unter die Räder", antwortete Mehit.

Angel schubste Ricky auf die Rücksitzbank und krabbelte dann anschließend in den Wagen.

Ivan nahm am Steuer Platz und startete den Motor.

Mehit stieg als Letzter ein und warf durch die noch geöffnete Tür einen Blick auf das Geschehen. Ein Bild der puren Zerstörung hatten sie zurückgelassen. Schreiende und blutende Menschen zwischen einer komplett zertrümmerten Bar. Er senkte seine Augen, denn der Tod, der in der Luft hing, hatte einen bitteren Beigeschmack. Menschen hatten ihr Leben gelassen, die nichts von dem Kampf wussten, der hier genau vor ihrer Haustür tobte. Bedächtig schloss er die Beifahrertür und Ivan setzte den Lexus in Bewegung.

„Wohin?", fragte Ivan knapp, wobei er die Straße nicht aus den Augen ließ.

„Bieg an der zweiten Kreuzung rechts ab", sagte Ricky kleinlaut und fing sich einen bösen Blick von Ivan durch den Rückspiegel ein.

„DU ... hast hier gar nichts zu melden, verstanden!" Ungebremst brach sein russischer Akzent durch und ließ seine Worte noch bedrohlicher klingen.

„Entschuldigung", erwiderte Ricky stotternd.

Es folgte minutenlanges Schweigen.

„Wir fahren zum Club", sagte Mehit in die Stille hinein. Er nannte Ivan die Adresse, die dieser in das Navigationsgerät einspeicherte.

Die Fahrt dauerte keine fünfzehn Minuten. Nach der Hälfte der Strecke kamen ihnen auf der anderen Straßenseite einige Limousinen entgegen, was bei allen im Wagen höchste Anspannung hervorrief. Doch der Konvoi schien sich nicht für sie zu interessieren. Als sie auf Höhe der zweiten Limousine waren, blickte Mehit mithilfe seiner übernatürlichen Sehkraft durch die getönten Scheiben hindurch und konnte die Insassen erkennen. Es kam ihm so vor, als ob die Zeit stehenbliebe. Im Zeitlupentempo sah er *seine* Elisa auf der Rückbank der Limousine sitzen. Sein gesamter Körper wurde hart wie Granit. Erstaunt über sein besitzergreifendes Gefühl loderte sein Inneres auf wie kurz vor einem Vulkanausbruch. Ihr schulterlanges Haar und der traurige Blick in ihren blaugrünen Augen brannten sich schmerzhaft in seine Netzhaut. Einen Moment lang setzte seine Atmung komplett aus und sein Herz wollte aus seiner Brust springen. Die Emotionen, die durch seinen Leib schossen, verlangten ihm jegliche Selbstbeherrschung ab. Er wollte aus dem Wagen springen und sie befreien. Doch im selben Moment wurde ihm bewusst, dass er sie nur mit einem gewaltigen Kampf aus diesem Konvoi hätte herausholen können. Doch so sehr er dies auch wollte, kam aus der hintersten Ecke seines Gehirns seine Verantwortung für die anderen im Wagen hoch. Rasch warf er einen Blick auf das Kennzeichen der Limousine und holte sein Handy hervor.

„Raban? Überprüfe, wem der Wagen gehört und wo er hinfährt."

Dann gab er ihm das Kennzeichen durch und legte auf.

Als sie am Club ankamen, stellte Ivan den Motor ab und schickte die beiden vom Rücksitz nach draußen.

„Wer ist sie?", fragte Ivan mitfühlend.

Mehit wandte ihm sein Gesicht zu.

„Ich habe sie vor kurzem kennengelernt und anscheinend hat sie wegen mir jetzt höllischen Ärger. Ich konnte nicht mit ihr sprechen, weil … ach, ist eigentlich auch egal. Lass uns reingehen."

Damit verließen sie den demolierten Lexus. Die Schritte zu dem Club schienen Mehit wie ein Marathonlauf vorzukommen. *Warum habe ich mich damals einfach abwimmeln lassen?* Er fuhr sich mit seiner Hand durch die igelkurzen Haare.

Der Türsteher winkte die Vier an der wartenden Schlange vorbei, was üble Beschimpfungen zur Folge hatte.

Im Club hämmerten die Bässe und das Licht flackerte zu dem heißen Beat über die volle Tanzfläche. Der Vampir, der den VIP-Bereich bewachte, trat beiseite und ließ sie passieren. Oben empfing sie sogleich eine Kellnerin, die ihnen den größten Tisch zuwies. Nachdem sie die Getränkebestellung aufgenommen hatte, lief sie zur Bar.

Mehit bekam nicht viel von dem Ganzen um ihn herum mit. So kannte er sich gar nicht. So zerstreut, enttäuscht und wütend zugleich. Als ihm sein Drink vor die Nase gestellt wurde, setzte er das Glas an die Lippen und kippte ihn auf einen Zug hinunter. Er bestellte eine ganze Flasche Whiskey und die Kellnerin freute sich schon im Voraus über das satte Trinkgeld, das ihr winkte.

Ricky wirkte eingeschüchtert und starrte sein Glas an, als ob die Flüssigkeit darin pures Gift wäre. Zwischen den Vieren herrschte eine Atmosphäre der Unsicherheit, Frustration und grenzenloser Wut.

Ivan sagte leise:

„Die Gruppe, die uns vorhin in die Quere kam, war nicht komplett. Als ich ankam, waren noch weitere von ihnen auf dem Weg zur Bar. Ich hatte sie vom Dach des gegenüberliegenden Gebäudes kommen sehen …"

„Du hast alles richtig gemacht", unterbrach ihn Mehit. „Sie sind vom Rat. Warum sie uns angreifen wollten, kann ich auch nicht beantworten. Aber das haben sie nicht umsonst gemacht. Dass der Rat in die Öffentlichkeit tritt, um uns zu schaden, ist bisher auch noch nicht vorgekommen. Da muss noch etwas anderes dahinter stecken. Wir werden herausbekommen, was es ist!" Alle hörten Mehit aufmerksam zu.

Ein großer Mann mit einem Designeranzug trat an ihren Tisch.

Sogleich verspannte sich Ivan.

„Bleib sitzen", sagte Mehit ruhig, als er nach Ivans Arm griff. Dann sah er auf und begrüßte den Mann gleichgültig. „Mamba!"

Dieser nickte und ein gaunerhaftes Grinsen umspielte seine Lippen.

„Guten Abend. Seid ihr gut versorgt?", fragte er, wobei er nach der Kellnerin Ausschau hielt, die gerade mit einem Tablett zu ihnen auf dem Weg war.

„Alles okay, soweit man das sagen kann", erwiderte Mehit zynisch.

Mamba musterte die Drei an Mehits Seite.

„Wie viele seid ihr eigentlich beim Clan?" Sein Blick blieb am längsten an Angel hängen.

Ohne auf seine Frage einzugehen, erwiderte Mehit:

„Was willst du?"

Mamba nahm einen Stuhl und ließ sich graziös darauf nieder.

Die Kellnerin servierte die zweite Runde und freute sich, als Mehit ihr einige Geldscheine in die Hand drückte.

„Du weißt, dass ihr meine Gäste seid. Ihr braucht nichts zu bezahlen. Das geht aufs Haus", sagte er eindringlich und fordernd, während er sich mit den Ellenbogen auf dem Tisch abstützte.

„Wir brauchen keine Almosen! Was willst du?", forderte Mehit ihn abermals auf.

Kurz leuchteten die schwarzen Augen von Mamba gefährlich auf.

„Ihr hattet Stress mit dem Rat. Menschenblut ist auch geflossen. Gar nicht gut." Er schüttelte provozierend lange seinen Kopf.

„Das geht DICH nichts an!", schaltete sich Ivan ein. Ihm gefiel das arrogante Getue von diesem Clubbesitzer nicht. Seinesgleichen hatte er in Russland oft genug zum Frühstück verzerrt. Unterschwellig brodelte es in ihm und er stand kurz davor, ihm den Kopf abzureißen.

Mamba strich sich genüsslich mit dem Zeigefinger über seine Lippen.

„Ich weiß", sagte er gedehnt. „Aber … wenn hier solche Dinge ablaufen, erfahre ich das als Erster. Ich habe meine Augen und Ohren überall." Siegessicher lehnte er sich zurück und hob kurz die Hand.

Umgehend brachte eine Kellnerin ihm ein Martini.

„Ich hab gesagt, ich will mit dem Clan zusammenarbeiten. Ich hasse den Rat. Mehr als meine Hilfe kann ich euch nicht anbieten."

Ein Muskel zuckte unter Mehits Auge.

„Warum sollten wir DICH brauchen?"

Entspannt griff Mamba nach dem Martini.

„Weil … ich weiß, was der Rat von EUCH will", sagte er triumphierend und nippte an seinem Glas.

Bleib ruhig, ermahnte Mehit sich. Er lehnte sich zurück und verschränkte die Arme vor seiner Brust.

„Ich höre!" Seine Mundwinkel zuckten leicht, der Rest seines Gesichtes blieb regungslos.

Über sein Glas hinweg sah Mamba den Krieger ernst an. „DAS ... sollten wir in meinem Büro besprechen." Mit diesen Worten erhob er sich und verließ den VIP-Bereich, ohne sich umzudrehen. Mamba wusste, dass er die Aufmerksamkeit hatte, die er provoziert hatte.

Mehits Blick folgte ihm, doch er wollte sich nicht von ihm kommandieren lassen. Aber an die Informationen, die Mamba hatte, wollte er. Erzürnt sagte er: „Bin gleich wieder da."

Schnaubend ließ ihn Ivan ziehen.

Nervös rutschte Ricky neben Angel hin und her.

„Kannst du nicht mal ruhig sitzen", fuhr ihn Angel an. „Dein Gezappel ist ja nicht zum Aushalten." Giftig funkelte sie ihn mit ihren stahlblauen Augen an.

Ricky drehte sein Glas vor sich. „Tut mir leid, aber die letzten Stunden waren sehr heftig. Ihr ... seid das vielleicht gewöhnt, aber ich bin es nicht. Kann ich gehen?"

„NEIN!" Ivan nagelte ihn mit einem einzigen Wort an seinem Platz fest.

Resigniert ließ Ricky die Schultern sinken und hoffte auf Mehits baldige Rückkehr.

Als Ivan sich gerade erheben wollte, legte sich die schwere Hand von Mehit auf seine Schulter.

„Alles okay?", fragte er in die Gruppe hinein.

„Ja ... alles in Ordnung", antwortete Ivan, der seine Augenbrauen hinter seiner Sonnenbrille hochzog.

Knurrend sagte er: „Was hat Mamba dir erzählt?"

„Das besprechen wir auf dem Weg nach Hause", sagte Mehit übelgelaunt.

Fast gleichzeitig erhoben sich alle und verließen zusammen den VIP-Bereich. Ivan bildete das Schlusslicht der Gruppe.

Vor der Tür hob Mehit den Kopf und sog wie befreit die kühle Nachtluft in sich ein. Schweigsam liefen sie zum Lexus.

„Okay, dann werde ich mich mal verabschieden und danke ... dass du mir das Leben gerettet hast."

Damit war Mehit gemeint, der an ihn herantrat.

„Gib mir dein Handy", forderte er.

Die dunklen Augen, die ihn anstarrten, wirkten neugierig. Er griff in seine Hosentasche und zückte den gewünschten Gegenstand. Mit einigen Handgriffen tippte Mehit etwas ein und dann reichte er ihm das Handy wieder.

„Meine Nummer hast du jetzt. Wenn etwas sein sollte, egal was, dann ruf mich an!"

Er nickte den beiden anderen zu und deutete mit einer Kopfbewegung an, dass sie einsteigen sollten. Nachdem die Türen geschlossen waren, wandte er sich noch einmal an Ricky:

„Pass auf dich auf!", sagte er beschützend, dann drehte er sich um und stieg ebenfalls ein. Der Wagen setzte sich in Bewegung.

Ricky blieb noch einen Moment lang stehen und schaute ihnen nach, bis der Wagen abbog. Plötzlich fühlte er sich unsicher, doch das Handy in seiner Hand gab ihm Zuversicht. Er winkte rasch nach einem Taxi.

Zurück auf dem Anwesen versammelten sie sich in der Kommandozentrale. Ortischa und Ament gesellten sich dazu.

Betretendes Schweigen legte sich über den Raum.

Ament spürte die Unruhe, die Mehit ausstrahlte. Er lehnte an der Wand und hypnotisierte ihn.

Mehit konnte den bohrenden Blick von Ament auf sich spüren. Er wusste, dass alle im Raum darauf warteten, dass er erzählte, was in London passiert war. Nun konnte er nachempfinden, wie sich Jonathan jedes Mal fühlen musste.

„Als Erstes will ich wissen, ob hier alles ruhig war? Zweitens: Wo ist Maddy?" Er war sichtlich nervös.

„Maddy ist vor einer knappen Stunde ins Bett gegangen. Sie schlummert tief und fest", antwortete Raban.

„Wo ist Conzuela?", fragte er etwas ruhiger, denn er wollte sich nicht den Zorn ihres Ehemanns aufladen.

„Im Labor. Sie untersucht die Beweise, die wir aus dem Haus ihrer Mutter geholt hatten. Soll ich sie holen?", erwiderte er, was ihm einen giftigen Blick von Ament einbrachte.

„Nein ... Ament ... du wirst ihr nachher erzählen, was wir besprochen haben." Ament nickte.

Mehit forderte Ivan auf, die Situation zu schildern. Den Zusammenstoß vor der Bar erläuterte Ivan in allen Einzelheiten, was Raban sogleich veranlasste, auf die Kamera in der Garage zu schalten, um sich den Schaden am Lexus genauer anzusehen. Mit ein paar Klicks orderte er gleich einen neuen Kotflügel, eine Motorhaube sowie eine Stoßstange. Als er die Bestellung abschickte, war er wesentlich entspannter. Dann übernahm Mehit das Wort.

„Anschließend waren wir bei Mamba. Er hat mir von den Aktivitäten des Rats erzählt und warum sie hinter jeden her sind, der etwas mit uns zu tun hat. Nach seiner Schilderung hat er erfahren, dass in den letzten Tagen acht Vampire verschwunden sind. Alle samt junge Männer. Der Rat ist außer sich und will die Entführten so schnell wie möglich wieder zu ihren Familien zurückbringen."

„Was hat das mit uns zu tun?", fragte Ortischa mit gerunzelter Stirn.

„Eigentlich nichts. Doch der Rat denkt wohl, WIR wären an dieser Situation Schuld. Unser Kampf gegen Isfets Leute fordert Opfer und der Rat denkt nun, Isfets Leute heuern neue Rekruten an oder entführen Vampire aus der Normalbevölkerung."

„Die spinnen doch, das uns in die Schuhe zu schieben." Aufgebracht schlug Ortischa mit ihrer Faust auf den Tisch.

„Beruhige dich, das war es noch lange nicht." Beruhigend hob er die Hand. „Mamba sagte noch, dass der Rat ein Kopfgeld von fünf Millionen ausgesetzt hat, für den, der das Amulett aus dem Museum wiederbringt. So wie es scheint, sind schon einige Kopfgeldjäger aus aller Herren Länder in England eingetroffen."

„Mit anderen Worten jagt uns der Rat im doppelten Sinne?", schlussfolgerte Ivan.

„Genau. Zudem haben wir immer noch das Problem, dass Jacques von Isfets Leuten festgehalten wird. Keine Forderung ist bisher eingegangen. Die Untersuchungen von den Beweisen stehen noch aus, so dass wir keinen Schritt weitergekommen sind. Jonathan ist ebenfalls wie vom Erdboden verschluckt und so langsam müssen wir uns überlegen, wie wir weiter vorgehen wollen." Nacheinander schaute er allen ins Gesicht. Von seinem weiteren Anliegen wollte und würde er hier und jetzt nichts sagen. *Seine Elisa.* Da war wieder dieses besitzergreifendes Gefühl und die Machtlosigkeit, die sich einen Kampf in seinem Innern lieferten. Doch er zwang seine Gefühle in die hinterste Ecke seines Gehirns und schlug ihnen die Tür vor der Nase zu.

„Die Beweise aus dem Haus meiner Mutter werden uns nicht weiterhelfen", sagte Conzuela, als sie den Raum betrat und sich neben Ament gesellte.

„Es gab nichts, was zu identifizieren war, denn die Beweise, die ihr eingesammelt habt, stammen alle von meiner Mutter oder von mir. Die Täter haben ganze Arbeit geleistet." Sie senkte ihren Blick und Mehit konnte sehen, dass das nicht alles war.

Er gab ihr einen Moment und richtete dann erneut das Wort an sie.

„Aber? ... du hast etwas gefunden? Richtig?"

„Ja, ich habe etwas gefunden ... doch ich kann damit nichts anfangen."

Sie griff in ihre Kitteltasche und holte etwas kleines Silbernes hervor. Zwischen ihren Fingerspitzen funkelte der Ring ihrer Mutter.

„Diesen Ring hat meine Mutter getragen, solange ich mich erinnern kann. Sie selbst sagte, dass sie ihn von meinem Vater zur meiner Geburt geschenkt bekommen hatte. Das Verwunderliche ist, das der Ring eine Art versteckte Kammer unter der Erhöhung verbirgt. In diesem Hohlraum habe ich etwas gefunden. Sie öffnete mit ihrem Fingernagel den Mechanismus und die Erhöhung sprang auf. In ihr lag ein kleines zusammengefaltetes Papier. Sie entnahm dieses und reichte Mehit den antiken Papyrus.

„Sieh selbst."

„Also noch ein Punkt auf unserer To-do-Liste." Er empfing das Stück Papyrus, was entfaltet nicht größer als eine Streichholzschachtel war.

Raban rollte mit seinem Stuhl vom Computer weg und beäugte es von der Seite.

Vorsichtig hielt Mehit es an den Enden mit den Fingerspitzen fest.

„Was ist das?" Ratlosigkeit machte sich in seinem Gesicht breit.

„Ich hatte gedacht, du könntest das beantworten", entgegnete Conzuela und beugte sich leicht über den Tisch.

Neugierig kamen die anderen ebenfalls zu Mehit, um einen Blick auf das Papier zu erhaschen. Doch keiner fand Worte dafür.

„Ich scanne es ein und lasse es dann durch die Datenbanken laufen. Vielleicht werden wir ja fündig."

Raban bot seine offene Hand dar und Mehit legt behutsam den Papyrus hinein.

Nachdem er es eingescannt hatte und die technische Welt aktiviert hatte, lehnte er sich zurück.

Nach knapp zehn Minuten piepte der Computer und auf dem Monitor erschien ein *Positiv* und dann einige Sekunden ein weiteres Mal.

„Na dann schauen wir mal, was wir haben." Schnell hämmerten seine Finger über die Tastatur und das erste Bild erschien.

Raban stockte er Atem.

„Leute ... ich glaube der Rechner hat eine Fehlfunktion. Das kann nicht sein."

Raban spürte den Atem von Mehit in seinem Nacken.

„Was meinst du?"

„Das, was der Rechner uns ausspuckt, ist ... aber nicht lachen ... es ist eine Art Melodie."

„Eine Melodie?", hallte es aus mehreren Mündern gleichzeitig.

„Ja, eine Melodie. Die Symbole stellen so etwas wie Noten dar, aber aus einer Zeit, die lange vor der liegt, in der wir alle geboren wurden. Jetzt wäre Jonathan sicherlich sehr hilfreich, aber der macht ja Sightseeing oder vergnügt sich im Puff oder was auch immer."

Mehit starrte wie die anderen auf den Bildschirm, ohne die Beleidigungen zu kommentieren.

„Kannst du die Melodie abspielen?", fragte er interessiert.

„Bin ich Mozart, Bach oder Mendelssohn?" Dabei grinste er ihn an.

Mehit verzog seinen Mund zu einer geraden Linie.

„Ein Versuch war es wert." Niedergeschlagen wandte er sich ab.

„Viel interessanter wäre doch zu wissen, warum meine Mutter dies in einem Ring verborgen trug?" Conzuelas suchender Blick traf den von Ament, der sie beunruhigt anschaute. Ihm fehlten die Worte. Er kannte sich mit solchen Dingen nicht aus, dafür war er nicht geschaffen. Verschwörungen und Rätsel jeglicher Art waren nichts für ihn. Ein richtiger Kampf war das, was seine Sinne beflügelte. Am liebsten hätte er den Raum fluchtartig verlassen und wäre in den Trainingsraum gegangen, um sich dort abzureagieren. Doch Conzuela nagelte ihn mit ihrem Blick fest an die Wand, an der er lehnte. Er fühlte, dass sie nicht wollte, dass er ging. Er senkte seinen Kopf und atmete tief aus. Sie ergriff seine Hand und drückte diese. Er merkte, dass es ihr wichtig war, dass er bei ihr war. Leicht strich er mit seinem Daumen über ihren Handrücken. Sie sah ihn mit ihren großen braunen Augen an und er konnte die Dankbarkeit darin erkennen.

„Könnt ihr euch nicht alle verziehen? Dieses ständige über die Schulter Geglupsche kann ja keiner ertragen!" Frech grinste Raban in die Runde. „Los! Macht, dass ihr hier rauskommt und lasst das Genie arbeiten."

„Ohhh ... Gott", rief Ortischa gedehnt und rollte mit den Augen. „Kann uns denn keiner von diesem überheblichen Vampir befreien?" Sie schüttelte ihren Kopf, so dass ihre schwarzen Locken um ihre Schultern schwangen. Dann fixierte sie Ivan.

„Willst du trainieren? Dann komm." Ihre High Heels hallten durch den Raum und die schweren Schritte von Ivan folgten ihr.

Fast sehnsüchtig sah Angel den beiden hinterher.

Mehit wusste, dass Ortischa absichtlich Angel nicht gefragt hatte. Sie mied sie, wo sie nur konnte.

„Komm ... wir gehen auch trainieren und lassen das GENIE arbeiten." Dabei umzog ein Schmunzeln seine Lippen.

„Endlich erkennt wenigstens einer meine wahre Größe", erwiderte Raban, ohne sich umzudrehen.

„Bloß schnell weg hier ... vielleicht ist das ansteckend." Mit einer einladenden Bewegung forderte er Angel auf, ihm zu folgen. Sie schob ihren Stuhl zurück und gesellte sich sogleich neben ihn.

Den beiden folgten Conzuela und Ament. Im Flur blieben sie stehen.

„Danke", flüsterte Conzuela ihm entgegen.

„Für was?"

„Du warst für mich da. Ich habe deine Unruhe durch unsere Verbindung fühlen können. Du wolltest da raus. Aber du bist geblieben, wegen mir."

Beschämt sah sie ihn an.

„Conzuela, ich tue alles für dich. Ich werde dir mein ganzes Leben, also alle

Ewigkeit, widmen. Ich will, dass es dir gut geht und du dich wohl fühlst. Dann, und nur dann bin ich zufrieden und ... glücklich." Sanft strich er mit seinen Fingern über ihre Wange.

Sie drehte den Kopf und küsste seine Handinnenfläche.

„Ich bewundere dich. Du bist ein unerbittlicher Krieger und auf der anderen Seite der einfühlsamste Mann, den sich eine Frau wünschen kann. Ich liebe dich." Sie reckte sich nach oben und spitzte ihre Lippen.

Er empfing ihren lieblichen Mund und erwiderte ihre Leidenschaft. Seine Hände schlossen sich um ihre Taille. Sie verlor den Halt unter ihren Füßen, als er sie auf seine kräftigen Arme lud. Mit seiner übersinnlichen Geschwindigkeit trug er sie in ihr Quartier und dort liebten sie sich bis in die frühen Morgenstunden.

Der Himmel war immer noch in Dunkelheit getaucht, als Maddy auf der Fensterbank saß und den Sternenhimmel ansah. Sie hatte sich ihre Bettdecke umgeschlungen und sich mit dem Rücken an die Wand gelehnt. Ihre Gedanken kreisten durch ihren Kopf wie ein Bienenschwarm um ihre Waben. Sie hatte einige Stunden geschlafen und war dann von einem Traum aufgeschreckt. Sie wollte ihre Augen nicht mehr schließen, da sie dachte, dass dieser Traum wiederkehren würde. Die Stille, die sie umgab, war beruhigend. *Was wird wohl noch alles passieren?* Sie dachte an Mona, die ein Beruhigungsmittel bekommen hatte und unten auf der Krankenstation schlief. *Wie soll ich Philippe und Corinne beibringen, dass Jacques entführt worden ist? Werden sie mich dafür verantwortlich machen? Ich bringe nur Leid über alle, die ich liebe. Ich könnte Mehit bitten, ob er nicht alle an einen sicheren Ort bringen könnte, bis die Situation unter Kontrolle ist.* Dieser Gedanke erschien ihr am sinnvollsten. Als ein feiner Windhauch ihren Nacken kitzelte, bekam sie eine Gänsehaut.

„Ramos?", flüsterte sie erschrocken.

Nichts.

Hektisch sah sie sich um. Keines der Fenster war geöffnet und doch drang ihr der Duft von Jasmin in die Nase.

„Wenn du hier bist, dann zeig dich", forderte sie.

An ihrem Himmelbett bewegte sich der weich fließende Stoff, der von der Decke herabhing. Den Umrissen nach konnte sie im Dunkeln die Silhouette eines Mannes erkennen. Sie schwang ihre Beine von der Fensterbank, ließ die Decke fallen und lief auf ihn zu.

Vorwurfsvoll sagte sie: „Wo hast du gesteckt!"

Er hob die Arme, doch sie konnte dies nicht deuten. „Komm!" Zügig ging sie ins Bad. Dort drehte sie die Dusche auf und wies ihn mit ihrer Hand den Weg hinein, auch wenn sie ihn nicht sehen konnte.

Er trat unter den Wasserstrahl und sein kompletter Körper trat in Erscheinung, wo das Wasser ihn bedeckte. Seine rotglühenden Augen sahen erschöpft aus.

„Was ist passiert? Wo warst du?" Maddys Augen musterten ihn wissensdurstig. „Ach Mist, du kannst mir ja nicht antworten. Okay. Geht es dir gut?"

Er nickte.

„Wo warst du?"

Er deutete mit seinem Finger auf den Boden.

„Unten?"

Er nickte.

„Bei den anderen?"

Er schüttelte den Kopf.

„In der Gruft?"

Er nickte.

„Da habe ich auch das letzte Mal deine Anwesenheit gespürt. Bist du dort noch länger geblieben?"

Er legte jetzt ein pantomimisches Glanzstück hin, um ihr zu erklären, dass er den Altar berührt hatte und danach bewusstlos war.

Als Maddy ihn mit weit aufgerissenen Augen ansah, wurde ihm bewusst, dass seine Schilderung sie erschreckte. *Mann, irgendwie bin ich nicht besonders gut darin, mal etwas Charmantes rüberzubringen. Was soll sie denn von mir denken? Dass ich das Unheil geradezu anziehe, wie das Licht die Motten? So wird das Nichts.* Er versuchte, seine Haltung etwas zu lockern und war überrascht, als Maddys Hand auf einmal auf ihn zukam. Ihre Fingerspitzen trafen seine Brust und er schloss genussvoll die Augen. *Kann sie mich fühlen?*, schoss es durch seinen Kopf. Abrupt riss er seine Augen wieder auf, als das Gefühl verebbte. Er sah auf sie hinab und sein Mund klappte auf, als er ihre Worte vernahm.

„Rutsch mal ein wenig beiseite." Sie trat zu ihm in die geräumige Dusche und schaltete die anderen Düsen ebenfalls an. Angst schien sie nicht zu haben, was ihn überraschte. Er rückte, soweit er konnte, von ihr ab.

Maddy, die nur ein längeres T-Shirt trug, drängte sich an die gegenüberliegende Wand. Als das Wasser auf den Düsen ihr Haar, ihre Haut und ihr T-Shirt benetzte, atmete Ramos tief ein. Ihr Haar hing ihr in dicken Strähnen herunter. Auf ihrer Haut tanzten die Wassertropfen. Das T-Shirt klebte an ihr wie eine zweite Haut und zeichnete ihren wunderschönen Körper nach.

„Keine Angst. Ich möchte dich einfach nur berühren." Ihre Worte hallten in seinem Kopf und er versuchte sich zu konzentrieren.

Ihre nassen Finger suchten ihren Weg zu seinem Gesicht. Sie schloss die Augen und tastete. Zu ihrem Erstaunen funktionierte es. Sie öffnete die Augen und flüsterte: „Ich … kann … dich … fühlen. Nur einen zarten Hauch, aber da ist Etwas." Ein Lächeln umspielte ihre Lippen und ihre Augen funkelten wie zwei Ozeane.

Regungslos blieb Ramos unter ihrer Berührung und versank in ihrem Gesicht. Als ihre Fingerspitzen zu seinen Lippen glitten, konnte er nicht anders, als den Mund leicht zu öffnen, denn seine Fangzähne fuhren aus seinem Kiefer und er konnte und wollte sie nicht aufhalten.

Sie berührte seine langen Fänge und er hätte fast die Flucht ergriffen. Das Gefühl, das nun Besitz von seinem Körper nahm, erfüllte ihn mit einem neuartigen Kribbeln.

Zögerlich trat sie dichter an ihn heran. Dichter, als er es je vermocht hatte. Ihr T-Shirt berührte um Haaresbreite seine Brust und er fühlte, wie sein Körper sich verspannte. Sie stellte sich auf die Zehenspitzen und öffnete ihren Mund leicht dabei.

Ramos Atem ging schwer. Er wollte seine Lippen auf die ihren legen, wollte sie küssen, doch er zögerte. *Was, wenn ich ihr weh tue? Das könnte ich mir nie verzeihen.* Doch er kam nicht länger dazu, darüber nachzudenken.

„Küss mich", hauchte sie ihm entgegen. Sie spitzte ihre Lippen und schloss ihre blauen Augen.

Er versuchte, seine Fangzähne zurückzuziehen, aber es funktionierte nicht. Ganz vorsichtig senkte er seinen Kopf zu ihr hinab und berührte ihre Lippen sanft mit den seinen. Sogleich hob er den Kopf und wartete auf ihre Reaktion.

Ihre nassen Wimpern hoben sich und ihre blauen Augen starrten ihn an.

„Mehr", forderte sie. Sie ließ ihn dieses Mal nicht aus den Augen, als er seinen Kopf erneut senkte. Ihre Lippen trafen sich und dieses Mal schloss Ramos seine Augen. Er konnte die Weichheit ihrer Lippen und die Wärme, die durch sie hindurch floss, spüren. Er hörte ihren Herzschlag und das Blut in ihren Adern rauschen.

Maddy war einer Ohnmacht nahe, als seine Lippen sie berührten. Die Sehnsucht, die sie ausstrahlten, diese unbändige Leidenschaft und Sanftheit ließen ihr die Knie schwach werden. Selbst seine Fangzähne störten sie nicht. Die Berührung ihrer Lippen war umwerfend. Es war nicht mal ein richtiger Kuss, und doch war er so viel intensiver als alles, was Maddy bisher erlebt hatte. Als sich ihre Lippen voneinander lösten, sagte Maddy ganz benommen: „Das … war außergewöhnlich." Die Röte, die ihr ins Gesicht schoss, verriet ihre Erregung.

Ramos war enttäuscht als ihre Lippen voneinander ließen. Dieses unbeschreibliche Gefühl erfüllte ihn mit einem Hunger, den er bisher nicht kannte, deshalb nickte er ihr zu. Selbst wenn er hätte sprechen können, in diesem Moment hätte er keine Silbe herausgebracht, so überwältigt war er.

Als Maddy sich mit ihrem Gesicht sacht an seine breite Brust schmiegte und die Arme behutsam um seine Taille schlang, wäre er fast in den luftartigen Zustand gewechselt. Seine Haut spannte und fühlte sich viel zu eng an. Maddy hingegen konzentrierte sich nun stark. Sie vernahm aber nicht mehr als das Rauschen des Wassers.

„Ich würde gerne mehr von dir spüren." Ihre Worte klangen leicht enttäuscht.

„Ich fühle etwas, aber … es ist nur ein winziger Hauch." Sie blickte zu ihm auf und sein Gesicht war so sinnlich. „Kannst du mich spüren?"

Als er nickte, war sie froh, wenigstens einen glücklich zu machen.

„Versprichst du mir etwas?", fragte sie. „Wenn, … wenn du irgendwann mal einen richtigen Körper hast, nimmst du mich dann in deine Arme?"

Er führte seine Fingerspitzen unter ihr Kinn und sie schaute zu ihm auf. Sein eindringlicher Blick ruhte auf ihr und er neigte sein Kinn. *So ein einfacher Wunsch und ich kann ihn dir nicht erfüllen. Vielleicht kann ich das nie. Aber sollte es nur die kleinste Möglichkeit geben, dass dein Wunsch doch Realität werden könnte, werde ich da sein und dich in meine Arme schließen. Das schwöre ich.* Er hätte sie noch stundenlang so halten können, als es an der Badezimmertür klopfte.

„Maddy?" drang eine Männerstimme hindurch.

Erschrocken riss Maddy den Kopf hoch und antwortete:

„Ja, wer ist denn da? Mehit bist du es?"

„Nein, ich bin's Raban. Ich habe auf der Überwachungskamera gesehen, dass du nicht mehr im Bett bist und daraufhin habe ich das ganze Schloss nach dir abgesucht. Als ich dich nicht gefunden habe, bin ich nach oben gekommen. Entschuldige, ich wollte dich nicht stören", sagte er etwas kleinlaut.

„Ich konnte nicht schlafen, deshalb bin ich duschen gegangen." Ihr Blick suchte das Wasser ab, aber Ramos war verschwunden. Hastig suchte sie nach einem großen Handtuch und wickelte sich darin ein und drehte das Wasser ab. Als sie vor die Tür trat senkte Raban seinen Blick.

„Ich habe dich hoffentlich nicht erschreckt? Manchmal bin ich ein großer Tollpatsch. Dass ich …" Auf einmal zögerte er, weiterzusprechen und zog tief die Luft ein, atmete sie aus und zog sie abermals ein.

„Hier … duftet es nach Jasmin." Sein Blick glitt durch Zimmer.

„Maddy? Hier stimmt etwas nicht." Er griff nach ihrem Arm und zog sie an sich.

„Raban, es ist wirklich alles in Ordnung, glaube mir." Sie versuchte die Situation zu überspielen.

„Du weißt, das ich das Element der Flora in mir trage und … ich fühle etwas. Ich kann es nicht beschreiben, aber da ist etwas." Forschend ging sein Blick durch den Raum.

Unsicher, ob sie ihm von Ramos erzählen sollte, trat sie einen Schritt von ihm zurück. Als sie dann den Jasminduft dicht bei sich roch, wusste sie, dass Ramos immer noch bei ihr war.

„Da … da ist es schon wieder. Dieser Duft von Jasmin. Riechst du das denn nicht?" Neugierig schaute er sich wieder um.

„Raban?" Einen Moment dauerte es, bis er seine Konzentration auf sie lenkte.

„Setz dich … bitte."

Argwöhnisch sah er sie an und ging dann zur der Sitzgruppe hinüber.

„So, ich sitze, und nun?"

„Du versprichst mir jetzt nicht auszuflippen, okay?", sagte Maddy ruhig.

„Oohoh, was kommt jetzt. Machst du mir eine Liebeserklärung?", scherzte er.

„Nein Blödsinn."

„Gut, denn solch ein Prachtexemplar wie mich muss man sich erarbeiten." Er polierte demonstrativ seine Fingernägel an seinem Hemd.

„Raban, könntest du jetzt bitte mal ernst bleiben und mir zuhören?" Sie stemmte ihre Hände in die Hüfte.

„Ja, bin jetzt brav, also?"

„Die anderen haben dir anscheinend noch nichts von einem weiteren Vampir erzählt, der das Anwesen bewohnt", fing sie an.

„Jeden, aber wirklich jeden, der auch nur einen Millimeter auf das Anwesen setzt, kenne ich und …"

„Hör mir zu!", forderte Maddy Raban auf und zog einen virtuellen Reißverschluss über seinen Mund.

„Diesen … kennst du nicht. Er heißt Ramos. Er birgt alle vier Elemente in sich. Wasser, Feuer, Erde und Luft. Jonathan weiß von ihm genauso wie Ortischa, Mehit und Ament. Ansonsten keiner und das sollte eigentlich auch so bleiben. Also, … schwörst du mir jetzt, dass das unser Geheimnis bleibt?"

Irritiert hob er zwei Finger in die Höhe und sprach:

„Ich schwöre."

Sie nahm eines der Seidentücher, welches über dem Sessel hing, breitete es aus und warf es in die Luft. Als es hinunter sank, legte es sich auf den Körper von Ramos und in Sekundenschnelle deutete sich die Silhouette von einem Hünen ab.

Raban sprang auf und richtete seine Arme auf ihn, worauf Maddy sich schützend vor ihn stellte und ihn an schrie: „Was machst du?"

„Äh, ich … keine Ahnung. Das da … ist Ramos?" Er deutete mit seiner Hand auf ihn.

„Ja … und er steht unter meinem persönlichen Schutz. Verstanden?" So kratzbürstig hatte Raban sie noch nie erlebt.

Sachte senkte er beide Arme.

„Ich bin verwundert, neugierig und irgendwie leicht durcheinander." Er trat zwei Schritte zurück.

„Wow, das wird ja immer besser. Kein Wunder, dass die anderen darüber geschwiegen haben. Was für ein Kerl." Anerkennend verschränkte er die Arme vor der Brust.

Ramos beobachtete jede Bewegung kritisch, die Raban machte.

„Wollen wir?", fragte sie Ramos und deutete auf den Kamin. Langsam nickte er ihr zu.

Maddy entfachte im Kamin ein Feuer und trat dann beiseite. Sanft sank das Seidentuch herab und Ramos schoss in das Feuer. Als er sich zu seiner ganzen Größe erhob, zuckte Raban merklich zurück. Er musterte Ramos von Kopf bis Fuß.

„Da fehlen selbst mir die Worte", sagte er.

„Du kannst ihm nur Fragen stellen, die er mit Ja oder Nein beantworten kann", erklärte sie ihm.

Ehrfürchtig ließ Raban sich vor dem Kamin auf den Boden sinken.

Ramos tat es ihm gleich.

„Genial. Da spielt ja mein Gehirn Salsa." Ein Lächeln umzog Rabans Lippen.

„Du bist einer von uns?"

Ramos nickte und entblößte seine Fangzähne.

„Wow, was für Exemplare. Wenn ich das nicht mit eigenen Augen sehen würde, ich würde jeden für verrückt erklären, der mir das weismachen wollte." Raban war so aufgeregt und interessiert zugleich, das er anfing, Ramos immer mehr Fragen zu stellen. Nach einer ganzen Weile schaute Ramos zu Maddy, die auf der Couch zur Seite gesunken war und tief schlief.

Raban folgte seinem Blick. Flüsternd sagte er: „Wollen wir morgen weiter machen?"

Ramos, der seinen Blick nicht von Maddy abwandte, nickte.

Leise erhob sich Raban, und als er zur Tür schritt, drehte er sich noch einmal um.

„Du bist bemerkenswert, ehrlich." Damit huschte er durch die Tür nach draußen.

Bemerkenswert. Na ja, wenn du meinst. Ich würde ja eher sagen, ich bin ein Nichts. Ich kann mich ja nicht mal unterhalten, geschweige denn meine Maddy in die Arme schließen. Du kannst dir wahrscheinlich gar nicht vorstellen, wie das ist, wenn man nicht real ist. Er sank in sich zusammen. Er sah auf seine Hände, die nur durch das Feuer sichtbar wurden. Er senkte seinen Blick und atmete tief ein. *Ich wünsche mir, dass sich an meinem Dasein etwas ändert. Ich will nicht mehr nur eine Hülle meiner selbst sein. Ich will auch leben, anfassen und angefasst werden.* Er ballte seine Hände zur Faust und richtete sich langsam auf. Als das Feuer immer kleiner wurde, ging Ramos in das Element Luft über und setzte sich neben Maddy auf die Couch. Er beobachtete, wie sich ihr Brustkorb senkte und wieder anhob. So dicht bei ihr zu sein, erfüllte ihn mit Wärme. Ihren Duft wahrzunehmen, trieb ihm ein zartes Lächeln ins Gesicht. Er blieb bei ihr, bis die aufgehende Sonne ihre Strahlen in das Zimmer warf.

Drei Tage später …

Der Himmel war mit dunkelnden Wolken verhangen und der Regen klatschte an die großen Scheiben. Dieses Wetter hielt schon die letzten zwei Tage an. Das eine Mal war der Regen stärker und mit Windböen durchsetzt, das andere Mal nieselte es leicht vor sich hin.

Frustriert trat Maddy vom Fenster weg, zog sich ihre Jeans an und hüllte ihren Oberkörper in einen flauschigen Pullover.

„Dieses Mistwetter. Hört denn der Regen gar nicht mehr auf?" Sie zwirbelte ihre Haare nach oben und steckte sie mit einer Spange fest. Sie schlüpfte in ihre Schuhe und verließ ihre Suite. Beschwingt ging sie die Treppe hinunter.

In der Küche war Jane eifrig dabei, das Frühstück zu servieren.

„Guten Morgen, meine Liebe", sagte Jane.

„Guten Morgen, Jane. Wenn man sich dieses Wetter da draußen anguckt, wäre ich lieber im Bett geblieben." Sie griff nach einem Croissant und biss hinein.

„Ich hätte dir auch das Frühstück ans Bett servieren können, aber das weißt du ja."

„Mmmh", antwortete sie kauend.

„Kommt dein Gast heute nach oben?" fragte Jane, wobei sie den frischen Kaffee in eine Thermoskanne umfüllte.

„Ich glaube eher nicht."

Mona und sie hatten in den letzten beiden Tage viel geredet. Es war zwar ein wenig seltsam, dass Mona sich vor allem unten wohler fühlte und nicht das geringste Bedürfnis hatte, nach oben ins Anwesen zu gehen. Sie hatten auch ausgiebige Gespräche mit Conzuela geführt, aber anscheinend mochte Mona die Vampire. Maddy war erstaunt, welche Offenheit ihnen Mona entgegenbrachte. In gewisser Hinsicht erinnerte sie das an ihr eigenes Verhalten. Auch sie war am Anfang irritiert gewesen, doch nach und nach hatte sie sich an die Anwesenheit der anderen Spezies gewöhnt.

„Solange sich dein Gast wohlfühlt, bin ich zufrieden. Ich werde dir ein Tablett fertig machen, welches du dann mit hinunternehmen kannst", fügte Jane hinzu.

„Bei deinem leckeren Essen kann man sich nur wohlfühlen." Maddy dachte daran, dass sie später mit Raban sprechen wollte, ob es schon neue Informationen von Jacques gab. Es quälte sie sehr, dass sich die Entführer immer noch nicht gemeldet hatten.

„Wann kommen denn Philippe und Corinne an?", lenkte Jane nun das Thema auf den anderen wichtigen Punkt an diesem Tag.

„Sie fahren erst in die Klinik. Dort will der Chefarzt noch einmal die Befunde kontrollieren und die Berichte durchsehen. Ich schätze, dass sie am Nachmittag auf dem Anwesen eintreffen."

„Ich werde alles fertig haben." Jane strahlte.

„Da bin ich mir sicher."

In diesem Moment ging die Küchentür auf und Sophie betrat die Küche, gefolgt von John. Edward gesellte sich ebenfalls dazu.

Nach einem ausgiebigen Frühstück griff Maddy nach dem Tablett und wollte gerade die Küche verlassen, als sich Sophie ihr in den Weg stellte.

„Für wen nimmst du das Tablett mit? Seit Tagen schleppst du Essen aus der Küche und nun würde ich gerne wissen, wen du damit verwöhnst?"

„Sei nicht so neugierig", warf John ein.

Sie drehte sich zu John:

„Ich möchte es aber wissen. Warum kommt dieser Gast nicht zu uns und isst mit uns zusammen, wir beißen ja nicht." Bei den letzten Worten verzog sie leicht das Gesicht, als sie sich der Bedeutung bewusst wurde.

„Sophie, mach dir mal nicht so viele Gedanken. Wenn mein Gast bereit ist, wird er uns Gesellschaft leisten, okay?" Sie drängte sich an ihr vorbei.

Fast genervt sagte Sophie nun:

„Du wolltest heute noch einmal mit John üben, denk daran!"

„Nun lass sie doch, Sophie. Wenn sie Zeit hat, werden wir noch einmal alles durchgehen." Besänftigend blickte er Sophie an.

„Ist ja schon gut, aber sagt mir danach nicht, ich hätte euch nicht drauf hingewiesen." Mit einem abschätzigen Blick ließ sie sich neben John auf dem Stuhl nieder.

Maddy trat dicht an die Tür und schob diese mit ihren Hintern auf. In der Eingangshalle rollte sie die Augen und seufzte. *Sollen mich doch alle mit diesem Ball in Ruhe lassen! Wenn das so weitergeht, bleibe ich zu Hause.* Rasch sah sie sich um und dann lief sie die Treppe hinunter. Zielstrebig ging sie zum Gästezimmer, in das Mona gezogen war. Als sie klopfte, öffnete Mona ihr die Tür und bat sie hinein.

„Guten Morgen, mmh, dass sieht aber lecker aus. Ich fühle mich fast wie bei Philippe. Stell es gleich hier auf dem Tisch ab." Ein Schmunzeln umspielte ihre

Lippen.

„Morgen. Da hast du Recht. Jane könnte sich mit Philippe messen. Weil du das gerade erwähnst: Philippe und Corinne kommen heute aus Spanien zurück. Sie fahren in die Klinik und anschließend wird sie ihr Weg zu uns auf das Anwesen führen." Maddy zögerte einen Moment. „Ich weiß nicht, wie wir den beiden das mit Jacques erklären sollen." Sie schlug ihre Augen nieder und kämpfte mit ihren Emotionen.

Sanft strich Mona ihr über den Arm.

„Wir müssen jetzt sehr stark sein. Jacques wird wieder zu uns zurückkehren, da bin ich mir sicher. Er muss!"

„Ja! Das muss er!" Maddy nickte zuversichtlich.

Mona nickte zuversichtlich.

„Und das mit Philippe und Corinne … ich glaube, es wäre besser, wenn ich heute noch hier unten bleibe. Lassen wir sie erst einmal ankommen und dann können wir morgen nach dem Ball oder spätestens Sonntag mit ihnen sprechen. Conzuela hat mir erzählt, dass der Clan eine neue Wohnung und ein bezauberndes Bistro gefunden hat. Ich bin schon so gespannt, ob es den beiden gefallen wird."

Maddy merkte, dass Mona das Thema Jacques so gut sie konnte, umging.

„Raban hat mir einige Bilder gezeigt. Es sieht wunderschön aus." Auch sie wollte das Thema nicht weiter vertiefen.

Beide zuckten zusammen, als es an der Tür klopfte.

„Herein!", rief Mona.

Die Tür schwang auf und Mehit trat hindurch. Seine igelkurzen Haare glitzerten noch leicht feucht und er duftete nach einem herben Parfüm. Sein prachtvoller Körper steckte in seiner Kampfmontur, die durch seine schwarze Lederjacke abgerundet wurde. Ein leichtes Grinsen umspielte seine Lippen.

„Hallo, Mädels. Habt ihr gut geschlafen?", fragte er und beide nickten ihm zu. „Wir müssen noch den Tagesablauf besprechen. Wenn du fertig bist, kommst du dann in die Kommandozentrale?" Sein Blick ruhte auf Maddy.

„Geh doch gleich mit. Ich lasse mir erst einmal das leckere Frühstück von Jane schmecken und dann können wir nachher noch weitersprechen." Mit einer leichten Handbewegung schickte sie Maddy hinaus.

„Okay, dann komme ich gleich mit." Sie huschte unter dem Arm von Mehit hindurch, der die Tür hinter ihr schloss. Als beide in der Kommandozentrale ankamen, wurden sie schon von den anderen erwartet.

Mehit trat mit festem Schritt zum Kopfende des Tisches und blieb dort stehen.

Maddy setzte sich neben Conzuela. Ortischa lag als Einzige auf der Couch und ließ ihre langen Beine über die Lehne hängen.

Mehit fixierte Ament, der hinter Conzuela stand. Dieser sah ihn genauso ernst an und seine braunen Augen glänzten.

„Heute kommen Philippe und Corinne aus Spanien zurück und wir werden uns aufteilen", begann Mehit. „Ich werde mit Ivan und Angel zur Klinik fahren und die beiden abholen. Der Rest von uns bleibt hier auf dem Anwesen."

„Was ist mit Jonathan?", warf Ortischa ein und alle wandten sich zu ihr um.

Knapp antwortete Raban: „Er hat sich nicht gemeldet."

„Und das heißt? Gehen wir jetzt zur Tagesordnung über? Vielleicht sollten wir ihn suchen? Oder interessiert euch das nicht?", entgegnete Ortischa schnippisch.

Mehits Körper verspannte sich und sein Tonfall nahm eine gewisse Härte an.

„Was glaubst du eigentlich? Wir haben seit seinem Verschwinden alles unternommen, um ihn zu finden. Er hat seinen GPS-Chip aus seinem Wagen und seinem Handy entfernt. Er will nicht gefunden werden. Also unterstell uns nicht, es würde uns nicht interessieren! Nur, wir können hier nicht rumsitzen und warten, bis er mal wieder auftaucht. Aber … du kannst gerne die Organisation übernehmen." Mit einer einladenden Handbewegung forderte er sie auf, an seine Stelle zu treten. „Nur zu!"

Sie schoss von der Couch hoch und stand in Sekundenschnelle neben ihm. Ihre Fangzähne waren voll ausgefahren.

„Meinst du etwa, DU bist der Einzige, der hier das Zepter in die Hand nehmen kann?"

„Bitte", Mehit trat beiseite. „Dann sag du, wie es laufen soll. Ich will mich hier nicht in den Vordergrund spielen. Ich wäre froh, wenn Jonathan wieder da wäre."

Ortischas Augen funkelten wild.

„Nun tu mal nicht so. DU hast entschieden, dass Angel hier bleibt. DU hast die letzten Tage entschieden, was zu tun ist. Also stell dich jetzt nicht hin und sag, JETZT könnte ich das Chaos übernehmen." Sie stemmte ihre Hände in die Hüfte und schüttelte ihren Kopf.

Alle anderen verhielten sich ruhig, obwohl jeder merkte, wie die Luft zwischen den beiden immer dünner wurde. Die Erregung spielte sich auch bei Mehit wider. Er atmete schwer ein und seine Fangzähne traten hervor. Seine Wut drang durch jede Pore seines Körpers.

„Beruhigt EUCH!", knurrte Ament hervor. Er beobachtete beide sehr genau und war bereit, sich zwischen sie zu werfen, sollten sie aufeinander losgehen.

Maddy suchte unter dem Tisch nach der Hand von Conzuela, die ihre Hand einfing und sanft streichelte.

Beide fixierten sich und es sah so aus, als ob jeden Moment ein gewaltiger Kampf zwischen ihnen ausbrechen würde.

„Sollten wir alle nicht uns auf das Wesentliche konzentrieren? Wir wollen doch alle dasselbe. Solange Jonathan nicht bei uns ist, müssen wir uns arrangieren und nicht gegenseitig angreifen. Lasst uns gemeinsam überlegen, wie wir das Beste aus der Situation machen", sprach Conzuela und alle lauschten betört ihrer sanften Stimme.

Unglaublich schnell beruhigten sich beide, dabei drehten sie langsam ihre Köpfe in Conzuelas Richtung. Anscheinend dachten sie in diesem Moment das Gleiche, doch es war Raban, der seine Lippen als Erster öffnete.

„Conzuela? Das ist es ...", dabei zeigte er mit dem Finger auf sie, was Ament mit Argwohn betrachtete.

„Das ist es ... warum sind wir denn nicht früher darauf gekommen." Er griff sich mit den Händen in sein Haar und lehnte sich zurück.

Neugierig fragte Conzuela: „Von was sprichst du?"

„Habt ihr DAS nicht gerade mitbekommen. Mehit und Ortischa standen kurz davor, sich an die Kehle zu gehen, und nachdem DU angefangen hast, zu sprechen, wurden beide sichtlich ruhiger."

„Ja ... und?" Conzuela stand die Verwunderung ins Gesicht geschrieben.

„Verstehst du denn nicht? Deine Stimme ... deine Stimme ist der Schlüssel. DU ... bist die STIMME. Dein Vater hat es gewusst, daher hat er diesen Ring anfertigen lassen, den deine Mutter getragen hat. Sie hat den Ring verstecken wollen, damit das Geheimnis um dich bewahrt bleibt. Sie wussten es die ganze Zeit. Der Rat ist wahrscheinlich dahinter gekommen und deshalb wollten sie dich verhaften. Ament konnte dich damals aus dem Center befreien, doch wir haben die ganze Zeit nicht gewusst, warum sie hinter dir her waren. Aber jetzt ... setzt sich das Puzzle direkt vor unseren Augen zusammen. DU bist die Stimme, die seit Jahrhunderten nicht mehr in Erscheinung getreten ist."

Ament kniff sein rechtes Auge leicht zusammen, denn er traute den Worten von Raban nicht. Außerdem gefiel es ihm gar nicht, wie Raban seine Conzuela so konfrontieren konnte. Sein inneres Feuer wollte sich den Weg an die Oberfläche bahnen und er hatte Mühe, es im Zaum zu halten.

Die anderen blickten neugierig zwischen Raban und Conzuela hin und her, doch keiner wagte etwas zu sagen.

Conzuela schüttelte den Kopf. „Du musst dich irren. Das kann nicht sein. Nicht ich."

„Doch! Überleg doch mal. Der kleine Papyrus. Dort steht eine Art Melodie drauf, und wenn man das mit deiner Stimme in Verbindung bringt, erklärt es sich von selbst. Wir müssen jetzt herausbekommen, was ..."

Sichtlich erstaunt über diese These sagte Mehit:

„Raban! Ohne Beweise kannst du nicht eine solche Behauptung aufstellen."

„Doch! Das kann ich", erwiderte dieser grinsend. „Da haben wir die ganze Zeit eine der wertvollsten Vampire in unserer Mitte und wussten nichts davon. Das ist wirklich krass."

Conzuela drehte sich hilfesuchend zu Ament um. Als sich ihre Blicke trafen, konnte er ihre Angst sehen, die sich darin widerspiegelte. Er tauchte in ihre braunen Augen ein, und als sich die Worte von Raban in seinem Kopf wiederholten, durchzuckte es ihn. Er erinnerte sich daran, wie sie damals an seinem Krankenbett gestanden hatte und er in den Tiefen des Todes verweilte. Er hatte ihre Stimme wahrgenommen, durch den Sog der unbändigen Dunkelheit. *Sollte Raban wirklich mit seiner Theorie recht haben?*, fragte er sich. Er reichte ihr die Hand und sie erhob sich von ihrem Stuhl. Beide verließen schweigend den Raum und keiner hielt sie auf.

14. Kapitel

 prachlos saßen die anderen am Konferenztisch und starrten den beiden nach.

Ortischa drehte sich zu Mehit um und sagte: „Sie hat trotzdem recht. Wir müssen gemeinsam handeln. Ich … ach, es macht mich einfach so fertig, dass Jonathan gegangen ist, ohne zu sagen, warum." Fast zaghaft klang sie.

„Ortischa, uns geht es doch nicht anders. Glaub mir, mir fällt das auch nicht leicht. Jonathan ist unser Fels, den kann und will keiner von uns ersetzen", erwiderte Mehit.

Sie sah zu ihm auf und in ihre Augen trat Wehmut.

„Lass uns zusammen überlegen, wie wir das Wochenende planen." Er zog einen Stuhl vom Tisch ab und bot ihn ihr an.

Sie setzte sich und sagte: „Ja, gemeinsam finden wir eine Lösung."

Mit seinen Fingern sauste Raban über seine Tastatur. Er bekam von dem, was hinter ihm passierte, nichts mehr mit. Seine Augen fixierten den Bildschirm, auf dem er einige Dateien aufgerufen hatte. Er rollte dann zu seinem zweiten Bildschirm und ließ dort weitere Dateien hochladen. Fast fanatisch klickte er mit der Maus eine Datei an, kopierte diese, ließ sie in einer anderen Datei wieder einfügen und startete erneut das Suchprogramm.

„Raban? … Bist du sicher, mit dem was du da gerade behauptet hast?", fragte Mehit zähneknirschend.

Vollkommen konzentriert antwortete er:

„Ja, bin ich!"

„Wenn das wahr sein sollte, dass Conzuela die STIMME ist, erklärt das schon das Interesse unserer Gegenspieler. Aber, die Frage ist doch, wie die anderen dahinter gekommen sein sollen?" Doch auf diese Frage konnte ihm keiner der Anwesenden eine Antwort geben.

„Nichtsdestotrotz müssen wir jetzt besprechen, wie wir den Ablauf planen wollen. Raban! Es wäre nützlich, wenn auch du dich daran beteiligen würdest!", gab Mehit kritisch von sich.

„Ja … gleich."

„Also, wie ich schon sagte, kommen heute Philippe und Corinne aus Spanien zurück. Ich schlage daher vor, ich fahre mit Ivan und Angel in die Klinik und holen die beiden dort ab."

Alle stimmten diesem Vorschlag nun zu.

„Des Weiteren werden wir sie bis Sonntag hier auf dem Anwesen behalten, bis der Ball vorbei ist."

Auch das traf auf allgemeines Einverständnis.

„Mona hat mir gesagt, sie möchte hier unten bleiben, was ich ihr gestattet habe." Dabei fiel sein Blick auf Angel, die ihn mit ihren blauen Augen fixierte.

„Alle sollten sich ausreichend nähren, damit wir hier keine Zwischenfälle bekommen, die die Situation noch erschweren und …"

Ein Piepen vom Computer unterbrach Mehit, der sich zu Raban wandte. Dieser tippte einen Code ein und dann erschien auf dem Bildschirm eine Nachricht. Sie war von Jonathan.

„Kaum redet man über ihn, schon schreibt er eine SMS", verkündete Raban.

„Jonathan schreibt, Maddy soll zum Ball gehen, und haltet die Augen auf. Jonathan, na, das ist ja mal eine Ansage! So schlau wären wir nicht gewesen." Kopfschüttelnd drehte sich Raban um. Der Blick von Ortischa war immer noch auf den Bildschirm gerichtet, als sie beleidigt sagte:

„Tja, dann scheint es wohl sehr wichtig zu sein, was immer er auch treibt."

„Etwas mehr Informationen hätte ich auch besser gefunden." Mehit war nicht erfreut über die nichtssagenden Zeilen.

Nun war es Ivan der sich auf der Tischplatte mit seinen Ellenbogen aufstützte und sagte: „Ist das denn das erste Mal, dass Jonathan den Clan alleine gelassen hat?" Er sprach genau das aus, was Maddy und Angel dachten, denn beide nickten leicht.

„Nein, ist es nicht. Aber wenn er unterwegs war, wussten wir immer, wo er ist und er war für uns auch ständig erreichbar. Eine Situation, wie sie jetzt vorliegt, hatten wir noch NIE!", rief Mehit aus.

„Aber er weiß doch, dass der Ball bevorsteht. Er wollte mich dorthin begleiten. Jetzt, wo er nicht da ist, wer soll an meiner Seite sein?", fragte Maddy außer sich.

„Darüber habe ich mir auch schon den Kopf zerbrochen. Einige von uns scheiden schon mal aus. Ament und Raban würden zu sehr auffallen. Ivan genauso, alleine schon wegen seiner Augen. Frauen scheiden generell aus. Also bleibe nur noch ich übrig. Du wirst schon mit mir vorliebnehmen müssen."

Fast hörbar fiel Maddy ein Stein vom Herzen.

„Das mache ich gerne", sagte sie erleichtert.

„Onkel John hatte sich auch angeboten, mich auf den Ball zu begleiten. Vielleicht hilft das ja."

Ortischa erhob ihre Stimme: „Das wäre auch eine Option. Er ist unauffälliger als wir alle zusammen und …" Nun musste sie kichern. „… er kann sicher besser tanzen als du." Dabei schlug sie ihm leicht auf die Schulter.

„Sehr witzig!" Er verzog sein Gesicht zu einer Grimasse. „Das wäre wirklich eine Option. Also gut, dann fragen wir ihn, ob er dich begleiten würde. Dann bleiben Ament, Conzuela, Raban und Angel auf dem Anwesen. Und wir drei und John fahren mit Maddy zum Ball."

Ivan und Ortischa nickten ihm zu.

Mehit gefiel zwar nicht, Ament auf dem Anwesen zurückzulassen, doch er wusste, dass er ihm in diesem Punkt am meisten vertraute. Zumal waren ja da noch Sophie, Mona, Philippe und Corinne.

Conzuela setzte sich auf die Couch und Ament drängte sich dicht daneben. Sie lehnte ihren Kopf an seine Schulter und sagte:

„Meinst du … Raban könnte mit dem, was er gesagt hat, Recht haben?" Ihre Stimme klang auf einmal sehr zerbrechlich.

„Ich weiß es nicht." Seine tiefe Stimme hingegen raunte durch ihr Quartier. „Hast du denn irgendwann mal etwas von deinen Eltern in der Richtung gesagt bekommen?"

„Nein, nie", antwortete sie fast erschrocken darüber, wie er ihr diese Frage nur stellen konnte.

Er legte seinen Arm um sie und zog sie noch dichter an sich heran, was ihre Unruhe leicht besänftigte.

Ihre Fingerspitzen glitten über seinen Bauch, als sie ihren Kopf an seine Brust bettete.

„Ich habe mir noch nie darüber Gedanken gemacht. Aber, als Raban das mit meiner Stimme sagte, fielen mir einige Gelegenheiten ein, wo das wirklich zutreffen könnte."

„Welche meinst du?", fragte er liebevoll nach.

„Im Krankenhaus zum Beispiel. Viele der Schwestern kamen zu mir, wenn es darum ging, dass Patienten Schmerzen hatten. Manchmal hat dann nur ein Gespräch ausgereicht, und sie fühlten sich schon wohler."

„Das beweist gar nichts", sagte er abwertend.

„Aber das war bei den Ärzten genauso. Wenn ein Patient eine schwere Diagnose erfahren musste, war fast immer ich diejenige, die diese Nachricht überbringen sollte. Alle sagten immer, ich würde die richtigen Worte finden. Aber vielleicht lag es gar nicht an den Worten, sondern viel mehr an meiner Stimme?" Immer noch umspielten ihre Fingerspitzen seinen Bauch.

„Das kann Zufall gewesen sein." Irgendwie wollte er nicht glauben, dass Raban Recht haben sollte.

„Es gab noch eine weitere Szene. Vor einiger Zeit habe ich Jonathan in der Kommandozentrale angetroffen. Er war unkontrolliert und schien nur noch körperlich anwesend zu sein. Ich habe auf ihn eingeredet und konnte ihn damit wieder zurückholen. Würde das zählen?"

Nun musste er zugeben, dass er selbst in einer ähnlichen Situation gesteckt hatte.

„Vielleicht ... ein bisschen ... ach, du hast auch MICH aus den Schwingen des Todes geholt. Ich habe dich auch gehört, als ich in Koma gelegen habe. Deine Stimme ist damals auch bis zu mir durchgedrungen. Das heißt doch aber nicht, dass du die STIMME bist. Als meine Wut Oberhand über meinen Körper hatte, hast du auch auf mich eingeredet, und wie hab ich es dir gedankt? Fast leergetrunken habe ich dich. Ich hätte dich fast getötet. Wenn du die STIMME wärst, hättest du mich doch mit deiner Stimme bremsen können, oder?" Dabei sah er auf sie nieder.

„Vielleicht hast du Recht. Es könnten alles nur Zufälle sein", sagte sie zwar, aber innerlich war sie nicht überzeugt.

Ament, der durch ihre Verbindung auch ihre Empfindungen spüren konnte, fühlte die Zerrissenheit, die in ihr tobte. Doch es wollte ihm nichts einfallen, was diese Behauptungen entkräften konnte. Ihm war eigentlich danach, in die Kommandozentrale zu gehen und Raban den Kopf abzureißen. Durch seine Äußerung war *seine* Conzuela völlig durcheinander und das gefiel ihm überhaupt nicht. Er wollte jetzt nicht explodieren, wie es sonst seine Art war. Doch es rang ihm alles ab, sein Element unter Kontrolle zu halten. Conzuela sollte auf keinen Fall etwas davon bemerken. Er war froh, dass seine verräterisch auf seiner Haut pulsierenden Tätowierungen von seinem T-Shirt verdeckt wurden.

Sanft sagte Conzuela: „Jonathan sollte besser hier sein. Er könnte uns sicher helfen, diese Äußerungen richtig zu deuten."

„Da könntest du recht haben", seufzte Ament. „Nach dem Ball werden wir einige Tage in meine Heimat Hawaii fliegen."

Das war eine Feststellung, an der nicht zu rütteln war.

„Eine Reise? Nur wir beide?", fragte sie sichtlich gerührt.

„Nur ... wir beide", gab er genüsslich zurück.

Als Mehit mit dem Geländewagen in die Tiefgarage der Klinik eintauchte, konnte er eine leichte Freude darüber, Corinne und Philippe wiederzusehen, nicht unterdrücken. Das Wiedersehen ließ sein Herz höher schlagen, was ihn verwunderte. Normalerweise interessierte ihn die menschliche Rasse nicht. Doch mittlerweile hatte er durch Maddy gelernt, dass die Menschen nicht nur sein Lebenselixier lieferten, sondern auch liebenswert sein konnten. Die innige Zuneigung dieser beiden Menschen veranlasste ihn zu dieser Gefühlsregung.

Ivan und Angel musterten die neue Umgebung von den Rücksitzen des Geländewagens. Gemeinsam stiegen sie aus und begaben sich zum Fahrstuhl, der mit einem „Ping" die Tür öffnete.

Ihre Schritte hallten die Station entlang, als sie aus dem Fahrstuhl getreten waren.

Mehit lief voran und wurde von beiden flankiert. Eine Krankenschwester huschte in ein Patientenzimmer, als sie die Drei auf sich zukommen sah. Zwei Ärzte wichen ihnen ebenfalls aus und drängten sich dicht an die Wand. In diesem Moment trat der Chefarzt aus einem der Zimmer heraus und wies die Krankenschwester an, dem Patienten noch eine Infusion anzuhängen. Sein Blick richtete sich emotionslos auf Mehit.

„Da seid ihr ja. Kommt in mein Büro." Seine Stimme war ruhig und sachlich.

Sie folgten ihm wortlos und Mehit nahm auf dem Stuhl vor dem großen Schreibtisch Platz.

Auf der Couch ließ sich Angel nieder und schlug ihre langen Beine übereinander.

Ivan bevorzugte es, stehen zu bleiben. Er postierte sich dicht an der Tür und fixierte den Chefarzt durch seine Sonnenbrille.

Dieser setzte sich auf seinen Ledersessel und beugte sich über den Schreibtisch, wobei er seine Ellenbogen auf den Tisch aufstütze. Seine Augen funkelten, als er seine Worte an Mehit richtete.

„Die gute oder die schlechte Nachricht zuerst?"

Auch Mehit richtete seinen ernsten Blick auf Michael.

„Die Schlechte, daran sind wir in letzter Zeit gewöhnt."

Michael wandte seinen Blick zu Angel und anschließend zu Ivan.

„Sind die neu?"

„Ja sind sie", betonte Mehit und ließ keinen Zweifel aufkommen, dass er den beiden nicht vertraute. Denn das war es, was Michael damit zum Ausdruck brachte.

„Gut. Es ist sicherlich nicht übel, wenn ihr etwas aufrüstet." Dabei zog ein Hauch eines Lächelns über seine Lippen.

„Also dann zur schlechten Nachricht. So wie ich aus meinen Quellen erfahren habe, rüstet der Rat ebenfalls auf. Es wurden in der letzten Woche einige Elitekämpfer aus Deutschland, Spanien und Frankreich rekrutiert. Leider habe ich noch nicht herausbekommen, ob sie wegen der großen Festlichkeit morgen angeheuert wurden. Denn nach meinen Informationen sind zahlreiche Mitglieder aus ganz Europa eingeladen. Normalerweise bringen die Ratsmitglieder ihre eigene Leibgarde mit. Ich habe mit einem Ratsmitglied aus Italien gesprochen und er sagte mir, dass jeder geladene Gast zwei Bodyguards mitbringen darf. Daher fand ich es merkwürdig, dass der Rat von England solch eine Armee auffährt." Die Worte hagelten auf Mehit ein, doch er konnte sich auch keinen Reim darauf machen.

„Und die gute?", fragte er nun.

„Die gute Nachricht ist, dass Philippe sich sehr gut in Spanien erholt hat. Die Rehabilitation dort hat entscheidend dazu beigetragen, dass seine Verletzungen schneller geheilt sind als hier bei uns. Sie sind vor einer Stunde hier angekommen. Ich habe alle Verlaufsbögen kontrolliert und bin begeistert von den Ergebnissen." Seine Freude spiegelte sich in seinem Gesicht wider. „Es ist selten genug, dass ein Patient, zumal ein Mensch, solch eine schwere Verletzung überhaupt überlebt", fügte er noch hinzu. „Du kannst dir sicher sein, dass auch Corinne in der gesamten Zeit gut versorgt war. Sie wurde von den Schwestern in jeglicher Hinsicht unterstützt." Er lehnte sich zufrieden zurück.

„Das sind wirklich mal positive Nachrichten. Maddy wird sich freuen, das zu hören. Der Clan dankt dir für deinen Einsatz und wir stehen in deiner Schuld."

Michael senkte nachdenklich seinen Blick.

„Was ist?", hakte Mehit nach.

„Ich habe seit Tagen versucht, Jonathan zu erreichen, aber er geht nicht an sein Handy", sagte er resigniert.

„Jonathan ist unterwegs."

„Dann werde ich warten müssen, bis ..."

„Was ist los? Du kannst es mir auch sagen", forderte Mehit.

Michael runzelte die Stirn und es war ihm sichtlich unangenehm, sein Anliegen vorzutragen.

Mehit konnte die Unruhe spüren und sagte:

„Ivan, Angel, geht doch mal einen Kaffee holen."

Beide verließen den Raum ohne ein Wort. Als die Tür geschlossen war, lehnte sich Michael wieder nach vorne und flüsterte:

„Mehit? Es ist eine Angelegenheit, die mir sehr am Herzen liegt. Ich wollte mir einen Rat bei Jonathan holen. Es geht um eine meiner Mitarbeiterinnen. Familiäre Probleme hat jeder mal, aber sie leidet unter ihrem Vater. Dazu musst du wissen, ich war damals mit einer Frau zusammen. Wir hatten eine kurze Affäre. Kurze Zeit später hatte sie sich mit einem anderen Vampir verbunden. Sie kündigte und widmete sich ihrem Familienleben. Einige Zeit später hatte sie eine Tochter geboren und war im Kindbett gestorben." Bei diesen Worten wurde seine Stimme brüchig.

„Nach Jahrzehnten stellte sich dann ihre Tochter in meiner Klinik vor, um den Beruf der Krankenschwester zu erlernen. Ich stellte sie ein und nach und nach entwickelte sie sich als eine der fähigsten Schwestern, die ich je hatte." Nun schwang Stolz in seiner Stimme mit. „Doch ihr Vater hatte die Arbeit in der Klinik nur geduldet. Sie war, oder besser gesagt, ist von seinen Launen abhängig. Nun hat er sie verbannt und ich konnte nichts tun."

Traurigkeit überzog sein Gesicht.

Mehit hatte seinen Worten aufmerksam zugehört und fragte: „Wie ist ihr Name?"

„Elisa Hamilton"

Mehits Herz setzte einen Moment aus, als er den Namen vernahm. Sein besitzergreifendes Gefühl brannte sich wie Salzsäure durch seine Adern. Aus den Tiefen brodelte sein Puls. Sein Atem ging schwer, fast keuchend, und seine Haut war gespannt. Er versuchte seine Emotionen niederzukämpfen, doch es gelang ihm nicht.

Michael neigte seinen Kopf, denn auch er spürte die Kraftanstrengung, die von Mehit ausging.

„Alles okay?"

„Ja", quälte Mehit hervor. „Wo wurde sie hingebracht?" Er versuchte mit Hochdruck wieder seine Atmung unter Kontrolle zu bekommen.

„Nach Calabria."

Mehit konnte den zentnerschweren Druck hören, der auf diesen zwei Worten lag.

„Calabria!" Sein Mund verzog sich zu einer geraden Linie. „Ich werde sehen, was ich machen kann."

Die Hoffnung in seinen Worten entging Michael nicht.

„Danke, Mehit, und noch eins … ich bin Michael."

Er reichte ihm die Hand entgegen.

Mehit ergriff diese: „Okay, Michael. Wir bleiben in Verbindung." Damit erhob er sich. „Ach, bist du morgen auch auf dem Ball?"

„Ja, ich muss als Abgesandter meiner Familie dorthin", antwortete er nicht begeistert.

„Gut … dann lass uns jetzt zu Philippe und Corinne gehen." Beide verließen das Büro.

Angelehnt an eine Wand standen Ivan und Angel mit einem Kaffeebecher in der Hand. Beide richteten ihren Blick auf die beiden, als sie den Flur entlang liefen.

„Sollen wir mitkommen?", fragte Ivan, und Mehit nickte ihm zu.

Am Ende des Flures klopfte Michael an eine der Zimmertüren und trat ein.

„So, da bin ich und ich habe den Abholservice mitgebracht." Freundlich lächelte Michael Corinne und Philippe entgegen.

Corinne saß auf einem Stuhl dicht neben dem Bett, auf dem Philippe ausgestreckt lag.

Dann trat Michael beiseite und gab den Blick auf Mehit frei.

Freudestrahlend lief Corinne auf Mehit zu und fiel ihm in die Arme.

„Mehit, wie schön. Ich bin ja so froh, dich wiederzusehen. Wie geht es Maddy und den anderen?" Ihre Fragen sprudelten geradezu aus ihr heraus.

Mehit schlang seine Arme um sie und drückte sie sanft.

„Corinne, ich freue mich auch, dich zu sehen." Dann blickte er zu Philippe hinüber. „Schön, dass es dir wieder gut geht." Philippe schwang die Beine vom Bett und trat an Mehit heran.

„Mehit, mein Großer. Konntest du ohne meinen Kaffee leben?", fragte er scherzend und reichte ihm seine Hand.

Mehit nahm die Hand in seine: „Na, gerade so. Ich bin schon sehr gespannt auf deine Köstlichkeiten." Seine Mundwinkel verzogen sich zu einem weichen Lächeln.

„Oh, du hast noch jemanden mitgebracht? Ich dachte Ament kommt mit. Ich habe ihn so vermisst", sagte Corinne neugierig.

„Das sind Ivan und Angel. Sie werden uns begleiten."

Beide wirkten irritiert über diese Herzlichkeit, die Mehit entgegengebracht wurde.

„Gut, dann lass uns endlich gehen. Ich war jetzt lange genug in einer Klinik", sagte Philippe und ging auf Michael zu.

„Nichts für ungut, Dr. Anderson. Ich hoffe, Sie verstehen das nicht falsch? Ich danke Ihnen von ganzem Herzen für alles, was Sie für mich und meine Frau getan haben. Wenn ich irgendwann mein Café wiedereröffne, dann seien Sie bitte oft mein Gast."

Nun drängte sich Corinne daneben und reichte Michael die Hand. „Dr. Anderson, Sie sind der beste Arzt, den ich kennengelernt habe. Sie haben meinem Mann das Leben gerettet und ich weiß, das ist unbezahlbar."

„Sie waren ein sehr netter Patient und ich wünsche mir, dass wir uns frühestens in Ihrem Bistro wiedersehen." Dabei nickte er beiden freundlich zu.

„Jederzeit, gerne", antwortete Philippe.

Dann traten sie alle zusammen auf den Flur hinaus. Michael sah ihnen zufrieden nach, als sie den Lift bestiegen und sich die Tür langsam schloss.

In der Küche des Anwesens waren Jane und Edward mit den Vorbereitungen für das Abendessen beschäftigt. Zwei Küchenhilfen, die Miss Kottendraw abgestellt hatte, halfen den beiden dabei. Vor Stunden wurde schon der blaue Salon auf Hochglanz geputzt. Ein großer antiker Tisch und Stühle mit blauem Samt waren aufgestellt worden.

Edward hatte das Eindecken des Tisches übernommen. Zum Schluss hatte er zwei opulente Kerzenständer auf dem Tisch postiert und mit zart-blauen Kerzen bestückt. Das Ganze glich einem Galadinner bei Hofe. Aber Jane hatte darauf bestanden, es so aussehen zu lassen. Edward kam es so vor, als ob Jane Sophie imponieren wollte.

Sophie hatte schon mehrmals durchblicken lassen, dass sie nicht an die Existenz eines solch majestätischen Geschirrs und Kristalls glauben würde. Dabei hatte sie von John immer Unterstützung erhalten. Doch es war Maddy, die das ganze pompöse Getue nicht haben wollte. Sie war die Milady und ihr Wunsch war dem Personal Befehl. Jane hatte eine halbe Stunde Überzeugungsarbeit bei Maddy geleistet, bevor diese Jane den Wunsch nicht mehr abschlagen konnte. Stolz hatte sie Edward angewiesen, sich um das Mobiliar und die Gedecke zu kümmern. Vereint arbeiteten sie Hand in Hand, doch behielt Jane immer die Oberhand in ihrer Küche. Als die Scheinwerfer des Geländewagens in Sicht kamen, wurde Jane sehr hektisch.

„Rose! Sag bitte Sophie und John Bescheid. Anne! Hole bitte Maddy nach oben. Edward! Serviere bitte das Tablett mit den Aperitifs." Ohne weiter die anderen zu beachten, trocknete sie sich ihre nassen Hände an ihrer Schürze ab. Alle folgten unverzüglich ihren Anweisungen.

Kaum hielt der Wagen vor der Portaltreppe, sprangen auch schon Ivan und Angel aus dem Wagen und halfen Corinne und Philippe beim Aussteigen. Beide liefen, vom Anblick Anwesens überwältigt, die Stufen nach oben.

„Was für ein Prachtbau", sagte Philippe und Corinne blieb der Mund offen stehen.

Mehit trat hinter sie, als sich die große Eingangstür öffnete und Maddy den beiden entgegentrat.

„Da seid ihr ja endlich." Herzlich nahm sie die beiden gleichzeitig in ihre Arme und Corinne konnte ihre Freude nicht unterdrücken.

„Meine Maddy, oh, wie habe ich dich vermisst", sagte sie, als sie ihre tränennasse Wange an die von Maddy drückte.

„Mein großes Mädchen, endlich haben wir dich wieder", fügte Philippe hinzu. In Maddys Augen glitzerten ebenfalls Tränen der Freude. Diese Liebe zwischen ihnen rührte Mehit zutiefst und er konnte diese Empfindungen nachfühlen, was ihn für einen Moment sentimental werden ließ. Im Hintergrund vernahm er, dass Ivan und Angel den Geländewagen in die Garage fuhren.

„Lasst uns hineingehen", sagte Mehit sanft.

In der Eingangshalle angekommen traten Sophie und John gerade die letzten Stufen hinunter. Innige Umarmungen und Küsschen wurden ausgetauscht, bis Edward mit seinem Tablett nähertrat.

„Auf diesen Moment sollte angestoßen werden", sagte er und neigte seinen Kopf. Alle Anwesenden griffen nach einem Glas und stießen auf das Wohl von Philippe an. Anschließend hakte sich Sophie bei Corinne ein mit den Worten:

„Du musst mir alles erzählen. Wie war es in der Klinik? Welche Heilmethoden werden dort durchgeführt? Wie war das Essen?" Sophie war wieder in ihrem Element.

Edward stellte das Tablett beiseite und schritt voran, um die Tür zum blauen Salon zu öffnen. Mit einer Verbeugung lud er alle ein, einzutreten. Maddy bildete das Schlusslicht und blickte sich zu Mehit um.

„Alles glatt gelaufen?"

„Ja, alles bestens. Dann lasst es euch schmecken. Kommst du später noch nach unten? Ich würde gerne noch mit dir einige Punkte durchsprechen wegen morgen."

„Klar, ach ... würdest du das Abendessen für Mona mit runternehmen?", fragte sie flüsternd und Mehit nickte ihr zu. Dann lief sie zur Tür, wo Edward immer noch auf sie wartete.

Sophie kam aus dem Staunen nicht mehr heraus, als sie den majestätisch gedeckten Tisch erblickte. Doch sie wollte ihre Verwunderung gegenüber Corinne nicht zeigen.

Edward beobachtete sie genau und musste innerlich grinsen, dass Jane ihre Genugtuung hatte. Er half den Damen beim Platznehmen, wobei er sich von Maddy amüsiert einen augenrollenden Blick einfing. Dann machte er sich daran, die Getränke einzuschenken.

Ein heiteres Gespräch entwickelte sich am Tisch bis Edward die Vorspeise servierte.

Philippe ließ seinen Blick durch den riesigen Salon gleiten und sagte:

„Was für ein Saal. Hier kann man sicher gut Partys feiern?" Dabei sah er Maddy an.

„Philippe, eigentlich sitze ich lieber bei Jane in der Küche, das erinnert mich an unsere Wohnküche. Es ist dort viel gemütlicher als hier."

„Dann musst du mir die Küche nachher zeigen. Das will ich sehen", gab Philippe zurück.

„Gerne."

Nachdem sie das Vier-Gänge-Menü genossen hatten, servierte Edward noch Kaffee.

Maddy ergriff den Moment und fragte John, ob er sie morgen Abend zum Ball begleiten würde, was John bejahte. Nach und nach verebbten die Gespräche und es machte sich allgemeine Müdigkeit breit. Edward bot an, Corinne und Philippe auf ihre Suite zu begleiten.

„Endlich wieder einmal in einem richtigen Bett schlafen. Das wird eine Wohltat werden. So schön auch alles in der Klinik war, aber die Betten sind immer eine Katastrophe."

„Wir werden uns gleich anschließen", stimmte Sophie mit ein.

„Dann gute Nacht und schlaft schön", wünschte Maddy.

Die Tür schloss sich hinter ihnen und Maddy atmete tief aus.

Der Duft von Jasmin drang in ihre Nase und sie flüsterte:

„Hallo, Ramos. Hast dich ganz schön rar gemacht", sagte sie mit einem verschmitzten Lächeln.

Eine weitere Duftwolke von Jasmin drang in ihre Nase. „Siehste, jetzt hast du fast meine ganze Familie gesehen. Es fehlt nur noch Jacques." Bei der Erwähnung dieses Namens bekam Maddy eine leichte Gänsehaut, was Ramos nicht entging.

„Schön wäre es, wenn sich die Entführer endlich melden würden. Diese Warterei kann einen echt mürbe machen."

„Mit wem sprichst du?", fragte Jane, die lautlos in den Salon gekommen war.

Maddy zuckte merklich zusammen.

„Äh, mit niemanden … mit mir selber, besser gesagt."

Die kleinen Falten um ihre Augen von Jane zogen sich zusammen. „Du sahst so gedankenverloren aus. Geht es dir gut?"

Ramos hatte sich einige Meter vom Tisch zurückgezogen, als seine Mutter den Raum betrat. Reglos starrte er sie an. Wehmut kroch in ihm hoch. So dicht stand sie vor ihm und er konnte sich ihr nicht zeigen. Er konnte ihr nicht zumuten, dieses Monster anzusehen, geschweige denn noch zu lieben. Doch in seinem Innern wusste er, dass sie ihn liebte, wie er einst gewesen war.

Plötzlich sagte Maddy:

„Jane, setz dich doch einen Augenblick zu mir."

Ramos schrie wortlos. *Nein Maddy, nein, nein …*

„War etwas mit dem Essen nicht in Ordnung?"

„Alles war perfekt. Du hast dich selbst übertroffen."

Erleichtert blickte sie Maddy an.

„Wie war das früher, als meine Eltern noch lebten? Haben sie oft hier gegessen?"

„Fast täglich. Dein Großvater hatte darauf bestanden, an einer Tafel zu speisen."

„Da bin ich viel unkomplizierter, oder?"

„Ja, das bist du."

Maddy legte ihren Arm um sie.

„Ich bin froh, dass ich solch eine treue Seele hier habe." Dann gab sie Jane ein Küsschen auf die Wange.

Bei dem Anblick, hätte Ramos fast geweint.

„Maddy, du beschämst mich." Ein rötlicher Schimmer machte sich auf Janes Gesicht breit.

„Es ist die Wahrheit. Du hast mir damals die Aufregung genommen, als ich das Anwesen betreten habe. Nur damit, dass du mir einen Kaffee angeboten hast."

„Ach, das war doch gar nichts."

„Doch, diese Kleinigkeiten sind es, die uns ausmachen. Nicht das opulente Geschirr und Kristall, das sich auf dem Tisch stapelt, sondern die kleinen Gesten."

„Du bist ein außergewöhnlicher Mensch, Maddy. Bleib so, wie du bist und lass dich nicht von anderen verbiegen", sagte Jane sanft.

Eine Duftwolke Jasmin drang nun auch in ihre Nase.

„Riechst du das? Das ist … Jasmin? Das war der Lieblingsduft deiner Mutter. Früher war viel von diesem Duft auf dem Anwesen wahrzunehmen." Noch einmal sog sie diesen Duft ein, wie ein Hund, der die Witterung aufgenommen hatte.

Maddys Augen irrten durch den Salon. Sie wusste, dass Ramos diesen Duft versprühte und sie hätte Jane zu gerne gesagt, dass ihr Sohn hier anwesend war. Doch sie schwieg. Zumindest hatte Ramos nicht die Flucht ergriffen, stellte Maddy mit Erstaunen fest.

„Ja, ich rieche es auch", sagte sie unbeholfen. Vielleicht hat Corinne ein neues Parfüm in Spanien gekauft?" Doch diese Ausrede erschien Maddy ziemlich lahm.

Immer noch verwundert über den Geruch verließ Jane an der Seite von Maddy den blauen Salon.

Maddy ließ Jane den Vortritt und signalisierte Ramos mit einer Kopfbewegung ihr zu folgen.

Als sie die Treppe hinuntertrat, flüsterte sie vor sich hin.

„Wäre es nicht schön, wenn deine Mutter von deiner Existenz wüsste? Ich war gerade gewillt, ihr das zu sagen", sagte sie bedrückt.

Ja und nein. Ich bin ein Geist, den wohl keine Mutter gerne hätte. Er schüttelte seinen Kopf, als er neben ihr schwebte.

Sie räusperte sich, als sie die Kommandozentrale betrat. Dort saßen alle in Erwartungshaltung.

„Corinne und Philippe geht es gut und sie haben sich jetzt zurückgezogen. Ich will noch kurz zu Mona und dann …"

„Mona hat sich schon hingelegt. Sie bat mich, dir zu sagen, dass ihr morgen sprechen könnt", sagte Conzuela.

Nun wandte sich Mehit an sie.

„Wir müssen noch ein paar Einzelheiten besprechen."

„John wird mich zum Ball begleiten. Ich habe ihn vorhin beim Essen gefragt", erwiderte Maddy. Immer noch hing sie ihrem Gedanken an Jane und Ramos nach.

„Was hast du?", fragte Mehit, der sie aufmerksam musterte.

Sie schaute in die Runde. Mehit saß mit Ivan und Angel auf der einen Tischseite. Raban, wie immer an seinem Computer. Auf der anderen Seite lehnte sich

Ortischa auf ihrem Stuhl zurück. Neben ihr saß Conzuela, flankiert von Ament. Sie wusste, dass bis auf Ivan, Angel und Conzuela alle von Ramos' Existenz wussten. Sie wollte die Drei jedoch nicht aus dem Raum weisen. Ivan war ebenfalls ein Clankrieger, genauso wie Conzuela. Beide waren ein Teil des Ganzen. Dennoch, Angel war zwar im Auftrag des Clans beschäftigt, aber sie war kein Teil von ihm.

Mehit nahm ihre Unsicherheit war und auch Ament studierte ihre Gesichtszüge.

„Ich … ich", dann drehte sie sich zu Angel. „Könntest du uns einen Moment alleine lassen?" Diese Ausladung aus der Runde gefiel Angel nicht, aber sie schob ihren Stuhl zurück und sagte beim Gehen:

„Ich werde trainieren gehen."

Mehit nickte ihr zu. Als sie außer Reichweite war, sagte er:

„So, nun kannst du sprechen."

„Ich … bin nicht alleine gekommen." Sie konnte an den Gesichtern sehen, dass die, die von Ramos Existenz wussten, entspannt waren. Ivan und Conzuela hingegen zogen die Augenbrauen hoch.

„Du hast Ramos mitgebracht", nahm Mehit ihr die Worte aus den Mund.

Erleichtert blickte sie ihn an.

„Ja hab ich."

„Wer ist Ramos?" fragte Conzuela wissbegierig, die den nervösen Blick von Ivan aufgeschnappt hatte.

„Ramos ist ein Vampir, der hier auf dem Anwesen lebt." So wie Mehit es sagte, klang es, als ob es das Normalste der Welt wäre. „Er ist einer von UNS!", betonte er noch.

Ramos sah Mehit an und fühlte die Verbundenheit, die Mehit gerade in Worte gefasst hatte. Es stärkte ihn, in die Zukunft zu schauen.

„Wo ist er?", kam von Conzuela.

„Das … kann ich dir nicht sagen. Er könnte neben dir stehen oder Raban den Kopf kraulen."

Unsicher führte Raban automatisch seine Hand an seinen Kopf.

„Er bewegt sich in den Elementen."

Ivan runzelte die Stirn.

„Wie existiert er denn?"

„Das können wir noch nicht beantworten", erklärte Mehit sanft.

„Woher willst du dann wissen, dass er mit ihr hierhergekommen ist?" Die Neugierde war bei Conzuela entfacht, als sie Maddy ansah.

Stolz antwortete Maddy:

„Wir … Ramos und ich, stehen in einer besonderen Verbindung zueinander."

Was sie und die anderen nicht sahen, war die Reaktion von Ramos. *Eine besondere Verbindung,* das entlockte ihm ein Schmunzeln und wärmte sein leidendes Herz.

„Maddy hat ihn entdeckt, oder besser gesagt, er hat sich Maddy gegenüber offenbart. Er war die ganzen Jahre hier auf dem Anwesen und keiner von uns, nicht einmal Jonathan hat ihn wahrgenommen. Wir werden alles daransetzen, ihm zu helfen, in ein normales Leben zurückzukehren!"

Voller Dankbarkeit sah ihn Maddy an. Sie wusste nicht, dass das der Plan war. *Ramos wieder in ein normales Leben zurückholen. Würde er das auch wollen?* Sogleich plagten sie Zweifel an dieser Entscheidung.

„Wenn Ramos das auch möchte", betonte sie. „Es ist immer noch seine Entscheidung und nicht die unsere."

Ramos hätte Maddy vor Freude dafür küssen können. Sie befahl nicht über ihn, sondern überließ ihm die Wahl. Er fühlte etwas in sich brennen. Seine Zuneigung wuchs ins Unermessliche. Seine rotglühenden Augen hafteten auf ihr wie festgenagelt, als er von Conzuela aus seiner Träumerei gerissen wurde.

„Wie soll das gehen! Du kannst einem Element keine Infusionen anhängen." Die Ärztin in ihr sah eine potenzielle Aufgabe in diesem Rätsel.

Barsch erwiderte Mehit:

„Es wird niemand mit ihm experimentieren! Er ist kein Versuchskaninchen. Im Gegenteil, seine Existenz ist außergewöhnlich und … von uns hervorgerufen worden."

Die Tragweite dieser Worte ließ Conzuela verstummen.

Ramos hatte seine Arme vor der Brust verschränkt und lauschte aufmerksam den Worten von Mehit.

Ich bin außergewöhnlich! Pah, dass ich nicht lache. Ich bin ein Monster! Wenn ich in ein normales Leben zurückkehre würde, bin ich dann wieder ein normaler Mensch? Oder ein blutrünstiger Vampir? Was bin ich dann? Eine seelenlose Hülle meiner selbst? Viele Gedanken schossen Ramos durch den Kopf.

Mehit blickte durch den Raum.

„Ramos, ich weiß, dass du mich hören kannst. Sobald Jonathan wieder da ist, werden wir eine Lösung für dich finden. Wenn … DU dass möchtest." Er erwartete keine Antwort, denn Ramos konnte keine geben, deshalb wandte er sich an die anderen.

„Wir … werden jetzt den Ablauf für morgen durchsprechen. Raban! Ruf Angel an. Sie soll kommen."

Raban betätigte einige Knöpfe und dann drehte er sich zum Konferenztisch um. Angel kam einige Sekunden später in den Raum und setzte sich neben Ivan, der seinen Blick immer noch verwirrt durch den Raum gleiten ließ.

Nachdem Mehit den Tagesablauf geschildert hatte, verabschiedeten sich alle und liefen in ihre Quartiere.

Mehit hielt Raban am Arm fest, als dieser sich den anderen anschließen wollte.

„Kleinen Moment noch", wobei er sehr darauf bedacht war, keine Zuhörer zu haben.

„Oh, stimmt. Du willst sicher wissen, wohin deine Limousine gefahren ist?" Raban hob seinen Zeigefinger in die Höhe.

„Calabria", sagte Mehit entschlossen.

„Toll! Also hätte ich mir die Zeit sparen können. So kannst du nicht meine kostbare Zeit verschwenden. Du weißt doch, ich bin teuer." Dabei rieb er seinen Daumen an seinem Zeigefinger.

Dann schaute Mehit ihn mit einem versteinerten Gesicht an. „Wie kommt man da rein?"

„Du bist wohl vollkommen bescheuert. Calabria ist kein normales Haus, in das man einbricht. Das ist eine Festung. Besser gesagt, eine unbezwingbare Festung", sagte Raban sichtlich nervös.

„Du sollst mir nicht sagen, was ich schon weiß!", forderte Mehit erneut.

„Mehit? Das ist der pure Wahnsinn. In Calabria ist noch nie einer hinein, geschweige denn hinausgekommen. Gefangene können diesen Ort nur verlassen, wenn der Rat sie begnadigt oder sie tot sind. In den Aufzeichnungen des Rates gab es noch keinen, ich betone, keinen, der Calabria entfliehen konnte. Das ist die Hölle auf Erden." Raban war so aufgebracht, dass er durch die gesamte Kommandozentrale tigerte.

Mehit verfolgte ihn mit seinem harten Blick.

„Es muss einen Weg geben!"

„Calabria wird von einem Magier geschützt. Da gehst du nicht einfach an die Tür und sagst, lasst mich mal rein. Es wurde geschaffen, um die gefährlichsten Vampire wegzusperren. Das Kloster auf dem Gelände wird von einer der ältesten Vampirinnen geführt. Es wird gemunkelt, dass sie schon tausend Jahre lebt. Sie besitzt angeblich Fähigkeiten, die über die normalen Fähigkeiten hinausgehen."

„Die habe ich ... und du auch!", sagte Mehit barsch.

„Das schon. Verdammt, bist du lebensmüde? Du willst doch nicht dort einbrechen wegen ... einer Frau?"

So schnell konnte Raban nicht reagieren, wie Mehit auf ihn zugeschossen kam und ihn unter sich begrub. Seine kristallblauen Augen strahlten wie zwei Diamanten und seine messerscharfen Fangzähne waren auf voller Länge ausgefahren.

„SAG ... DAS ... NIE ... WIEDER!", knurrte er hervor. Seine Erregung ließ seinen gesamten Körper erbeben.

Raban konzentrierte sich und sagte beruhigend zu ihm: „Reg dich ab. Ich wusste nicht, dass du etwas für sie empfindest. Tut mir leid." Er ließ seine Lianen geschickt aus den Händen schießen, schlang diese ruckartig um Mehit und wickelte ihn in einem Sekundenbruchteil ein, wie eine Spinne ihre Opfer.

Mehit wurde wild, als ihm Raban jegliche Bewegungsfreiheit abschnürte.

„Lass mich LOS! Was soll DAS!", brüllte er Raban an.

„Tja, so wie du mir, so ich dir! Beruhigst du dich, lasse ich dich wieder los. Ansonsten wirst du die Nacht mit mir verbringen müssen. Aber vielleicht stehst du ja auf kuscheln?" Das hämische Grinsen konnte sich Raban nicht verkneifen.

Mehit regte sich heftig, doch er musste feststellen, dass er keine Chance hatte, zu entfliehen.

„Nanana, wer wird denn da abhauen wollen. Mehit, Schätzelein. So eine Nacht mit mir wird dir ewig in Erinnerung bleiben, glaube mir." Er zwinkerte ihm zu, worauf Mehit nur die Augen zusammenkniff.

„Ist schon gut. Ich habe überreagiert. Du kannst mich jetzt wieder loslassen", forderte Mehit energisch.

„Ach, auf einmal? Warte, ich muss mir noch eine Gegenleistung ausdenken", frotzelte Raban nun.

„Was macht ihr denn da?", sagte eine tiefe Männerstimme über ihnen.

Ament beugte sich über die beiden und sah ihnen abwechselnd ins Gesicht.

„Ach Mehit übt nur mit mir. Leider hat er verloren. Jetzt muss er mir die nächsten zwei Tage den Rücken massieren! Ist das nicht klasse?"

Ament verließ kopfschüttelnd die Kommandozentrale.

„Ament ist mein Zeuge, dass hast du jetzt davon." Lachend löste er seine Lianen und Mehit und er sprangen fast gleichzeitig auf die Füße.

Düstere Schatten glitten über Mehits verärgertes Gesicht.

„Dann hol uns mal frischen Kaffee, Schatzi, und dann zeige ich dir mal etwas am Computer."

Murrend ging Mehit zum Kaffeeautomaten. Als er neben Raban auf dem Stuhl Platz nahm, hatte dieser einige Bilder aufgerufen.

„Hier … das ist Calabria von oben. Es gibt nur wenige Aufnahmen, die im Netz vorhanden sind. Die meisten sind vom Rat mit einem Code belegt. Den gleichen, den ich schon mal versucht habe zu knacken."

„Ich denke du bist solch ein Genie? Da schaffst du es nicht, durchzukommen?" Das Kristallblau von Mehits Augen verdunkelte sich zunehmend.

„Sehr witzig! Weißt du was? Ich bin zum Clan gekommen, weil mir alles andere zu langweilig erschien. Aber so langsam glaube ich, ich sollte wieder in die Heimat zurückkehren und mit dem Sand auf meinem Plateau spielen." Dabei verzog er seinen Mund zu einer Grimasse.

Mehit schlug ihm rügend auf den Oberarm.

„DAS … kannst du vergessen!"

Am darauffolgenden Morgen quälte sich Maddy aus ihrem Himmelbett. Ihre zerzausten Haare standen in alle Richtungen. *Hab ich Lust zu diesem Ball zu gehen …* Bei diesen Gedanken seufzte sie. Trotzdem raffte sie sich auf und ging ins Bad. Als sie ihre Zähne putzte, blickte sie verhalten in den Spiegel. Sie wusste, dass in ein paar Stunden ein Team kommen würde, welches sich um ihre Haare und ihr Make up kümmern würde. Mehit hatte gesagt, das Miss Kottendraw darauf bestanden hatte, die erlesensten auf diesem Gebiet auszusuchen. Maddy wischte sich den Mund mit einem Handtuch ab, kämmte sich grob ihre Haare und ging ins Ankleidezimmer. In einer bequemen Jeans und einem T-Shirt trat sie dann aus ihrer Suite. Im Flur kam ihr Edward entgegen.

„Schönen guten Morgen!" Dabei verbeugte er sich.

„Guten Morgen, Edward. Sind die anderen schon beim Frühstück?"

„Philippe und Corinne sind schon in der Küche."

„Könntest du mein Kleid aus der Suite von Sophie holen und es der Zofe geben?", fragte Maddy, als Miss Kottendraw ebenfalls den Flur entlangkam.

„Milady, ihr Kleid ist schon aufgearbeitet worden. Das Stylingteam wird gegen drei Uhr eintreffen."

Trotz ihrer schnippischen und hochnäsigen Art konnte Maddy ein Glitzern in ihren Augen erkennen.

„Ich weiß, dass alles perfekt sein wird, Miss Kottendraw."

Bei ihr zuckten leicht die Mundwinkel zu einem Lächeln, was eine Rarität bei ihr war. Doch hatte sie sich gleich wieder unter Kontrolle.

„Davon gehe ich aus!", betonte sie ausdrücklich.

Maddy ließ die beiden alleine und lief die Treppe hinunter. Als ihr Blick auf das Gemälde ihres Großvaters fiel, kam es ihr so vor, als ob er sie anstarren würde. Sie blieb abrupt stehen, als etwas Glänzendes ihre Aufmerksamkeit forderte. Sobald sie sich einen Millimeter bewegte, verschwand das Glitzern, das oben links vom Gemälde kam. In diesem Moment kamen Sophie und John von der anderen Seite die Treppe hinunter.

„Maddy, mein Kind, guten Morgen. Hast du gut geschlafen? Heute wird ein ereignisreicher Tag werden", säuselte Sophie.

„Guten Morgen. Ja, ich habe gut geschlafen. Jetzt muss ich nur diesen Ball hinter mich bringen", wobei ihre Gesichtszüge keine Begeisterung ausstrahlten.

„Das wird schon. Ich bin ja auch noch da", sagte John mitfühlend.

„Ein Glück bist du da. Dir kann ich wenigstens auf die Füße treten, ohne dass du mir böse bist", verschmitzt schaute sie ihn an.

John und Sophie verfielen in ein heiteres Lachen und dann setzten sie ihren Weg zur Küche fort.

Philippe stand dicht neben Jane und beide fachsimpelten über die Zutaten einer Torte. Sie waren so in ihr Gespräch vertieft, dass sie die Drei überhaupt nicht bemerkt hätten, wenn nicht Corinne sie begrüßt hätte.

„Guten Morgen. Dann sind wir ja komplett und können frühstücken." Mit einem Augenzwinkern und einer leichten Kopfbewegung deutete sie auf Philippe und Jane, die in ihrem Gespräch erstaunt innehielten.

„Ja Cherie, ich komme ja schon. Aber es ist so lange her, dass ich in einer Küche gestanden habe. Es regt meine Lebensgeister wieder an." Er strich sich mit zwei Fingern über seinen kleinen Schnauzer.

Sie platzierten sich alle um den großen Küchentisch, der reichlich gedeckt war. Philippe ließ es sich nicht nehmen, die frisch gebackenen Croissants aus dem Ofen zu holen.

„Mmmh, herrlich. Wie ich das vermisst habe." Seine Augen funkelten vor Freude und Corinne war begeistert, ihren Mann so glücklich zu sehen.

Nach dem Frühstück schwang die Tür auf und Mehit betrat die Küche mit einer kleinen schmalen Tasche. Er begrüßte alle freundlich und setzte sich neben Philippe.

Maddy musterte Mehit neugierig, als er ein iPad aus der Tasche zog und dieses vor ihn auf den Tisch legte.

„Hier kannst du dir ein paar Bilder anschauen. Sie zeigen dir den Wiederaufbau deines ehemaligen zerstörten Bistros."

Alle verstummten, als Mehit dieses schlimme Ereignis erwähnte.

Philippe hingegen war sehr daran interessiert.

„Na, dann zeig mal her. Ich bin gespannt." Seine Augen richteten sich auf den kleinen Bildschirm.

„Die Bilder kannst du dann mit dem Finger weiter schieben."

Mehit glitt mit seinem Zeigefinger über den Bildschirm und das nächste Bild zeigte sich.

„Cherie, so etwas möchte ich auch haben. Das ist ja klasse."

„Na klar, du kannst doch mit solchen technischen Schnickschnack gar nicht umgehen", bremste ihn seine Frau.

Die ersten Bilder, die erschienen, zeigten das zerstörte Bistro, nachdem das Feuer gelöscht worden war. Der glückliche Ausdruck in Philippes Augen schwand und zeigte schlagartig Bitterkeit. Wortlos starrte er auf das Bild. Die ganze Wucht an die Geschehnisse des Tages prasselte auf ihn ein. Er fasste sich mit der Hand an die Brust und seufzte. Die Zerstörung seines Traumes lag schwer auf seinem Herzen. Zaghaft ließ er, wie er es schon bei anderen gesehen hatte, seinen Zeigefinger von rechts nach links gleiten, um das nächste Bild aufzurufen. Die Bilder, die nun folgten, dokumentierten Schritt für Schritt die Restaurierung bis zur kompletten Wiederherstellung des Gebäudes.

„Ich bin beeindruckt. Es ist sehr schön geworden. Ein Glück hat die Versicherung die gesamten Kosten übernommen. Ansonsten wären wir ruiniert gewesen", sagte Philippe vor sich hin, wobei jeder den Schmerz fühlen konnte, der in seiner Stimme mitschwang.

„Aber dort könnt ihr nicht wieder einziehen. Ihr müsst euch dringend ein neues Zuhause suchen, denn der Vermieter möchte kein Bistro mehr in seinem Haus haben", fügte Mehit hinzu, wobei sein Blick zu Maddy ging, der er zuzwinkerte.

In den folgenden Stunden breitete sich Hektik im Anwesen aus. Maddy war von Miss Kottendraw abgeholt worden und eine Schar umringte sie in ihrer Suite. Sie saß auf einem der bequemen Sessel und zu ihren Füßen kniete eine Frau, die ihr die Fußnägel lackierte. Eine zweite Frau saß auf einem Hocker neben ihr und führte gerade eine Maniküre durch. Der Friseur hantierte mit seinen Bürsten an ihren Haaren herum, während eine weitere Frau den Lidschatten auftrug.

Miss Kottendraw stand etwas abseits und beäugte jeden Handgriff akribisch. Sie traute den Menschen nicht über den Weg. Ihr wäre am liebsten gewesen, Vampire hätten diese Arbeiten durchgeführt. Doch ihr auserwählter Starfriseur war schon Monate vorher ausgebucht. Im Nachhinein machte Miss Kottendraw auf ihrer Liste an ihrem Klemmbrett einen Vermerk, dass sie nach dem Ball den Friseur für alle künftigen Veranstaltungen verpflichten würde, komme was wolle. Sie hoffte, dass es die menschlichen Exemplare genauso gut hinbekämen.

Maddy konnte zwischendurch den einen oder anderen Blick auf Miss Kottendraw erhaschen und sie musste sich eingestehen, dass sie froh war, dass sie die Aufsicht über ihr Aussehen hatte. Denn niemand anderes würde sich mit Zweitklassigkeit zufrieden geben.

Die Tür der Suite schwang auf und Ortischa betrat den Raum. An ihren Zeige- und Mittelfinger baumelten zwei kobaltblaue High Heels. Mit einem kritischen Blick nahm sie Maddy in Augenschein und zog die Augenbrauen leicht nach oben.

„Ich dachte schon, wir müssen einen Suchtrupp nach Ihnen aussenden", kritisierte Miss Kottendraw. Hochnäsig reckte sie ihr Kinn noch etwas höher.

Ortischa warf ihr einen abfälligen Blick zu und drehte sich zu Maddy.

„Machen die das auch ordentlich?"

Maddy nickte ihr verstohlen zu, soweit es ihre Bewegungsfreiheit zuließ.

„Die Schuhe sind der Hammer. Einen Moment lang habe ich überlegt, ob ich sie nicht selbst behalte." Ein zufriedenes Lächeln umzog ihre Mundwinkel. In punkto Styling war Ortischa nicht zu übertreffen. Nun stellte Ortischa Maddys Schuhe zu ihren Füßen ab und sah ihr in die Augen.

„Vorfreude sieht aber anders aus."

„Du hast gut reden. Du musst nicht hier sitzen und diese Prozedur über dich ergehen lassen." Dabei verdrehte sie die Augen.

„Nein, das nicht. Probiere einfach, es zu genießen. Das schaffst du schon." Ihre Worte klangen zuversichtlich.

Maddy bewunderte Ortischa. Sie strahlte immer Überlegenheit aus, ohne überheblich zu wirken. Ihr Aussehen war fantastisch und sie hätte in jedem Hochglanzmagazin die Titelseite für sich beanspruchen können. Trotzdem war sie eine Clankriegerin mit Leib und Seele. Ihre unbändige Schönheit und die knallharte Kriegerin vereinten in Ortischa diese rassige Frau, mit der nicht gut Kirschen essen war.

„Was ist?", fragte Ortischa neugierig, als sie den Blick von Maddy auffing.

„Alles gut. Ich bin froh, dass du da bist." Sie probierte zu lächeln, doch in diesem Moment rutschte die Frau mit der Schere ab und stach Maddy in den Finger. Sogleich quoll ein Blutstropfen hervor.

Ortischa entglitten die Mundwinkel und sie hatte Mühe, ihre ausfahrenden Fangzähne hinter ihren Lippen zu verbergen.

„Entschuldigung, das tut mir sehr leid. Warten Sie, ich wische es gleich ab", sagte die verunsicherte Frau, die nach einem Taschentuch griff.

Doch Ortischa war schneller. Sie griff nach Maddys Hand und leckte kurz über die Einstichstelle, die sich sofort schloss. Der Tropfen Blut pulsierte auf ihrer Zunge und sie wagte nicht zu schlucken.

Als sie den Blick von Maddy auffing, die ihr ermuntert zunickte, nahm sie allen Mut zusammen und ließ den Blutstropfen ihre Kehle hinuntergleiten. Explosionsartig verteilte sich dieser Tropfen in Ortischas Körper. Ein Kribbeln zog an ihr und ihre Knie wurden butterweich.

„Den Rest mache ich!", knurrte Ortischa hervor und schubste die Frau von ihrem Hocker.

„Ortischa! So geht das nicht", schaltete sich Miss Kottendraw ein.

„Es geht auch nicht, dass Maddy gestochen wird." Wutentbrannt sah sie auf die Frau, die sich gerade aufrappelte.

Ortischa griff in ihre Jeans, holte ihr Handy hervor, ohne die Menschen aus den Augen zu lassen.

„Ich bin's. Das Stylingteam möchte gehen!", sagte sie barsch ins Handy und legte auf.

Das Team hatte angefangen, hektisch seine Utensilien einzupacken, als Mehit nach ein paar Sekunden zur Tür hereinkam.

Sein Blick schweifte durch den Raum und sah den entrückten Blick von Ortischa. Ihr Körper signalisierte Anspannung und unbändige Kraftanstrengung.

„So! Dann wollen wir mal." Mit einer Handbewegung zeigte Mehit zum Ausgang.

Hastig packte das Team seine Koffer und schritt auf die Tür zu.

Miss Kottendraw hatte die Tür geöffnet und verpasste jedem Menschen eine Gehirnwäsche. Als sie anschließend die Tür geschlossen hatte, wandte sich Mehit an Ortischa.

„Was war los?"

„Diese Stümper sind unfähig und haben Maddy auch noch verletzt." Sie deutete auf den Finger an Maddys Hand.

„Ach, das war doch nicht so schlimm. Das passiert schon mal bei einer Maniküre", sagte Maddy. „Aber, wenn wir schon eine Pause einlegen, dann kann ich ja mal ins Bad, denn Menschen haben auch Bedürfnisse." Als die Tür geschlossen war, stellte sich Mehit breitbeinig hin und wartete auf eine Erklärung.

Flüsternd sagte Ortischa: „Die Frau hat Maddy verletzt und wollte das Blut mit einem Tuch abwischen. Vielleicht hat sie es nur getan, um an die DNA zu gelangen, oder …"

„Du siehst Gespenster!", unterbrach Mehit sie.

„Nachdem, was in der letzten Zeit alles passiert ist, ja, ich glaube an Gespenster!" Ihre Augen funkelten wild und sie konnte sich nur schwer beherrschen.

„Was hast du gemacht?" Sein prüfender Blick bohrte sich in sie.

„Ich … ich habe ihn abgeleckt und damit die Wunde geschlossen." Ihre langen Wimpern senkten sich demütig.

Das tiefe Ausatmen von Mehit verpasste ihr eine virtuelle Ohrfeige.

„Ich weiß … ich hätte es nicht tun dürfen, aber … ich habe nicht überlegt. Es ist, als ob mein Körper explodiert. Ich habe, wie nennen die Menschen das, eine Gänsehaut bekommen. Meine Zunge kribbelte. Und als ich den Tropfen heruntergeschluckt hatte, wäre ich fast kollabiert. Er löste in mir eine Sensibilität aus, dass ich jedes Nervenende spüren konnte. Ich habe nie gedacht, dass das Blut so stark ist." Ihr Blick war immer noch gesenkt.

Einfühlsam klangen Mehits Worte:

„Ich weiß … wie du dich fühlst. Mir ist es auch passiert. Maddy hatte sich verletzt und ich habe auch die Wunde verschlossen. Diese Kraft, die ihr Blut hat, ist unbeschreiblich. Wir müssen aber versuchen, uns zu beruhigen und nicht durchzudrehen. Maddy ist so sehr mit diesem Ball beschäftigt, dass sie jetzt nicht noch weitere Aufregungen braucht."

Dem stimmte Ortischa mit einem Nicken zu.

Als Maddy aus dem Bad kam, sah sie nachdenklich aus.

„Was?", fragte Ortischa.

„Dieser Ball. Muss ich denn wirklich dort hingehen? Alle werden mich anstarren und …"

„Sie werden sehen, dass du die schönste Frau an diesem Abend sein wirst." Ortischa griente, was ihr sichtlich schwerfiel.

„Wenn du meinst."

„Ja! Das meine ich. Dann werde ich jetzt mal anfangen, eine richtige Lady aus dir zu machen. Mehit? Du könntest Maddy ein Glas Champagner holen, damit wir uns etwas auf den glamourösen Abend einstimmen."

Mehit verbeugte sich wie ein Diener und verließ die Suite.

Mental stellte Ortischa die Stereoanlage an und die Musik erfüllte den Raum.

Mit geschickten Handgriffen fing Ortischa an, einzelne Haarsträhnen von Maddy zu drapieren. In kürzester Zeit entstand eine elegante Hochsteckfrisur.

Als Maddy in den Spiegel schaute, den Ortischa ihr reichte, blieb ihr die Luft weg. „Wow."

„Das Wow nehme ich jetzt mal als Kompliment." Ein Schmunzeln überzog Ortischas gesamtes Gesicht.

Fast lautlos kam Mehit herein und stellte das Tablett auf dem Tisch ab. Galant öffnete er die Champagnerflasche und goss Maddy und Ortischa ein Glas ein. Als er den beiden Frauen die Gläser reichen wollte, zögerte er einen Moment. Der Duft von Jasmin kroch ihm in die Nase.

„Wir haben Besuch. Ramos ist hier." Die Freundlichkeit in seinen Worten ließ Maddy aufblicken.

„Ramos? Ich habe mich schon gefragt, wo du die ganze Zeit gesteckt hast?" Suchend ging ihr Blick durch das Zimmer. „Mehit, könntest du den Kamin anschmeißen. Ich möchte ihn gerne sehen."

Wie selbstverständlich trat Mehit an den Kamin und entfachte ein Feuer. Binnen Sekunden, nachdem das Feuer angefangen hatte, sich durch das Holz zu fressen, trat Ramos in voller Größe aus den Flammen.

Das Glitzern in Maddys Augen entging Mehit und Ortischa nicht.

„Ramos." Sehr sinnlich kam dieses Wort über ihre Lippen. „Schön, dass du da bist."

Ortischa musterte diesen Hünen, der sich dort im Feuer abzeichnete und nickte ihm grüßend zu.

„Wir sollten jetzt aber noch das Make up fertigstellen", forderte Ortischa. „Ich hole kurz meinen Schminkkoffer."

„Ja, sicher, aber erst ein Schluck Champagner."

Das Kristall klirrte, als sie die Gläser aneinander stießen.

Nach einer knappen Stunde steckte Maddy in ihrem exklusiven Ballkleid. Der Stoff rauschte, als sie mit Ortischa aus dem Ankleidezimmer trat und Mehit sowie Ramos blieb der Mund offen stehen. Zaghaft schritt Maddy in die Mitte des Raumes, wobei ihr Blick zwischen den beiden hin und her ging.

„Und? Stimmt etwas nicht mit dem Kleid?" Sie schaute an sich herunter und strich mit den Händen an ihrer Taille entlang.

Mehit musste Schlucken, bevor er sprach.

„Du siehst bezaubernd aus. Oder?" Er wandte seinen Kopf in Ramos Richtung, der seine Augen nicht von ihr lösen konnte. Dieser nickte stumm und zusätzlich hob er seinen Daumen nach oben, um seiner Überzeugung Nachdruck zu verleihen.

Die Röte, die in Maddys Gesicht trat, bewegte sie dazu, nach unten zu schauen. Ortischa trat an ihr vorbei und beugte sich nach den High Heels.

„Damit es komplett wird, fehlen noch die Schuhe. Oder wolltest du barfuß gehen?", schmunzelte sie.

„Ach, das wäre doch mal was. Die barfüßige Lady." Sie strahlte.

Ortischa kniete sich vor Maddy hin und diese raffte das Kleid nach oben. Als ihre nackten Füße zum Vorschein kamen, hielt Ortischa ihr den ersten Schuh hin.

Maddy ließ ihren Fuß hineingleiten und suchte Halt in dem hohen Schuh.

„Ich komme mir ein bisschen wie Aschenputtel vor", prustete sie hervor, als sie in den zweiten Schuh glitt.

„Solange du um Mitternacht nicht verschwindest, darfst du alles sein, was du möchtest", sagte Mehit, der den aufgeregten Blick von Ramos sah. Er sah, dass sich Ramos' Gesicht zu einer starren Maske mit rotglühenden Augen gewandelt hatte. Die Situation überforderte ihn, deshalb sagte er zu ihm:

„Wir passen auf sie auf, da kannst du dir sicher sein. Wir bringen sie wieder nach Hause."

Bei diesen Worten entspannte sich Ramos leicht.

Maddy richtete sich auf, leicht gestützt auf Ortischas Arm.

„Ganz bestimmt. Gefällt es dir wirklich?", fragte sie Ramos noch einmal.

Er nickte und sank langsam vor ihr auf die Knie.

Maddys Augen weiteten sich.

„Was machst du … da?" Ihre Stimme versagte.

„Er zeigt dir damit, dass er sich vor deiner Schönheit verneigt." Mehit sprach das aus, was Ramos dachte. Er blickte ihn von unten an und bedankte sich mit einem weiteren Nicken. Er war froh, dass Mehit seine Gefühle richtig deutete.

Gerührt von dieser Geste wollte Maddy sich auf die Knie sinken lassen, doch Ortischa hielt sie auf.

„Nein, nein, du wirst jetzt nicht das Kleid zerknittern. Keine Chance."

„Du hast recht", sie richtete sich wieder auf. „Ich danke dir, Ramos", sagte sie liebevoll.

Auch Ramos richtete sich wieder zu voller Größe auf und formte den Mund zu einem Lächeln, was seine langen Fangzähne aufblitzen ließ.

Ein Klopfen an der Tür riss alle aus ihrer Melancholie. Raban trat ein und hielt einen rechteckigen Kasten in der Hand.

„Na, wie weit ... wow, Maddy, du siehst umwerfend aus." Sein Blick musterte sie von Kopf bis Fuß.

„Da hat sich Ortischa selbst übertroffen. Bin wirklich beeindruckt. Tja, aber ..." Er trat näher an Maddy heran. „Wenn es da nicht noch den Raban mit dem i-Tüpfelchen gäbe." Er stellte sich vor Maddy hin und ihr Blick wanderte auf den Kasten, den Raban ihr hinhielt. Langsam ließ er den Deckel nach oben aufklappen.

„Oh, mein ... Gott. Das ist wunderschön."

„Tja, ich wusste, dass ich der Beste bin."

Mehit schüttelte entnervt den Kopf.

„Dieses mit Brillanten besetzte Kollier gehörte deiner Großmutter. Ich habe zwei Sender eingebaut. Der eine ist ein Mikrofon, durch den wir alles hören können, was du sagst. Der andere ist ein Peilsender, falls, ich betone, falls etwas Unvorhergesehenes geschehen sollte."

„Ich dachte, euer Hörsinn ist sowieso schon so stark ausgeprägt. Warum ist denn da noch der Sender nötig?", fragte Maddy nach und suchte das Kollier mit ihren Augen ab.

„Weil in dem Raum Hunderte von Menschen und Vampire sein werden und es auch für uns schwierig ist, in so einer Situation eine menschliche Stimme genau herauszuhören."

„Okay, verstehe. Aber ... hast DU nicht gesagt, du bist ganz dicht bei mir?" Unsicher schaute sie über ihre Schulter zu Mehit.

„Es ist nur zu deiner Sicherheit", bestätigte er ihr.

Da der Blick von Ramos sich jedoch merklich zu versteinern begann, versicherte Mehit nachdrücklich:

„Du wirst wohlbehalten zurückkommen, dafür stehe ich mit meinem Leben."

Dies schien Ramos etwas zu beruhigen. Doch ein Rest Unsicherheit blieb in seinem Blick zurück.

Um für Entspannung zu sorgen, kam Mehit die Idee, Maddy von seinem Experiment zu erzählen.

„Ortischa, während du Maddy in das Kleid gestopft hast, haben Ramos und ich etwas ausprobiert." Damit war ihm die Aufmerksamkeit aller Anwesenden im Raum gewiss.

„Ich habe ihm gezeigt, wie unsereins mit den Elementen umgeht. Er sollte schauen, ob er das auch kann."

„Und?", sprudelte es aus Ortischa hervor.

„Ihr seid leider schneller wiedergekommen, als wir dachten, so dass wir nicht mehr dazu kamen, es auszuprobieren." Mit einem Bedauern im Gesicht blickte er auf den Fußboden.

„Willst du es ... versuchen?" In seiner Stimme spiegelte sich vage Hoffnung wider. Ramos nickte verhalten. *Soll ich das wirklich machen? Wenn es nicht funktioniert, blamiere ich mich bis auf die Knochen. Aber sollte es klappen, hätte ich eine Möglichkeit, mich zu verteidigen. Verteidigen? Aber vor wem? Egal, mehr als einen Versuch kostet es ja nicht.*

Nun drängte sich auch Raban weiter nach vorne.

Mehit hob seinen Arm und aus seinen Fingerspitzen kamen Wassertropfen, die anfingen, sich zu drehen. Es formte sich eine Kugel, die immer weiter anwuchs. Das Glitzern des Wassers ließ Maddy den Mund offen stehen. Das Schauspiel war faszinierend. Als die Kugel die Größe eines Bowlingballs erreicht hatte, ließ Mehit diese weiter rotieren, während er sprach:

„Du musst dich konzentrieren und all deine Macht in die Fingerspitzen jagen. Dem Feuer befehlen, was es zu tun hat, so wie ich es dem Wasser befehle. Du musst eins sein mit dem Element, das du gerade nutzt. Ihm vertrauen, es aber auch beherrschen. Fühle es."

Mehit ließ die Kugel zu einer Fontaine ansteigen und dann zwang er sie wieder zurück.

„Wenn du nicht eine Einheit mit dem Element bildest, wird es nichts werden. Es kann auch sein, dass du es überhaupt nicht kannst. Also versuche es, aber erwarte nicht zu viel."

Als Ramos den Arm gerade heben wollte, blickte er zu Ortischa. Er wollte sehen, wie es bei ihr funktioniert und deutete mit dem Finger auf sie.

Ihre braunen Augen fixierten ihn.

„Denkst du etwa, ich kann das nicht?" Neckisch hob sie ihr Kinn und streckte einen Arm aus. Aus ihren Fingerspitzen traten Sandkörner, die sich immer weiter auftürmten. Sie formte einen Stab, der nach kürzester Zeit über ihren Kopf ragte. Dann ließ sie die Sandkörner in Sekundenschnelle in sich zusammenfallen und formte ebenfalls eine Kugel in der Größe, wie Mehit sie hielt. Die Sandkörner tanzten im Kreis, ohne dass Ortischa auch nur hinsah.

„Das will ich auch versuchen. So etwas habt ihr mir noch nicht beigebracht." Raban rümpfte die Nase und streckte seinen rechten Arm aus.

Die Blicke der anderen ruhten auf ihm. Aus seinen Fingerspitzen traten kleine Blätter hervor. Diese schlängelten sich empor, jedoch bildeten sie weder einen Stab, noch eine Kugel. Im Gegenteil, die schmale Liane schoss mit rasanter Geschwindigkeit bis zur Decke hoch, wo sie dann innehielt.

„Das war wohl nichts, du Genie." Das hämische Grinsen von Mehit steckte Ortischa ebenfalls an.

„Sehr witzig, zufällig ist das mein erster Versuch. Ich möchte nicht wissen, wie DEIN erster Versuch ausgesehen hat."

„Nein, das möchtest du auch nicht. Unsere Elemente sind eins mit uns. Doch wir mussten lernen, sie zu verstehen, sie zu teilen und dann geben sie uns auch die Kraft, die wir von ihnen wollen." Dabei ging sein Blick zu Ramos.

„So ..." Er deutete mit einer Kopfbewegung zu Raban „... kann es also aussehen, wenn man sein Element nicht beherrscht. Willst du es trotzdem versuchen?"

Ramos überlegte, denn die Vorführung von Raban ließ ihn deutlich zurückschrecken. Als er gerade seinen Kopf schütteln wollte, trat Maddy zwischen Ortischa und Raban hindurch. Dieser versuchte immer noch, seine Liane von der Decke zu lösen und sah dabei sehr unbeholfen aus.

„Versuch es", feuerte sie ihn an. „Für mich!"

Sein Blick bohrte sich in ihre tiefblauen Augen und einen Moment blieb die Zeit für ihn stehen. *Seine Maddy.* Er würde alles für sie tun.

„Also? Wenn du es nicht kontrollieren kannst, sind Ortischa und ich auch noch da", unterstützte Mehit nun Maddy.

Ramos atmete tief durch und streckte seine Hand nach vorne. Er schloss seine Augen und konzentrierte sich auf das Feuer um ihn herum. Er erforschte das Feuer, doch er fühlte nichts. Er ballte seine Hand zur Faust und öffnete einen Spalt seine Augen. Sein Blick fiel auf seine Handinnenfläche, wo das Feuer loderte. Doch es gehorchte ihm nicht. Sein verbissener Gesichtsausdruck zeigte den anderen die Anstrengung, die er aufbrachte.

„Ruhig", sagte Maddy sanft. „Konzentrier dich, aber zwinge dich nicht." Sie kam ihm einen weiteren Schritt entgegen. „Sieh ... in deine Hand."

Er tat es.

„Sieh nur die kleinen züngelnden Flammen, die sich an dir nähren. Koste sie."

Maddys Worte waren nur noch ein Flüstern und doch gaben sie ihm Zuversicht. Unbeholfen blickte er auf sie herab. Sekunden verstrichen und nichts geschah. Die Stille, die sich zwischen ihnen ausbreitete, war zum Schneiden scharf. Das Einzige, was zu hören war, war das Knistern des Feuers.

Maddy schlug ihre langen Wimpern nieder.

„Tu es ... für mich!"

Der Optimismus, den sie ausstrahlte, stärkte ihn. Sein Brustkorb hob sich bedächtig und er starrte sie aus seinen rotglühenden Augen an. Er senkte sein Kinn, ohne sie aus den Augen zu verlieren.

Die anderen Drei verhielten sich lautlos.

Einige Minuten vergingen und dann raffte Ramos seine Schultern. Aus zusammengekniffenen Augen beobachtete Ortischa ihn. Die unbändige Kraft, die Ramos ausstrahlte, blieb ihr nicht verborgen. Sie rüstete sich innerlich, denn keiner wusste, ob das Experiment glücken würde oder die Suite gleich in einem Flammenmeer versinken würde.

Ramos ließ die Arme sinken und Maddy wollte schon ihrem Unmut kundtun, als er seinen Kopf in den Nacken warf. Sein Mund öffnete sich weit, als ob er schreien würde. Dann schüttelte er merklich den Kopf, kurz und heftig. Ein angedeutetes Nicken signalisierte allen, das er bereit war. Langsam hob er seinen Arm und drehte die Handinnenfläche nach oben. Konzentriert richtete er seine Augen auf seine Fingerspitzen. Die Sekunden, die nun verstrichen, fühlten sich endlos an.

Ramos traute seinen Augen kaum, als sich plötzlich mehrere kleine Flammen vereinten. Sie bildeten ein verschlungenes Gebilde, das dem geflochtenen Zopf einer Frau gleichkam. Fasziniert von dem Schauspiel starrten alle auf seine Hand. Die Flammen krochen immer weiter und erreichten die Höhe eines Longdrink-Glases. Ein erstauntes Lächeln umspielte Ramos Lippen. Die zügelnden Flammen begannen sich umeinander zu drehen und wurden dabei immer schneller. Es bildete sich eine kleine kreisende Kugel, die wie eine brennende Billardkugel aussah. Von diesem Erfolg war Ramos sichtlich überwältigt. Sein Blick haftete an der Kugel, die durch ihre Rotation schon anfing, weiß zu glühen.

„Laaangsam", betonte Mehit ernst. „Nun … zieh es wieder zurück."

Mehits Worte drangen wie in Trance zu ihm. Überglücklich über seinen kleinen Erfolg befolgte er den Rat. Der glühende Feuerball wurde langsamer und langsamer. Schließlich kamen die einzelnen Flammen wieder zum Vorschein und zogen sich Zentimeterweise zurück, bis sie in seiner Handfläche verschwanden.

Wow, das war fantastisch. Ich habe es geschafft. Ich kann etwas bewegen. Seine Freude stand ihm ins Gesicht geschrieben.

„Du hast es geschafft!", Maddy schenkte ihm einen Kuss in die Luft.

Erleichtert entspannten sich Mehit und Raban.

„Okay, Kumpel, da bist du mir wohl einen Schritt voraus. Aber … lange wirst du auf dieser Position nicht ausharren. Denn ich werde trainieren, dass ich das auch auf die Reihe bekomme. Solch eine Schmach kann ich mir nicht bieten lassen." Raban zog eine Grimasse.

Nur Ortischa konnte sich nicht entspannen. Ihr versteinerter Blick war fest auf Ramos geheftet. Ihre Unruhe kochte in ihr und zog auch Ramos Blick auf sich.

„Ortischa? Bleib ruhig. Es ist nichts passiert", sagte Mehit gedämpft, wobei er auf sie zutrat.

Sie biss sich auf die Unterlippe, bis sie blutete, und ihre Fangzähne blitzten hervor.

„Was, wenn ..." Sie beendete nicht den Satz, sondern verließ fluchtartig den Raum.

Verblüfft sah Maddy ihr nach.

„Was hat sie denn? Warum freut sie sich nicht mit uns?"

„Weil ... sie denkt, Ramos könnte mehr Macht haben, als wir, und das scheint ihr Angst zu machen. Ich habe zumindest unterschwellige Angst gespürt. Sie muss sich erst daran gewöhnen. Gib ihr etwas Zeit."

„Zeit! Das ist das Stichwort. So langsam sollten wir uns auf den Weg machen. Ich habe heute noch eine Verabredung mit den oberen Zehntausend." Mit rollenden Augen sah sie zu Ramos.

„Fantastisch ... ich bin so unsagbar stolz auf dich."

Er fühlte den Sieg, den ihm keiner mehr nehmen konnte.

15. Kapitel

ine knappe halbe Stunde später fuhr Ortischa den Bentley vor das Portal, stieg aus und ging die Treppe nach oben.

John, der sich gerade von Sophie verabschiedet hatte, trat neben Maddy und reichte ihr seinen Arm.

„Wollen wir, Milady?"

Ernüchternd gab Maddy zurück:

„Von wollen kann keine Rede sein." Ihr Blick fiel auf Mehit, der an der Eingangstür bei Ivan stand. Beide steckten in maßgeschneiderten Anzügen und in polierten Schuhen, eine Krawatte rundete das Outfit ab. Durch ihre kurzen Haarschnitte hätten sie fast als Zwillinge durchgehen können. Bis auf die Sonnenbrille, die Ivan trug, um seine violetten Augen zu verbergen. Beide waren angespannt, was Maddy an ihren ernsten Mienen erkennen konnte.

„So, dann lasst uns den Abend hinter uns bringen."

Im Gleichschritt mit Ortischa erklang das hämmernde Geräusch ihrer High Heels. Sie stolzierten die Portaltreppe hinab, Ortischa öffnete die Tür. Ihr sehr feminines Kostüm betonte ihre perfekte Figur, das Haar hatte sie streng nach hinten gebunden. Auch sie wirkte angespannt.

Als sich der Wagen in Bewegung setzte, warf Maddy einen Blick durch die Heckscheibe auf das Anwesen.

Der Wagen reihte sich in die Schlange von Limousinen ein, die durch ein großes Eingangstor fuhren. Überall waren Sicherheitsbeamte, an deren Ohren kleine weiße Kabel hingen.

„Bist du schon aufgeregt?", fragte John in die Stille hinein.

„Mmmh … ich wäre lieber zu Hause geblieben", sagte Maddy, während ihr Blick aus dem Fenster glitt.

Als sie durch die parkähnliche Anlage fuhren, kam ein imposantes Anwesen zum Vorschein, welches von Scheinwerfern hell erleuchtet war. Je näher sie kamen, desto besser konnte Maddy die Schlange der Luxuslimousinen sehen, die vor ihr an der Reihe waren.

„Ist halb England eingeladen?" Ihre Stimme zitterte.

„Das könnte man meinen bei dem Andrang", sagte Ivan, der die Fahrt über geschwiegen hatte.

John griff nach Maddys Hand. „Das wird schon. Du bist bestens vorbereitet."

Doch ihr Blick verriet, dass sie ihm keinen Glauben schenkte. Sie beugte sich leicht nach vorne.

„Wahrscheinlich werde ich über mein Kleid stolpern und der Länge nach auf dem roten Teppich fallen."

„Mal nicht den Teufel an die Wand", sagte Mehit und zog seine Augenbrauen nach oben.

Mit einem Seufzen ließ Maddy sich in das weiche Leder zurückgleiten. Zaghaft griff sie nach dem Kollier an ihrem Hals und warf Mehit einen nervösen Blick zu. Dieser antwortete ihr mit einem kleinen angedeuteten Nicken. Er signalisierte ihr, dass alles mit dem Kollier in Ordnung war und sie sich auf die Technik von Raban verlassen konnte.

Nach einer gefühlten Ewigkeit hielt Ortischa den Wagen am roten Teppich an. Mehit und Ivan stiegen zeitgleich aus und hielten Maddy und John die Tür auf. Mehit half Maddy beim Aussteigen. Sogleich ging sein Blick einmal über den gesamten Eingangsbereich. Er entdeckte eine ganze Reihe von menschlichen Sicherheitsbeamten, die hektisch in ihre Headsets sprachen. Die Vampire waren da wesentlich dezenter. Sie fielen in den Schatten des Gebäudes kaum auf. Durch Absperrkordeln waren die Journalisten vom roten Teppich getrennt.

John trat an Maddys Seite und reichte ihr seinen Arm.

„Na, dann los."

Beim ersten Schritt auf dem Teppich blitzten etliche Kameras auf und das Blitzlicht veranlasste Maddy, ihre Augen zusammenzukneifen.

Dicht folgten ihnen Ivan und Mehit.

„Milady … schauen Sie hier!", schrie einer der Fotografen.

„Hier bitte", schrie der nächste.

In einem Sekundenbruchteil riefen alle durcheinander, so laut, dass man keinen mehr verstand.

John blieb stehen und drehte Maddy in die Richtung der Fotografen.

„Lächeln", flüsterte er ihr dezent ins Ohr. Dann trat er zwei Schritte beiseite. Die Fotografen waren begeistert und knipsten los.

Maddy hingegen konnte kaum noch etwas sehen und fühlte sich zunehmend unwohler, was Mehit an ihrer Körpersprache registrierte. Er trat vor Maddy und schützte ihre Augen mit seiner großen Hand.

Ivan, der ihr ebenso dicht war, knurrte der johlenden Menge entgegen: „Das war's!" Durch seine bedrohliche Körperhaltung wagte keiner der Fotografen, auch nur den Auslöser zu betätigen.

Sie liefen weiter und von John kam lobend:

„Das hast du perfekt gemacht."

Mehit konnte dem überhaupt nicht zustimmen. Ihm gefiel die Situation nicht. Sein Puls lief auf Hochtouren und er wusste, dass es noch schlimmer werden würde, sobald sie den Ballsaal betreten würden. Maddy wurde zwar in den letzten Wochen alles beigebracht, doch hatte sie bisher keine Möglichkeit gehabt, vor so vielen Menschen aufzutreten. Die Angst kroch aus ihren Poren.

Wenn es nach ihm gegangen wäre, hätte er Ortischa gerufen und sie alle wieder so schnell wie möglich nach Hause gebracht.

Auch Ivan konnte die Nervosität fühlen. In solch einem Rampenlicht hatte er auch noch nie gestanden. Seine Welt waren eher die Schatten und die Dunkelheit und nicht grelles Blitzlichtgewitter.

Als sie an der großen Flügeltür ankamen, wurde Maddy von einem Mann in einem brokatähnlichen Anzug begrüßt.

„Schönen guten Abend, Milady." Er verbeugte sich vor ihr und sie reichte ihm die Einladungskarte, die er dankend entgegennahm. Erstaunt richtete sich der Mann wieder auf.

„Lady de Winter ... was für eine Ehre." Seine weit aufgerissenen Augen und sein offen stehender Mund signalisierten Verwunderung.

„Stimmt etwas nicht?", fragte Mehit ruhig, obwohl ihm danach war, an seine Kehle zu springen.

„Nein, es ist alles in Ordnung. Ich hatte den Namen schon lange nicht mehr auf unserer Gästeliste", gab er sichtlich verblüfft zurück. „Ach, einen Moment, bitte. Es sind pro geladenen Gast nur zwei Begleiter zugelassen und ..."

„... und dass ich drei mitbringe, wird wohl kein Problem sein, oder?", beendete Maddy schnippisch den Satz. Sie reckte ihren Kopf nach oben und sah dem Mann fest in die Augen.

„Natürlich nicht, Milady", antwortete er kleinlaut.

Mit einer einladenden Handbewegung bat er sie, einzutreten.

In der prunkvollen Eingangshalle standen mehrere Herrschaften in festlichen Roben, die nacheinander eine Portaltreppe emporstiegen. Kerzen flackerten zu beiden Seiten in pompösen Ständern.

Die Vier reihten sich in die Schlange ein und hielten einen gewissen Abstand zu den vorderen Gästen. Mit Argwohn beäugte Maddy die anderen Frauen in ihren Ballkleidern, während die Räumlichkeiten von Musik eines Streichquartetts erfüllt waren. *Das kann ja heiter werden,* dachte sie sich, während sie immer weiter nach oben stiegen.

Sobald sie auf dem Podest angekommen waren, wurde jeder Gast von einem Ausrufer mit einem goldenen Stab in der Hand angekündigt. Dieser in einem nahezu altertümlichen Kostüm gekleidete Mann ließ durch das Herabfallen des Stabes ein metallisches Geräusch erklingen. Dann erhob er seine Stimme und verkündete den hochwürdigen Namen.

Mehit und Ivan studierten aufmerksam jeden einzelnen Besucher, ob nun Mensch oder Vampir.

Als Maddy auf den Podest gestiegen war, konnte sie auf einen riesigen Saal herabsehen. Riesige Kronleuchter hingen an der Decke und funkelten mit dem Schmuck der Frauen um die Wette. Einige Damen der Gesellschaft musterten im hellen Schein argwöhnisch ihre Konkurrentinnen und deren Kleiderwahl, die das gesamte Farbspektrum abdeckte. Die Herren der Schöpfung dagegen waren eher schlicht im Frack gekleidet.

Dann erklang das metallische Geräusch des Stabes und der Mann in dem Kostüm kündigte Maddy an.

„Lady Madeleine de Winter." Sein gleichmäßiger und tiefer Tonfall glitt durch den Raum.

Viele der Anwesenden drehten sich schlagartig um und hielten inne. Einigen blieb der Mund offen stehen, andere deuteten mit ihrem Finger in ihre Richtung.

Na, super, jetzt glotzen mich alle an.

Doch Maddy blieb keine Zeit weiter darüber nachzudenken. John zog sie weiter. Zusammen stiegen sie langsam die Treppe hinunter. Einige der Damen steckten tuschelnd die Köpfe zusammen.

Mehit und Ivan beäugten kritisch die anderen Vampire, die im gesamten Raum postiert waren. Mehit waren einige bekannt, andere hatte er noch nie gesehen.

Für Ivan hingegen handelte es sich ausnahmslos bei allen um potenzielle Feinde. Hinter seiner Sonnenbrille fixierte er jeden, der Maddy auch nur ansah. Da das sehr viele waren, atmete er tief durch und versuchte, sich nicht verwirren zu lassen. Trotzdem ging seine Hand zu seiner Anzugshose, in der sich eine geladene Waffe befand. Als er das Metall durch den Stoff spürte, konnte er sich etwas beruhigen.

Als die Vier das Ende der Treppe erreichten, kam ihnen eine bekannte Person entgegen.

„Milady, ich freue mich, Sie endlich einmal persönlich kennenzulernen. Ich bin Dr. Michael Andersen."

Das freundliche Lächeln von Michael lockerte bei Maddy ein wenig die Anspannung.

„Guten Abend, Dr. Anderson. Ich freue mich sehr, Sie kennenzulernen."

Galant reichte sie ihm die Hand und er hob diese an seine Lippen und schenkte ihr einen Handkuss, was sie erröten ließ.

„Vielen Dank für alles, was Sie für Philippe und Corinne getan haben. Ich stehe in Ihrer Schuld."

Zwinkernd sagte Michael:

„Dann fordere ich diese Schuld jetzt ein. Bitte schenken Sie mir nachher einen Tanz! Ich bin zwar kein guter Tänzer. Aber ich möchte es mir nicht entgehen lassen."

„Ehrlich gesagt, bin ich auch nicht gut darin", flüsterte sie, denn sie wusste, dass er sie verstand. „Dann ist es nicht so schlimm, wenn wir uns gegenseitig auf die Füße treten." Ihre Nase kräuselte sich.

„Wenn der offizielle Teil vorbei ist, komme ich und entführe Sie auf die Tanzfläche."

„Gerne."

Dann nickte er noch Mehit und Ivan kurz zu und verschwand in der Menge. Maddy sah sich etwas unbeholfen um und ihr Blick traf den von Lady Christine of Senteberry. Diese trug ein smaragdgrünes Kleid und warf ihr einen abwertenden Blick zu. Die beiden Frauen, die an ihrer Seite standen, reckten hochnäsig den Kopf und ihre Gesichtsausdrücke spiegelten puren Hass wider.

Ein Ober trat in das Blickfeld von Maddy und servierte auf einem Tablett Champagner.

Bei Mehit spannte sich jeder einzelne Muskel zu einem Drahtseil.

John nahm ein Glas und wollte Maddy das andere reichen, als diese dankend ablehnte.

„Das würde deine Nervosität etwas legen", versicherte John ihr.

„Ich bin nicht nervös. Ich habe Mehit und Ivan bei mir. Außerdem möchte ich einen klaren Kopf behalten."

Diese Antwort ließ Mehit gelöst ausatmen. Er hatte schon überlegt, wie er es verhindern konnte, dass sie nach dem Glas griff. Er ärgerte sich darüber, dass sie diese Situation nicht vorher besprochen hatten. *Solch ein Missgeschick wäre Jonathan nicht passiert*, schallte er sich. Anderseits konnte er sich nicht weiter damit befassen, denn seine Aufmerksamkeit glitt zu einem Vampir, der einige Meter entfernt stand. Dieser groß gewachsene Mann mit den graumelierten Schläfen scharrte geradezu eine Menge von Begleitern um sich, so dass Mehit skeptisch wurde. Er richtete sein übernatürliches Gehör auf die Männerschar, doch keiner der Begleiter nannte ihn beim Namen. Mit ein paar knappen Worten instruierte er Ivan, diesen Mann nicht aus den Augen zu lassen.

Nach einer knappen Stunde klopfte der Mann mit dem Stab drei Mal hintereinander auf den Boden und verkündete den Gastgeber des Abends.

„Ihr Gastgeber. Lord William Cuschingham."

Ein kleinwüchsiger Mann trat auf den Podest und wurde mit Beifall empfangen.

„Ich danke Ihnen … ich danke Ihnen", begann er, während er seine Hände vor der Brust faltete und sich feiern ließ.

„Ich begrüße Sie sehr herzlich auf meinem Anwesen und ich hoffe, Sie haben viel Geld für unsere Spendensammlung mitgebracht."

Seine übertriebene Fröhlichkeit ließ einige Gäste die Nase rümpfen.

„Nebenan haben wir ein köstliches Buffet angerichtet, welches keinen Wunsch offen lässt. Doch zuvor werde ich Ihnen erst einmal das Geld aus der Tasche ziehen. Sie wissen, dass wir hier zusammengekommen sind, um für die Kinder in Not Geld zu sammeln. Es werden jetzt meine Mitarbeiter zu Ihnen kommen. Jeder erhält einen Umschlag. Da drinnen befindet sich ein Scheck, den Sie mit einer x-beliebigen Summe ausfüllen können. Wenn die Umschläge alle wieder eingesammelt sind, werden wir das Buffet und den angenehmen Teil des Abends einleiten. Nun lasst uns spenden." Übertrieben hielt der seine Arme in die Höhe.

Der Höflichkeit willen klatschten die Anwesenden. Im Nu kamen aus mehreren Ecken seine Mitarbeiter mit den Umschlägen. Eine junge Dame trat an Maddy heran und reichte ihr einen Umschlag sowie einen Stift.

Maddy ergriff beides, öffnete den Umschlag und zog den Scheck heraus. Sie hielt zögernd den Stift in der Hand und sah zu Mehit.

Ihre Unsicherheit spiegelte sich in ihren Augen wider.

„Trag eine Summe ein, die du für angemessen hältst", flüsterte Mehit.

„Was ist angemessen?", fragte sie leise zurück.

„Zehntausend?"

„Na, etwas mehr kannst du schon ausgeben", antwortete er.

Sie nahm den Stift und schrieb die Summe von zweihunderttausend auf den Scheck. Dann steckte sie ihn zurück in den Umschlag und schaute zu Mehit auf.

Dieser nickte zustimmend.

Wieder hätte sich Mehit ohrfeigen können, dass sie dies ebenfalls nicht durchgesprochen hatten. Ihm wurde nur zu deutlich, dass Jonathan an allen Ecken und Enden fehlte.

Nachdem alle Umschläge eingesammelt waren, ließ der Lord Cuschingham erneut seine Stimme ertönen. Mit einer überschwänglichen Bewegung seiner Arme sprach er: „Meine Herrschaften, das Buffet ist nun eröffnet."

Einige der Gäste drängten sich sogleich in den Nebenraum, um das Buffet zu plündern.

„Das ist ja schlimmer, als auf einem Kindergeburtstag. Bekommen denn die Reichen nichts zu essen?", spottete Maddy leise.

Das hämische Grinsen, welches sich auf Mehits Gesicht breitmachte, steckte auch Ivan an.

„Du weißt doch, wenn es etwas umsonst gibt, sind DIE die ersten." Seine kristallblauen Augen ruhten auf ihr und sie gaben ihr die Zuversicht, die sie in diesem pompösen Durcheinander brauchte.

Lord Cuschingham drängte sich an Mehit vorbei, postierte sich vor Maddy und reichte ihr die Hand.

„Wie wundervoll, Lady de Winter. Mit Ihrem Erscheinen haben wir gar nicht gerechnet."

Maddy versuchte, höflich zu sein, und reichte ihm ihre Hand mit den Worten: „Was für ein prachtvolles Fest, Lord Cuschingham. Das hätte ich mir doch nicht entgehen lassen können." Übertrieben lächelte sie.

Ivan verdrehte hinter seiner Sonnenbrille die Augen und Mehit musste sich zusammenreißen, ihn nicht nachzumachen.

„Ach, meine Liebe. Sie wissen ja gar nicht, was für eine Arbeit dahinter steckt. Seit Monaten habe ich nichts anderes gemacht."

„Das kann ich mir vorstellen. Aber die Mühe hat sich wirklich gelohnt." Sie spendete ihm einen kleinen Applaus.

Lord Cuschingham neigte seinen Kopf und zwinkerte ihr zu.

„Ich danke Ihnen. Ich werde mal sehen, ob nebenan alles in Ordnung ist. Amüsieren Sie sich, meine Liebe." Mit einer tätschelnden Bewegung streifte er Maddys Unterarm. „Bis später." Schon war er in der Menge verschwunden.

John rümpfte die Nase und drückte seine Abneigung mit einem Kopfschütteln aus.

„Onkel Johnnnn", sagte Maddy gedehnt. „Du wirst doch wohl nichts gegen Homosexuelle haben?" Sie strafte ihn mit einem verächtlichen Blick.

„Nein, solange sie mir vom Leib bleiben", antwortete er zynisch.

„Was hältst du davon, wenn wir nach dem Buffet sehen?" Sie ergriff seinen Arm und er konnte sich nicht widersetzen. Dieser geschickte Schachzug ließ das Gespräch über Lord Cuschingham verstummen.

Wo Maddy auch langlief, wurde sie von neugierigen Blicken verfolgt. Sie konnte nicht unterscheiden, ob es Menschen oder Vampire waren, obwohl sie es gerne gewusst hätte. Alleine die Anzahl der Menschen in diesen Räumlichkeiten ließ sie innerlich zusammenzucken.

Erst als im Ballsaal schon die ersten Pärchen tanzten, kamen die Vier vom Buffet zurück.

John verneigte sich und führte Maddy auf die Tanzfläche. Die ersten Töne eines langsamen Walzers erklangen. In Gedanken zählte sie die Schritte immer wieder mit: *Eins, zwei, drei … Eins zwei drei*, und es gelang ihr, John nicht auf die Füße zu treten. Als die Musik endete, trat Michael an ihre Seite, was John überhaupt nicht gefiel. Sein Gesichtsausdruck ähnelte dem eines betrogenen Ehemanns. Davon ließ sich aber Michael überhaupt nicht beeindrucken.

„Wollen wir?"

Maddy warf Mehit einen flüchtigen Blick zu, der zustimmend nickte.

Galant umfasste Michael ihre Taille und bewegte sich langsam mit ihr im Takt.

„Sehen Sie, wir bekommen das hin, ohne zu stolpern."

„Ich bin viel zu sehr damit beschäftigt, mitzuzählen", griente Maddy.

„Wie geht es Philippe? Ich hoffe, er schont sich?"

„Ja, das tut er, und er ist Ihnen, genauso wie ich, unendlich dankbar", erwiderte Maddy freudig.

„Das hört sich gut an, wobei ich hoffe, dass wir uns in nächster Zeit nur sehen, um einen Kaffee zu trinken."

„Das finde ich eine sehr gute Idee."

Fast ungezwungen plauderten die beiden. Maddy fühlte sich in seiner Gegenwart ausgesprochen wohl, was Mehit und Ivan positiv registrierten.

Als er sie wieder zurückgeleitet hatte, wechselte er noch ein paar Sätze mit Mehit, bevor er sich verabschiedete.

„Ich muss leider los. Ein Notfall in der Klinik. So ist das nun mal. Ich wünsche noch einen schönen Abend." Mit diesen Worten lief er mit zügigen Schritten auf die Treppe zu und stieg diese hinauf.

Als Maddy sich John zuwenden wollte, trat eine Frau in ihr Blickfeld. Sie hatte einen Umschlag in der Hand und reichte ihn ihr.

„Bitte schön, Milady." Dann tauchte sie wieder in der Menge unter.

„Ich denke, die Spendenaktion ist vorbei", sagte Maddy, während sie sich an dem Umschlag zu schaffen machte. Als sie die Karte hervorzog, stockte ihr Atem. Sie wagte nicht laut vorzulesen, was darauf stand.

Madeleine, wenn Du Jacques unversehrt wieder haben willst, dann händige uns Dr. Conzuela Rodrigues aus. Wir erwarten Dich am Haupteingang.

Maddys Puls raste heftig, als sie die Karte wieder in den Umschlag schob.

„Was ist?", fragte Mehit als Erster.

Mit zittriger Stimme sagte sie: „Wir müssen gehen, sofort!"

„Nicht, bevor du mir gesagt hast, was auf der Karte steht." Mehit griff nach ihrem Arm und sah ihre glasigen Augen. Er musterte sie eindringlich.

„Ich sage es dir auf dem Weg nach draußen, versprochen." Anstatt nach dem Arm von John zu greifen, klammerte sie sich an Mehit. Zielstrebig liefen sie auf die Treppe zu. Oben angekommen, drehte sie noch einmal ihren Kopf über ihre Schulter und sah Lady Senteberry mitten im Raum stehen. Ein breites, überhebliches Lächeln zeichnete sich auf ihrem Gesicht ab.

Sie traten durch die große Eingangstür nach draußen. Nachdem sie kurz eingeatmet hatte, wollte sie Mehit erklären, was auf der Karte stand, als Mike ihr entgegenkam.

„Du hast also unsere Post erhalten", sagte er triumphierend mit einem hämischen Gesichtsausdruck.

„Bleib stehen!", knurrte Mehit ihn scharf an und streckte ihm warnend seinen Arm entgegen.

„Was willst du denn? Mit dir rede ich nicht, verstanden!" Sein Gesicht wurde hart.

Maddy griff nach Mehits Hand.

„Ruhig, lass ihn reden", flüsterte sie.

Ivan ballte seine Hände zu Fäusten und er wappnete sich für einen Kampf. Maddy wandte sich wieder an Mike. Dieser trug ebenfalls einen Anzug. Seine blauen Augen, die sie immer so fasziniert hatten, kamen ihr nun kaltblütig vor. Der Glanz war gewichen und er strahlte Arroganz aus.

„Lass uns dorthin gehen", sagte sie und deutete auf den Parkplatz.

Von ihm kam eine einladende Handbewegung:

„Geh vor!" Seine Stimme war bitter und unnachgiebig.

Mit einem weiten Abstand gingen Maddy und Mike nebeneinander zum Parkplatz.

„Traust dich wohl nicht ohne deine Wachhunde?" Sein ironischer Unterton blieb Maddy nicht verborgen.

„Halt einfach die Klappe, Mike!", keifte Maddy ihn an.

„Ohh ... so bissig. So kenne ich dich ja gar nicht."

„Du wirst mich noch kennenlernen, du hinterlistiger Hurensohn!", bellte Maddy zurück.

Als sie den Parkplatz betraten, kam Ortischa um die Ecke geschossen und blieb abrupt stehen. Ihre Augen glühten und ihre Fangzähne waren weit ausgefahren.

„Ortischa! NEIN!", rief Mehit ihr zu. Auch seine Fangzähne schoben sich aus seinem Mund und waren zum Töten bereit.

„Halt deine Köter zurück, Maddy. Sonst ...", schrie Mike.

„Sonst was! Verarsch mich nicht." Pure Wut zeigte sich auf ihrem Gesicht. „Am liebsten würde ich dich erschlagen, für das, was du meiner Familie angetan hast!"

„Wow, wow, wow, was sind denn das für harte Worte. So kenn ich dich ja gar nicht. Tztztz ..." Er kniff seine Augen zusammen und fixierte Maddy.

„Dann lernst du mich jetzt kennen!" Ihr Puls hämmerte und sie ballte ihre Fäuste. „Wo ist Jacques?"

Mike hob seinen Zeigefinger und wackelte mit ihm hin und her.

„So laufen die Vertragsverhandlungen nicht, meine Liebe." Hinter ihm traten sechs Vampire aus dem Schatten und postierten sich um Mike.

„Achhhh, wie war das mit den Wachhunden? Du bist so armselig, du Stück Dreck!"

„Hört auf zu streiten! Maddy, gib ihm diese Conzuela und dann bekommen wir Jacques wieder", rief John plötzlich hinter ihr.

Einen Moment zögerte Maddy, bis ihr die Worte, die John gerade gesagt hatte, bewusst wurden. Sie drehte sich im Zeitlupentempo um und sah ihn direkt an.

„John … WAS sagst du da … woher weißt DU denn von Conzuela? JOHN! Sag mir jetzt nicht … ohhhh, nein … John, bitte nicht gerade du …"
Auch bei Mehit, Ivan und Ortischa fiel der Groschen. Sie hatten die ganze Zeit einen Maulwurf direkt vor ihrer Nase. Die Drei konnten nur noch schwer die Kontrolle über sich behalten.

„Maddy! Gib ihm Conzuela!", fuhr John sie an. Mike verschränkte die Arme vor der Brust und amüsierte sich.

„John … wie kannst du nur … ich dachte, wir wären eine Familie!"
„DU hast nie zu dieser Familie gehört. DU bist daran schuld, was ihm zugestoßen ist. DU bist Schuld, dass das Bistro in die Luft geflogen ist. Sieh ein, dass DU verantwortlich bist. Jetzt sag ihm, wo Conzuela ist, verdammt noch mal!" Er entfernte sich Schritt für Schritt von Maddy.

Doch dann prallte er gegen Ivan, der sich ihm den Weg stellte.

„Keinen Schritt weiter!", knurrte dieser kompromisslos.

„Pfeif deine Hunde zurück, Maddy!", brüllte John.

Ivans Nasenlöcher blähten sich auf und sein Brustkorb schwoll an.

„Ich bin kein Hund!"

Sein unbarmherziger Griff schloss sich um Johns Arm. „NIEMAND bezeichnet mich als Hund!"

Maddy schüttelte heftig den Kopf.

„Nein, nein, nein. John das kannst du mir und Sophie nicht antun."

„Es war nur eine Frage der Zeit. Die ganzen Jahre musste ich mit diesem Frauenzimmer verbringen, damit ich in deiner Nähe war, oder die Neuigkeiten über das Telefon hörte. Aber nun, ist es ja endlich vorbei. Gib uns Conzuela und dann kannst du Jacques wieder haben. Vielleicht wird Mona dann wenigstens glücklich", sagte John.

„Wenn ihr eure Familienstreitigkeiten dann mal beilegen könntet, es wird langweilig", zischte Mike dazwischen.

Maddy schrie ihn an. „Halt die Klappe!"

„NEIN, du hältst jetzt die Klappe. Also! Jacques gegen Conzuela, morgen um Mitternacht auf dem großen Parkplatz vor dem Einkaufszentrum. Bist du mit ihr nicht da, ist Jacques tot. Verstanden?" Das pure Gift schoss aus seinen Augen.

„Mike, du bist wahnsinnig! Lass Jacques frei", flehte sie.

„Morgen um Mitternacht! Sei einfach da." Ohne ihre Reaktion abzuwarten drehte er sich um und schritt, gefolgt von den anderen Vampiren, aus ihrem Sichtfeld.

Maddy schluchzte und ihre Lippen bebten.

Mehit trat dicht zu ihr und nahm sie in seine Arme.

„Ivan! Bring John zum Wagen." Dieser führte den Befehl umgehend aus. Er verdrehte John den Arm auf den Rücken und schob ihn vor sich her.

„Maddy ... gib ihm diese Frau, verdammt noch ..." Ein Ruck durchzuckte Johns Körper und er sackte vor Ivan zusammen.

„Scheiße", fluchte Ivan, als der Körper auf dem Boden aufschlug. Blut quoll aus seinem Mundwinkel und breitete sich auf dem Asphalt aus. Ein letztes Zucken durchfuhr Johns Körper.

„Er hat irgendetwas genommen!", sagte Ivan, der sich über den Toten beugte.

„Auch das noch!", sagte Mehit ungehalten.

Maddy wollte sich von ihm lösen, doch er ließ es nicht zu.

„Maddy, nein ... es ist besser so", sagte er gnadenlos.

Er nahm sie auf seine Arme und trug sie zum Wagen.

Ivan fragte:

„Was ist mit ihm? Nehmen wir diesen Abschaum mit?"

„Leg ihn in den Kofferraum und dann nichts wie weg hier."

Ortischa antwortete trocken:

„Geht nicht! Der Kofferraum ist schon voll. Habe eine von Isfets Leuten an unserem Auto erwischt. Sie ist nicht tot, nur außer Gefecht gesetzt."

„Egal ... pack ihn dazu", erwiderte Mehit.

Ament betrat die Küche des Anwesens. Sophie, Corinne und Philippe saßen am Tisch und spielten Karten.

„Ament? Wenn du etwas Zeit hättest, könntest du mitspielen. Die Frauen machen mich gerade fertig", schmunzelte Philippe.

Dieser ließ die Situation auf sich wirken. Er erinnerte sich daran, wie oft er seinem Vater beim Kartenspielen zugesehen hatte. Seine Mutter geriet immer außer sich, wenn er mit seinen Freunden Skat oder Poker gespielt hatte und tagelang nicht nach Hause gekommen war. Die Unbeschwertheit in der Küche drang in jede seiner Zellen. Als er kurz seine Augen schloss, sah er das Hinterzimmer mit den vier Vampiren vor sich, durchzogen von Rauchschwaden der Zigarren, die sie in den Mundwinkeln hielten. Hochprozentige Getränke standen auf dem Tisch und alle hatten versteinerte Mienen aufgesetzt.

„Das schaffst du schon", antwortete Ament, wieder in der Gegenwart auftauchend.

„Du brauchst dich gar nicht bei Ament zu beschweren, sonst verlieren wir ja immer", gab Sophie lachend zurück.

Ament wandte sich zum Schrank, entnahm dort eine Packung Kekse und legte diese auf ein Tablett. Zwei Flaschen Cola stellte er dazu. Plötzlich hörte er einen grellen Schrei aus dem Wald kommen. Als er aus dem großen Fenster sah, traute er seinen Augen kaum. Dort schlängelten sich von einem lautlosen Hubschrauber mehrere Seile herunter. Ihm stockte der Atem und sein Handy piepte das Alarmsignal. Er realisierte, dass Raban Bescheid wusste.

Er schrie:
„RUNTER! Sofort!"
Verdutzt sahen ihn drei Augenpaare an, doch sie folgten seiner Anweisung. Gerade noch rechtzeitig. Denn als die Drei auf dem Boden waren, schlugen die ersten Kugeln durch die Fensterscheiben der Küche. Heftige Einschläge trafen auf das Mauerwerk. Glas splitterte durch die Küche und Ament brüllte:

„Raus hier ... die Treppe hinunter."

Sogleich flog die Tür auf und Raban duckte sich vor der nächsten Salve, die durch die Küche schoss. Er griff nach Philippe, zog ihn aus der Küche und schützte ihn mit seinem Körper.

Hinter ihm kam Angel zum Vorschein und schnappte sich Corinne. Durch zwei Scheiben flogen Blendgranaten, die auf dem Boden detonierten.

Ament ergriff Sophie und sauste mit ihr in die Eingangshalle. Gleichzeitig hörte er, dass sich die Eindringlinge schon an der Eingangstür zu schaffen machten. Es würde nur noch Sekunden dauern, dann würde diese Tür dem Druck nicht mehr standhalten.

In Sekundenschnelle sausten alle die Treppe hinunter. Unten angekommen, drückte Raban den Auslöser, so dass die zentnerschwere Eisentür, die den unteren Bereich vom oberen trennte, zu Boden donnerte.

Schockiert standen die Drei dort und Ament sagte knapp:

„Wir werden angegriffen. Hier ... kann euch nichts passieren!" Suchend sah er sich nach Conzuela um, die mit einigen Decken den Gang entlangkam.

„Kommt, wir gehen in den Aufenthaltsraum", sagte sie mit sanfter Stimme und die Drei folgten ihr.

„Raban!" Während er dies ausrief, war eine gewaltige Explosion im Erdgeschoss zu hören. Die Gegner hatten die Eingangstür gesprengt.

„Los! Zum anderen Ausgang, sofort!", schrie er, und Raban und Angel folgten ihm.

In übermenschlicher Geschwindigkeit stießen sie die Tür hinter dem Labor auf und schossen hindurch. Der unterirdische Gang, der zum einen in der Gruft endete, hatte noch zwei weitere Gänge mit weichem Sandboden, die viel schmaler waren als der Hauptgang. Angel und Raban jagten Ament hinterher. Sie kamen bei den ehemaligen Stallungen heraus. Ament schob einen riesigen Stein beiseite und ließ die beiden anderen hinaustreten. Dann schob er den Stein wieder vor den Ausgang. Er deutete mit seiner Hand auf den Eingangsbereich, wo einige Angreifer auszumachen waren. Der linke Teil des Anwesens, wo sich das Kaminzimmer befand, stand lichterloh in Flammen. Das Feuer breitete sich immer weiter aus und dunkler Rauch bahnte sich seinen Weg nach draußen. Er schickte Raban und Angel nach rechts und er selbst übernahm in geduckter Haltung die linke Seite. Kurz darauf schleuderte er die ersten Feuerbälle auf die Angreifer los. Die Getroffenen glühten auf. Sie schrien und wanden sich auf der Portaltreppe, bis nur noch Asche von ihnen übrigblieb. Die anderen drehten sich blitzschnell in seine Richtung um.

Ament holte aus und schoss weitere Feuerbälle in ihre Richtungen. Zur gleichen Zeit traten Raban und Angel von der anderen Seite heran.

Angel sprang einem Angreifer auf den Rücken und brach ihm das Genick. Der leblose Körper sank unter ihr zusammen und sie kam wieder auf ihren Füßen zum Stehen.

Einer der Angreifer wollte gerade mit seinem Maschinengewehr auf Angel feuern, als Raban ihm mit zwei Schlingpflanzen das Gewehr aus der Hand riss.

Um Haaresbreite zischte an Rabans Kopf ein Messer vorbei. Angels gezielter Wurf landete direkt im Kehlkopf eines Vampirs, der aus dem Küchenfenster sprang.

Ament trat dichter an seine Angreifer heran. Die Kugeln, die auf ihn abgezielt wurden, verglühten in seinem Abwehrfeuer. Dann sauste er einige Meter zurück und formte einen Ball, der in Sekundenschnelle auf ein enormes Maß anschwoll. Diesen schickte er in die Höhe und traf zielsicher den Hubschrauber, der immer noch über dem Eingangsbereich schwebte. Doch auch dieser richtete nicht viel aus.

Raban, der einen weiteren Widersacher gerade durch Schläge und Tritte attackierte, sah, was Ament vorhatte. Mit einem gezielten Schuss konnte er sich seines Angreifers entledigen. Dann ließ er zwei massige Lianen aus seinen Händen in Richtung Hubschrauber wachsen. Die Lianen schlängelten sich durch die Luft und trafen auf die Kufen des Hubschraubers. Dort verhakten sie sich und er zog sie stückchenweise zu sich zurück, damit der Hubschrauber immer tiefer sank.

Ament erkannte seinen Plan und nickte ihm ermutigend zu.

Raban musste sich zentralisieren. Die enorme Kraft, die vom Hubschrauber ausging, zwang ihn, an seine Grenzen zu gehen. Angel indessen kämpfte gegen einen weiteren Angreifer, der aus dem Anwesen trat und ein Maschinengewehr auf sie richtete. Sie duckte sich unter der Salve hindurch, dennoch wurde sie von zwei Kugeln getroffen, die sich in ihren Oberarm und Oberschenkel bohrten.

Trotz der heftigen Schmerzen griff sie den Vampir an und schlug ihm mit ihrer Faust ins Gesicht. Der Vampir taumelte zurück. Sie ergriff die Gelegenheit, stürzte sich auf ihn und biss ihm schonungslos in den Hals, riss ihm das Fleisch heraus und trank einige Züge aus seiner pulsierenden Ader, während sie ein Messer zückte und dieses zielsicher in sein Herz rammte.

Unter gewaltiger Anstrengung zog Raban den Hubschrauber bis auf Augenhöhe herunter.

Ament griff nach der Kufe, als im gleichen Moment einer der Gegner eine Liane mit einem Messer durchtrennte.

Der Hubschrauber schwenkte seitlich aus und die Rotorenblätter hämmerten durch die Pflastersteine des Eingangsportals. Das Metall zerbarst und Funken sprühten durch die Gegend.

Einer der Angreifer wurde von dem abgebrochenen Metallteil geköpft und sein Rumpf sackte in sich zusammen. Blut spritzte und verteilte sich überall auf dem Rasen.

Auch Raban wurde von den umherfliegenden Metallsplittern getroffen. Durch die pochenden Schmerzen konnte er sich nicht auf sein Element konzentrieren. Die Lianen erschlafften und fielen zu Boden. Er hielt sich die linke Bauchseite. Seine Hand war im Nu von Blut durchtränkt.

Ament gab dem Hubschrauber den Todesstoß und rammte ihn mit voller Wucht in den Boden.

Der Hubschrauber zersprang in tausende Einzelteile und der Pilot sprang in letzter Sekunde aus dem Cockpit, ehe dieser explodierte.

Aus dem Inneren des Anwesens kamen zwei weitere Gegner, die ihre Maschinengewehre auf Angel und Raban richteten. Sie wollten sich den Weg freischießen. Beide erkannten ihre missliche Lage. Sie sausten in übermenschlicher Geschwindigkeit in entgegengesetzter Richtung davon.

Der Pilot, der es ihnen gleichtun wollte, kam nicht so weit, denn Ament erwischte ihn am Arm, als er gerade fliehen wollte.

„Hiergeblieben!", schrie er ihn an und seine Fangzähne glitzerten bedrohlich im Feuer des explodierenden Hubschraubers.

Der Pilot wollte sich aus dem Griff winden, doch Ament war gnadenlos.

„Lass mich los, du Teufel!", keifte der Pilot. Er wollte Ament einen Kinnhaken verpassen, doch die Armlänge reichte nicht aus, so dass sein Schlag ins Leere ging. Dann versuchte er, ihn zu treten. Ament rümpfte nur angewidert die Nase.

„Was wolltet ihr?", schnauzte er ihn an, wobei er die Hand des Vampirs immer mehr zusammenquetschte.

Dieser knurrte ihn unter Schmerzen hämisch an:

„Einen Scheiß werde ich dir sagen!"

Ament konnte sein Element nicht mehr beruhigen. Er ließ die Flammen aus seinem Handgelenk züngeln und verbrannte die Hand des Vampirs, der schmerzvoll aufschrie.

„Sag es mir!", brachte Ament zähneknirschend hervor. „Oder ich röste dich!" Die Flammen breiteten sich immer weiter aus und das verbrannte Fleisch trieb einen üblen Geruch in die Nase des Opfers. Doch er blieb stur.

„NIEMALS."

Ament verbrannte in Sekundenschnelle seine beiden Arme bis zu den Schultern.

„Schluss mit dem Fliegen, ohne Arme funktioniert das nicht." Spöttisch grinste Ament ihn an.

„DU Bastard!", schrie der Vampir. Die Hitze schlug ihm ins Gesicht und bildete Blasen auf der Haut.

„SAG es!", forderte Ament. Doch der Pilot presste nur seine Lippen zusammen.

„SAG ES!"

Das Feuer erreichte mittlerweile seine Haare, die ebenfalls durch die Hitze versenkten. Kurz bevor das gesamte Gesicht von Feuer ergriffen wurde, quälte der Vampir etwas aus seinen bereits aufgeplatzten Lippen hervor:

„Ärztin ... holen." Dann sank er vor Ament auf die Knie und sein gesamter Körper war von Flammen übersät. Durch diese Offenbarung verlor Ament vollends die Kontrolle über sich. Er konnte die Flammen nicht mehr zurückziehen. Er richtete seine rotglühenden Augen auf den verbrennenden Vampir, der zu seinen Füßen lag.

Ganz in seinem Element trat Ramos durch die Flammen des gewaltigen Feuers hervor, das der Hubschrauber verursachte. Mit seinem massigen Körper bewegte er sich auf Ament zu. Einige Schritte vor ihm blieb er stehen. Ament sah auf und beide waren sich so nah, dass er ihn spüren konnte. Diese Nähe, diese unbändige Wut, diese Vertrautheit.

Ramos nickte ihm zu und kam noch dichter. Als sie sich gegenüberstanden und Ament in die rotglühenden Augen von Ramos sah, konnte er sich selbst erkennen. Die Kraft des Feuers vereinte sie.

Ament ließ seinen flammenlodernden Arm nach vorne gleiten und Ramos tat es ihm gleich. Als sie einander berührten, fühlte Ramos sich lebendig und vollständig.

Ament kam es vor, als ob ein Teil seiner selbst vor ihm stand. Ihr Griff war erstaunlich fest und eisern. Während neues Leben Ramos gesamten Körper durchflutete, nahm er Aments unbändige Wut über das Vorgefallene in sich auf.

Aus trostlosen, aber glühenden Augen sah er ihn an, während die Flammen in hohen Bögen um sie tanzten. Sie fraßen sich durch alles, was sich ihnen in den Weg stellte.

Die verwundete Angel schleppte sich zu Raban, der bewegungslos auf der Erde lag.

„Raban?" Sie rüttelte an ihm und sah eine Blutlache, die sich auf dem Boden gebildet hatte. Als sie über ihre Schulter blickte, sah sie Ament, der in einem Flammenmeer stand und einen glühenden Vampir berührte.

„Schöne Scheiße! Was ist das?" Sie robbte zur zerstörten Eingangstür. Ihr Körper schmerzte, doch sie nahm den letzten Rest ihrer Kraft zusammen und zog sich an dem Holz nach oben. Rinnsale liefen ihren Arm hinunter und ihre Jeans war blutdurchtränkt. Nach einigen Anläufen schaffte sie es die Treppe hinunter, wobei sie zweimal stürzte. An der Metalltür angekommen, klopfte sie mit der Faust leicht dagegen, denn zu mehr war sie nicht mehr in der Lage.

Conzuelas Stimme erklang auf der anderen Seite.

„Hallo?"

„Ich … bin es, Angel", sagte sie erschöpft.

„Geht es dir gut?", fragte Conzuela.

„Im Gegenteil … aber … Ament steht da … draußen in Flammen und Raban ist … bewusstlos", quälte sie hervor.

Hilflos erwiderte Conzuela: „Ich kann den Mechanismus der Tür nicht offen."

Resigniert schlug Angel ihre Augen nieder, als sie ein Geräusch von oben wahrnahm.

„Bleib, wo du bist!" befahl ihr Angel.

„Aber … Ament?"

„NICHT … ÖFFNEN!", knurrte Angel hervor.

Sie zwang ihren geschundenen Körper, sich aufzurichten und kroch die Stufen wieder nach oben. Dort angekommen wurde eine Waffe auf ihren Kopf gerichtet.

„Wo ist sie!", sagte eine drohende Männerstimme und entfachte in ihr die letzten Reserven. Sie schoss blitzschnell nach vorne und biss den Angreifer in den Unterschenkel, worauf dieser seinen Finger am Auslöser der Waffe betätigte und erst Angel, dann die Wand und schließlich die Decke traf, bevor er zu Boden sank. Sie rutschte höher, rammte ihr Knie in seine Weichteile und schlug ihre Fangzähne erbarmungslos in seinen Hals.

Der Vampir unter ihr versuchte sie abzuschütteln, doch sie hing an ihm wie eine Klette und saugte ihn bis auf den letzten Tropfen aus. Als der erschlaffte Körper unter ihr sich nicht mehr bewegte, rollte sie sich von ihm herunter und blieb erschöpft auf dem Rücken liegen. Ihr Kopf rollte zur Seite und ihre Augen schlossen sich.

Das Bild, das sich ihr bot, als sie im Wagen auf das Anwesen zurollten, ließ Maddy erschaudern.

„Um Gottes Willen", presste sie hervor. Auch die anderen waren sprachlos, als sie die Zerstörung in sich aufnahmen. Der explodierte Hubschrauber, der in seine Einzelteile über den gesamten Portalbereich verteilt war. Das Feuer, das immer noch im Kaminzimmer tobte, und die zerborstenen Scheiben der Küchenfenster. Getötete Vampire lagen herum und dann konnten sie Ament sehen, der in mitten des ganzen Spektakels lichterloh brannte.

Ortischa hielt und wies Ivan an, auf Maddy aufzupassen.

Mehit und Ortischa stiegen aus und sondierten die Umgebung. Mit zügigen Schritten lief Mehit auf Ament zu und sprach ihn vorsichtig an.

„Ament?" Ruhig wie ein Bergsee war seine Stimme. „Schau mich an. Ich bin es, Mehit."

Ament drehte langsam seinen Kopf in seine Richtung und starrte ihn aus glühenden Augen regungslos an. Den Griff hatte er immer noch nicht von Ramos' Arm gelöst. Es kam ihm fast so vor, als ob er den Anker bildete, der die Explosion verhinderte.

Auch Mehit erkannte Ramos, der Ament gegenüberstand. „Kumpel, ich helfe dir. Also ganz ruhig!", sagte Mehit und nickte Ramos zu.

Keine Reaktion.

Mehit hob seine Arme und ließ vorsichtig einen feinen Schwall Wasser aus seinen Händen gleiten. Zischend erlöschen einige Flammen. Er beobachtete Ament genau und sendete eine weitere Wassermenge. Immer mehr Flammen starben darunter. Nach einigen Ladungen war das Feuer erstickt, doch konnte Mehit immer noch die Hitze fühlen, die Ament ausstrahlte. *Was ist hier bloß passiert?*, fragte er sich.

Ramos hatte sich zurückgezogen und war in den luftartigen Zustand übergegangen. Er wollte sehen, ob es Maddy gut ging. Deshalb schoss er zum Wagen und war erleichtert, als er sie auf dem Rücksitz sitzen sah.

Ortischa trat unterdessen an beide heran.

„Keine Feindbewegung."

„Geh ... und such Raban und Angel. Sag den beiden im Auto Bescheid."

Ortischa nickte und nach einigen Minuten hatten sie sich an der Portaltreppe versammelt, wo Raban regungslos lag. Ortischa beugte sich über ihn und sagte: „Raban? Kannst du mich hören?" Doch er zeigte keine Reaktion.

Maddy strich ihm einige lose Strähnen aus dem blutverschmierten Gesicht.

„Da!" Sie zeigte auf eine Stelle am Bauch, aus der Blut sickerte. Sogleich drückte Ortischa ihre Hände auf die Wunde.

Ivan sah sich nach Angel um, konnte sie in dem ganzen Durcheinander aber nicht finden. Er trat durch die zerstörte Eingangstür und erblickte sie auf dem Boden liegend. Der Vampir neben ihr hatte eine versteinerte Form angenommen und seine Haut sah grau aus. Ein Zeichen dafür, dass sich der Tod wegen Blutmangels eingestellt hatte. Er kniete sich neben Angel, die mehrere Schusswunden hatte.

„Hey", sagte er so sanft er konnte. Seine Hand glitt unter ihren Kopf und ihre Augenlider fingen an zu flackern.

„Con ... zu ... Ammment ... Feuer ... Ra ... ban ... drauss", stammelte sie hervor.

„Tschhh ... bleib ruhig liegen. Wir sind da", versuchte er sie zu beruhigen, denn er spürte ihre Nervosität. Zaghaft griff sie an seinen Arm.

Er legte seine Hand auf die ihre.

„Es kommt alles wieder in Ordnung." Seine Worte drangen durch einen Schleier aus Schmerzen und Kraftlosigkeit. Angel atmete aus und ihr Puls verlangsamte sich. Nachdem er die Schusswunden inspiziert hatte, trat Mehit neben ihn.

„Wie geht es ihr?"

„Mehrere Schusswunden. Scheint ein heftiger Kampf gewesen zu sein, so wie das hier aussieht." Seine Stimme war belegt.

„Sie kamen mit einem Hubschrauber", sagte Ament, der an beiden vorbeitrat. Er bahnte sich seinen Weg nach unten. Seine Anspannung erfüllte die gesamte Luft. An der Metalltür angekommen, rief er:

„Conzuela?"

„Ament, endlich. Ich habe mir solche Sorgen gemacht. Angel hat gesagt, ich darf die Tür nicht öffnen, und dann war sie verschwunden. Oh, Ament, was ist denn passiert?" Ihre liebliche Stimme drang an sein Ohr, was ihn unendlich beruhigte.

„Schieb die kleine Metallplatte rechts von der Tür beiseite. Darunter befindet sich ein Zahlenfeld. Jetzt tippst du folgende Kombination ein."

Conzuela tat, wie ihr Ament befahl, und nach ein paar Sekunden schoss die Metalltür wieder nach oben. Beim Anblick seiner Conzuela war ihm fast zum Heulen zu Mute.

Conzuela schoss in seine Arme und küsste ihn heftig, denn sie fühlte seine Überwältigung.

„Ich hatte solche Angst um dich. Geht es dir gut?"

„Ja", antwortete er knapp. „Angel und Raban hat es erwischt. Sie liegen oben."

„Ich liebe dich", presste sie, bevor sie nach oben sauste. Nachdem sie sich ein Bild von beiden gemacht hatte, wies sie Ivan und Mehit an, sie nach unten zur Krankenstation zu bringen.

„Wo sind die anderen?", fragte Mehit in dem Durcheinander.

„Ich habe die Vier in Trance versetzt, nachdem sie hier herunterkamen. Sie sitzen alle im Aufenthaltsraum. Es geht ihnen gut."

Maddy stand im Eingangsbereich und seufzte. Ihre Augen nahmen die Gewalt und Zerstörung in sich auf, die sich hier abgespielt haben musste.

Conzuela riss sie aus ihren Gedanken.

„Willst du mir unten helfen?"

„Ja … gerne." Sie folgte Conzuela die Treppe hinunter, wobei sich in ihrem Gehirn immer wieder das Gespräch mit Mike wiederholte.

Hektisch war das Treiben auf der Krankenstation.

Conzuela operierte Angel. Sie holte insgesamt elf Kugeln aus ihr heraus. Anschließend schiente sie ihren gebrochenen Arm, damit er richtig wieder zusammenwachsen konnte, und desinfizierte einige Schürfwunden, die schon anfingen zu heilen. Dann wandte sie sich konzentriert Raban zu.

Er hatte insgesamt acht Treffer abbekommen. Das Schlimme waren seine Verletzungen durch mehrere Metallsplitter, die in seiner linken Bauchhälfte steckten. Die Bergung dieser gestaltete sich schwieriger, doch Conzuela arbeitete gewissenhaft und ruhig und Maddy folgte ihren Anweisungen, genau wie Mehit.

Ivan hatte den unteren Bereich mit Ament verlassen.

Ament betrat das Kaminzimmer und löschte dort die Flammen, die das gesamte Zimmer verschlungen hatten.

Unterdessen riss Ivan die letzten Teile der Eingangstür heraus und stapelte den Schutt aufeinander. Aufgrund seiner Stärke und Schnelligkeit war das kein Problem, dies in kürzester Zeit zu erledigen. Er ging dann zu den Stallungen hinüber und suchte dort nach einer provisorischen Tür. Als er in den Keller stieg, fand er dort eine große massive Holzplatte. Nach einigen Veränderungen passte diese haargenau in die Öffnung.

„Ist zwar nicht die optimale Lösung, aber besser als gar nichts", sagte er vor sich hin, als er sie anpasste.

„Da hast du Recht."

Er zuckte zusammen.

Die bedrohlich klingende Stimme Aments traf ihn von hinten.

Ivan brannte darauf zu erfahren, was hier passiert war, aber Ament sagte nichts und er wollte diesen tödlichen Krieger nicht auf die Palme bringen, nachdem er sich gerade erst wieder beruhigt hatte.

„Wir haben noch etwas im Kofferraum." Mit seinem Kopf deutete er in die Richtung des Wagens. Dann nahm er die Sonnenbrille und schob sie sich auf den Kopf.

„Ortischa hat eine von Isfets Leuten kampfunfähig gemacht und in den Kofferraum gesperrt."

Ivan wartete die Reaktion von Ament ab, doch dieser zeigte keine. Sensibel versuchte er weiterzusprechen:

„Und eine Leiche haben wir auch noch."

In diesem Moment fiel Ament auf, dass John nicht mit zurückgekehrt war, was ihn tief durchatmen ließ.

Ivan sprach weiter, ohne eine Antwort abzuwarten.

„John ... hat für Isfets Leute gearbeitet. Als er sich versehentlich geoutet hat, schluckte er eine Zyankalikapsel, womit keiner gerechnet hatte. Ich will Mehit nicht vorgreifen, er wird nachher alles erklären", sagte er ausdruckslos.

„Erklären, immer erklären", sagte Ament gedehnt. „Ich bin es leid, immer Erklärungen zu hören." Er breitete seine Arme aus.

„DAS HIER ... war der Rat. Sie sind gekommen, um MEINE Frau zu holen." Immer noch entrüstet darüber verspannten sich seine Muskeln.

„Dann haben wir nicht weniger schlimme Nachrichten. Isfets Leute wollen Jacques nur gegen Conzuela eintauschen."

„WAS?", schrie Ament ihn an.

„Sie haben Maddy ein Ultimatum gesetzt. Heute um Mitternacht. Wenn sie nicht mit Conzuela kommt ... stirbt Jacques." Er senkte seinen Blick, denn er konnte die Hitze fühlen, die Ament ausstrahlte. Seine Wut kochte in ihm erneut hoch und ließ seine Augen anfangen zu glühen.

„Ament ... wir werden eine andere Lösung finden." Sein russischer Akzent rollte durch die Eingangshalle.

„Einen Scheiß werden wir", knurrte Ament zurück. „Niemand tauscht MEINE Frau gegen jemanden ein. Da muss er erst an mir vorbei." Kleine Funken sprühten aus seinen Augen. Sein Gehirn spielte verrückt. Nicht nur der Rat, nun auch noch Isfets Leute. Sie wollten seine Frau! Nachdem sie solche Schwierigkeiten hatten nur wegen ihm. Nun wollte man ihm das Liebste auf dieser Erde nehmen. Als die gesamte Wucht dieser Erkenntnis bis in die kleinsten Fasern seines Körpers eingedrungen war, stieß er einen ohrenbetäubenden Schrei aus, der durch das gesamte Anwesen hallte.

Währenddessen waren auch die letzten Splitter aus Rabans Körper entfernt worden und Conzuela sah Mehit fragend an. „Normalerweise müsste er schon wieder zu sich kommen. Ich schätze mal, dass das an seinem Element liegt?

„Kann es sein, dass er sich überanstrengt hat?" Ihre wachsamen Augen ließen Raban nicht los.

„Ja, unser Element verzehrt viel von unserer Kraft. So, wie es aussieht, hat er sich verausgabt."

Sie musterte ihn und fragte:

„Was ist passiert?" Ihre Augen weiteten sich, als sie auf die Antwort wartete.

Mehit senkte seinen Blick und strich sich über den Kragen seines Jacketts.

„Nicht nur ihr hattet Probleme. Der Ball war ebenfalls ein Fiasko. Wenn sich die Situation hier etwas beruhigt hat, setzen wir uns zusammen und besprechen uns." Seine Stimme war immer noch berührt von den Ereignissen und der Bürde, die auf ihm lastete, als der Schrei von Ament sie zusammenzucken ließ.

Conzuela hauchte „Ament", und ihre Augen füllten sich mit Tränen. Durch ihre Blutsverbindung konnte sie die gewaltige Wut spüren, die seinen Körper durchströmte.

In diesem Moment wusste Mehit, dass Ament die Nachricht vom Ball erhalten hatte. Er griff sich mit seinen Händen an die Schläfen und flehte, dass ihm jemand helfen würde. Er wusste, wie impulsiv Ament war, nur durch Conzuela war er viel friedlicher geworden. Wenn ihm nun jemand seine Conzuela wegnehmen würde, könnte er für nichts garantieren. Wahrscheinlich würde Ament sich in seinem Element verlieren, so wie damals, oder sein Element würde ihn sogar umbringen. Er musste schnellstens mit ihm sprechen und beschloss, ihn zu suchen.

„Bleib bitte hier ... ich muss mit ihm reden", sagte er so sanft er konnte.

Conzuela nickte ihm verhalten zu und wischte sich die Tränen aus den Augenwinkeln. Sie ahnte, dass es etwas sein würde, dass wohl ihre kühnsten Vorstellungen übertraf.

Mehit sauste die Treppe nach oben und prallte fast mit Ivan zusammen, der immer noch in der Eingangshalle stand.

„Wo ist er?", fragte Mehit mürrisch.

„Draußen ... Mehit, ich habe es verbockt!" Er kickte mit seinem Fuß die alte Eingangstür gegen die Wand, wo sie in weitere Teile zerbrach.

Mehit verzog seinen Mund zu einer geraden Linie.

„Ist nicht mehr zu ändern. Er musste es so oder so erfahren." Damit drehte sich Mehit um und trat durch die provisorische Haustür.

Der Rasen, auf dem Ament stand, war kreisförmig verbrannt, obwohl er nicht in Flammen stand. Alleine die Hitze, die er versprühte, ließ alles unter seinen Füßen verglühen.

„Ament?", sagte Mehit, als er auf ihn zuging. Seine Schuhe knirschten unter den Metall- und Glassplittern, die überall verstreut vor der Portaltreppe lagen.

„Ament? Wir müssen reden."

„Müssen wir nicht!", knurrte dieser ihm entgegen.

„DOCH, denn wir müssen einen anderen Weg finden, Jacques zu befreien. Und DU musst mir dabei helfen." Fast war er bei Ament angekommen.

„MUSST? Ich muss gar nichts", erwiderte er grimmig.

„Ich kann verstehen, dass du sauer bist. Aber wir müssen …"

„Verdammt, Mehit! Ich werde Conzuela nicht hergeben. Ende der Diskussion!" Er wandte sich wieder ab und starrte auf das Labyrinth.

„Das will ich doch auch nicht. Aber sag mir, wie wir Jacques befreien sollen. Hilf mir, ich bin nicht Jonathan, der jetzt eine Lösung parat hat. Ich bin genauso wie du. Wir sind für den Kampf ausgebildet, aber nicht für Strategien."

„Hör auf damit Mehit", keifte er ihn an.

„Schon gut, schon gut. Lass uns überlegen, was wir machen können. Wir müssen ihnen im Austausch etwas anderes anbieten, oder … wir holen Jacques mit Gewalt zurück."

„Das braucht ihr nicht." Die liebliche Stimme von Conzuela, die nur einige Meter hinter Mehit stand, veranlasste beide, sich in ihre Richtung umzudrehen.

„Ich weiß, was los ist. Maddy hat es mir gesagt."

Ament schoss zu ihr und nahm sie in seine starken Arme.

„Niemand bekommt dich!", raunte er.

„Damit sollst du auch Recht behalten, denn ich bin für immer die deine." Ihre Augen strahlten solch eine Ruhe aus, dass es Ament Angst und Bange wurde.

„Was hast du vor?" Er konnte in ihrem Gesicht sehen, dass sie einen Entschluss gefasst hatte, ohne mit ihm vorher zu sprechen. Er war neugierig und erschrocken zugleich. Denn er konnte nicht fühlen, welchen. Sie hatte ihn ausgeschlossen und es machte ihn rasend, nicht zu ihr durchzudringen.

„Ich …" Sie schaute ihm fest in die Augen. „Ich … werde heute Nacht zu dem Austausch gehen, um …" Sie legte Ament zwei Finger auf die Lippen, bevor er den Mund auch nur öffnen konnte. „… Jacques damit das Leben zu retten. Er muss nicht zu Schaden kommen. Ament, er ist ein Mensch, der auch Maddy sehr wichtig ist." Ihre Augen flehten ihn an.

„NIEMALS!", knurrte Ament hervor. „Nur über meine Leiche!"

„Es gab genug Tote, sieh dich doch nur um. Der Boden ist getränkt davon. Ich will nicht, dass das Blut von Jacques an meinen Händen hängt. Versteh mich doch bitte."

Er warf seinen Kopf leicht nach hinten und krächzte.

„Nein, Conzuela, ich kann und ich werde es nicht zulassen! Keine Chance!" Damit griff er nach ihrem Handgelenk und hielt sie fest.

„Ament, du tust mir weh", jammerte Conzuela.

„DU willst mir wehtun", antworte Ament zornig.

„Ich will dir nicht wehtun. Hör mir zu. DU wirst mich befreien!" Nun hatte sie seine Aufmerksamkeit. Auch Mehit horchte auf, der nah bei ihnen stand.

„Raban hat mir vor einiger Zeit im Labor von einem neuen Sensor erzählt, den man in die Blutbahn setzen kann. Damit kann man Menschen oder, wie in unserem Falle, Vampire orten. Wenn ihr mir diesen Sender einsetzt, könnt ihr mich überall finden und befreien. Sie werden mir nichts tun, denn sie wollen mich ja lebend." Zuversicht schwang in ihren Worten mit.

„NEIN!", sagte Ament. „Das ist viel zu gefährlich und vor allem liegt Raban im Koma. Keiner von uns könnte damit umgehen." Verhasst war ihm schon der Gedanke, Conzuela auch nur in der Nähe dieser seelenlosen Hüllen zu wissen.

Kleinlaut sagte Conzuela:

„Raban ist ... wach."

Das Kinn von Ament klappte nach unten.

„Nicht einmal darauf kann man sich verlassen." Mit einem suchenden Blick zu Mehit drehte er den Kopf.

Mehit konnte in Aments Augen sehen, dass er sich Hilfe von ihm wünschte. Etwas, was Mehit noch nie in seinen Augen gesehen hatte. Die Liebe zu Conzuela hatte den stahlharten Krieger verändert.

„Lasst uns mit Raban sprechen, bevor wir entscheiden", sagte Mehit und hoffte, damit keinem zu nahezutreten. Doch als er die Blicke sah, die die beiden ihm zuwarfen, wäre er am liebsten in Grund und Boden versunken.

16. Kapitel

In der Gefängniszelle kauerte die Vampirin in einer Ecke. Sie hatte ihren Kopf mit ihren Armen bedeckt. Zögerlich hatte sie einen Blick durch den Raum schweifen lassen, als sie von Ortischa und Ivan hierher gebracht worden war. Dem unnachgiebigen Griff des großen Vampirs mit den violetten Augen hatte sie nichts entgegenzusetzen. Als die zentnerschwere Tür sich geschlossen hatte, stellte sie sich als unüberwindliches Hindernis dar. Das Einzige, was die beiden zurückgelassen hatten, war ein Blutbeutel, der auf der Erde lag. Sie überlegte, ob das vielleicht die letzte Nahrung war, die sie erhielt. *Vielleicht ist der Beutel vergiftet? Nein, dann hätten sie sich nicht die Mühe gemacht, mich hierher zu bringen. Wo auch immer dieses HIER sein möge.* Ihr Körper war völlig ausgelaugt, ihre Bewegungen schwerfällig. Sie kauerte eine Weile reglos an der Wand und versteckte sich hinter ihren langen dunkelbraunen Haaren, die ihr ins Gesicht hingen. Als es auf dem Flur still geworden war, wagte sie, einen hilflosen Blick durch sie hindurch auf den Blutbeutel zu werfen. Fast lautlos kroch sie auf ihn zu und umklammerte ihn mit ihren Fingerspitzen wie einen Schatz. Sie rutschte wieder zurück in die Ecke, öffnete behutsam den Schraubverschluss und nahm einen kleinen Schluck, der ihre Lippen benetzte. Das Blut glitt ihre Kehle hinunter. Vorsichtig legte sie den Beutel wieder auf den Boden. Die Ecke bot ihr zwar keinen Schutz, doch war es für sie angenehmer, den kalten Beton in ihrem Rücken zu spüren. *Auf Hilfe brauche ich nicht zu warten. Im Gegenteil, sie werden mich hier leiden lassen, um alles, was ich weiß, aus mir herauszuquetschen. Sterben werde ich so oder so. Entweder durch den Clan oder durch Issi. Selbst wenn ich hier fliehen könnte, würde Issi meinem Leben ein Ende setzen. Sie hat nichts übrig für Versager.* Eine einzelne Träne, die im Neonlicht glitzerte, rann ihr über die Wange.

Erschüttert von den Vorkommnissen der Nacht lief Sophie steif neben Maddy her. Der Schock über den Tod ihres Mannes saß tief und sie wollte es nicht wahrhaben. Doch als sie gemeinsam mit Ortischa die Kapelle betraten, wo John aufgebahrt war, versagten ihr die Knie. Sie sank auf den Steinfußboden.

„Das … ist … unmöglich." Sie schluchzte.

„Wir hätten es auch nicht für möglich gehalten. Aber … er war nur mit dir zusammen … wegen mir. Er hat dich nicht geliebt. Du warst nur Mittel zum Zweck", sagte Maddy ruhig, als sie sich neben sie kniete.

„Da habe ich gedacht, dass John mich lieben würde. Er war immer so zuvorkommend und lieb zu mir. Nie gab es böse Worte zwischen uns. Er war für mich immer der Ruhepol. Mein Fels in der Brandung. Und dann so etwas. Ich bin von mir selber enttäuscht. Dass ich aber auch nichts bemerkt habe!" Sie schüttelte den Kopf und besann sich. Plötzlich zuckte sie merklich zusammen.

„Was ist?", fragte Ortischa neugierig, der die Reaktion nicht entgangen war.

„Wusste er von meiner Gabe?" Mit weit aufgerissenen Augen starrte sie abwechselnd Maddy und Ortischa an.

„Davon hat er nichts erwähnt", antwortete Maddy verhalten und ihr Blick ging suchend zu Ortischa, die sich gegen eine der Bänke gelehnt hatte.

„Wenn er es gewusst hätte, dann würdest du jetzt wahrscheinlich Jacques Gesellschaft leisten." Dann drehte sie ihren Kopf in die Richtung des Steinaltars. Es gefiel ihr überhaupt nicht, dass dieser Mensch dort lag. Doch ihre Gabe als Seherin würde dem Clan vielleicht noch helfen gegen den Kampf mit ihren Feinden. Daher genoss sie das gleiche Privileg wie Maddy. Innerlich sehnte Ortischa sich nach Jonathan. Ihre Gedanken waren in den letzten Tagen so oft an ihn gerichtet. Teilweise gab sie sich sogar die Schuld daran, dass er verschwunden war. In ihre Gedanken vertieft, bekam sie das weitere Gespräch der beiden Frauen gar nicht mit, bis Sophie ihre Hand berührte und sie mit geröteten Augen ansah.

„Ich bin froh, dass euch nichts passiert ist. Es wäre nicht auszudenken, wenn John Maddy oder euch etwas angetan hätte. Um Gottes Willen, und ich habe ihn auch noch ermuntert, mit dir zu dem Ball zu gehen." Sie schloss Maddy in ihre Arme. „Wenn dir etwas zugestoßen wäre ... das hätte ich mir nie verzeihen können."

„Mir ist ja nichts passiert ... Gott sei Dank. Aber ich hatte auch keine Angst, weil Mehit und Ivan die ganze Zeit bei mir waren. Ich hatte mir den Abend viel schlimmer vorgestellt." Sie versuchte Leichtigkeit in ihre Worte zu legen, obwohl ihr eher zum Heulen zu Mute war.

Ortischa sah sie aufmunternd an.

Dann breitete sich minutenlanges Schweigen aus.

„Ich kann nicht", sagte Sophie zögerlich.

„Was kannst du nicht?", kam fast gleichzeitig aus Maddys und Ortischas Mund.

Sie holte tief Luft und setzte erneut an.

„Ich kann nicht. Ich kann nicht zu ihm gehen." Ihr Gesicht spiegelte eine plötzliche Klarheit wider, die Maddy noch nie zuvor an ihr gesehen hatte.

„Ich will IHN nie wieder sehen. Er hat mich hintergangen und uns allen geschadet. Er hat kein Recht, hier in dieser wunderschönen Kapelle zu liegen. Bringt ihn weg, verbrennt ihn oder verscharrt ihn, es ist mir egal." Mit diesen verächtlichen Worten drehte sie sich um und verließ den Raum.

Ortischa zuckte mit den Schultern.

„An mir soll es nicht liegen."

Nun war es an Maddy zu entscheiden, was mit ihm passierte.

„Bitte bring ihn weg, weit weg. Ich möchte nicht, dass noch ein Haar auf diesem Anwesen von ihm übrigbleibt."

Ortischa nickte ihr zufrieden zu. Ihre High Heels hämmerten auf dem Steinfußboden, als sie auf den Altar zutrat. Sie schob ihre Arme unter ihn und warf sich dann den leblosen Körper über die Schulter. Als sie an Maddy vorbeilief, zeigte sie keinerlei Reaktion. Anschließend sauste sie den Flur in übernatürlicher Geschwindigkeit entlang und trat dann durch die schwere Eisentor, die in das unterirdische Labyrinth führte.

Maddy hatte ihr nachgesehen, als sie die geschnitzten Flügeltüren hinter sich schloss. Sie bückte sich und zog sich ihre High Heels von den Füßen. Dann lief sie den Marmorflur entlang zum Aufenthaltsraum. Es herrschte Totenstille, als sie eintrat.

Corinne und Philippe saßen zusammen mit Sophie auf der Ledercouch. Nur Philippe blickte auf.

„Maddy, geht es dir gut?", fragte er.

Ihr Gang war schleppend und das Kleid rauschte über den Fußboden. Ihre Schuhe baumelten an einer Hand. Sie wusste nicht, ob Sophie den beiden von den Ereignissen erzählt hatte. Corinne und Philippe wirkten eher geschockt über den Überfall, der oben stattgefunden hatte. Es spiegelte sich keine Trauer in ihren Gesichtern, was Maddy verwunderte. *Sollten sie es noch gar nicht wissen? Oder war ihnen die Erinnerung an John genommen worden,* fragte sie sich. Um sich ihre Unsicherheit nicht anmerken zu lassen, sagte sie schnell:

„Wir sollten schlafen gehen."

Corinne schaute auf die Wanduhr, die kurz vor vier zeigte. „Oh, schon so spät. Ich habe überhaupt kein Zeitgefühl mehr. Können wir denn jetzt wieder nach oben? Ich kann mir vorstellen, dass deine Bodyguards nicht begeistert sind, wenn wir weiter ihr Domizil belagern." Ihr sorgenvoller Blick ging zu Sophie, die in ein Glas mit Whiskey starrte.

„Oben herrscht das Chaos. Es müssen erst einige Reparaturen durchgeführt werden. Es ist besser, wenn wir heute Nacht erst einmal hier unten bleiben." Bei den letzten Worten betrat Ortischa den Raum.

„Ich bringe euch zu einem Quartier", sagte Ortischa und zeigte mit ihrem Arm den Flur entlang.

„Danke, Ortischa", antwortete Corinne, die nach dem Arm von Sophie griff.

„Komm meine Liebe, lass uns schlafen gehen." Zögerlich erhob sich Sophie und ihr Blick schien ins Leere zu gleiten. *Was hatte Sophie den beiden erzählt?*

„Dann schlaf schön, Maddy. Wir sehen uns morgen."

Philippe trat an sie heran und gab ihr einen Kuss auf die Stirn.

„Gute Nacht", erwiderte Maddy und sah den Vieren nach, als sie den Raum verließen. *Wie soll ich ihnen das erklären? Ich muss auch Mona unbedingt Bescheid geben.* Sie wird wahrscheinlich schon fast verrückt geworden sein, weil sich keiner bei ihr gemeldet hat. Zielstrebig ging sie zur Bar und öffnete den Kühlschrank. Nach kurzem Zögern griff sie nach zwei Bierflaschen, öffnete diese und ging damit bis Monas Quartier. Sie klopfte an die Tür, worauf nur ein zaghaftes „Ja" auf der anderen Seite ertönte.

„Ich bin's, Maddy, mach auf." Die Tür schwang auf und Mona stand mit überraschtem Blick vor ihr.

„Komm rein, was ist passiert?" Hektisch zog sie Maddy am Arm in die Suite und verschloss hinter ihr die Tür.

„Conzuela hat gesagt, das Anwesen wurde angegriffen. Ich sollte in meinem Zimmer bleiben, bis jemand mich holt." Nervös spielte sie mit ihren Haaren herum.

„Setz dich. Ich erzähle dir, was passiert ist."

In den frühen Morgenstunden trafen sich fast alle in der Kommandozentrale. Raban und Angel waren von der Krankenstation über einen Monitor zugeschaltet. Nachdem der Abend noch einmal durchgegangen worden war, wurde allen bewusst, dass nicht nur Isfets Leute, sondern auch der Rat ein beachtliches Interesse an Conzuela hatte. Sie saß neben Ament, der sich ausnahmsweise auf einen Stuhl gesetzt hatte. Unterm Tisch hielt er immer noch ihre Hand fest. Er hatte sie seit dem Gespräch draußen vor der Tür nicht mehr losgelassen. Sie hielt sich aufrecht und nahm jeden prüfenden Blick in sich auf.

„Wir können es drehen und wenden, wie wir wollen. Es gibt keine andere Möglichkeit, das Leben von Jacques zu retten. Ich werde diesen Austausch heute um Mitternacht vollziehen." Sie drückte Aments Hand und drehte sich zu ihm.

„Ich weiß, du und die anderen, ihr werdet mich befreien, egal, wo sie mich hinbringen." Ihr Blick ruhte auf ihm und von ihrer Stimme waren alle wie gelähmt. „Eins irritiert mich jedoch. Alle anderen wussten anscheinend von meinem Talent, nur ich nicht. Ich weiß nicht einmal, wie ich es einsetzen kann. Hätte ich es gewusst, dann …"

„Hättest du dein Leben wahrscheinlich nicht so verbracht, wie du jetzt gelebt hast", beendete Mehit ihren Satz. „Also, Raban? Funktioniert das mit der Kapsel, ja oder nein?" Sein Blick richtete sich auf den Monitor.

„Ja, es funktioniert. Sie bekommt eine Minikapsel eingesetzt, die eine Reichweite von fünftausend Kilometer hat. Ich kann jeden Millimeter auf meinem Monitor verfolgen. Wir werden immer wissen, wo du bist." Rabans Stimme klang belegt, denn ihm war auch nicht wohl bei dem Gedanken, Conzuela in die Höhle des Löwen zu schicken.

Mehit lehnte sich mit seinen Ellenbogen auf den Konferenztisch.

„Welche negativen Seiten hätten wir zu erwarten?"

„Negativ … eigentlich keine. Das Einzige ist, wir wissen nicht, was sie mit dir anstellen werden. Wenn sie dich hungern lassen, können wir das nicht sehen. Ob sie dich bedrängen, anschreien oder foltern, nichts davon können wir sehen. Aber, da sie so einen großen Wert darauf legen, dich zu bekommen, werden sie dir auch nichts antun. Im Gegenteil, sie wollen deine Stimme, da werden sie es sich zwei Mal überlegen, ob sie dir wehtun."

Ament verfolgte das Gespräch und in seinem versteinerten Gesicht zuckte nicht mal ein Muskel. Dann raunte seine Stimme durch den Raum.

„NEIN", sagte er gedehnt. „Es kommt nicht in Frage, dass meine Frau sich in solch eine Gefahr begibt! Ihr könnt mir so viel erzählen, wie ihr wollt, meine Entscheidung steht fest. Sie bleibt hier … bei mir!"

„Amennnt", flehte Conzuela ihn an. „Ich muss das tun, ob es dir gefällt oder nicht … ich muss das Leben von Jacques retten!"

„NEIN!", schrie Ament und sprang auf. Der Stuhl, auf dem er gerade noch gesessen hatte, flog nach hinten und knallte gegen die Wand. Seine Stiefel hämmerten durch den Raum, als er diesen mit großen Schritten verließ.

Keiner im Raum wagte zu atmen. Alle konnten seine grenzenlose Wut fühlen. Sie zog sich hinter ihm her wie eine nicht enden wollende Schleppe. Ein gewaltiges Brüllen war im Flur zu hören. Zentnerschwer lastete dieses Verhalten auf allen von ihnen. Conzuela war die Erste, die sich aus ihrer Starre löste.

„Mehit?", fragte sie zaghaft. In ihren Augen war eine unendliche Traurigkeit zu sehen, die selbst ihn fast aus der Fassung brachte.

„Ich geh schon", antwortete er und lief Ament hinterher.

Die Zurückgebliebenen senkten ihren Blick. Selbst Ortischa konnte kein vernünftiges Argument liefern. Nun räusperte sich Ivan, was alle aus ihrer Lethargie riss.

„Was wäre, wenn wir sie nur im Doppelpack herausgeben?"

„Was meinst du?" Conzuela horchte auf.

„Na, wenn der Austausch stattfindet, sagen wir, du gehst nur, wenn dich einer von uns begleitet."

„Darauf werden sie sich nicht einlassen." Kopfschüttelnd lehnte sich Conzuela zurück. „Die Ansage von ihnen war eindeutig. Es wäre sicher von Vorteil, wenn ich wüsste, wie mein Talent funktioniert. Dann könnte ich es gegen sie einsetzten. Raban? Such nach allem, was du über mein Talent findest. Vielleicht kann ich sie mit meiner Stimme beeinflussen."

„Conzuela, das mache ich schon, seitdem wir den Papyrusfetzen gefunden haben. Es gibt kaum Hinweise. Nur Vermutungen und Legenden. Keine handfesten Anleitungen, wie du dein Talent benutzen kannst." Resigniert schaute er weg.

Hektisch ging ihr Blick durch die Kommandozentrale.

„Aber, ... wenn ich es überhaupt nicht habe? Wenn ich dieses Talent gar nicht besitze? Wer sagt eigentlich, dass ich die STIMME bin? Es könnte alles ein Irrtum sein. Nicht einmal Jonathan hat es erkannt. Er ist viel älter als wir und das Clanoberhaupt. Seine Sinne hätten es wahrnehmen müssen." Ihr Gesicht wurde immer ernster. „Raban versuche bitte noch einmal Jonathan anzurufen. Er ist vielleicht unsere letzte Chance." Raban nickte ihr zu.

Mehit war Ament gefolgt und wunderte sich, dass dieser nicht sein Quartier aufgesucht hatte. Irritiert blieb er vor der Kapelle stehen, wo eine der Flügeltüren offenstand. Er trat leise ein.

„Verschwinde!", raunte ihn Ament an. „Ich will alleine sein!"

Doch Mehit ließ sich davon nicht abhalten. Er schloss die Tür hinter sich und setzte sich auf die letzte Bank.

„Kann eigentlich niemand respektieren, was ich sage?"

Wütend starrte ihn ein rotglühendes Augenpaar aus der anderen Ecke der Kapelle an.

Mehit schwieg.

Nach einer gefühlten Ewigkeit erhob Ament wieder seine Stimme. Sie klang ungewöhnlich sanft.

„Ich will sie nicht verlieren." Die Worte hallten durch die heilige Halle wie Flügelschläge einer Libelle. „Ich kann sie nicht gehen lassen. Wenn ich das tue, dann ... habe ich Angst, die Kontrolle über mich zu verlieren. Nur bei dem Gedanken daran setzt schon mein Gehirn aus."

Mehit schwieg und hörte ihm weiter zu.

„Durch unsere Blutsverbindung würde ich spüren, wenn es ihr schlecht geht. Ich könnte nicht tatenlos zuschauen, wenn sie ihr wehtun." Das glühende Augenpaar verschwand, als Ament den Kopf senkte.

Mehit schwieg weiter. Er wollte seinen Kumpel auf keinen Fall beunruhigen.

„Wie sollte ich leben, wenn sie nicht bei mir ist. Wenn ich wüsste, dass sie sich in den Klauen unseres Feindes befindet. Das kann sie nicht von mir verlangen und ihr auch nicht."

Es grenzte an einer Rarität, dass Ament seinen Gefühlen freien Lauf ließ. Das einzige Mal, das Mehit miterleben durfte, war damals kurz nach seiner Rückkehr aus Hawaii. Der Schmerz über den Verlust seiner Familie und seiner Geliebten hatten ihn in den Wahnsinn getrieben. Zu diesem Zeitpunkt hatte er mit Mehit ein ähnliches Gespräch geführt. Doch niemals würde Mehit auch nur ein Wort darüber verlieren.

„Bist du der Meinung, dass Conzuela Recht hat?" Seine Stimme zitterte wie Espenlaub und Mehit spürte seine Anspannung.

„Deine Frau ist sehr mutig."

„Ja ... das ist sie. Aber ist es richtig, so zu handeln?"

„Du weißt genauso gut wie ich, dass ich dir diese Frage nicht beantworten kann. Ich kann dir sagen, dass sie sich auf DICH verlässt. Sie vertraut DIR und das solltest du auch tun."

„Ich vertraue ihr, aber ..." Er lehnte seinen Kopf gegen die Wand.

„Also wird sie gehen ... ohne deine Zustimmung, ohne deinen Rückhalt?"

„Ja", kam aus der Dunkelheit.

Mehit spürte, dass ihr Gespräch beendet war. Die letzte Antwort war eine Feststellung. Hart und unnachgiebig. Er konnte nichts weiter ausrichten und es tat ihm in der Seele weh, Ament so zu sehen. Er verließ die Kapelle, schloss die Tür und lief bedächtig den Gang entlang.

Als er in der Kommandozentrale ankam, befahl er allen, sich auszuruhen. Ivan bot sich an, die erste Wache zu übernehmen. Nach einem kurzen Check, den er mit Rabans Hilfe durchführte, ließ er sämtliche noch intakte Kameras und Sensoren neu starten, die das Anwesen bewachten.

„Wir treffen uns um elf Uhr wieder hier."

Fast mürrisch ging Ortischa an ihm vorbei zu ihrem Quartier.

Als sich Conzuela an ihm vorbeidrängen wollte, hielt er sie am Arm fest.

„Such nicht nach ihm. Wenn ... wird er kommen." Seine kristallblauen Augen strahlten die Ruhe aus, die Conzuela jetzt brauchte.

„Ich schaue noch einmal kurz nach Angel und Raban", sagte sie emotionslos.

„Tu das."

Draußen braute sich ein ungeheures Unwetter zusammen. Dunkelgraue Wolken bedeckten den Himmel und in der Ferne durchzuckten Blitze das Firmament. Von alledem bekamen sie in der Kommandozentrale nichts mit.

Ortischa machte sich am Kaffeeautomaten zu schaffen und reichte sogar Ivan einen Becher.

Angel hatte sich ebenfalls aus dem Bett der Krankenstation gequält. Ihre Wunden waren aufgrund einer kleinen Gabe von Maddys Blut fast verheilt und sie konnte sich wieder auf den Beinen halten.

Raban hingegen hatte es schwerer erwischt. Seinen Blutverlust hatte Conzuela ausgeglichen. Auch ihm hatte Maddy einige Tropfen ihres starken Blutes gegeben. Doch hatte er sich ganz schön verausgabt. Er fühlte sich noch sehr wackelig, deshalb zog er es vor, einen Rollstuhl zu benutzen. Conzuela schob ihn, ohne ein Wort zu sagen, in die Kommandozentrale. Als Letzter betrat Mehit den

Raum. Er schaute sich kurz um und zog dann sein Handy aus der Tasche. Er rief Maddy an und bat sie, dazuzukommen. Als sie eingetreten war, sagte Conzuela: „Ich werde die Kapsel nehmen und ihr ...", sie sah jeden Einzelnen im Raum an, „... werdet mich befreien!" Ihr Blick ging zur Tür, aber Ament kam nicht.

„Wir werden alles daran setzen, da kannst du dir sicher sein. Wir holen dich da raus, wo immer sie dich auch hinbringen."

Einige Minuten später hatte sich Conzuela die Minikapsel mit einer Spritze in ihren Blutkreislauf geschickt und mit Raban ihre Funktion überprüft. Dann ging sie noch einmal in ihr Quartier und packte eine kleine Tasche zusammen. Sie nahm eines von Aments T-Shirts, um seinen Duft bei sich zu tragen. Tränen standen ihr in den Augen, als sie die Tür von ihrem gemeinsamen Quartier langsam schloss.

Ortischa hatte sich angeboten, den Wagen zu fahren. Conzuela verabschiedete sich von Angel, Ivan und Raban, den sie in ihre Arme schloss und drückte.

„Pass gut auf mich auf", sagte sie an seinem Ohr.

„Das werde ich!", gab Raban entschieden zurück.

Maddy und Mehit begleiteten sie zum Wagen. Selbst Ortischa fiel es schwer, Conzuela gehen zu lassen. Als sie einstieg, drehte sich Conzuela noch einmal um und ließ das Anwesen auf sich wirken. Ihr erster Tag kam ihr wieder ins Gedächtnis und sie musste darüber schmunzeln, unter welchen Voraussetzungen sie hier angekommen war. Dass sie hier ein neues zu Hause finden sollte, hätte sie sich damals nicht gedacht. Ihr Blick suchte nach Ament, doch ihre Augen konnten ihn nicht ausmachen. Sie senkte ihren Kopf und ließ sich auf den Sitz gleiten. Langsam setzte sich der Wagen in Bewegung. Als sie das große Eingangstor passierten, stand Ament mit verschränkten Armen auf der anderen Seite der Straße.

Conzuela sprang aus den Wagen und rannte auf ihn zu.

Er öffnete seine Arme und sie fiel hinein.

„Ament ... Ament", hauchte sie ihm überwältigt entgegen.

„Conzuela", sagte er gedehnt, wobei seine Stimme hart blieb.

„Ich liebe dich, Ament", sagte sie, als sie ihre Arme fester um seine Taille schlang.

„Ich weiß! Doch du hast dich gegen mich entschieden!" Seine Stimme klang unnahbar.

„Wirst du mich retten?" Sie schaute ihm fest in die Augen.

„Bleib hier, dann muss ich dich nicht retten!" Das traf Conzuela tief.

„Ich muss es tun ... und ich werde dich vermissen und eins noch: Ich werde dich immer lieben." Weinend wand sie sich aus seinen Armen. Sie erwartete, dass er sie zurückzog, doch er tat es nicht. Enttäuscht lief sie auf den Wagen zu und stieg ein. Sie schloss die Tür und sah nach vorn.

Ortischa setzte den Wagen wortlos in Bewegung. Als dieser die Straße entlangrollte, explodierte hinter ihnen ein gigantischer Feuerball. Erschrocken blickte Ortischa in den Rückspiegel. Sie konnte die Silhouette von Ament erkennen. Einen Moment lang überlegte sie, anzuhalten, um die Flammen zu löschen. Aber sie wusste, dass diese Enttäuschung noch sehr lange in ihm brennen würde. Aments Körper war binnen von Sekunden durch ein Flammenmeer umgeben. Seine Sinne spielten verrückt und es kam ihm so vor, als ob es ihn zerreißen würde. Seine ganze Liebe riss sein Herz entzwei, als sie ihm den Rücken gekehrt hatte. Lichterloh brennend formte sich in seiner Kehle ein markerschütternder Schrei, der die Nacht durchzuckte.

Als der Bentley auf dem Parkplatz ankam, sahen sie auf der gegenüberliegenden Seite ebenfalls eine Limousine stehen. Ortischa parkte in ausreichender Entfernung. Die Kirchturmuhr zeigte noch zehn Minuten bis zum Ende des Ultimatums.

„Willst du es wirklich tun?", fragte Mehit noch einmal.

„Ja, meine Entscheidung steht", erwiderte Conzuela mit fester Stimme.

Maddy griff nach ihrer Hand.

„Warte!" Maddy hob ihren Arm. „Trink von mir! Mein Blut wird dir helfen!"

„Nein, Maddy, das kann ich nicht." Sie zuckte zurück.

„Du kannst!", forderte Maddy. „Mein Blut ist stark und ich will es so."

Maddy hob den Arm und drückte seine Innenfläche an Conzuelas Lippen.

„Nimm es!", befahl Mehit.

Conzuela ließ ihre Fangzähne ausfahren und beugte ihren Kopf auf das dargebotene Handgelenk. Ihre Spitzen drangen durch die zarte Haut und das Blut glitt in ihren Mund. Als die ersten Tropfen ihre Zunge benetzten, spürte sie schon die aufkeimende neue Kraft. Sie trank einige Züge und löste sich dann wieder. Sie beleckte die Einstichstellen mit ihrer Zunge. Das Blut wirkte wie eine Droge. Jede Faser ihres Körpers fühlte sich stärker an als zuvor.

Maddy stieg mit Mehit aus dem Wagen und sie stellten sich vor die Motorhaube.

Auf der anderen Seite wurde ebenfalls eine Tür geöffnet und Mike erschien in Begleitung eines hünenhaften Mannes.

Maddy lief langsam los und Mehit hielt neben ihr Schritt. In der Mitte blieben alle Vier mit einem gewissen Abstand stehen.

„Oh, du hast es einrichten können, wie nett", sagte Mike übertrieben freundlich.

„Du Mistkerl", keifte sie zurück.

Mehit und der andere Vampir musterten sich eindringlich. Ihre muskelbepackten Körper waren wie Drahtseile gespannt und warteten nur darauf, loszuschlagen.

„Wer wird denn da so feindselig sein, meine Liebe. Du willst Jacques und ich will Conzuela. So einfach ist das."

„Du hast weder das Recht, Jacques festzuhalten noch Conzuela zu fordern", stieß sie wütend hervor.

Langsam verengten sich seine Augen. „Darum geht es hier nicht und das weißt du!"

„Du bist das Letzte, was diese Welt braucht."

Seine weißen Zähne blitzen auf, als er sie hämisch ansah.

Als die Kirchturmuhr anfing, zu schlagen, vibrierte Maddys Körper bei jedem einzelnen Glockenschlag.

Ohne ein weiteres Wort hob Mike seinen Arm und die Tür der Limousine öffnete sich.

Jacques stieg aus und er sah sehr mitgenommen aus.

Auch Maddy hob zögerlich den Arm und Conzuela glitt aus dem Wagen. Siegessicher verzog Mike sein Gesicht zu einem breiten Grinsen.

Das Blut schoss ihr in die Wangen, als sie sprach: „Wenn du ihr auch nur ein Haar krümmst, dann …"

„Glaub mir, ich habe etwas Besseres zu tun, als einer Vampirin die Haare auszureißen. Also, haben wir einen Deal?"

„Wir haben einen Deal", sagte sie etwas ruhiger.

„Na, wunderbar. Jacques? Komm her!" Sogleich setzte er sich in Bewegung. Mehit erkannte, dass sich sein Gesicht aufhellte, als er Maddy sah. Nun setzte sich auch Conzuela in Bewegung.

Als beide auf der Höhe von Maddy und Mike angekommen waren, sahen sie sich tief in die Augen.

Jacques hauchte Conzuela ein DANKE entgegen, die ihn freundlich anlächelte. Als beide ihre unsichtbare Grenze überschritten hatten, ergriff der Vampir Conzuelas Arm, führte sie zur Limousine und wies sie an, einzusteigen. Sie schaute über die Schulter und warf Maddy noch einen letzten Blick zu. Dann setzte sich der Wagen in Bewegung und fuhr davon.

ENDE BAND II

Lesen Sie weiter in:

LISA HEVEN
DAS ROTE GOLD

SPUREN DES VERLANGENS

Band III

Leseprobe

Der sonst so besonnene Redner war seit einiger Zeit verstummt. Seine knöchernen Hände ruhten am Kamin und seine leichenblasse Haut schimmerte im Schein des Feuers. Mit seinen fast regungslosen Gesichtszügen stand er dort, leicht gebeugt vom Alter, welches er mit sich trug. Seine glanzlosen Augen, die von etlichen Falten gezeichnet waren, starrten nachdenklich in die Flammen. Verdrängte Sorgen und tiefe Ängste trafen ihn wie Ohrfeigen mit voller Wucht ins Gesicht, so dass er Mühe hatte, sich aufrecht zu halten. Sein einziger Gedanke schien zu sein, alle Erinnerungen an das Vergangene aus seinem Kopf zu verbannen. Er vermochte nicht daran zu denken, welcher Graben sich vor ihm auftrat. Wie sehr hatte er die Einsamkeit und Stille lieben gelernt, die ihm innerhalb von Minuten brutal entrissen worden war. Die Bilder, die vor seinem geistigen Auge aufblitzten, riefen bittere Abgründe herauf. Es bildete sich ein fahler Geschmack in seinem Mund, der langsam seine Kehle hinunter kroch, um sich in seinen Eingeweiden zu laben. Die alte Geschichte mit neuen Figuren. Der andauernde Kampf gegen das Unheil dieser Welt. Er dachte, sein Leben würde zur Ruhe kommen, doch nun war alles anders. Diese ihm verhasste Begegnung hatte er schon immer kommen sehen und verfluchte den Augenblick, wo sein Gast seine Türschwelle überschritten hatte. Wortlos hatte er ihn hineingebeten und sah ihm die Qual an, die er mit sich trug. Sie hatten im Kaminzimmer Platz genommen und nach dem sein Besucher seinen Kummer vorgetragen hatte, war er aufgestanden und verharrte immer noch in seiner Position vor dem Kamin.

Die intensive Ausstrahlung, die den Gastgeber umgab, war eisig und es breitete sich ein Schauergefühl über den gesamten Raum aus. Jonathan wurde von diesem Gefühl durchbohrt und in seinem Herzen bildete sich ein Klumpen des Elends. Unerachtet seines Gegenübers versuchte er, sein Augenmerk auf das goldene Dreieck zu lenken, welches vor ihm auf dem kleinen Tisch lag. Doch das Schweigen, welches den Raum eingehüllt hatte, lag schwer auf ihm, so dass er nicht einmal wagte zu atmen. Nur das Ticken der großen Standuhr und das Knistern des Feuers zerrissen die grauenvolle Stille. Er wusste, dass er das Siegel zwischen ihnen gebrochen hatte und dafür gab es keine Entschuldigung. Die Person, die er vor sich hatte, zollte ihm weder die Anerkennung noch den Respekt, den er sonst als Clanoberhaupt gewohnt war.

Im Gegenteil.

Er kroch vor dieser Gestalt im Staub, ohne den Boden zu berühren.

Fortsetzung:

LISA HEVEN

Das Rote Gold

SPUREN DES VERLANGENS

Band III